Uma árvore cresce no Brooklyn

Betty Smith

Uma árvore cresce no Brooklyn

Tradução
Cecília Camargo Bartalotti

1ª edição
Rio de Janeiro-RJ / Campinas-SP, 2021

VERUS
EDITORA

Editora
Raïssa Castro

Coordenadora editorial
Ana Paula Gomes

Copidesque
Maria Lúcia A. Maier

Revisão
Lígia Alves

Diagramação
Ana Luiza Gonzaga

Design de capa e ilustração
Leticia Quintilhano

Imagem árvore
Adaptada do original de
johnwoodcock/iStock

Título original
A Tree Grows in Brooklyn

ISBN: 978-65-5924-020-3

Copyright © Betty Smith, 1943
Todos os direitos reservados.

Tradução © Verus Editora, 2021
Direitos reservados em língua portuguesa, no Brasil, por Verus Editora.
Nenhuma parte desta obra pode ser reproduzida ou transmitida por qualquer forma
e/ou quaisquer meios (eletrônico ou mecânico, incluindo fotocópia e gravação) ou arquivada
em qualquer sistema ou banco de dados sem permissão escrita da editora.

Verus Editora Ltda.
Rua Benedicto Aristides Ribeiro, 41, Jd. Santa Genebra II, Campinas/SP, 13084-753
Fone/Fax: (19) 3249-0001 | www.veruseditora.com.br

CIP-BRASIL. CATALOGAÇÃO NA FONTE
SINDICATO NACIONAL DOS EDITORES DE LIVROS, RJ

S646a

Smith, Betty, 1896-1972
 Uma árvore cresce no Brooklyn / Betty Smith ; tradução Cecilia Camargo Bartalotti. - 1. ed. - Campinas [SP] : Verus, 2021.

 Tradução de: A Tree Grows in Brooklyn
 ISBN 978-65-5924-020-3

 1. Ficção americana. I. Bartalotti, Cecilia Camargo. II. Título.

21-70905
CDD: 813
CDU: 82-3(73)

Leandra Felix da Cruz Candido - Bibliotecária - CRB-7/6135

Revisado conforme o novo acordo ortográfico.

Seja um leitor preferencial Record.
Cadastre-se no site www.record.com.br e receba
informações sobre nossos lançamentos e nossas promoções.

Atendimento e venda direta ao leitor:
sac@record.com.br

LIVRO UM

LIVRO UM

1

"Sereno" era uma palavra que poderia ser usada para o Brooklyn, Nova York. Especialmente no verão de 1912. "Melancólico", como palavra, era melhor. Mas não servia para a área de Williamsburg, no Brooklyn. Prairie era um nome bonito e Shenandoah tinha uma bela sonoridade, mas nenhum deles era adequado ao Brooklyn. "Sereno" era a única palavra apropriada; ainda mais em uma tarde de sábado no verão.

No fim da tarde, o sol inclinava-se sobre o pátio musgoso que pertencia à casa de Francie Nolan e aquecia a velha cerca de madeira. Olhando para os raios oblíquos do sol, Francie experimentava a mesma sensação agradável que lhe ocorria quando lembrava o poema que recitavam na escola.

Esta é a floresta primeva. Os pinheiros
murmurantes e os abetos,
Barbados de musgos e em verdes vestes,
indistintos ao crepúsculo,
Parecem druidas de outrora.

A única árvore no quintal de Francie não era nem pinheiro nem abeto. Tinha folhas pontudas que cresciam em raminhos verdes que irradiavam do galho e faziam a árvore parecer um punhado de guarda-chuvas verdes abertos. Algumas pessoas a chamavam de "Árvore do Céu". Onde quer que suas sementes caíssem, produziam uma árvore que se esforçava para alcançar o firmamento. Ela crescia em terrenos cercados e entre pilhas de entulho abandonado, e era a única árvore que vingava em meio ao cimento. Desenvolvia-se, frondosa, mas somente nos bairros de moradias populares.

Em uma caminhada num domingo à tarde, chegava-se a uma área agradável, muito refinada. Era só ver uma dessas arvorezinhas através do portão de ferro que levava ao jardim de alguém para saber que logo aquela parte do Brooklyn se tornaria um bairro popular. A árvore sabia. Ela chegava primeiro. Depois, estrangeiros pobres iam se infiltrando e as velhas e sossegadas casas de pedras avermelhadas eram divididas em apartamentos, colchões de penas eram empurrados sobre o parapeito das janelas para arejar, e a Árvore do Céu florescia. Ela era esse tipo de árvore. Gostava de pessoas pobres.

Era esse o tipo de árvore no quintal de Francie. Seus guarda-chuvas subiam e se espiralavam em volta e por baixo de sua escada de incêndio no terceiro andar. Uma menina de onze anos sentada nessa escada poderia imaginar que estava morando em uma árvore. Isso era o que Francie imaginava todas as tardes de sábado no verão.

Ah, que dia maravilhoso era o sábado no Brooklyn. Ah, que maravilhoso cada canto dele! As pessoas recebiam o salário no sábado, e esse era um dia de descanso, sem a rigidez de um domingo. Elas tinham dinheiro para passear e comprar coisas. Comiam bem nesse dia, se embebedavam, saíam com os namorados, se amavam e ficavam acordadas noite adentro, cantando, tocando música, brigando e dançando, porque o dia seguinte era seu dia livre. Podiam dormir até tarde — até a hora da última missa, pelo menos.

No domingo, a maioria das pessoas se aglomerava na missa das onze horas. Bem, algumas pessoas, umas poucas, iam cedo à missa das seis. Recebiam o crédito por isso, mas não o mereciam, porque eram as que tinham ficado fora até tão tarde que já era manhã quando chegavam em casa. Então iam à primeira missa, resolviam esse assunto, voltavam para casa e dormiam o dia inteiro com a consciência limpa.

Para Francie, o sábado começava com uma visita ao ferro-velho. Ela e seu irmão, Neeley, como outras crianças do Brooklyn, coletavam trapos, papel, metal, borracha e outros entulhos e os guardavam em caixas trancadas em porões ou escondidas embaixo da cama. A semana inteira, Francie voltava para casa da escola, andando devagar, os olhos na sarjeta à procura de papel-alumínio de maços de cigarro ou embalagens de chiclete, que eram derretidos na tampa de um frasco. O dono do ferro-velho não aceitava uma bola de papel-alumínio não derretido, porque muitas crianças punham arruelas de ferro no meio para aumentar o peso. Às vezes, Neeley encontrava uma garrafa de sifão. Francie o ajudava a arrancar a ponta e derreter o chumbo. O dono do ferro-velho não comprava o sifão inteiro porque isso lhe traria problemas com os fabricantes de refrigerantes. Um sifão de garrafa era muito bom. Fundido, valia cinco centavos.

Francie e Neeley desciam ao porão todas as noites e esvaziavam as prateleiras de todo o lixo acumulado no dia. Tinham esse privilégio porque a mãe de Francie era a faxineira. Saqueavam papel, trapos e garrafas retornáveis. Papel não valia muito. Recebiam só um centavo por quatro quilos. Trapos davam dois centavos por meio quilo, e ferro rendia quatro centavos. Cobre era bom: dez centavos por meio quilo. Às vezes Francie encontrava um tesouro: o fundo de um caldeirão de ferver roupas descartado. Ela o retirava com um abridor de latas, dobrava-o, batia, dobrava, batia de novo.

Logo depois das nove da manhã de sábado, as crianças começavam a se despejar de todas as ruas transversais para a Manhattan Avenue, a via mais importante. Avançavam lentamente pela avenida até a Scholes Street. Alguns carregavam seus entulhos nos braços. Outros tinham carrinhos de mão feitos de caixas de sabão, guarnecidas com sólidas rodinhas de madeira. Alguns poucos empurravam carrinhos de bebê lotados.

Francie e Neeley punham todo o seu lixo em uma sacola de juta. Cada um segurava um lado e os dois a arrastavam juntos pela rua, subindo a Manhattan Avenue, passando pela Maujer, Ten Eyck, Stagg até a Scholes

Street. Belos nomes para ruas feias. De todos os lados, emergiam hordas de pequenos maltrapilhos para inchar a maré principal. No caminho para a loja do Carney, encontravam outras crianças voltando de mãos vazias. Haviam vendido seu entulho e gastado todas as moedas. Agora, retornando com ar de superioridade, zombavam das outras crianças.

— Trapeiro! Trapeiro!

O rosto de Francie ardia ao ouvir a zombaria. Não era um alívio saber que os provocadores eram trapeiros também. Não importava que, depois, seu irmão viria de volta, de mãos vazias, com sua turma, e provocaria os que estavam vindo mais tarde da mesma forma. Francie sentia vergonha.

Carney tocava seu negócio de ferro-velho em um antigo estábulo. Ao virar a esquina, Francie viu que as duas portas estavam hospitaleiramente abertas e imaginou que o grande e indiferente mostrador da balança de pratos piscava, dando boas-vindas. Ela viu Carney, com seu cabelo, seu bigode e seus olhos de ferrugem, presidindo a balança. Carney gostava mais de meninas que de meninos. Ele dava um centavo a mais para as meninas se elas não recuassem quando ele lhes beliscava o rosto.

Por causa da possibilidade desse bônus, Neeley ficou de lado e deixou que Francie arrastasse o saco para dentro do estábulo. Carney avançou, despejou o conteúdo da sacola no chão e deu uma beliscada no rosto dela. Enquanto ele empilhava as coisas na balança, Francie piscou, ajustando os olhos à escuridão, e sentiu o ar musgoso e o cheiro de trapos molhados. Carney virou os olhos para o mostrador e disse duas palavras: "sua oferta". Francie sabia que nenhuma negociação era permitida. Ela concordou com a cabeça e Carney tirou o entulho da balança e a fez esperar enquanto empilhava o papel em um canto, jogava os trapos em outro e organizava os metais. Só então levou a mão ao bolso da calça, puxou uma velha bolsinha de couro amarrada com linha encerada e contou velhas moedas esverdeadas que pareciam refugo também. Enquanto ela murmurava "obrigada", Carney fixou um olhar de ferrugem nela e beliscou seu rosto com força. Ela ficou firme. Ele sorriu e acrescentou uma moeda extra. Então seus modos mudaram e ele se tornou ruidoso e brusco.

— Vem — ele gritou para o seguinte na fila, um menino. — Põe chumbo nesse pé! — Ele calculou o tempo para as risadas. — E não estou falando do entulho. — As crianças riram obedientemente. As risadas soaram como o balir de pequenos cordeirinhos perdidos, mas Carney pareceu satisfeito.

Francie saiu para prestar contas a seu irmão.

— Ele me deu dezesseis centavos e um centavo pelo beliscão.

— Esse centavo é seu — disse ele, seguindo um velho acordo.

Ela guardou a moeda no bolso do vestido e lhe entregou o resto do dinheiro. Neeley tinha dez anos, um ano mais novo que Francie. Mas, como era o menino, cuidava do dinheiro. E dividia as moedas cuidadosamente.

— Oito centavos para o banco. — Essa era a regra; metade de qualquer quantia que conseguissem em qualquer lugar ia para a lata pregada no chão, no canto mais escuro do armário. — E quatro centavos para você e quatro centavos para mim.

Francie amarrou o dinheiro do banco em seu lenço. Olhou para suas cinco moedas, percebendo com alegria que elas poderiam ser trocadas por uma moeda de cinco centavos.

Neeley enrolou o saco de juta, enfiou-o embaixo do braço e foi abrindo caminho para dentro do Charlie Barateiro, com Francie logo atrás. O Charlie Barateiro era a loja de balas por um centavo ao lado do Carney, que atendia ao comércio de entulho. No fim do sábado, sua caixa registradora ficava cheia de moedas esverdeadas. Por uma lei implícita, era uma loja para meninos. Então Francie não passou da entrada. Ficou esperando na porta.

Os meninos, de oito a catorze anos, pareciam todos iguais, de calças curtas folgadas e bonés gastos. Ficavam ali em volta com as mãos nos bolsos e os ombros estreitos tensamente curvados. Cresceriam exatamente desse jeito, parando com essa mesma postura em outros lugares. A única diferença seria o cigarro sempre preso entre os lábios, subindo e descendo no ritmo da fala.

Agora os meninos se agitavam nervosamente, os rostos magros virando de Charlie para os outros meninos e de volta para Charlie. Francie notou que alguns já estavam com o corte de cabelo do verão, tão curto que havia falhas no couro cabeludo onde a máquina havia afundado demais. Esses afortunados tinham os bonés enfiados no bolso ou virados para trás na cabeça. Os não tosquiados, cujo cabelo ondulava suave e ainda infantil pela nuca, sentiam vergonha e usavam o boné puxado tão para baixo sobre as orelhas que havia algo de feminino neles, apesar de sua brusca profanidade.

O Charlie Barateiro não era barato e seu nome não era Charlie. Ele havia adotado esse nome, e era assim que estava escrito no toldo da loja, no qual Francie acreditava. Por um centavo, Charlie deixava o cliente sortear um número. Um painel com cinquenta ganchos numerados e um prêmio pendurado em cada gancho ficava atrás do balcão. Havia alguns prêmios bons; patins, uma luva de apanhador de beisebol, uma boneca com cabelo de verdade etc. Os outros ganchos tinham mata-borrões, lápis e outros artigos de um centavo. Francie ficou observando quando Neeley comprou um número. Ele removeu o cartão sujo do envelope amassado. Vinte e seis! Cheia de esperança, Francie olhou para o painel. Ele tinha tirado um pano de limpar caneta de um centavo.

— Prêmio ou bala? — Charlie lhe perguntou.

— Bala. O que você acha?

Era sempre igual. Francie nunca soubera de alguém que tivesse ganhado um prêmio que valesse mais que um centavo. De fato, as rodas dos patins estavam enferrujadas e o cabelo da boneca coberto de pó, como se essas coisas esperassem lá desde muito tempo, como o cachorrinho e o soldado de brinquedo do poema "Little Boy Blue". Um dia, Francie decidiu, quando tivesse cinquenta centavos, ela compraria todos os números e ganharia tudo que estava no painel. Calculou que seria um bom negócio: patins, luva, boneca e todas as outras coisas por cinquenta centavos. Ora, só os patins deviam custar quatro vezes mais! Neeley teria que vir junto nesse grande dia, porque meninas raramente compravam na loja do Charlie. É verdade que havia algumas meninas naquele sábado... ousadas, atrevidas, desenvolvidas demais para a idade; meninas que falavam alto e participavam das brincadeiras ruidosas dos meninos; meninas que os vizinhos profetizavam que não iam dar boa coisa.

Francie atravessou a rua para a loja de doces do Gimpy. Gimpy era aleijado. Ele era um homem gentil, bom com as crianças pequenas... ou pelo menos era o que todo mundo achava até aquela tarde ensolarada em que ele atraiu uma menininha para o seu sombrio quarto dos fundos.

Francie hesitou quanto a sacrificar um de seus centavos em um Gimpy Especial: o saco-surpresa. Maudie Donavan, sua amiga ocasional, estava prestes a fazer uma compra. Francie abriu caminho até ficar de pé atrás de Maudie. Fingiu que ia gastar o centavo. Prendeu a respiração em suspense quando Maudie, depois de muito pensar, apontou dramaticamente para um saco volumoso no mostrador. Francie teria escolhido uma bolsa menor. Olhou sobre o ombro da amiga; viu-a tirar algumas balas velhas e examinar seu prêmio: um lenço áspero de cambraia. Uma vez, Francie tinha ganhado um frasco pequeno de perfume forte. Hesitou de novo quanto a gastar ou não um centavo em um saco-surpresa. Era bom ser surpreendida, mesmo se não desse para comer o doce. Mas pensou que já havia sido surpreendida estando com Maudie quando ela fez a compra e que isso era quase igualmente bom.

Subiu pela Manhattan Avenue lendo em voz alta os sonoros nomes das ruas que passavam: Scholes, Meserole, Montrose e, depois, Johnson Avenue. Essas duas últimas avenidas eram onde os italianos haviam se estabelecido. O distrito conhecido como bairro dos judeus começava na Seigel Street, avançava pela Moore e pela McKibben e ultrapassava a Broadway. Francie foi para a Broadway.

E o que havia na Broadway Avenue, em Williamsburg, Brooklyn? Nada... apenas a melhor loja de artigos baratos do mundo! Era grande e reluzente e tinha tudo que havia no mundo... ou pelo menos era o que parecia para uma menina de onze anos. Francie tinha cinco centavos. Francie tinha poder. Podia comprar praticamente qualquer coisa naquela loja! Era o único lugar no mundo onde isso podia acontecer.

Ao chegar à loja, percorreu os corredores manuseando cada objeto que lhe agradava. Que sensação maravilhosa a de pegar uma coisa, segurá-la por um momento, sentir seus contornos, passar a mão pela superfície e colocá-la cuidadosamente de volta no lugar. Seus cinco centavos lhe davam esse privilégio. Se um vendedor perguntasse se ela pretendia comprar alguma coisa, poderia responder que sim, comprar algo e esfregar na cara dele. *Dinheiro era algo maravilhoso*, decidiu. Depois de uma orgia de tocar objetos, ela fez sua compra planejada: cinco centavos de biscoitinhos de menta rosa e brancos.

Voltou para casa pela Graham Avenue, a rua do gueto. Empolgava-se com os carrinhos de mão lotados, cada um deles uma pequena loja em si, os judeus emocionais barganhando e os cheiros peculiares da região; peixe assado recheado, pão ázimo de centeio recém-saído do forno e algo que cheirava a mel fervendo. Olhou com espanto para os homens barbudos com seus gorros de alpaca e seus casacos de sedalina, perguntando-se o que fazia seus olhos serem tão pequenos e severos. Espiou dentro das minúsculas lojas que eram como buracos na parede e sentiu o cheiro dos tecidos para vestidos espalhados em desordem sobre as mesas. Notou os colchões de penas projetando-se de janelas, roupas de cores orientais vibrantes secando nas escadas de incêndio e crianças seminuas brincando nas sarjetas. Uma mulher grávida com uma barriga enorme estava pacientemente sentada na calçada em uma cadeira dura de madeira. Sob o sol quente, observava a vida na rua enquanto guardava dentro de si seu próprio mistério de vida.

Francie se lembrou de como ficara surpresa quando sua mãe lhe disse que Jesus era judeu. Francie achava que ele fosse católico. Mas a mamãe sabia das coisas. Ela falou que os judeus sempre viram Jesus como um garoto iídiche encrenqueiro que decidiu que não ia trabalhar como carpinteiro, casar, estabelecer-se e constituir família. E os judeus acreditavam que o Messias ainda estava por vir, a mamãe disse. Pensando nisso, Francie olhou para a judia grávida.

Acho que é por isso que os judeus têm tantos filhos, Francie pensou. *E por isso que elas ficam sentadas tão quietas... esperando. E por isso que não se envergonham de estarem tão gordas. Cada uma pensa que talvez esteja grávida do verdadeiro menino Jesus. É por isso que caminham com tanto orgulho quando estão assim. Já as mulheres irlandesas sempre parecem envergonhadas. Elas sabem que nunca poderão fazer um Jesus. Será só mais um irlandesinho. Quando eu crescer e souber que vou ter um bebê, vou me lembrar de andar devagar e com orgulho, mesmo não sendo judia.*

*

Era meio-dia quando Francie chegou em casa. Sua mãe entrou logo depois com a vassoura e o balde, que deixou em um canto com aquela largada final que significava que eles não seriam mais tocados até segunda-feira.

A mamãe estava com vinte e nove anos. Tinha cabelos negros, olhos castanhos e mãos ágeis. Tinha uma boa figura também. Trabalhava como faxineira e limpava três casas de cômodos de aluguel. Quem poderia acreditar que a mamãe esfregava chãos para sustentar eles quatro? Ela era tão bonita, magrinha e animada, sempre estava disposta e alegre. Embora suas mãos fossem vermelhas e rachadas do contato com a água sanitária, tinham belos contornos, com lindas unhas curvas e ovais. Todos diziam que era uma pena que uma mulher bonita e delicada como Katie Nolan tivesse que ficar esfregando pisos. "Mas o que mais ela poderia fazer, considerando o marido que tinha?", as pessoas diziam. Era verdade que Johnny Nolan era um homem bonito e adorável, muito superior a qualquer outro homem dali. Mas *era* um bêbado. Era o que todos diziam, e era verdade.

Francie fez sua mãe ficar olhando enquanto ela guardava os oito centavos no banco de lata. Passaram agradáveis cinco minutos conjeturando sobre quanto haveria no banco. Francie achava que devia haver quase cem dólares. Sua mãe disse que oito dólares seria um cálculo mais exato.

A mamãe instruiu Francie a sair e comprar alguma coisa para o almoço.

— Pegue oito centavos na xícara rachada e compre um quarto de pão de centeio, e preste atenção se não está velho. Depois pegue cinco centavos, vá ao açougue do sr. Sauerwein e peça o fim da língua por esse valor.

— Mas tem que saber lidar com ele para conseguir isso.

— Diga ao sr. Sauerwein que sua mãe *mandou* — insistiu Katie com firmeza, depois ficou pensativa. — Não sei se devemos comprar cinco centavos de pãezinhos doces ou guardar esse dinheiro no banco.

— Ah, mamãe, hoje é *sábado*. A semana inteira você disse que poderíamos ter sobremesa no sábado.

— Tudo bem. Traga os doces.

A pequena delicatessen judaica estava cheia de cristãos comprando pão de centeio. Ela ficou olhando enquanto o homem enfiava um quarto de pão em um saco de papel. Com sua maravilhosa casca crocante, mas macia, e a base coberta de farinha, era facilmente o pão mais maravilhoso do mundo, ela pensou, quando estava fresco. Entrou no açougue do sr. Sauerwein com relutância. Às vezes ele era simpático quanto à língua, às vezes não. A língua fatiada de setenta e cinco centavos por meio quilo era só para os ricos. Mas, quando estava quase acabando, dava para conseguir o final quadrado da peça por cinco centavos, mas só se você soubesse lidar com o sr. Sauerwein. Claro que, nesse pedaço, não sobrava muita língua. Eram, na maior parte, pequenos ossos moles e cartilagem, com uma leve lembrança de carne.

Por acaso, o sr. Sauerwein estava em um de seus bons dias.

— A língua acabou ontem — disse ele para Francie. — Mas eu guardei para você, porque sei que sua mãe gosta de língua e eu gosto da sua mãe. Diga isso a ela. Ouviu?

— Sim, senhor — murmurou Francie. Ela baixou os olhos para o chão, sentindo o rosto esquentar. Odiava o sr. Sauerwein e *não* ia contar para sua mãe o que ele havia dito.

Na padaria, pegou quatro pães doces, escolhendo com cuidado os que tinham mais açúcar. Encontrou Neeley do lado de fora da loja. Ele espiou dentro da sacola e deu pulos de alegria quando viu os pães doces. Embora já tivesse comido quatro centavos de doces naquela manhã, estava com muita fome e fez Francie correr no caminho de volta para casa.

Seu pai não veio para casa jantar. Ele era garçom e cantor autônomo, o que significava que não trabalhava com muita frequência. Costumava passar a manhã de sábado na sede do sindicato esperando que aparecesse algum trabalho.

Francie, Neeley e a mamãe fizeram uma ótima refeição. Cada um deles teve uma fatia grossa da "língua", dois pedaços do pão de centeio de cheiro adocicado com manteiga sem sal, um pão doce e uma xícara de café forte com uma colher de chá de leite condensado do lado.

Havia uma ideia especial dos Nolan sobre o café. Era seu único grande luxo. A mamãe fazia um grande bule cada manhã e o reaquecia para o almoço e o jantar, e ele ficava mais forte no transcorrer do dia. Era muita água e muito pouco café, mas a mamãe acrescentava um punhado de chicória que lhe dava um sabor mais forte e amargo. Cada um tinha direito a três xícaras por dia *com leite*. Em outros horários, podia-se pegar uma xícara de café preto quando se tivesse vontade. Às vezes, quando não havia absolutamente nada e estava chovendo e se estava sozinho em casa, era maravilhoso saber que se podia ter *algo*, ainda que fosse apenas uma xícara de café preto e amargo.

Neeley e Francie adoravam café, mas raramente o bebiam. Naquele dia, como de hábito, Neeley manteve o café preto e comeu seu leite condensado espalhado no pão. Tomou um golinho do café puro por mera formalidade. A mamãe serviu o café de Francie e pôs o leite nele, mesmo sabendo que a menina não o beberia.

Francie adorava o cheiro do café e o jeito como ele era quente. Enquanto comia seu pão e carne, manteve uma das mãos curvada em volta da xícara, desfrutando o calor. De tempos em tempos, cheirava sua doçura amarga. Isso era melhor que bebê-lo. No final da refeição, ele ia para o ralo da pia.

A mamãe tinha duas irmãs, Sissy e Evy, que os visitavam com frequência. Toda vez que elas viam o café sendo jogado fora, davam um sermão à mamãe sobre desperdício.

A mamãe explicava:

— A Francie tem direito a uma xícara por refeição como os outros. Se ela se sente melhor jogando fora do que bebendo, tudo bem. *Eu* acho que é bom pessoas como nós poderem desperdiçar coisas de vez em quando e terem a sensação de como seria ter muito dinheiro e não ter que se preocupar com mendigar comida.

Esse estranho ponto de vista satisfazia sua mãe e agradava a Francie. Era uma das ligações entre o pobre apertado e o rico esbanjador. A menina sentia que, mesmo que tivesse menos que qualquer outra pessoa em Williamsburg, de certa forma tinha mais. Ela era mais rica porque tinha algo para desperdiçar. Comeu seu pãozinho açucarado devagar, relutante em acabar com seu gosto doce, enquanto o café gelava. Com uma pose majestosa, despejou-o pelo ralo da pia, sentindo-se indiferentemente extravagante. Depois disso, estava pronta para ir ao Losher buscar a cota de pão duro da família para meia semana. Sua mãe lhe disse que ela podia levar cinco centavos e comprar uma torta vencida se conseguisse encontrar uma que não estivesse amassada demais.

A padaria do Losher fornecia para as lojas da vizinhança. O pão não era embrulhado em papel parafinado e endurecia rápido. A padaria do Losher recolhia o pão velho dos comerciantes e o vendia pela metade do preço para os pobres. A loja ficava ao lado da padaria. O balcão longo e estreito preenchia um lado e bancos longos e estreitos se estendiam pelos dois outros lados. Uma enorme porta dupla se abria atrás do balcão. As carroças da padaria encostavam no balcão e descarregavam o pão diretamente em cima dele. Vendiam dois pães por cinco centavos, e, quando eles eram despejados, uma multidão brigava aos empurrões pelo privilégio de comprá-los. Nunca havia pão suficiente, e alguns esperavam até três ou quatro carroças chegarem para conseguir o seu. Por esse preço, os clientes tinham que providenciar a própria embalagem. Os compradores, na maioria, eram crianças. Alguns enfiavam o pão sob o braço e iam para casa despudoradamente, deixando o mundo todo saber que eram pobres. Os mais orgulhosos embrulhavam o pão, alguns em jornais velhos, outros em sacos de farinha limpos ou sujos. Francie trazia um grande saco de papel.

Não tentou pegar seu pão de imediato. Sentou-se em um banco e ficou observando. Uma dúzia de crianças se empurravam e gritavam no balcão. Quatro homens idosos cochilavam no banco oposto. Os velhos, dependentes da família, faziam as tarefas de rua e cuidavam de bebês, a única ocupação que restava para os homens idosos e cansados em Williamsburg. Esperavam tanto quanto podiam antes de comprar, porque o Losher cheirava agradavelmente a pão assando no forno e o sol que entrava pelas janelas era bom em suas velhas costas. Ficavam sentados e cochilavam enquanto as horas passavam e sentiam que estavam ocupando o tempo. A espera lhes dava um propósito na vida por um breve intervalo e eles quase se sentiam úteis outra vez.

Francie ficou olhando para o homem mais velho. Fez seu jogo favorito de tentar adivinhar sobre as pessoas. O cabelo fino e emaranhado era do mesmo tom acinzentado sujo dos tocos de barba que se projetavam das faces encovadas. Saliva seca se acumulava nos cantos da boca. Ele bocejou. Não tinha dentes. Ela observou, com fascínio e repugnância, enquanto ele fechava a boca, puxava os lábios para dentro até não haver mais boca e fazia o queixo subir até quase encontrar o nariz. Analisou seu casaco velho com o forro saindo pela costura rasgada da manga. As pernas estavam abertas e estendidas em impotente relaxamento e faltava um botão na abertura manchada de gordura da calça. Viu que seus sapatos estavam gastos e furados nos dedos. Um dos sapatos estava amarrado com um cadarço muito usado e o outro com um pedaço de barbante sujo. Ela viu dois dedos grossos e imundos com unhas cinzentas enrugadas. Seus pensamentos voavam...

Ele é velho. Deve ter mais de setenta anos. Nasceu mais ou menos na época em que Abraham Lincoln se preparava para ser presidente. Williamsburg devia ser um vilarejo rural na época, e talvez índios ainda vivessem em Flatbush. Isso foi há tanto tempo. Continuou olhando para os pés dele. *Ele já foi um bebê. Deve ter sido delicado e limpo e sua mãe beijava os dedinhos rosados dos seus pés. Talvez, quando trovejava à noite, ela viesse ao seu berço, ajeitasse seu cobertor e murmurasse que ele não precisava ter medo, que a mamãe estava ali. Depois ela o pegava no colo e encostava o rosto na cabeça dele e dizia que ele era seu bebezinho lindo. Talvez ele tenha sido um menino como o meu irmão, que entrava e saía correndo de casa e batia a porta. E, enquanto sua mãe o repreendia, pensava que talvez ele fosse presidente um dia. Depois ele foi um jovem, forte e feliz. Quando caminhava pela rua, as garotas sorriam e se viravam para olhá-lo. Ele lhes sorria de volta e talvez piscasse para a mais bonita. Acho que deve ter se casado e tido filhos, e estes achavam que ele era o papai mais maravilhoso do mundo pelo jeito como trabalhava tanto e lhes comprava presentes no Natal. Agora seus filhos estão ficando velhos também, como ele, e eles têm filhos, e ninguém quer mais o velho e estão esperando que ele morra. Mas ele não quer morrer. Ele quer continuar vivendo mesmo sendo tão velho e não tendo mais nenhum motivo para ser feliz.*

O lugar estava quieto. O sol de verão se infiltrava e criava caminhos poeirentos que desciam inclinados da janela ao chão. Uma grande mosca verde entrava e saía zumbindo da poeira ensolarada. Exceto por ela e pelos velhos que cochilavam, o lugar estava vazio. As crianças que esperavam o pão tinham ido brincar do lado de fora. Suas vozes agudas pareciam vir de muito longe.

De repente, Francie se levantou de um pulo. Seu coração batia acelerado. Ela estava com medo. Do nada, pensou em um acordeão se abrindo inteiro para produzir uma nota. Depois vislumbrou o acordeão se fechando... fechando... fechando... Um pânico terrível e inominável a invadiu quando tomou consciência de que muitos dos lindos bebês no mundo tinham nascido para um dia se tornar algo como esse velhote. Ela precisava sair daquele lugar ou isso aconteceria com ela também. De repente, seria uma mulher velha com gengivas desdentadas e pés que causavam repugnância nas pessoas.

Nesse momento, as portas duplas atrás do balcão se abriram enquanto uma carroça de pão entrava de ré. Um homem parou atrás do balcão. O condutor da carroça começou a jogar pães para ele, que os empilhava no balcão. Ao ouvirem as portas se abrindo, as crianças na rua entraram todas de uma vez e se aglomeraram em volta de Francie, que já havia chegado ao balcão.

— Eu quero pão! — Francie gritou. Uma menina corpulenta lhe deu um forte empurrão e perguntou quem ela achava que era. — Que te importa? — Francie lhe disse. — Quero seis pães e uma torta não muito amassada! — berrou para o vendedor.

Impressionado com sua intensidade, o homem no balcão empurrou para ela seis pães e a menos estragada das tortas rejeitadas e pegou o dinheiro. Ela abriu passagem pela multidão, derrubando um pão que teve dificuldade para pegar de volta, porque não havia espaço para se abaixar.

Do lado de fora, sentou-se no meio-fio e arrumou os pães e a torta dentro do saco de papel. Uma mulher passou, empurrando um bebê em um carrinho. O bebê balançava os pés no ar. Francie olhou e viu não o pé do bebê, mas uma coisa grotesca em um grande sapato rasgado. O pânico voltou e ela correu todo o caminho de volta para casa.

Não havia ninguém lá. Sua mãe havia se arrumado e saído com a tia Sissy para ver uma matinê no teatro em um assento de dez centavos na galeria. Francie guardou os pães e a torta e dobrou o saco de papel com cuidado para ser usado na próxima vez. Foi para o minúsculo quarto sem janelas que dividia com Neeley e se sentou na cama no escuro, esperando as ondas de pânico passarem.

Depois de um tempo, Neeley entrou, se enfiou embaixo da cama e puxou uma luva gasta de apanhador.

— Aonde você vai? — perguntou ela.

— Jogar bola no terreno.

— Posso ir junto?

— Não.

Ela o seguiu pela rua. Três meninos do grupo dele o esperavam. Um tinha um taco, outro uma bola de beisebol e o terceiro não tinha nada, mas usava um calção de beisebol. Tomaram a direção de um terreno vazio para os lados de Greenpoint. Neeley viu Francie vindo atrás, mas não falou nada. Um dos meninos o cutucou e disse:

— Ei! A sua irmã está nos seguindo.

— É — confirmou Neeley.

O menino se virou e gritou para Francie:

— Vá cuidar da sua vida!

— Este é um país livre — declarou Francie.

— Este é um país livre — repetiu Neeley para o menino.

Não ligaram mais para Francie depois disso. Ela continuou a segui-los. Não tinha nada para fazer até as duas horas, quando a biblioteca do bairro reabria.

Foi uma caminhada lenta e cheia de brincadeiras. Os meninos paravam para procurar papel-alumínio na sarjeta e pegar pontas de cigarro que guardavam para fumar no porão na próxima tarde de chuva. Gastaram um tempo atormentando um menininho judeu que ia para o templo. Detiveram-no enquanto discutiam o que fazer com ele. O menino esperou, sorrindo humildemente. Os cristãos por fim o liberaram com instruções detalhadas sobre como ele deveria se comportar na semana seguinte.

— Não mostre a cara na Devoe Street — ordenaram a ele.

— Está bem — ele prometeu.

Os meninos ficaram desapontados. Esperavam mais resistência. Um deles tirou um giz do bolso, desenhou uma linha ondulada na calçada e ordenou:

— Nunca passe desta linha.

Sabendo que os havia ofendido por ceder com tanta facilidade, o menininho decidiu entrar no jogo.

— Não posso nem pôr um pé na sarjeta?

— Não pode nem *cuspir* na sarjeta — lhe disseram.

— Está bem. — Ele suspirou com fingida obediência.

Um dos meninos maiores teve uma inspiração.

— E fique longe das meninas cristãs, entendeu? — Depois se afastaram e o deixaram na calçada, olhando espantado para eles.

— Pu-*xaa!* — o garotinho sussurrou, girando os grandes olhos judeus. A ideia de que aqueles góis o considerassem homem o bastante para pensar em *qualquer* menina, gentia ou judia, o atordoou, e ele prosseguiu em seu caminho repetindo "pu-xaa".

Os meninos continuaram devagar, olhando maliciosamente para o menino maior que havia feito o comentário sobre as meninas e imaginando se ele ia começar uma sessão de conversa suja. Mas, antes que ele tivesse chance, Francie ouviu seu irmão dizer:

— Eu conheço aquele menino. Ele é um judeu branco. — Neeley tinha ouvido seu pai falar assim de um atendente de bar judeu de quem ele gostava.

— Não existe isso de judeu branco — disse o menino grande.

— Bom, se existisse isso de judeu branco — prosseguiu Neeley, com aquela combinação de concordar com os outros e, ainda assim, manter as próprias opiniões que o tornava tão amistoso —, ele seria.

— Nunca poderia haver um judeu branco — replicou o menino maior —, nem por suposição.

— Nosso Senhor era judeu. — Neeley citou a mamãe.

— E outros judeus se viraram contra ele e o mataram — decretou o menino grande.

Antes que pudessem se aprofundar na teologia, viram outro menininho virar na Ainslie Street, vindo da Humboldt Street, com uma cesta no braço. A cesta estava coberta com um pano limpo rasgado. Um pauzinho saía por um canto da cesta e, nele, como uma bandeira caída, penduravam-se seis pretzels. O menino grande do grupo de Neeley deu uma ordem e eles se juntaram em volta do vendedor de pretzels, que se manteve firme, abriu a boca e berrou:

— Mamãe!

Uma janela se abriu no segundo andar e uma mulher segurando um quimono amassado de crepe em volta dos peitos espalhados gritou:

— Deixem ele em paz e caiam fora daqui, seus filhos da puta.

Francie cobriu depressa os ouvidos para não ter que contar para o padre na confissão que tinha ficado parada ouvindo uma palavra feia.

— Nós não estamos fazendo nada, senhora — disse Neeley, com aquele sorriso adulador que sempre ganhava sua mãe.

— Podem apostar que não mesmo. Não enquanto eu estiver por aqui. — Então, sem mudar o tom, ela chamou o filho. — E você, suba agora. Vou te ensinar a não me amolar quando estou tirando um cochilo. — O menino dos pretzels subiu a escada e o grupo continuou andando.

— Aquela mulher é brava. — O menino maior fez um sinal com a cabeça indicando a janela.

— É — os outros concordaram.

— Meu pai também é bravo — comentou o menor dos meninos.

— E daí? — falou o menino maior, com desinteresse.

— Eu só estava comentando — desculpou-se o menino menor.

— O meu pai não é bravo — disse Neeley, e os meninos riram.

Continuaram andando, parando de vez em quando para respirar fundo o cheiro do Newtown Creek, que fluía em seu trajeto estreito e tormentoso por alguns quarteirões na Grand Street.

— Caramba, que fedor — comentou o menino maior.

— É! — Neeley pareceu imensamente satisfeito.
— Aposto que esse é o pior fedor do mundo — gabou outro menino.
— É.

E Francie murmurou "é", concordando. Tinha orgulho daquele cheiro. Ele lhe informava que havia um curso de água por perto, que, mesmo sujo, unia-se a um rio que corria para o mar. Para ela, a estupenda fetidez sugeria navios navegando para longe e aventuras, e ela gostava do cheiro.

No momento em que os meninos chegaram ao terreno onde havia um losango irregular de beisebol produzido pelo movimento de muitos pés, uma pequena borboleta amarela voou sobre a grama. Com o instinto humano de capturar qualquer coisa que corresse, voasse, nadasse ou rastejasse, eles a perseguiram, jogando os bonés velhos sobre ela. Neeley a pegou. Os meninos a olharam de relance, mas logo perderam o interesse e começaram uma partida de beisebol de quatro pessoas ao seu próprio modo.

Jogavam furiosamente, xingando, suando e batendo uns nos outros. Cada vez que um andarilho qualquer passava e parava por um instante, eles faziam movimentos exagerados e se exibiam. Havia rumores de que o Brooklyn Dodgers tinha uma centena de espiões vagueando pelas ruas nas tardes de sábado, de olho nos jogos nos terrenos e em jogadores promissores. E não havia um menino sequer no Brooklyn que não preferisse jogar nos Dodgers a ser presidente dos Estados Unidos.

Depois de um tempo, Francie se cansou de olhá-los. Sabia que eles iam jogar, brigar e se exibir até que fosse hora de voltar para casa para jantar. Eram duas horas. A bibliotecária devia estar de volta do almoço agora. Já sentindo o prazer por antecipação, Francie rumou para a biblioteca.

2

A BIBLIOTECA ERA UM LUGAR PEQUENO E ACANHADO, MAS FRANCIE a achava linda. A sensação que tinha ali era tão boa quanto a que tinha na igreja. Abriu a porta e entrou. Ela gostava mais do cheiro combinado de encadernações de couro gastas, cola para papel e almofadas de carimbo com tinta fresca do que do cheiro de incenso que queimava na missa.

Francie achava que todos os livros do mundo estavam naquela biblioteca, e seu plano era ler todos eles. Lia um livro por dia em ordem alfabética, sem pular os entediantes. Lembrava que o primeiro autor tinha sido Abbott. Vinha lendo um livro por dia havia um bom tempo e ainda estava no B. Já tinha lido sobre besouros e búfalos, férias nas Bermudas e arquitetura bizantina. Mesmo com todo o seu entusiasmo, era preciso admitir que alguns dos Bs tinham sido difíceis de terminar. Mas Francie era uma leitora. Lia tudo que lhe caía nas mãos: porcarias, clássicos, tabelas de horários e a lista de preços da mercearia. Algumas das leituras haviam sido maravilhosas; os livros de Louisa Alcott, por exemplo. Ela pretendia ler todos os livros outra vez quando tivesse terminado os Zs.

Sábado era diferente. Ela se dava o prazer de ler um livro que não estivesse na sequência alfabética. Nesse dia, ela pedia que a bibliotecária lhe indicasse algum.

Depois que Francie entrou e fechou a porta silenciosamente — do jeito que se deve fazer em uma biblioteca —, ela olhou depressa para o pequeno jarro de cerâmica marrom-dourado que ficava na ponta da mesa da bibliotecária. Era um indicador de estação. No outono, continha alguns raminhos de agridoce oriental e, no Natal, continha azevinho. Sabia que a primavera estava chegando, mesmo que ainda houvesse neve no chão, quando via salgueiro-gato no jarro. E hoje, nesse sábado de verão de 1912, o que havia no vaso? Subiu os olhos devagar pelo jarro, passando pelos talos verdes finos e pelas pequenas folhas arredondadas, e viu... capuchinhas! Vermelhas, amarelas, douradas e brancas como marfim. Sentiu uma dor entre os olhos ao assimilar aquela visão tão maravilhosa. Era algo para lembrar pelo resto da vida.

Quando eu for grande, pensou, *vou ter um vaso marrom assim e, nos dias quentes de agosto, haverá capuchinhas nele.*

Pôs a mão na borda da mesa polida, apreciando o toque. Olhou para a fileira organizada de lápis recém-apontados, o quadrado verde limpo do mata-borrão, o frasco branco gordo de cola, a pilha precisa de fichas e os livros devolvidos à espera de voltar para as prateleiras. O lápis especial com o carimbo de data na ponta estava sozinho ao lado do mata-borrão.

Sim, quando eu for grande e tiver minha própria casa, não vou querer saber de poltronas chiques e cortinas rendadas. E nada de flores de plástico. Vou ter uma mesa como esta na minha sala e paredes brancas e um mata-borrão verde limpo todos os sábados à noite e uma fileira de lápis amarelos reluzentes apontados para escrever e um vaso marrom-dourado sempre com uma flor ou alguma folhagem ou galhos com frutinhas e livros... livros... livros...

Ela escolheu seu livro para o domingo; era de um autor chamado Brown. Francie calculava que estava lendo Browns havia meses. Quando pensava que havia quase terminado, percebia que a prateleira seguinte começava outra vez com Browne. Depois vinha Browning. Ela gemeu, ansiosa para chegar ao C, onde havia um livro de Marie Corelli que havia folheado e achado empolgante. Será que *um dia* chegaria nele? Talvez devesse ler dois livros por dia. Talvez...

Ficou esperando junto à mesa por um longo tempo até que a bibliotecária se dignasse a atendê-la.

— Sim? — perguntou a mulher, de mau humor.

— Este livro. Eu quero retirar. — Francie empurrou o livro para a frente com a capa de trás aberta e a pequena ficha puxada para fora do envelope. As bibliotecárias treinavam as crianças para apresentar os livros assim. Isso lhes poupava o tempo de abrir várias centenas de livros por dia e puxar várias centenas de fichas de igual número de envelopes.

Ela tirou a ficha, carimbou-a, enfiou-a em uma fenda na mesa. Carimbou o cartão de Francie e o devolveu a ela. Francie o pegou, mas não foi embora.

— Sim? — A bibliotecária não se deu o trabalho de levantar os olhos.

— Poderia recomendar um bom livro para uma menina?

— Que idade?

— Ela tem onze.

Todas as semanas Francie fazia o mesmo pedido e todas as semanas a bibliotecária fazia a mesma pergunta. Um nome em uma ficha não significava nada para ela e, como nunca olhava para o rosto de uma criança, nunca chegou a conhecer a menina que retirava um livro todos os dias e dois livros no sábado. Um sorriso teria significado muito para Francie e um comentário amistoso a teria deixado muito feliz. Ela adorava a biblioteca e estava ansiosa para venerar a senhora encarregada dela. Mas a bibliotecária tinha outras coisas na cabeça. E, de qualquer modo, ela odiava crianças.

Francie ficou trêmula de expectativa enquanto a mulher enfiava a mão sob o tampo da mesa. Viu o título enquanto o livro aparecia: *If I Were King*, de McCarthy. Maravilhoso! Na semana anterior tinha sido *Beverly of Graustark* e o mesmo duas semanas antes. Tinha lido o livro de McCarthy só duas vezes. A bibliotecária recomendava esses dois livros repetidamente. Talvez fossem os únicos que ela própria havia lido; talvez estivessem em uma lista de recomendados; talvez ela tivesse descoberto que eles eram uma aposta certa para meninas de onze anos.

Francie apertou os livros contra o peito e correu para casa, resistindo à tentação de se sentar no primeiro degrau que encontrasse e começar a ler.

Finalmente em casa, e agora havia chegado a hora que ela tanto esperara a semana inteira: a hora de se sentar na escada de incêndio. Estendeu um pequeno tapete nos degraus, pegou seu travesseiro e o apoiou nas barras. Por sorte, havia gelo na forminha. Ela pegou um cubinho e o colocou em um copo d'água. Os biscoitinhos de menta rosa e brancos comprados naquela manhã foram colocados em uma pequena tigela, rachada, mas de uma bela cor azul. Ela arrumou copo, tigela e livro no parapeito da janela e saiu para a escada de incêndio. Ali fora, vivia em uma árvore. Ninguém acima, abaixo ou à frente podia vê-la. Mas ela podia olhar entre as folhas e ver tudo.

Era uma tarde ensolarada. Um vento morno e preguiçoso transportava um cheiro morno de mar. As folhas da árvore criavam padrões fugitivos na fronha branca do travesseiro. Não havia ninguém no pátio e isso era bom. Geralmente ele estava tomado pelo menino cujo pai alugava a loja no térreo. O menino costumava brincar de cemitério por horas a fio. Cavava túmulos em miniatura, fechava lagartas capturadas vivas em caixas de fósforos, enterrava-as cerimoniosamente e erigia pequenas lápides de seixos sobre os minúsculos montinhos de terra. Toda a brincadeira era acompanhada por soluços encenados e movimentos espasmódicos do peito. Hoje, no entanto, o sinistro menino estava fora, visitando uma tia em Bensonhurst. Saber que ele estava longe era quase tão bom quanto ganhar um presente de aniversário.

Francie respirou o ar morno, observou as sombras dançantes das folhas, comeu os doces e tomou goles da água fresca enquanto lia o livro.

Se eu fosse um Rei, meu Amor,
Ah, se eu fosse um Rei...

A cada nova leitura, a história de François Villon era mais maravilhosa. Às vezes, ficava com medo de que o livro se perdesse na biblioteca e ela nunca mais pudesse lê-lo novamente. Certa vez havia começado a copiá-lo em um caderno de dois centavos. Queria tanto ter um livro que pensou que, se o copiasse, seria como tê-lo. Mas as folhas escritas a lápis não pareciam nem cheiravam como o livro da biblioteca, então ela desistiu, consolando-se com a promessa de que, quando crescesse, trabalharia muito, economizaria dinheiro e compraria todos os livros que quisesse.

Enquanto lia, em paz com o mundo e feliz como só uma menininha poderia ser com um bom livro, uma boa tigela de doces e totalmente sozinha em casa, as sombras das folhas foram se deslocando e a tarde passou. Por volta das quatro horas, os apartamentos das casas de cômodos do outro lado do pátio de Francie ganharam vida. Entre as folhas, ela olhou para as janelas abertas e sem cortinas e viu garrafões sendo levados para fora e voltando cheios até a boca de cerveja fresca e espumante. Crianças entravam e saíam, indo e voltando do açougue, da mercearia e da padaria. Mulheres chegavam com pacotes volumosos da loja de penhores. O traje masculino de domingo estava em casa novamente. Na segunda-feira, voltaria ao penhor por mais uma semana. A loja de penhores prosperava com o dinheiro dos juros semanais e a roupa se beneficiava de ser escovada e pendurada em cânfora onde as traças não podiam atacá-la. Entrada na segunda-feira, saída no sábado. Dez centavos de juros pagos ao tio Timmy. Esse era o ciclo.

Francie viu moças se arrumando para sair com seus rapazes. Como nenhum dos apartamentos tinha banheiro, elas ficavam diante da pia da cozinha de blusinha de alça de lingerie e anágua, a bonita linha do braço curvada sobre a cabeça, enquanto lavavam a axila. Havia tantas moças em tantas janelas lavando-se dessa maneira que parecia uma espécie de ritual silencioso e cheio de expectativa.

Ela parou de ler quando o cavalo e a carroça de Fraber entraram no pátio lateral, porque observar o belo cavalo era quase tão bom quanto ler. O pátio lateral era de paralelepípedos e tinha um estábulo bem arrumado no fundo. Um portão duplo de ferro forjado separava o pátio da rua. Na borda dos paralelepípedos havia um trecho de terra bem adubado onde crescia uma linda roseira e uma fileira de gerânios muito vermelhos. O estábulo era melhor do que qualquer casa da região, e o pátio era o mais bonito de Williamsburg.

Francie ouviu o clique do portão se fechar. O cavalo, um castrado castanho reluzente com crina e cauda pretas, apareceu primeiro. Ele puxava uma pequena carroça marrom-avermelhada que tinha "Dr. Fraber, Dentista" e o endereço pintados nas laterais, em letras douradas. Essa elegante carroça não entregava nem transportava nada. Era conduzida lentamente pelas ruas o dia inteiro como propaganda. Era um cartaz móvel de sonho.

Frank, um rapaz bonito de faces rosadas como os moços das cantigas infantis, saía com a carroça todas as manhãs e a trazia de volta todas as tardes. Tinha uma vida boa, e todas as moças flertavam com ele. Tudo que precisava fazer era conduzir a carroça devagar pelas ruas para que as pessoas pudessem ler o nome e o endereço. Quando precisassem de uma dentadura ou tivessem que arrancar um dente, as pessoas se lembrariam do endereço na carroça e procurariam o dr. Fraber.

Frank removia seu casaco sem pressa e vestia um avental de couro enquanto Bob, o cavalo, deslocava pacientemente o peso de uma pata para outra. Frank, então, o desarreava, limpava o couro e pendurava os arreios no estábulo. Em seguida, lavava o cavalo com uma grande esponja amarela. O cavalo gostava. Ficava ali com o sol sarapintando o pelo e, ocasionalmente, seus cascos tiravam uma minúscula lasca das pedras quando ele os batia no chão. Frank espremia água sobre o dorso marrom e o esfregava, conversando com o garanhão.

— Quietinho agora, Bob. Isso, muito bom. Calma aí. Ôa, garoto!

Bob não era o único cavalo na vida de Francie. O marido de sua tia Evy, o tio Willie Flittman, também dirigia um cavalo. Seu cavalo se chamava Drummer e puxava uma carroça de leite. Willie e Drummer não eram amigos como Frank e seu cavalo eram. Willie e Drummer ficavam de olho um no outro imaginando como poderiam se irritar mutuamente. Tio Willie o insultava a todo momento. Pelo modo que ele falava, parecia que o cavalo nunca dormia à noite e só ficava acordado no estábulo da empresa de leite arquitetando novos tormentos para seu condutor.

Francie gostava de fazer uma brincadeira em que imaginava que as pessoas se pareciam com seus animais e vice-versa. Pequenos poodles brancos eram muito apreciados no Brooklyn. A mulher que tinha um poodle geralmente era pequena, roliça, branca, manchada e com olhos lacrimejantes, como um poodle. A srta. Tynmore, a solteirona miúda e de voz animada e chilreante que dava aulas de música para a mamãe, era igualzinha ao canário da gaiola que tinha em sua cozinha. Se Frank pudesse se transformar em um cavalo, ele seria como Bob. Francie nunca tinha visto o cavalo do tio Willie, mas sabia como ele era. Drummer, como Willie, devia ser pequeno, magro e moreno, com olhos nervosos que mostravam uma quantidade excessiva de branco. Devia ser resmungão também, como o marido da tia Evy. Ela deixou seu pensamento divagar do tio Flittman.

Na rua, uma dúzia de meninos pequenos estavam agarrados ao portão de ferro, vendo o único cavalo da vizinhança ser lavado. Francie não conseguia vê-los, mas os ouvia conversar. Eles inventavam histórias assustadoras sobre o pacato animal.

— Ele parece tão quieto e manso, não é? — um deles disse. — Mas é só fingimento. Está só esperando uma distração do Frank para morder e escoicear ele até a morte.

— É — falou outro menino. — Eu vi o cavalo passar por cima de um bebezinho ontem.

Um terceiro menino teve uma inspiração.

— Eu vi o cavalo fazer xixi em cima de uma mulher que estava sentada na calçada vendendo maçãs. E em cima de todas as maçãs também — acrescentou, complementando.

— Eles põem esses antolhos para ele não poder ver como as pessoas são pequenas. Se ele visse como elas são pequenas, ia matar todo mundo.

— Os antolhos fazem ele pensar que as pessoas são pequenas?

— Bem pequenininhas.

— Puxa!

Cada um que falava sabia que estava mentindo, mas acreditava no que os demais diziam sobre o cavalo. Por fim, eles se cansaram de ficar olhando o pacato Bob, só parado ali. Um deles pegou uma pedra e jogou no cavalo. A pele de Bob ondulou onde a pedra o atingiu e os meninos estremeceram, na expectativa de que ele ficasse furioso. Frank olhou para eles e lhes falou em sua voz gentil do Brooklyn.

— Por que estão fazendo isso? O cavalo não fez nada para vocês.

— Ah, não? — um deles gritou, indignado.

— Não — respondeu Frank.

— Ah, vai se... — veio o inevitável golpe do menino menor.

Frank continuou falando mansamente enquanto fazia um rio de água escorrer pelas ancas do animal:

— Vocês querem ir embora daqui ou eu vou ter que sair na porrada?

— Você e quem mais?

— Vou lhes mostrar quem mais! — De repente, Frank abaixou, pegou um paralelepípedo solto e fez menção de atirá-lo.

Os meninos recuaram, gritando protestos ofendidos.

— Acho que este é um país livre.

— É. A rua é pública.

— Vou contar sobre você para o meu tio, que é policial.

— Caiam fora — disse Frank, indiferente, recolocando a pedra no chão com cuidado.

Os meninos grandes foram embora, enjoados da brincadeira. Mas os pequenos se aproximaram de novo. Eles queriam ver Frank dar aveia para Bob.

Frank terminou de lavar o cavalo e o levou para baixo da árvore. Pendurou um saco cheio de alimento no pescoço do animal e foi lavar a carroça, assobiando "Let Me Call You Sweetheart". Como se fosse um sinal, Flossie Gaddis, que morava embaixo dos Nolan, pôs a cabeça para fora da janela.

— Olá — chamou ela, cheia de vivacidade.

Frank sabia quem tinha chamado. Esperou um longo tempo antes de responder "Olá", sem levantar os olhos. Deu a volta até o outro lado da carroça, onde Floss não poderia vê-lo, mas a voz persistente o seguiu.

— Terminou por hoje? — perguntou ela, animada.

— Logo. É.

— Imagino que vai sair para se divertir, já que é sábado à noite, não é? — Nenhuma resposta. — Não vá me dizer que um rapaz bonito como você não tem uma namorada. — Nenhuma resposta. — Vai ter um baile esta noite no Shamrock Club.

— É? — Ele não pareceu interessado.

— É. Eu tenho um ingresso para uma dama e um cavalheiro.

— Desculpe. Eu tenho compromisso.

— Ficar em casa fazendo companhia para sua mãe?

— Talvez.

— Ah, vá para o inferno! — Ela bateu a janela e Frank soltou um suspiro de alívio. Aquilo estava encerrado.

Francie ficou com pena de Flossie. Ela nunca perdia a esperança, por mais que não tivesse sucesso com Frank. Flossie sempre corria atrás de homens, e eles sempre corriam dela. A tia Sissy de Francie andava atrás de homens também. Mas, por algum motivo, eles também andavam para encontrá-la no meio do caminho.

A diferença era que Flossie Gaddis era faminta por homens, e Sissy tinha uma fome saudável por eles. E isso fazia uma *enorme* diferença.

3

PAPAI CHEGOU EM CASA ÀS CINCO HORAS. A ESSA ALTURA, O CAVALO e a carroça já tinham sido trancados no estábulo de Fraber, Francie tinha acabado seu livro e seus doces e havia notado como estava pálido e fraco o sol do fim de tarde sobre as tábuas gastas da cerca. Segurou o travesseiro aquecido pelo sol e refrescado pelo vento de encontro à face por um momento antes de colocá-lo de volta na cama.

Papai entrou cantando sua balada favorita, "Molly Malone". Ele sempre a cantava quando subia a escada, para que todos soubessem que estava chegando.

> *In Dublin's fair city,*
> *The girls are so pretty,*
> *Twas there that I first met...* *

Feliz e sorridente, Francie abriu a porta antes que ele pudesse cantar o próximo verso.

---
* "Em Dublin, cidade formosa,/ De meninas tão graciosas,/ Foi lá que eu conheci..." (N. da T.)

— Onde está sua mãe? — perguntou ele. *Sempre* perguntava isso quando entrava.

— Ela foi ao teatro com a Sissy.

— Ah! — Ele pareceu desapontado. *Sempre* ficava desapontado quando Katie não estava. — Vou trabalhar no Klommer's esta noite. Uma grande festa de casamento. — Esfregou o chapéu-coco com a manga do casaco antes de pendurá-lo.

— Servindo ou cantando? — perguntou Francie.

— Os dois. Eu tenho algum avental de garçom limpo, Francie?

— Tem um limpo, mas não está passado. Eu passo para você.

Ela montou a tábua de passar sobre duas cadeiras e pôs o ferro para esquentar. Pegou o quadrado de tecido de algodão grosso amarfanhado com tiras de amarrar de linho e o borrifou com água. Enquanto esperava o ferro ficar quente, aqueceu o café e lhe serviu uma xícara. Ele o tomou e comeu o pãozinho doce que lhe haviam guardado. Estava muito feliz porque tinha trabalho naquela noite e porque era um belo dia.

— Um dia como este é como alguém lhe dando um presente — disse ele.

— Sim, papai.

— Café quente não é maravilhoso? Como as pessoas viviam antes de ele ser inventado?

— Eu gosto do cheiro.

— Onde você comprou esses pãezinhos doces?

— No Winkler. Por quê?

— Eles fazem melhor a cada dia.

— Sobrou um pouco de pão judeu também, um pedaço.

— Ótimo! — Ele pegou a fatia de pão e a virou. O selo do sindicato estava naquele pedaço. — Bom pão, feito pelos padeiros do sindicato. — Tirou o selo, e um pensamento lhe veio repentinamente. — A etiqueta do sindicato no meu avental!

— Está aqui, presa na costura. Eu vou passar.

— Essa etiqueta é como um ornamento — ele explicou —, como uma rosa que se veste. Olhe só o meu broche do Sindicato dos Garçons. — O broche verde-claro e branco estava preso na lapela. Ele o poliu com a manga. — Antes de eu entrar para o sindicato, os patrões me pagavam o que queriam. Às vezes não me pagavam nada. Diziam que as gorjetas eram suficientes. Alguns lugares até cobravam de mim pelo privilégio de trabalhar. As gorjetas eram tão grandes, diziam, que eles podiam vender a concessão para atender como garçons. Aí eu entrei para o sindicato. Sua mãe não devia reclamar por causa das contribuições. O sindicato me arranja trabalhos em que o patrão é obrigado a pagar uma remuneração fixa, independentemente das gorjetas. Todas as profissões deviam ser sindicalizadas.

— Sim, papai. — Francie já estava passando o avental. Ela adorava ouvi-lo falar.

Francie pensou na sede do sindicato. Uma vez tinha ido lá para lhe levar um avental e o dinheiro da condução para ele ir a um trabalho. Ela o viu sentado com alguns homens. Ele usava seu smoking o tempo todo. Era o único terno que tinha. O chapéu-coco estava jovialmente inclinado na cabeça e ele fumava um charuto. Tirou o chapéu e jogou fora o charuto quando viu Francie entrar.

— Minha filha — disse ele com orgulho. Os garçons fitaram a criança magra de vestido andrajoso e se entreolharam. Eles eram diferentes de Johnny Nolan. Tinham empregos regulares de garçom durante a semana e conseguiam um dinheiro extra em trabalhos no sábado à noite. Johnny não tinha um emprego regular. Trabalhava por noite, aqui e ali.

— Quero contar a vocês, colegas — disse ele —, que tenho dois belos filhos em casa e uma linda esposa. E que não sou suficientemente bom para eles.

— Não fale assim — disse um amigo, dando uma batidinha em seu ombro.

Francie ouviu dois homens fora do grupo falando sobre seu pai. O homem baixo falou:

— Vem ouvir esse cara falar da esposa e dos filhos dele. É divertido. Ele é um sujeito engraçado. Leva o pagamento para a esposa em casa, mas fica com as gorjetas para a bebida. Ele tem um esquema esquisito no McGarrity. Entrega todas as gorjetas para ele e o McGarrity lhe serve as bebidas. Ele não sabe se o McGarrity lhe deve dinheiro ou se ele deve para o McGarrity. Mas para ele o sistema deve funcionar muito bem. Ele está sempre de cara cheia. — Os dois homens foram embora.

Francie sentiu uma dor no coração, mas, quando viu como os homens em volta de seu pai gostavam dele, como sorriam e davam risada com o que ele dizia e como o escutavam com atenção, a dor diminuiu. Aqueles dois homens eram exceções. Ela sabia que todos amavam seu pai.

Sim, todos amavam Johnny Nolan. Ele era um cantor doce de canções doces. Desde o início dos tempos, todos, especialmente os irlandeses, amavam e se importavam com esse cantor. Seus colegas garçons realmente o amavam. Os homens para quem ele trabalhava o amavam. Sua esposa e seus filhos o amavam. Ele ainda era alegre, jovem e bonito. Sua esposa não se tornara ressentida com ele e seus filhos não sabiam que deveriam se envergonhar dele.

Francie puxou os pensamentos de volta daquele dia em que o visitou na sede do sindicato. Continuou a escutar seu pai. Ele falava do passado.

— Olhe para mim. Eu não sou ninguém. — Placidamente, ele acendeu um charuto de cinco centavos. — Meus pais vieram da Irlanda no ano em que as batatas acabaram. Um colega tinha uma companhia de barcos a vapor e disse que ia trazer meu pai para a América, que tinha um trabalho esperando por ele. Disse que ia descontar a passagem do salário dele. Então meu pai e minha mãe vieram. Meu pai era como eu. Nunca ficou no mesmo emprego por muito tempo. — Fumou em silêncio por alguns minutos.

Francie continuou passando sem dizer nada. Sabia que ele estava só pensando em voz alta. Não esperava que ela entendesse. Só queria alguém para ouvi-lo. Dizia praticamente as mesmas coisas todo sábado. No resto da semana, quando estava bebendo, entrava e saía e falava pouco. Mas hoje era sábado. Era seu dia de falar.

— Meus pais nunca aprenderam a ler ou escrever. Eu mesmo só cheguei até o sexto ano. Tive que largar a escola quando o velho morreu. Vocês, crianças, têm sorte. Vou garantir que vocês terminem os estudos.

— Sim, papai.

— Eu era um menino de doze anos. Cantava em bares para os bêbados e eles jogavam moedas para mim. Depois comecei a trabalhar nos bares e restaurantes... servindo as pessoas... — Ficou em silêncio com seus pensamentos por um tempo. — Sempre quis ser um cantor de verdade, do tipo que entra no palco vestido com capricho. Mas eu não tinha nenhuma instrução e não tinha a menor ideia de como começar a ser um cantor de palco. "Cuide do seu trabalho", minha mãe me dizia. "Você não sabe como tem sorte por ter um trabalho", ela falava. Então eu acabei indo para a profissão de garçom-cantor. Não é um trabalho estável. Eu estaria melhor se fosse só garçom. É por isso que eu bebo — concluiu o raciocínio, sem nenhuma lógica.

Ela o fitou como se fosse fazer uma pergunta. Mas não disse nada.

— Eu bebo porque não tenho a menor chance e sei disso. Podia dirigir um caminhão como outros homens, ou podia entrar na polícia, com o meu físico. E o que eu faço é servir cerveja e cantar, quando o que eu quero é só cantar. Bebo porque tenho responsabilidades e não consigo dar conta delas. — Houve outra longa pausa, então ele murmurou: — Eu não sou um homem feliz. Tenho esposa e filhos e não sou um homem trabalhador. Eu nunca quis uma família.

Outra vez aquela dor no coração. Ele não a queria? Não queria Neeley?

— Para que um homem como eu quer uma família? Mas eu me apaixonei por Katie Rommely. Ah, eu não estou culpando sua mãe — ele se apressou em dizer. — Se não fosse ela, teria sido a Hildy O'Dair. Sabe, eu acho que a sua mãe ainda tem ciúme dela. Mas, quando eu conheci a Katie, falei para a Hildy: "Siga o seu caminho e eu sigo o meu". Então eu me casei com a sua mãe. Nós tivemos filhos. Sua mãe é uma boa mulher, Francie. Nunca se esqueça disso.

Francie sabia que a mamãe era uma boa mulher. Ela *sabia*. E o papai dizia isso. Então por que ela gostava mais de seu pai do que de sua mãe? Por quê? O papai não era bom. Ele mesmo dizia isso. Mas ela gostava mais do papai.

— É, a sua mãe trabalha muito. Eu amo a minha esposa e os meus filhos. — Francie ficou feliz de novo. — Mas um homem não deveria ter uma vida melhor? Talvez chegue um dia em que os sindicatos deem um jeito para um homem trabalhar e ter tempo para si mesmo também. Mas eu não vou estar vivo para ver isso. Agora é só trabalho duro o tempo todo ou ser um vagabundo... não tem meio-termo. Quando eu morrer, ninguém vai se lembrar de mim por muito tempo. Ninguém vai dizer: "Ele era um homem que amava sua família e acreditava no sindicato". Eles só vão dizer: "Que pena. Mas, no fim das contas, ele não passava de um bêbado". Sim, é isso que vão dizer.

A sala estava muito quieta. Johnny Nolan jogou o charuto fumado pela metade pela janela desprotegida com um gesto amargo. Teve a impressão de que estava esgotando sua vida rápido demais. Olhou para a pequena menina passando a ferro, tão silenciosa, com a cabeça inclinada sobre a tábua, e se sentiu apunhalado pela tristeza doce que viu no rosto magro da criança.

— Escute! — Foi até ela e pôs o braço sobre seus ombros estreitos. — Se eu conseguir muitas gorjetas esta noite, vou apostar o dinheiro em um bom cavalo que eu sei que vai correr segunda-feira. Vou apostar uns dois dólares nele e ganhar dez. Depois vou apostar os dez em outro cavalo que eu conheço e ganhar cem. Se usar a cabeça e tiver um pouco de sorte, vou aumentar para quinhentos.

Castelos de vento, pensou consigo mesmo, enquanto falava à filha sobre suas fantasias de ganhos. Mas, ah, que maravilha, ele pensou, se tudo que a gente falasse pudesse se tornar realidade! E continuou falando.

— E aí, sabe o que eu vou fazer, Prima Donna?

Francie sorriu com alegria, feliz por ele usar o apelido que lhe dera quando ela era bebê e ele jurara que seu choro era tão variado e harmonioso quanto o alcance de voz de uma cantora lírica.

— Não. O quê?

— Vou te levar para viajar. Só nós dois, Prima Donna. Nós vamos para o sul, onde as flores do algodão balançam ao vento. — Ele ficou encantado com a frase e a repetiu. "Onde as flores do algodão balançam ao vento." Então lembrou que a frase era um verso de uma música que conhecia. Enfiou as mãos nos bolsos, assobiou e começou a fazer um sapateado de valsa como Pat Rooney, antes de começar a cantar.

> *...a field of snowy white.*
> *Hear the darkies singing soft and low.*
> *I long there to be, for someone waits for me,*
> *Down where the cotton blossoms blow.**

Francie beijou o rosto dele com carinho.

— Ah, papai, eu te amo tanto — ela murmurou.

Ele a abraçou forte. Outra vez, a sensação de uma punhalada.

— Ah, meu Deus! Ah, meu Deus! — ele repetiu para si mesmo em uma agonia quase insuportável. — Que droga de pai eu sou. — Mas, quando falou com ela novamente, sua voz estava calma. — Mas tudo isso não está ajudando a ter meu avental passado.

— Está pronto, papai. — Ela o dobrou com cuidado em um quadrado.

— Tem algum dinheiro em casa, meu bem?

Ela olhou na xícara rachada na prateleira.

— Uma moeda de cinco centavos e mais umas moedinhas.

— Você pode pegar sete centavos e ir me comprar uma frente falsa e um colarinho de papel?

Francie foi até a loja de armarinhos para comprar os trajes de sábado à noite para seu pai. Uma frente falsa era uma frente de camisa feita de musselina fortemente engomada. Era presa em volta do pescoço com um botão de colarinho. O colete a mantinha no lugar. Substituía uma camisa. Usava-se uma vez e jogava-se fora. Um colarinho de papel não era feito

---

* "... um campo branco de neve./ Ouça os negros em seu canto suave e lento./ É lá que desejo estar, onde tenho alguém a me esperar,/ Onde as flores do algodão balançam ao vento." (N. da T.)

exatamente de papel. Era chamado assim para diferenciá-lo de um colarinho de celuloide, que era o que homens pobres usavam porque podia ser limpo passando um pano molhado nele. Um colarinho de papel era feito de cambraia fina fortemente engomada. Só podia ser usado uma vez.

Quando Francie voltou, seu pai havia feito a barba, molhado o cabelo para penteá-lo, lustrado os sapatos e vestido uma camiseta de baixo limpa. Não estava passada e tinha um grande furo nas costas, mas o cheiro era bom e limpo. Ele subiu em uma cadeira e pegou uma pequena caixa na prateleira de cima do armário. Ela continha os botões de pérola que Katie havia lhe dado de presente de casamento. Tinham lhe custado um mês de salário. Johnny sentia muito orgulho deles. Por mais necessitados que os Nolan estivessem, esses botões nunca haviam sido penhorados.

Francie o ajudou a colocar os botões na frente falsa. Ele prendeu o colarinho alto com um botão de ouro, presente que Hildy O'Dair havia lhe dado antes de ele ficar noivo de Katie. Desse também ele não se desfaria. A gravata era uma faixa de seda preta pesada que ele havia amarrado com um exímio nó borboleta. Outros garçons usavam nós prontos presos a elásticos. Mas não Johnny Nolan. Outros garçons usavam camisas brancas encardidas ou camisas limpas mal passadas, e colarinhos de celuloide. Mas não Johnny. Suas roupas eram imaculadas, mesmo que temporariamente.

Por fim, ele estava vestido. O cabelo loiro ondulado brilhava e ele tinha um cheiro limpo e fresco, lavado e de barba feita. Vestiu o paletó e o abotoou com satisfação. As lapelas de cetim do smoking estavam gastas, mas quem olharia para elas quando o traje assentava tão belamente nele e o vinco da calça era tão perfeito? Francie olhou para os sapatos pretos lustrosos e notou como a calça sem bainha descia por trás do calcanhar e como se curvava bonita sobre o pé. A calça de nenhum outro pai tinha esse mesmo caimento. Francie tinha orgulho de seu pai. Ela embrulhou o avental passado com capricho em um papel limpo guardado para esse fim.

Em seguida o acompanhou até o bonde. Mulheres sorriam para ele até notarem a menininha que lhe segurava a mão. Johnny parecia um belo e despreocupado rapaz irlandês, em vez do marido de uma faxineira e pai de dois filhos que estavam sempre com fome.

Passaram pela loja de ferragens de Gabriel e pararam para ver os patins na vitrine. A mamãe nunca tinha tempo para isso. O papai falava como se fosse comprar um par para Francie algum dia. Caminharam até a esquina. Quando um bonde da Graham Avenue chegou, ele subiu de um salto para a plataforma, ajustando o ritmo à desaceleração do carro. Quando o bonde partiu, ele ficou na plataforma traseira, segurando-se à barra e inclinando-se para acenar para Francie. Nenhum homem jamais parecera tão galante quanto seu pai, ela pensou.

4

Depois que seu pai foi embora, Francie subiu para ver que tipo de fantasia Floss Gaddis ia usar no baile daquela noite.

Flossie sustentava a mãe e o irmão trabalhando em uma fábrica de luvas de pelica. As luvas eram tecidas do lado avesso e o trabalho dela consistia em virá-las do lado direito. Com frequência ela trazia trabalho para fazer em casa à noite. Eles precisavam de cada centavo que conseguissem, porque seu irmão não podia trabalhar. Ele era tuberculoso.

Francie tinha ouvido dizer que Henny Gaddis estava morrendo, mas não acreditava nisso. Ele não parecia assim. Na verdade, ele parecia maravilhoso. Tinha a pele clara com uma bela cor rosada nas faces. Seus olhos eram grandes e ardiam continuamente como uma lamparina protegida do vento. Mas ele sabia. Tinha dezenove anos, era ávido pela vida e não conseguia compreender por que estava condenado. A sra. Gaddis ficou feliz ao ver Francie. Ter companhia fazia Henny parar de pensar em si mesmo.

— Henny, a Francie está aqui — ela chamou, alegremente.

— Oi, Francie.

— Oi, Henny.

— Você não acha que o Henny está com uma boa aparência, Francie? Diga a ele que está com uma boa aparência.

— Você está com uma boa aparência, Henny.

Henny se dirigiu a um companheiro invisível.

— Ela diz a um homem moribundo que ele está com uma boa aparência.

— Estou falando a verdade.

— Não, não está. Você está só falando por falar.

— Que conversa, Henny. Olhe para mim, veja como sou magricela, mas eu nunca penso em morrer.

— Você não vai morrer, Francie. Você nasceu para dar a volta por cima nesta vida podre.

— Mesmo assim, eu queria ter as faces coradas e bonitas como as suas.

— Não, você não queria. Você não sabe de onde elas vêm.

— Henny, você devia passar mais tempo sentado no telhado — disse sua mãe.

— Ela diz a um homem moribundo que ele devia passar um tempo sentado no telhado — Henny informou a seu companheiro invisível.

— Ar fresco é bom para você, e sol.

— Me deixa em paz, mãe.

— Para o seu próprio bem.

— Mãe, mãe, me deixa em paz! Me deixa em paz!

De repente ele baixou a cabeça sobre os braços e arrancou do peito aflitivas tosses em soluços. Flossie e a mãe se entreolharam e concordaram silenciosamente em deixá-lo em paz. Elas o largaram tossindo e soluçando na cozinha e foram para a sala da frente mostrar a fantasia para Francie.

Flossie fazia três coisas todas as semanas: trabalhava com as luvas, trabalhava com suas roupas e trabalhava com Frank. Ela ia a um baile à fantasia todo sábado à noite, cada vez com uma roupa diferente. As fantasias eram especialmente desenhadas para esconder seu braço direito desfigurado. Quando criança, ela havia caído em uma caldeira de lavar roupas com água fervente que tinha sido deixada por descuido no chão da cozinha. Seu braço direito ficara horrivelmente queimado e ela crescera com a pele enrugada e roxa. Sempre usava mangas compridas.

Como era essencial que a fantasia para o baile fosse *décolleté*, ela havia criado um traje desnudo nas costas, a frente cortada de modo a realçar seus peitos grandes e com uma única manga longa para cobrir o braço direito. Os juízes achavam que a fluida manga única simbolizasse alguma coisa. Invariavelmente, ela ganhava o primeiro prêmio.

Flossie vestiu a roupa que ia usar naquela noite. Parecia a concepção popular do que uma dançarina dos salões de garimpeiros do Klondike usaria. Era feita de cetim roxo com camadas de anáguas de filó cereja. Havia uma borboleta de lantejoulas pretas bordada sobre a ponta de seu peito esquerdo. A manga única era de chiffon verde-ervilha. Francie admirou a fantasia. A mãe de Flossie abriu a porta do armário e Francie olhou para a fileira de trajes vibrantemente coloridos.

Flossie tinha seis vestidos de cores diversas e o mesmo número de anáguas de filó e pelo menos vinte mangas de chiffon de todas as cores que uma pessoa poderia imaginar. A cada semana, Flossie mudava as combinações para fazer uma fantasia nova. Na semana seguinte, as anáguas cereja poderiam se avolumar sob um vestido azul-céu com uma manga de chiffon preta. E assim por diante. Havia duas dúzias de sombrinhas de seda fechadas e nunca usadas naquele armário; prêmios que ela havia ganhado. Flossie as colecionava para exibição, do mesmo modo que um atleta coleciona troféus. Francie se sentia feliz olhando para todas aquelas sombrinhas. Pessoas pobres tinham uma grande paixão por quantidades enormes de coisas.

Enquanto admirava as fantasias, Francie começou a se sentir inquieta. Olhando para as cores vibrantes e volumosas, cereja, laranja, azul-brilhante, vermelho e amarelo, teve a sensação de que algo se ocultava furtivamente por trás das roupas. Era algo embrulhado em um longo manto sombrio com um crânio de dentes arreganhados e ossos no lugar de mãos. E estava escondido por trás dessas cores vibrantes, esperando por Henny.

5

MAMÃE CHEGOU EM CASA ÀS SEIS COM TIA SISSY. FRANCIE FICOU muito contente de ver Sissy. Era sua tia favorita. Francie a amava e se sentia fascinada por ela. Sissy levara uma vida muito emocionante até então. Tinha trinta e cinco anos, havia sido casada três vezes e dado à luz dez filhos, todos os quais morreram logo depois de nascer. Sissy sempre dizia que Francie era todos os dez filhos dela.

Sissy trabalhava em uma fábrica de borracha e era muito desinibida com os homens. Tinha olhos negros dançantes, cabelos negros cacheados e a pele clara. Gostava de usar um laço cereja no cabelo. A mamãe estava com seu chapéu verde-jade que fazia sua pele parecer o creme na superfície do leite. A aspereza de suas bonitas mãos era escondida por um par de luvas brancas de algodão. Ela e Sissy entraram conversando animadamente e rindo, lembrando-se das piadas que tinham ouvido no teatro.

Sissy trouxe um presente para Francie: um cachimbo de sabugo de milho em que se soprava e uma galinha de borracha saía pelo fornilho. O cachimbo vinha da fábrica onde Sissy trabalhava. A fábrica produzia alguns brinquedos de borracha como disfarce. Seu lucro real vinha de outro tipo de artigos de borracha, que eram comprados discretamente.

Francie esperava que Sissy ficasse para o jantar. Quando Sissy estava por perto, tudo era alegre e glamoroso. Francie sentia que Sissy compreendia as meninas. Outras pessoas tratavam crianças como males adoráveis, mas necessários. Sissy as tratava como seres humanos importantes. Mas, embora a mamãe tivesse insistido, Sissy não quis ficar. Tinha que ir para casa, disse ela, e ver se seu marido ainda a amava. Isso fez a mamãe rir. Francie riu também, mesmo sem entender o que Sissy queria dizer. Sissy foi embora depois de prometer que voltaria no primeiro dia do mês com as revistas. O marido atual de Sissy trabalhava para uma editora de revistas de papel barato. Todos os meses ele recebia exemplares de todas as publicações: histórias de amor, de caubói, de detetives, de terror e tudo o mais. Elas tinham capas brilhantes e coloridas e ele as recebia direto da sala de estoque, amarradas com um barbante amarelo novo. Sissy as trazia para Francie do jeito que elas chegavam. Francie as lia avidamente, depois as vendia pela metade do preço para a papelaria do bairro e punha o dinheiro no banco de lata da mamãe.

Depois que Sissy saiu, Francie contou à sua mãe sobre o velho no Losher com os pés grosseiros.

— Bobagem — disse a mamãe. — A velhice não é essa tragédia toda. Se ele fosse o único homem velho no mundo, aí sim. Mas ele tem outros velhos para lhe fazer companhia. Pessoas velhas não são infelizes. Elas não desejam as coisas que nós desejamos. Só desejam ficar aquecidas, ter comida fácil de mastigar e se lembrar de coisas em suas conversas. Pare de ser tão boba. Se existe uma coisa certa é que todos nós vamos ficar velhos um dia. Por isso se acostume com a ideia o mais depressa que puder.

Francie sabia que a mamãe estava certa. No entanto… ficou feliz quando ela mudou de assunto. Então as duas planejaram as refeições que iam fazer com o pão velho durante a semana.

Os Nolan praticamente viviam desse pão velho, e que coisas incríveis Katie conseguia fazer com ele! Ela pegava um pedaço de pão velho, des-

pejava água fervente sobre ele, transformava-o em uma pasta, temperava-
-o com sal, pimenta, tomilho, cebola picada e um ovo (se os ovos estivessem baratos) e assava-o no forno. Quando ele ficava bom e corado, ela fazia um molho com meia xícara de ketchup, duas xícaras de água fervente, temperos, um pouco de café forte, engrossava-o com farinha e o despejava sobre o pão assado. Era bom, quente, gostoso e substancioso. O que sobrava era cortado em fatias finas no dia seguinte e fritado em gordura de bacon quente.

A mamãe fazia um pudim de pão muito bom com fatias de pão velho, açúcar, canela e uma maçã de um centavo fatiada fininha. Depois de assado até ficar marrom, ela derretia açúcar e derramava por cima. Às vezes, fazia o que chamava de *Weg Geschnissen*, o que poderia ser traduzido por "algo feito de pedaços de pão que seriam jogados fora". Pedaços de pão eram mergulhados em uma massa feita de farinha, água, sal e um ovo, depois fritos em gordura muito quente. Enquanto eles fritavam, Francie corria até a loja de doces e comprava um centavo de açúcar mascavo cristalizado, o qual era esmagado com um rolo de macarrão e polvilhado sobre os pedaços de pão frito antes de servir. Os cristais não derretiam totalmente, e ficava maravilhoso.

O jantar de sábado era uma refeição inesquecível. Os Nolan tinham carne frita! Um pedaço de pão velho era amassado até formar uma pasta com água quente e misturado com dez centavos de carne moída e uma cebola picada. Sal e um centavo de salsinha moída eram acrescentados para dar sabor. Isso tudo era modelado em pequenas bolas, que depois eram fritas e servidas com ketchup quente. Essas bolas de carne tinham um nome, *fricadellen*, o que era muito engraçado para Francie e Neeley.

Eles viviam basicamente dessas coisas feitas de pão velho, e de leite condensado e café, cebolas, batatas e sempre o centavo de alguma coisa comprada na última hora, acrescentada para dar um toque especial. De vez em quando tinham uma banana. Mas Francie sempre desejava laranjas e abacaxi e, especialmente, tangerinas, que só ganhava no Natal.

Às vezes, quando tinha um centavo extra, comprava biscoitos quebrados. O homem da mercearia fazia um saquinho com um pedaço de papel torcido e o enchia com biscoitos doces que tinham quebrado na caixa e não podiam mais ser vendidos como biscoitos inteiros. A regra da mamãe era: "não compre doce ou bolo se tiver um centavo. Compre uma maçã". Mas o que era uma maçã? Francie achava que uma batata crua dava na mesma, e isso ela podia ter sem pagar nada.

Mas havia ocasiões, especialmente ao fim de um inverno longo, frio e escuro, em que, por mais que Francie tivesse fome, nada parecia bom. Esse era um grande momento para picles. Ela pegava um centavo e ia até uma loja na Moore Street que só vendia gordos picles judaicos que flutuavam em um líquido salgado e fortemente temperado. Um patriarca com uma longa barba branca, solidéu preto e gengivas desdentadas presidia os barris com uma grande vareta de madeira bifurcada. Francie pedia o mesmo que as outras crianças.

— Me dá um centavo de picles de judiaria.

O hebreu olhava para a criança irlandesa com olhos vermelhos duros, pequenos, torturados e furiosos.

— *Gói! Gói!* — ele dizia com raiva, com ódio da palavra "judiaria".

Francie não tinha nenhuma intenção de ofender. Ela não sabia direito o significado da palavra. Para ela, parecia um termo que se usava para algo estranho, mas simpático. O judeu, claro, não sabia disso. Haviam dito a Francie que ele tinha um barril de onde vendia só para os gentios e que nesse tonel ele cuspia ou fazia coisa ainda pior uma vez por dia. Essa era a sua vingança. Mas isso nunca foi provado contra o pobre e velho judeu, e Francie não acreditava.

Ele mexia o líquido com a vareta, praguejando sobre a barba branca manchada, e era tomado por uma irritação histérica quando Francie lhe pedia um picles do fundo do barril, o que o fazia virar os olhos e espremer a barba. Por fim, um picles gordo e bonito, amarelo-esverdeado e duro nas extremidades, era pescado e colocado em um pedaço de papel marrom. Ainda xingando, o judeu recebia o centavo na mão ressecada de vinagre e se retirava para o fundo da loja, onde sua raiva ia se diluindo enquanto ele ficava sentado balançando a cabeça sobre a barba, sonhando com os velhos dias no velho país.

O picles durava o dia inteiro. Francie o sugava e lambia. Não o comia exatamente. Ela só o *tinha*. Quando havia apenas pão e batata por tempo demais em casa, os pensamentos de Francie iam para os picles azedos e gotejantes. Ela não sabia por que, mas, depois de um dia do picles, o pão e as batatas ficavam com gosto bom outra vez. Sim, o dia do picles era algo ansiosamente aguardado.

6

NEELEY CHEGOU EM CASA E JÁ FOI MANDADO COM FRANCIE PARA comprar a refeição do fim de semana. Esse era um ritual importante e requeria instruções detalhadas da mamãe.

— Comprem cinco centavos de osso para sopa no Hassler. Mas não comprem a carne moída lá. Vão no Werner. Peguem coxão duro moído, dez centavos, e não deixem ele dar para vocês a carne que já estiver no prato do moedor. Levem uma cebola também.

Francie e o irmão ficaram no balcão um longo tempo até que o açougueiro os notasse.

— O que vai ser? — ele perguntou, finalmente.

Francie começou as negociações.

— Dez centavos de coxão duro.

— Moído?

— Não.

— A moça acabou de sair daqui. Comprou vinte e cinco centavos de coxão duro moído. Só que eu moí demais e sobrou um pouco aqui no prato. Exatamente dez centavos. É verdade, eu acabei de moer.

Aquela era a armadilha em que Francie estava avisada para não cair. Não compre se a carne estiver no prato do moedor, não importa o que o açougueiro disser.

— Não. Minha mãe disse dez centavos de coxão duro.

Furiosamente, o açougueiro cortou um pedaço de carne e o bateu com força no papel depois de pesá-lo. Já ia embrulhar quando Francie disse, com uma voz trêmula:

— Ah, eu esqueci. Minha mãe quer moída.

— Maldição! — Ele pegou a carne, irritado, e a enfiou no moedor. *Enganado de novo*, ele pensou, bravo. A carne saiu em espirais frescas vermelhas. Ele as juntou na mão e ia jogá-la de novo sobre o papel quando...

— E a mamãe falou para picar esta cebola nela. — Timidamente, ela empurrou a cebola descascada que havia trazido de casa sobre o balcão. Neeley ficou de lado, sem dizer nada. Sua função era vir junto para dar apoio moral.

— Misericórdia! — o açougueiro exclamou, enfurecido. Mas pôs-se a trabalhar com dois cutelos, picando a cebola na carne. Francie observou, apreciando as batidas ritmadas dos cutelos. Uma vez mais, o açougueiro juntou a carne, jogou-a no papel e olhou com raiva para Francie. Ela engoliu em seco. A última instrução era a mais difícil de todas. O açougueiro tinha uma ideia do que estava por vir. Ficou ali parado, tremendo por dentro. Francie falou de um só fôlego.

— E-um-pedaço-de-sebo-para-fritar-junto.

— Pilantrinha maldita — murmurou o açougueiro, carrancudo. Cortou um pedaço de gordura branca, deixou-a cair no chão em vingança, pegou-a e a jogou sobre o monte de carne. Embrulhou-a com fúria, arrebatou a moeda de dez centavos e, enquanto a entregava ao patrão para registrar a venda, amaldiçoou o destino que havia feito dele um açougueiro.

Depois de comprarem a carne moída, eles foram buscar o osso para a sopa no Hassler. Hassler era um bom açougueiro para ossos, mas um açougueiro ruim para carne moída, porque ele a moía atrás de portas fechadas e só Deus poderia saber o que se acabava comprando. Neeley esperou do lado de fora com o pacote, porque, se Hassler percebesse que haviam comprado carne em outro lugar, iria dizer com ar orgulhoso para providenciarem o osso onde haviam comprado a carne.

Francie pediu um bom osso com alguma carne para a sopa de domingo por cinco centavos. Hassler a fez esperar enquanto contava a velha piada: um homem tinha comprado dois centavos de carne para cachorro e Hassler lhe perguntou: "é para embrulhar ou você quer comer aqui?" Francie sorriu timidamente. O açougueiro, satisfeito, entrou na câmara fria e voltou segurando um osso branco reluzente com cartilagem cremosa e pedaços de carne vermelha presos nas pontas. Ele o segurou para Francie admirar.

— Depois que sua mãe cozinhar — explicou ele —, diga para ela tirar o tutano, espalhá-lo em um pedaço de pão com pimenta e sal e fazer um belo sanduíche para você.

— Vou falar para a mamãe.

— Coma isso e ponha alguma carne nos seus ossos, *ha, ha*.

Depois que o osso estava embrulhado e pago, ele cortou um pedaço grosso de linguiça de fígado e deu para ela. Francie ficou aborrecida por ter enganado aquele homem gentil comprando a carne em outro lugar. Era uma pena que a mamãe não confiasse nele para a carne moída.

Era fim de tarde e as luzes da rua ainda não estavam acesas. Mas a mulher da raiz-forte já estava sentada na frente do Hassler ralando suas raízes de cheiro pungente. Francie estendeu o copo que tinha trazido de casa. A velha senhora o encheu até a metade por dois centavos. Feliz por ter terminado com as carnes, Francie comprou dois centavos de verduras e legumes para sopa na quitanda. Pegou uma cenoura fina, uma folha murcha de aipo, um tomate mole e um raminho fresco de salsa. Estes seriam fervidos com o osso para fazer uma sopa substanciosa, com pedaços de carne boiando. Macarrão grosso feito em casa seria acrescentado. Isso, com o tutano temperado espalhado no pão, daria um bom almoço de domingo.

Depois de um jantar de *fricadellen* fritos, batatas, a torta amassada e café, Neeley foi para a rua ficar com os amigos. Não havia necessidade de sinal nem de combinado: os meninos sempre se reuniam na esquina depois do jantar, onde permaneciam até a hora de dormir, mãos nos bolsos, ombros curvados, discutindo, rindo, se empurrando e movendo o corpo no ritmo de melodias assobiadas.

Maudie Donavan passou por lá para ir com Francie se confessar. Maudie era uma órfã que morava com duas tias solteiras que trabalhavam em casa. Elas faziam mortalhas que vendiam às dúzias para uma fábrica de caixões. Produziam mortalhas de cetim com gomos: brancas para as mortas virgens, cor de alfazema-clara para as jovens casadas, roxas para as de meia-idade e pretas para as idosas. Maudie trouxe alguns tecidos brilhantes. Achou que Francie poderia gostar de fazer alguma coisa com eles. Francie fingiu ficar contente, mas estremeceu enquanto os guardava.

A igreja estava enfumaçada de incenso e velas que derretiam. As freiras haviam colocado flores frescas nos altares. O altar da Virgem Santíssima tinha as flores mais bonitas. Ela era mais popular com as freiras do que Jesus ou José. As pessoas estavam em fila ao lado dos confessionários. As moças e rapazes queriam acabar logo com aquilo para sair em seus encontros. A fila era mais longa no cubículo do padre O'Flynn. Ele era jovem, bondoso, tolerante e moderado nas penitências.

Quando chegou sua vez, Francie afastou a pesada cortina e se ajoelhou no confessionário. O antigo mistério tomou conta do local quando o padre abriu a portinhola que o separava do pecador e fez o sinal da cruz diante da janela com treliça. Ele começou a sussurrar rápida e monotonamente em latim, com os olhos fechados. Ela sentia os cheiros misturados de incenso, cera de vela, flores e do bom tecido preto e da loção de barbear do padre.

— Perdoa-me, Pai, porque pequei...

Rapidamente seus pecados foram confessados e absolvidos. Ela saiu de cabeça baixa sobre as mãos unidas. Fez uma genuflexão diante do altar e se ajoelhou junto à grade. Cumpriu a penitência usando o terço de sua mãe para contar as orações. Maudie, que vivia uma vida menos complicada, tinha menos pecados para confessar e terminou primeiro. Estava sentada nos degraus do lado de fora, esperando, quando Francie saiu.

Caminharam pela rua, uma com o braço na cintura da outra, como as meninas faziam no Brooklyn. Maudie tinha um centavo. Ela comprou um sanduíche de sorvete e deu uma mordida para Francie. Logo Maudie teve que entrar. Ela não tinha permissão para ficar na rua depois das oito da noite. As meninas se separaram após promessas de que iriam juntas à confissão no sábado seguinte.

— Não se esqueça — falou Maudie, afastando-se de Francie de costas.
— Eu fui buscar você desta vez e na próxima é você quem vai me buscar.
— Eu não vou esquecer — prometeu Francie.

Eles tinham visitas na sala da frente quando Francie entrou em casa. Tia Evy estava lá com o marido, Willie Flittman. Francie gostava da tia Evy. Ela se parecia muito com a sua mãe. Era muito divertida e dizia coisas que faziam os outros rirem como em um show, e sabia imitar qualquer pessoa no mundo.

Tio Flittman havia trazido o violão. Ele tocava e todos cantavam. Flittman era um homem baixo e moreno, com cabelos pretos lisos e um bigode sedoso. Tocava violão muito bem, considerando que não tinha o dedo médio da mão direita. Quando chegava aonde deveria usar esse dedo, ele dava uma batidinha no violão para preencher o tempo da nota que seria tocada. Isso dava um ritmo estranho às suas canções. Tinha quase alcançado o fim de seu repertório quando Francie entrou. Ela chegou a tempo de ouvir apenas sua última seleção.

Depois da música, ele saiu e trouxe um jarro de cerveja. Tia Evy serviu um pão de centeio e dez centavos de queijo Limburger, e eles comeram sanduíches com cerveja. Tio Flittman ficou mais pessoal depois da cerveja.

— Olhe para mim, Kate — ele disse para a mamãe —, e estará olhando para um homem fracassado. — Tia Evy virou os olhos e suspirou, estendendo o lábio inferior. — Meus filhos não me respeitam — disse ele. — Minha esposa não precisa de mim para nada, e Drummer, o cavalo da minha carroça de leite, só quer infernizar a minha vida. Sabe o que ele me fez outro dia mesmo?

Ele se inclinou para a frente e Francie viu seus olhos brilharem com lágrimas contidas.

— Eu o estava lavando no estábulo, bem embaixo da barriga dele, e ele fez xixi em mim.

Katie e Evy se entreolharam. Seus olhos dançavam com a risada escondida. Katie olhou de repente para Francie. A risada ainda estava em seus olhos, mas a boca era séria. Francie baixou os olhos para o chão e franziu a testa, embora estivesse rindo por dentro.

— Foi isso que ele fez. E todos os homens no estábulo riram de mim. Todos riem de mim. — Bebeu mais um copo de cerveja.

— Não fale assim, Will — a esposa o repreendeu.

— A Evy não me ama — ele disse para a mamãe.

— Eu te amo, Will — Evy lhe assegurou com sua voz terna e doce, ela própria um carinho.

— Você me amava quando se casou comigo, mas não me ama agora, ama? — Ele esperou, mas Evy não respondeu. — Está vendo? Ela não me ama mais — ele repetiu para a mamãe.

— Está na hora de irmos para casa — decidiu Evy.

Antes de dormir, Francie e Neeley tinham que ler uma página da Bíblia e uma página de Shakespeare. Isso era uma regra. Sua mãe lia as duas páginas para eles até terem idade suficiente para ler sozinhos. Para economizar tempo, Neeley lia a página da Bíblia e Francie lia a de Shakespeare. Estavam havia seis anos nessa leitura e tinham chegado à metade da Bíblia e até *Macbeth* nas *Obras completas* de Shakespeare. Fizeram a leitura depressa e, às onze horas, todos os Nolan, exceto Johnny, que estava trabalhando, tinham ido para a cama.

Nas noites de sábado, Francie tinha autorização para dormir na sala da frente. Ela fazia uma cama unindo duas cadeiras na frente da janela, de onde podia observar as pessoas na rua. Deitada ali, percebia os barulhos noturnos na casa. Pessoas entravam e saíam de seus apartamentos. Algumas estavam cansadas e arrastavam os pés. Outras subiam os degraus com passos leves e rápidos. Uma tropeçou e xingou o linóleo no corredor. Um bebê chorou sem muito entusiasmo e um homem bêbado em um dos apartamentos inferiores fez um resumo da vida imoral que afirmava que sua esposa tinha levado.

Às duas da manhã, Francie ouviu seu pai cantando docemente enquanto subia a escada.

... sweet Molly Malone.
She drove her wheel barrow,
Through streets wide and narrow,
Crying... *

A mamãe abriu a porta no "crying". Era um jogo que o papai fazia. Se eles abrissem a porta antes de ele terminar o verso, eles ganhavam. Se ele conseguisse terminar ainda no corredor, ele ganhava.

Francie e Neeley levantaram da cama e todos se sentaram à mesa para comer depois de papai ter colocado três dólares sobre o tampo e dado cinco centavos a cada criança, que a mamãe os fez guardar no banco de lata, explicando que já haviam recebido dinheiro naquele dia no ferro-velho. O papai havia trazido um saco de papel cheio de comida que sobrara do casamento, porque alguns convidados não haviam comparecido. A noiva havia distribuído os restos de comida entre os garçons. Havia meia lagosta cozida fria, cinco ostras fritas muito frias, um pote de dois centímetros de caviar e uma fatia de queijo Roquefort. As crianças não gostaram da lagosta, as ostras frias não tinham gosto de nada e o caviar parecia salgado demais. Mas estavam com tanta fome que comeram tudo que estava na mesa e digeriram durante a noite. Teriam digerido pregos se estes pudessem ser mastigados.

Depois de comer, Francie finalmente enfrentou o fato de que havia quebrado o jejum que começara à meia-noite e deveria ter durado até depois da missa na manhã seguinte. Agora, não poderia receber a comunhão. Ali estava um pecado verdadeiro para confessar ao padre na semana seguinte.

---

* "... doce Molly Malone./ Seu carrinho de mão empurrava/ Por ruas estreitas e largas,/ Gritando..." (N. da T.)

Neeley voltou para a cama e retomou seu sono profundo. Francie foi para a sala da frente escura e se sentou junto à janela. Não estava com vontade de dormir. Mamãe e papai ficaram na cozinha. Eles iam ficar sentados ali conversando até amanhecer. Papai estava contando sobre o trabalho da noite; as pessoas que tinha visto, como elas eram e como falavam. Os Nolan nunca se fartavam da vida. Viviam sua própria vida ao máximo, mas isso não era suficiente. Tinham que preencher com a vida de todas as pessoas com quem faziam contato.

Então Johnny e Katie conversavam noite afora e o subir e descer de suas vozes era um som seguro e tranquilizador no escuro. Agora eram três horas da manhã e a rua estava muito quieta. Francie viu uma garota que morava em um apartamento do outro lado da rua chegar em casa de um baile com o namorado. Pararam apertados um contra o outro na entrada da casa dela. Ficaram abraçados sem falar até a garota se inclinar para trás e, sem querer, pressionar a campainha. Então seu pai desceu de ceroulas compridas e, com controlada, mas intensa, profanidade, mandou o rapaz para o lugar onde ele deveria ir. A moça subiu as escadas em risadinhas alvoroçadas enquanto o namorado foi embora pela rua assobiando "When I Get You Alone, Tonight".

O sr. Tomony, que era o dono da loja de penhores, chegou em casa em uma charrete de aluguel, vindo de sua noite de esbanjamento em Nova York. Ele nunca havia posto o pé dentro de sua loja de penhores, que havia herdado com um gerente eficiente. Ninguém sabia por que o sr. Tomony morava nos quartos em cima da loja — um homem com o dinheiro que ele tinha. Ele levava a vida de um nova-iorquino aristocrático na miséria de Williamsburg. Um estucador que havia estado nos aposentos dele contou que eram decorados com estátuas, pinturas a óleo e tapetes brancos de pele. O sr. Tomony era solteiro. Ninguém o via a semana inteira. Ninguém o via sair nos sábados à noite. Só Francie e o policial na ronda o viram chegar em casa. Francie o observou, sentindo-se como uma espectadora em um camarote no teatro.

Seu chapéu alto de seda estava inclinado sobre uma orelha. A luz da rua refletiu o brilho de sua bengala de cabo de prata quando ele a colocou sob o braço. Ele jogou para trás a capa curta de cetim branco para pegar o dinheiro. O condutor pegou o pagamento, tocou a ponta do chicote na borda do chapéu de feltro e sacudiu as rédeas do cavalo. O sr. Tomony o observou se afastar como se a charrete fosse a última ligação com uma vida que ele havia achado boa. Depois subiu para seu fabuloso apartamento.

Acreditava-se que ele frequentava lugares lendários como o Reisenweber's e o Waldorf. Francie decidiu que iria ver esses lugares um dia. Um dia ela ia cruzar a Ponte de Williamsburg, que ficava a apenas alguns quarteirões de distância, e encontrar o caminho para o centro de Nova York, onde estavam esses lugares elegantes, e dar uma boa olhada neles pelo lado de fora. Assim conseguiria situar o sr. Tomony mais precisamente.

Uma brisa fresca soprava sobre o Brooklyn vinda do mar. De longe, no lado norte, onde os italianos viviam e criavam galinhas no quintal, veio o canto de um galo, que foi respondido pelo latido distante de um cachorro e um relincho curioso do cavalo Bob, confortavelmente alojado em seu estábulo.

Francie gostava do sábado e detestava encerrá-lo indo dormir. O receio da semana que estava por vir já a deixava inquieta. Fixou a lembrança desse sábado na mente. Tinha sido sem nenhum defeito, exceto pelo velho que esperava o pão.

Nas outras noites da semana, ela teria que se deitar em sua cama e, pelo duto de ar, ouvir as vozes indistintas da recém-casada de fala infantil que morava em um dos outros apartamentos e de seu marido, um motorista de caminhão com jeito de gorila. A voz da recém-casada soaria doce e suplicante, a dele, áspera e autoritária. Depois haveria um curto silêncio. E então ele começaria a roncar e a esposa choraria dolorosamente até quase amanhecer.

Ao se lembrar dos soluços, Francie estremeceu e, por instinto, suas mãos subiram para cobrir as orelhas. Então ela recordou que era sábado; estava no quarto da frente, onde não podia ouvir os sons pelo respiradouro. Sim, ainda era sábado e era maravilhoso. A segunda-feira ainda estava bem longe. O domingo pacífico ainda viria nesse intervalo, no qual ela teria longos pensamentos sobre as capuchinhas no vaso marrom e o jeito do cavalo ao ser banhado, parado no sol e na sombra. Estava ficando sonolenta. Ouviu por um momento Katie e Johnny conversando na cozinha. Eles falavam de lembranças.

— Eu tinha dezessete anos quando te conheci — Katie dizia —, e trabalhava na Fábrica Castle Braid.

— Eu tinha dezenove — lembrou Johnny — e saía com a sua melhor amiga, Hildy O'Dair.

— Ah, *ela* — fungou Katie.

O vento morno com um aroma doce moveu gentilmente o cabelo de Francie. Ela dobrou os braços sobre o parapeito da janela e pousou a face neles. Podia levantar os olhos e ver as estrelas lá no alto, sobre os telhados das casas de cômodos. Depois de algum tempo, adormeceu.

LIVRO DOIS

LIVRO DOIS

7

FOI EM OUTRO VERÃO NO BROOKLYN, MAS DOZE ANOS ANTES, EM 1900, que Johnny Nolan conheceu Katie Rommely. Ele tinha dezenove anos e ela dezessete. Katie trabalhava na Fábrica Castle Braid. E lá também trabalhava Hildy O'Dair, sua melhor amiga. Elas se davam bem, embora Hildy fosse irlandesa e os pais de Katie tivessem nascido na Áustria. Katie era mais bonita, mas Hildy era mais extrovertida. Hildy tinha cabelos loiro-acobreados, usava um laço de chiffon vermelho-sangue no pescoço, chupava balas de alcaçuz, conhecia todas as músicas mais recentes e dançava bem.

Hildy tinha um namorado, um rapaz que a levava para dançar nos sábados à noite. O nome dele era Johnny Nolan. Às vezes ele esperava Hildy do lado de fora da fábrica. Sempre levava algum dos rapazes para esperar com ele. Ficavam fazendo hora na esquina, contando piadas e rindo.

Um dia, Hildy pediu para Johnny levar alguém para Katie, sua amiga, na próxima vez em que fossem dançar. Johnny atendeu a seu pedido. Os quatro foram para Canarsie de bonde. Os rapazes usavam chapéu palheta com uma faixa amarrada na aba e a outra ponta presa na lapela do casaco. A brisa forte do oceano arrancava chapéus e havia muitas risadas quando eles os puxavam de volta pelo cordão.

Johnny dançou com sua garota, Hildy. Katie se recusou a dançar com o jovem trazido para ela, um rapaz vulgar e tolo, dado a comentários como "Eu achei que você tivesse caído lá dentro", quando Katie voltou de uma ida ao toalete. Mas ela deixou que ele lhe comprasse uma cerveja e se sentou à mesa olhando Johnny dançar com Hildy e pensando que, no mundo inteiro, não havia ninguém como Johnny.

Os pés de Johnny eram longos e esguios e seus sapatos eram reluzentes. Ele dançava com os dedos dos pés apontados para dentro e balançava do calcanhar para os dedos com um ritmo bonito. Estava quente, dançando. Johnny pendurou o casaco no encosto da cadeira. Sua calça assentava bem nos quadris e a camisa branca pendia sobre o cinto. Ele usava um colarinho alto rígido e uma gravata de bolinhas (que combinava com a faixa do chapéu palheta), braçadeiras azul-claras de fitas de cetim franzidas com elástico, que Katie desconfiava, com ciúme, que Hildy tivesse confeccionado para ele. Sentiu tanto ciúme que, pelo resto da vida, passou a odiar aquela cor.

Katie não conseguia parar de olhar para ele. Era jovem, esguio e radiante, com cabelos loiros encaracolados e olhos de um azul profundo. Seu nariz era reto e os ombros largos e eretos. Ela ouviu as moças na mesa ao lado dizerem que ele se vestia muito bem. Suas acompanhantes diziam que ele também dançava muito bem. Embora não pertencesse a ela, Katie teve orgulho dele.

Johnny concedeu a ela uma dança de cortesia quando a orquestra tocou "Sweet Rosie O'Grady". Ao sentir os braços dele a envolverem e ao se ajustar instintivamente ao seu ritmo, Katie soube que ele era o homem que ela queria. Não pediria mais nada a não ser olhar para ele e escutá-lo pelo resto de sua vida. Naquele momento, ela decidiu que tais privilégios compensariam ter que se matar de trabalhar para sempre.

Talvez essa decisão tenha sido seu grande erro. Ela devia ter esperado até aparecer um homem que se sentisse desse mesmo jeito em relação a *ela*. Então seus filhos não teriam que passar fome; ela não teria que fazer faxina para sustentá-los, e a lembrança que ela teria dele permaneceria terna e radiante. Mas ela queria Johnny Nolan e mais ninguém e resolveu que o teria para si.

Sua campanha teve início na segunda-feira seguinte. Quando o apito tocou na hora da saída, ela correu para fora da fábrica, chegou à esquina antes de Hildy e cantarolou:

— Oi, Johnny Nolan.

— Oi, Katie, querida — ele respondeu.

Depois disso, ela conseguiu trocar algumas palavras com ele todos os dias. Johnny começou a perceber que esperava na esquina por essas poucas palavras.

Um dia, Katie, usando a desculpa sempre respeitada de uma mulher, disse à supervisora que estava nos seus dias do mês e não se sentia muito bem. Saiu quinze minutos antes da hora do encerramento. Johnny esperava na esquina com os amigos. Eles assobiavam "Annie Rooney" para passar o tempo. Johnny inclinou seu chapéu palheta sobre um olho, pôs as mãos nos bolsos e fez um sapateado de valsa ali na calçada. Transeuntes pararam para admirar. O policial, no meio de sua ronda, gritou:

— Você está perdendo tempo, amigo. Devia estar no palco.

Johnny viu Katie se aproximar, parou sua apresentação e sorriu para ela. Ela estava muito atraente em um conjunto cinza justo, decorado com passamanarias pretas da fábrica. Com intricadas volutas e trançados, o adorno era projetado para chamar a atenção para seu busto recatado, o que era ajudado por duas fileiras de babados presos ao corpete sobre o espartilho. Com o conjunto cinza, ela usava uma boina cereja puxada sobre um dos olhos e sapatos de pelica abotoados de cano alto com salto carretel. Seus olhos castanhos brilhavam e as faces estavam coradas de empolgação e vergonha quando ela pensava em como devia estar parecendo atrevida — correndo atrás de um homem desse jeito.

Johnny a cumprimentou. Os outros rapazes se afastaram. O que Katie e Johnny disseram um para o outro naquele dia especial, eles nunca lembraram. De alguma maneira, durante aquela conversa aleatória, mas, ah, tão cheia de significado, com as pausas deliciosas e a excitante atmosfera de emoção, eles perceberam que se amavam apaixonadamente.

O apito da fábrica tocou e as moças se despejaram para fora da Castle Braid. Hildy veio pela rua com um conjunto cor de argila e um chapeuzinho de marinheiro preto preso ao topete pompadour loiro com um alfinete ameaçador. Ela sorriu possessivamente quando viu Johnny. Mas o sorriso mudou para um espasmo de dor, medo, depois ódio, quando viu Katie com ele. Então correu para cima deles, puxando o longo alfinete de seu chapéu de marinheiro.

— Ele é meu namorado, Katie Rommely — ela gritou —, e você não pode roubá-lo de mim.

— Hildy, Hildy — disse Johnny, com sua voz suave e calma.

— Acho que este é um país livre — disse Katie, levantando a cabeça.

— Não é livre para ladras — gritou Hildy, avançando sobre Katie com o alfinete de chapéu.

Johnny se enfiou entre as garotas e recebeu um arranhão no rosto. Nessa altura, uma multidão de moças da Castle Braid havia se aglomerado e assistia a tudo com risadinhas entusiasmadas. Johnny segurou as duas jovens pelo braço e as levou para o outro lado da esquina. Pôs as duas juntas de encontro a uma porta e as prendeu ali com o braço enquanto falava com elas.

— Hildy — disse ele. — Eu não sou muito bom. Não devia ter te dado ilusões, porque agora vejo que não posso me casar com você.

— É tudo culpa dela — chorou Hildy.

— É minha — admitiu Johnny, elegantemente. — Eu nunca soube o que era o amor verdadeiro até conhecer a Katie.

— Mas ela é minha melhor amiga — disse Hildy, desolada, como se Johnny estivesse cometendo algum tipo de incesto.

— Ela é minha namorada agora e não há mais nada a dizer sobre isso.

Hildy chorou e discutiu. Por fim, Johnny a acalmou e explicou como eram agora as coisas entre ele e Katie. Terminou dizendo que Hildy deveria seguir seu caminho, e ele, o dele. Gostou do som de suas palavras e as repetiu, apreciando o drama do momento:

— Então, siga seu caminho e eu seguirei o meu.
— Você quer dizer para eu seguir o meu caminho e você seguir o *dela* — respondeu Hildy, com amargura.
Finalmente, Hildy seguiu seu caminho. Afastou-se pela rua com os ombros caídos. Johnny correu atrás dela e, ali na rua, ele a abraçou e a beijou ternamente em despedida.
— Eu queria que pudesse ter sido diferente — disse ele, tristemente.
— Você não queria nada — revidou Hildy. — Se quisesse... — ela começou a chorar mais uma vez — ... largaria dela e ficaria de novo comigo.
Katie também chorava. Afinal, Hildy O'Dair tinha sido sua melhor amiga. Ela também beijou Hildy. Mas desviou o rosto quando viu os olhos cheios de lágrimas de Hildy tão perto dos seus, apertados de ódio.
Então Hildy seguiu seu caminho e Johnny seguiu o caminho de Katie.
Eles namoraram por pouco tempo, ficaram noivos e se casaram na igreja de Katie no primeiro dia do ano de 1901. Não chegara a fazer quatro meses que se conheciam quando se casaram.

Thomas Rommely nunca perdoou sua filha. Na verdade, ele nunca perdoou nenhuma de suas filhas por se casarem. Sua filosofia sobre filhos era simples e rentável: um homem se divertia ao gerá-los, gastava o mínimo possível para criá-los e punha-os para trabalhar e ganhar dinheiro para o pai assim que eles chegassem à adolescência. Katie, aos dezessete anos, trabalhava havia apenas quatro quando se casou. E ele considerou que ela lhe devia dinheiro.

Rommely detestava tudo e todos. Ninguém jamais descobriu por quê. Era um homem grande e bonito, com cabelos encaracolados grisalhos que cobriam uma cabeça leonina. Havia fugido da Áustria com sua noiva para não ser convocado para o exército. Embora detestasse sua antiga pátria, recusava-se teimosamente a gostar do novo país. Entendia e sabia falar inglês, se quisesse. Mas se recusava a responder quando se dirigiam a ele em inglês e proibia que falassem inglês em casa. Suas filhas entendiam muito pouco alemão. (A mãe insistia que as meninas só falassem inglês em casa.

Ela considerava que, quanto menos entendessem alemão, menos descobririam sobre a crueldade do pai.) Consequentemente, as quatro filhas cresceram e conviveram pouco com ele. Ele nunca falava com elas, a não ser para insultá-las. Seu *Gott verdammte* passou a ser considerado "olá" e "adeus". Quando estava muito irritado, ele chamava o objeto de seu mau humor de *Du Russe!* Esse era considerado o seu expletivo mais obsceno. Ele odiava a Áustria. Odiava os Estados Unidos. Acima de tudo, odiava a Rússia. Nunca havia estado nesse país e nunca havia posto os olhos em um russo. Ninguém entendia seu ódio por esse país e por seu povo pouco conhecidos. Era esse o o avô materno de Francie. E ela o odiava tanto quanto as filhas.

Mary Rommely, esposa dele e avó de Francie, era uma santa. Não tinha nenhuma instrução; não sabia ler nem escrever o próprio nome, mas tinha na memória mais de mil histórias e lendas. Algumas ela havia inventado para entreter as filhas; outras eram antigos contos populares contados a ela por sua mãe e sua avó. Ela sabia muitas canções do antigo país e entendia todos os provérbios de sabedoria.

Era profundamente religiosa e conhecia a vida de todos os santos católicos. Acreditava em fantasmas e fadas e em todas as criaturas sobrenaturais. Sabia tudo sobre ervas e podia preparar tanto um remédio quanto uma poção, desde que não fossem utilizados para o mal. Em seu velho país, era respeitada por sua sabedoria e muito procurada para dar conselhos. Era uma mulher sem culpas nem pecados, mas compreendia o que ocorria com as pessoas que pecavam. Inflexivelmente rígida em sua conduta moral, era compassiva com as fraquezas dos outros. Reverenciava a Deus e amava Jesus, mas compreendia por que as pessoas às vezes se afastavam deles.

Era virgem quando se casou e se submeteu humildemente ao amor brutal do marido. A agressividade dele matou desde cedo todos os seus desejos latentes. No entanto, podia compreender o intenso desejo de amor que fazia as meninas "saírem da linha", como as pessoas diziam. Compreendia como um rapaz que tinha sido expulso do bairro por estupro ainda podia, no fundo, ser um bom menino. Compreendia por que algumas pessoas sentiam a necessidade de mentir, roubar e prejudicar umas às outras. Conhecia todas as lamentáveis fraquezas humanas e as terríveis forças que se abatem sobre os homens.

No entanto, não sabia ler ou escrever.

Seus olhos eram castanhos e doces, límpidos e inocentes. Usava o brilhante cabelo castanho repartido no meio, descendo sobre as orelhas. A pele era pálida e translúcida, e a boca, terna. Falava com uma voz baixa, suave e acolhedoramente melodiosa, que acalmava os que a ouviam. Todas as suas filhas e netas haviam herdado esse tipo de voz.

Mary estava convencida de que, por algum pecado que havia cometido sem querer na vida, tinha sido unida ao próprio diabo. Realmente acreditava nisso, porque seu marido lhe dizia. "Eu sou o próprio diabo", ele lhe falava com frequência.

Muitas vezes olhava para ele, para o jeito como duas mechas de cabelo ficavam levantadas nos lados da cabeça, o jeito como seus olhos cinzentos e frios eram curvados para cima nos cantos externos, e suspirava, dizendo a si mesma: "Sim, ele é o diabo".

Ele tinha um modo de olhar bem de frente para o rosto devoto da esposa e, em um tom falsamente carinhoso, acusar Cristo de coisas abomináveis. Isso sempre a aterrorizava tanto que ela pegava o xale no prego atrás da porta, jogava-o sobre a cabeça e corria para a rua, onde caminhava por muito tempo até que sua preocupação com as filhas a fazia voltar para casa.

Foi à escola pública em que as três meninas mais novas estudavam e, em um inglês hesitante, disse à professora que as crianças deviam ser incentivadas a falar apenas em inglês; não deviam jamais usar qualquer palavra ou expressão alemã. Desse modo, ela as protegia do pai. Sofreu quando as filhas tiveram que largar a escola depois do sexto ano para trabalhar. Sofreu quando elas se casaram com homens sem valor. Chorou quando elas geraram filhas meninas, sabendo que nascer mulher significava uma vida de humilde fadiga.

Cada vez que Francie começava a oração "Ave, Maria, cheia de graça, o Senhor é convosco", o rosto de sua avó surgia diante dela.

Sissy era a filha mais velha de Thomas e Mary Rommely. Nascera três meses depois que seus pais desembarcaram na América. Nunca fora para a escola. Na época em que ela devia ter começado, Mary não entendia que havia educação gratuita disponível para pessoas como eles. Havia leis que obrigavam a matricular os filhos na escola, mas ninguém ia atrás dessas pessoas ignorantes para fazer cumprir a lei. Quando as outras meninas chegaram à idade escolar, Mary havia aprendido sobre educação gratuita. Mas Sissy, então, já era grande demais para começar com as crianças de seis anos. Ela ficava em casa e ajudava a mãe.

Aos dez anos, Sissy era tão completamente desenvolvida quanto uma mulher de trinta, e todos os meninos andavam atrás dela e ela atrás de todos os meninos. Aos doze, começou a ter como companhia constante um rapaz de vinte. Seu pai acabou com aquele romance dando uma surra no rapaz. Aos catorze, ela estava saindo com um bombeiro de vinte e cinco. Como ele era mais forte que seu pai, em vez do contrário, esse romance acabou no casamento do bombeiro com Sissy.

Os dois foram até a prefeitura, onde Sissy jurou que tinha dezoito anos, e se casaram perante um funcionário. Os vizinhos ficaram chocados, mas Mary sabia que o casamento era a melhor coisa que poderia acontecer para sua filha tão fogosa.

Jim, o bombeiro, era um homem bom. Era considerado instruído, tendo concluído o ensino fundamental. Ganhava um bom salário e não ficava muito em casa. Era o marido ideal. Eles eram muito felizes. Sissy exigia pouco dele além de fazer muito amor, o que o deixava bastante satisfeito. Às vezes ele ficava um pouco envergonhado por sua esposa não saber ler ou escrever. Mas ela era tão esperta, inteligente e afetuosa que fazia da vida algo intensamente alegre e, com o tempo, ele começou a não se importar mais com sua falta de instrução. Sissy era muito boa com sua mãe e suas irmãs mais novas. Jim lhe dava uma quantia de dinheiro adequada para administrar a casa. Ela era muito cuidadosa com as despesas e geralmente sobrava algum para ajudar a mãe.

Ficou grávida um mês depois do casamento. Ainda era uma menina irrequieta de catorze anos, apesar de viver como uma mulher adulta. Os vizinhos ficavam horrorizados quando a viam pular corda na rua com outras crianças, sem se preocupar com o bebê em sua barriga, já bem crescida.

Nas horas não dedicadas a cozinhar, limpar, fazer amor, pular corda e tentar entrar no time de beisebol com os meninos, Sissy fazia planos para o bebê que ia chegar. Se fosse uma menina, ia chamá-la de Mary como a mãe. Se fosse um menino, seria John. Por alguma razão desconhecida, tinha uma grande afeição pelo nome John. Começou a chamar Jim pelo nome de John. Disse que queria dar a ele o mesmo nome do bebê. A princípio era um apelido afetuoso, mas logo todos começaram a chamá-lo de John e muitas pessoas acreditavam que esse fosse o seu nome verdadeiro.

O bebê nasceu. Era uma menina e foi um parto muito fácil. A parteira do fim do quarteirão foi chamada. Tudo correu bem. Sissy ficou em trabalho de parto por apenas vinte minutos. Foi um parto maravilhoso. A única coisa errada em todo o processo foi que a bebê nasceu morta. Coincidentemente, a bebê nasceu e morreu no aniversário de quinze anos de Sissy.

Ela ficou de luto por um tempo e seu sofrimento a transformou. Passou a se empenhar mais em manter a casa limpa e imaculada. Tornou-se ainda mais atenta à sua mãe. Parou de brincar na rua. Estava convencida de que pular corda havia lhe custado a filha. Quando se aquietou, ficou parecendo ainda mais jovem e mais infantil.

Aos vinte anos, havia tido quatro filhos, todos natimortos. Por fim, chegou à conclusão de que a culpa era de seu marido. Não dela. Afinal, ela não havia parado de pular corda depois que tivera a primeira filha? Disse para Jim que não o amava mais, porque nada além de morte havia se originado do amor deles. Disse a ele para ir embora. Ele discutiu um pouco, mas acabou indo. A princípio, enviava dinheiro a ela de tempos em tempos. Às vezes, quando Sissy se sentia solitária e desejando um homem, passava pela frente do corpo de bombeiros, onde Jim ficava sentado do lado de fora com a cadeira inclinada e apoiada na parede de tijolos. Ela andava devagar, sorrindo e balançando os quadris, e Jim fazia uma saída não autorizada, corria para o apartamento e eles ficavam muito felizes juntos por cerca de meia hora.

Algum tempo depois, Sissy conheceu outro homem que quis se casar com ela. Qual era o seu nome real ninguém na família nunca soube, porque ela começou a chamá-lo de John desde o início. Seu segundo casamento foi arranjado de uma maneira muito simples. O divórcio era caro e complicado. Além disso, ela era católica e não acreditava em divórcio. Ela e Jim tinham sido casados por um funcionário na prefeitura. Ela considerou que não tinha sido um casamento na igreja, um casamento de verdade, então por que se preocupar com isso? Usando seu nome de casada e sem falar nada sobre o casamento anterior, ela se casou de novo na prefeitura, perante outro funcionário.

Mary, sua mãe, estava inconformada porque Sissy não se casara na igreja. O segundo casamento proporcionou a Thomas um novo instrumento para torturar a esposa. Virava e mexia, ele lhe dizia que ia contar tudo para um policial e fazer Sissy ser presa por bigamia. Mas, antes que ele fizesse qualquer coisa, Sissy e seu segundo John já haviam ficado casados por quatro anos, ela havia dado à luz mais quatro filhos, todos mortos, e decidira que esse segundo John também não era o seu homem.

Ela dissolveu o casamento igualmente de um modo muito simples, dizendo ao marido, um protestante, que, como a Igreja Católica não reconhecia seu casamento, ela também não o reconhecia e agora anunciava sua liberdade.

John Dois aceitou sem discussão. Ele gostava de Sissy e havia sido bastante feliz com ela. Mas ela era imprevisível. Apesar da aterrorizante franqueza e da esmagadora candidez de Sissy, ele na verdade não sabia nada sobre ela e estava cansado de viver com um enigma. Não se sentiu muito mal por ir embora.

Aos vinte e quatro anos, Sissy havia parido oito filhos natimortos. Decidiu que Deus era contrário ao seu casamento. Arranjou um emprego na fábrica dos tais produtos de borracha, onde dizia a todos que era uma solteirona (no que ninguém acreditava), e voltou a morar com a mãe. Entre seu segundo e terceiro casamentos, houve uma sucessão de amantes, e a todos ela chamava de John.

Depois de cada nascimento fracassado, seu amor por crianças crescia. Tinha momentos de tristeza em que achava que enlouqueceria se não tivesse um filho para amar. Despejava sua frustrada maternidade sobre os homens com quem dormia, sobre suas duas irmãs, Evy e Katie, e sobre os filhos delas. Francie a adorava. Tinha ouvido boatos de que Sissy não era uma moça respeitável, mas a amava intensamente mesmo assim. Evy e Katie até que tentavam ficar bravas com sua irmã desencaminhada, mas ela era tão boa com todos eles que não conseguiam manter a repreensão por muito tempo.

Logo depois que Francie fez onze anos, Sissy se casou pela terceira vez na prefeitura. O terceiro John era o que trabalhava na editora de revistas, e era dele que Francie ganhava aqueles belos exemplares novos todos os meses. Ela esperava que o terceiro casamento durasse, por causa das tais revistas.

Eliza, a segunda filha de Mary e Thomas, não tinha a beleza e a vivacidade de suas três irmãs. Era insípida, sem entusiasmo e indiferente à vida. Mary, que queria dar uma de suas filhas à Igreja, decidiu que seria Eliza. Eliza entrou para um convento aos dezesseis anos. Escolheu uma ordem de freiras muito rígida. Jamais tinha permissão para deixar o recinto do convento, exceto por ocasião da morte de seus pais. Adotou o nome de Úrsula e, como irmã Úrsula, tornou-se uma lenda fantasiosa para Francie.

Francie a viu uma vez quando ela saiu do convento para comparecer ao funeral de Thomas Rommely. Francie tinha nove anos na época. Havia acabado de fazer a primeira comunhão e se dedicara tão sinceramente à Igreja que achava que talvez quisesse ser freira quando crescesse.

Esperou a vinda da irmã Úrsula com empolgação. Imagine só! Uma tia que era freira! Que honra. Mas, quando a irmã Úrsula se inclinou para beijá-la, Francie viu que havia uma fina linha de pelos em seu lábio superior e no queixo. Isso assustou Francie, que pensou que cresciam pelos no rosto de todas as freiras que entravam no convento muito novas. Então Francie desistiu de seguir a vida religiosa.

Evy era a terceira menina Rommely. Ela também havia se casado cedo. Casou-se com Willie Flittman, um homem bonito de cabelos negros, com um bigode sedoso e olhos brilhantes, ao estilo de um italiano. Francie achava que ele tinha um nome muito engraçado e ria sozinha toda vez que pensava nisso.

Flittman não era um homem de grande valor. Não era exatamente um inútil, era apenas um homem fraco, que se lamentava o tempo todo. *Mas ele tocava violão.* Essas mulheres Rommely tinham uma fraqueza por qualquer tipo de homem que, de alguma maneira, fosse criativo ou artista. Qualquer tipo de talento musical, artístico ou de contar histórias era maravilhoso para elas, que sentiam que era seu dever nutrir e proteger essas coisas.

Evy era a refinada da família. Morava em um apartamento barato em um porão na periferia de um bairro muito elegante e estudava os que estavam em situação melhor.

Ela queria ser alguém; queria que seus filhos tivessem benefícios que ela nunca tivera. Tinha três filhos: um menino com o mesmo nome do pai, uma menina chamada Blossom e outro menino chamado Paul Jones. Seu primeiro passo para o refinamento foi tirar os filhos da Escola Dominical Católica e colocá-los na Escola Dominical Episcopal. Tinha enfiado na cabeça que os protestantes eram mais refinados que os católicos.

Evy, que amava o talento para a música e não o tinha ela própria, procurava-o avidamente nos filhos. Torceu para que Blossom gostasse de cantar, que Paul Jones quisesse tocar violino e o pequeno Willie, piano. Mas não havia música nas crianças. Evy não se deu por vencida. Eles iam ter que gostar de música, quisessem ou não. Se o talento não lhes era inato, talvez pudesse ser enfiado neles a um valor por hora. Comprou um violino de segunda mão para Paul Jones e negociou aulas para ele a cinquenta centavos a hora com um homem que era conhecido como professor Allegretto. Ele ensinou o pequeno Flittman a dar arranhadas arrepiantes nas cordas e, no fim do ano, lhe passou uma música chamada "Humoresque". Evy achou maravilhoso quando ele recebeu uma peça para tocar. Foi melhor do que tocar as escalas o tempo todo... bem, um pouco melhor. E, então, Evy ficou mais ambiciosa.

— Já que nós compramos o violino para o Paul Jones — disse ela ao marido —, a pequena Blossom poderia ter aulas também e os dois poderiam praticar no mesmo violino.

— Em horas diferentes, espero — respondeu o marido, azedo.

— O que você acha? — questionou ela, indignada.

Então cinquenta centavos a mais por semana foram economizados e depositados na relutante mão de Blossom, e ela foi enviada para ter as aulas de violino também.

Acontece que o professor Allegretto tinha uma ligeira peculiaridade no que se referia a suas alunas meninas. Ele as fazia tirar os sapatos e as meias e ficar descalças em seu tapete verde enquanto moviam o arco do violino para lá e para cá. Em vez de marcar o tempo ou corrigir a posição dos dedos, ele passava a aula inteira devaneando e admirando os pés delas.

Certo dia, Evy observava Blossom se aprontar para a aula. Notou que a criança tirou os sapatos e as meias e lavou os pés com esmero. Evy achou a atitude elogiável, mas um pouco estranha.

— Por que você está lavando os pés agora?

— Para a aula de violino.

— Você toca com as mãos, não com os pés.

— Eu fico com vergonha do professor se tiver os pés sujos.

— E por acaso ele consegue ver através do seu sapato?

— Acho que não, porque ele sempre me faz tirar os sapatos e as meias.

Isso soou um alarme na mente de Evy. Ela não sabia nada sobre Freud, e seu escasso conhecimento de sexo não incluía nenhum de seus desvios. Mas seu bom senso lhe disse que o professor Allegretto não devia cobrar cinquenta centavos por hora e não fazer seu trabalho direito. E então a educação musical de Blossom terminou aí.

Ao ser questionado, Paul Jones disse que o professor nunca lhe havia pedido para tirar nada a não ser o chapéu quando chegava para a aula. Dessa forma, ele continuou. Em cinco anos, tocava violino quase tão bem quanto o pai tocava violão sem nunca ter tido uma aula na vida.

Tirando a música, tio Flittman era um homem entediante. Em casa, seu único assunto era o jeito como Drummer, o cavalo da carroça de leite, o tratava. Flittman e o cavalo não paravam de brigar havia cinco anos, e Evy esperava que um deles decidisse logo aquela pendenga.

Evy realmente amava o marido, embora não resistisse a parodiá-lo. Ela parava na cozinha dos Nolan, fingia que era o cavalo Drummer e fazia uma boa imitação do tio Flittman tentando pôr o saco de ração no pescoço do animal.

— O cavalo está parado do lado da calçada, assim. — Evy se inclinava até sua cabeça pender na altura dos joelhos. — Aí o Will vem com o saco de ração. Quando está pronto para colocá-lo em seu pescoço, o cavalo empina a cabeça com tudo. — E Evy erguia a cabeça bem alto e relinchava como um cavalo. — Então o Will espera. A cabeça do cavalo desce outra vez. Quem vê acha que ele nunca ia conseguir levantar de novo. O cavalo está tão mole que parece que nem tem ossos. — A cabeça de Evy pendia assustadoramente solta. — E daí vem o Will com o saco de ração de novo e o Drummer empina a cabeça outra vez.

— E aí o que acontece? — perguntava Francie.

— Eu desço lá e ponho o saco de ração no pescoço dele. É isso o que acontece.

— E você ele deixa?

— Se ele deixa? — Evy respondia para Katie, depois se virava para Francie. — Ele corre para a calçada para me encontrar e estica a cabeça para dentro do saco de aveia na minha mão mesmo. Se ele deixa... — ela murmurava, indignada, e se virava outra vez para Katie. — Sabe, Kate, às vezes eu acho que o meu homem tem ciúme do jeito que o cavalo Drummer gosta de mim.

Boquiaberta, Katie olhava surpresa para ela por um momento. Depois começava a rir. Evy ria e Francie ria. As duas moças Rommely e Francie, que era metade Rommely, ficavam ali rindo de um segredo que compartilhavam sobre a fraqueza de um homem.

Essas eram as mulheres Rommely: Mary, a mãe, Evy, Sissy e Katie, suas filhas, e Francie, que cresceria para ser uma mulher Rommely, embora seu sobrenome fosse Nolan. Eram todas criaturas esguias e frágeis, com olhos sonhadores e vozes doces e melodiosas.

Mas eram feitas de um fino e invisível aço.

8

AS ROMMELY DÃO MULHERES DE PERSONALIDADE FORTE. OS NOLAN dão homens fracos e talentosos. A família de Johnny estava morrendo. Os homens Nolan ficavam mais bonitos, mais fracos e mais sedutores a cada geração. Tinham uma tendência a se apaixonar, mas fugir do casamento. Essa era a principal razão de estarem morrendo.

Ruthie Nolan tinha vindo da Irlanda com seu belo e jovem marido logo depois do casamento. Eles tiveram quatro filhos, nascidos com um ano de diferença entre si. Então Mickey morreu aos trinta anos e Ruthie seguiu em frente. Conseguiu fazer Andy, Georgie, Frankie e Johnny estudarem até o sexto ano. Quando cada menino chegava aos doze anos, tinha de largar a escola para tentar ganhar alguns trocados.

Os meninos cresceram, bonitos, talentosos para tocar instrumentos, dançar e cantar, e todas as garotas eram loucas por eles. Embora os Nolan vivessem na casa mais humilde do Bairro Irlandês, os rapazes eram os mais bem-vestidos da vizinhança. A tábua de passar ficava montada na cozinha. Um ou outro estava sempre passando uma calça, alisando uma gravata ou tirando as rugas de uma camisa. Eram o orgulho do lugar os altos, loiros e atraentes rapazes Nolan. Tinham pés ágeis em sapatos que estavam sempre engraxados. Suas calças tinham um caimento perfeito e seus chapéus se assentavam elegantemente sobre a cabeça. Mas todos haviam morrido antes dos trinta e cinco anos — todos, e, dos quatro, apenas Johnny deixara filhos.

Andy era o mais velho e o mais bonito. Tinha cabelos ondulados loiro-avermelhados e traços perfeitos. Também tinha tuberculose. Estava noivo de uma jovem chamada Francie Melaney. Eles adiaram o casamento várias vezes, esperando que ele melhorasse, só que ele nunca melhorou.

Os rapazes Nolan eram garçons cantores. Haviam sido o Quarteto Nolan até Andy ficar doente demais para trabalhar. Então se tornaram o Trio Nolan. Não ganhavam muito e gastavam quase tudo em bebida e apostas em corridas de cavalos.

Quando Andy ficou acamado pela última vez, os rapazes lhe compraram um travesseiro de penas legítimo que custou sete dólares. Queriam que ele tivesse um luxo antes de morrer. Andy o achou maravilhoso e o usou por dois dias, quando, então, uma última grande golfada de sangue manchou o belo travesseiro novo com um marrom ferrugento e Andy morreu. Sua mãe ficou de luto ao lado do corpo por três dias. Francie Melaney prometeu que nunca mais se casaria. Os três rapazes Nolan restantes juraram que nunca deixariam sua mãe.

Seis meses depois, Johnny se casou com Katie. Ruthie odiava Katie. Esperara manter todos os belos meninos em casa com ela até que ela ou eles morressem. Até então, todos haviam evitado se casar. Mas aquela mocinha... aquela mocinha, Katie Rommely! Ela conseguira! Ruthie tinha certeza de que ela havia usado algum truque para induzir Johnny a se casar.

Georgie e Frankie gostavam de Katie, mas achavam que Johnny havia jogado sujo ao pular fora, deixando-os sozinhos para cuidar da mãe. No entanto, lidaram com a situação da melhor maneira que conseguiram. Procuraram um presente de casamento e decidiram dar a Katie o bom travesseiro que haviam comprado para Andy e que fora tão pouco usado. A mãe costurou uma nova capa para esconder a feia mancha do último suspiro de vida de Andy. E, assim, o travesseiro passou para Johnny e Katie. Era considerado bom demais para ser usado no dia a dia e só era trazido quando um deles estava doente. Francie o chamava de "travesseiro de doente". Nem Katie nem Francie sabiam que ele havia sido usado por um moribundo em seu leito de morte.

Cerca de um ano depois do casamento de Johnny, Frankie, que muitos achavam ainda mais bonito que Andy, cambaleou para casa uma noite depois de uma festa com muita bebida e tropeçou em um arame que um bucólico morador do Brooklyn havia estendido em volta de um quadrado de grama na frente dos degraus de sua casa. O arame era sustentado por pequenas varetas afiadas. Quando Frankie tropeçou, uma das varetas furou seu estômago. Ele ainda se levantou e foi para casa. Morreu durante a noite. Morreu sozinho e sem a absolvição final de seus pecados por um padre. Pelo resto de seus dias, sua mãe mandou rezar uma missa uma vez por mês pelo descanso de sua alma, que ela sabia que vagava pelo purgatório.

Em pouco mais de um ano, Ruthie Nolan havia perdido três filhos: dois por morte e um por se casar. Ela chorava pelos três. Georgie, que nunca a deixou, morreu três anos depois, quando tinha vinte e oito anos. Johnny, de vinte e três, era o único rapaz Nolan que restava na época.

Esses eram os rapazes Nolan. Todos morreram jovens. Todos tiveram mortes repentinas ou violentas causadas por sua própria imprudência ou seus maus hábitos de vida. Johnny foi o único que viveu além de seu aniversário de trinta anos.

E a filha, Francie Nolan, era toda Rommely e toda Nolan. Tinha as fraquezas violentas e a paixão pela beleza dos suburbanos Nolan. Era um mosaico do misticismo e das contações de histórias de sua avó Rommely, de sua grande crença em tudo e de sua compaixão pelos fracos. Tinha muito da vontade cruel de seu avô Rommely. Tinha algo do talento da tia Evy para imitações, algo da possessividade de Ruthie Nolan. Tinha o amor pela vida da tia Sissy e seu amor por crianças. Tinha a sentimentalidade de Johnny sem a sua beleza. Tinha todos os modos doces de Katie e apenas metade do aço invisível dela. Era constituída de todas essas coisas boas e más.

Era constituída de mais também. Ela era os livros que lia na biblioteca. Era a flor no vaso marrom. Parte de sua vida era feita da árvore que crescia exuberante no pátio. Era as brigas duras que tinha com o irmão, a quem ela amava muito. Era o choro secreto e desalentado de Katie. Era a vergonha de seu pai cambaleando para casa bêbado.

Ela era todas essas coisas e algo mais que não vinha dos Rommely nem dos Nolan, da leitura, da observação, do viver dia após dia. Era algo que havia nascido dentro dela e apenas dela — algo diferente de qualquer outra pessoa nas duas famílias. Era o que Deus, ou quem quer que seja seu equivalente, põe em cada alma que recebe a vida: essa única coisa diferente, que faz com que não existam duas impressões digitais iguais na face da Terra.

9

JOHNNY E KATIE SE CASARAM E FORAM MORAR EM UMA TRAVESSA sossegada em Williamsburg chamada Bogart Street. Johnny escolheu a rua porque seu nome tinha uma sonoridade misteriosa e empolgante. Foram muito felizes ali no primeiro ano de casamento.

Katie havia se casado com Johnny porque gostava do jeito como ele cantava, dançava e se vestia. Como muitas mulheres, ela se empenhou em mudar tudo isso depois do casamento. Convenceu-o a deixar o trabalho de garçom cantor. Ele aceitou, porque estava apaixonado e ansioso para lhe agradar. Conseguiram um emprego juntos para cuidar de uma escola pública, emprego este que eles adoravam. O dia deles começava quando o resto do mundo ia para a cama. Depois do jantar, Katie vestia seu casaco preto de grandes mangas bufantes, generosamente adornado com passamanarias — sua última pilhagem da fábrica —, colocava uma boina de lã cereja na cabeça, e ela e Johnny partiam para o trabalho.

A escola era velha, pequena e aconchegante. Eles adoravam passar a noite lá. Caminhavam de braços dados; ele com seus sapatos de dança de verniz e ela com suas botas de pelica de cano alto. Às vezes, quando a noite estava fria e estrelada, eles corriam um pouco, pulavam um pouco e riam muito. Sentiam-se muito importantes usando sua chave particular para entrar na escola. A escola era seu mundo por uma noite.

Eles faziam brincadeiras enquanto trabalhavam. Johnny se sentava em uma das carteiras e Katie fingia ser a professora. Escreviam mensagens um para o outro nos quadros-negros. Puxavam para baixo os mapas que se abriam como cortinas e apontavam países estrangeiros com a varinha de ponta de borracha. Ficavam maravilhados imaginando terras estranhas e línguas desconhecidas. (Ele tinha dezenove anos e ela dezessete.)

O que mais gostavam de limpar era o salão de eventos. Johnny tirava o pó do piano e, enquanto o fazia, corria os dedos pelas teclas. Produzia alguns acordes. Katie se sentava na primeira fila e pedia que ele cantasse. Ele cantava para ela; canções sentimentais da época: "She May Have Seen Better Days" ou "I'm Wearin' My Heart Away For You". As pessoas que viviam nas proximidades talvez acordassem de seu sono da meia-noite com o canto. Deitadas em sua cama quente, escutando, sonolentas, certamente murmuravam entre si: "Seja lá quem for esse sujeito, está perdendo tempo. Deveria estar em um show".

Às vezes, Johnny fazia uma de suas danças na pequena plataforma que ele fingia que era um palco. Era tão gracioso, e bonito, tão adorável, tão cheio da grandiosidade de simplesmente viver, que Katie, olhando para ele, achava que ia morrer de felicidade.

Às duas horas, eles iam para a sala de almoço dos professores, onde havia um fogareiro a gás. Faziam café. Tinham uma lata de leite condensado guardada no armário. Deliciavam-se com o café fervente, que enchia a sala de um cheiro maravilhoso. O pão de centeio e os sanduíches de mortadela tinham um gosto bom. Às vezes, depois de jantar, iam para a sala de descanso dos professores, onde havia um sofá revestido de chintz, e deitavam-se juntos ali por um tempo, nos braços um do outro.

Esvaziavam os cestos de lixo como a última tarefa, e Katie pegava os pedaços maiores de giz descartados e os lápis que não estivessem pequenos demais. Ela os levava para casa e os guardava em uma caixa. Mais tarde, quando Francie estava crescendo, sentia-se muito rica por ter tanto giz e tantos lápis para usar.

Ao amanhecer, deixavam a escola muito bem limpa, reluzente, quentinha e pronta para o faxineiro diurno. Caminhavam para casa vendo as estrelas desaparecerem no céu. Passavam pela padaria, onde o cheiro de pão fresco vinha do forno no porão até eles. Johnny corria para lá e comprava cinco centavos de pãezinhos quentes saídos do forno. Quando chegavam em casa, tomavam um desjejum de café quente e pãezinhos frescos. Então Johnny saía, trazia o *American* matinal e lia as notícias para ela, acompanhadas de seus comentários, enquanto ela limpava a casa. Ao meio-dia, faziam uma refeição quente de macarrão e carne de panela, ou algo igualmente bom. Depois do almoço, dormiam até a hora de se levantar para o trabalho.

Ganhavam cinquenta dólares por mês, o que era um bom salário para pessoas de sua classe social naqueles dias. Viviam confortavelmente e tinham uma vida boa... feliz e cheia de pequenas aventuras.

E eles eram tão jovens e se amavam tanto.

Alguns meses depois, para sua inocente surpresa e consternação, Katie descobriu que estava grávida. Ela contou a Johnny que estava "daquele jeito". A princípio, Johnny ficou confuso e desnorteado. Não queria que ela trabalhasse na escola. Ela lhe disse que já estava daquele jeito havia algum tempo antes de ter certeza, que vinha trabalhando e nada acontecera. Quando o convenceu de que trabalhar seria bom para ela, ele cedeu. Ela continuou trabalhando até ganhar muito peso a ponto de não conseguir tirar o pó de baixo das carteiras. Logo não poderia fazer muito mais do que ir com ele como companhia e deitar-se no alegre sofá não mais usado para fazer amor. Ele ficava com todo o trabalho agora. Às duas da manhã, ele fazia sanduíches desajeitados e errava o ponto do café que servia para ela. Mesmo assim, ainda eram muito felizes, embora Johnny estivesse ficando cada vez mais preocupado conforme o tempo passava.

Quase no fim de uma noite gelada de dezembro, suas dores começaram. Ela ficou deitada no sofá, segurando-se, não querendo contar a Johnny até que o trabalho terminasse. No caminho para casa, ela sentiu uma dor aguda que não conseguiu disfarçar. Ela gemeu e Johnny soube que o bebê estava chegando. Ele a levou para casa, colocou-a na cama com a roupa que estava e cobriu-a para aquecê-la. Correu até o fim do quarteirão para chamar a sra. Gindler, a parteira, e implorou que ela se apressasse. A boa mulher o enlouqueceu com a demora.

Ela teve de tirar dezenas de rolinhos do cabelo. Não conseguia encontrar a dentadura e se recusava a exercer a função sem ela. Johnny a ajudou na busca, e eles finalmente a encontraram mergulhada em um copo d'água, no parapeito do lado de fora da janela. A água havia congelado em volta da dentadura e foi preciso descongelar antes que ela pudesse colocá-la na boca. Feito isso, ela precisou confeccionar um amuleto com um pedaço de palma benta da missa do Domingo de Ramos. A ele, acrescentou uma medalha de Nossa Senhora, uma pequena pena de tordo azul, uma lâmina quebrada de um canivete e um raminho de alguma erva. Essas coisas foram amarradas juntas com um pedaço de barbante sujo do espartilho de uma mulher que havia dado à luz gêmeos depois de apenas dez minutos de trabalho de parto. Ela aspergiu todo o arranjo com água-benta que, supostamente, teria vindo de um poço em Jerusalém onde se dizia que, certa vez, Jesus havia matado a sede. Explicou para o agitado rapaz que esse amuleto reduziria as dores e lhe garantiria um bebê bonito e bem-nascido. Por fim, pegou sua bolsa de crocodilo, conhecida de todos na vizinhança e que todos os pequenos acreditavam ser a bolsa de onde eles haviam sido entregues, esperneando, para a mãe, e se declarou pronta.

Katie gritava de dor quando chegaram. O apartamento estava cheio de vizinhas de pé em volta, rezando e relembrando os próprios partos.

— Quando eu tive o meu Wincent — disse uma —, eu...

— Eu era menor ainda que ela — disse outra —, e quando...

— Eles acharam que eu não ia aguentar — declarou orgulhosamente uma terceira —, mas...

Elas receberam a parteira e mandaram Johnny para fora do quarto. Ele se sentou nos degraus da entrada, tremendo cada vez que Katie gritava.

Estava confuso, aquilo tinha acontecido tão de repente. Eram agora sete horas da manhã. Os gritos dela continuavam vindo até ele, mesmo com as janelas fechadas. Homens passavam a caminho do trabalho, olhavam para a janela de trás da qual vinham os gritos, depois olhavam para Johnny encolhido no degrau, e uma expressão muito séria lhes vinha ao rosto.

Katie ficou em trabalho de parto o dia inteiro e não havia nada que Johnny pudesse fazer — nada que ele pudesse fazer. Perto de anoitecer, ele não conseguiu mais suportar. Foi para a casa da mãe em busca de conforto. Quando lhe contou que Katie estava tendo um bebê, ela quase pôs a casa abaixo com suas lamentações.

— Agora ela te pegou para valer — gemeu. — Você nunca vai poder voltar para mim! — Não havia o que a consolasse.

Johnny foi atrás de seu irmão, Georgie, que estava trabalhando em um baile. Sentou-se e bebeu, à espera de que Georgie terminasse, esquecendo-se de que deveria estar na escola. Quando o turno de Georgie acabou, eles percorreram vários outros bares que ficavam abertos a noite inteira, tomaram um drinque ou dois em cada lugar e contaram a todos o que Johnny estava passando. Os homens ouviam, solidários, pagavam drinques para Johnny e lhe garantiam que também já haviam passado por isso.

Quase ao amanhecer, os rapazes foram para a casa de sua mãe, onde Johnny caiu em um sono agitado. Às nove, acordou com uma sensação de problema iminente. Lembrou-se de Katie e, tarde demais, lembrou-se da escola. Lavou-se, vestiu-se e correu para casa. Passou por uma barraca de frutas que exibia abacates. Comprou dois para Katie.

Não tinha como saber que, durante a noite, sua esposa, com muita dor, e depois de quase vinte e quatro horas de um penoso trabalho de parto, dera à luz uma frágil menininha. O único fato notável tinha sido que a bebê nascera com um pedaço da bolsa amniótica, o que supostamente indicava que a criança estava destinada a fazer grandes coisas no mundo. A parteira, disfarçadamente, confiscou a bolsa amniótica e, depois, a vendeu para um marinheiro do Brooklyn Navy Yard por dois dólares. Quem usasse uma bolsa amniótica jamais morreria afogado, segundo se dizia. O marinheiro a usava em uma bolsinha de flanela presa ao pescoço.

Enquanto bebia e dormia noite adentro, Johnny não sabia que a noite tinha ficado muito fria, e as lareiras na escola de que ele deveria ter cuidado haviam se apagado e os canos de água haviam estourado e inundado o porão e o primeiro andar.

Quando ele chegou em casa, encontrou Katie deitada no quarto escuro. A bebê estava ao lado dela, sobre o travesseiro de Andy. O apartamento estava escrupulosamente limpo; as vizinhas haviam cuidado disso. Havia um leve cheiro de fenol misturado com o de talco. A parteira havia ido embora, depois de dizer: "São cinco dólares e o seu marido sabe onde eu moro".

Ela saiu e Katie virou o rosto para a parede e tentou não chorar. Durante a noite, afirmou para si mesma que Johnny estava trabalhando na escola. Esperou que ele voltasse para casa por um momento durante o intervalo para o lanche às duas horas. Agora já era fim da manhã e ele deveria estar em casa. Talvez tivesse ido à casa da mãe para dormir um pouco depois da noite de trabalho. Ela se forçou a acreditar que, o que quer que Johnny estivesse fazendo, estava tudo certo e a explicação dele a tranquilizaria.

Logo depois que a parteira saiu, Evy apareceu. Um menino da vizinhança fora enviado para chamá-la. Evy trouxe um pouco de manteiga sem sal e um pacote de biscoitos cream cracker e fez chá. Katie achou tão gostoso. Evy examinou a bebê e achou que não parecia grande coisa, mas não disse nada a Katie.

Quando Johnny chegou, Evy começou a lhe dar uma bronca. Mas, quando viu como ele parecia pálido e assustado, e quando considerou sua idade, apenas vinte anos, sentiu um aperto no peito, beijou-lhe o rosto, disse para ele não se preocupar e lhe fez café fresco.

Johnny mal olhou para a bebê. Ainda segurando os abacates, ajoelhou ao lado da cama de Katie e soluçou todo o seu medo e preocupação. Katie chorou com ele. Durante a noite, queria que ele estivesse com ela. Agora, desejava ter parido a bebê secretamente e ido embora para algum lugar e, quando tudo acabasse, ela voltaria e contaria para ele que tudo estava bem. Ela havia enfrentado a dor; fora como ser queimada viva em óleo escaldante e não ter como morrer para escapar. Ela havia enfrentado a dor. Meu Deus! Não era suficiente? Por que *ele* tinha que sofrer? *Ele* não sabia lidar com o sofrimento, mas *ela* sim. Havia tido um bebê apenas duas horas antes. Estava tão fraca que mal podia levantar a cabeça dois centímetros do travesseiro, no entanto foi ela que o confortou e lhe disse para não se preocupar, que ela cuidaria dele.

Johnny começou a se sentir melhor. Disse-lhe que, afinal, não era nada de mais, que ele ficara sabendo que muitos maridos haviam passado por aquilo também.

— Agora eu também passei — disse ele. — E agora eu sou um homem.

Depois fez um grande alvoroço com a bebê. Conforme a sugestão de Johnny, Katie concordou em lhe dar o nome de Francie, como a moça, Francie Melaney, que nunca se casara com seu irmão, Andy. Acharam que isso ajudaria a consertar seu coração partido, se ela fosse convidada para ser madrinha. A criança teria o nome que *ela* teria tido se Andy tivesse vivido: Francie Nolan.

Ele preparou os abacates com azeite e picles e levou a salada para Katie. Ela ficou decepcionada com o sabor sem graça. Johnny disse que era preciso se acostumar com o gosto, como fazemos com as azeitonas. Por causa de Johnny, e porque estava comovida por ele ter pensado nela, Katie comeu a salada. Evy foi convidada a experimentar um pouco. Ela aceitou e disse que preferia tomates.

Enquanto Johnny estava na cozinha tomando café, um menino veio da escola com um bilhete do diretor dizendo que Johnny estava demitido por negligência. Ele devia ir lá e pegar o pagamento que lhe era devido. O bilhete terminava dizendo para Johnny não pedir recomendações. Johnny ficou pálido enquanto lia. Deu uma moeda ao menino por ter trazido o bilhete e escreveu uma mensagem dizendo que iria até lá. Destruiu o bilhete e não disse nada a Katie.

Johnny foi ver o diretor e tentou se explicar. O diretor disse a Johnny que, como ele sabia que o bebê estava prestes a nascer, devia ter tido mais cuidado com seu emprego. Como gentileza, disse ao rapaz que não teria que pagar pelos danos causados pelos canos estourados; o Conselho de Educação cuidaria disso. Johnny agradeceu. O diretor lhe pagou do próprio bolso depois que Johnny assinou um vale, transferindo-lhe seu próximo contracheque. De forma geral, o diretor fez o melhor que pôde, segundo seu modo de ver as coisas.

Johnny pagou a parteira e acertou com o proprietário do apartamento o aluguel do mês seguinte. Ficou um pouco assustado quando se deu conta de que agora havia um bebê, de que Katie não teria força suficiente para fazer muita coisa por algum tempo e que eles estavam desempregados. Por fim, consolou-se com o fato de que o aluguel estava pago e eles estavam seguros por trinta dias. Certamente alguma coisa surgiria nesse meio-tempo.

À tarde, ele foi contar a Mary Rommely sobre a bebê. No caminho, parou na fábrica de borracha e pediu para falar com o supervisor de Sissy. Pediu que o homem contasse a ela sobre a bebê e perguntasse se ela poderia dar uma passada lá depois do trabalho. O supervisor disse que transmitiria o recado, deu uma piscada, cutucou Johnny na altura das costelas e falou: "Parabéns, meu chapa". Johnny sorriu e lhe deu dez centavos com as instruções: "Compre um bom charuto e fume por mim".

— Vou fazer isso, meu chapa — prometeu o supervisor. Em seguida apertou a mão de Johnny e prometeu novamente que ia contar a novidade a Sissy.

Mary Rommely chorou quando ouvia a notícia.

— Pobre criança! — lamentou. — Nascer neste mundo de tristeza, fadada a sofrer e a passar dificuldades. Ah, vai haver um pouco de felicidade, mas muito mais trabalho duro. Ai, ai.

Johnny queria contar a Thomas Rommely, mas Mary implorou que ele não falasse ainda. Thomas odiava Johnny Nolan por ser irlandês. Ele odiava os alemães, odiava os americanos, odiava os russos, mas não suportava os irlandeses. Era ferozmente racista, apesar de seu estupendo ódio da própria raça, e tinha uma teoria de que casamentos entre duas pessoas de raças diferentes resultavam em filhos vira-latas.

— O que daria se eu cruzasse um canário com um corvo? — era seu argumento.

Depois de acompanhar a sogra até sua casa, Johnny foi procurar emprego.

Katie ficou contente de ver a mãe. Com a lembrança de suas próprias dores de parto ainda recentes, reconhecia agora o que sua mãe havia sofrido quando ela, Katie, nascera. Pensou em sua mãe tendo sete filhos, criando-os, vendo três morrerem, e sabendo que os que haviam sobrevivido estavam fadados à fome e às dificuldades. Teve uma visão de que o mesmo ciclo estava destinado à sua filha de menos de um dia de idade. Ficou desesperada de preocupação.

— O que *eu* faço? — Katie perguntou para a mãe. — Não posso ensinar a ela nada além do que eu mesma sei, e eu sei tão pouco. Você é pobre, mãe, o Johnny e eu somos pobres. A bebê crescerá para ser pobre. Não podemos ser mais do que somos hoje. Às vezes eu acho que o ano passado foi o melhor dos que virão pela frente. Quando os anos passarem e o Johnny e eu ficarmos mais velhos, nada vai melhorar. Tudo que temos agora é sermos jovens e fortes para trabalhar, e isso vai embora com o tempo.

Então a verdade lhe ocorreu de repente.

Quero dizer, ela pensou, *eu posso trabalhar. Não posso contar com o Johnny. Eu sempre vou ter que cuidar dele. Ah, meu Deus, não me mande mais filhos ou eu não vou poder cuidar do Johnny, e eu tenho que cuidar do Johnny. Ele não consegue cuidar de si mesmo.*

Sua mãe interrompeu os pensamentos dela.

— O que nós tínhamos no velho país? — disse Mary. — Nada. Éramos camponeses. Passávamos fome. Bom, então viemos para cá. Não foi tão melhor, a não ser por não terem levado seu pai para o exército como iam fazer no velho país. Fora isso, foi mais difícil. Eu sinto falta da minha terra, das árvores e dos campos abertos, do modo de vida familiar, dos velhos amigos.

— Se você não podia esperar nada melhor, por que veio para a América?

— Pelos meus filhos, que eu queria que nascessem em uma terra livre.

— Seus filhos não se deram tão bem, mãe. — Katie sorriu com amargura.

— Aqui tem o que não tinha no velho país. Apesar da dificuldade que tivemos que enfrentar com o que nos é estranho, aqui tem isso: esperança. No velho país, um homem não pode ser mais que o pai dele, e mesmo assim tem que trabalhar duro. Se o pai dele fosse um carpinteiro, ele poderia ser um carpinteiro, mas nunca um padre ou um professor. Ele pode subir, mas só até a posição do seu pai. No velho país, um homem é dado para o passado. Aqui, ele pertence ao futuro. Nesta terra, ele pode ser o que quiser, se tiver disposição e for honesto para trabalhar nas coisas certas.

— Não é assim. Suas filhas não se saíram melhor que você.

Mary Rommely suspirou.

— Talvez tenha sido minha culpa. Eu não sabia como ensinar minhas filhas porque tudo que carrego como experiência é que, por centenas de anos, minha família sempre trabalhou na terra de algum senhor. Eu não mandei minha primeira filha para a escola. No começo, eu era ignorante e não sabia que os filhos de pessoas como nós podiam ter educação gratuita neste país. Por isso, a Sissy não teve oportunidade de ser melhor que eu. Mas as outras três... vocês foram para a escola.

— Eu terminei o sexto grau, se isso pode ser chamado de "instrução".

— E o seu Yohnny — ela não conseguia pronunciar o "J" — também. Você não vê? — Sua voz ficou animada. — Já está começando. Ficando melhor. — Ela pegou a bebê e a ergueu nos braços. — Esta criança nasceu de pais que sabem ler e escrever — disse ela, com simplicidade. — Para mim, isso é uma maravilha.

— Mãe, eu sou jovem. Mãe, eu tenho só dezoito anos. Sou forte. Vou trabalhar duro, mãe. Mas não quero que esta criança cresça só para trabalhar duro. O que eu devo fazer, mãe, o que eu devo fazer para criar um mundo diferente para ela? Por onde eu começo?

— O segredo está em ler e escrever. Você sabe ler. Todos os dias você deve ler uma página de um bom livro para sua filha. Todos os dias, até sua filha aprender a ler. Então, *ela* deve ler todos os dias. Eu sei que o segredo é esse.

— Eu vou ler — prometeu Katie. — Qual é um bom livro?

— Existem dois bons livros. Shakespeare é um bom livro. Ouvi dizer que toda a maravilha da vida está nesse livro; tudo o que o homem aprendeu de beleza, tudo o que ele pode entender de sabedoria e de vida está nessas páginas. Dizem que essas histórias são peças para serem representadas no palco. Nunca falei com ninguém que tenha visto essa grandiosidade. Mas ouvi o senhor da nossa terra lá na Áustria dizer que algumas das páginas cantam, elas próprias, como canções.

— Shakespeare é um livro em alemão?

— É dos ingleses. Foi o que ouvi o senhor da nossa terra dizer para o seu filho mais novo que estava partindo para a grande universidade de Heidelberg muito tempo atrás.

— E qual é o outro grande livro?

— É a Bíblia que as pessoas protestantes leem.

— Nós temos a nossa própria Bíblia, a católica.

Mary olhou em volta furtivamente.

— Não é adequado um bom católico dizer isso, mas eu acredito que a Bíblia protestante contém mais do encanto da maior história desta terra e de além dela. Uma amiga protestante muito querida uma vez leu um pedaço da Bíblia dela para mim e eu achei isso. Esse é o livro, então, e o livro de Shakespeare. E todo dia você deve ler uma página de cada um deles para sua filha, mesmo que não entenda o que está escrito e não saiba pronunciar as palavras direito. Deve fazer isso para a criança crescer conhecendo o que é grandioso, sabendo que estes cortiços de Williamsburg não representam o mundo inteiro.

— A Bíblia protestante e Shakespeare.

— E você deve contar à criança as lendas que eu contei para você, como minha mãe contou para mim e a mãe dela para ela. Deve contar os contos de fadas do velho país. Deve contar sobre aqueles que não são terrenos e vivem para sempre no coração das pessoas: fadas, elfos, anões e assim por diante. Deve contar sobre os grandes fantasmas que assombravam o povo de seu pai e sobre o mau-olhado que uma bruxa pôs na sua tia. Deve ensinar à criança sobre os sinais que vêm para as mulheres da nossa família quando vai acontecer algum problema ou morte. E a criança deve acreditar no Senhor Deus e em Jesus, seu Único Filho. — Ela fez o sinal da cruz.

— Ah, e você não pode esquecer o Papai Noel. A criança deve acreditar nele até os seis anos.

— Mãe, eu sei que não existem fantasmas ou fadas. Eu estaria ensinando mentiras bobas para a criança.

Mary respondeu incisivamente.

— Você não *sabe* se existem ou não fantasmas na terra ou anjos no céu.

— Eu *sei* que não existe Papai Noel.

— Mesmo assim, você precisa ensinar para a criança que existe.

— Por quê? Se eu mesma não acredito?

— Porque — explicou Mary Rommely com simplicidade — a criança precisa ter uma coisa valiosa que se chama "imaginação". A criança precisa ter um mundo secreto em que vivem coisas que nunca existiram. É necessário que ela *acredite*. Ela tem que começar acreditando em coisas que não são deste mundo. Aí, quando o mundo ficar feio demais para se viver nele, a criança pode buscar em sua mente e viver na imaginação. Eu mesma, até hoje e na minha idade, tenho grande necessidade de lembrar a vida miraculosa dos santos e os grandes milagres que aconteceram no passado na terra. É só por ter essas coisas na mente que eu consigo viver além daquilo que eu *tenho* para viver.

— A criança vai crescer e descobrir as coisas por si mesma. Ela vai saber que eu menti. Vai ficar decepcionada.

— Isso é o que se chama aprender a "verdade". É uma coisa boa aprender a verdade por si mesmo. Primeiro acreditar com todo o coração, depois não acreditar, é bom também. É um alimento para as emoções e faz elas se tornarem mais fortes. Quando ela for uma mulher e a vida e as pessoas a decepcionarem, ela já terá experiência em decepção e o golpe não será tão duro. Ao ensinar sua filha, não esqueça que sofrimento é bom também. Torna uma pessoa rica em caráter.

— Se for assim — comentou Katie com amargura —, então nós, os Rommely, somos ricos.

— Nós somos pobres, sim. Nós sofremos. Nosso caminho é muito difícil. Mas somos pessoas melhores porque sabemos as coisas que eu lhe contei. Eu não sabia ler, mas lhe falei de todas as coisas que aprendi com a vida. Você precisa contá-las à sua filha e acrescentar as coisas que aprender conforme for ficando mais velha.

— O que mais eu devo ensinar à criança?

— A criança deve acreditar no céu. Não um céu cheio de anjos voando, com Deus em um trono — Mary articulava seus pensamentos com dificuldade, metade em alemão, metade em inglês —, mas um céu que significa um lugar maravilhoso com que as pessoas podem sonhar... como um lugar em que os desejos se realizam. Talvez isso seja um tipo diferente de religião. Eu não sei.

— E o que mais?

— Antes de você morrer, precisa ter um pedaço de terra, talvez com uma casa nele, que sua filha, ou seus filhos, possam herdar.

Katie riu.

— *Um pedaço de terra meu?* Uma casa? Nós temos sorte se conseguirmos pagar o aluguel.

— Que seja. — Mary falava com firmeza. — Mas você precisa fazer isso. Por milhares de anos, nosso povo foi de camponeses que trabalhavam na terra dos outros. Isso foi no velho país. Aqui nós fazemos melhor trabalhando com nossas mãos na fábrica. Há uma parte de cada dia que não pertence ao patrão, mas ao próprio trabalhador. Isso é bom. Mas ter um pedaço de terra é melhor; um pedaço de terra que você possa passar para os seus filhos... Isso vai nos fazer subir na face da Terra.

— Como vamos poder ter a nossa própria terra? Eu e o Johnny trabalhamos e ganhamos tão pouco. Às vezes, depois que pagamos o aluguel e o seguro, quase não sobra o suficiente para a comida. Como vamos poder economizar para comprar um pedaço de terra?

— Você tem que pegar uma lata de leite condensado vazia e lavá-la.

— Uma lata...?

— Corte o topo dela bem direitinho. Corte uma parte da lata em tiras do comprimento da ponta do dedo. Faça cada tira mais ou menos desta largura. — Ela mediu quatro centímetros com os dedos. — Dobre as tiras para trás. A lata vai ficar parecendo uma espécie de estrela desengonçada. Faça uma fenda no outro lado. Então pregue a lata, um prego em cada tira, no canto mais escuro do seu armário. Cada dia, ponha cinco centavos nela pela fenda. Em três anos, você terá uma pequena fortuna, cinquenta dólares. Pegue o dinheiro e compre um terreno no campo. Exija os documentos que digam que ele é seu. Assim você se torna a proprietária da terra. Depois que se tem a propriedade de um pedaço de terra, não há como voltar mais a ser escravo.

— Cinco centavos por dia. Parece pouco. Mas de onde eles vão vir? Nós já não temos dinheiro suficiente agora, e com mais uma boca para alimentar...

— Faça assim: vá à mercearia e pergunte quanto é o maço de cenouras. O homem vai dizer: "três centavos". Depois olhe em volta até ver outro maço, não tão fresco, não tão grande. Aí você vai dizer: "posso levar este maço um pouco estragado por dois centavos?" Fale com determinação e ele será seu por dois centavos. Isso é um centavo economizado que você põe no banco de lata. É inverno, digamos. Você comprou dez quilos de carvão por vinte e cinco centavos. Está frio. Você pode acender o fogo no fogão. Mas espere! Espere mais uma hora. Sofra com o frio por uma hora. Enrole-se em um xale. Diga, estou com frio porque estou economizando para comprar minha terra. Essa hora lhe economizará três centavos de carvão. São três centavos para o banco. Quando você estiver sozinha à noite, não acenda a lamparina. Fique sentada no escuro e sonhe um pouco. Calcule quanto óleo economizou e ponha o valor em centavos no banco. O dinheiro vai crescer. Um dia haverá cinquenta dólares e em algum lugar nesta longa ilha haverá um pedaço de terra que você poderá comprar com esse dinheiro.

— Vai valer essa economia?

— Eu juro pela Mãe Santíssima que vai.

— Então por que você não economizou dinheiro suficiente para comprar essa terra?

— Eu economizei. Quando nós chegamos aqui, eu tinha um banco de lata. Levei dez anos para juntar aqueles primeiros cinquenta dólares. Peguei o dinheiro na minha mão e fui até um homem no bairro que diziam que fazia negócios justos com pessoas que compravam terra. Ele me mostrou um belo terreno e me disse na minha própria língua: "Isto é seu". Ele pegou meu dinheiro e me deu um papel. Eu não sabia ler. Tempos depois, vi homens construindo a casa de outra pessoa no meu terreno. Eu mostrei a eles o meu papel. Eles riram de mim, com pena nos olhos. É que o terreno não era do homem para ele vender. Foi... como se diz... um gope.

— Golpe.

— Ai. Pessoas como nós, conhecidas como os ignorantes do velho país, eram roubadas com frequência por homens como ele, porque não sabíamos ler. Mas você tem instrução. Primeiro você vai ler no papel que a terra é sua. Só depois você vai pagar.

— E você nunca economizou outra vez, mãe?

— Economizei. Fiz tudo de novo. Na segunda vez foi mais difícil, porque havia muitos filhos. Eu economizei, mas, quando nós nos mudamos, seu pai encontrou o banco de lata e pegou o dinheiro. Ele não quis comprar terra. Ele sempre gostou de aves, então comprou um galo e muitas galinhas com o dinheiro e pôs todos no quintal atrás da casa.

— Eu acho que me lembro dessas galinhas — disse Katie —, há muito tempo.

— Ele disse que os ovos iam trazer muito dinheiro na vizinhança. Ah, os sonhos que os homens têm! Na primeira noite, vinte gatos famintos passaram pela cerca e mataram e comeram muitas galinhas. Na segunda noite, os italianos pularam a cerca e roubaram mais. No terceiro dia, os policiais vieram e disseram que era proibido criar galinhas no quintal no Brooklyn. Tivemos que pagar cinco dólares a eles para não levarem seu pai para a delegacia. Seu pai vendeu as poucas galinhas que restavam e comprou canários, que ele poderia ter sem medo. Assim eu perdi as segundas economias. Mas estou poupando de novo. Talvez um dia... — Ela ficou em silêncio por um tempo. Depois se levantou e se enrolou no xale. — Está ficando escuro. Seu pai vai chegar em casa do trabalho. Que Maria Santíssima olhe por você e pela criança.

Sissy veio direto do trabalho. Nem perdeu tempo limpando o pó cinza de borracha do laço no cabelo. Ficou louca pela bebê, declarando que era a criança mais bonita do mundo. Johnny estava cético. A bebê lhe parecia azulada e enrugada, e ele sentia que talvez houvesse algo errado. Sissy deu um banho nela. (A criança deve ter tomado uns doze banhos no primeiro dia.) Correu para a delicatessen e convenceu o homem a deixá-la abrir uma conta até o dia do pagamento no sábado. Comprou dois dólares de iguarias: língua fatiada, salmão defumado, fatias de carne branca de esturjão defumado e torradinhas. Comprou um saco de carvão e fez o fogo rugir. Levou uma bandeja com o jantar para Katie, depois ela e Johnny se sentaram na cozinha e comeram juntos. A casa cheirava a aconchego, boa comida, talco e um forte perfume de doce que vinha de um disco de gesso que Sissy usava em um coração de filigrana imitando prata em uma corrente no pescoço.

Johnny observou Sissy enquanto fumava um charuto depois do jantar. Ele se perguntou que critério as pessoas usavam quando aplicavam os rótulos "bom" e "mau" a outras pessoas. Sissy, por exemplo. Ela era má pessoa. Mas ela era boa. Era má pessoa no que se referia a homens. Mas era boa porque, onde quer que estivesse, havia vida, boa, terna, irresistível, divertida e perfumada vida. Ele esperava que sua filha recém-nascida fosse um pouco como Sissy.

Quando Sissy avisou que ia passar a noite, Katie ficou preocupada e disse que havia apenas a única cama que ela e Johnny usavam. Sissy declarou que estava disposta a dormir com Johnny se ele lhe garantisse um bebê bonito como Francie. Katie franziu a testa. Sabia que Sissy estava brincando, claro. No entanto, havia algo de verdadeiro e direto nela. Começou a protestar. Johnny encerrou depressa a questão dizendo que tinha de ir à escola.

Ele não teve coragem de contar a Katie que havia perdido o emprego. Foi atrás de seu irmão, Georgie, que estava trabalhando naquela noite. Felizmente, eles precisavam de outro homem para servir as mesas e cantar. Johnny conseguiu o trabalho e lhe prometeram outro para a semana seguinte. Assim, ele acabou voltando à atividade de garçom cantor e, daí em diante, nunca mais trabalhou em nenhum outro emprego.

Sissy deitou na cama com Katie e elas conversaram durante a maior parte da noite. Katie lhe contou de sua preocupação com Johnny e de seus medos quanto ao futuro. Falaram sobre Mary Rommely; de como ela foi uma boa mãe para Evy, Sissy e Katie. Falaram de seu pai, Thomas Rommely. Sissy disse que ele era um pulha e Katie disse que Sissy devia mostrar mais respeito. Sissy disse, "Uma ova!", e Katie riu.

Katie contou a Sissy sobre a conversa que havia tido com a mãe naquele dia. A ideia do banco fascinou Sissy a tal ponto que ela se levantou, mesmo sendo meio da noite, esvaziou uma lata de leite em uma vasilha e fez o banco ali mesmo. Tentou se enfiar no estreito armário atulhado para pregar a lata, mas sua camisola volumosa a deixou toda enroscada. Ela tirou a camisola e se enfiou nua no armário. Não cabia inteira lá dentro. Seu grande traseiro nu e reluzente ficou para fora enquanto ela, apoiada nos joelhos, martelava o banco de lata no chão. Katie teve tamanho ataque de riso que ficou com medo de provocar uma hemorragia. As marteladas altas às três horas da manhã acordaram os outros moradores. Os de baixo bateram no teto e os de cima bateram no chão. Sissy fez Katie ter outra crise de riso ao resmungar de dentro do armário que era muito descaramento dos moradores fazer todo esse barulho, sabendo que havia uma mulher doente na casa. "Como alguém pode dormir assim?", perguntou ela, dando uma martelada entusiástica no último prego.

Com o banco instalado, ela tornou a vestir a camisola, iniciou a poupança para o terreno pondo cinco centavos na lata e voltou para a cama. Escutou, empolgada, enquanto Katie lhe contava sobre os dois livros. Prometeu que ia conseguir os dois volumes; seriam seu presente de batismo para a bebê.

Francie passou sua primeira noite neste mundo dormindo aconchegada entre a mãe e Sissy.

No dia seguinte, Sissy saiu para procurar os dois livros. Foi a uma biblioteca pública e perguntou à bibliotecária como poderia arranjar um Shakespeare e uma Bíblia. A bibliotecária não pôde ajudar com a Bíblia, mas disse que havia um exemplar gasto de Shakespeare nos arquivos que seria descartado e Sissy poderia ficar com ele. Sissy o comprou. Era um velho volume muito usado contendo todas as peças e sonetos. Tinha notas de rodapé intricadas e explicações detalhadas dos termos do dramaturgo. Havia uma biografia, uma foto do autor e gravuras em metal ilustrando cenas de cada peça. Era impresso em fontes pequenas, duas colunas em cada página de papel fino. Custou a Sissy vinte e cinco centavos.

A Bíblia, embora um pouco mais difícil de conseguir, acabou sendo mais barata. Na verdade, não custou nada. Tinha um nome, Gideões, na frente.

Alguns dias depois de comprar o livro de Shakespeare, Sissy acordou uma manhã e cutucou seu atual amante, com quem estava passando a noite em um sossegado hotel familiar.

— John — (ela o chamava de John, embora o nome dele fosse Charlie) —, que livro é aquele em cima da cômoda?

— Uma Bíblia.

— Uma Bíblia protestante?

— É.

— Eu vou levar.

— Pode levar. É para isso que eles põem aí.

— Não!

— Sim!

— Sério mesmo?

— As pessoas a roubam, leem, se convertem e se arrependem. Depois trazem de volta e compram outra, assim outras pessoas podem roubar, ler e se converter. Desse jeito, a empresa que distribui os livros não perde nada.

— Bem, aqui está alguém que não vai trazer de volta. — Ela a embrulhou em uma toalha do hotel que também ia levar embora.

— Espere! — Um frio gelado percorreu o seu John. — Pode ser que você leia e se converta, e aí eu teria que voltar para a minha esposa. — Ele estremeceu e a abraçou. — Prometa que não vai se converter.

— Eu não vou.

— Como você sabe que não vai?

— Eu nunca escuto o que as pessoas me dizem e não sei ler. O único jeito de eu saber o que é certo e errado é pela maneira como eu me sinto sobre as coisas. Se eu me sentir mal, é errado. Se eu me sentir bem, é certo. E eu me sinto bem de estar aqui com você. — Ela jogou o braço sobre o peito dele e explodiu um beijo em seu ouvido.

— Eu queria muito que nós pudéssemos nos casar, Sissy.

— Eu também, John. Eu sei que a gente ia dar certo. Por um tempo, pelo menos — ela acrescentou, com honestidade.

— Mas eu sou casado e isso é a praga da religião católica. Não tem divórcio.

— Eu não acredito em divórcio, de qualquer modo — disse Sissy, que sempre casava de novo sem o benefício de um divórcio.

— Sabe de uma coisa, Sissy?

— O quê?

— Você tem um coração de ouro.

— Sério?

— Sério. — Ele a observou prender a liga de seda vermelha sobre a meia fina que havia puxado sobre a perna bem torneada. — Me dê um beijo — ele pediu de repente.

— Nós temos tempo? — ela perguntou, objetivamente. Mas tornou a tirar a meia.

Foi assim que a biblioteca de Francie Nolan começou.

10

F RANCIE NÃO ERA GRANDE COISA QUANDO BEBÊ. ERA MAGRICELA E azulada e não se desenvolvia bem. Katie a amamentava obstinadamente, mesmo que as vizinhas dissessem que o leite dela era ruim para a criança.

Francie foi logo posta na mamadeira, porque o leite de Katie secou de repente quando a bebê tinha três meses. Katie ficou preocupada. Consultou sua mãe. Mary Rommely olhou para ela, suspirou, mas não disse nada. Katie procurou aconselhamento com a parteira. A mulher lhe fez uma pergunta boba.

— Onde você compra o seu peixe de sexta-feira?
— No mercado do Paddy. Por quê?
— Por acaso você não viu lá uma velha comprando um bacalhau para o seu gato, viu?
— Sim, eu a vejo toda semana.
— Foi ela! Ela secou o leite em você.
— Ah, não!

— Ela pôs mau-olhado em você.

— Mas por quê?

— Ela tem inveja porque você está muito feliz com aquele seu rapazinho irlandês bonito.

— Inveja? Uma mulher velha daquela?

— Uma bruxa, ela é. Eu conheci ela no velho país. E não é que ela veio no mesmo barco que eu? Quando ela era jovem, ficou apaixonada por um rapazinho amalucado de County Kerry. E não é que ele deixou ela daquele jeito e depois não quis ir até o padre com ela quando o velho pai dela foi atrás dele? Ele escapou em um barco para a América no meio da noite. O bebê dela morreu quando nasceu. Depois ela vendeu a alma para o diabo, que lhe deu o poder de secar o leite das vacas e das cabras e de moças casadas com rapazes jovens.

— Eu lembro que ela olhou para mim de um jeito estranho.

— Foi aí que ela pôs o mau-olhado em você.

— Como eu posso ter o meu leite de volta?

— Eu vou dizer o que você tem que fazer. Espere até a lua cheia. Então faça uma bonequinha com uma mecha do seu cabelo, um pedacinho da sua unha e um pedaço de pano umedecido com água-benta. Batize-a de Nelly Grogan, esse é o nome da bruxa, e enfie três pregos enferrujados nela. Isso vai destruir o poder que ela tem sobre você e com certeza o leite vai jorrar outra vez como o rio Shannon. São vinte e cinco centavos.

Katie lhe pagou. Na lua cheia, fez a bonequinha, a furou e tornou a furar. Mas seu leite não voltou. Francie adoecia com a mamadeira. Desesperada, Katie chamou Sissy para aconselhá-la. Sissy escutou a história da bruxa.

— Bruxa uma ova! — disse ela com desdém. — Foi o Johnny que fez isso, e não foi com o olho.

Foi assim que Katie soube que estava grávida outra vez. Ela contou a Johnny e ele começou a se preocupar. Estava muito feliz de volta ao ramo de garçom cantor e trabalhava com bastante frequência, a situação era estável, não bebia demais e levava a maior parte de seu salário para casa. A notícia de que havia um segundo filho a caminho fez com que ele se sentisse preso em uma armadilha. Tinha só vinte anos e Katie dezoito. Sentia que ambos eram tão jovens e já tão derrotados. Saiu e se embebedou depois que ouviu a notícia.

A parteira veio mais tarde para ver se a simpatia havia funcionado. Katie lhe contou que não tinha dado certo, já que ela estava grávida e a culpa não era da bruxa. A parteira levantou a saia e procurou dentro de uma bolsa volumosa em sua anágua. Tirou de lá um frasco de um líquido marrom-escuro de aparência sinistra.

— Claro, e não há nada para se preocupar — disse ela. — Uma boa dose disto à noite e de manhã por três dias e tudo vai ficar resolvido.

Katie sacudiu a cabeça, recusando.

— Você está com medo do que o padre diria se você fizesse isso? — perguntou a parteira.

— Não. É que eu não conseguiria matar alguma coisa.

— Não seria matar. Não conta até você ter sentido vida. Você ainda não está sentindo mexer, está?

— Não.

— Então! — Ela bateu o punho na mesa, triunfante. — Eu só vou cobrar um dólar de você pelo frasco.

— Obrigada, eu não quero.

— Não seja boba. Você é só uma garotinha que já tem problema suficiente com esse que já nasceu. E o seu homem é bonito, mas não é o mocinho mais determinado do mundo.

— O jeito que meu homem é não é da sua conta. E meu bebê não é um problema.

— Eu só estou tentando ajudar.

— Obrigada e adeus.

A parteira guardou novamente o frasco no bolso da anágua e se levantou para ir embora.

— Quando a sua hora chegar, você sabe onde eu moro. — À porta, deu um último conselho otimista: — Se você subir e descer a escada depressa várias vezes, pode ser que tenha um aborto.

Naquele outono, no falso calor de um veranico no Brooklyn, Katie sentou nos degraus da frente da casa com sua bebê doentinha no colo, sobre o volume da outra criança que estava para nascer. Vizinhos compadecidos paravam para lamentar por Francie.

— Vai ser muito difícil você criar esta criança — diziam-lhe. — A aparência dela não está nada boa. Se o bom Deus a levar, será para o bem de todos. De que vale uma bebê doentinha em uma família pobre? Já existem crianças demais neste mundo e não há lugar para as fracas.

— Não diga isso. — Katie abraçava sua bebê com força. — Não é melhor morrer. Quem quer morrer? Todas as coisas lutam para viver. Olhe aquela árvore crescendo ali naquela grade. Ela não recebe sol, e água é só quando chove. Está crescendo em uma terra árida. E é forte, porque sua difícil luta para viver a está fazendo forte. Meus filhos serão fortes desse jeito.

— Ah, alguém devia cortar aquela árvore, essa coisa feia.

— Se houvesse uma única árvore como essa no mundo, você a acharia linda — disse Katie. — Mas, como há tantas, não consegue ver o quanto ela é bonita. Olhe para essas crianças. — Apontou para um punhado de crianças sujas que brincavam na sarjeta. — Você podia pegar qualquer uma delas, dar um bom banho, pôr uma boa roupa e sentá-la em uma casa fina e acharia ela bonita.

— Você tem belas ideias, mas uma bebê muito doente, Katie — lhe diziam.

— Esta bebê vai viver — respondia Katie, com determinação. — Eu vou *fazer* ela viver.

E Francie viveu, engasgando e choramingando ao longo desse primeiro ano.

O irmão de Francie nasceu uma semana depois do primeiro aniversário dela.

Dessa vez Katie não estava trabalhando quando as dores vieram. Dessa vez ela mordeu o lábio e não gritou em sua agonia. Desamparada em sua dor, ela ainda foi capaz de fincar os alicerces em sentimentos como força e amargura.

Quando o menino robusto e saudável, uivando diante do indigno processo de nascer, foi posto em seu peito para mamar, ela sentiu uma louca ternura por ele. O outro bebê, Francie, no berço ao lado de sua cama, começou a choramingar. Katie teve um súbito desprezo pela fraca criança que tivera um ano antes, quando a comparava com esse novo e bonito filho. Envergonhou-se na mesma hora por seu desprezo. Sabia que não era culpa da menininha. *Preciso prestar muita atenção em mim*, ela pensou. *Vou amar mais este menino do que a menina, mas não posso nunca deixar que ela saiba disso. É errado amar mais um filho do que o outro, mas não posso evitar.*

Sissy implorou para ela dar o nome de Johnny para o menino, mas Katie insistiu que o menino tinha direito a um nome só dele. Sissy ficou muito brava e falou uma ou duas coisas duras para Katie. Por fim, Katie, mais por raiva do que de verdade, acusou Sissy de estar apaixonada por Johnny. Sissy respondeu "talvez", e Katie calou a boca. Teve medo de que, se continuassem brigando, ela acabasse descobrindo que Sissy de fato amava Johnny.

Katie chamou o menino de Cornelius, por causa de um personagem nobre que tinha visto um ator bonito representar no palco. Conforme o menino foi crescendo, o nome foi mudando para a língua do Brooklyn e ele ficou conhecido como Neeley.

Sem raciocínios tortuosos ou processos emocionais complicados, o menino se tornou o mundo todo de Katie. Johnny ficou com o segundo lugar e Francie foi para o fundo do coração de sua mãe. Katie amava o filho porque ele era mais completamente dela do que Johnny ou Francie. Neeley era o próprio retrato de Johnny. Katie faria dele o tipo de homem que Johnny deveria ter sido. Ele teria tudo que era bom em Johnny; ela incentivaria isso. Esmagaria todas as coisas que eram ruins em Johnny conforme elas fossem aparecendo no menino Neeley. Ele cresceria e ela teria orgulho dele, e ele cuidaria dela por todos os seus dias. Era dele que ela precisava cuidar. Francie e Johnny se virariam de algum jeito, mas ela não ia correr nenhum risco com o menino. Cuidaria para que ele tivesse mais do que apenas se virar.

Pouco a pouco, quando as crianças foram crescendo, Katie perdeu toda a ternura, embora tenha ganhado o que as pessoas chamam de "caráter". Tornou-se capaz, firme e perspicaz. Amava muito Johnny, mas toda a velha adoração arrebatadora se desfez. Amava sua menininha porque sentia pena dela. Era piedade e obrigação que sentia em relação a ela, mais do que amor.

Johnny e Francie sentiram a crescente mudança em Katie. Enquanto o menino crescia mais forte e mais bonito, Johnny se tornava mais fraco e decadente. Francie sentia o que sua mãe pensava dela. Em resposta, desenvolveu uma frieza em relação à mãe, sentimento que, paradoxalmente, as aproximou um pouco mais, porque as tornava mais parecidas.

Quando Neeley completou um ano, Katie havia parado de depender de Johnny. Johnny bebia demais. Trabalhava quando lhe ofereciam ocupação por uma noite. Trazia o pagamento para casa, mas ficava com as gorjetas para comprar bebida. A vida estava andando depressa demais para Johnny. Ele tinha uma esposa e dois bebês antes mesmo de ter idade para votar. Sua vida havia terminado antes de começar. Ele estava condenado, e ninguém sabia disso melhor do que Johnny Nolan.

Katie enfrentava as mesmas dificuldades que Johnny e tinha dezenove anos, dois a menos. Seria possível dizer que ela também estava condenada. Sua vida também havia terminado antes de começar. Mas a semelhança acabava aí. Johnny sabia que estava condenado e aceitava isso. Katie *não* aceitaria. Ela começou uma vida nova do ponto onde a antiga se encerrara.

Trocou ternura por capacidade. Largou seus sonhos e os substituiu pela dura realidade.

Katie tinha um desejo de sobrevivência feroz que fez dela uma lutadora.

Johnny tinha um anseio por imortalidade que fez dele um inútil sonhador. E essa era a grande diferença entre esses dois que se amavam tanto.

11

JOHNNY COMEMOROU A CHEGADA DA IDADE QUE O HABILITAVA A votar ficando bêbado por três dias. Quando ele estava melhorando, Katie o trancou no quarto, onde ele não poderia conseguir mais nada para beber. Em vez de ficar sóbrio, ele entrou em *delirium tremens*. Alternadamente, chorava e implorava por uma bebida. Dizia que estava sofrendo. Ela lhe dizia que isso era bom, que o sofrimento o fortaleceria, lhe ensinaria tamanha lição que ele pararia de beber. Mas o pobre Johnny não se fortaleceu. Pelo contrário, ficou fraco como uma alma penada, gritando e gemendo.

Os vizinhos batiam na porta dela e lhe pediam para fazer alguma coisa pelo pobre homem. Katie apertava os lábios em uma linha dura e fria e dizia para eles irem cuidar da própria vida. Mas, mesmo enquanto os desafiava, ela sabia que eles teriam que se mudar assim que o mês acabasse. Não poderiam mais morar naquela vizinhança depois do modo como Johnny os estava desgraçando.

No fim da tarde, seus gritos torturados a levaram à loucura. Espremendo os dois bebês no carrinho, ela foi até a fábrica e pediu para o paciente supervisor de Sissy chamá-la. Contou a Sissy sobre Johnny, e Sissy disse que iria para lá e daria um jeito nele assim que pudesse sair.

Sissy consultou um amigo a respeito de Johnny. O amigo lhe deu instruções. Ela as seguiu: comprou duzentos mililitros de um bom uísque, escondeu-o entre os fartos seios, amarrou os laços do corpete e abotoou o vestido sobre ele.

Foi para a casa de Katie e disse a ela que, se a deixasse sozinha com Johnny, ela o tiraria daquela situação. Katie trancou Sissy no quarto com Johnny. Voltou para a cozinha e passou a noite com os braços cruzados sobre a mesa, a cabeça apoiada neles, em expectativa.

Quando Johnny viu Sissy, sua pobre mente confusa clareou por um instante e ele a segurou pelo braço.

— Você é minha amiga, Sissy. Você é minha irmã. Pelo amor de Deus, me dê algo para beber.

— Calma, Johnny — disse ela, com sua voz suave e reconfortante. — Eu tenho uma bebida aqui para você.

Ela desabotoou a cintura, libertando uma cascata de babados brancos bordados e laços cor-de-rosa escuros. O quarto se encheu do perfume doce do sachê forte que ela usava. Johnny arregalou os olhos enquanto ela desamarrava um laço intricado e soltava o corpete. O pobre rapaz se lembrou da reputação dela e interpretou errado.

— Não, não, Sissy. Por favor! — ele gemeu.

— Não seja tonto, Johnny. Tem hora e lugar para tudo e esta não é a hora. — Ela tirou o frasco.

Ele o agarrou. Estava com o calor do corpo dela. Ela o deixou tomar um longo gole, depois arrancou o frasco de seus dedos apertados. Ele se acalmou depois da bebida; ficou sonolento e implorou para ela não ir embora. Ela prometeu. Sem se preocupar em amarrar os laços ou abotoar a cintura, deitou-se na cama ao lado dele. Pôs o braço sob seus ombros e ele pousou a face em seu peito nu, cheiroso e morno. Ele chorou e lágrimas saíram de baixo de suas pálpebras fechadas, e eram mais quentes do que a pele em que caíram.

    Ela ficou acordada, abraçando-o e olhando para a escuridão. Sentia-se em relação a ele como teria se sentido com seus bebês, se ao menos eles tivessem vivido para conhecer seu terno amor. Afagou-lhe os cabelos encaracolados e acariciou-lhe a face de leve. Quando ele gemeu no sono, ela o acalmou com o tipo de palavras que teria dito aos seus bebês. Seu braço ficou com cãibra e ela tentou movê-lo. Ele acordou por um momento, agarrou-se nela e implorou que não o deixasse. Quando ele falou com ela, chamou-a de "mãe".

Sempre que ele acordava e ficava assustado, ela lhe dava um gole de uísque. Mais perto da manhã, ele despertou. Sua mente estava menos confusa, mas ele disse que a cabeça doía. Afastou-se dela e gemeu.

    — Venha de volta para a mamãe — disse ela, com sua voz suave e melodiosa.

    Ela abriu bem os braços e, uma vez mais, ele se arrastou para seu aconchego e pousou a face em seu seio generoso. Chorou baixinho. Soluçou seus medos, suas preocupações e seu espanto com o modo como as coisas eram no mundo. Ela o deixou falar, ela o deixou chorar. Abraçou-o como a mãe dele deveria tê-lo abraçado quando criança (o que ela nunca fez). Às vezes Sissy chorava junto. Quando ele parou de falar, ela lhe deu o que restava do uísque e, finalmente, ele caiu em um sono exausto e profundo.

    Ela ficou deitada, muito quieta, por um longo tempo, não querendo que ele sentisse que ela o estava deixando. Quase ao amanhecer, o forte aperto dele em sua mão relaxou; a paz retornou ao seu rosto e o fez parecer um menino outra vez. Sissy acomodou a cabeça dele no travesseiro, despiu-o habilmente e o cobriu. Jogou o frasco de uísque vazio pelo respiradouro. Era melhor que Katie não soubesse, para não se aborrecer. Amarrou os laços cor-de-rosa sem muito cuidado e ajustou a cintura. Fechou a porta muito silenciosamente quando saiu.

Sissy tinha dois grandes pontos fracos: era uma ótima amante e uma ótima mãe. Sentia tanta ternura dentro de si, tanto desejo de se dar a quem quer que precisasse do que ela tinha — fosse seu dinheiro, seu tempo, as roupas de seu corpo, sua compaixão, sua compreensão, sua amizade ou seu amor e companheirismo. Era mãe de tudo que aparecia em seu caminho. Ela amava os homens, sim. Amava mulheres também, e idosos, e especialmente crianças. Como ela amava crianças! Amava os desamparados. Queria fazer todo mundo feliz. Havia tentado seduzir o bom padre que ouvia suas confissões infrequentes porque sentia pena dele. Achava que ele estava perdendo a maior alegria da terra ao se comprometer com uma vida de celibato.

Ela amava todos os cachorros vira-latas que se coçavam pelas ruas e chorava pelas gatas esqueléticas à procura de comida que se esgueiravam pelos cantos do Brooklyn com as laterais do corpo inchadas, buscando um buraco para dar à luz seus filhotes. Amava os pardais sujos de fuligem e achava que até a grama que crescia nos terrenos era bela. Colhia ramalhetes de trevos-brancos nos terrenos, acreditando que eram as flores mais bonitas que Deus já havia feito. Uma vez, viu um camundongo em seu quarto. Na noite seguinte, arranjou uma caixinha para ele com lascas de queijo. Sim, ela ouvia as aflições de todo mundo, mas ninguém ouvia as dela. Mas tudo bem, porque Sissy era de dar, nunca de receber.

Quando Sissy entrou na cozinha, Katie olhou para sua roupa desarrumada com olhos inchados e desconfiados.

— Você é minha irmã — disse ela, com desoladora dignidade. — Espero que não tenha se esquecido disso.

— Não seja uma *heimdickischer* imbecil — retrucou Sissy, sabendo o que Katie queria dizer. Mas sorriu afetuosamente, olhando Katie nos olhos. Katie se sentiu subitamente aliviada.

— Como está o Johnny?

— O Johnny vai estar bem quando acordar. Mas, pelo amor do bom Deus, não fique dando sermão quando ele acordar. Não fique dando sermão nele, Katie.

— Mas alguém tem que dizer para ele...

— Se eu souber que você ficou dando sermão, vou tirar ele de você. Eu juro. Mesmo eu sendo sua irmã.

Katie sabia que ela falava sério e ficou um pouco assustada.

— Tudo bem, não vou fazer isso — ela murmurou. — Não desta vez.

— Agora você está crescendo e virando uma mulher — aprovou Sissy, beijando Katie no rosto. Sentia pena da irmã tanto quanto de Johnny.

Então Katie desmoronou e chorou. Fez sons duros e feios, porque detestava a si mesma por chorar, mas não conseguiu evitar. Sissy teve de ouvir, de passar de novo por tudo que havia passado com Johnny, só que desta vez pelo ponto de vista de Katie. Sissy lidou com Katie de um jeito diferente do que tinha lidado com Johnny. Tinha sido gentil e maternal com Johnny porque ele precisava disso. Sissy reconheceu a rigidez que havia em Katie. Ela endureceu diante dessa rigidez enquanto Katie terminava sua história.

— E agora você sabe tudo, Sissy. Johnny é um bêbado.

— Bom, tudo mundo é *alguma coisa*. Todos nós temos algum tipo de rótulo. Olhe só para mim: eu nunca bebi na minha vida. Mas você sabia — ela afirmou, com sincera e consumada inocência — que existem pessoas que falam de mim e dizem que *eu* sou uma mulher ruim? Dá para imaginar isso? Eu admito que fumo um Sweet Caporal de vez em quando, mas daí a ser ruim...

— Bem, Sissy, é que o jeito que você age com os homens faz as pessoas...

— Katie! *Não* me dê sermão! Todos nós somos o que temos que ser e cada um vive o tipo de vida que lhe cabe viver. Você tem um homem bom, Katie.

— Mas ele bebe.

— E vai beber até morrer. É isso. Ele bebe. Você tem que aceitar isso como parte do pacote.

— Que pacote? Você quer dizer a parte de ele não trabalhar, passar a noite inteira na rua, com os imprestáveis que ele tem como amigos?

— Você se casou com ele. Tem alguma coisa nele que ganhou o seu coração. Agarre-se a isso e esqueça o resto.

— Às vezes eu não sei por que me casei com ele.

— É mentira! Você sabe por que se casou com ele. Você se casou com ele porque queria que ele dormisse com você, mas era religiosa demais para se arriscar sem se casar na igreja.

— Como você fala... Foi tudo porque eu quis tirar ele de outra pessoa.

— Foi para dormir com você. Sempre é. Se isso for bom, o casamento é bom. Se for ruim, o casamento é ruim.

— Não. Há outras coisas.

— Que outras coisas? Bom, talvez haja — admitiu Sissy. — Se houver outras coisas boas também, é a sorte grande.

— Você está errada. Isso pode ser importante para você, mas...

— É importante para todo mundo, ou deveria ser. Assim todos os casamentos seriam felizes.

— Ah, eu admito que gostava do jeito que ele dançava, cantava... da aparência dele...

— Você está dizendo a mesma coisa que eu, só que com suas palavras.

Como ganhar de uma pessoa como a Sissy?, pensou Katie. *Ela já tem sua própria maneira de pensar. Talvez seja um bom jeito de pensar as coisas. Não sei. Ela é a minha irmã, mas as pessoas falam dela. Ela não é uma boa moça e não há como fugir disso. Quando ela morrer, sua alma vai vagar pelo purgatório por toda a eternidade. Eu já disse isso a ela muitas vezes e ela sempre responde que não vagaria sozinha. Se a Sissy morrer antes de mim, preciso mandar rezar muitas missas pelo descanso da alma dela. Talvez depois de um tempo ela saia do purgatório, porque, mesmo eles dizendo que ela é ruim, ela é boa para todas as pessoas do mundo que têm a sorte de cruzar o caminho dela. Deus terá de levar isso em consideração.*

Subitamente, Katie se inclinou e beijou Sissy no rosto. Sissy ficou surpresa, porque não tinha como saber os pensamentos de Katie.

— Talvez você esteja certa, Sissy, talvez esteja errada. Comigo, tudo se resume a isto: tirando a bebida, eu amo tudo no Johnny e vou tentar ser boa para ele. Vou tentar passar por cima... — Então não disse mais nada. Em seu coração, Katie sabia que não era do tipo de passar por cima.

Francie estava acordada dentro do cesto de roupas, perto do fogão da cozinha. Ficou ali deitada, chupando o polegar e escutando a conversa. Mas não absorveu nada dela, porque só tinha dois anos.

12

KATIE FICOU COM VERGONHA DE CONTINUAR ALI DEPOIS DA GRANDE bebedeira de Johnny. A maioria dos maridos das vizinhas não era melhor do que ele, claro, mas Katie não costumava pensar assim. Ela queria que os Nolan fossem *melhores* e não tão bons quanto quem quer que fosse. E também havia a questão do dinheiro. Embora nem chegasse a ser uma questão, porque tinham muito pouco e agora havia duas crianças. Katie procurou um lugar onde pudesse trabalhar pelo aluguel. Pelo menos teriam um teto sobre a cabeça.

Encontrou uma casa de cômodos onde poderia morar sem pagar aluguel em troca de mantê-la limpa. Johnny jurou que não deixaria sua esposa se tornar faxineira. Katie lhe disse, em seu novo modo duro e decidido, que ou era ser faxineira ou ficar sem casa, pois estava cada vez mais difícil juntar o dinheiro para o aluguel todos os meses. Por fim, Johnny cedeu, depois de prometer que ele ia fazer toda a faxina até conseguir um trabalho estável e eles poderem se mudar outra vez.

Katie arrumou seus poucos pertences: uma cama de casal, o berço dos bebês, um carrinho de bebê arrebentado, um conjunto de sala de estar de plush verde, um tapete com rosas cor-de-rosa, as cortinas rendadas da sala de estar, uma planta de plástico e um gerânio, um canário amarelo em uma gaiola dourada, um álbum de fotografias com capa de plush, uma mesa de cozinha e algumas cadeiras, uma caixa de pratos, vasilhas e panelas, um crucifixo dourado com uma caixa de música na base que tocava "Ave, Maria" quando se dava corda, um crucifixo simples de madeira que sua mãe havia lhe dado, um cesto cheio de roupas, roupas de cama, uma pilha de partituras de música de Johnny e dois livros, a Bíblia e as *Obra completas de William Shakespeare*.

Havia tão pouca coisa que o vendedor de gelo pôde carregar tudo em sua carroça e seu único cavalo desgrenhado. Os quatro Nolan foram junto na carroça de gelo até sua nova moradia.

A última coisa que Katie fez em sua velha casa depois de ela ficar vazia, e com aquela aparência de um míope sem os óculos, foi arrancar o banco de lata. Havia três dólares e oitenta centavos nele. Desse valor, ela sabia, pesarosa, que teria de dar um dólar ao homem do gelo por fazer a mudança deles.

A primeira coisa que fez na nova casa, enquanto Johnny ajudava o homem do gelo a entrar com a mobília, foi pregar o banco dentro de um armário. Pôs dois dólares e oitenta centavos de volta nele. Acrescentou dez centavos das poucas moedas que tinha em sua carteira velha. Essa era a moeda de dez centavos que ela não ia dar ao homem do gelo.

Em Williamsburg, era costume dar uma caneca de cerveja para os transportadores de mudança quando eles terminavam o trabalho. Mas Katie pensou: *Nós não vamos vê-lo nunca mais. Além disso, um dólar é suficiente. Pense em todo o gelo que ele teria que vender para ganhar um dólar.*

Enquanto Katie instalava as cortinas rendadas, Mary Rommely veio e salpicou os aposentos com água-benta para expulsar algum possível demônio que pudesse se esconder pelos cantos. Quem poderia saber? Protestantes poderiam ter morado ali antes. Um católico poderia ter morrido nos quartos sem a extrema-unção da Igreja. A água-benta purificaria a casa outra vez para que Deus pudesse entrar se quisesse.

A bebê Francie deu um gritinho de prazer quando sua avó levantou a galheta e o sol brilhou através dela e produziu um pequeno e gordo arco-íris na parede oposta. Mary sorriu com a criança e fez o arco-íris dançar.

— *Schoen! Schoen!* — disse ela.

—- Chão! Chão! — repetiu Francie, estendendo as duas mãozinhas.

Mary a deixou segurar a galheta quase cheia enquanto foi ajudar Katie. Francie ficou decepcionada, porque o arco-íris desapareceu. Achou que ele devia estar escondido no frasco. Derramou a água-benta no colo, esperando que um novo arco-íris saísse deslizando da garrafa. Mais tarde, Katie notou que ela estava molhada e lhe deu um tapinha de leve, dizendo que ela estava grande demais para molhar as calças. Mary explicou sobre a água-benta.

— Oh, a criança se abençoou e ganhou um tapa com a bênção.

Katie riu. Francie riu, porque sua mãe não estava mais brava. Neeley expôs seus três dentes em uma risada de bebê. Mary sorriu para todos eles e disse que era sinal de sorte começar a vida em uma nova casa com risadas.

Estava tudo arrumado na hora do jantar. Johnny ficou com as crianças enquanto Katie ia à mercearia para abrir uma conta. Ela disse ao proprietário que havia acabado de se mudar para a vizinhança e se ele confiaria se ela levasse alguns alimentos e pagasse no sábado, quando recebesse seu pagamento. O merceeiro aceitou. Ele lhe deu um saco de alimentos e uma pequena caderneta onde anotou a dívida. Disse para ela trazer a caderneta toda vez que viesse "pedir confiança". E assim, sem muita cerimônia, a família de Katie teve a comida assegurada até a próxima entrada de dinheiro.

Depois do jantar, Katie leu para os bebês dormirem. Ela leu uma página da introdução a Shakespeare e uma página de genealogias da Bíblia. Era aonde havia chegado até aquele momento. Nem os bebês nem Katie entendiam nada que estava escrito. A leitura deixava Katie muito sonolenta, mas, persistentemente, ela terminou as duas páginas. Cobriu os bebês com cuidado, depois ela e Johnny também foram para a cama. Eram só oito horas, mas eles estavam cansados da mudança.

Os Nolan dormiram em sua nova casa na Lorimer Street, que ainda era em Williamsburg, mas quase perto de onde Greenpoint começava.

13

A LORIMER STREET ERA MAIS REFINADA QUE A BOGART STREET. ERA habitada por entregadores de cartas, bombeiros e os donos de lojas que tinham dinheiro suficiente para não ter que morar nos quartos nos fundos das lojas.

O apartamento tinha um banheiro com banheira. A banheira era uma caixa de madeira retangular revestida de zinco. Francie não pôde conter o espanto quando a encheram de água. Era a maior quantidade de água reunida que já tinha visto até aquele dia. Para seus olhos de bebê, parecia um oceano.

Eles gostaram do novo lar. Katie e Johnny mantinham o porão, os corredores, o telhado e a calçada na frente da casa imaculadamente limpos em troca de seu aluguel. Não havia respiradouro. Apenas uma janela em cada quarto e três na cozinha e na sala da frente. O primeiro outono lá foi agradável. O sol entrava o dia todo. Ficaram aquecidos naquele primeiro inverno também. Johnny trabalhava com razoável constância, não bebia muito e havia dinheiro para o carvão.

Quando o verão chegou, as crianças passavam a maior parte do dia ao ar livre, nos degraus na frente da casa. Eram as únicas crianças por ali, portanto sempre havia espaço nos degraus. Francie, com quase quatro anos, tinha que cuidar de Neeley, que ia fazer três. Ficava sentada por longas horas nos degraus, com os braços finos abraçando as pernas igualmente finas e o cabelo castanho liso soprado pela brisa lenta que vinha carregada de cheiro salgado do mar, o mar que era tão perto e que ela nunca tinha visto. Ficava de olho em Neeley enquanto ele subia e descia pelos degraus. Sentada ali, balançando para a frente e para trás, ela pensava em muitas coisas: o que fazia o vento soprar, o que era a grama, por que Neeley era um menino em vez de ser uma menina como ela.

Às vezes, Francie e Neeley se sentavam e se analisavam. Os olhos dele eram iguais aos dela em forma e profundidade, mas os dele eram azul-claros, brilhantes, e os dela eram cinza-escuros e límpidos. Havia uma comunicação ininterrupta e constante entre as duas crianças. Neeley falava muito pouco e Francie falava muito. De vez em quando, Francie falava e falava até o afável menino adormecer sentado nos degraus com a cabeça apoiada na grade de ferro.

Francie "costurou" naquele verão. Katie lhe comprou um quadrado de tecido por um centavo. Era do tamanho de um lenço de senhora e nele havia o contorno de um desenho: um cão terra-nova sentado, com a língua de fora. Outro centavo comprou um pequeno carretel de linha de bordado vermelha e dois centavos foram para um par de pequenos bastidores. A avó de Francie lhe ensinou a fazer pontos corridos. A criança ficou hábil na costura. As mulheres que por ali passavam paravam e se compadeciam com a menina tão pequena, uma linha funda já surgindo no canto interno da sobrancelha direita, empurrando a agulha para dentro e para fora do material esticado, enquanto Neeley se debruçava sobre ela para observar a brilhante lasca de aço desaparecer como mágica e aparecer de novo através do tecido. Sissy lhe deu um pequeno morango gordo de pano para limpar a agulha. Quando Neeley ficava irrequieto, Francie o deixava espetar a agulha no morango por um tempo. A ideia era bordar uns cem desses quadrados, depois costurá-los juntos para fazer uma colcha. Francie tinha ouvido falar que algumas moças haviam realmente feito uma colcha desse jeito, e essa era a grande ambição dela. Mas, embora ela tenha trabalhado muito no quadrado de pano durante o verão, o outono o encontrou bordado apenas pela metade. E a colcha teve de ser deixada para o futuro.

O outono veio de novo, inverno, primavera e verão. Francie e Neeley continuavam crescendo, Katie continuava trabalhando muito e Johnny trabalhava um pouco menos e bebia um pouco mais a cada estação. A leitura prosseguiu. Às vezes Katie pulava uma página quando estava cansada à noite, mas, na maior parte do tempo, se mantinha firme na tarefa. Estavam em *Júlio César* agora e a instrução cênica "Alarum" confundiu Katie. Ela achou que tivesse algo a ver com carros de bombeiro e, sempre que essa palavra aparecia, ela gritava "uón-uón". As crianças adoravam.

Os centavos se acumulavam no banco de lata. Uma vez ele teve de ser aberto e dois dólares foram retirados para pagar o farmacêutico, quando Francie enfiou um prego enferrujado no joelho. Uma dezena de vezes uma das tiras foi despregada e uma moeda foi pescada com uma faca para Johnny pagar o transporte para chegar a um trabalho. Mas a regra era que ele tinha que pôr o dobro de volta com o que ganhasse de gorjeta. Desse modo, o banco lucrava.

Nos dias quentes, Francie brincava sozinha na rua ou nos degraus. Ela queria muito ter colegas para brincar, mas não sabia como fazer amizade com as outras meninas. As outras crianças a evitavam porque ela falava esquisito. Por causa das leituras noturnas de Katie, Francie tinha um jeito estranho de dizer as coisas. Uma vez, ao ser provocada por uma criança, ela respondeu: "Ó, você, que não sabe o que diz. É só cheia de som e furo que sinifica nada".

Em outra oportunidade, ao tentar fazer amizade com uma menininha, ela disse:

— Vou mostrar para você a minha blusa que o frio gerou.

— O frio *gelou* — a menininha corrigiu.

— Não. O frio gerou. As coisas são geradas.

— O que quer dizer isso, *gerar?* — perguntou a menina, que tinha apenas cinco anos.

— É como em Eva gerou Abel.

— Gelou a Bel? Você é louca.

— Eva gerou. Ela gerou Caim também.

— Não sei o que você está falando. E quer saber?

— O quê?

— Você fala como um carcamano.

— Eu não falo como um carcamano — gritou Francie. — Eu falo como... como... Deus fala.

— Você vai cair morta por dizer uma coisa dessas.

— Não vou, não.

— Você não bate bem. — A menininha levou a mão à testa.

— Não é verdade.

— Então por que você fala assim?

— Minha mãe lê essas coisas para mim.

— Então sua *mãe* não bate bem — corrigiu a menininha.

— Pelo menos a minha mãe não é suja como a sua. — Essa foi a única resposta em que Francie pôde pensar.

A menina já tinha ouvido isso muitas vezes. Ela era esperta demais para discutir.

— Eu acho melhor ter uma mãe suja do que uma mãe louca. E acho melhor não ter pai nenhum do que ter um pai bêbado.

— Suja! Suja! Suja! — gritou Francie, furiosa.

— Louca, louca, louca — cantarolou a menininha.

— Suja! Suja! — repetiu Francie, chorando em sua impotência.

A menininha foi embora, os cachos robustos balançando ao sol, e cantou em voz alta e clara:

— Palavras não me atingem. Meu silêncio te derrota.

E Francie chorou. Não pelas palavras, mas porque era solitária e ninguém queria brincar com ela. As crianças mais barulhentas achavam Francie muito quieta e as mais bem-comportadas pareciam querer distância dela. De um modo um tanto vago, Francie sentiu que não era tudo culpa dela. Tinha alguma coisa a ver com as frequentes visitas da tia Sissy, sua aparência e o jeito como os homens da vizinhança a olhavam quando ela passava. Tinha algo a ver com a maneira como seu pai às vezes não conseguia andar em linha reta pela rua quando voltava para casa. Tinha algo a ver com o modo como as mulheres do bairro lhe faziam perguntas sobre seu pai, sua mãe e Sissy. Perguntas dissimuladas e com ar desinteressado que não enganavam Francie. Bem que sua mãe a alertara: "Não deixe os vizinhos te importunarem".

Assim, nos dias quentes de verão, a criança solitária se sentava nos degraus na frente de sua casa e simulava desdém pelo grupo de crianças que brincavam na calçada. Francie brincava com amigos imaginários e fingia que eles eram melhores que as crianças reais. Mas, o tempo todo, seu coração batia no ritmo da tristeza tocante da cantiga que as meninas cantavam enquanto giravam em roda de mãos dadas.

> *Walter, Walter Wildflower.*
> *Que tão alto vai crescer.*
> *Somos todas jovens damas*
> *E todas vamos morrer.*
> *Exceto a Lizzie Wehner*
> *Que é a flor mais bela.*
> *Cubra o rosto envergonhado.*
> *Vire as costas, fale agora*
> *O nome do seu namorado.*

Elas pararam enquanto a menina escolhida, depois de muito trabalho de convencimento, finalmente sussurrou o nome de um menino. Francie imaginou que nome ela diria se um dia a convidassem para brincar. Iriam rir se ela sussurrasse Johnny Nolan?

As meninas soltaram gritinhos quando Lizzie sussurrou um nome. Deram-se as mãos outra vez e se moveram em círculo, anunciando jovialmente o nome do escolhido.

*Hermy Bachmeier
É um belo cidadão.
Ele chega até a porta
Com o chapéu na mão.
E lá vem ela,
De branco para o altar.
É hoje o dia,
Em que eles vão se casar.*

As meninas pararam e bateram palmas com alegria. Depois, subitamente, houve uma mudança no humor. Cabisbaixas, giraram mais devagar na roda.

*Mamãe, mamãe, estou mal.
Chame o médico,
Isto não é bom sinal!
Doutor, doutor, eu vou morrer?
Sim, minha cara,
É fatal.
De quantos carros vou precisar?
Você vai à frente
E atrás os parentes.*

Em outros bairros havia palavras diferentes na canção, mas, essencialmente, era o mesmo jogo. Ninguém sabia de onde aquelas palavras tinham vindo. Meninas pequenas as aprendiam de outras, e essa era a brincadeira mais comum no Brooklyn.

Havia outros jogos. Havia o jogo das pedrinhas, que duas meninas podiam jogar juntas sentadas na escada. Francie jogava sozinha, primeiro sendo Francie, depois sua oponente. Ela conversava com a jogadora imaginária. "Eu tenho que pegar de três em três e você de dois em dois", dizia.

A amarelinha era um jogo que os meninos começavam e as meninas terminavam. Os meninos punham uma lata no trilho dos bondes, se sentavam na guia e observavam com olhos profissionais quando as rodas da composição achatavam a lata. Eles a dobravam e punham no trilho de novo. Ela era achatada outra vez, e dobrada e achatada novamente. Logo estavam com um quadrado plano e pesado de metal. Quadrados numerados eram desenhados na calçada e o jogo passava para as meninas, que pulavam com um pé só empurrando a peça de metal de um quadrado a outro. Quem passasse por todos os quadrados com o menor número de pulos ganhava o jogo.

Francie fez um quadrado de metal. Pôs uma lata nos trilhos. Ficou observando com a testa profissionalmente franzida quando a composição passou sobre ela. Estremeceu de prazeroso horror ao ouvir a lata sendo amassada. *Será que o motorneiro ficaria bravo*, pensou, *se soubesse que ela estava fazendo seu bonde trabalhar para ela?* Desenhou os quadrados no chão, mas só sabia escrever o um e o sete. Pulou pelo jogo desejando ardentemente que alguém estivesse brincando com ela, porque tinha certeza de que havia ganhado com menos pulos do que qualquer outra menina no mundo.

Às vezes havia música nas ruas. Isso era algo que Francie podia aproveitar sem companhia. Uma banda de três pessoas vinha uma vez por semana. Eles usavam roupas comuns, mas chapéus engraçados, como um chapéu de motorneiro, só que com o topo amassado. Quando Francie ouvia as crianças gritando, "Olha os Bettelbubbers", ela corria pela rua, às vezes arrastando Neeley junto.

A banda era composta por um violino, tambor e corneta. Os homens tocavam antigas canções vienenses e, se não tocavam bem, pelo menos tocavam alto. As meninas pequenas valsavam em pares, girando e girando pelas calçadas quentes do verão. Sempre havia dois meninos que faziam uma dança grotesca juntos, imitando as meninas e colidindo com elas rudemente. Quando as meninas ficavam bravas, os meninos faziam uma reverência exagerada (garantindo que seu traseiro colidisse com outro par que dançava) e pediam desculpa em uma linguagem rebuscada.

Francie queria poder ser um dos corajosos que não participavam da dança, mas ficavam de pé do lado do corneteiro sugando ruidosamente grandes picles gotejantes. Isso fazia saliva entrar na corneta, o que deixava o corneteiro muito bravo. Se fosse provocado suficientemente, ele soltava uma sequência de xingamentos em alemão, terminando com algo que soava como "Gott verdammte Ehrlandiger Jude". A maioria dos alemães do Brooklyn tinha o hábito de chamar todos que os irritavam de "judeus".

Francie ficava fascinada com a parte do dinheiro. Depois de duas músicas, o violino e a corneta continuavam sozinhos enquanto o tocador de tambor andava entre as pessoas com o chapéu na mão, aceitando sem agradecer as moedas que lhe davam. Após fazer a coleta na rua, ele parava na beira da calçada e olhava para as janelas da casa. Mulheres embrulhavam duas moedas em um pedaço de jornal e o jogavam lá para baixo. O jornal era essencial. Qualquer moeda desgarrada era considerada de ninguém pelos meninos, que se atropelavam para cima delas, pegavam-nas e saíam correndo pela rua com um músico furioso atrás. Por alguma razão eles não tentavam se apossar das moedas embrulhadas. Às vezes eles as pegavam e entregavam para os músicos. Era algum tipo de código que os fazia chegar a um acordo sobre quais moedas eram de quem.

Se os músicos tivessem ganhado o suficiente, eles tocavam mais uma canção. Se a coleta fosse magra, eles iam embora, na esperança de campos mais férteis. Francie, geralmente arrastando Neeley junto, muitas vezes seguia os músicos de parada em parada, de rua em rua, até ficar escuro e os músicos partirem. Francie era apenas uma de uma multidão, pois muitas crianças seguiam a banda como no Flautista de Hamelin. Muitas das meninas iam com irmãos ou irmãs bebês a reboque, alguns em carrinhos de mão feitos em casa, outros em carrinhos de bebê muito velhos. A música lançava tamanho feitiço sobre elas que se esqueciam de casa e de comer. E os bebês choravam, molhavam a roupa, dormiam, acordavam para chorar de novo, molhavam a roupa outra vez e voltavam a dormir. E "Danúbio azul" continuava tocando.

Francie achava que os músicos tinham uma vida boa. Ela fazia planos. Quando Neeley ficasse maior, ele tocaria o *rot-rot* (que é como ele chamava o acordeão), e ela acompanharia com um pandeiro na rua. As pessoas jogariam moedas, eles ficariam ricos e a mamãe não teria mais que trabalhar.

Embora seguisse a banda, Francie gostava mais do tocador de realejo. De vez em quando um homem andava pelas ruas com um pequeno realejo e um macaco empoleirado em cima. O macaco usava um casaco vermelho com galões dourados e um chapeuzinho vermelho preso sob o queixo. A calça vermelha tinha um buraco conveniente por onde saía a cauda. Francie adorava aquele macaco. Dava-lhe sua preciosa moeda para doces só pela felicidade de vê-lo tirar o chapéu para ela. Se sua mãe estivesse por perto, ela pegava um centavo que deveria ter ido para o banco de lata e dava para o homem com instruções muito sérias para ele não maltratar o animalzinho, porque, se ele o maltratasse e ela descobrisse, ela o denunciaria. O italiano nunca entendia uma palavra do que ela dizia e sempre dava a mesma resposta. Ele tirava o chapéu, curvava-se com humildade dobrando ligeiramente a perna e dizia com ardor: "Si, Si".

O órgão grande era diferente. Quando ele aparecia, era como uma *fiesta*. O órgão era puxado por um homem escuro de cabelos encaracolados e dentes branquíssimos. Ele vestia calça de veludo verde e um casaco marrom de veludo cotelê, com um lenço vermelho pendurado. Usava um único brinco de argola. A mulher que o ajudava a puxar o órgão vestia uma saia vermelha rodada, blusa amarela e grandes brincos de argola.

A música retinia estridente, uma canção de *Carmen* ou *Il trovatore*. A mulher sacudia um pandeiro sujo decorado com fitas e o batia sem muito entusiasmo no cotovelo, no ritmo da música. Ao fim de cada canção, ela fazia um giro repentino, mostrando as pernas grossas envoltas em meias brancas sujas e uma explosão de anáguas multicoloridas.

Francie nunca reparava na sujeira ou no cansaço. Ela ouvia a música, via as cores vibrantes e sentia a grandiosidade de um povo pitoresco. Katie a alertava para nunca seguir o órgão grande. Katie dizia que esses tocadores de órgão que se vestiam assim eram sicilianos. E o mundo todo sabia que os sicilianos pertenciam à Mão Negra e que a Sociedade da Mão Negra sempre raptava crianças para pedir resgate. Eles levavam os pequenos e deixavam um bilhete com instruções de deixar cem dólares no cemitério e o assinavam com a impressão preta de uma mão. Era isso que a mamãe dizia sobre esses tocadores de órgão.

Durante dias após a vinda do tocador de órgão, Francie brincava que ela própria era uma. Ela cantarolava o que lembrava de Verdi e batia o cotovelo em uma velha forma de torta, fingindo que era um pandeiro. Terminava a brincadeira desenhando o contorno da mão em papel e pintando-a com lápis de cera preto.

Às vezes Francie hesitava. Ela não sabia se seria melhor ter uma banda quando crescesse ou ser uma moça do realejo. Seria bom se ela e Neeley pudessem arranjar um realejo e um macaquinho. Todo dia poderiam se divertir com ele sem pagar nada e andar pelas ruas tocando e vendo-o tirar o chapéu. E as pessoas lhes dariam muitas moedas e o macaco poderia comer junto com eles e talvez dormir na cama dela à noite. Essa profissão parecia tão desejável que Francie anunciou suas intenções para a mãe, mas Katie jogou água fria no projeto dizendo-lhe para não ser tola; que macacos tinham pulgas e ela não permitiria nenhum macaco em uma de suas roupas de cama limpas.

Francie brincava com a ideia de ser uma tocadora de pandeiro. Mas aí teria que ser uma siciliana e raptar criancinhas, e não queria isso, embora desenhar uma mão preta fosse divertido.

A música e a dança estavam sempre presentes nas ruas do Brooklyn naqueles antigos verões, e os dias deveriam ter sido alegres. Mas havia algo triste neles, algo triste nas crianças de corpos magros, com os traços infantis ainda se demorando nas faces, cantando em triste monotonia enquanto dançavam a roda. Era triste o modo como ainda eram crianças de quatro e cinco anos, mas tão precoces para cuidar de si mesmas. O "Danúbio azul" que a banda tocava era melancólico e desafinado. O macaco tinha olhos tristes sob o vibrante chapéu vermelho. A melodia do tocador de realejo era chorosa por baixo da animada estridência.

Até os menestréis que vinham aos pátios e cantavam

Se a vida fosse como eu queria,
Você nunca envelheceria

eram tristes também. Eram vagabundos, tinham fome e nenhum talento para a música. Tudo o que tinham no mundo era a coragem de entrar em um pátio com o chapéu na mão e cantar bem alto. O triste estava em saber que toda essa coragem não os levaria a lugar algum no mundo e que eles estavam perdidos como todas as pessoas no Brooklyn parecem perdidas quando o dia está quase terminando, e, embora o sol ainda brilhe, ele é fraco e não oferece mais calor.

14

A VIDA ERA AGRADÁVEL EM LORIMER STREET, E OS NOLAN TERIAM continuado a morar lá se não fosse pela tia Sissy e seu coração grande, mas equivocado. Foi a história de Sissy com o triciclo e os balões que arruinou e desgraçou os Nolan.

Um dia, Sissy foi dispensada do trabalho e decidiu ir visitar Francie e Neeley enquanto Katie estava trabalhando. Um quarteirão antes de ela chegar à casa deles, seus olhos foram ofuscados pelo sol que cintilava no guidão de metal de um belo triciclo. Era um tipo de veículo que não se vê atualmente. Tinha um largo assento de couro, suficientemente grande para duas crianças pequenas, com um encosto e uma barra de direção de ferro ligada à pequena roda dianteira. Havia duas rodas maiores atrás. Havia um guidão de metal sólido na ponta da barra de direção. Os pedais ficavam na frente do assento e uma criança sentava-se confortavelmente, pedalava recostada no banco e manobrava com o guidão em seu colo.

Sissy viu que o triciclo estava ali sem ninguém por perto, na frente dos degraus de uma casa. Ela não hesitou. Pegou o triciclo, puxou-o até a casa dos Nolan, chamou as crianças e as fez darem um passeio nele.

Francie achou maravilhoso! Ela e Neeley sentaram-se no banco e Sissy os puxou em volta do quarteirão. O assento de couro estava aquecido do sol e tinha um cheiro rico e caro. O sol quente dançava no guidão de metal e parecia fogo vivo. Francie achava que, se o tocasse, com certeza queimaria a mão. E, então, algo aconteceu.

Uma pequena multidão veio para cima deles, liderada por uma mulher histérica e um menino aos berros. A mulher avançou sobre Sissy aos gritos de "Ladra!". Ela pegou o guidão e o puxou. Sissy continuou segurando com firmeza. Francie quase foi jogada para fora. O policial que fazia a ronda veio correndo.

— O que houve? O que houve? — E assumiu o controle.

— Esta moça é uma ladra — informou a mulher. — Ela roubou o triciclo do meu filhinho.

— Eu não roubei, sargento — disse Sissy, com sua voz doce e cativante. — Ele estava ali parado, e continuava ali parado, então eu o peguei emprestado para deixar as crianças darem uma volta. Eles nunca andaram em um triciclo tão bonito. O senhor sabe o que um passeio nisto significa para uma criança? É o *paraíso*. — O policial olhou zangado para as crianças mudas no banco. Francie sorriu para ele, tremendo de pânico. — Eu só ia dar uma volta com eles no quarteirão e devolver em seguida. Eu *juro*, sargento.

O policial pousou o olhar nos belos seios de Sissy, realçados pela cintura justa que ela gostava de usar. Então virou para a mãe irritada.

— Por que ser tão mesquinha, senhora? — disse ele. — Deixe-a levar as crianças para uma volta no quarteirão. Tenha um pouco de respeito — (E as crianças agrupadas em volta trocaram risinhos maliciosos pelo jeito que ele enfatizou o final da palavra.) — Deixe-a dar uma voltinha e eu garanto que a senhora vai receber o triciclo de volta em segurança.

Ele era a lei. O que a mulher podia fazer? O policial deu uma moeda para o menino e lhe disse que parasse de gritar. Dispersou a multidão simplesmente avisando que ia chamar um carro e levar todo mundo para a delegacia se não dessem o fora dali.

A multidão se desfez. Girando o cassetete, o policial escoltou galantemente Sissy e as crianças em volta do quarteirão. Sissy olhou nos olhos dele e sorriu. Nisso, ele guardou o cassetete no cinto e insistiu em empurrar o triciclo para ela. Sissy caminhou ao lado dele com seus pequenos sapatos de salto alto, envolvendo-o no encantamento de sua voz doce e melodiosa. Deram três voltas no quarteirão, o policial fingindo não notar as mãos que subiam para esconder sorrisos quando as pessoas viam um homem da lei totalmente uniformizado, enfeitiçado daquele jeito. Ele falou afetuosamente com Sissy, principalmente sobre sua esposa, que era uma boa mulher, você entende, mas, sabe, quase inválida.

Sissy disse que entendia.

Depois do episódio do triciclo, as pessoas começaram a falar. Já falavam o suficiente de Johnny, que vez ou outra voltava para casa bêbado, e de como os homens olhavam para Sissy. Agora, tinham mais isso para acrescentar. Katie pensou em se mudar. Aquele lugar estava ficando como a Bogart Street, onde os vizinhos sabiam demais sobre eles. Enquanto Katie pensava em procurar outra paragem, algo mais aconteceu e eles tiveram que se mudar de imediato. O que finalmente os expulsou da Lorimer Street foi sexo nu e cru. Só que foi muito inocente, se visto pelo jeito certo.

Um sábado à tarde, Katie tinha um trabalho extra na Gorling's, uma grande loja de departamentos em Williamsburg. Tinha que preparar café e sanduíches para o lanche de sábado à noite que o patrão oferecia às funcionárias no lugar do pagamento das horas extras. Johnny estava na sede do sindicato, esperando que algum trabalho o encontrasse. Sissy não trabalhava naquele dia. Sabendo que as crianças ficariam sozinhas trancadas no apartamento, decidiu lhes fazer companhia.

Ela bateu na porta, avisando que era a tia Sissy. Francie primeiro abriu a porta sem tirar a corrente para confirmar se era mesmo ela, antes de deixá-la entrar. As crianças se lançaram sobre Sissy, sufocando-a de abraços. Eles a amavam. Para eles, ela era uma moça bonita que sempre cheirava bem, usava roupas bonitas e lhes trazia presentes incríveis.

Naquele dia, ela lhes levou uma caixa de charutos de cedro de cheiro doce, várias folhas de papel de seda, algumas vermelhas e algumas brancas, e um frasco de cola. Sentaram-se em volta da mesa da cozinha e puseram-se a decorar a caixa. Sissy desenhava círculos no papel com uma moeda e Francie os cortava. Sissy lhe mostrou como fazer copinhos de papel com eles, moldando os círculos sobre a extremidade reta de um lápis. Depois de terem feito muitos copinhos de papel, Sissy desenhou um coração na tampa da caixa. A base de cada copinho vermelho recebeu uma gota de cola para serem colados no coração desenhado a lápis. O coração foi preenchido com copinhos vermelhos. O resto da tampa foi coberto pelos brancos. Quando a tampa ficou pronta, parecia um canteiro repleto de cravos brancos com um coração de cravos vermelhos no meio. As laterais foram preenchidas com copinhos brancos, e o interior, revestido com papel de seda vermelho. Ficou tão linda que ninguém diria que havia sido uma caixa de charutos. A decoração da caixa ocupou quase toda a tarde.

Sissy tinha um encontro para um chop suey às cinco e se preparou para sair. Francie se agarrou a ela e lhe implorou que não fosse. Sissy detestava ter de deixá-los, mas não queria perder o encontro. Ela procurou na bolsa algo para distraí-los em sua ausência. Eles estavam junto ao seu joelho, ajudando-a a procurar. Francie viu uma caixa de cigarros e a puxou da bolsa. Na tampa havia uma figura de um homem recostado em um sofá, de pernas cruzadas, um pé balançando no ar, fumando um cigarro que fazia um grande anel de fumaça sobre sua cabeça. No anel havia a imagem de uma jovem com o cabelo sobre os olhos e os seios quase saindo de dentro do vestido. O nome escrito na caixa era *American Dreams*. Era do estoque da fábrica onde Sissy trabalhava.

As crianças insistiram para ficar com a caixa. Relutante, Sissy acabou cedendo, depois de explicar que a caixa continha cigarros e eles só podiam segurar e olhar, mas não deviam abri-la em hipótese alguma. "Não toquem nos lacres", disse ela.

Depois que ela saiu, as crianças se distraíram por algum tempo, olhando a figura. Sacudiram a caixa. O resultado foi um som deslizante, abafado e misterioso.

— Não é cingarro isso aí, é cobra — decidiu Neeley.

— Não — corrigiu Francie. — Tem minhocas aqui dentro. Vivas.

Eles discutiram, Francie dizendo que a caixa era pequena demais para conter cobras, e Neeley insistindo que eram cobras enroladas como arenques em um jarro de vidro. A curiosidade cresceu até um ponto em que nem se lembraram mais das instruções de Sissy. Os lacres eram presos com pouca cola e foi fácil tirá-los. Francie abriu a caixa. Havia uma folha fina de papel-alumínio fosco sobre o conteúdo. Francie a levantou com cuidado. Neeley se preparou para se enfiar embaixo da mesa se as cobras começassem a sair. Mas não havia nem cobras, nem minhocas, nem cigarros na caixa e o conteúdo era muito pouco interessante. Depois de tentar inventar algumas brincadeiras, Francie e Neeley perderam o interesse, amarraram desajeitadamente os objetos de dentro da caixa em um barbante, puseram o barbante do lado de fora da janela e o prenderam, fechando a janela sobre ele. Revezaram-se pulando sobre a caixa vazia e ficaram tão entretidos em quebrá-la em pedaços que se esqueceram do barbante pendurado na janela.

Quando Johnny passou em casa para pegar uma frente falsa e um colarinho novos para seu trabalho noturno, uma grande surpresa o aguardava. Ele olhou para aquilo e seu rosto ardeu de vergonha. Contou a Katie quando ela chegou em casa.

Katie interrogou Francie rigorosamente e descobriu tudo. Sissy estava condenada. Naquela noite, depois que as crianças foram para a cama e Johnny saiu para trabalhar, Katie se sentou na cozinha escura, ora corando, ora empalidecendo. Johnny fez seu trabalho com uma sensação incômoda de que o mundo havia acabado.

Evy apareceu mais tarde naquela noite e ela e Katie conversaram sobre Sissy.

— Isso é o fim, Katie — disse Evy —, é o fim. O que a Sissy faz é problema dela até que o problema dela faça uma coisa como essa acontecer. Eu tenho uma menina em idade de crescimento, você também tem, e nós não podemos deixar a Sissy entrar na nossa casa outra vez. Ela é má influência e não há como contornar isso.

— Ela é boa de muitas maneiras — contemporizou Katie.

— Você ainda diz isso depois do que ela fez para você hoje?

— É... acho que você tem razão. Mas não fale para a nossa mãe. Ela não sabe como a Sissy vive, e a Sissy é a menina dos olhos dela.

Quando Johnny chegou em casa, Katie lhe falou que Sissy não devia voltar à casa deles nunca mais. Johnny suspirou e disse que achava que essa era a única coisa a fazer. Johnny e Katie conversaram noite adentro e, de manhã, tinham todos os planos feitos para se mudarem quando o fim do mês chegasse.

Katie encontrou um emprego de faxineira na Grand Street em Williamsburg. Pegou o banco de lata quando se mudaram. Havia pouco mais de oito dólares nele. Dois tiveram que ir para as pessoas que ajudaram na mudança, o resto foi devolvido à lata e pregado na nova casa. Uma vez mais, Mary Rommely veio e borrifou água-benta no apartamento. Uma vez mais, houve o processo de se instalar e estabelecer confiança ou crédito nas lojas da vizinhança.

Houve um lamento resignado, porque o novo apartamento não era tão bom quanto o da Lorimer Street. Agora moravam no andar superior em vez de no térreo. Não havia mais os degraus da frente, uma vez que uma loja ocupava o andar térreo da casa. Não havia banheira, e o banheiro era no corredor, compartilhado por duas famílias.

O único ponto bom era que o telhado era deles. Por um acordo tácito, o telhado pertencia às pessoas que moravam no último piso, da mesma forma que o pátio pertencia às pessoas que viviam no primeiro andar. Outra vantagem era que ninguém morava em cima deles para causar vibrações no teto e fazer a camisa incandescente da lâmpada a gás se esfarelar.

Enquanto Katie discutia com os homens da mudança, Johnny levou Francie para o telhado. Ela viu um mundo todo novo. Não muito longe ficava a bela estrutura da Ponte de Williamsburg. Do outro lado do East River, como uma cidade de conto de fadas feita de papelão prateado, os arranha-céus elevavam-se claramente. Havia a Ponte do Brooklyn mais adiante, como um eco da ponte mais próxima.

— É bonito — disse Francie. — É tão bonito quanto as pinturas do campo.

— Às vezes eu passo por essa ponte quando vou trabalhar — disse Johnny.

Francie olhou para ele, maravilhada. *Ele* atravessava aquela ponte mágica e continuava falando como sempre e tendo a mesma cara de sempre? Ela não conseguia se convencer. Estendeu a mão e tocou o braço dele. Com certeza, a maravilhosa experiência de atravessar aquela ponte faria a sensação de tocá-lo ser diferente. Ficou decepcionada, porque a sensação do braço dele era a mesma de sempre.

Ao toque da criança, Johnny a abraçou e lhe sorriu.

— Quantos anos você tem, Prima Donna?

— Seis, quase sete.

— Olha só, você já vai para a escola em setembro.

— Não. A mamãe disse que eu tenho que esperar até o próximo ano, para o Neeley ter idade suficiente e nós dois começarmos juntos.

— Por quê?

— Para nós podermos ajudar um ao outro contra as crianças mais velhas que poderiam bater na gente se fôssemos um só.

— Sua mãe pensa em tudo.

Francie se virou e olhou para os outros telhados. Nas proximidades, havia um com um pombal. As pombas estavam seguramente trancadas. Mas o dono das pombas, um rapaz de dezessete anos, estava na beira do terraço com uma longa vareta de bambu. Havia um pedaço de pano na ponta e o rapaz ficava agitando a vareta em círculos. Outro bando de pombas voava em volta, em um círculo. Uma delas deixou o grupo para seguir o pano voador. O menino baixou a vareta lentamente e a pomba bobinha seguiu o pano. O menino a agarrou e enfiou no pombal. Francie ficou horrorizada.

— O menino roubou uma pomba.

— E amanhã alguém vai roubar uma dele — disse Johnny.

— Mas a pobre pomba, tirada dos parentes dela. E se ela tiver filhos?
— Lágrimas lhe vieram aos olhos.

— Não precisa chorar — disse Johnny. — Talvez a pomba não quisesse ficar com os parentes dela. Se ela não gostar do novo pombal, vai voar de novo para o antigo quando sair.

Francie se consolou.

Não disseram nada por um longo tempo. Ficaram de mãos dadas no telhado olhando para Nova York do outro lado do rio. Por fim, Johnny disse, como se para si mesmo:

— Sete anos.

— O quê, papai?

— Já faz sete anos que sua mãe e eu nos casamos.

— Eu estava aqui quando vocês se casaram?

— Não.

— Mas eu estava aqui quando o Neeley veio.

— É verdade. — Johnny voltou a pensar em voz alta. — Casados há sete anos e tivemos três casas. Esta será minha última.

Francie não reparou que ele dissera *minha* última casa em vez de *nossa* última casa.

LIVRO TRÊS

15

QUATRO CÔMODOS COMPUNHAM O NOVO APARTAMENTO. ELES SE conectavam um ao outro, como vagões de um trem. A cozinha alta e estreita dava para o pátio, que era uma calçada de lajotas cercando um quadrado de terra árida com cara de cimento, onde era impossível crescer alguma coisa.

No entanto, havia aquela árvore que crescia no pátio.

Quando Francie a viu pela primeira vez, a árvore só chegava até o segundo andar. De sua janela, ela a olhava de cima. Parecia uma multidão de pessoas de vários tamanhos com guarda-chuvas abertos para se proteger da chuva.

Havia um poste fino de madeira no fundo do pátio do qual seis varais presos em polias conectavam-se a seis janelas de cozinha. Os meninos da vizinhança garantiam suas moedas subindo nos postes para consertar os varais que deslizavam de uma polia. Dizia-se que eles trepavam no poste na calada da noite e soltavam o varal da polia para garantir a moeda do dia seguinte.

Em um dia ventoso de sol, era bonito ver os varais cheios, os lençóis brancos quadrados balançando ao vento como as velas de um barco de livro de histórias, e as roupas vermelhas, verdes e amarelas fazendo força para escapar dos pegadores de madeira como se tivessem vida.

O poste ficava junto a uma parede de tijolos que era a lateral sem janelas da escola do bairro. Ao observar atentamente, Francie percebeu que não havia dois tijolos iguais nela. Era reconfortante o modo como eles se encaixavam uns aos outros com linhas finas e farelentas de argamassa branca. Reluziam quando o sol brilhava neles. Tinham um cheiro quente e poroso quando Francie pressionava o rosto contra eles. Eram os primeiros a receber a chuva e soltavam um odor de barro molhado que cheirava como a própria vida. No inverno, quando a primeira neve era delicada demais para durar nas calçadas, ela se agarrava à superfície áspera dos tijolos e era como uma renda de fadas.

Pouco mais de um metro do pátio da escola dava para o pátio de Francie, o qual era isolado por um alambrado. Nas poucas vezes que Francie conseguia brincar no pátio (ele era tomado por um menino que morava no térreo e não deixava ninguém entrar enquanto ele estivesse ali), ela dava um jeito de estar lá na hora do recreio. Ficava olhando a multidão de crianças brincando. O recreio consistia em aglomerar várias centenas de crianças naquele pequeno espaço cercado com piso de pedra e tirá-las de novo no fim. No pátio não havia espaço para jogos. As crianças circulavam por ali com ar zangado e suas vozes se elevavam em um som agudo monótono e contínuo que prosseguia ininterrupto por cinco minutos e era interrompido, como que por uma faca afiada, quando a campainha que sinalizava o encerramento do recreio tocava. Por um instante depois da campainha, havia silêncio profundo e um movimento congelado. Em seguida, elas paravam de circular e passavam a se empurrar. As crianças pareciam tão desesperadamente ansiosas para entrar quanto haviam estado para sair. As vozes altas e agudas mudavam para gemidos abafados enquanto elas se espremiam no caminho de volta.

Francie estava em seu quintal em um meio de tarde quando uma menininha saiu sozinha para o pátio da escola e, com ar importante, bateu dois apagadores de lousa um no outro para limpá-los do pó de giz. Para Francie, que a observava com o rosto junto ao alambrado, aquilo pareceu a ocupação mais fascinante que já havia sido inventada. Sua mãe lhe dissera que essa era uma tarefa reservada para os mascotinhos dos professores. Para Francie, mascotinhos significava gatos, cachorros e passarinhos. Ela jurou que, quando tivesse idade suficiente para ir à escola, ia miar, latir e piar o melhor que pudesse para conseguir ser uma "mascotinha" e poder bater os apagadores.

Nessa tarde, ela ficou assistindo à cena com o coração tão cheio de admiração que transbordava pelos olhos. A menina que batia os apagadores, consciente da admiração de Francie, começou a se exibir. Ela bateu os apagadores na parede de tijolos, no chão de pedra e, como um ato final, atrás das costas. Depois falou com Francie.

— Quer ver eles de perto?

Francie fez que sim com a cabeça, timidamente. A menina trouxe um apagador para perto da cerca. Francie enfiou o dedo através do quadriculado de arame para tocar as camadas coloridas de feltro mescladas por uma película de pó de giz. Quando estava quase tocando aquela beleza macia, a menina puxou o apagador e cuspiu em cheio na cara dela. Francie fechou os olhos com força para segurar as lágrimas amargas de mágoa. A outra menina continuou ali parada, curiosa, esperando pelas lágrimas. Quando nenhuma veio, ela provocou:

— Por que você não chora, sua tonta? Quer que eu cuspa na sua cara outra vez?

Francie se virou, foi até o porão e ficou sentada no escuro por um longo tempo, esperando que as ondas de ressentimento parassem de se agitar dentro dela. Foi a primeira de muitas desilusões que viriam conforme sua capacidade de sentir as coisas crescia. Desde esse dia, nunca mais gostou de apagadores de lousa.

A cozinha era sala de estar, sala de jantar e cozinha propriamente dita. Havia duas janelas longas e estreitas em uma parede. Um fogão de ferro a carvão ficava embutido em um nicho em outra parede. Acima do fogão, o nicho era feito de tijolos coral e gesso branco leitoso. Havia uma lareira de pedra com base de ardósia em que Francie podia desenhar com giz. Ao lado do fogão, havia uma caldeira de água que ficava quente quando o fogo estava aceso. Muitas vezes, em dias frios, Francie entrava gelada, punha os braços em volta da caldeira e pressionava prazerosamente o rosto gélido contra o metal quente.

Ao lado da caldeira, quedava um par de tinas de lavar roupa de pedra-sabão com uma tampa de madeira guarnecida por dobradiças. A divisória podia ser removida, resultando em uma só para servir de banheira. Mas não dava uma banheira muito boa. Às vezes, quando Francie se sentava nela, a tampa caía em cima de sua cabeça. O fundo era rugoso e ela saía do que deveria ter sido um banho revigorante toda dolorida de se sentar naquela aspereza molhada. Além disso, havia quatro torneiras para lidar. Por mais que a criança tentasse se lembrar de que elas estavam inflexivelmente ali e não cederiam, acabava se levantando de repente da água ensaboada e enfiando as costas com força em uma torneira. Francie tinha um perpétuo vergão vermelho nas costas.

Depois da cozinha, havia dois quartos, um conectado ao outro, abastecidos por um respiradouro no formato de caixão anexado a ambos. As janelas eram pequenas e de um cinza baço. Era possível, talvez, abrir uma janela no respiradouro usando formão e martelo. Mas, quando se fazia isso, era-se premiado com uma lufada de ar frio e úmido. O respiradouro terminava no alto em uma pequena claraboia de laterais inclinadas, cujo vidro opaco, pesado e enrugado era protegido por uma resistente malha de arame. As laterais eram de placas de ferro ondulado. Esse arranjo, supostamente, supria os quartos de ar e luz. Mas o vidro grosso, a malha de arame e a sujeira de muitos anos recusavam-se a deixar a luz passar. As aberturas nas laterais eram entupidas de pó, fuligem e teias de aranha. Nenhum ar podia entrar, mas, teimosamente, chuva e neve conseguiam o feito. Em dias de tempestade, a base de madeira do respiradouro ficava molhada e enfumaçada e soltava um cheiro de sepultura.

O respiradouro era uma invenção horrível. Mesmo com as janelas hermeticamente fechadas, ele funcionava como uma caixa de ressonância através da qual dava para ouvir a vida de todo mundo. Ratos corriam pelo fundo. Havia sempre o perigo de incêndio. Um fósforo distraidamente lançado no respiradouro por um inquilino bêbado que pensasse que o estava jogando no pátio ou na rua poria fogo na casa em um instante. Havia coisas terríveis se acumulando no fundo. Como esse fundo não podia ser alcançado por ninguém (as janelas eram pequenas demais para permitir a passagem de um corpo), ele servia como um pavoroso depósito de coisas indesejáveis. Lâminas de barbear enferrujadas e panos sujos de sangue eram os itens mais inocentes. Um dia, Francie olhou para baixo no respiradouro. Pensou no que o padre dizia sobre o purgatório e imaginou que devia ser como o fundo do respiradouro, só que maior. Quando Francie foi para a sala, atravessou os quartos tremendo e de olhos fechados.

A sala de estar, ou sala da frente, era A Sala. Suas duas janelas altas e estreitas davam para a empolgante rua. O terceiro andar era tão alto que os barulhos da rua eram atenuados a um som agradável. A sala era um lugar de dignidade. Tinha sua própria porta que levava ao corredor. As visitas podiam entrar sem ter que atravessar a cozinha e os quartos. As paredes altas eram revestidas com um papel de parede sóbrio, marrom-escuro com faixas douradas. As janelas tinham venezianas internas de madeira que se encolhiam em um espaço estreito de cada lado. Francie passava muitas horas alegres abrindo essas venezianas articuladas e vendo-as se dobrarem novamente a um simples toque. Nunca se cansava do milagre de que aquilo que podia cobrir uma janela inteira e vedar a luz e o ar também podia se comprimir humildemente em seu pequeno reservado e apresentar-se aos olhos como um inocente painel.

Havia um aquecedor baixo embutido em uma lareira de mármore preto. Apenas a metade frontal do aquecedor ficava à vista. Parecia uma metade de um melão gigante com o lado redondo para fora. Era constituído de várias janelinhas de película isolante com ferro fino e entalhado em quantidade apenas suficiente para formar a estrutura. No Natal, a única ocasião em que Katie podia se dar ao luxo de ter fogo aceso na sala, todas essas janelinhas brilhavam e Francie sentia uma grande alegria sentada ali, aproveitando o calor e vendo as janelinhas passarem de vermelho-rosado a cor de cinzas conforme a noite avançava. E, quando Katie vinha e acendia a lâmpada a gás, afastando as sombras e empalidecendo a luz nas janelinhas do aquecedor, era como se cometesse um grande pecado.

O que havia de mais maravilhoso na sala da frente era o piano. Esse era um daqueles milagres pelos quais se poderia rezar a vida inteira que ele jamais aconteceria. No entanto, lá estava ele na sala de estar dos Nolan, um verdadeiro milagre que havia acontecido sem desejo ou oração. O piano havia sido deixado lá pelos inquilinos anteriores, que não puderam pagar pelo seu transporte.

O transporte de pianos naqueles dias era um projeto. Não havia como descer um instrumento daqueles por aquelas escadas íngremes e estreitas. Eles tinham que ser embalados, amarrados com corda e içados para fora da janela com uma enorme polia no teto e muitos gritos, acenos de braços e ordens do chefe da equipe de transporte. A rua tinha que ser cercada com cordas, policiais tinham que manter a multidão afastada e crianças tinham que cabular aula na escola quando havia um transporte de piano. Era sempre um grande momento quando o volume embrulhado saía da janela e balançava tonto no ar por um momento antes de se estabilizar. Então começava a lenta e arriscada descida, enquanto as crianças assistiam aos gritos.

Era um trabalho que custava quinze dólares, três vezes mais que o custo para transportar todo o resto da mobília. Então a dona perguntou a Katie se poderia deixá-lo lá e se Katie cuidaria dele para ela. Katie lhe deu sua palavra com prazer. Com expressão triste, a mulher pediu a Katie para não deixá-lo ficar úmido ou frio e para manter as portas dos quartos abertas no inverno para algum calor passar da cozinha e evitar que ele empenasse.

— Você sabe tocar? — Katie perguntou.

— Não — a mulher respondeu, pesarosa. — Ninguém na família sabe. Quem dera eu soubesse.

— Então por que você o comprou?

— Ele estava em uma casa rica. As pessoas estavam vendendo barato. Eu queria tanto. Não, eu não sabia tocar. Mas ele era tão bonito... Embeleza a sala inteira.

Katie prometeu cuidar bem dele até que a mulher tivesse condições de mandar buscá-lo, mas, no fim, a mulher nunca mandou buscá-lo e os Nolan ficaram com aquela linda peça para sempre.

Ele era pequeno e feito de madeira preta polida, que tinha um brilho escuro. A frente de madeira folheada fina era recortada de modo a formar um belo desenho, e havia um fundo de seda rosa-chá por trás desse desenho cinzelado na madeira. A tampa do teclado não dobrava para trás em partes, como em outros pianos verticais. Ela levantava inteira e ficava apoiada na madeira desenhada como uma bela casca escura e reluzente. Havia um castiçal de cada lado. Podiam-se pôr velas muito brancas neles e tocar à luz de velas, o que lançava sombras sonhadoras sobre as teclas brancas amareladas. E o teclado refletia na tampa escura.

Quando os Nolan entraram na sala da frente em seu primeiro giro de inspeção ao tomar posse do apartamento, o piano foi a única coisa que Francie viu. Tentou abraçá-lo, mas ele era grande demais. Teve que se contentar em abraçar o banquinho com estofamento de brocado rosa desbotado.

Katie olhou para o piano com os olhos dançando. Havia reparado em uma plaquinha branca na janela do apartamento de baixo que dizia: "Aulas de Piano". Então teve uma ideia.

Johnny se sentou no banquinho mágico, que girava, subia e descia de acordo com o tamanho do ocupante, e tocou. Ele não sabia tocar, claro. Nem sabia ler as notas, mas conhecia alguns acordes. Podia cantar uma música e tocar um acorde aqui e ali e realmente parecia que estava cantando com a música. Tocou um acorde em tom menor, olhou nos olhos de sua filha mais velha e deu um sorriso de lado. Francie sorriu de volta, com o coração em expectativa. Ele repetiu o acorde, segurou as teclas e, no eco suave, cantou com sua voz límpida e afinada:

> *Maxwellton's braes are bonny,*
> *Whe' early fae's the dew.*
> (Acorde — acorde.)
> *An' 't was there that Annie Laurie,*
> *Gied me her promise true.*
> (Acorde — acorde — acorde — acorde.)*

---

* "As colinas de Maxwellton são belas/ Com o orvalho ao sol nascente./ (Acorde – acorde)/ E foi lá que Annie Laurie/ Me deu seu amor para sempre./ (Acorde- acorde – acorde – acorde)" (N. da T.)

Francie desviou o olhar, porque não queria que o pai visse suas lágrimas. Tinha medo de que ele lhe perguntasse por que ela estava chorando, pois ela não saberia lhe dizer. Ela o amava e amava o piano. Não sabia que desculpa dar para suas lágrimas fáceis.

Katie falou. Sua voz tinha algo da velha suavidade de que Johnny vinha sentindo falta no último ano.

— Essa é uma canção irlandesa, Johnny?

— Escocesa.

— Nunca ouvi você cantá-la antes.

— É, acho que não. É só uma música que eu conheço. Não costumo cantar porque não é o tipo de canção que as pessoas querem ouvir nos lugares em que eu trabalho. Elas preferem ouvir "Call Me Up Some Rainy Afternoon". Exceto quando estão bêbadas. Aí só "Sweet Adeline" resolve.

Eles se instalaram rapidamente no novo local. A mobília tão conhecida parecia estranha. Francie se sentou em uma cadeira e ficou surpresa, porque era como tinha sido na Lorimer Street. Ela própria se sentia diferente. Então por que a cadeira estava igual?

A sala da frente ficou bonita depois que o papai e a mamãe a arrumaram. Havia um tapete muito verde com grandes flores cor-de-rosa. E cortinas rendadas e engomadas cor de creme para as janelas, uma mesa com tampo de mármore para o centro da sala e um conjunto de sala de estar de três peças em plush verde. Em uma estante de bambu no canto estava um álbum com capa de plush em que havia fotos das irmãs Rommely quando bebês, deitadas de bruços em um tapete de pele, e de tias-avós com expressões pacientes de pé ao lado de maridos de grandes bigodes, sentados. Xícaras em miniatura decoradas enfeitavam as pequenas prateleiras. As xícaras eram cor-de-rosa e azuis e tinham desenhos com contornos dourados de miosótis azuis e rosas American Beauty vermelhas. Havia frases como "Não se esqueça de mim" e "Amizade verdadeira" pintadas em dourado. Os pequeninos conjuntos de xícaras e pires eram lembranças de velhas amigas de Katie, e Francie não tinha permissão para brincar de casinha com elas.

Na prateleira inferior havia uma concha branca com um delicado interior rosado. As crianças a amavam muito e a chamavam pelo carinhoso nome de Tootsy. Quando Francie a segurava junto ao ouvido, ela cantava como o imenso mar. Às vezes, para a alegria de seus filhos, Johnny ouvia a concha, depois a segurava dramaticamente com o braço estendido, olhava-a com ar meloso e cantava:

Na praia encontrei uma conchinha
E a ouvi para ver que som tinha.
Com alegria a escutei cantar
O cristalino canto do mar.

Tempos depois, Francie viu o mar pela primeira vez, quando Johnny os levou a Canarsie. O que a impressionou foi que ele soava como o pequeno e doce rugido de Tootsy, a concha.

16

AS LOJAS DO BAIRRO SÃO UMA PARTE IMPORTANTE DA VIDA DE UMA criança da cidade. Elas são seu contato com as coisas que fazem a vida seguir adiante; contêm a beleza que sua alma deseja; têm o inalcançável com que ela só pode sonhar.

Francie gostava da loja de penhores quase mais do que todas as outras. Não pelos tesouros prodigiosamente entregues através de suas janelas protegidas com grades; não pela aventura misteriosa de mulheres com xales na cabeça que entravam sorrateiramente pela porta lateral, mas pelas três grandes bolas douradas que ficavam penduradas no alto, faiscando ao sol ou balançando languidamente como pesadas maçãs de ouro quando o vento soprava.

Ao lado dela, havia uma padaria que vendia lindos bolos charlotte com cerejas em calda muito vermelhas na cobertura de chantilly para os suficientemente ricos para comprá-los.

Do outro lado, era a loja de tintas do Gollender. Havia um cavalete na frente onde ficava suspenso um prato com uma rachadura grosseiramente colada em toda a extensão e um furo feito no fundo, do qual pendia uma pesada pedra, presa a uma corrente. Isso provava como a cola Major's Cement era forte. Alguns diziam que o prato era feito de ferro e pintado para parecer louça rachada. Mas Francie preferia acreditar que era um prato real que tinha se quebrado e fora consertado pelo milagre da cola.

A loja mais interessante ficava em uma pequena cabana que estava lá desde que os índios perambulavam por Williamsburg. Parecia estranha entre as casas de cômodos, com suas minúsculas janelas de vidros quadriculados, seu revestimento de tábuas e seu telhado muito inclinado. A loja tinha uma grande vitrine saliente de vidros quadriculados, atrás da qual um homem de ar distinto sentado junto a uma mesa fazia charutos, longos, finos e marrom-escuros, vendidos a quatro por cinco centavos. Ele escolhia a folha externa com muito cuidado de um maço de folhas de tabaco, a recheava habilidosamente com pedaços de fumo de diversos tons de marrom e a enrolava belamente em um charuto fino e apertado, com as extremidades terminando em pontas quadradas. Um artesão da velha escola, ele desdenhava do progresso e se recusava a ter lâmpadas a gás em sua loja. Às vezes, quando os dias escureciam cedo e ele ainda tinha muitos charutos para terminar, trabalhava à luz de vela. Tinha um índio de madeira do lado de fora da loja em uma postura ameaçadora sobre um bloco de madeira, segurando uma machadinha em uma das mãos e um maço de folhas de tabaco na outra, com sandálias romanas amarradas até os joelhos, um saiote curto de penas e um cocar de guerra todo pintado em vermelhos, azuis e amarelos vibrantes. O fabricante de charutos lhe dava uma nova mão de tinta quatro vezes por ano e o carregava para dentro quando chovia. As crianças da vizinhança chamavam o índio de "Tia Maimie".

Uma das lojas favoritas de Francie era a que vendia apenas chá, café e especiarias. Era um lugar empolgante, de fileiras de caixas laqueadas e odores exóticos, estranhos e românticos. Havia uma dúzia de caixas de café escarlates com palavras cheias de aventura escritas na frente em tinta nanquim preta: Brasil! Argentina! Turquia! Java! Mix de grãos! O chá vinha em caixas menores, lindas caixas com tampas curvas. Nelas se lia: Oolong! Formosa! Laranja pekoe! Preto da China! Floração de amêndoa! Jasmim! Chá irlandês! As especiarias ficavam em pequenas caixinhas atrás do balcão. Seus nomes marchavam em fila pelas prateleiras: canela — cravo — gengibre — pimenta-da-jamaica — noz-moscada — curry — pimenta-do-reino — sálvia — tomilho — manjerona. Todas as pimentas, quando compradas, eram moídas em um pequeno moedor.

Havia um grande moedor de café manual. Os grãos eram postos em um funil de metal reluzente e girava-se a grande manivela com as duas mãos. O cheiroso pó moído caía em um receptáculo escarlate em forma de pá do lado de trás.

(Os Nolan moíam seu café em casa. Francie adorava ver a mamãe sentada graciosamente na cozinha com o moedor de café preso entre os joelhos, moendo com uma virada enérgica do pulso esquerdo e levantando os olhos para conversar animadamente com o papai enquanto o aposento se enchia do perfume intenso e agradável de grãos de café sendo triturados.)

O vendedor de chá tinha uma balança maravilhosa: dois pratos de metal reluzentes que eram esfregados e lustrados diariamente havia mais de vinte e cinco anos até que, agora, estavam finos e delicados e pareciam ouro polido. Quando Francie comprava meio quilo de café ou trinta gramas de pimenta, ficava observando enquanto um bloco prateado lustroso com a marca do peso era colocado em um prato e a compra cheirosa era colocada aos poucos com uma pazinha prateada no outro. Francie continha a respiração enquanto a pá derramava uns grãos a mais ou retirava alguns cuidadosamente. Era um segundo belo e pacífico aquele em que os dois pratos dourados se estabilizavam e ficavam parados em perfeito equilíbrio. Era como se nada errado pudesse acontecer em um mundo onde as coisas se equilibravam tão estavelmente.

O mistério dos mistérios para Francie era a loja de uma só vitrine do chinês. O chinês usava seu rabo de cavalo enrolado em volta da cabeça. Era para que ele pudesse voltar para a China se quisesse, a mamãe dizia. Se o cortasse, nunca o deixariam voltar. Ele andava de um lado para o outro arrastando os pés quietamente em seus chinelos de feltro pretos e escutava com paciência as instruções sobre as camisas. Enquanto Francie falava, ele enfiava as mãos nas mangas largas de seu manto de algodão e mantinha os olhos no chão. Ela achava que ele era sábio e contemplativo e escutava com toda a atenção. Mas ele não entendia nada do que ela dizia, porque sabia muito pouco da língua. Tudo que ele sabia era *recibo* e *camisa*.

Quando Francie levava para lá a camisa suja de seu pai, ele a jogava sob o balcão, pegava um quadrado de um papel de textura misteriosa, mergulhava um pincel fino em um frasco de tinta nanquim, dava algumas pinceladas e lhe entregava esse documento mágico em troca de uma camisa suja comum. Parecia uma troca maravilhosa.

O lado de dentro da loja tinha um cheiro limpo, morno, mas frágil, como flores sem perfume em uma sala quente. Ele fazia a lavagem das roupas em algum recesso misterioso e devia ser na calada da noite, porque, durante todo o dia, das sete da manhã às dez da noite, ele ficava na loja em sua tábua de passar limpa, empurrando um ferro preto pesado de um lado para o outro. O ferro devia ter algum pequeno reservatório de gasolina dentro para mantê-lo quente. Mas Francie não sabia disso. Ela achava que era parte do mistério de sua raça ele poder passar com um ferro que nunca era aquecido em um fogão. Tinha uma vaga teoria de que o calor vinha de algo que ele usava no lugar de goma nas camisas e colarinhos.

Quando Francie trazia um recibo e dez centavos de volta e os empurrava sobre o balcão, ele lhe entregava a camisa embrulhada e duas lichias. Francie amava essas lichias. Havia uma casca enrugada fácil de romper e, dentro, a polpa doce e macia. Dentro da polpa, havia uma semente dura que nenhuma criança jamais conseguira abrir. Diziam que essa semente continha uma semente menor e que a semente menor continha uma semente menor, que continha uma semente menor ainda, e assim por diante. Diziam que logo as sementes ficavam tão pequenas que só era possível vê-las com uma lupa, e essas sementes menores ficavam ainda menores até não se poder mais vê-las com nada, mas elas sempre estavam lá e nunca paravam de vir. Foi a primeira experiência de Francie com o infinito.

As melhores vezes eram quando ele precisava dar troco. Ele pegava uma pequena estrutura de madeira com hastes finas nas quais havia bolinhas azuis, vermelhas, amarelas e verdes. Então deslizava as bolinhas pelas hastes de metal, refletia rapidamente, empurrava-as todas de volta para o lugar e anunciava, "tilinta e nove centavo". As bolinhas lhe diziam quanto cobrar e quanto dar de troco.

Ah, ser chinês, sonhava Francie, *e ter um brinquedo tão bonito para fazer contas; ah, comer todas as lichias que eu quiser e conhecer o mistério do ferro que está sempre quente sem precisar ficar em cima do fogão. Ah, pintar aqueles símbolos com uma leve pincelada e uma virada do pulso e fazer uma marca preta precisa tão frágil quanto um pedaço de asa de borboleta!"* Esse era o mistério do Oriente no Brooklyn.

17

AULAS DE PIANO! PALAVRAS MÁGICAS! ASSIM QUE OS NOLAN SE instalaram, Katie foi visitar a mulher cujo cartão anunciava aulas de piano. Havia duas senhoritas Tynmore. A srta. Lizzie ensinava piano e a srta. Maggie treinava a voz. O preço era vinte e cinco centavos por aula. Katie fez uma proposta. Ela faria uma hora de limpeza para as Tynmore em troca de uma aula por semana. A srta. Lizzie protestou, afirmando que seu tempo tinha mais valor que o tempo de Katie. Katie argumentou que tempo era tempo. Por fim, conseguiu fazer a srta. Lizzie concordar que tempo era tempo e o acordo foi feito.

O histórico dia da primeira aula chegou. Francie e Neeley foram instruídos a se sentar na sala da frente durante a aula e manter olhos e ouvidos bem abertos. Uma cadeira foi colocada para a professora. As crianças se sentaram juntas, do outro lado do piano, Katie ajustou e reajustou o banco e os três aguardaram.

A srta. Tynmore chegou às cinco em ponto. Embora só viesse do andar de baixo, estava formalmente vestida em trajes de rua. Tinha um véu de bolinhas esticado sobre o rosto. O chapéu era o peito e asa de um passarinho vermelho torturantemente espetados por dois alfinetes. Francie olhou assustada para o terrível chapéu. A mamãe a levou para o quarto e sussurrou que o passarinho não era um passarinho, eram só algumas penas coladas e que ela não devia ficar olhando para ele daquele jeito. Ela acreditou na mãe, mas volta e meia encarava a atormentada réplica.

A srta. Tynmore trouxe tudo com ela, tirando o piano. Tinha um despertador de níquel e um metrônomo velho. O relógio marcava cinco horas. Ela o ajustou para as seis e o colocou sobre o piano. Deu-se o privilégio de consumir parte da preciosa hora. Removeu as luvas de pelica justas cinza-pérola, soprou em cada dedo, alisou-as, dobrou-as e colocou-as sobre o piano. Soltou o véu e o jogou para trás, sobre o chapéu. Aqueceu os dedos, deu uma olhada para o relógio, satisfez-se de ter gastado minutos suficientes, ligou o metrônomo, sentou-se no banco e a aula começou.

Francie ficou tão fascinada com o metrônomo que achou difícil escutar o que a srta. Tynmore dizia e prestar atenção no modo como ela colocava as mãos da mamãe sobre as teclas. Tecia sonhos no ritmo dos cliques plácidos e monótonos. Quanto a Neeley, seus redondos olhos azuis viraram de um lado para o outro seguindo a pequena haste balançante até se hipnotizar em um estado de inconsciência. Sua boca relaxou e a cabeça loira desceu sobre o ombro. Uma pequena bolha ia e vinha enquanto ele sugava e expelia o ar. Katie não ousou acordá-lo, para a srta. Tynmore não perceber que estava ensinando três pelo preço de uma.

O metrônomo continuava clicando como em um sonho; o relógio mantinha o tique-taque rabugento. Como se não confiasse no metrônomo, a srta. Tynmore contava, *um*, dois, três; *um*, dois, três. Inchados do trabalho, os dedos de Katie esforçavam-se obstinadamente na primeira escala. O tempo passou e a sala escureceu. De repente, o despertador soou, estridente. O coração de Francie deu um pulo e Neeley caiu da cadeira. A primeira aula havia terminado. As palavras de Katie se atropelaram em gratidão.

— Mesmo que eu nunca mais tivesse outra aula, poderia continuar com o que você me ensinou hoje. Você é uma ótima professora.

Embora satisfeita com o elogio, a srta. Tynmore deixou as coisas claras para Katie.

— Eu não vou cobrar a mais pelas crianças. Só quero que você saiba que não está me enganando. — Katie enrubesceu e as crianças olharam para o chão, envergonhadas por terem sido descobertas. — Mas vou permitir que as crianças fiquem na sala.

Katie lhe agradeceu. A srta. Tynmore se levantou e esperou. Katie confirmou a hora em que deveria ir fazer a faxina em seu apartamento. Mas ela continuou parada. Katie sentiu que algo era esperado dela. Por fim, perguntou:

— Pois não?

As faces da srta. Tynmore ficaram rosadas e ela respondeu com ar orgulhoso.

— As senhoras... para quem eu dou aulas... bem... elas me oferecem uma xícara de chá depois. — Ela levou a mão ao coração e explicou vagamente. — Essas escadas.

— Você aceitaria café? — Katie perguntou. — Nós não temos chá.

— Com prazer! — A srta. Tynmore se sentou, aliviada.

Katie correu para a cozinha e aqueceu o café que estava sempre sobre o fogão. Enquanto ele aquecia, ela colocou um pão doce e uma colher em uma bandeja redonda.

Nesse meio-tempo, Neeley adormecera no sofá. A srta. Tynmore e Francie estavam sentadas, se observando. Por fim, a srta. Tynmore perguntou:

— Em que você está pensando, criança?

— Só pensando — disse Francie.

— Às vezes eu vejo você sentada na calçada durante horas. O que você pensa quando está lá?

— Nada. Eu só fico contando histórias para mim mesma.

A srta. Tynmore apontou para ela, com ar sério.

— Criança, você vai ser uma escritora de histórias quando crescer. — Era uma ordem, não uma afirmação.

— Sim, senhora — concordou Francie, por educação.

Katie entrou com a bandeja.

— Isto pode não ser tão refinado quanto você está acostumada — ela se desculpou —, mas é o que temos em casa.

— Está ótimo — declarou a srta. Tynmore, delicadamente. E, então, concentrou-se para tentar não devorar depressa demais.

Na verdade, as Tynmore viviam do "chá" que recebiam das alunas. Algumas aulas por dia a vinte e cinco centavos não contribuíam para uma vida próspera. Depois de pagar o aluguel, sobrava pouco para a comida. A maioria das senhoras lhes servia chá fraco e biscoitos água e sal. Elas sabiam qual era o comportamento educado e vinham com uma xícara de chá, mas não tinham nenhuma intenção de oferecer uma refeição e ainda pagar os vinte e cinco centavos. Então a srta. Tynmore passou a esperar com ansiedade a hora nos Nolan. O café era estimulante e sempre havia um pão doce ou um sanduíche de mortadela para alimentá-la.

Depois de cada aula, Katie ensinava às crianças o que havia aprendido. Fazia-os praticar meia hora por dia. Com o tempo, os três aprenderam a tocar piano.

Quando Johnny soube que Maggie Tynmore dava aulas de canto, achou que não poderia fazer menos do que Katie. Ele se ofereceu para consertar um cabo rompido em uma das janelas guilhotina das Tynmore em troca de duas lições de canto para Francie. Johnny, que nunca vira um cabo de janela guilhotina na vida, arranjou um martelo e uma chave de fenda e tirou toda a janela da moldura. Olhou para o cabo rompido e isso foi o máximo que pôde fazer. Fez algumas tentativas e não conseguiu nada. Seu coração queria, mas sua habilidade era nula. Ao tentar pôr a janela de volta para conter a fria chuva de inverno que entrava na sala enquanto pensava no que fazer com o cabo, ele quebrou um vidro. O acordo estava encerrado. As Tynmore tiveram que chamar um especialista em janelas para consertá-la. Katie teve de fazer duas faxinas grátis para elas para compensar o prejuízo e as aulas de canto de Francie foram abandonadas para sempre.

18

FRANCIE AGUARDAVA OS DIAS DE ESCOLA COM ANSIEDADE. ELA queria todas as coisas que achava que vinham com a escola. Era uma criança solitária e desejava a companhia de outras crianças. Queria beber água nos bebedouros, no pátio da escola. As torneiras eram invertidas e ela achou que devia sair água com gás em vez de água pura. Tinha ouvido mamãe e papai falarem da sala de aula. Queria ver o mapa que era desenrolado ao ser puxado para baixo, como uma cortina. Mais que tudo, queria o "material de escola": um caderno, uma pequena lousa e uma caixa de lápis de tampa deslizante cheia de lápis novos, uma borracha, um pequeno apontador de lápis de metal feito na forma de um canhão, um feltro de limpar caneta e uma régua amarela de madeira de quinze centímetros.

Antes da escola, era preciso passar pela vacinação. Era a lei. Como isso era temido! Quando as autoridades sanitárias tentavam explicar aos pobres e iletrados que vacinação era aplicar uma forma inofensiva de varíola para estimular a imunidade contra a forma mortal, os pais não acreditavam. Tudo que eles entendiam da explicação era que germes seriam introduzidos no corpo de uma criança sadia. Alguns pais estrangeiros se recusavam a permitir que seus filhos fossem vacinados. Essas crianças não podiam entrar na escola. Então a lei ia atrás deles por deixarem as crianças fora da escola. "Um país livre?", eles perguntavam. "Que piada. O que há de livre nisso", eles raciocinavam, "quando a lei o força a educar seus filhos e depois põe a vida deles em risco para poderem frequentar a escola?" Mães chegavam ao centro de saúde chorando, com seus filhos aos gritos, para a inoculação. Era como se estivessem levando seus inocentes para o matadouro. As crianças berravam histericamente à primeira visão da agulha, e suas mães, que eram obrigadas a aguardar na antessala, jogavam o xale sobre a cabeça e se lamentavam alto, como se carpissem os mortos.

Francie tinha sete anos, e Neeley, seis. Katie fez Francie esperar um ano, para que os dois pudessem entrar na escola juntos e se protegerem das crianças mais velhas. Em um terrível sábado de agosto, ela foi ao quarto falar com eles antes de ir para o trabalho. Acordou-os e deu instruções.

— Quando se levantarem, lavem-se direitinho e, às onze horas, vão até o posto de saúde público virando a esquina e peçam para vacinarem vocês porque começarão a escola em setembro.

Francie pôs-se a tremer. Neeley se desfez em lágrimas.

— Você não vai com a gente, mamãe? — implorou Francie.

— Eu tenho que ir trabalhar. Quem vai fazer meu trabalho se eu não for? — perguntou Katie, disfarçando sua consciência com indignação.

Francie não disse mais nada. Katie sabia que os estava decepcionando. Mas não tinha outra saída, não tinha. Sim, ela deveria ir com eles para confortá-los com a autoridade de sua presença, mas sabia que não conseguiria enfrentar aquele martírio. Mas eles precisavam ser vacinados. E estar ou não com eles não mudaria isso. Então por que um dos três não poderia ser poupado? Além do mais, ela disse para sua consciência, "este mundo é duro e cruel. Eles têm que aprender a viver nele. É bom já irem se calejando desde cedo para cuidar de si mesmos".

— Então o papai vai com a gente — disse Francie, esperançosa.

— O papai está no sindicato, esperando um trabalho. Ele vai ficar fora o dia inteiro. Vocês já têm tamanho suficiente para irem sozinhos. E não vai doer.

Neeley chorou mais agudo. Katie não podia suportar aquilo. Ela amava tanto aquele menino. Parte de seu motivo para não ir com eles era que não aguentaria ver o menino ser machucado... nem mesmo por uma picada de agulha. Quase decidiu ir junto. Mas não. Se fosse, perderia meio dia de trabalho e teria que compensar no domingo de manhã. Além disso, ficaria passando mal depois. Eles dariam um jeito sem ela. Katie saiu apressada para trabalhar.

Francie tentou consolar o aterrorizado Neeley. Alguns meninos mais velhos tinham lhe dito que eles arrancavam seu braço quando o pegavam no Centro de Saúde. Para tirar isso da cabeça do irmão, Francie o levou ao pátio e eles ficaram fazendo bolos de lama. Nem se lembraram de se lavar como a mamãe os instruíra.

Quase se esqueceram das onze horas; fazer bolos de lama era tão hipnotizante. Suas mãos e braços ficaram muito sujos de brincar na lama. Faltando dez minutos para as onze, a sra. Gaddis apareceu na janela e gritou que a mãe deles havia lhe pedido para lembrá-los quando fossem quase onze horas. Neeley terminou seu último bolo de lama, regando-o com as lágrimas. Francie segurou a mão dele e, com passos lentos e arrastados, os dois contornaram a esquina.

Sentaram-se em um banco. Ao lado deles estava uma mãe judia que abraçava com força um menino grande de seis anos e chorava e beijava a testa dele apaixonadamente de tempos em tempos. Outras mães estavam sentadas ali com um sofrimento sombrio sulcando-lhes o rosto. De trás da porta de vidro fosco onde o trabalho aterrorizante acontecia, vinha um choro constante, pontuado por um grito agudo, a volta do choro, e então uma criança pálida saiu com uma faixa de gaze branca enrolada no braço esquerdo. Sua mãe correu para pegá-lo e, com uma praga em língua estrangeira e um punho erguido para a porta fosca, levou-o depressa para fora da câmara de tortura.

Trêmula, Francie entrou. Nunca tinha visto um médico ou uma enfermeira em toda a sua pequena vida. A brancura dos uniformes, os instrumentos reluzentes e cruéis dispostos sobre um guardanapo em uma bandeja, o cheiro de antisséptico e, especialmente, o esterilizador opaco com uma cruz vermelha cor de sangue a encheu de um terror que lhe paralisou a língua.

A enfermeira levantou a manga da blusa de Francie e limpou o braço esquerdo. Francie viu o médico de branco vindo em sua direção com a agulha cruelmente levantada. Ele foi ficando cada vez maior, até parecer se fundir em uma grande agulha. Ela fechou os olhos, esperando morrer. Nada aconteceu, ela não sentiu nada. Abriu os olhos devagar, mal ousando esperar que já estivesse tudo terminado. Descobriu, com agonia, que o médico ainda estava ali, com a agulha levantada e tudo. Ele olhava para o seu braço com repugnância. Francie olhou também. Viu uma pequena área branca em um braço sujo marrom-escuro. Ouviu o médico falar com a enfermeira.

— Sujeira, sujeira, sujeira, da manhã até a noite. Eu sei que eles são pobres, mas poderiam se lavar. A água é grátis e o sabão é barato. Olhe só para este braço, enfermeira.

A enfermeira olhou e estalou a língua, horrorizada. Francie ficou ali parada, com a vergonha queimando-lhe o rosto. O médico era de Harvard e fazia residência no hospital do bairro. Uma vez por semana, era obrigado a cumprir algumas horas em uma das clínicas gratuitas. Ia trabalhar em um consultório elegante em Boston quando a residência terminasse. Adotando a fraseologia da área, ele se referia à sua residência no Brooklyn como uma passagem pelo purgatório quando escrevia para sua noiva, uma moça da alta sociedade de Boston.

A enfermeira era uma jovem de Williamsburg. Dava para saber pelo sotaque. A ambiciosa filha de imigrantes poloneses pobres trabalhara de dia em uma fábrica de roupas e frequentara a escola à noite. De alguma maneira, conseguira se formar. Esperava um dia se casar com um médico. Não queria que ninguém soubesse que tinha vindo dos cortiços.

Depois do desabafo do médico, Francie ficou de cabeça baixa. Ela era uma menina suja. Era isso que o médico havia dito. Ele falava mais baixo agora, perguntando para a enfermeira como esse tipo de pessoa conseguia sobreviver, que o mundo seria melhor se eles fossem todos esterilizados e não pudessem mais se reproduzir. Isso significava que ele queria que ela morresse? Ele ia fazer alguma coisa para ela morrer porque suas mãos e braços estavam sujos dos bolos de lama?

Ela olhou para a enfermeira. Para Francie, todas as mulheres eram mães, como sua própria mãe, a tia Sissy e a tia Evy. Ela pensou que a enfermeira poderia dizer algo como: "Talvez a mãe desta menininha trabalhe e não tenha tempo para lavá-la direito de manhã", ou "Sabe como é, doutor, as crianças *gostam* de brincar na lama".

Mas o que a enfermeira realmente disse foi:

— Pois é. Não é terrível? Tem razão, doutor. Não tem desculpa para essas pessoas viverem na sujeira.

Uma pessoa que consegue se erguer de um lugar mais baixo usando seus próprios recursos tem duas escolhas: esquecê-lo ou nunca esquecê-lo, mantendo a compaixão e a compreensão por aqueles que ela deixou para trás em sua difícil escalada. A enfermeira havia escolhido o primeiro caminho: o do esquecimento. No entanto, de pé ali, ela sabia que, anos mais tarde, seria assombrada pela tristeza no rosto daquela criança esfomeada e que desejaria amargamente ter dito uma palavra de consolo e feito algo pela salvação de sua alma. Ela sabia que estava sendo pequena, mas lhe faltava coragem para ser de outro jeito.

Quando a agulha a picou, Francie nem sentiu. As ondas de dor iniciadas pelas palavras do médico torturavam seu corpo e expulsaram todas as outras sensações. Enquanto a enfermeira enrolava habilmente uma faixa de gaze em seu braço e o médico punha o instrumento no esterilizador e pegava uma agulha nova, Francie disse:

— Meu irmão é o próximo. O braço dele está tão sujo quanto o meu, então não fiquem surpresos. E não precisam falar para ele. Vocês já falaram para mim. — Eles olharam espantados para aquele pedacinho de humanidade que se tornara tão estranhamente articulado. A voz de Francie ficou irregular com um soluço. — Vocês não precisam falar para ele. E não vai mesmo adiantar. Ele é menino e não se importa se estiver sujo. — Ela se virou, cambaleou um pouco e saiu da sala. Enquanto a porta se fechava, ouviu a voz surpresa do médico.

— Eu não tinha ideia de que ela fosse entender o que eu estava dizendo.

Ao que a enfermeira respondeu, com um suspiro:

— Paciência.

*

Katie estava em casa para o almoço quando as crianças retornaram. Olhou para os braços enfaixados com olhos aflitos, e Francie falou com veemência:

— Por que, mamãe, por quê? Por que eles têm que... que... dizer coisas e depois enfiar uma agulha no seu braço?

— A vacinação — disse a mamãe com firmeza, agora que estava tudo terminado — é uma coisa muito boa. Faz você diferenciar a mão esquerda da direita. Você tem que escrever com a mão direita quando for para a escola e essa dor vai estar lá para dizer, não, não com essa mão, use a outra.

Essa explicação satisfez Francie, porque ela nunca sabia qual era a mão direita e qual era a esquerda. Ela comia e desenhava com a mão esquerda. Katie sempre a corrigia, transferindo o giz ou a agulha de sua mão esquerda para a direita. Depois que a mamãe explicou sobre a vacinação, Francie começou a achar que talvez aquilo fosse uma coisa maravilhosa. Era um preço pequeno a pagar, se simplificava um problema tão grande e lhe deixava saber qual era cada mão. Ela começou a usar a mão direita em vez da esquerda após ser vacinada e nunca mais teve problema com isso.

Francie ficou com febre naquela noite e o local da injeção coçava dolorosamente. Ela contou para a mamãe, que ficou muito alarmada e lhe deu sérias instruções.

— Não coce, por mais que dê vontade.

— Por que eu não posso coçar?

— Porque, se você coçar, o seu braço vai inchar, ficar preto e cair. Então não coce.

Katie não tinha a intenção de aterrorizar a criança. Ela própria estava muito assustada. Acreditava que houvesse risco de envenenamento do sangue se o braço fosse tocado. Queria assustar a criança para que ela não o arranhasse.

Francie teve de se esforçar para não arranhar a área que coçava terrivelmente. No dia seguinte, descargas de dor subiam por seu braço. Enquanto se preparava para dormir, ela espiou sob a gaze. Para seu horror, o local onde a agulha havia penetrado estava inchado e amarelado de pus. E Francie não havia coçado! *Ela sabia que não havia coçado*. Mas, espere! Talvez tivesse coçado enquanto dormia na noite anterior. Sim, devia ter feito isso. Teve medo de contar para a mamãe. Ela diria: "Eu falei, eu falei, mas você não me ouviu. Olhe só agora".

Era domingo à noite. O papai estava fora, trabalhando. Ela não conseguia dormir. Levantou da cama e foi para a sala da frente sentar-se junto à janela. Pousou a cabeça nos braços e esperou para morrer.

Às três da manhã, ouviu um bonde da Graham Avenue parar na esquina. Isso significava que alguém estava descendo. Ela se inclinou para fora da janela. Sim, era o papai. Ele vinha saltitante pela rua com seu passo leve de dançarino, assobiando "My Sweetheart's the Man in the Moon". Aquela figura, em seu smoking e chapéu-coco, com um avental de garçom enrolado e perfeitamente embrulhado sob o braço, parecia ser a própria vida para Francie. Ela o chamou quando ele chegou à porta. Ele olhou para cima e tocou a ponta do chapéu, galante. Ela abriu a porta da cozinha para ele.

— O que está fazendo acordada tão tarde, Prima Donna? — perguntou ele. — Não é sábado à noite.

— Eu estava sentada na janela — ela sussurrou — esperando meu braço cair.

Ele abafou uma risada. Ela lhe explicou sobre o braço. Ele fechou a porta que levava para os quartos e acendeu a lâmpada a gás. Removeu a gaze e seu estômago revirou à vista do braço inchado e infeccionado. Mas não a deixou perceber. Nunca a deixou perceber.

— Ora, minha linda, isso não é nada. Não é nada mesmo. Você devia ter visto o meu braço quando eu fui vacinado. Ficou duas vezes mais inchado, e vermelho, branco e azul, em vez de amarelo, e olhe agora como ele está firme e forte. — Mentiu galantemente, porque nunca havia sido vacinado.

Despejou água quente em uma bacia e acrescentou algumas gotas de fenol. Lavou a ferida purulenta várias vezes. Ela fazia careta quando ardia, mas Johnny disse que ardência significava cura. Ele cantou baixinho uma canção sentimental boba enquanto a lavava.

He never cares to wander from his own fireside.
He never cares to ramble or to roam... *

Então olhou em volta à procura de um pano limpo para servir de bandagem. Como não encontrou, tirou o paletó e a frente falsa, puxou a camiseta sobre a cabeça e, dramaticamente, rasgou uma faixa de pano dela.

— Sua camiseta boa — a filha protestou.

— Não, estava toda cheia de furos. — Enrolou o braço da criança. O tecido tinha cheiro de Johnny, quente e com fumaça de cigarro. Mas isso foi reconfortante para ela. Cheirava a amor e proteção. — Pronto! Tudo consertado, Prima Donna. O que lhe deu essa ideia de que o braço ia cair?

— A mamãe disse que ia, se eu coçasse. Eu não queria coçar, mas acho que fiz isso enquanto dormia.

— Pode ser. — Ele beijou sua face magra. — Agora volte para a cama.

Ela foi e dormiu em paz o resto da noite. De manhã, a dor latejante tinha passado e, em alguns dias, o braço estava normal outra vez.

Depois que Francie foi para a cama, Johnny fumou mais um charuto. Então se despiu devagar e entrou na cama de Katie. Ela percebeu, sonolenta, a presença dele e, em um de seus raros impulsos de afeto, pôs o braço sobre o seu peito. Ele o tirou gentilmente e se afastou dela o máximo que podia. Deitou-se rente à parede. Dobrou os braços sob a cabeça e ficou olhando para o escuro até amanhecer.

---

* "Ele não quer sair de sua própria casa/ Ele não quer sair e andar por aí..." (N. da T.)

19

Francie esperava grandes coisas da escola. Desde que a vacinação lhe ensinou instantaneamente a diferença entre esquerda e direita, ela achava que a escola produziria milagres ainda maiores. Achou que voltaria da escola naquele primeiro dia sabendo ler e escrever. Mas tudo que trouxe para casa foi um nariz sangrando por causa de uma criança mais velha que bateu sua cabeça na borda de pedra do bebedouro quando ela tentou beber das torneiras, que, afinal, não soltavam água com gás.

Francie ficou decepcionada por ter que dividir uma carteira (feita para uma só pessoa) com outra menina. Ela queria uma carteira só para si. Aceitou com orgulho o lápis que a monitora lhe entregou de manhã e o devolveu relutantemente a outra monitora às três horas.

Bastou apenas meio dia na escola para saber que ela nunca seria uma mascotinha da professora. Esse privilégio estava reservado para um pequeno grupo de meninas... Meninas de cachos perfeitos, aventais imaculadamente limpos e fitas de seda novas no cabelo. Eram as filhas dos lojistas bem-sucedidos do bairro. Francie notou como a srta. Briggs, a professora, sorriu para elas e as sentou nos melhores lugares na primeira fila. Essas queridinhas não precisaram dividir carteiras. A voz da srta. Briggs era gentil quando falava com essas poucas afortunadas e ríspida quando falava com a grande multidão dos mal lavados.

Amontoada com outras crianças do seu tipo, Francie aprendeu naquele primeiro dia mais do que se deu conta. Ela aprendeu sobre o sistema de classes de uma grande democracia. Ficou confusa e magoada com a atitude da professora. Obviamente, a professora tinha ódio dela e dos outros como ela por nenhuma razão além do fato de eles serem o que eram. A professora agia como se eles não tivessem direito de estar na escola, mas ela fosse obrigada a aceitá-los, o que faria com a mínima gentileza possível. Era com má vontade que lhes lançava algumas migalhas de conhecimento. Como o médico no centro de saúde, ela também agia como se eles não tivessem o direito de viver.

Seria de imaginar que todas as crianças indesejadas se unissem contra tudo que era contra elas. Mas não era assim. Elas se odiavam tanto quanto a professora as odiava. Imitavam o jeito ríspido da professora quando falavam umas com as outras.

Havia sempre uma infeliz que a professora escolhia e usava como bode expiatório. Essa pobre criança era a mais criticada, a atormentada, aquela em quem ela descarregava seu mau humor de solteirona. Assim que a criança recebia esse reconhecimento duvidoso, as outras se voltavam contra ela e replicavam os tormentos da professora. De forma similar, elas adulavam as mais queridas da professora. Talvez achassem que ficariam mais próximas do trono dessa maneira.

Três mil crianças se aglomeravam nessa escola feia e brutal que tinha instalações só para mil. Histórias sujas circulavam entre as crianças. Uma delas era que a srta. Pfieffer, uma professora loira oxigenada com uma risada estridente, descia ao porão para dormir com o assistente de faxina nas horas em que deixava um monitor encarregado da sala e explicava que precisava "dar uma passada no escritório". Outra, contada por meninos pequenos que haviam sido vítimas, era que a diretora, uma mulher de meia-idade cruel, rígida e corpulenta que usava vestidos decorados com lantejoulas e sempre cheirava a gim, mandava meninos rebeldes para sua sala e os fazia baixar a calça para bater em suas nádegas com um bastão de vime. (Ela batia nas meninas sobre o vestido.)

Claro que castigo corporal era proibido nas escolas. Mas quem de fora sabia? Quem iria contar? Não as crianças castigadas, certamente. Era uma tradição na vizinhança que, se uma criança falasse que havia apanhado na escola, apanharia de novo em casa por não ter se comportado bem. Então a criança recebia o castigo e não tocava no assunto.

O que havia de mais feio nessas histórias era que todas elas eram sordidamente verdadeiras.

Brutais é o único adjetivo para as escolas públicas daquele distrito nos anos de 1908 e 1909. Psicologia infantil era algo de que não se ouvira falar em Williamsburg naqueles tempos. Os requisitos para lecionar eram simples: graduação no ensino médio e dois anos na Escola de Treinamento de Professores. Poucas professoras tinham a verdadeira vocação para a função. Lecionavam porque era um dos poucos empregos disponíveis para elas; porque era um ofício mais bem pago do que o trabalho nas fábricas; porque tinham férias longas no verão; porque recebiam uma pensão quando se aposentavam. Lecionavam porque ninguém quisera casar com elas. Mulheres casadas não tinham permissão para lecionar naquela época, de modo que a maioria das professoras eram mulheres neuróticas por causa de instintos amorosos não satisfeitos. Por tudo isso, essas mulheres estéreis despejavam sua fúria sobre os filhos de outras mulheres de maneira doentiamente autoritária.

As professoras mais cruéis eram as que tinham vindo de lares semelhantes aos das crianças pobres. Parecia que, em seu rancor contra aqueles pequenos infelizes, elas estavam, de alguma forma, exorcizando sua própria história tenebrosa.

Claro que nem todas as professoras eram más. Às vezes aparecia uma que era doce, que sofria com as crianças e tentava ajudá-las. Mas essas não duravam muito tempo como professoras. Ou se casavam logo e deixavam a profissão ou eram afugentadas do emprego por suas colegas.

*

O problema do que se chamava delicadamente de "sair da classe" era sério. As crianças eram instruídas a "ir" antes de sair de casa de manhã e, depois, esperar até a hora do almoço. Teoricamente, havia um tempo no intervalo, mas poucas crianças conseguiam aproveitá-lo. A aglomeração de gente geralmente impedia que a criança chegasse perto dos banheiros. Se ela tivesse sorte suficiente para chegar lá (onde havia apenas dez banheiros para quinhentas crianças), encontraria o lugar ocupado pelas dez crianças mais cruéis da escola, que ficavam paradas nas portas para impedir a entrada de todas as outras, surdas às súplicas destas últimas. Alguns cobravam uma taxa de um centavo que poucas crianças podiam pagar. Esses senhores dos banheiros nunca relaxavam a guarda das portas de vaivém até que a campainha tocasse, sinalizando o fim do recreio. Ninguém jamais descobriu que prazer eles derivavam desse jogo macabro. Nunca eram punidos, já que nenhuma professora jamais entrava nos banheiros dos alunos. Nenhuma criança jamais denunciava. Por menor que fosse, sabia que não devia delatar. Se abrisse a boca, sabia que seria torturada quase até a morte pelo delatado. Então esse jogo perverso continuava indefinidamente.

Em teoria, uma criança podia sair da classe se pedisse permissão. Havia um sistema de solicitação discreta. Um dedo levantado significava que a criança queria sair, mas brevemente. Dois dedos significava permissão para uma saída mais longa. Mas as irritadas e insensíveis professoras chegaram à conclusão de que aquilo era apenas um subterfúgio para a criança passar um tempo fora da sala. Elas sabiam que as crianças tinham tempo de sobra no recreio e na hora do almoço. Assim, decidiram a questão entre si.

É claro que Francie notou que as meninas favorecidas, as limpas, as bem-arrumadas, as queridinhas da primeira fila, tinham permissão para sair a qualquer hora. Mas isso, de alguma forma, era diferente.

Quanto ao resto das crianças, metade delas aprendia a ajustar suas funções biológicas às ideias das professoras a esse respeito e a outra metade se tornava um caso crônico de alunos mijões.

*

Foi tia Sissy que deu um jeito no problema de sair da classe para Francie. Ela não via as crianças desde que Katie e Johnny lhe disseram para não visitá-los mais. Sentia falta deles. Sabia que haviam começado a escola e só queria ter notícias de como estavam se saindo.

Era novembro. O trabalho estava fraco e Sissy foi dispensada mais cedo. Ela passou pela rua da escola bem na hora do final das aulas. *Se as crianças contassem que a tinham encontrado, poderia parecer um acaso*, pensou. Viu Neeley primeiro na multidão. Um menino mais velho arrancou o boné dele, jogou no chão, pisou em cima e saiu correndo. Neeley virou para um menino menor e fez o mesmo com o boné *deste*. Sissy agarrou Neeley pelo braço, mas, com um grito rouco, ele se soltou e correu rua abaixo. Tristemente, Sissy se deu conta de que ele estava crescendo.

Francie viu Sissy e a abraçou e beijou ali mesmo na rua. Sissy a levou para uma pequena loja de doces e lhe comprou um refrigerante sabor chocolate por um centavo. Depois fez Francie se sentar em um banquinho e lhe contar tudo sobre a escola. Francie lhe mostrou sua cartilha e o caderno de lição de casa com letras de forma. Sissy ficou impressionada. Olhou longamente para o rosto magro da criança e notou que ela estava tremendo. Viu que ela estava inadequadamente vestida para o dia frio de novembro, com um vestido de algodão gasto, um suéter velho e meias longas finas de algodão. Sissy a abraçou e a manteve junto de si para lhe transmitir seu próprio calor.

— Francie, querida, você está tremendo como uma folha.

Francie nunca tinha ouvido essa expressão e ficou pensativa. Olhou para a pequena árvore que crescia em meio ao concreto ao lado da casa. Ainda havia algumas folhas secas agarrando-se a ela. Uma delas farfalhou secamente ao vento. *Tremendo como uma folha.* Guardou a expressão na mente. Tremendo...

— O que aconteceu? — Sissy perguntou. — Você está gelada.

A princípio, Francie não queria lhe contar. Mas, depois da insistência, escondeu o rosto quente de vergonha no pescoço de Sissy e sussurrou-lhe algo.

— Ah, menina — disse Sissy. — Não me admiro de você estar com frio. Por que não pediu para...

— A professora nunca olha para nós quando a gente levanta a mão.

— Ah, está bem. Não se preocupe com isso. Poderia acontecer com qualquer um. Aconteceu com a rainha da Inglaterra quando ela era pequena.

Mas a rainha tinha ficado tão envergonhada e sensível em relação a isso? Francie chorou baixinho, lágrimas de vergonha e medo. Estava com receio de ir para casa, com receio de que sua mãe a envergonhasse.

— Sua mãe não vai ficar brava... esses acidentes podem acontecer com qualquer criança. Não diga que eu te contei, mas sua mãe molhou as calças quando era pequena e sua avó também. Não é nenhuma novidade e você não é a primeira a passar por isso.

— Mas eu sou muito grande. Só bebês fazem isso. A mamãe vai me envergonhar na frente do Neeley.

— Conte logo antes que ela descubra por si mesma e prometa nunca mais fazer isso. Assim ela não vai envergonhar você.

— Eu não posso prometer porque pode acontecer de novo, porque a professora não deixa a gente sair.

— De agora em diante, sua professora vai deixar você sair da classe na hora que você precisar. Você acredita na tia Sissy, não acredita?

— A...a...credito. Mas como você sabe?

— Vou acender uma vela na igreja para isso.

Francie se consolou com a promessa. Quando chegou em casa, Katie lhe deu uma pequena bronca de rotina, mas Francie se sentia fortalecida pelo que Sissy havia lhe contado sobre o ciclo de molhar a calça.

Na manhã seguinte, dez minutos antes do início das aulas, Sissy estava lá, confrontando a professora.

— Tem uma menina chamada Francie Nolan na sua classe — começou ela.

— *Frances* Nolan — corrigiu a srta. Briggs.

— Ela é inteligente?

— Humm... é.

— Ela é boazinha?

— É bom que seja.

Sissy aproximou mais o rosto da srta. Briggs. Sua voz ficou um tom mais baixo e mais gentil do que antes, mas, por alguma razão, a srta. Briggs recuou.

— Eu lhe perguntei se ela é uma boa menina.
— Sim, ela é — a professora respondeu depressa.
— Por acaso, eu sou a mãe dela — mentiu Sissy.
— Não!
— Sim!
— Qualquer coisa que queira saber sobre o desempenho de sua filha, sra. Nolan...
— Nunca lhe ocorreu — mentiu Sissy — que a Francie possa ter um problema de rins?
— Rins... o quê?
— O médico disse que, se ela tiver vontade de ir ao banheiro e alguma pessoa não a deixar ir, ela pode cair morta por sobrecarga dos rins.
— A senhora deve estar exagerando.
— Gostaria de ver a menina cair morta nesta sala?
— Claro que não, mas...
— E gostaria de dar um passeio até a delegacia em um carro de polícia, ficar na frente do médico e do juiz e dizer que não vai deixá-la sair da classe?

Estaria ela blefando? A srta. Briggs não sabia dizer. Era uma história fantástica. No entanto, a mulher falava essas coisas sensacionais com a voz mais calma e doce que ela já ouvira. Nesse momento, Sissy por acaso olhou pela janela e viu um policial corpulento passando. Ela apontou.

— Está vendo aquele policial? — disse ela, e a srta. Briggs confirmou.
— É o meu marido.
— O pai da Frances?
— Quem mais? — Sissy abriu a janela e gritou. — Iu-hu, Johnny.

Surpreso, o policial olhou para cima. Ela lhe lançou um grande beijo. Por uma fração de segundo, ele pensou que fosse alguma velha professora solteirona faminta de amor que tivesse ficado louca. Mas, então, sua vaidade masculina lhe assegurou que era uma das professoras mais jovens que se sentia atraída por ele havia tempos e finalmente reunira coragem para fazer um gesto apaixonado. Ele respondeu de acordo, mandou-lhe um beijo de volta com um gesto teatral, tirou o chapéu galantemente e continuou sua ronda, assobiando "At the Devil's Ball". *Eu sou um diabo com as mulheres*, ele pensou. *Sou mesmo. E com seis filhos em casa.*

Os olhos da srta. Briggs se arregalaram de espanto. Era um policial bonito, e *forte*. Nesse momento, uma das menininhas de cabelos dourados entrou com uma caixa de doces amarrada com fitas para a professora. A srta. Briggs arrulhou de prazer e beijou a face rósea e acetinada da criança. A mente de Sissy era como uma lâmina recém-afiada. Em um instante, ela viu como a banda tocava; e viu que tocava contra crianças como Francie.

— Escute — disse ela. — Imagino que você não ache que temos muito dinheiro.

— Eu nunca...

— Não somos pessoas exibidas. E agora, o Natal está chegando... — ela sugeriu, em tom de suborno.

— Talvez — reconheceu a srta. Briggs — eu não tenha visto a Frances quando ela levantou a mão.

— Onde ela senta para você não conseguir vê-la bem? — A professora indicou uma carteira escura nos fundos. — Talvez, se ela sentasse mais na frente, você pudesse vê-la melhor.

— Os lugares já estão todos definidos.

— O Natal está chegando... — alertou Sissy, sugestiva.

— Vou ver o que posso fazer.

— Então veja. E trate de ver bem. — Sissy caminhou para a porta e se virou outra vez. — Porque não só o Natal está chegando, mas o meu marido, que é policial, vai vir aqui e lhe dar uma boa lição se você não tratá-la direito.

Francie não teve mais problemas depois daquela conferência mãe-professora. Por mais timidamente que sua mão levantasse, a srta. Briggs sempre a via. Ela até a deixou se sentar na primeira fila, na primeira carteira, por um tempo. Mas, quando o Natal chegou e nenhum presente caro veio com ele, Francie foi novamente relegada ao fundo escuro da sala.

Nem Francie nem Katie jamais souberam da visita de Sissy à escola. Mas Francie nunca mais passou vergonha daquela maneira e, se a srta. Briggs não a tratava com gentileza, pelo menos não a atormentava. Claro que a srta. Briggs sabia que o que aquela mulher lhe dissera era ridículo.

Mas para que se arriscar? Ela não gostava de crianças, mas não era nenhum demônio. E não ia querer ver uma criança cair morta diante de seus olhos.

Algumas semanas depois, Sissy fez uma das moças da fábrica escrever uma mensagem em um cartão-postal dela para Katie. Pediu para a irmã deixar o passado para trás e permitir que ela fosse à sua casa pelo menos para ver as crianças de vez em quando. Katie ignorou o cartão.
    Mary Rommely intercedeu por Sissy.
    — O que aconteceu entre você e sua irmã? — ela perguntou a Katie.
    — Eu não posso lhe contar — respondeu Katie.
    — O perdão — disse Mary Rommely — é um presente de alto valor e não custa nada.
    — Eu faço do meu próprio jeito — disse Katie.
    — Está bem — concordou a mãe. Ela suspirou profundamente e não disse mais nada.

Katie não admitia, mas sentia falta de Sissy. Sentia falta de seu bom senso ousado e de seu jeito direto de resolver os problemas. Evy nunca mencionava Sissy quando vinha ver Katie e, depois dessa tentativa de reconciliação, Mary Rommely não tornou a falar no nome de Sissy.
    Katie recebia notícias da irmã por meio do repórter familiar oficial autorizado, o agente de seguros. Todos os Rommely eram segurados pela mesma empresa e o mesmo agente recolhia as moedas de cada uma das irmãs semanalmente. Ele trazia novidades, carregava fofocas e era o mensageiro rotativo da família. Um dia, ele trouxe a notícia de que Sissy tinha dado à luz outra criança que ele não pudera incluir no seguro, porque ela não viveu mais que duas horas. Katie finalmente ficou com vergonha de si mesma por ter sido tão dura com a pobre Sissy.
    — Na próxima vez que vir minha irmã — disse ao agente de seguros —, diga a ela para não ficar tão sumida. — O agente transmitiu a mensagem de perdão e Sissy voltou para a família Nolan.

20

A CAMPANHA DE KATIE CONTRA VERMES E DOENÇAS COMEÇOU NO dia em que as crianças entraram na escola. A batalha foi ferrenha, rápida e bem-sucedida.

Aglomeradas como ficavam, as crianças inocentemente reproduziam parasitas e passavam piolhos de uma para a outra. Embora não tivessem culpa, eram submetidas ao procedimento mais humilhante pelo qual uma criança poderia passar.

Uma vez por semana, a enfermeira da escola vinha e parava de costas para a janela. As meninas formavam uma fila e, na vez delas, elas se viravam, levantavam as tranças e se inclinavam. A enfermeira esquadrinhava o cabelo delas com uma varinha longa e fina. Se visse piolhos ou lêndeas, mandava a criança se afastar. No fim da inspeção, as párias eram colocadas diante da classe enquanto a enfermeira fazia uma preleção sobre como essas pequenas meninas eram sujas e como as outras não deveriam chegar perto delas. Então as intocáveis eram dispensadas naquele dia com instruções para que suas mães comprassem a "pomada azul" na farmácia do Knipe e tratassem o problema. Quando voltavam para a escola, eram atormentadas pelas colegas. Cada contraventora tinha uma escolta de crianças que a seguia até sua casa, gritando:

— Piolhenta, piolhenta! A professora disse que você é piolhenta. Teve que voltar para casa, teve que voltar para casa, teve que voltar para casa porque é piolhenta.

Talvez a criança infectada fosse declarada limpa na inspeção seguinte. Nesse caso, ela, por sua vez, atormentava as próximas culpadas, esquecendo-se de sua própria dor por também ter sido atormentada. Elas não aprendiam compaixão com a própria angústia. Assim, seu sofrimento era perdido.

Na sobrecarregada vida de Katie não havia espaço para mais trabalho e preocupação. Isso era algo que ela não aceitaria. No primeiro dia em que Francie chegou da escola e contou que se sentava ao lado de uma menina que tinha bichos subindo e descendo pelas trilhas de seu cabelo, Katie entrou em ação. Ela esfregou a cabeça de Francie com um pedaço de seu sabão amarelo forte e áspero de fazer limpeza, até deixar o couro cabeludo da filha vermelho e formigando. Na manhã seguinte, mergulhou a escova de cabelo em uma vasilha de querosene, escovou o cabelo de Francie vigorosamente, prendeu-o com tranças tão apertadas que as veias nas têmporas da menina saltaram, deu-lhe instruções para ficar longe de bicos de gás acesos e a mandou para a escola.

O cheiro de Francie impregnou a classe inteira. Sua colega de carteira se encolheu para longe dela o máximo que pôde. A professora mandou um bilhete proibindo Katie de usar querosene na cabeça de Francie. Katie comentou que eles viviam em um país livre e ignorou o aviso. Uma vez por semana, ela esfregava a cabeça de Francie com o sabão amarelo. E, todos os dias, untava-o com querosene.

Quando uma epidemia de caxumba irrompeu na escola, Katie entrou em ação contra doenças contagiosas. Fez duas bolsinhas de flanela, costurou um dente de alho em cada uma, prendeu-as em um cordão de espartilho limpo e fez as crianças usarem-nas no pescoço, embaixo da blusa.

Francie ia para a escola cheirando a alho e querosene. Todos a evitavam. No pátio lotado, havia sempre um espaço vazio em volta dela. Em bondes lotados, as pessoas se amontoavam para ficar longe das crianças Nolan.

E funcionou! Se havia algum feitiço no alho, se o cheiro forte matava os germes, ou se Francie escapou de contrair qualquer doença porque as crianças infectadas não chegavam perto dela, ou se ela e Neeley tinham constituições naturalmente fortes, não há como saber. Mas era um fato que nem uma só vez em todos os anos de escola os filhos de Katie ficaram doentes. Não tiveram sequer uma gripe. E nunca tiveram piolhos.

Francie, claro, tornou-se uma excluída, evitada por todas as meninas por causa de seu fedor. Mas ela havia se habituado a ser solitária. Já estava acostumada a andar sozinha e ser considerada "diferente". Já nem sofria muito.

21

A PESAR DE TODA A INJUSTIÇA, CRUELDADE E INFELICIDADE, Francie gostava da escola. A rotina disciplinada de muitas crianças, todas fazendo a mesma coisa ao mesmo tempo, lhe dava uma sensação de segurança. Ela se sentia uma parte definida de algo, parte de uma comunidade reunida sob um líder para um propósito único. Os Nolan eram individualistas. Eles não se ajustavam a nada exceto o que fosse essencial para poderem viver em seu mundo. Seguiam seus próprios padrões de vida. Não eram parte de nenhum grupo social estabelecido. Isso era bom para a natureza dos individualistas, mas às vezes era confuso para uma criança pequena. Então Francie sentia uma certa estabilidade e segurança na escola. Embora fosse uma rotina cruel e desagradável, tinha um propósito e uma progressão.

A escola não era totalmente ruim. Havia um grande momento de glória que durava meia hora por semana, quando o sr. Morton vinha à sala de Francie ensinar música. Ele era um professor especializado que lecionava em todas as escolas da região. Era uma festa quando ele aparecia, usando um fraque e uma gravata elegante. Era tão vibrante, alegre e entusiasmado, tão embriagado de vida, que parecia um deus descido das nuvens. Tinha um rosto comum, mas de uma maneira galante e cheia de vigor. Ele compreendia e amava as crianças e elas o veneravam. As professoras o adoravam. Havia um espírito festivo na sala no dia de sua visita. A professora punha seu melhor vestido e não era tão rude. Às vezes ela enrolava o cabelo e se perfumava. Era isso que o sr. Morton fazia com as mulheres.

Ele chegava como um furacão. A porta se abria de repente e ele irrompia na sala com as abas do casaco voando atrás. Pulava para a plataforma e olhava em volta, sorrindo e dizendo, "muito bem", com uma voz alegre. As crianças, ali sentadas, riam e riam de felicidade e a professora sorria e sorria.

Ele desenhava notas na lousa; desenhava perninhas nelas para fazer parecer que estavam correndo para fora da escala. Fazia um bemol parecer humpty-dumpty. Um sustenido ganhava um nariz fino como uma beterraba. E, todo o tempo, ele cantava tão espontaneamente quanto um passarinho. Às vezes sua felicidade era tão transbordante que ele não conseguia contê-la e fazia uns passos de dança para extravasar.

Ensinava-lhes boa música sem deixá-los saber que era boa. Punha sua própria letra em grandes clássicos e lhes dava nomes simples como "Cantiga de ninar" e "Serenata" e "Cantiga da rua" e "Canto para um dia de sol". As vozes infantis soavam estridentes pelo "Largo" de Handel e eles o conheciam meramente pelo nome de "Hino". Meninos assobiavam parte da "Sinfonia do novo mundo" de Dvořák enquanto jogavam bolinhas de gude. Quando lhes perguntavam o nome da música, eles respondiam: "Ah, é 'Volta para casa'". Brincavam de amarelinha cantarolando o "Coro dos soldados" de *Fausto*, que chamavam de "Glória".

Não tão amada quanto o sr. Morton, mas igualmente admirada, era a srta. Bernstone, a professora especial de desenho que também vinha uma vez por semana. Ah, ela era de outro mundo, um mundo de belos vestidos de verdes e carmins suaves. Seu rosto era doce e terno e, como o sr. Morton, ela amava as grandes hordas de crianças mal lavadas e indesejadas mais do que as bem cuidadas. As professoras não gostavam dela. Sim, elas a adulavam quando ela lhes falava e faziam cara feia pelas suas costas.

Tinham inveja de seu charme, de sua doçura e de como os homens se sentiam adoravelmente atraídos por ela. Ela era afetuosa, vibrante e intensamente feminina. As professoras sabiam que ela não dormia as noites sozinha como elas eram forçadas a fazer.

Ela falava com suavidade, em uma voz límpida e melodiosa. Suas mãos eram belas e rápidas com um pedaço de giz ou carvão. Havia mágica no modo como seu pulso se movia quando ela segurava um lápis de cera. Uma virada do pulso e lá estava uma maçã. Mais duas viradas, e lá estava a mão delicada de uma criança segurando a mesma fruta. Em um dia chuvoso, ela não dava aula. Pegava um bloco de papel e um pedaço de carvão e desenhava a criança mais pobre e humilde da sala. E, quando o desenho ficava pronto, não se via a sujeira ou a pobreza; via-se a glória da inocência e a contundência de um bebê crescendo rápido demais. Ah, a srta. Bernstone era incrível.

Esses dois professores visitantes eram o ouro e a prata banhados de sol no grande rio lamacento dos dias escolares, dias feitos de horas melancólicas em que a professora fazia seus alunos se manterem sentados, rígidos, com as mãos nas costas, enquanto ela lia um romance escondido no colo. Se todos os professores fossem como a srta. Bernstone e o sr. Morton, Francie teria sabido como era o paraíso. Mas tudo bem. Era preciso que houvesse águas escuras e barrentas para que o sol pudesse ter um pano de fundo para sua radiante glória.

22

A H, A HORA MÁGICA EM QUE UMA CRIANÇA DESCOBRE QUE CONSEGUE ler palavras impressas!
Já fazia algum tempo que Francie vinha identificando as letras, reproduzindo seus sons, depois unindo-os para formar uma palavra com sentido. Mas, um dia, ela olhou para uma página e a palavra "rato" instantaneamente teve significado. Olhou para a palavra e a imagem de um rato cinzento correu pelo seu pensamento. Continuou olhando e, quando viu "cavalo", ouviu-o batendo a pata no chão e viu o sol reluzindo em seu pelo brilhante. A palavra "correndo" a atingiu repentinamente e ela respirou ofegante como se ela própria estivesse correndo. Transposta a barreira entre o som individual de cada letra e o significado inteiro da palavra, a palavra impressa passava a significar algo em um piscar de olhos. Ela leu algumas páginas rapidamente e ficou quase doente de euforia. Queria gritar para todo mundo. Ela sabia ler! Ela sabia ler!

Desse momento em diante, o mundo era seu para ser devorado. Nunca mais se sentiria sozinha novamente, nunca mais sentiria a falta de amigos. Os livros se tornaram seus amigos e havia um para cada estado de humor. Havia a poesia para uma companhia tranquila. Havia aventura quando ela se cansava das horas quietas. Haveria histórias de amor quando ela chegasse à adolescência e, quando quisesse se sentir próxima de alguém, podia ler uma biografia. Nesse dia em que descobriu que sabia ler, jurou ler um livro por dia enquanto vivesse.

Ela gostava de números e somas. Inventou um jogo em que cada número era um membro da família e a "resposta" formava um grupamento familiar com uma história associada. Zero era um bebê de colo. Ele não dava trabalho. Toda vez que aparecia, era só "carregá-lo". O número 1 era um bebê bonito que estava começando a aprender a andar e era fácil de lidar; 2 era um bebê que já sabia andar e falava um pouco. Ele entrava na vida familiar (em somas etc.) com muito poucos problemas. E o 3 era um menino mais velho, no jardim da infância, que tinha que ser um pouco supervisionado. Depois vinha o 4, uma menina da idade de Francie. Ela era quase tão fácil de tratar quanto o 2. A mãe era o 5, gentil e bondosa. Em grandes somas, ela vinha e tornava tudo fácil, como uma mãe devia fazer. O pai, 6, era mais duro que os outros, mas muito justo. Mas o 7 era cruel. Ele era um avô velho e mal-humorado, de comportamento imprevisível. A avó, 8, também era difícil, porém mais fácil de entender que o 7. O mais difícil de todos era o 9. Ele era um visitante, e que dificuldade para encaixá-lo na vida da família!

Quando Francie fazia uma soma, criava uma pequena história para acompanhar o resultado. Se a resposta fosse 924, isso significava que o visitante estava cuidando do menininho e da menina enquanto o resto da família tinha saído. Quando um número como 1.024 aparecia, isso significava que todas as crianças estavam brincando juntas no pátio. O número 62 significava que o papai estava passeando com o menino; 50 significava que a mamãe tinha saído com o bebê no carrinho para tomar um ar, e 78 significava que o vovô e a vovó estavam sentados em casa junto ao fogo em uma noite de inverno. Cada combinação de números era uma nova configuração para a família e nunca havia duas histórias iguais.

Francie levou o jogo consigo para a álgebra. X era a namorada do menino que veio para a vida da família e a complicou. Y era o amigo do menino que causava problemas. Assim, a aritmética era algo acolhedor e humano para Francie e ocupava muitas horas solitárias de seu tempo.

23

OS DIAS DE ESCOLA CONTINUARAM A PASSAR. ALGUNS ERAM FEITOS de crueldade, brutalidade e desgosto; outros eram belos e luminosos por causa da srta. Bernstone e do sr. Morton. E, sempre, havia a magia de aprender coisas.

Em um sábado de outubro, durante sua caminhada, Francie subitamente se viu em uma área desconhecida. Ali não havia cortiços nem lojas pobres e barulhentas. Em vez disso, havia casas antigas que existiam desde quando Washington atravessou Long Island com suas tropas. Eram velhas e decadentes, mas havia cercas de madeira em volta delas com portões em que Francie teve vontade de balançar. Havia flores de outono coloridas no jardim e bordos com folhas amarelas e avermelhadas na calçada. O entorno era velho, quieto e sereno sob o sol de sábado. Havia um ar meditativo naquele lugar, uma paz tranquila, profunda, atemporal, gasta. Como Alice no país das maravilhas, Francie se sentia feliz, como se tivesse atravessado um espelho mágico. Estava em uma terra encantada.

Continuou caminhando e chegou a uma pequena e velha escola. Seus velhos tijolos brilhavam em vermelho-escuro no sol de fim de tarde. Não havia cerca ao redor do pátio da escola e o terreno era de grama, não de cimento. Do outro lado da rua, na frente da escola, era praticamente um terreno aberto — um gramado com espigas-de-ouro, trevos e margaridas silvestres.

O coração de Francie bateu mais forte. Era isso! Essa era a escola em que ela queria estudar. Mas como poderia conseguir entrar nela? Havia uma lei rígida sobre frequentar a escola de seu próprio bairro. Seus pais teriam que se mudar para aquela área se ela quisesse ir para aquela escola. Francie sabia que sua mãe não se mudaria só porque *ela* queria ir para outra escola. Voltou para casa devagar, pensando nisso.

Ficou sentada até tarde naquela noite, esperando seu pai vir do trabalho. Depois que Johnny chegou em casa assobiando seu "Molly Malone" enquanto subia saltitando pelos degraus, depois que todos comeram da lagosta, do caviar e da linguiça de fígado que ele trouxera, a mamãe e Neeley foram dormir. Francie fez companhia ao seu pai enquanto ele fumava o último charuto. Contou baixinho no ouvido dele sobre a escola. Ele olhou para ela, balançou a cabeça e disse:

— Vamos ver amanhã.

— Quer dizer que nós podemos mudar para perto dessa escola?

— Não, mas tem que haver outro jeito. Eu vou lá com você amanhã e vamos ver o que dá para fazer.

Francie ficou tão empolgada que não conseguiu dormir o resto da noite. Ela se levantou às sete, mas Johnny ainda dormia profundamente. Ela esperou, suando de impaciência. Cada vez que ele suspirava no sono, ela corria para ver se ele havia acordado.

Ele acordou por volta do meio-dia e os Nolan se sentaram para almoçar. Francie não conseguia comer. Só ficava olhando para o seu pai, mas ele não lhe dava nenhum sinal. Será que tinha esquecido? Será que tinha esquecido? Não, porque, enquanto Katie servia o café, ele disse casualmente:

— Acho que eu e a Prima Donna vamos dar uma caminhada mais tarde.

O coração de Francie deu um pulo. Ele não havia esquecido. Ele não havia esquecido.

Ela esperou. A mamãe tinha que responder. A mamãe podia se opor. A mamãe podia perguntar por quê. A mamãe podia dizer que queria ir também. Mas tudo que a mamãe disse foi:

— Está bem.

Francie lavou os pratos. Depois teve que descer até a loja de doces para comprar o jornal de domingo; depois à loja de charutos para comprar um Corona de cinco centavos para o papai. Johnny teve que ler o jornal. Ele teve que ler todas as colunas, até a seção da sociedade, em que não era possível que estivesse interessado. Pior que isso, ele teve que comentar com a mamãe cada notícia que lia. Cada vez que ele punha o jornal de lado, virava para a mamãe e dizia, "Umas coisas engraçadas no jornal hoje. Veja só esta", Francie quase chorava.

Eram quatro horas. O charuto fora fumado havia muito, o jornal estava desmontado no chão, Katie se cansara de ouvir as notícias e pegara Neeley para irem visitar Mary Rommely.

Francie e o papai saíram de mãos dadas. Ele usava seu único terno, o smoking e o chapéu-coco, e parecia muito majestoso. Era um esplêndido dia de outubro. Um sol morno e um vento refrescante trabalhavam juntos para trazer um cheiro de oceano a cada esquina. Caminharam alguns quarteirões, viraram uma esquina e estavam nessa outra área. Apenas em um lugar tão extenso como o Brooklyn podia haver uma divisão tão nítida. Era uma área habitada por americanos de quinta e sexta geração, enquanto, no distrito dos Nolan, se você conseguisse provar que pelo menos *você* havia nascido nos Estados Unidos, era quase como ter chegado no Mayflower.

De fato, Francie era a única em sua classe cujos pais eram nascidos nos Estados Unidos. No início do ano, a professora fizera a chamada e pedira para cada criança dizer de onde vinha. As respostas eram típicas.

— Sou polonesa-americana. Meu pai nasceu em Varsóvia.

— Irlandesa-americana. Meu pai e minha mãe nasceram em County Cork.

Quando foi chamado o nome Nolan, Francie respondeu com orgulho:

— Eu sou americana.

— Eu *sei* que você é americana — disse a facilmente irritável professora. — Mas qual é sua nacionalidade?

— Americana! — insistiu Francie, com ainda mais orgulho.

— Vai me dizer de onde são seus pais ou vou ter que mandá-la para a diretoria?

— Meus pais são americanos. Eles nasceram no Brooklyn.

Todas as crianças se viraram para olhar para a menina cujos pais *não* tinham vindo de outro país. E, quando a professora disse, "Brooklyn? Hum. É, então isso faz de você uma americana mesmo", Francie se sentiu orgulhosa e feliz. *Que maravilhoso é o Brooklyn*, ela pensou, *quando só o fato de nascer aqui já o faz automaticamente um americano!*

Seu pai contou a ela sobre esse estranho distrito: que suas famílias eram americanas havia mais de cem anos; que eram, em sua maioria, de origem escocesa, inglesa e galesa. Os homens trabalhavam como marceneiros de móveis. Trabalhavam com metais: ouro, prata e cobre.

Ele prometeu levar Francie à parte espanhola do Brooklyn qualquer dia. Lá os homens trabalhavam como charuteiros e cada um deles contribuía com alguns centavos por dia para contratar um homem para ler para eles enquanto trabalhavam. E o homem lia boa literatura.

Continuaram andando pela rua tranquila de domingo. Francie viu uma folha cair flutuando de uma árvore e correu na frente para pegá-la. Era de um vermelho-claro com a borda dourada. Ficou olhando para ela e imaginando se um dia voltaria a ver algo tão bonito assim. Uma mulher virou a esquina. Tinha as faces muito coradas de maquiagem e usava um chapéu com uma pena. Ela sorriu para Johnny.

— Solitário, cavalheiro?

Johnny olhou para ela por um momento antes de responder gentilmente:

— Não, irmã.

— Tem certeza? — indagou ela, provocativa.

— Tenho — ele respondeu com tranquilidade.

Ela foi embora. Francie correu de volta e segurou a mão do pai.

— Aquela moça era ruim, papai? — ela perguntou, avidamente.

— Não.

— Mas ela *parecia* ruim.

— Quase não existem pessoas ruins. O que existe são pessoas com falta de sorte.

— Mas ela estava toda pintada e...

— Ela é alguém que já teve tempos melhores. — Ele gostou da frase. — É, ela deve ter tido tempos melhores. — E ficou pensativo. Francie continuou correndo à frente e coletando folhas.

Chegaram à escola e Francie a mostrou orgulhosamente para seu pai. O sol de fim de tarde aquecia os tijolos de cor suave e as pequenas janelas envidraçadas pareciam dançar sob a luz. Johnny a contemplou por um longo tempo, depois disse:

— É, esta é a escola. É esta.

Então, como sempre acontecia quando estava emocionado ou sensibilizado, ele tinha que pôr isso em uma canção. Segurou o chapéu-coco gasto sobre o peito, esticou o corpo enquanto olhava para a escola e cantou:

Ah escola, a velha escola,
Ah dias saudosos da escola.
Leitura, gramática e aritmética...

Para um estranho de passagem, pode ter parecido tolo, Johnny parado ali com seu smoking esverdeado e sua camisa limpa, segurando a mão de uma criança magra e maltrapilha e cantando aquela canção banal de forma tão desinibida no meio da rua. Mas, para Francie, parecia algo certo e belo.

Atravessaram a rua e caminharam pelo gramado que as pessoas chamavam de "terreno". Francie colheu um ramalhete de espigas-de-ouro e margaridas silvestres para levar para casa. Johnny explicou que no passado o lugar havia sido um cemitério indígena e, quando criança, ele costumava vir ali procurar pontas de flechas. Francie sugeriu que procurassem algumas. Procuraram por meia hora e não encontraram nenhuma. Johnny lembrou que, quando criança, também não havia encontrado nada. Francie achou engraçado e riu. Seu pai confessou que talvez não tivesse sido um cemitério indígena, afinal; talvez alguém tivesse inventado essa história.

Johnny estava mais do que certo, porque ele mesmo tinha inventado toda a história.

Logo era hora de voltar para casa e lágrimas vieram aos olhos de Francie, porque seu pai não havia dito nada sobre transferi-la para a nova escola. Ele viu as lágrimas e inventou um esquema imediatamente.

— Eu vou lhe dizer o que vamos fazer, meu bem. Vamos dar uma volta, escolher uma casa boa e anotar o número. Então vou escrever uma carta para a diretora dizendo que você está de mudança para cá e quer ser transferida para essa escola.

Eles encontraram uma casa, branca, térrea, com o telhado inclinado e crisântemos tardios crescendo no jardim. Ele copiou o endereço com cuidado.

— Você sabe que o que vamos fazer é errado?

— É, papai?

— Mas é um errado para ganhar um bem maior.

— Como uma mentirinha branca?

— Como uma mentira que ajuda alguém. Então você precisa compensar esse erro sendo duas vezes melhor. Nunca deve se comportar mal, ou faltar ou se atrasar. Nunca deve dar nenhum motivo para eles mandarem uma carta para casa pelo correio.

— Eu vou ser sempre boazinha, papai, se puder ir para essa escola.

— Está bem. Agora eu vou mostrar um caminho para ir para a escola pelo meio de um parque. Eu sei bem onde é. Sim, senhora, eu sei bem onde é.

Ele lhe mostrou o parque e como ela podia atravessá-lo para chegar à escola.

— Isso vai te deixar feliz. Você vai poder ver a mudança das estações enquanto vem e volta. O que acha?

Lembrando-se de algo que sua mãe lera certa vez para ela, Francie respondeu:

— Meu cálice transborda. — E falava sério.

Quando Katie ouviu o plano, disse:

— Faça como quiser. Mas eu não vou participar. Se a polícia vier e te prender por dar endereço falso, vou dizer que não tive nada a ver com isso. Uma escola é tão boa ou tão ruim quanto qualquer outra. Não sei por que ela quer mudar. Vai ter lição de casa em qualquer escola.

— Então está decidido — disse Johnny. — Francie, pegue esta moeda. Corra até a loja de doces e compre uma folha de papel de carta e um envelope.

Francie correu até a loja e correu de volta. Johnny escreveu um bilhete dizendo que Francie ia morar com parentes em tal e tal endereço e queria uma transferência. Acrescentou que Neeley continuaria morando com eles e não precisaria da matrícula. Assinou seu nome e o sublinhou com autoridade.

Trêmula, Francie entregou o bilhete para a diretora na manhã seguinte. A mulher leu, resmungou, fez a transferência, entregou-lhe o boletim escolar e disse-lhe para ir embora; que a escola já estava muito lotada mesmo.

Francie se apresentou para o diretor da nova escola com os documentos. Ele apertou a mão dela e disse que esperava que ela fosse feliz na nova escola. Um monitor a levou até a sala de aula. A professora parou a explicação e apresentou Francie para a classe. Francie olhou para as fileiras de menininhas. Todas eram maltrapilhas, mas a maioria era limpa. Recebeu uma carteira só para ela e entrou alegremente na rotina da nova escola.

As professoras e crianças não eram tão brutalizadas quanto na escola anterior. Sim, algumas crianças eram más, mas parecia uma maldade infantil natural, não um complô proposital. As professoras muitas vezes também eram impacientes, mas nunca insistentemente cruéis. Também não havia castigos físicos. Os pais eram muito americanos, muito conscientes dos direitos que lhes eram garantidos pela Constituição para aceitar injustiças humildemente. Não podiam ser intimidados e explorados como os imigrantes e os americanos de segunda geração.

Francie descobriu que a sensação diferente nessa escola vinha principalmente do servente. Era um homem corado de cabelos brancos que até o diretor chamava de *senhor* Jenson. Tinha muitos filhos e netos e os amava muito. E era como um pai para todas as crianças. Em dias chuvosos, quando as crianças chegavam à escola molhadas, ele insistia que elas descessem à sala da fornalha para se secar. Fazia-as tirar os sapatos molhados e pendurava as meias em um varal. Os pequenos sapatos gastos ficavam em uma fila diante da fornalha.

Era agradável na sala da fornalha. As paredes eram caiadas e a grande fornalha pintada de vermelho era reconfortante. As janelas ficavam altas nas paredes. Francie gostava de se sentar lá, desfrutar o calor e ver as chamas laranja e azuis dançando um pouco acima da cama de pequenos carvões pretos. (Ele deixava a porta da fornalha aberta quando as crianças estavam se secando.) Em dias de chuva, ela saía mais cedo de casa e caminhava devagar para a escola, para ficar encharcada e merecer o privilégio de se secar na sala da fornalha.

Não era de acordo com as regras que o sr. Jenson mantivesse as crianças fora da classe para se secarem, mas ninguém protestava porque todos gostavam dele e o respeitavam muito. Francie ouviu histórias na escola sobre o sr. Jenson. Ouviu que ele tinha ido para a faculdade e sabia mais que o diretor. Diziam que ele se casara e, quando os filhos vieram, decidiu que daria mais dinheiro cuidar da manutenção escolar do que ser professor. Como quer que fosse, ele era muito querido e respeitado. Uma vez, Francie o viu na sala do diretor. Estava ali sentado de pernas cruzadas, com seu macacão listrado limpo, conversando sobre política. Francie soube que o diretor frequentemente descia à sala da fornalha do sr. Jenson para se sentar e conversar um pouco enquanto fumava um cachimbo.

Quando um menino se comportava mal, ele não era mandado à sala do diretor para levar uma bronca; era mandado à sala do sr. Jenson para uma conversa. O sr. Jenson nunca repreendia um menino malcomportado. Ele falava sobre seu filho mais novo que era lançador no time de beisebol do Brooklyn. Falava sobre democracia e cidadania e sobre um bom mundo em que cada um fazia o seu melhor pelo bem de todos. Depois de uma conversa com o sr. Jenson, podia-se ter certeza de que o menino não causaria mais problemas.

Na formatura, as crianças pediam para o diretor assinar a primeira página de seu livro de autógrafos por respeito à sua posição, mas valorizavam mais o autógrafo do sr. Jenson e ele sempre assinava na segunda página. O diretor assinava rapidamente em uma grande letra espalhada. Mas não o sr. Jenson. Ele fazia daquilo um ritual.

Levava o livro para sua grande escrivaninha de tampa e acendia a lâmpada sobre ela. Sentava, limpava minuciosamente os óculos e escolhia uma caneta. Mergulhava a ponta na tinta, examinava-a, limpava-a e tornava a mergulhá-la. Então assinava seu nome em letras finas e precisas e passava o mata-borrão com muito cuidado. Sua assinatura era sempre a mais bonita do livro. Para quem tivesse coragem de lhe pedir, ele levava o livro para casa para que seu filho, que estava no Dodgers, assinasse também. Isso era maravilhoso para os meninos. As meninas não se importavam.

A caligrafia do sr. Jenson era tão incrível que ele escrevia todos os diplomas, a pedido.

O sr. Morton e srta. Bernstone vinham a essa escola também. Quando eles estavam dando aula, o sr. Jenson muitas vezes se espremia em uma das carteiras do fundo e assistia junto. Em dias frios, ele convidava o sr. Morton ou a srta. Bernstone para descer à sua sala da fornalha e tomar uma xícara de café quente antes de seguir para a escola seguinte. Ele tinha uma chapa a gás e equipamento para fazer café em uma mesinha. Servia café preto forte e fumegante em xícaras grossas e esses professores visitantes bendiziam sua boa alma.

Francie era feliz nessa escola. Tinha muito cuidado para ser uma boa menina. Todos os dias, passava pela casa de cujo número se apossara e a olhava com gratidão e afeto. Em dias ventosos, em que papéis voavam na frente da casa, ela recolhia o lixo e o depositava na sarjeta. Nas manhãs em que o homem do lixo tinha esvaziado o saco de juta e jogado negligentemente o saco vazio na calçada em vez de colocá-lo no jardim, Francie o pegava e o pendurava em um dos paus da cerca. As pessoas que moravam na casa se acostumaram a vê-la como uma criança quieta que tinha uma estranha mania de organização.

Francie adorava essa escola. Por causa dela, tinha que andar quarenta e oito quarteirões todos os dias, mas ela também amava andar. Tinha que sair mais cedo do que Neeley de manhã e chegava em casa muito mais tarde. Ela não se importava, exceto por ser um pouco difícil na hora do almoço. Eram doze quarteirões para ir para casa e doze para voltar, tudo em uma hora. Com isso, lhe restava pouco tempo para comer. Sua mãe não a deixava levar almoço para a escola. Sua razão era:

— Ela vai se desgarrar de casa e da família logo, do jeito que está crescendo. Mas, enquanto ainda for criança, tem que agir como uma criança e voltar para comer em casa, como todas as crianças fazem. Eu tenho culpa que ela tem que ir tão longe para frequentar a escola? Não foi ela mesma que escolheu?

— Mas, Katie — argumentava o pai —, é uma escola tão boa.

— Então ela que aceite a parte ruim junto com a boa.

A questão do almoço estava decidida. Francie tinha cerca de cinco minutos para almoçar; só o tempo suficiente para entrar em casa e pegar um sanduíche, que ela comia voltando para a escola. Nunca se considerou injustiçada. Estava tão feliz na nova escola que se sentia ansiosa para pagar de alguma maneira por aquela alegria.

Foi muito bom ter mudado de escola. Isso lhe mostrou que havia outros mundos além daquele em que ela havia nascido e que eles não eram inalcançáveis.

24

Francie contava a passagem do ano não pelos dias ou meses, mas pelos feriados que chegavam. Seu ano começava com o Quatro de Julho, porque era o primeiro feriado que vinha quando as aulas acabavam. Uma semana antes do dia, ela começava a juntar bombinhas de artifício. Cada centavo disponível ia para comprar caixas de pequenas bombinhas. Ela as guardava em uma caixa embaixo da cama. Pelo menos dez vezes por dia, tirava a caixa, arrumava os fogos e ficava olhando longamente para o revestimento vermelho-claro e a haste de cordão branco, imaginando como eles eram feitos. Cheirava as varetinhas grossas de material inflamável que vinham grátis com cada compra e que, quando acesas, fumegavam por horas, sendo usadas para acender os fogos.

Quando o grande dia chegava, ela relutava em acendê-los. Era melhor tê-los do que usá-los. Em um ano em que os tempos estavam mais difíceis do que o habitual e não havia centavos sobrando, Francie e Neeley guardaram sacos de papel e, no dia, encheram-nos de água, dobraram as pontas para fechá-los e os jogaram do telhado para a rua lá embaixo. Eles faziam um belo estalo que era quase como o de uma bombinha. As pessoas que passavam se irritavam e olhavam para cima zangadas quando um saco quase os atingia, mas não faziam nada além disso, aceitando o fato de que crianças pobres tinham o costume de comemorar o Quatro de Julho desse jeito.

O feriado seguinte era o Halloween. Neeley pintava o rosto de preto com fuligem, colocava o boné virado para trás e o casaco do avesso. Enchia uma meia preta e longa de sua mãe com cinzas e percorria as ruas com seu bando balançando esse porrete esquisito e gritando ruidosamente de tempos em tempos.

Na companhia de outras meninas, Francie andava pelas ruas com um pedaço de giz branco. Desenhava rapidamente uma grande cruz nas costas de cada pessoa encasacada que passava. As crianças faziam o ritual sem nenhum significado. O símbolo era lembrado, mas a razão, esquecida. Pode ter sido algo que sobrevivera da Idade Média, quando casas, e provavelmente pessoas, eram marcadas assim para indicar onde a peste havia atingido. Provavelmente os baderneiros daquela época marcassem pessoas inocentes em uma brincadeira cruel e a prática persistira pelos séculos até ser distorcida em uma travessura de Halloween sem sentido.

O Dia da Eleição parecia o maior feriado de todos para Francie. Esse, mais do que qualquer outro, pertencia a todo o bairro. Talvez as pessoas votassem em outras partes do país também, mas não podia ser do jeito que era no Brooklyn, pensava Francie.

Johnny mostrou a Francie um restaurante de ostras na Scholes Street. Ficava em um prédio que existia ali havia mais de cem anos, quando o próprio Grande Chefe Tammany andava pela área com seus guerreiros. Suas ostras fritas eram conhecidas em todo o Estado. Mas havia algo mais que tornava esse lugar famoso. Era o local de encontro secreto dos grandes políticos da cidade. Os mandachuvas do partido se encontravam ali, em reuniões secretas em uma sala de refeições privativa e, acompanhados de suculentas ostras, decidiam quem seria eleito e quem seria cortado.

Francie sempre passava pelo restaurante, olhava para ele e ficava empolgada. Não havia nenhum nome sobre a porta e a vitrine era vazia exceto por uma samambaia em um vaso e uma meia cortina de linho marrom em um varão de metal nos fundos. Certa vez, Francie viu a porta abrir para alguém entrar. Teve uma visão rápida de uma sala baixa, mal iluminada com lâmpadas de quebra-luz vermelhas e enevoada de fumaça de charutos.

Junto com as outras crianças da redondeza, Francie seguia alguns dos ritos da eleição sem saber seu motivo ou significado. Na noite da eleição, ela entrava na fila, e, com as mãos nos ombros da criança da frente, seguia serpenteando pelas ruas, cantando:

Tammany, Tammany,
O Grande Chefe está na tenda
Preparando seus guerreiros
Tammany, Tammany,

Ouvia com interesse os debates entre sua mãe e seu pai sobre os méritos e os defeitos do partido. O papai era um democrata ardoroso, mas a mamãe não se importava muito. Ela criticava o partido e dizia a Johnny que ele estava desperdiçando seu voto.

— Não diga isso, Katie — ele protestou. — De um modo geral, o partido faz muitas coisas boas pelo povo.

— Ah, sei, sei — mamãe respondia com ceticismo.

— Tudo que eles querem é um voto do homem da família e veja o que eles dão em troca.

— Fale uma coisa que *eles* dão.

— Bom, você precisa de assistência jurídica em algum assunto. Não precisa ter um advogado. É só falar com seu congressista.

— O cego conduzindo os cegos.

— Não acredite nisso. Eles podem ser imbecis em muitas coisas, mas conhecem os estatutos da cidade de trás para a frente.

— Processe o município por alguma coisa e veja se o Tammany vai ajudar você.

— Olhe só o Serviço Civil — disse Johnny, partindo para outro ângulo. — Eles sabem quando vai ter exames para policiais, bombeiros ou carteiros. Eles sempre ajudam os eleitores que estiverem interessados.

— O marido da sra. Lavey fez o exame para carteiro três anos atrás. E ele continua trabalhando em um caminhão.

— Ah! Mas isso é porque ele é republicano. Se ele fosse democrata, iam pegar o nome dele e pôr no alto da lista. Fiquei sabendo de uma professora que queria ser transferida para outra escola. O Tammany deu um jeito.

— Por quê? A menos que ela fosse bonita.

— Essa não é a questão. Foi uma atitude esperta. As professoras educam futuros eleitores. Essa professora, por exemplo, sempre que surgir oportunidade, vai ter algo bom para dizer sobre o Tammany para seus alunos. Todos os meninos têm que crescer preparados para votar, afinal.

— Por quê?

— Porque é um privilégio.

— Privilégio! Ha! — zombou Katie.

— Agora, por exemplo, se você tivesse um poodle e ele morresse, o que você faria?

— O que eu faria com um poodle, para começar?

— Você não pode imaginar que tem um poodle morto só para continuar a conversa?

— Está bem. Meu poodle morreu. E agora?

— Vá até a sede e os rapazes o levam embora para você. Vamos supor que a Francie quisesse arranjar documentos para trabalhar, mas não pudesse por ser muito nova.

— Eles arranjariam, imagino.

— Com certeza.

— Você acha que é certo dar um jeito para crianças pequenas poderem trabalhar em fábricas?

— Bom, suponha que você tivesse um menino terrível que matasse aula e ficasse vagabundeando pelas esquinas, mas a lei não o deixasse trabalhar. Não seria melhor se ele conseguisse documentos de trabalho falsos?

— Nesse caso, sim — admitiu Katie.

— Veja só todos os empregos que eles conseguem para os eleitores.

— Você sabe como eles conseguem isso, não sabe? Eles inspecionam uma fábrica e fingem que não viram as violações das leis do trabalho. Claro que o patrão paga o favor dizendo que estão precisando de funcionários e o Tammany recebe todo o crédito por arranjar os empregos.

— Veja um outro caso. Um homem tem parentes no velho continente, mas não pode trazê-los por causa de toda a burocracia. Bom, o Tammany pode resolver isso.

— Claro, eles trazem os estrangeiros para cá e providenciam para eles darem entrada nos papéis de cidadania, depois lhes dizem que eles têm que votar nos democratas ou voltar para o lugar de onde vieram.

— Não importa o que você diga, o Tammany é bom para os pobres. Digamos que um homem esteja doente e não possa pagar o aluguel. Você acha que a organização ia deixar o proprietário pôr o coitado para fora? Não, senhora. Não se ele for um democrata.

— Imagino que os proprietários sejam todos republicanos, então — disse Katie.

— Não. O sistema funciona para os dois lados. Imagine que o proprietário tenha um malandro como inquilino que lhe dê um soco no nariz em vez do aluguel. O que acontece? A organização o despeja para o proprietário.

— Pelo que o Tammany dá para as pessoas, ele tira delas em dobro. Espere só até nós mulheres podermos votar. — A risada de Johnny a interrompeu. — Você não acredita que vamos votar? Esse dia vai chegar. Guarde o que estou dizendo. Vamos pôr todos esses políticos corruptos onde eles devem estar: atrás das grades.

— Se chegar esse dia em que as mulheres puderem votar, você vai para a eleição junto comigo, de braço dado, para votar do jeito que eu votar. — Ele a envolveu e lhe deu um aperto rápido.

Katie sorriu para ele. Francie não pôde deixar de notar que sua mãe sorria de lado, como a moça fazia no quadro que havia no auditório da escola, aquele chamado *Mona Lisa*.

O Tammany devia muito de seu poder ao fato de que pegava as crianças desde cedo e as educava no jeito do partido. O mais burro dos cabos eleitorais era esperto o suficiente para saber que o tempo, independentemente de qualquer outra coisa, passava, e o menino que está na escola hoje era o eleitor de amanhã. Eles cooptavam os meninos para o seu lado, e as meninas também. As mulheres não podiam votar naqueles tempos, mas os políticos sabiam que as mulheres do Brooklyn tinham uma grande influência sobre seus homens. Crie-se uma menininha na filosofia do partido e, quando ela se casar, cuidará para que seu marido vote sempre do lado dos democratas. Para atrair as crianças, a Associação Mattie Mahony promovia uma excursão para elas e seus pais em cada verão. Embora Katie só tivesse desprezo pela organização, não via motivo para não aproveitarem a diversão. Quando Francie soube que eles iam, ficou tão empolgada quanto poderia ficar uma menina de dez anos, que nunca estivera em um barco antes.

Johnny se recusou a ir e não entendia por que Katie pensava o contrário.

— Eu vou porque gosto da vida — foi sua estranha razão.

— Se aquela confusão é vida, eu não ia querer nem se me pagassem com juros — disse ele.

Mas ele foi mesmo assim. Achou que um passeio de barco poderia ser educativo e queria estar por perto para educar as crianças. Era um dia de calor sufocante. Os conveses estavam cheios de crianças, frenéticas de empolgação, correndo para cima e para baixo e tentando cair no rio Hudson. Francie ficou olhando tanto para a água em movimento que acabou conseguindo a primeira dor de cabeça de sua vida. Johnny contou aos filhos como Hendrick Hudson havia velejado por aquele mesmo rio muito tempo antes. Francie se perguntou se o sr. Hudson teria ficado com o estômago enjoado como ela. Sua mãe se sentou no convés, muito bonita em seu chapéu de palha verde-jade e um vestido amarelo leve de chiffon que havia pegado emprestado da tia Evy. As pessoas em volta dela riam. Mamãe era animada para conversar e as pessoas gostavam de ouvi-la falar.

Logo depois do meio-dia, o barco atracou em um vale arborizado ao norte e os democratas assumiram o controle. As crianças correram pela área gastando seus cupons. Na semana anterior, cada criança tinha recebido uma tira de dez cupons rotulados como "cachorro-quente", "refrigerante", "carrossel", e assim por diante. Francie e Neeley tinham recebido uma tira de cupons cada um, mas Francie fora tentada por uns meninos espertos a apostar seus cupons em um jogo de bolinhas de gude. Eles lhe disseram que ela poderia ganhar cinquenta tiras e ter um dia de rainha na excursão. Francie era ruim para jogar bolinhas de gude e perdeu rapidamente seus cupons. Neeley, por outro lado, tinha três tiras. Ele tivera sorte. Francie perguntou à sua mãe se poderia ficar com um dos cupons de Neeley. Sua mãe aproveitou a oportunidade para lhe dar uma aula sobre jogo.

— Você tinha cupons, mas achou que poderia ser esperta e ganhar algo a que não tinha direito. Quando as pessoas jogam, elas só pensam em ganhar. Nunca pensam em perder. Lembre-se disso: alguém tem que perder, e tanto pode ser você quanto o outro. Se você aprender essa lição pelo preço de uma tira de cupons, está pagando barato pela educação.

A mamãe estava certa. Francie *sabia* que ela estava certa. Mas isso não a deixava nem um pouco feliz. Queria ir no carrossel como as outras crianças. Queria um refrigerante. Estava de pé, desconsolada, perto da barraca de cachorro quente vendo as outras crianças se empanturrando quando um homem parou para falar com ela. Ele usava um uniforme de policial, só que com mais dourados.

— Não tem cupons, garotinha? — ele perguntou.

— Eu esqueci em casa — mentiu Francie.

— Claro, eu também não era bom nas bolas de gude quando criança. — Ele tirou três tiras de cupons do bolso. — Nós sempre esperamos ter que compensar um certo número de perdas todos os anos. Mas é raro que as meninas se arrisquem a perder. Elas se agarram ao que têm, mesmo que seja muito pouco. — Francie pegou os cupons, agradeceu e já se afastava quando ele perguntou: — Por acaso é a sua mãe sentada ali com o chapéu verde?

— É. — Ela esperou. Ele não disse nada. Por fim, ela indagou: — Por quê?

— Reze para santa Teresinha todas as noites para ter pelo menos a metade da beleza da sua mãe quando crescer. Faça isso.

— E aquele é o meu pai do lado da minha mãe. — Francie esperou para ouvi-lo dizer que seu pai também era bonito. Ele olhou para Johnny e não disse nada. Francie se afastou, correndo.

Ela recebera ordens de voltar para junto de sua mãe a cada meia hora durante o dia. No intervalo seguinte, quando Francie voltou, Johnny estava no barril de cerveja grátis. Sua mãe brincou com ela.

— Você parece a tia Sissy. Sempre falando com homens de uniforme.

— Ele me deu cupons.

— Eu vi. — As palavras seguintes de Katie foram ditas com aparente indiferença. — O que ele te perguntou?

— Ele perguntou se você era minha mãe. — Francie não lhe contou o que ele disse sobre ela ser bonita.

— É, eu achei que ele estivesse perguntando isso. — Katie olhou para as mãos. Elas eram ásperas, vermelhas e cortadas pelos líquidos de limpeza. Pegou um par de luvas de algodão remendadas na bolsa. Embora fosse um dia quente, vestiu-as e suspirou. — Eu trabalho tanto que às vezes me esqueço de que sou mulher.

Francie se espantou. Era o mais perto de uma reclamação que já tinha ouvido de sua mãe. Perguntou-se por que ela tinha ficado com vergonha das mãos. Enquanto se afastava, ouviu-a perguntar para a moça ao lado:

— Quem é aquele homem de uniforme que está olhando para cá?

— É o sargento Michael McShane. É estranho você não saber quem ele é, porque ele é do mesmo distrito que você.

O dia de alegria prosseguiu. Havia um barril de cerveja montado na extremidade de cada uma das longas mesas e era gratuito para todos os bons democratas. Francie se viu contagiada pelo entusiasmo e correu, gritou e brigou como as outras crianças. A cerveja fluía como água em uma sarjeta no Brooklyn após uma tempestade. Uma banda de metais tocava sem parar. Eles tocaram "The Kerry Dancers" e "When Irish Eyes Are Smiling" e "Harrigan, That's Me". Tocaram "The River Shannon" e a canção popular sobre a própria cidade de Nova York, "The Sidewalks of New York".

O maestro anunciava cada música: "A Mattie Mahony's Band vai tocar agora…" Cada canção terminava com os membros da banda gritando em uníssono, "Viva Mattie Mahony". A cada copo de cerveja servido, os atendentes diziam, "Com os cumprimentos de Mattie Mahony". As atividades tinham o nome de "A Corrida Mattie Mahony", "A Corrida do Amendoim Mahony", e assim por diante. Antes que o dia terminasse, Francie estava convencida de que Mattie Mahony era realmente um grande homem.

No fim da tarde, ela teve a ideia de que deveria encontrar o sr. Mahony e agradecer a ele pessoalmente pelo excelente dia. Ela procurou e procurou, e perguntou e perguntou, e uma coisa estranha aconteceu. Ninguém conhecia Mattie Mahony; ninguém jamais o tinha visto. Com certeza ele não estava no piquenique. Sua presença era sentida por toda parte, mas o homem era invisível. Um homem lhe disse que talvez não existisse nenhum Mattie Mahony; era apenas o nome que eles davam para qualquer um que fosse o chefe da organização.

— Eu voto só nos democratas há quarenta anos — disse ele. — Parece que o candidato sempre foi o mesmo homem, Mattie Mahony; ou então era um homem diferente, mas com o mesmo nome. Eu não sei quem ele é, menina. Só sei que voto democrata de cima a baixo.

A viagem para casa pelo Hudson iluminado pelo luar foi digna de nota apenas pelas muitas brigas que irromperam entre os homens. Quase todas as crianças estavam com enjoo, queimadas de sol e irritadas. Neeley dormiu no colo da mãe. Francie sentou-se no convés e ficou ouvindo a mãe e o pai conversarem.

— Por acaso você conhece o sargento McShane? — perguntou Katie.

— Eu sei quem é. As pessoas dizem que ele é o Policial Honesto. O partido anda de olho nele. Eu não ficaria surpreso se o lançassem para o Congresso.

Um homem sentado perto se inclinou para a frente e tocou o braço de Johnny.

— É mais provável para comissário de polícia, amigo — disse ele.

— E qual é a história dele? — indagou Katie.

— É como uma daquelas histórias inspiradoras do Alger. Ele veio da Irlanda vinte e cinco anos atrás trazendo apenas um baú tão pequeno que podia ser carregado nas costas. Trabalhou como estivador no porto, estudou de noite e entrou para a polícia. Continuou estudando, fazendo exames e chegou a sargento — respondeu Johnny.

— Imagino que ele tenha casado com uma mulher instruída que o ajudou?

— Na verdade, não. Quando ele chegou aqui, uma família irlandesa o acolheu e hospedou até ele ter condições de se manter. A filha da família casou com um vagabundo que fugiu depois da lua de mel e acabou sendo morto em uma briga. Bom, a moça tinha ficado grávida e não tinha jeito de fazer os vizinhos acreditarem que ela tinha sido casada. Parecia que a família ia cair em desgraça, mas o McShane casou com ela e deu seu nome à criança, como uma espécie de agradecimento pelo que a família fez por ele. Não foi exatamente um casamento por amor, mas ele sempre foi muito bom para ela, pelo que ouvi dizer.

— Eles tiveram filhos?

— Catorze, pelo que me disseram.

— Catorze?!

— Mas ele só criou quatro. Parece que todos morreram antes de crescer. Todos nasceram doentes do pulmão, por herança da mãe, que tinha isso desde criança. Ele teve mais que sua cota de problemas — meditou Johnny. — E é um bom homem.

— Ela ainda está viva, imagino.

— Mas muito doente. Dizem que não deve durar muito.

— Ah, essas nunca morrem.

— Katie! — Johnny se espantou com o comentário da mulher.

— Que me importa? Eu não a culpo por ter se casado com um vagabundo e tido um filho dele. Isso é com ela. Eu a culpo por não ter enfrentado a situação quando chegou a hora. Por que ela teve que jogar os problemas dela em cima de um homem bom?

— Isso não é jeito de falar.

— Espero que ela morra, e que morra logo.

— Chega, Katie.

— Espero mesmo. Assim ele pode se casar de novo, casar com uma mulher alegre e saudável que lhe dê filhos que possam viver. Isso é um direito de todo homem bom.

Johnny não disse nada. Um medo indefinível havia crescido dentro de Francie enquanto ouvia sua mãe falar. Ela se levantou, foi até o pai, segu-

rou sua mão e a apertou com força. Ao luar, Johnny arregalou os olhos em uma surpresa espantada. Ele puxou a criança para si e a abraçou forte. Mas tudo o que disse foi:
— Olhe como a lua caminha sobre a água.

Logo depois do piquenique, a organização começou a se preparar para o Dia da Eleição. Eles distribuíram botões brancos reluzentes com a cara de Mattie neles para as crianças do bairro. Francie pegou alguns e ficou olhando longamente para o rosto. Mattie havia se tornado tão misterioso para ela que assumiu o lugar de alguém como o Espírito Santo — ele nunca era visto, mas sua presença era sentida. A figura era de um homem com um rosto comum, cabelo curto e um bigode levantado nas pontas. Parecia o rosto de qualquer político menor. Francie queria poder vê-lo — uma só vez, em carne e osso.

Houve muito entusiasmo por causa desses botões. As crianças os usavam para trocas, jogos e como moeda. Neeley vendeu seu pião para um menino por dez botões. Gimpy, o homem da loja de doces, aceitou quinze botões de Francie por um centavo de balas. (Ele tinha um acordo com a Organização, pelo qual recebia dinheiro de volta pelos botões.) Francie andava pelo bairro à procura de Mattie e o encontrava por toda parte. Encontrou meninos fazendo jogos de arremesso com seu rosto. Encontrou-o amassado em um trilho de bonde para fazer uma latinha em miniatura para a amarelinha. Ele estava nas sobras do bolso de Neeley. Ela espiou no esgoto e o viu flutuando de cara para cima. Encontrou-o no solo ácido das bocas de lobo. Viu Punky Perkins, ao lado dela na igreja, colocar dois botões na bandeja da coleta em vez das duas moedas que sua mãe havia lhe dado. Viu quando ele foi à loja de doces e comprou quatro cigarros Sweet Caporal com os dois centavos depois da missa. Ela viu o rosto de Mattie em todo lugar, mas nunca o viu de verdade.

Na semana antes da eleição, Francie saiu com Neeley e os meninos para juntar "leição", que era o nome que eles davam para a madeira para as grandes fogueiras que seriam acesas na noite do importante evento. Ela ajudava a armazenar as toras no porão.

Acordou cedo no Grande Dia e viu o homem que veio bater na porta. Quando Johnny atendeu, o homem disse:

— Nolan?

— Sim — confirmou Johnny.

— No local de votação às onze horas. — Ele riscou o nome de Johnny em sua lista e lhe entregou um charuto. — Com os cumprimentos de Mattie Mahony. — E seguiu para o próximo democrata.

— Você não ia de qualquer jeito mesmo, sem te mandarem ir? — perguntou Francie.

— Ia, mas eles dão um horário para cada um, para a votação ficar organizada... para não ir todo mundo ao mesmo tempo.

— Por quê? — insistiu Francie.

— Porque... — Johnny se esquivou.

— Eu lhe digo por quê — interveio a mamãe. — Eles querem ter o controle de quem está votando e como. Eles sabem a hora em que cada um tem que estar na votação e ai dele se não aparecer para votar no Mattie.

— Mulheres não sabem nada de política — disse Johnny, acendendo o charuto de Mattie.

Francie ajudou Neeley a arrastar a madeira para fora na noite da eleição. Então todos fizeram a maior fogueira do quarteirão. Francie ficou em fila com as outras crianças e dançou em volta do fogo à moda indígena, cantando "Tammany". Quando o fogo se reduziu a brasas, os meninos atacaram os carrinhos dos comerciantes judeus e roubaram batatas, que assaram nas cinzas. Assadas desse jeito, elas eram chamadas de "mickies". Não eram suficientes para todos, e Francie não ganhou nenhuma.

Ficou na rua vendo os resultados aparecerem em um lençol de cama estendido de janela a janela de uma casa na esquina. Uma lanterna mágica do outro lado da rua projetava os números no lençol. Cada vez que novos resultados chegavam, Francie gritava com as outras crianças:

— Mais uma seção!

O retrato de Mattie aparecia na tela de tempos em tempos e a multidão o saudava até ficar rouca. Um presidente democrata foi eleito naquele ano e o governador do estado desse mesmo partido foi reeleito, mas tudo que Francie sabia era que Mattie Mahony havia conseguido novamente.

Depois da eleição, os políticos esqueciam suas promessas e desfrutavam um merecido descanso até o Ano-Novo, quando começavam a trabalhar para a próxima eleição. Dia dois de janeiro era o Dia das Mulheres na sede do Partido Democrata. Nesse dia e em nenhum outro, as mulheres eram recebidas nesse local estritamente masculino e servidas com vinho Jerez e pequenos bolos de grãos. O dia inteiro, as mulheres continuavam chegando e eram recebidas galantemente pelos correligionários de Mattie. O próprio Mattie nunca aparecia. Quando as mulheres iam embora, deixavam seus cartõezinhos decorados com seus nomes escritos na bandeja de vidro lapidado em uma mesa no salão de entrada.

O desprezo de Katie pelos políticos não a impedia de fazer sua visita anual. Ela vestiu o conjunto cinza com as passamanarias, escovado e passado, e inclinou o chapéu de veludo verde-jade sobre o olho direito. Até deu dez centavos ao calígrafo, que montava uma banca temporária do lado de fora da sede, para que lhe fizesse um cartão. Ele escreveu *Sra. John Nolan* com flores e anjos subindo pelas letras maiúsculas. Eram dez centavos que deveriam ter ido para o banco de lata, mas Katie achava que podia ser extravagante uma vez por ano.

A família esperou sua volta para casa. Queriam ouvir sobre a visita.

— Como foi este ano? — perguntou Johnny.

— O mesmo de sempre. A mesma turma estava lá. Muitas mulheres tinham roupas novas, que aposto que compraram à prestação. Claro que as prostitutas eram as mais bem-vestidas — disse Katie, do seu jeito direto —, e, como sempre, tinha duas delas para cada mulher decente.

25

JOHNNY ERA DE ENFIAR COISAS NA CABEÇA. ENFIAVA NA CABEÇA QUE a vida era demais para ele e começava a beber mais para esquecer. Francie aprendeu a identificar quando ele bebia mais do que o habitual. Ele andava mais ereto quando vinha para casa. Caminhava com cuidado e ligeiramente de lado. Quando estava bêbado, ele era um homem quieto. Não fazia alvoroço, não cantava, não ficava sentimental. Em vez disso, ficava pensativo. As pessoas que não o conheciam achavam que ele estava bêbado quando estava sóbrio, porque, sóbrio, ele era cheio de música e animação. Quando estava bêbado, os estranhos o viam como um homem quieto e meditativo que cuidava da própria vida.

Francie temia os períodos de bebedeira, não por questões morais, mas porque seu pai ficava parecendo um desconhecido. Ele não falava com ela nem com ninguém. Olhava para ela com os olhos de um estranho. Quando sua mãe falava com ele, ele virava a cara.

Quando saía de um período de bebedeira, ele enfiava na cabeça que tinha que ser um pai melhor para seus filhos. Sentia que tinha que lhes ensinar coisas. Parava de beber e enfiava na cabeça que precisava trabalhar duro e dedicar todo o seu tempo livre a Francie e Neeley. Tinha a mesma ideia da mãe de Katie, Mary Rommely, sobre educação. Queria ensinar a seus filhos tudo que ele sabia, assim, aos catorze ou quinze anos, eles saberiam tanto quanto ele sabia aos trinta. Achava que a partir daí eles poderiam continuar acumulando o seu próprio conhecimento e, de acordo com seus cálculos, quando chegassem aos trinta anos, seriam duas vezes mais espertos do que ele nessa idade.

Como acreditava que eles precisavam aprender geografia, educação cívica e sociologia, ele os levou à Bushwick Avenue.

A Bushwick Avenue era uma via elegante na parte antiga do Brooklyn. Era uma avenida larga e repleta de árvores, e as casas eram ricas e imponentes, de grandes blocos de granito com longas varandas de pedra. Ali viviam políticos importantes, famílias cervejeiras endinheiradas, imigrantes bem de vida que tinham conseguido vir de primeira classe, e não de terceira. De posse de seu dinheiro, suas esculturas e seus sombrios quadros a óleo, eles haviam vindo para os Estados Unidos e se instalado no Brooklyn.

Os automóveis começavam a rodar pelas grandes cidades, mas a maioria das famílias ainda mantinha seus belos cavalos e suas magníficas carruagens. Johnny apontou e descreveu os vários tipos de carruagens para Francie. Ela observava com espanto enquanto passavam.

Algumas delas eram pequenas, laqueadas e graciosas, forradas de cetim branco com borlas, com uma grande sombrinha de franjas. Estas eram usadas por damas finas e delicadas. Outras eram adoráveis carruagens de vime, com um banco de cada lado, em que crianças de sorte se sentavam enquanto eram puxadas por um pônei shetland. Francie fitava de olhos arregalados as faceiras governantas que acompanhavam essas crianças — mulheres de um outro mundo, de capas e toucas engomadas, que se sentavam de lado no assento para conduzir o pônei.

Francie viu práticas carruagens pretas de dois assentos puxadas por um único cavalo de passada alta, controlado por jovens elegantes de luvas de pelica com as bordas viradas para parecer bainhas invertidas.

Viu sóbrios veículos de uso familiar puxados por parelhas de robustos animais. Essas carruagens não impressionaram muito Francie, porque todo agente funerário em Williamsburg tinha uma fila delas.

Francie gostava mais dos cabriolés de aluguel. Que mágicos eles eram, com apenas duas rodas e aquela porta engraçada que fechava sozinha quando um passageiro se sentava no banco! (Em sua inocência, Francie achava que as portas serviam para proteger o passageiro de algum cocô de cavalo que voasse.) *Se eu fosse homem*, pensava Francie, *esse era o trabalho que eu gostaria de ter: dirigir um desses. Ah, sentar lá atrás no alto com um grande chicote à disposição. Ah, usar esse casaco comprido com grandes botões e colarinho de veludo e um chapéu alto e achatado no meio com uma roseta de fita na faixa! Ah, ter um desses cobertores caros dobrado sobre os joelhos!* Francie imitou baixinho o grito dos condutores.

— Carro, senhor? Carro?

— Qualquer um — disse Johnny, inebriado por seu sonho pessoal de democracia — pode andar em um desses cabriolés, desde que — fez a ressalva — tenha dinheiro para isso. Por aí você pode ver o país livre que temos aqui.

— Como pode ser livre se a gente tem que *pagar?* — perguntou Francie.

— É livre neste sentido: se tiver dinheiro, você pode andar neles, não importa quem seja. No velho continente, algumas pessoas não têm permissão para andar neles, mesmo que tenham dinheiro.

— Não seria um país mais livre — insistiu Francie — se a gente pudesse andar neles sem pagar?

— Não.

— Por quê?

— Porque aí seria socialismo — concluiu Johnny, triunfante --, e nós não queremos isso aqui.

— Por quê?

— Porque nós temos democracia e essa é a melhor coisa que existe — encerrou Johnny.

Havia rumores de que o próximo prefeito de Nova York viria da Bushwick Avenue, no Brooklyn. A ideia entusiasmava Johnny.

— Olhe para um lado e para outro neste quarteirão, Francie, e me mostre onde mora o nosso futuro prefeito.

Francie olhou, depois teve que baixar a cabeça e dizer:

— Eu não sei, papai.

— Ali! — anunciou Johnny, como se soprasse uma trombeta de cavalaria. — Um dia, aquela casa ali terá dois postes de luz na base dos degraus da varanda. Por onde quer que você andar nesta grande cidade — ele discursou — e encontrar uma casa com dois postes de luz, saberá que o prefeito da maior cidade do mundo mora ali.

— Para que ele vai precisar de dois postes de luz? — Francie quis saber.

— Porque isto aqui são os Estados Unidos, e, num país onde existem essas coisas — concluiu Johnny de modo vago, mas muito patriótico —, você sabe que o governo é do povo, pelo povo e para o povo, e que ele não vai desaparecer da face da Terra como acontece no velho continente. — Ele começou a cantar baixinho, mas logo foi levado por seus sentimentos e passou a cantar mais alto. Francie o acompanhou. Johnny cantou:

You're a grand old flag,
You're a high-flying flag
And forever in peace may you wave... *

As pessoas olhavam para Johnny com curiosidade e uma senhora bondosa lhe jogou uma moeda de um centavo.

Francie tinha outra lembrança da Bushwick Avenue. Estava ligada ao perfume de rosas. Havia rosas... rosas... Bushwick Avenue. Ruas esvaziadas de tráfego. Multidões nas calçadas, a polícia segurando as pessoas para trás. Sempre o perfume de rosas. Então veio a cavalgada: policiais montados e um grande carro motorizado aberto em que estava sentado um homem jovial e de aparência bondosa, com uma coroa de rosas em volta do pescoço. Algumas pessoas choravam de alegria enquanto olhavam para ele. Francie se agarrou à mão do pai. Ela ouvia as pessoas à sua volta, falando:

---

* Letra de George M. Cohan. "És uma velha bandeira grandiosa/ És uma bandeira que voa alto/ E que tremules em paz para sempre..." (N. da T.)

— Imagine só! Ele foi um menino do Brooklyn também.
— *Foi?* Seu tonto, ele *ainda* mora no Brooklyn.
— Ah, é?
— É. E ele mora bem ali na Bushwick Avenue.
— Olhe para ele! Olhe para ele! — uma mulher gritou. — Fez uma coisa tão grandiosa e continua sendo um homem comum como o meu marido, só que mais bonito.
— Deve ser frio lá em cima — disse um homem.
— Queria saber como ele não congelou os troços dele — disse um menino desbocado.

Um homem de aparência cadavérica bateu no ombro de Johnny.
— Amigo — ele perguntou —, você acredita mesmo que tem um polo lá em cima saindo do topo do mundo?
— Claro — respondeu Johnny. — Ele não foi até lá e deu a volta e pendurou a bandeira americana nele?

Nesse momento, um menininho gritou.
— Lá vem ele!
— Aaaaaaahhh!

Francie ficou empolgada com o som de admiração que percorreu a multidão quando o carro passou por onde estavam. Levada pela animação geral, ela gritou, de forma estridente:
— Viva o dr. Cook! Viva o Brooklyn!

26

A MAIORIA DAS CRIANÇAS CRIADAS NO BROOKLYN ANTES DA PRIMEIRA Guerra Mundial se lembra do Dia de Ação de Graças de lá com especial ternura. Era o dia em que as crianças saíam fantasiadas de "maltrapilhos" ou "batendo portões", vestidas a caráter e com uma máscara de um centavo no rosto.

Francie escolheu sua máscara com muito cuidado. Comprou uma amarela de chinês com um fino bigode de mandarim feito de corda. Neeley comprou uma branca simbolizando a morte, com dentes pretos sorridentes. Seu pai chegou no último minuto com uma corneta de lata de um centavo para cada um: vermelha para Francie, verde para Neeley.

Que trabalho foi para Francie arrumar Neeley em sua fantasia! Ele usou um dos vestidos velhos da mamãe cortados na altura dos tornozelos na frente para que pudesse andar. A parte de trás não era cortada e formava uma cauda suja que se arrastava pelo chão. Enfiou jornais amassados na frente para fazer um busto enorme. Os sapatos de ponta de metal rasgados apareciam na frente do vestido. Para não congelar, ele pôs um blusão velho por cima do conjunto. Com essa fantasia, usou a máscara da morte e um chapéu-coco que seu pai ia jogar fora inclinado na cabeça. Só que era grande demais para ficar inclinado e acabava caindo em cima das orelhas.

Francie pôs uma blusa amarela da mamãe, uma saia azul vibrante e uma faixa vermelha na cintura. Prendeu a máscara de chinês no rosto com uma bandana vermelha sobre a cabeça, amarrada sob o queixo. Sua mãe a fez vestir seu *zipfelkappe* (que era o nome alemão que Katie dava para o gorro de lã) sobre o enfeite de cabeça porque era um dia frio. Francie pôs duas nozes como chamariz em sua cestinha de Páscoa do ano anterior e as crianças saíram.

A rua estava repleta de crianças mascaradas e fantasiadas fazendo um barulho ensurdecedor com suas cornetas de lata de um centavo. Algumas delas eram pobres demais para comprar uma máscara de um centavo. Elas pintavam o rosto de preto com uma rolha queimada. Outras, cujos pais eram mais prósperos, usavam fantasias vendidas em lojas: trajes baratos de índio, caubói e réplicas de roupas holandesas, feitas em gaze de algodão. Uns poucos indiferentes apenas enrolavam um lençol sujo no corpo e chamavam isso de fantasia.

Francie foi levada no fluxo de um grupo de crianças e saiu pelas ruas com elas. Alguns lojistas lhes trancavam as portas, mas a maioria tinha algo para lhes dar. O homem da loja de doces havia juntado durante semanas os pedaços quebrados de balas e agora os entregava em saquinhos para todos que vinham pedir. Ele tinha que fazer isso porque vivia das moedas dos pequenos e não queria ser boicotado. As padarias os receberam com fornadas de biscoitos de massa meio crua. As crianças eram as propagandistas do bairro e só seriam clientes das lojas que as tratassem bem. Os padeiros sabiam disso. O merceeiro os atendeu com bananas passadas e maçãs quase podres. Algumas lojas que não tinham nada a ganhar das crianças nem trancavam as portas nem lhes davam nada a não ser um profano sermão sobre os males de mendigar. Essas pessoas eram recompensadas com batidas ruidosas e incessantes das crianças na porta da frente. Daí o nome de "bater portões".

Ao meio-dia, estava tudo terminado. Francie estava cansada de seu traje incômodo. A máscara tinha amassado. (Ela era feita de gaze barata, fortemente engomada e seca no formato sobre um molde.) Um menino havia puxado sua corneta de lata e a quebrado no joelho. Ela se encontrou com Neeley, que vinha com o nariz sangrando. Ele brigara com outro menino que quis roubar seu cestinho. Neeley não quis dizer quem ganhou, mas ele estava com o cestinho do outro menino além do seu. Foram para casa para um bom almoço de Ação de Graças, com carne assada e macarrão caseiro, e passaram a tarde ouvindo seu pai contar suas lembranças dos dias de Ação de Graças quando ele era menino.

Foi em uma época de Ação de Graças que Francie contou sua primeira mentira organizada, foi descoberta e decidiu se tornar escritora.

Na véspera desse grande dia, houve atividades na classe de Francie. Quatro meninas escolhidas recitaram um poema de Ação de Graças, segurando na mão um símbolo do dia. Uma segurava uma espiga seca de milho, outra, um pé de peru, para representar todo o peru. Uma terceira segurava uma cesta de maçãs, e a quarta levava uma torta de abóbora de cinco centavos que tinha o tamanho de um pires pequeno.

Depois das atividades, o pé de peru e o milho foram jogados no cesto de lixo. A professora separou as maçãs para levar para casa. Ela perguntou se alguém queria a pequena torta de abóbora. Trinta bocas se encheram d'água; trinta mãos coçaram de vontade de se erguer no ar, mas ninguém se moveu. Algumas eram pobres, muitas estavam com fome, mas todas eram orgulhosas demais para aceitar comida de caridade. Como ninguém respondeu, a professora mandou jogar a torta fora.

Francie não podia suportar aquilo; a linda torta jogada no lixo, e ela nunca provara torta de abóbora. Para ela, aquilo era a comida das pessoas nos carroções cobertos, dos que haviam lutado com os índios. Estava louca para provar. Em um instante, pensou em uma mentira e levantou a mão.

— Fico contente por alguém querer — disse a professora.

— Eu não quero para mim — mentiu Francie, cheia de orgulho. — Eu conheço uma família muito pobre e gostaria de dar para eles.

— Ótimo — disse a professora. — Esse é o verdadeiro espírito da Ação de Graças.

Francie comeu a torta enquanto voltava para casa naquela tarde. Talvez por causa de sua consciência, talvez pelo sabor incomum, ela não gostou do quitute. Tinha gosto de sabão. Na segunda-feira seguinte, a professora a viu no corredor antes da aula e lhe perguntou se a família pobre tinha gostado da torta.

— Eles gostaram muito — Francie lhe disse. Então, quando viu a professora parecendo tão interessada, ela aumentou a história. — Essa família tem duas menininhas de cabelo loiro cacheado e grandes olhos azuis.

— E? — incentivou a professora.

— E... e... elas são gêmeas.

— Que interessante.

Francie estava inspirada.

— Uma delas se chama Pamela e a outra Camilla. (Esses eram os nomes que Francie havia escolhido certa vez para suas bonecas imaginárias.)

— E elas são muito, muito pobres — sugeriu a professora.

— Ah, muito pobres. Elas ficaram sem nada para comer por três dias, e o médico falou que elas teriam morrido se eu não tivesse levado aquela torta para elas.

— Era uma torta tão pequenininha — comentou a professora, gentilmente — para salvar duas vidas.

Francie soube que tinha ido longe demais. Detestava o que quer que fosse essa coisa dentro dela que a fazia inventar tais histórias. A professora se inclinou e a abraçou. Francie viu que havia lágrimas nos olhos dela. Sentiu-se arrasada e o remorso subiu dentro dela como águas amargas de uma enchente.

— Foi tudo uma grande mentira — ela confessou. — Eu comi a torta.

— Eu sei.

— Não mande uma carta para minha casa — implorou Francie, pensando no endereço que não era dela. — Eu vou ficar depois da aula todos os dias para...

— Eu não vou castigar você por ter imaginação.

Delicadamente, a professora explicou a diferença entre uma mentira e uma história inventada. Uma mentira era algo que se contava por ser mau ou covarde. Uma história era algo que se inventava a partir de alguma situação que poderia ter acontecido. Só que não se contava do jeito que era; contava-se do jeito que se achava que deveria ter sido.

Enquanto a professora falava, uma grande preocupação deixou Francie. Nos últimos tempos, ela dera para exagerar as coisas. Não contava os acontecimentos fielmente; ela lhes dava cor, emoção, reviravoltas dramáticas. Katie ficava irritada com essa tendência e vivia advertindo Francie a contar a verdade nua e crua e parar de romantizar. Mas Francie simplesmente não conseguia contar a verdade nua e crua. Tinha que acrescentar alguma coisa.

Embora Katie tivesse esse mesmo talento para colorir os acontecimentos e Johnny vivesse ele próprio em um mundo quase onírico, eles tentavam esmagar essas coisas em sua filha. Talvez tivessem uma boa razão. Talvez soubessem que seu próprio dom de imaginação dava cores rosadas demais à pobreza e à brutalidade de sua vida e os fizesse capazes de suportá-la. Talvez Katie achasse que, se não tivessem essa capacidade, seriam mais lúcidos; veriam as coisas como realmente eram e, vendo-as assim, as odiariam e, de alguma maneira, encontrariam um modo de melhorá-las.

Francie sempre se lembrou do que aquela professora bondosa lhe havia dito.

— Sabe, Francie, muitas pessoas achariam que essas histórias que você inventa o tempo todo são mentiras terríveis, porque não são a verdade do jeito como as pessoas veem a verdade. No futuro, quando acontecer algo, *conte* exatamente como aconteceu, mas *escreva para si mesma como acha que deveria ter acontecido*. *Conte* a verdade e *escreva* a história. Assim você não vai se confundir.

Foi o melhor conselho que Francie recebeu na vida. Verdade e imaginação estavam tão misturadas em sua mente — como acontece na mente de toda criança solitária — que ela não sabia qual era qual. Mas a professora deixou essas duas coisas mais claras para ela. Desse momento em diante, ela escreveu pequenas histórias sobre coisas que via e sentia e fazia.

Com o tempo, passou a conseguir falar a verdade com apenas uma pincelada de cor e instinto nos fatos.

Francie tinha dez anos quando encontrou pela primeira vez um modo de expressão na escrita. O que ela escrevia não trazia muitas consequências. O importante era que a tentativa de escrever histórias a mantinha atenta à linha divisória entre verdade e ficção.

Se não tivesse encontrado esse caminho para escrever, poderia ter se transformado em uma grande mentirosa.

27

O NATAL ERA UMA ÉPOCA ENCANTADA NO BROOKLYN. ESTAVA NO AR desde muito antes de chegar. A primeira indicação era o sr. Morton ensinando canções de Natal em sua ronda nas escolas, mas o primeiro sinal seguro eram as vitrines das lojas.

É preciso ser uma criança para saber como é maravilhosa uma vitrine de loja cheia de bonecas, trenós e outros brinquedos. E essa maravilha vinha gratuitamente para Francie. Poder olhar os brinquedos através da vitrine era quase tão bom quanto realmente possuí-los.

Ah, que emoção Francie sentia quando virava uma esquina e via mais uma loja toda decorada para o Natal! Ah, a vitrine limpa e brilhante com o tapete de algodão salpicado de pó de estrelas! Havia bonecas de cabelos loiros e outras de que Francie gostava mais, que tinham o cabelo da cor do bom café regado com muito creme. O rosto delas era perfeitamente pintado e elas usavam roupas que Francie nunca tinha visto no mundo. As bonecas ficavam de pé em frágeis caixas de papelão. Elas se mantinham estáveis com a ajuda de um pedaço de fita passada em volta do pescoço e do tornozelo e através de furos na parte de trás da caixa. Ah, os profundos olhos azuis emoldurados por cílios espessos que olhavam direto para o coração de uma menina e as mãos minúsculas e perfeitas estendidas, perguntando, suplicantes: "Por favor, você quer ser minha mãe?" E Francie nunca tivera uma boneca, exceto uma de cinco centímetros que havia custado cinco centavos.

E os trenós! Aquele era o sonho encantado de uma criança transformado em realidade! Um trenó novo com uma flor que alguém havia sonhado pintada nele, uma flor muito azul com folhas verdes brilhantes, os patins pintados de preto como ébano, a barra de direção feita de madeira dura e toda reluzente de verniz! E os nomes pintados neles! "Botão de Rosa!" "Magnólia!" "Rei da Neve!" "Voador!" Então Francie pensou: *Se eu pudesse ter um desses, nunca pediria mais nada a Deus durante toda a minha vida.*

Havia patins de rodinhas feitos de níquel brilhante com faixas de couro marrom e rodas prateadas nervosas, prontas para rolar, precisando de não mais que um sopro para colocá-las em movimento, um pé cruzado sobre o outro, salpicados de neve de mica sobre uma cama de algodão como uma nuvem.

Havia tantas outras coisas maravilhosas nas vitrines das lojas que Francie não conseguia absorver todas elas. Sua cabeça girava e ela ficava tonta com o impacto de vê-las e inventar histórias sobre elas.

Os pinheirinhos começavam a chegar ao bairro na semana antes do Natal. Seus ramos eram presos com cordas para conter a glória de sua expansão e provavelmente para facilitar seu transporte. Os vendedores alugavam o espaço na calçada na frente de uma loja, estendiam uma corda de poste a poste e apoiavam as árvores nela. O dia todo, andavam para lá e para cá por essa avenida de um lado só repleta de árvores aromáticas inclinadas, assoprando dedos descalços e endurecidos e olhando com desolada esperança para as pessoas que paravam. Uns poucos encomendavam que uma árvore lhes fosse separada; outros paravam para perguntar o preço, inspecionar e pensar. Mas a maioria vinha só para tocar os ramos e esfregar disfarçadamente as agulhas do pinheiro para liberar seu perfume. O ar era frio e tranquilo, cheio do aroma dos pinheiros e das tangerinas que apareciam nas lojas apenas na época do Natal, e a rua miserável ficava verdadeiramente maravilhosa por um breve tempo.

Havia um costume cruel na vizinhança. Tinha a ver com as árvores que ainda não haviam sido vendidas ao se aproximar a meia-noite da véspera do Natal. Diziam que, se você esperasse até essa hora, não seria preciso comprar uma árvore; eles a jogariam em você. E isso era literalmente verdade.

À meia-noite, na véspera do nascimento de nosso querido Salvador, as crianças se juntavam nos lugares onde restavam árvores que não haviam sido vendidas. O homem jogava uma árvore por vez, começando pela maior. As crianças se voluntariavam para receber o golpe. Se um menino não caísse sob o impacto, a árvore era dele. Se caísse, ele perdia sua chance de ganhá-la. Só os meninos mais fortes e alguns rapazes se ofereciam para ser atingidos pelas árvores grandes. Os outros esperavam astutamente até que viesse uma árvore que eles pudessem aguentar. Os meninos pequenos esperavam as árvores de trinta centímetros e davam gritinhos de prazer quando ganhavam uma.

Na véspera do Natal, quando Francie tinha dez anos e Neeley tinha nove, sua mãe deixou que eles fossem e fizessem sua primeira tentativa de ganhar uma árvore. Francie tinha escolhido uma árvore mais cedo naquele dia. Ficara por perto a tarde toda e no início da noite, rezando para que ninguém a comprasse. Para sua alegria, ela ainda estava lá à meia-noite. Era a maior árvore na vizinhança e seu preço era tão alto que ninguém tinha dinheiro para comprá-la. Tinha três metros de altura. Seus ramos estavam amarrados com uma corda branca nova e ela terminava em uma ponta perfeita no alto.

O vendedor pegou essa árvore primeiro. Antes que Francie pudesse falar, um valentão da vizinhança, um menino de dezoito anos conhecido como Punky Perkins, avançou e ordenou que o homem jogasse a árvore nele. O homem detestou o jeito tão autoconfiante de Punky. Ele olhou em volta e perguntou:

— Mais alguém quer tentar a sorte com esta?

Francie avançou.

— Eu, senhor.

O homem da árvore explodiu em uma risada de deboche. As crianças deram risinhos. Alguns adultos que haviam se juntado para assistir à diversão gargalharam.

— Cai fora. Você é muito pequena — o homem da árvore contestou.

— Eu e o meu irmão. Nós não somos muito pequenos juntos.

Ela puxou Neeley para a frente. O homem olhou para eles, uma menina magricela de dez anos com as faces fundas de fome, mas o queixo ainda arredondado como o de um bebê. Olhou para o menininho de cabelo claro e olhos azuis redondos, Neeley Nolan, todo inocência e confiança.

— Dois não é justo — gritou Punky.

— Cala essa boca suja — avisou o homem, que tinha todo o poder naquela hora. — Esses fedelhos aqui são atrevidos. Para trás, o resto de vocês. Eles vão tentar a chance com esta árvore.

Os outros formaram um corredor oscilante. Francie e Neeley ficaram em uma ponta e o grande homem com a grande árvore na outra. Era um funil humano, com Francie e seu irmão na extremidade menor. O homem flexionou os grandes braços para lançar a grande árvore. Notou como as crianças pareciam pequeninas no final do curto corredor. Por uma fração de segundo, o lançador de árvores passou por uma espécie de getsêmani.

Ah, Jesus, sua alma se torturava, *por que eu não dou de uma vez a árvore para eles, digo Feliz Natal e os mando embora? De que serve esta árvore para mim? Eu não posso mais vendê-la este ano e ela não vai durar até o ano que vem.* As crianças o observavam solenemente enquanto ele ficava ali, parado, naquele momento de reflexão. *Mas aí,* ele raciocinou, *se eu fizesse isso, todos os outros também iam esperar que eu desse as árvores para eles. E no ano que vem ninguém ia comprar nenhuma árvore de mim. Iam todos esperar eu entregar as árvores para eles em uma bandeja de prata. Eu não sou um homem em condição de dar essa árvore a troco de nada. Não, eu não tenho essa condição. Não tenho condição de fazer uma coisa dessas. Tenho que pensar em mim e nos meus filhos.* Então, finalmente chegou à sua conclusão. *Ah, para o in-*

ferno! Essas duas crianças vão ter que viver neste mundo. Eles têm *que se acostumar com ele. Têm que aprender a dar e tomar pancada. E, que droga, é só tomar, tomar, tomar o tempo todo neste maldito mundo.* Enquanto ele lançava a árvore com toda a força, seu coração gritava, *É um mundo podre, miserável, maldito!*

Francie viu a árvore sair das mãos dele. Por um instante, tudo parou. O mundo inteiro parou enquanto algo escuro e monstruoso se aproximava pelo ar. A árvore veio na direção dela, apagando toda a sua existência. Não havia nada, nada além da escuridão pungente e algo que crescia e crescia, voando para cima dela. Francie cambaleou quando a árvore a atingiu. Neeley baixou sobre os joelhos, mas ela o puxou com força antes que ele caísse. Houve um estrondo farfalhante quando a árvore se assentou. Tudo ficou escuro, verde e espinhoso. Então ela sentiu uma dor aguda na lateral da cabeça, onde o tronco da árvore a atingira. Percebeu que Neeley tremia.

Quando alguns meninos mais velhos puxaram a árvore, encontraram Francie e seu irmão de pé, de mãos dadas. Havia sangue escorrendo de arranhões no rosto de Neeley. Parecia mais do que nunca um bebê, com seus olhos azuis arregalados e a palidez da pele ainda mais notável por causa do vermelho do sangue. Mas eles estavam sorrindo. Pois não haviam ganhado a maior árvore do bairro? Alguns meninos gritaram "Viva!" Alguns adultos aplaudiram. O homem da árvore os aclamou com o grito:

— E agora caiam fora daqui com a sua árvore, seus filhos da mãe piolhentos.

Francie tinha ouvido xingamentos desde a mais tenra idade. Palavras obscenas e profanas não tinham propriamente esse sentido entre essas pessoas. Eram expressões emocionais de gente pouco articulada, com vocabulário reduzido, uma espécie de dialeto. As palavras podiam significar muitas coisas dependendo da expressão e do tom usado para dizê-las. Agora, então, quando ouviu o bom homem chamá-los de "filhos da mãe piolhentos", Francie lhe sorriu, ainda trêmula. Sabia que, na verdade, ele estava dizendo: "Até logo. Deus os abençoe".

*

Não foi fácil arrastar a árvore para casa. Eles tiveram de puxá-la, devagar. Para dificultar ainda mais, havia um menino que corria ao lado deles, gritando, "Carona! Todos a bordo!", e pulava sobre a árvore e os fazia arrastá-lo junto. Mas ele acabou enjoando da brincadeira e foi embora.

De certa forma, foi bom terem levado tanto tempo para chegar em casa com a árvore. Isso fez seu triunfo durar mais. Francie se encheu de orgulho quando ouviu uma mulher dizer:

— Nunca vi uma árvore tão grande!

Um homem gritou atrás deles:

— Vocês devem ter roubado um banco para comprar uma árvore desse tamanho.

O policial na esquina da casa deles os parou, examinou a árvore e se ofereceu solenemente para comprá-la por dez centavos — quinze centavos se a entregassem na casa dele. Francie quase explodiu de orgulho, mesmo sabendo que ele estava brincando. Respondeu que não a venderia nem por um dólar. Ele sacudiu a cabeça e disse que ela era boba de não aceitar a oferta. Subiu para vinte e cinco centavos, mas Francie continuou sorrindo e sacudindo a cabeça; "não".

Era como atuar em uma peça de Natal onde o cenário era uma esquina na rua, o momento era uma véspera de Natal gelada e os personagens eram um policial gentil, o irmão dela e ela. Francie sabia todo o diálogo. O policial fez certinho as suas falas, Francie entrou alegremente em suas deixas e as direções de palco eram os sorrisos entre as falas.

Tiveram de chamar o pai para ajudá-los a subir a escada estreita com a árvore. Ele veio correndo. Para alívio de Francie, ele correu reto e não de lado, o que provava que ainda estava sóbrio.

O espanto de Johnny com o tamanho da árvore foi lisonjeiro. Ele fingiu achar que não era deles. Francie se divertiu muito convencendo-o, mesmo sabendo o tempo todo que era brincadeira. Seu pai puxou a árvore pela frente, Francie e Neeley a empurraram por trás, e eles começaram a arrastá-la para cima pelos três lances de degraus estreitos. Johnny estava tão empolgado que começou a cantar, sem se importar por já ser bem tarde da noite. Ele cantou "Noite feliz". As paredes da escada estreita recebiam sua voz clara e doce, seguravam-na por um instante e a lançavam de volta com o dobro de doçura. Portas se abriam, rangendo, e famílias se juntavam nos patamares, encantadas e surpresas pelo bom e inesperado momento.

Francie viu as irmãs Tynmore paradas juntas na porta, o cabelo grisalho preso em rolinhos e camisolas pregueadas e engomadas aparecendo sob o roupão volumoso. Elas somaram sua voz fina e aguda à de Johnny. Floss Gaddis, sua mãe e o irmão, que estava morrendo de tuberculose, assistiam da porta. Henny estava chorando e, quando Johnny o viu, baixou a voz e deixou a música acabar, achando que talvez ela deixasse Henny demasiado triste.

Flossie estava vestida a caráter, esperando um acompanhante para levá-la ao baile à fantasia, que começava logo depois da meia-noite. Ficou ali parada em seu traje de dançarina do Klondike, com meias de seda pretas, sapatos de salto carretel, uma liga vermelha presa sob um joelho e girando uma máscara preta na mão. Ela sorriu e olhou nos olhos de Johnny. Pôs a mão no quadril e se apoiou sedutoramente — ou assim achou que fosse — no batente. Mais para fazer Henny sorrir do que qualquer outra coisa, Johnny disse:

— Floss, nós não temos um anjo para pôr no alto da árvore de Natal. Não quer se oferecer?

Floss estava pronta para dar uma resposta maliciosa sobre o vento arrancando sua calcinha se ela ficasse ali tão no alto. Mas mudou de ideia. Havia alguma coisa naquela árvore grande e orgulhosa, agora tão humilde sendo arrastada; alguma coisa nas crianças sorridentes; alguma coisa na rara cordialidade dos vizinhos e na meia-luz do corredor, que a deixou com vergonha da resposta velada. Tudo que ela disse foi:

— Você e suas piadinhas, Johnny Nolan.

Katie estava sozinha no alto do último lance da escada, com as mãos unidas à frente do corpo. Ouviu a cantoria. Olhou para baixo e assistiu ao lento progresso deles pelos degraus. Estava profundamente pensativa.

Eles acham isso tão bom, ela pensou. *Acham que isso é bom... a árvore que ganharam por nada, o pai brincando com eles, a música e como os vizinhos estão felizes. Eles acham que são muito sortudos de estarem vivos e de ser Natal outra vez. Não enxergam que moramos em uma rua suja, em uma casa suja, no meio de pessoas que não são grande coisa. Johnny e as crianças não enxergam como é doloroso que nossos vizinhos tenham que conseguir ter felicidade nesse lixo e nessa sujeira. Meus filhos têm que sair daqui. Eles precisam conseguir ser mais do que o Johnny, ou eu, ou todas essas pessoas à nossa volta. Mas como fazer isso acontecer? Ler uma página daqueles livros e economizar moedas no banco de lata não é suficiente. Dinheiro! Isso melhoraria as coisas para eles? Sim, tornaria mais fácil. Mas, não, o dinheiro não seria suficiente. O McGarrity é dono do bar na esquina e tem muito dinheiro. A mulher dele usa brincos de diamantes. Mas os filhos dela não são bons e inteligentes como os meus filhos. Eles são maus e egoístas com os outros porque têm como esnobar as crianças pobres. Eu vi a menina McGarrity comendo um saco de doces na rua enquanto um círculo de crianças famintas a observavam. Eu vi essas crianças olhando para ela e chorando por dentro. E, quando ela não aguentou mais comer, jogou o resto no bueiro em vez de dar para elas. Ah, não, não é só o dinheiro. A menina McGarrity usa um laço de cabelo diferente cada dia, eles custam cinquenta centavos cada um e isso alimentaria nós quatro aqui um dia inteiro. Mas o cabelo dela é ralo e de um ruivo desbotado. O meu Neeley tem um furo grande no gorro, que está todo deformado, mas o cabelo dele é dourado, cacheado e espesso. A minha Francie não usa laço na cabeça, mas seu cabelo é longo e brilhante. O dinheiro pode comprar essas coisas? Não. Isso significa que deve haver algo maior que o dinheiro. A srta. Jackson leciona na Casa de Acolhimento e não tem dinheiro. Ela trabalha por caridade. Mora lá mesmo, em um quartinho no andar de cima. Só tem um vestido e o mantém sempre limpo e bem passado. Ela olha as pessoas nos olhos quando fala com elas. Quando ela fala, é como se a gente estivesse doente e, quando a gente ouve a voz dela, ficasse bem de novo. Ela sabe das coisas, a srta. Jackson. Ela entende as coisas. Consegue morar no meio de uma vizinhança suja e ser elegante e limpa, como uma atriz de teatro; alguém para quem podemos olhar, mas que é boa demais para tocar. Existe essa diferença entre ela e a sra. McGarrity, que tem tanto dinheiro, mas é gorda e trata mal os motoristas de caminhão que entregam a cerveja do marido dela. Então, qual é essa diferença entre ela e a srta. Jackson, que não tem dinheiro?*

Uma resposta surgiu na mente de Katie. Era tão simples que um relâmpago de assombro cruzou sua cabeça como uma pontada de dor. Educação! Era isso! Era a educação que fazia a diferença! A educação os tiraria da lama e da sujeira. Prova disso? A srta. Jackson era instruída, os McGarrity não. Ah! Era isso que Mary Rommely, sua mãe, vinha lhe dizendo todos esses anos. Só que sua mãe não usava essa única palavra tão clara: educação!

Enquanto via as crianças lutando para subir com a árvore pela escada, enquanto escutava suas vozes, ainda tão infantis, ela teve essas ideias sobre educação.

A Francie é inteligente, ela pensou. *Ela tem que ir para o ensino médio e talvez além disso. Ela gosta de aprender e será alguém um dia. Mas, quando for instruída, ela vai se afastar de mim. Ora, ela já está se afastando de mim agora. Ela não me ama do jeito que o menino me ama. Eu a sinto se distanciando de mim. Ela não me entende. Tudo que ela entende é que eu não a entendo. Pode ser que, quando for instruída, ela fique com vergonha de mim, do jeito que eu falo. Mas ela vai ter caráter demais para demonstrar. Em vez disso, ela vai tentar me fazer diferente. Ela vai vir me visitar e tentar me fazer viver de um jeito melhor, e eu vou ser grosseira com ela porque vou saber que ela está acima de mim. Ela vai aprender demais sobre as coisas quando ficar mais velha; vai saber demais até para sua própria felicidade. Vai descobrir que eu não a amo tanto quanto amo o menino. Eu não consigo evitar que seja assim. Mas ela não vai entender. Às vezes eu acho que ela já sabe. Ela já está se afastando de mim; ela vai brigar para escapar logo. Mudar para aquela escola distante foi o primeiro passo para ela se afastar de mim. Mas o Neeley nunca vai me deixar, é por isso que eu o amo mais. Ele vai ficar junto comigo e me entender. Eu quero que ele seja médico. Ele tem que ser médico. Talvez ele toque violino também. Ele tem a música dentro de si. Puxou isso do pai. Ele foi mais longe no piano do que eu ou a Francie. É verdade, seu pai tem a música dentro de si, mas isso não faz bem para ele. Isso o está arruinando. Se ele não soubesse cantar, aqueles homens que lhe dão bebida não iam querer ele por perto. De que serve ele cantar tão bem se isso não ajuda em nada nem a vida dele nem a nossa? Com o menino vai ser diferente. Ele será instruído. Eu preciso pensar direito em como fazer isso. Não vamos ter o Johnny conosco por muito tempo. Ah, meu Deus, eu o amei tanto... e às vezes ainda amo. Mas ele não serve para nada... para nada. E Deus me perdoe por ter descoberto isso.*

    Assim, Katie calculou tudo no tempo que eles levaram para subir a escada. As pessoas que olhavam para ela, para seu rosto bonito, doce e animado, não tinham como saber das resoluções laboriosamente articuladas que se formulavam em sua mente.

Montaram a árvore na sala da frente depois de estender um lençol para proteger o tapete de rosas cor-de-rosa das agulhas de pinheiro que caíssem. A árvore foi posta em um grande balde de metal com tijolos quebrados em volta para mantê-la em pé. Quando a corda foi cortada, os ramos se estenderam e encheram toda a sala. Eles pendiam sobre o piano e algumas das cadeiras ficaram entre os galhos. Não havia dinheiro para comprar enfeites ou luzes. Mas a grande árvore de pé ali era suficiente. A sala estava fria. Aquele era um ano pobre, pobre demais para que eles comprassem carvão extra para o aquecedor da sala da frente. A sala tinha um cheiro frio, limpo e aromático. Todos os dias, durante a semana em que a árvore ficou ali, Francie punha seu casaco e gorro e sentava sob a árvore. Ficava sentada e desfrutava seu perfume e o verdor escuro.

    Ah, o mistério de uma árvore grande, uma prisioneira em um balde de metal em uma sala da frente de uma casa de cômodos!

Embora estivessem tão pobres naquele ano, foi um Natal muito bom e não faltaram presentes para as crianças. Sua mãe deu a cada um deles uma ceroula de lã com fechos no traseiro e uma blusa do mesmo material de mangas longas que pinicava por dentro. Tia Evy lhes deu um presente conjunto: uma caixa de dominós. Seu pai lhes mostrou como jogar. Neeley não gostou do jogo, então papai e Francie jogaram juntos e ele fingiu ficar aborrecido quando perdeu.

    A vovó Mary Rommely lhes trouxe algo muito bonito que ela mesma havia feito. Trouxe um escapulário para cada um. Para fazê-los, cortou dois pequenos pedaços ovais de lã vermelha vibrante. Em um, bordou uma cruz com linha azul-celeste e, no outro, um coração dourado coroado com espinhos marrons. Uma adaga preta atravessava o coração e duas gotas de sangue vermelho pingavam da ponta da adaga. A cruz e o coração eram muito pequeninos e feitos com pontos microscópicos. Os dois tecidos foram costurados um no outro e presos a um pedaço de cordão de espartilho. Mary Rommely havia levado os escapulários para serem abençoados pelo padre antes de lhes dar de presente. Enquanto o colocava no pescoço de Francie, ela disse "Heiliges Weihnachten". Depois acrescentou, "Fique sempre com os anjos".

Tia Sissy deu a Francie um pacotinho bem pequeno. Ela o abriu e encontrou uma minúscula caixa de fósforos. Era muito frágil e coberta com papel enrugado com um buquê miniatura de glicínias roxas, pintado em cima. Francie abriu a caixa. Ela continha dez discos embrulhados individualmente em papel de seda cor-de-rosa. Os discos se revelaram moedas de um centavo douradas. Sissy explicou que havia comprado um pouco de tinta em pó dourada, misturado com algumas gotas de óleo de banana e pintado cada moeda. Francie adorou o presente de Sissy mais do que todos os outros. Uma dúzia de vezes no intervalo de uma hora desde que ganhara o presente, ela abriu a caixa devagarinho, sentindo um grande prazer em segurá-la, olhar para ela e ver surgir o papel azul-cobalto e a madeira clara e fina em seu interior. As moedas douradas embrulhadas no maravilhoso papel de seda eram um milagre de que ela não se cansava nunca. Todos concordaram que as moedas eram bonitas demais para serem gastas. Ao longo do dia, Francie perdeu duas de suas moedas em algum lugar. A mamãe sugeriu que elas ficariam mais seguras no banco de lata. Prometeu que Francie poderia tê-las de volta quando o banco fosse aberto. Francie tinha certeza de que sua mãe estava certa sobre as moedas estarem mais seguras no banco, mas foi doloroso deixar aquelas moedas douradas sumirem no escuro.

Papai tinha um presente especial para Francie. Era um cartão-postal com uma igreja. Havia um pó branco colado no teto que brilhava mais do que neve real. As janelas da igreja eram feitas de pequeninos quadrados de papel laranja reluzente. A mágica nesse cartão era que, quando Francie o levantava, a luz passava pelas janelas de papel e lançava sombras douradas sobre a neve faiscante. Era lindo. A mamãe havia dito que, como não havia nada escrito, Francie podia guardá-lo para o próximo ano e mandá-lo para alguém.

— Não — respondeu Francie. Ela pôs as duas mãos sobre o cartão e o segurou junto ao peito.

A mamãe riu.

— Você precisa aprender a aceitar brincadeiras, Francie, ou a vida vai ser muito dura para você.

— O Natal não é dia para dar lições — disse o papai.

— Mas é dia para ficar bêbado, não é? — revidou ela.

— Eu só tomei dois drinques, Katie — Johnny se defendeu. — Me deram pelo Natal.

Francie foi para o quarto e fechou a porta. Ela não suportava ver sua mãe repreendendo seu pai.

Pouco antes do jantar, Francie distribuiu os presentes que tinha para eles. Tinha um porta-alfinetes de chapéu para a mamãe. Fizera-o com um tubo de ensaio de um centavo comprado na farmácia do Knipe. Ela o cobrira com uma faixa de cetim azul franzido dos lados e costurara um pedaço de fita no alto. A ideia era pendurá-lo na lateral da cômoda para guardar os alfinetes de chapéu.

Deu um cordão de relógio para o papai. Ela o fizera com um carretel com quatro pregos enfiados no alto. Depois pegou dois cadarços de sapato e os passou sobre e em volta dos pregos e foi fazendo um cordão trançado grosso, que saía pela base do carretel. Johnny não tinha relógio, mas pegou uma arruela, prendeu o cordão nela e a usou no bolso do colete o dia inteiro fingindo que era um relógio. Francie tinha um presente muito bom para Neeley: uma bola de gude de cinco centavos que mais parecia uma enorme opala que uma bola de gude. Neeley tinha uma caixa cheia de bolinhas pequenas de argila com manchas marrons e azuis que ele comprava vinte por um centavo. Mas não tinha nenhuma bola boa e não podia entrar em nenhum jogo importante. Francie ficou olhando enquanto ele dobrava o indicador e ajeitava a bola nele, com o polegar atrás. Parecia bom e natural e ela ficou feliz por ter comprado isso em vez do chiclete de bola de cinco centavos em que pensara primeiro.

Neeley guardou a bola de gude no bolso e anunciou que também tinha presentes. Correu para o quarto, se enfiou embaixo da cama e saiu com um saquinho melado. Ele o empurrou para a mamãe, dizendo, "*Você* distribui", e ficou em um canto. A mamãe abriu o saquinho. Havia uma bengala doce listrada para cada um. A mamãe entrou em êxtase. Disse que era o presente mais bonito que já tinha ganhado. Beijou Neeley três vezes. Francie tentou com muito empenho não ficar com ciúme porque a mamãe fez mais estardalhaço com o presente de Neeley do que com o dela.

Foi nessa mesma semana que Francie contou outra grande mentira. Tia Evy trouxe dois ingressos. Uma organização protestante estava fazendo uma festa para os pobres de todas as religiões. Haveria uma árvore de Natal decorada no palco, uma peça de Natal, cantos de Natal e um presente para cada criança. Katie não aceitava aquilo, crianças católicas em uma festa protestante. Evy lhe pediu tolerância. A mamãe finalmente cedeu, e Francie e Neeley foram à festa.

Era um auditório grande. Os meninos se sentavam de um lado, as meninas do outro. A comemoração foi bonita, exceto pela peça, que era chata e religiosa. Depois da peça, as mulheres da igreja desceram para dar um presente para cada criança. Todas as meninas ganharam tabuleiros de damas e todos os meninos ganharam jogos de loto. Depois de um pouco mais de cantos, uma mulher veio ao palco e anunciou uma surpresa especial.

A surpresa era uma graciosa menininha, belamente vestida, que veio dos bastidores trazendo uma linda boneca. A boneca tinha trinta centímetros, cabelos loiros de verdade e olhos azuis que abriam e fechavam, com cílios também de verdade. A mulher conduziu a criança para a frente e fez um discurso.

— Esta garotinha se chama Mary. — A pequena Mary sorriu e fez um cumprimento com a cabeça. As meninas no público sorriram para ela e alguns meninos que se aproximavam da adolescência soltaram assobios estridentes. — A mãe da Mary comprou esta boneca e mandou fazer roupas para ela iguais às que a pequena Mary está usando.

A pequena Mary deu um passo à frente e levantou a boneca no ar. Depois, entregou-a para a mulher enquanto estendia a saia e fazia uma reverência. Era verdade, viu Francie. O vestido de seda azul enfeitado de rendas da boneca, o laço cor-de-rosa no cabelo, os sapatos de couro preto e as meias brancas duplicavam exatamente as roupas da bela Mary.

— Esta boneca — disse a mulher — chama-se Mary, como a bondosa menina que a está oferecendo. — A menina sorriu outra vez, graciosamente. — A Mary quer dar a boneca para alguma menina pobre no público que também se chame Mary. — Como vento em um campo de milho, um murmúrio ondulante saiu de todas as meninas do público. — Tem alguma menininha pobre no auditório que se chama Mary?

Fez-se um grande silêncio. Havia pelo menos uma centena de Marys naquele público. Foi o adjetivo "pobre" que as emudeceu. Por mais que desejasse a boneca, nenhuma Mary queria se levantar e simbolizar todas as meninas pobres no auditório. Elas começaram a cochichar entre si que não eram pobres, tinham bonecas melhores em casa e roupas melhores que as daquela menina também, só não sentiam vontade de usá-las. Francie ficou ali sentada, entorpecida, desejando aquela boneca com toda a sua alma.

— O quê? — disse a mulher. — Nenhuma Mary? — Ela esperou e fez o anúncio novamente. Nenhuma resposta. — É uma pena que não tenha nenhuma Mary — disse, em tom de lamento. — A pequena Mary vai ter que levar a boneca para casa de novo. — A menina sorriu, fez um cumprimento com a cabeça e se virou para deixar o palco com a boneca.

Francie não conseguiu aguentar, simplesmente não conseguiu aguentar. Foi como quando a professora ia jogar a torta de abóbora no cesto de lixo. Ela ficou em pé e levantou a mão bem alto. A mulher a viu e segurou a menininha antes que ela saísse.

— Ah! Nós temos uma Mary, uma Mary muito tímida, mas uma Mary mesmo assim. Suba aqui no palco, Mary.

Fervendo de vergonha, Francie percorreu o longo corredor e subiu no palco. Tropeçou nos degraus e todas as meninas deram risinhos e os meninos gargalharam.

— Como é seu nome? — perguntou a mulher.
— Mary Frances Nolan — sussurrou Francie.
— Mais alto. E olhe para o público.
Morta de vergonha, Francie olhou para o público e disse em voz alta:
— Mary Frances Nolan. — Todos os rostos pareciam balões inchados presos em grossos cordões. Ela achou que, se continuasse olhando, eles flutuariam até o teto.

A bela menina se aproximou e deu a boneca para Francie. Os braços de Francie fizeram uma curva natural em volta dela. Era como se seus braços tivessem esperado e crescido só para aquela boneca. A bela Mary estendeu a mão para Francie. Apesar do constrangimento e da confusão, Francie notou a mão branca delicada com o rendilhado de pálidas veias azuis e as unhas ovais que brilhavam como delicadas conchas rosadas.

A mulher falou enquanto Francie voltava, desajeitada, para seu lugar.
— Todos vocês viram um exemplo do verdadeiro espírito do Natal. A pequena Mary é uma menina muito rica e ganhou muitas belas bonecas de Natal. Mas ela não é egoísta. Ela queria fazer feliz alguma pobre e pequena Mary que não tem o mesmo privilégio. Por isso ela deu a boneca para aquela menininha pobre que se chama Mary também.

Os olhos de Francie arderam de lágrimas quentes. *Por que eles não podem*, pensou, amargamente, *só dar a boneca sem ficar falando que eu sou pobre e ela é rica? Por que simplesmente não deram a boneca, sem todo esse falatório?*

Mas essa não foi toda a vergonha de Francie. Enquanto voltava pelo corredor, as meninas se inclinavam para ela e sussurravam, zombando: "Mendiga, mendiga, mendiga".

Foi mendiga, mendiga, mendiga, pelo corredor inteiro. Aquelas meninas se sentiam mais ricas do que Francie. Eram igualmente pobres, mas tinham uma coisa que faltava a ela: orgulho. E Francie sabia disso. Não teve escrúpulos em mentir e ganhar a boneca indevidamente. Estava pagando pela mentira e pela boneca, renunciando ao seu orgulho.

Ela se lembrou da professora que havia lhe dito para escrever suas mentiras em vez de dizê-las. Talvez não devesse ter se levantado pela boneca e, em vez disso, escrito uma história a respeito. Mas não! Não! *Ter* a boneca era melhor do que qualquer história sobre ter uma boneca. Quando se levantaram para cantar o hino nacional no encerramento, Francie baixou o rosto sobre o rosto da boneca. Havia o cheiro fresco e delicado da porcelana pintada, o cheiro maravilhoso e inesquecível do cabelo da boneca, a sensação celestial das roupas novas de tule de seda da boneca. Os cílios reais da boneca tocaram sua face e ela tremeu, em êxtase. As crianças cantavam:

O'er the land of the free,
*And the home of the brave.**

Francie segurou com força uma das pequeninas mãos da boneca. Um nervo em seu polegar pulsou e ela achou que a mão da boneca havia se contraído. Quase acreditou que a boneca era real.

Contou para sua mãe que tinha ganhado a boneca como um prêmio. Não ousou dizer a verdade. Sua mãe odiava qualquer coisa que cheirasse a caridade e, se soubesse, jogaria a boneca fora. Neeley não a delatou. Francie agora era dona da boneca, mas tinha mais uma mentira no coração. Naquela tarde, escreveu uma história sobre uma menina que queria tanto uma boneca que estava disposta a entregar sua alma ao inferno para sempre se pudesse ter a boneca. Era uma história forte, mas, quando Francie a releu, pensou, *Está bem para a menina da história, mas não faz eu me sentir nem um pouco melhor.*

Pensou na confissão que teria que fazer no sábado seguinte. Resolveu que, qualquer que fosse a penitência que o padre lhe desse, iria triplicá-la por conta própria. Mesmo assim, ainda não se sentiu melhor.

Então se lembrou de algo! Talvez pudesse fazer a mentira virar verdade! Sabia que, quando as crianças católicas recebiam a crisma, esperava-se que escolhessem um nome de santo como nome do meio. Que solução simples! Ela tomaria o nome de Mary quando fosse crismada.

---

* "Sobre a terra dos livres,/ E o lar dos valentes." (N. da T.)

Naquela noite, depois da leitura da página da Bíblia e da página de Shakespeare, Francie consultou sua mãe.

— Mamãe, quando eu for crismada, posso escolher Mary como nome do meio?

— Não.

Francie sentiu um aperto no peito.

— Por quê?

— Porque, quando você foi batizada, recebeu o nome de Francie por causa da namorada do Andy.

— Eu sei.

— Mas também recebeu o nome Mary por causa da minha mãe. Seu nome completo é Mary Frances Nolan.

Francie levou a boneca para a cama consigo. Ficou deitada muito quietinha para não perturbá-la. Acordava de tempos em tempos durante a noite e sussurrava "Mary" e tocava o minúsculo sapato da boneca com um dedo leve. Tremia ao sentir o pedacinho macio e fino de couro liso.

Aquela viria a ser sua primeira e última boneca.

28

O FUTURO ERA ALGO PRÓXIMO PARA KATIE. ELA COSTUMAVA DIZER, "Daqui a pouco já é Natal outra vez". Ou, no começo das férias, "Daqui a pouco as aulas vão começar de novo". Na primavera, quando Francie arrancava as ceroulas de lã e as jogava longe alegremente, sua mãe as mandava pegar de volta, dizendo, "Você logo vai precisar delas de novo. Daqui a pouco já é inverno outra vez". Do que a mamãe estava falando? A primavera acabara de começar. O inverno não viria nunca mais.

Uma criança tem pouca ideia do futuro. A próxima semana é o máximo a que seu futuro se estende e o ano entre o Natal e o Natal de novo é uma eternidade. Assim era o tempo para Francie até fazer onze anos.

Entre os onze e os doze anos, as coisas mudaram. O futuro vinha mais depressa; os dias pareciam mais curtos e as semanas pareciam ter menos dias. Henny Gaddis morreu e isso teve algo a ver com a mudança. Ela sempre ouvira que Henny ia morrer. Ouviu tanto sobre isso que, finalmente, passou a acreditar que ele ia morrer. Mas isso ia demorar muito, muito tempo. Agora, o muito tempo havia chegado. O que havia sido um futuro agora era um presente e se tornaria um passado. Francie se perguntou se alguém precisava morrer para deixar isso claro para uma criança. Mas não, o vovô Rommely tinha morrido quando ela estava com nove anos, uma semana depois que ela fez sua primeira comunhão e, pelo que se lembrava, o Natal ainda parecia estar muito longe naquela época.

As coisas estavam mudando tão depressa para Francie agora que ela se confundia. Neeley, que era um ano mais novo que ela, cresceu de repente e agora era uma cabeça mais alto. Maudie Donavan se mudou. Quando voltou para uma visita três meses depois, Francie a achou diferente. Maudie havia se desenvolvido e ficado com jeito de mulher naqueles três meses.

Francie, que *sabia* que sua mãe estava sempre certa, percebeu que ela estava errada de vez em quando. Descobriu que algumas das coisas de que gostava tanto em seu pai eram consideradas muito cômicas para outras pessoas. Os pratos da balança da loja de chás já não eram tão brilhantes e as caixinhas eram lascadas e gastas.

Parou de ficar esperando o sr. Tomony voltar para casa aos sábados de suas noitadas em Nova York. De repente, passou a achar tolo ele viver desse jeito e ir para Nova York e voltar sonhando com os lugares onde havia estado. Ele tinha dinheiro. Por que não se mudava para Nova York e passava a morar lá, já que gostava tanto?

Tudo estava mudando. Francie entrou em pânico. Seu mundo estava escapando dela e o que ocuparia seu lugar? *Mas o que estava diferente de fato?* Ela lia uma página da Bíblia e uma de Shakespeare todas as noites como sempre. Praticava no piano por uma hora diária. Punha moedas no banco de lata. O ferro-velho ainda estava lá; as lojas eram todas as mesmas. Nada estava mudando. *Era ela que estava mudando.*

Falou com seu pai sobre isso. Ele a fez mostrar a língua e sentiu seu pulso. Sacudiu a cabeça tristemente e disse:

— O seu caso é muito, muito sério.

— O que é?

— Crescimento.

O crescimento estragava muitas coisas. Estragava o jogo tão bom que faziam quando não havia nada para comer em casa. Quando o dinheiro acabava e a comida ficava escassa, Katie e as crianças fingiam que eram exploradores descobrindo o polo norte e tinham ficado presos em uma caverna por causa de uma nevasca, com muito pouca comida. Precisavam fazê-la durar até que chegasse ajuda. A mamãe dividia a comida que houvesse no armário e a chamava de "rações" e, quando as crianças continuavam com fome depois de uma refeição, ela dizia, "Coragem, companheiros, a ajuda chegará logo". Quando algum dinheiro entrava, a mamãe comprava muitos mantimentos, comprava um pequeno bolo como comemoração, prendia uma bandeirinha de um centavo nele e dizia, "Nós conseguimos, companheiros. Chegamos ao polo norte".

Um dia, depois de um desses "resgates", Francie perguntou para sua mãe:

— Quando os exploradores ficam com fome e sofrem assim, é por uma *razão*. Alguma coisa grande vem depois disso. Eles descobrem o polo norte. Mas qual a coisa grande que vem para nós quando ficamos com fome desse jeito?

Katie pareceu repentinamente cansada. Ela disse algo que Francie não entendeu na época. Ela disse:

— Você descobriu a pegadinha.

O crescimento estragava o teatro para Francie. Bem, não o teatro exatamente, mas as peças. Ela percebeu que estava ficando insatisfeita com o jeito que as coisas simplesmente aconteciam em um piscar de olhos. Francie adorava o teatro. Houve uma época em que queria ser tocadora de realejo, depois professora. Após sua primeira comunhão, quis ser freira. Aos onze anos, queria ser atriz.

Se havia uma coisa que as crianças de Williamsburg conheciam era seu teatro. Naquela época, havia várias boas companhias de repertório na vizinhança, como o Blaney, o Corse Payton e o Phillip's Lyceum. O Lyceum ficava ali muito perto. Os moradores locais o chamavam primeiro de "The Lyce", depois esse nome degenerou em "The Louse", ou "o Piolho". Francie ia lá todo sábado à tarde (exceto quando ele estava fechado no verão) quando conseguia economizar dez centavos. Sentava-se na galeria e com frequência esperava uma hora na fila até que as portas se abrissem, para conseguir um lugar na primeira fileira.

Estava apaixonada por Harold Clarence, o ator principal. Esperava na porta do teatro depois da matinê de sábado e o seguia até a casa pobre de pedras marrons onde ele vivia nada teatralmente em um modesto quarto mobiliado. Mesmo na rua, ele tinha o andar de pernas duras dos atores antigos e seu rosto era rosado como o de um bebê, como se ainda estivesse com a maquiagem de cena. Caminhava com as pernas duras e devagar, sem olhar para os lados, e fumando um charuto de aparência importante que jogava fora antes de entrar na casa, pois a proprietária não permitia que esse grande homem fumasse em seus aposentos. Francie parou na calçada, olhando com reverência para a ponta de charuto descartada. Tirou o anel de papel em volta dele e o usou no dedo por uma semana, fingindo que era seu anel de noivado com o ator.

Um sábado, Harold e sua companhia encenaram *A namorada do pastor*, em que um belo pastor de aldeia se apaixonava por Gerry Morehouse, a protagonista. Por algum motivo, a heroína precisou arranjar um emprego em uma mercearia. Havia uma vilã, também apaixonada pelo belo e jovem pastor e decidida a acabar com a heroína. Ela entrou toda empertigada na mercearia, com suas peles e diamantes tão fora do comum para uma aldeia, e pediu, majestosamente, uma libra de café. Houve um momento terrível em que pronunciou a palavra fatal, "Moído!" O público gemeu. Já havia ficado claro que a linda e delicada heroína não tinha força suficiente para girar a grande roda. Também havia ficado claro que seu emprego dependia de ela ser capaz de moer os grãos de café. Ela usou toda a força que tinha, mas não conseguiu fazer a roda girar nem uma vez. A jovem implorou à vilã; disse-lhe o quanto precisava do emprego. A vilã repetiu: "Moído!" Quando tudo parecia perdido, o belo Harold entrou com suas faces rosadas e seu traje clerical. Entendendo de imediato a situação, ele lançou seu chapéu largo de pastor para o outro lado do palco em um gesto dramático, embora indecoroso, avançou com as pernas duras até a máquina, moeu o café e salvou a heroína. Houve um silêncio espantado quando o aroma de café recém-moído se espalhou pelo teatro. E, então, foi uma algazarra geral. Café de verdade! Realismo no teatro! Todos já tinham visto grãos de café serem moídos mil vezes, mas no palco aquilo era algo revolucionário. A vilã rangeu os dentes e disse: "Derrotada outra vez!" Harold abraçou Gerry, fazendo o rosto dela se voltar para o fundo do palco, e a cortina desceu.

    Durante o intervalo, Francie não se juntou às outras crianças no passatempo de cuspir para baixo sobre os plutocratas nos assentos de trinta centavos perto do palco. Em vez disso, refletiu sobre a situação ao cair da cortina. Tudo muito bem que o herói chegou no exato instante para moer o café. Mas e se ele não tivesse aparecido na mercearia? A heroína teria sido demitida. Certo, e daí? Quando ficasse passando fome, ela sairia para procurar outro emprego. Esfregaria chãos como a mamãe ou arranjaria um chop suey com seus amigos homens, como Floss Gaddis fazia. O trabalho na mercearia só era importante porque a peça dizia que era.

    Não ficou satisfeita com o espetáculo que viu no sábado seguinte também. Tudo bem. O amado havia tanto tempo ausente voltou para casa bem a tempo de pagar o aluguel. E se algum problema o houvesse impedido de chegar? O proprietário teria que lhes dar trinta dias para desocupar o imóvel — pelo menos era assim que funcionava no Brooklyn. Nesse mês, algo poderia acontecer. Se nada desse certo e eles tivessem que sair, bom, teriam que se virar como pudessem. A bela heroína teria que arranjar um emprego na fábrica; seu sensível irmão teria que entregar jornais. A mãe teria que fazer faxina ganhando por dia. Mas eles viveriam. *Pode apostar que viveriam*, pensou Francie, sobriamente. Não se morre assim tão fácil.

    Francie não entendia por que a heroína não quis casar com o vilão. Isso resolveria o problema do aluguel, e claro que um homem que a amava tanto que estava disposto a passar por tantos contratempos por ela insistir em rejeitá-lo não era alguém a ser ignorado. Pelo menos ele estava por perto, enquanto o herói andava pelo mundo.

    Ela escreveu seu próprio terceiro ato para essa peça — o que aconteceria *se*. Escreveu em diálogos e descobriu que essa era uma forma notavelmente fácil de escrever. Em uma narrativa, era preciso explicar por que as pessoas eram do jeito que eram, mas, quando se escrevia em diálogos, não era necessário fazer isso, porque as coisas que as pessoas diziam explicavam como elas eram. Francie não teve nenhuma dificuldade para se convencer de que o diálogo era melhor. Uma vez mais, mudou de ideia sobre a profissão que queria seguir. Decidiu que não seria atriz, afinal. Seria autora de peças teatrais.

29

No verão daquele mesmo ano, Johnny pôs na cabeça que seus filhos estavam crescendo ignorantes do grande oceano que banhava as praias do Brooklyn. Johnny achou que eles deviam sair ao mar em um barco. Então decidiu levá-los para fazer um passeio de barco a remo em Canarsie e pescar um pouco em alto-mar. Nunca tinha saído para pescar e nunca estivera em um barco a remo. Mas essa foi a ideia que ele teve.

Estranhamente associada a essa ideia, e com uma lógica conhecida apenas por Johnny, foi a ideia de levar Little Tilly junto no passeio. Little Tilly era a filha de quatro anos de vizinhos que ele nem conhecia. Na verdade, ele nunca tinha visto Little Tilly, mas pôs essa ideia na cabeça de que tinha que fazer algo por ela para compensar por seu irmão Gussie. Tudo isso se associou ao projeto de ir para Canarsie.

Gussie, um menino de seis anos, era uma lenda sombria no bairro. Era um diabinho robusto, com um lábio inferior superdesenvolvido, que havia nascido como os outros bebês e mamado nos grandes peitos de sua mãe. Mas aí terminava toda semelhança com qualquer criança, viva ou morta. Sua mãe tentou desmamá-lo aos nove meses, mas Gussie não aceitou. Tendo o peito negado, ele recusou mamadeira, água ou comida. Ficava deitado no berço, choramingando. Com medo de que ele morresse de fome, sua mãe voltou a amamentá-lo. Ele sugava satisfeito, recusando qualquer outro alimento, e viveu do leite da mãe até quase os dois anos de idade. Então o leite secou, porque sua mãe estava grávida outra vez. Gussie emburrou e esperou por nove longos meses. Recusava leite de vaca em qualquer forma ou recipiente e passou a beber café preto.

Little Tilly nasceu e sua mãe se encheu de leite novamente. Gussie ficou histérico quando viu a bebê mamar. Deitou no chão, gritando e batendo a cabeça. Passou quatro dias sem comer e se recusava a ir ao banheiro. Foi ficando abatido e sua mãe teve medo. Ela achou que não faria mal lhe dar o peito só uma vez. Esse foi seu grande erro. Ele era como um viciado que recebia a droga de volta depois de um longo período de privação. E não largou mais.

Levou todo o leite da mãe daquele dia em diante e Little Tilly, um bebê doentio, teve que passar para a mamadeira.

Gussie tinha três anos, então, e era grande para a idade. Como outros meninos, usava calças até os joelhos e sapatos pesados com pontas de metal. Assim que via sua mãe desabotoar o vestido, corria para ela. Ficava de pé enquanto mamava, um cotovelo apoiado no joelho da mãe, os pés cruzados com desenvoltura e os olhos passeando pelo quarto. Ficar de pé para mamar não era um feito tão notável, uma vez que os peitos de sua mãe eram enormes e praticamente pousavam sobre o colo quando soltos. Gussie era de fato uma visão assustadora mamando daquele jeito e quase parecia um homem com o pé apoiado na trave de um bar, fumando um charuto gordo e pálido.

Os vizinhos descobriram sobre Gussie e começaram a conversar sobre seu estado patológico em vozes sussurradas. O pai de Gussie não queria mais dormir com a esposa; dizia que ela paria monstros. A pobre mulher pensava e pensava em uma maneira de desmamar Gussie. Ele *era* mesmo grande demais para mamar, decidiu. Estava quase com quatro anos. Temia que sua segunda dentição não saísse direito.

Um dia, ela pegou uma lata de graxa para fogão a lenha e um pincel e se trancou no quarto, onde pintou copiosamente seu peito esquerdo de preto. Com um batom, desenhou uma boca aberta horrível, com dentes assustadores, em volta do mamilo. Abotoou o vestido, foi para a cozinha e sentou-se em sua cadeira de balanço de amamentar perto da janela. Quando Gussie a viu, jogou os dados com que estava brincando embaixo das tinas de lavar roupa e correu para se alimentar. Cruzou os pés, apoiou o cotovelo no joelho dela e esperou.

— Gussie quer mamazinho? — perguntou sua mãe, aliciadora.
— Quero!
— Muito bem. Gussie vai ter um mamazinho bom.

De repente, ela abriu o vestido de uma só vez e enfiou o peito horrivelmente maquiado na cara dele. Gussie ficou paralisado de medo por um momento, depois fugiu gritando e se escondeu embaixo da cama, onde ficou por vinte e quatro horas. Por fim, saiu de lá, tremendo. Voltou a beber café preto e estremecia cada vez que seus olhos encontravam os seios da mãe. Gussie estava desmamado.

A mãe contou seu sucesso por toda a vizinhança. Isso deu início a uma nova moda de desmame chamada "Dar um Gussie no bebê".

Johnny ouviu a história e descartou Gussie de sua mente com desdém. Ele estava preocupado com Little Tilly. Achava que ela havia sido roubada de algo muito importante e poderia crescer frustrada. Pôs na cabeça que um passeio de barco saindo de Canarsie poderia apagar parte do mal que seu monstruoso irmão lhe havia feito. Mandou Francie ir perguntar se Little Tilly podia ir com eles. Extenuada, a mãe consentiu alegremente.

No domingo seguinte, Johnny e as três crianças partiram para Canarsie. Francie tinha onze anos, Neeley dez e Little Tilly quase quatro. Johnny vestiu seu smoking, chapéu-coco, colarinho e frente falsa novos. Francie e Neeley estavam com suas roupas de todo dia. Para homenagear a ocasião, a mãe de Little Tilly vestiu a menina com um vestido de renda barato, mas bonito, enfeitado com fitas cor-de-rosa escuro.

No bonde, sentaram-se no primeiro banco, Johnny fez amizade com o motorneiro e eles conversaram sobre política. Desceram na última parada, que era Canarsie, e seguiram até um pequeno atracadouro em que havia uma pequenina cabana; um par de barcos a remo na água balançava para cá e para lá nas cordas puídas que os prendiam ao píer. Uma placa no alto da cabana dizia:

"Equipamento de pesca e barcos para alugar."

Embaixo dela havia uma placa maior, com os dizeres:

VENDEM-SE PEIXES FRESCOS.

Johnny negociou com o homem e, como era seu jeito, fez amizade com ele. O homem o convidou a entrar na cabana e tomar um golinho para despertar, dizendo que ele mesmo só tomava aquilo para dormir melhor.

Enquanto Johnny estava lá dentro despertando, Neeley e Francie se perguntavam como algo para dormir melhor também poderia servir para despertar. Little Tilly ficou ali parada em seu vestido rendado e não disse nada.

Johnny saiu com uma vara de pesca e uma latinha enferrujada cheia de minhocas mergulhadas na terra. O amistoso homem soltou a corda do barco a remo menos deteriorado, pôs a corda na mão de Johnny, desejou-lhe boa sorte e voltou para dentro da cabana.

Johnny pôs o material de pesca no fundo do barco e ajudou as crianças a entrarem. Depois se agachou no píer, e, com a corda na mão, deu instruções sobre barcos.

— Tem sempre um jeito errado e um jeito certo de entrar em um barco — disse Johnny, que nunca havia estado em nenhum barco, exceto uma vez, em um barco de excursão. — O jeito certo é dar um empurrãozinho no barco, depois pular para dentro antes que ele se afaste para o mar. Assim.

Ele endireitou o corpo, empurrou o barco, pulou… e caiu na água. As crianças arregalaram os olhos, petrificadas. Um segundo antes, o papai estava de pé no píer acima deles. Agora, estava abaixo deles na água. A água vinha até seu pescoço, deixando o pequeno bigode encerado e o chapéu-coco de fora. O chapéu continuava perfeitamente alinhado na cabeça. Tão surpreso quanto as crianças, Johnny olhou para eles por um momento antes de dizer:

— Nenhum de vocês se atreva a rir!

Ele subiu no barco, quase o virando. Eles não se atreveram a rir alto, mas Francie riu tanto por dentro que suas costelas doíam. Neeley estava com medo de olhar para a irmã. Sabia que, se seus olhares se encontrassem, ele explodiria de rir. Little Tilly não disse nada. O colarinho e a frente falsa de Johnny eram uma pasta ensopada. Ele os arrancou e jogou na água. Remou para o mar, vacilante, mas com silenciosa dignidade. Quando chegou ao que julgou ser um lugar adequado, anunciou que ia "baixar âncora". As crianças ficaram decepcionadas quando descobriram que a expressão tão romântica significava apenas jogar na água um pedaço de ferro amarrado em uma corda.

Horrorizados, ficaram olhando o papai enfiar, com cara de nojo, uma minhoca barrenta no anzol. A pescaria começou. Consistia em pôr a isca no anzol, lançá-lo teatralmente, esperar um tempo, puxá-lo de volta sem minhoca nem peixe e começar tudo outra vez.

O sol foi ficando mais quente e brilhante. O smoking de Johnny secou endurecido, com um aspecto esverdeado e enrugado. As crianças começaram a ficar seriamente queimadas. Depois do que pareceram horas, o papai anunciou, para intenso alívio e felicidade de todos, que era hora de comer. Enrolou a linha da vara de pesca, guardou-a, levantou a âncora e partiu em direção ao píer. O barco parecia avançar em um círculo, o que deixava o píer mais longe. Por fim, atracaram algumas centenas de metros abaixo. Johnny amarrou o barco, instruiu as crianças a esperarem dentro dele e desceu em terra firme. Disse que lhes prepararia um bom almoço.

Voltou depois de um tempo andando de lado e trazendo cachorros-quentes, torta de mirtilos e refrigerante de morango. Comeram sentados no barco balançante amarrado ao píer apodrecido, olhando para a água verde limosa que cheirava a peixe podre. Johnny havia tomado alguns drinques em terra que o fizeram lamentar ter gritado com as crianças. Disse que eles podiam rir de sua queda na água, se quisessem. Mas agora eles não conseguiram mais. O tempo já havia passado. *O papai estava muito alegre,* Francie pensou.

— Isto é que é vida — disse ele. — Longe da loucura da cidade. Ah, não há nada como sair em um barco para o mar. Estamos fugindo de tudo aquilo — concluiu, enigmaticamente.

Depois do extraordinário almoço, Johnny os levou outra vez para o mar. O suor escorria de baixo do chapéu-coco e a cera nas pontas do bigode derreteu, fazendo o elegante adorno se transformar em pelos desorganizados sobre o lábio superior. Ele se sentia bem. Cantava vigorosamente enquanto remava:

Navegar, navegar, sobre o ondulado mar.

Ele remou e remou e só virava em um círculo e nunca chegava ao mar. Por fim, suas mãos ficaram tão cheias de bolhas que ele não quis mais remar. Teatralmente, anunciou que ia levá-los para a terra. Empurrou e empurrou a água e, por fim, conseguiu ir remando em círculos cada vez menores e fazendo os círculos se aproximarem do píer. Não notou que as crianças estavam verdes como ervilhas nos pontos onde não estavam vermelhas como beterrabas das queimaduras de sol. Nem percebeu que os cachorros-quentes, a torta de mirtilos, os refrigerantes de morango e as minhocas se contorcendo no anzol não estavam lhes fazendo muito bem.

No píer, pulou para fora do barco e as crianças o imitaram. Todos conseguiram, exceto Tilly, que caiu na água. Johnny deitou no chão do atracadouro, estendeu os braços e a pescou para fora. Little Tilly ficou parada ali, com o vestido de renda molhado e arruinado, mas não disse nada. Embora fosse um dia de calor escaldante, Johnny tirou o smoking, se ajoelhou e o enrolou em volta da criança. Os braços do casaco arrastaram pela areia. Então Johnny a pegou no colo e ficou andando com ela pelo cais, dando-lhe batidinhas tranquilizadoras nas costas e cantando-lhe uma cantiga de ninar. Little Tilly não entendia nada do que havia acontecido naquele dia. Não entendia por que fora colocada em um barco, por que caíra na água ou por que aquele homem estava fazendo tanto estardalhaço com ela. Ela não disse nada.

Quando Johnny sentiu que ela estava confortável, ele a colocou no chão e entrou na cabana onde tinha tomado algo para despertar ou para dormir. Comprou três linguados do homem por vinte e cinco centavos. Saiu com os peixes molhados embrulhados em um jornal. Disse às crianças que tinha prometido levar uns peixes frescos para a mamãe.

— O principal — disse o papai — é que estou levando peixes que foram pescados em Canarsie. Não faz diferença quem pescou. O fato é que fomos pescar e estamos levando peixes para casa.

Seus filhos sabiam que ele queria que a mamãe pensasse que ele havia pegado os peixes. O papai não lhes pedia para mentir. Só lhes pedia para não fazerem questão demais da verdade. As crianças entenderam.

Pegaram um daqueles bondes que tinham dois bancos longos de frente um para o outro. Eles formavam uma fileira esquisita. Primeiro estava Johnny, de calças duras de sal, amarfanhadas e esverdeadas, uma camiseta de baixo cheia de grandes furos, chapéu-coco e bigode caótico. Em seguida vinha Little Tilly, engolida no smoking dele, com água salgada pingando sob o casaco e formando uma poça salobra no chão. Francie e Neeley vinham depois. O rosto deles era vermelho da cor de tijolo e eles se mantinham muito rígidos, tentando não vomitar.

As pessoas entravam no carro, sentavam-se na frente deles e os olhavam com curiosidade. Johnny sentava-se ereto, com os peixes no colo, tentando não pensar nos furos de sua camiseta exposta. Olhava sobre a cabeça dos passageiros, fingindo estar muito interessado em um anúncio de laxante atrás deles.

Mais pessoas entraram, o carro ficou lotado, mas ninguém queria sentar ao lado deles. Por fim, um dos peixes deslizou para fora do jornal molhado e caiu no chão, pousando viscosamente no pó. Foi demais para Little Tilly. Ela olhou para o olho vidrado do peixe e não disse nada, mas vomitou silenciosa e volumosamente por todo o smoking de Johnny. Como se esperassem a deixa, Francie e Neeley vomitaram também. Johnny ficou ali sentado, com dois peixes expostos no colo, um aos seus pés, e continuou olhando para o anúncio. Não sabia mais o que fazer.

Quando a medonha viagem terminou, Johnny levou Tilly para casa, sentindo que era sua responsabilidade explicar. A mãe nem lhe deu chance. Gritou quando viu sua filha toda suja e molhada. Arrancou o casaco dela, jogou-o na cara de Johnny e o chamou de Jack, o Estripador. Johnny tentou e tentou explicar, mas ela não quis ouvir. Little Tilly não disse nada. Por fim, Johnny conseguiu encaixar uma frase.

— Senhora, acho que sua filha perdeu a voz.
Nisso, a mulher ficou histérica.
— Foi culpa sua, foi culpa sua — ela gritou com Johnny.
— Será que a senhora não conseguiria fazer ela dizer alguma coisa?
A mãe agarrou a criança e a sacudiu várias vezes.
— Fale! — ela gritou. — Fale alguma coisa.
Finalmente, Little Tilly abriu a boca, sorriu alegremente e disse:
— Brigada.

Katie ficou furiosa com Johnny e disse que ele não servia para ter filhos. Os filhos em questão alternavam entre arrepios de frio e ondas de calor por causa das queimaduras de sol. Katie quase chorou quando viu o único terno de Johnny arruinado. Custaria um dólar para ser lavado e passado, e ela sabia que nunca mais ficaria igual. Quanto aos peixes, na verdade já estavam em estado avançado de putrefação e tiveram que ser jogados na lata de lixo.

As crianças foram para a cama. Entre arrepios, febre e acessos de náusea, enfiaram a cabeça embaixo das cobertas e riram em silêncio, sacudindo a cama, quando se lembraram de seu pai caindo dentro d'água.

Johnny ficou sentado junto à janela da cozinha até tarde da noite tentando entender por que tudo tinha dado tão errado. Havia cantado muitas músicas sobre barcos e sobre sair ao mar com um "iô-ho-ho". Não entendia por que não tinha sido do jeito que as músicas diziam. As crianças deveriam ter voltado encantadas e com um amor profundo e eterno pelo mar e ele deveria ter voltado com uma bela quantidade de peixes. Por que, ah, por que não tinha sido do jeito que era nas músicas? Por que teve que haver bolhas nas mãos, seu terno estragado, queimaduras de sol, peixes podres e enjoo? Por que a mãe de Little Tilly não pôde compreender a intenção e desconsiderar o resultado? Ele não conseguia entender, não conseguia entender.

As músicas sobre o mar o haviam traído.

30

"H OJE, EU SOU UMA MULHER", FRANCIE ESCREVEU EM SEU DIÁRIO no verão em que fez treze anos. Ela olhou para a frase e, distraidamente, coçou uma picada de mosquito na perna nua. Baixou o olhar para suas pernas longas e finas, mas sem forma. Riscou a frase e começou de novo. "Logo vou me tornar uma mulher". Olhou para o peito, que era reto como uma tábua, e arrancou a página do caderno. Começou de novo em uma página nova.

"Intolerância", ela escreveu, pressionando muito o lápis, "é uma coisa que causa guerras, massacres étnicos, crucificações, linchamentos e faz as pessoas serem cruéis com crianças e umas com as outras. É responsável pela maior parte da maldade, violência, terror e sofrimento do coração e da alma no mundo."

Leu as palavras em voz alta. Soaram como palavras enlatadas; o frescor tinha se perdido. Fechou o caderno e o guardou.

Aquele sábado de verão foi um dia que deveria ter ido para seu diário como um dos mais felizes de sua vida. Ela viu seu nome impresso pela primeira vez. A escola fez uma revista no fim do ano letivo em que a melhor história escrita na classe de redação em cada série foi publicada. A redação de Francie chamada "Inverno" tinha sido escolhida como a melhor da sétima série. A revista custava dez centavos e Francie teve que esperar até sábado para comprá-la. A escola fechou para o verão na véspera e Francie ficou com medo de não conseguir a revista. Mas o sr. Jenson disse que estaria trabalhando no sábado e, se ela trouxesse os dez centavos, ele lhe daria um exemplar.

Agora, no começo da tarde, ela estava parada na frente da porta de sua casa com a revista aberta na página de sua história. Queria que alguém passasse para ela poder mostrar.

Tinha mostrado para sua mãe na hora do almoço, mas ela precisava voltar para o trabalho e não teve tempo de ler. Pelo menos cinco vezes durante o almoço, Francie mencionou que sua história tinha sido publicada. Por fim, sua mãe disse:

— Sim, sim. Eu sei. Eu já previa. Haverá mais histórias publicadas e você vai se acostumar com isso. Mas não deixe lhe subir à cabeça. Você tem pratos para lavar.

Seu pai estava no sindicato. Ele só ia ver a história no domingo, mas Francie sabia que ele ia gostar. Então, ficou parada na rua com sua glória enfiada embaixo do braço. Não podia deixar a revista fora de suas mãos nem por um momento. De tempos em tempos, dava uma olhada em seu nome impresso e o entusiasmo nunca diminuía.

Ela viu uma moça chamada Joanna sair de casa algumas portas adiante. Joanna estava levando seu bebê para tomar ar no carrinho. Ouviu-se uma arfada de algumas donas de casa que haviam parado para fofocar na calçada, no caminho de suas compras. Porque Joanna não era casada. Era uma moça que havia se metido em apuros. Seu bebê era ilegítimo — bastardo era a palavra que usavam na vizinhança —, e essas boas mulheres achavam que Joanna não tinha o direito de agir como uma mãe orgulhosa e sair com seu bebê à luz do dia. Achavam que ela devia mantê-lo escondido em algum lugar escuro.

Francie tinha curiosidade sobre Joanna e o bebê. Tinha ouvido sua mãe e seu pai falarem sobre eles. Olhou para o bebê quando o carrinho passou. Era uma coisinha bonita sentada alegremente em seu carrinho. Talvez Joanna *fosse* uma moça ruim, mas com certeza mantinha seu bebê mais gracioso e encantador do que aquelas boas mulheres mantinham os delas. O bebê usava uma bela touca franzida e um vestido branco limpo com babador. O cobertor era imaculado e tinha um lindo bordado feito à mão.

Joanna trabalhava em uma fábrica enquanto sua mãe cuidava do bebê. A mãe tinha vergonha de sair, então o bebê só tomava ar nos fins de semana, quando Joanna não estava trabalhando.

Sim, Francie decidiu, *era um lindo bebê*. Muito parecido com Joanna. Francie se lembrou de como seu pai a descreveu naquele dia em que ele e sua mãe falavam sobre ela.

— Ela tem a pele de uma pétala de magnólia. — (Johnny nunca tinha visto uma magnólia.) — Seu cabelo é preto como as asas de um corvo. — (Ele nunca tinha visto essa ave.) — E seus olhos são profundos e escuros como lagoas na floresta. (Ele nunca havia estado em uma floresta.) Mas havia descrito Joanna corretamente. Ela era uma moça bonita.

— Pode ser — respondeu Katie. — Mas de que adianta essa beleza? É uma maldição para ela. Ouvi dizer que a mãe dela nunca se casou, mas teve dois filhos. E agora seu filho está na prisão e a filha tem esse bebê. Deve ter sangue ruim na linhagem inteira, e sentimentalismo não vai resolver nada. Claro — acrescentou, com uma indiferença de que era surpreendentemente capaz às vezes — que isso não é da minha conta. Eu não preciso tomar nenhuma atitude nessa questão. Não preciso cuspir na moça porque ela agiu errado. Também não preciso acolhê-la em minha casa e adotá-la porque ela agiu errado. Ela sofreu tanta dor para trazer essa criança ao mundo quanto se *estivesse* casada. Se ela for uma boa moça no coração, aprenderá com a dor e com a vergonha e não fará isso de novo. Se for naturalmente ruim, não se importará com o jeito como as pessoas a tratam. Então, se eu fosse você, Johnny, não sentiria tanta pena dela. — De repente ela se virou para Francie. — E que a Joanna seja uma lição para *você*.

✱

Naquela tarde de sábado, Francie observou Joanna andar pela calçada e se perguntou de que maneira ela seria uma lição. Joanna parecia orgulhosa de seu bebê. Estaria aí a lição? Joanna tinha só dezessete anos, era amigável e queria que todos fossem amigáveis com ela. Sorriu para as boas mulheres carrancudas, mas o sorriso sumiu quando viu que elas respondiam com testas franzidas. Sorriu para as crianças que brincavam na rua. Algumas sorriram de volta. Sorriu para Francie. Francie queria sorrir de volta, mas não sorriu. A lição seria que ela não deveria ser amigável com moças como Joanna?

As boas donas de casa, com os braços cheios de sacolas de hortaliças e pacotes pardos de carne, pareciam ter pouco que fazer naquela tarde. Elas se mantiveram em pequenos grupinhos, sussurrando entre si. Os sussurros paravam quando Joanna se aproximava e começavam de novo depois que ela passava.

Cada vez que Joanna passava, suas faces ficavam mais coradas, sua cabeça mais levantada e sua saia balançava atrás dela, mais desafiadora. Ela parecia ficar mais bonita e orgulhosa enquanto andava. Parava com mais frequência do que o necessário para ajustar a coberta do bebê. Irritava as mulheres tocando o rosto da criança e sorrindo ternamente para ela. Como ela ousava! *Como ousava*, elas pensavam, *agir como se tivesse algum direito a tudo isso?*

Muitas dessas boas mulheres tinham filhos que elas criavam valendo-se de gritos e tapas. Muitas odiavam o marido que dormia ao lado delas, à noite. Não havia mais nenhuma grande alegria para elas no ato amoroso. Elas o suportavam rigidamente, rezando o tempo todo para que dele não resultasse outro filho. Essa amarga submissão tornava o marido brutal e irritado. Para a maioria delas, o ato de amor havia virado uma brutalidade de ambos os lados; quanto mais depressa acabasse, melhor seria. Elas se ressentiam com essa moça porque sentiam que não havia sido assim com ela e o pai de seu filho.

Joanna reconhecia o ódio, mas não se encolhia diante dele. Não cedeu e não levou o bebê para dentro. A tensão crescia, e uma hora *teria* que romper. As mulheres estouraram primeiro. Não puderam aguentar mais. Precisavam fazer algo a respeito. Quando Joanna passou de novo, uma mulher magricela falou:

— Você não tem vergonha?

— Por quê? — indagou Joanna.

Isso enfureceu a mulher.

— Ela ainda pergunta por quê — zombou, dirigindo-se às demais mulheres. — Pois eu vou lhe dizer por quê. Porque você é uma desgraça e uma vagabunda e não tem o direito de ficar desfilando pelas ruas com seu bastardo onde crianças inocentes podem ver.

— Acho que estamos em um país livre — disse Joanna.

— Não é livre para gente como você. Saia da rua, saia já da rua.

— Tente me obrigar!

— Saia da rua, sua puta — ordenou a mulher magricela.

A voz da garota tremeu ao responder.

— Cuidado com o que diz.

— Nós não temos que ter cuidado com o que dizemos para uma prostituta — interveio outra mulher.

Um homem que passava parou por um momento para ver o que estava acontecendo. Ele tocou o braço de Joanna.

— Escute, irmã, por que você não vai para casa até essas jararacas se acalmarem? Você não vai ganhar delas.

Joanna puxou o braço.

— Cuide de sua vida!

— Eu só quis ajudar, irmã. Desculpe. — E continuou andando.

— Por que você não vai com ele? — provocou a mulher magricela. — Pode ser bom para ganhar uns trocados. — As outras riram.

— Vocês têm inveja — disse Joanna, sem se alterar.

— Ela diz que nós temos inveja — repetiu a interlocutora. — Inveja do quê, você? (Ela disse "você" como se fosse o nome da moça.)

— Inveja porque os homens gostam de mim. É isso. Sorte que você já está casada — ela disse para a magricela. — Nunca ia arranjar homem de outro jeito. Aposto que seu marido cospe em você... no final. Aposto que é isso que ele faz.

— Vadia! Sua vadia! — gritou a magricela, histericamente. Então, agindo por um instinto que era forte já nos tempos de Cristo, pegou uma pedra na sarjeta e jogou em Joanna.

Foi o sinal para as outras mulheres começarem a jogar pedras. Uma, mais excêntrica que o resto, jogou uma bola de cocô de cavalo. Algumas das pedras acertaram Joanna, mas uma, com uma ponta afiada, a errou e atingiu a testa do bebê. Imediatamente, um fino e nítido fio de sangue desceu pelo rosto dele e manchou seu babador. O bebê choramingou e estendeu os braços para sua mãe pegá-lo.

Algumas mulheres que estavam prontas para lançar as próximas pedras as largaram quietamente no chão. O assédio estava encerrado. De repente, as mulheres ficaram envergonhadas. Não queriam machucar o bebê. Só queriam expulsar Joanna da rua. Elas se dispersaram e foram para casa em silêncio. Algumas crianças, que estavam em volta escutando, voltaram a brincar.

Joanna, agora chorando, levantou o bebê do carrinho. Ele continuava a choramingar baixinho, como se não tivesse o direito de chorar alto. Joanna pressionou o rosto na face do bebê e suas lágrimas se misturaram ao sangue. As mulheres haviam vencido. Joanna carregou o bebê para casa, sem se importar com o carrinho, que ficou no meio da calçada.

E Francie tinha visto tudo; tinha visto tudo. Tinha ouvido cada palavra. Lembrava-se de como Joanna tinha sorrido para ela e de como ela virara o rosto, sem lhe sorrir de volta. Por que ela não lhe sorrira de volta? Por que não lhe sorrira de volta? Agora ia sofrer. Ia sofrer pelo resto da vida toda vez que se lembrasse que não tinha lhe sorrido de volta.

Alguns meninos pequenos começaram a brincar de pega-pega em volta do carrinho vazio, segurando em suas laterais e puxando-o enquanto eram perseguidos. Francie os enxotou, levou o carrinho até a porta de Joanna e acionou a trava. Havia uma lei implícita de que nada deveria ser tocado se estivesse à porta da casa a que pertencia.

Ainda segurava a revista com a sua história. Ficou parada ao lado do carrinho travado e olhou para seu nome uma vez mais. "Inverno, por Frances Nolan." Queria fazer algo, sacrificar alguma coisa para pagar por não ter sorrido para Joanna. Pensou em sua história, de que estava tão orgulhosa; tão ansiosa para mostrar para seu pai e para tia Evy e Sissy. Queria guardá-la sempre para vê-la e ter aquela sensação gostosa e quentinha quando a olhava. Se a desse, não teria como conseguir outra. Deslizou a revista sob o travesseiro do bebê. Deixou-a aberta na página de sua história.

Viu pequenas gotinhas de sangue no travesseiro muito branco do bebê. Uma vez mais, viu o bebê; o fino fio de sangue em seu rosto; o jeito que ele levantou os bracinhos, pedindo colo. Uma onda de dor quebrou sobre Francie e a deixou fraca em sua passagem. Outra onda veio, quebrou e recuou. Ela desceu com esforço até o porão de sua casa e se sentou no canto mais escuro sobre uma pilha de sacos de estopa e esperou enquanto as ondas de dor a varriam. Quando cada onda recuava e uma nova se formava, ela tremia. Tensa, ficou ali sentada esperando que parassem. Se não parassem, ela teria que morrer — teria que morrer.

Depois de um tempo, elas vieram mais fracas e com um intervalo maior entre si. Ela começou a pensar. Estava agora recebendo sua lição de Joanna, mas não era o tipo de lição a que sua mãe se referira.

Ela se lembrava de Joanna. Muitas vezes, à noite, em seu caminho para casa vindo da biblioteca, ela passava pela casa de Joanna e a via com o rapaz, juntos no estreito vestíbulo. Viu o rapaz acariciar os belos cabelos de Joanna; viu Joanna estender a mão para tocar-lhe o rosto. E o rosto de Joanna parecia sonhador e cheio de paz sob a luz do poste de iluminação. Daquele começo, depois, tinham vindo a vergonha e o bebê. Por quê? Por quê? O começo tinha parecido tão terno e tão certo. Por quê?

Sabia que uma das mulheres que haviam atirado pedras tinha tido um bebê só três meses depois do casamento. Francie fora uma das crianças paradas na calçada para ver o grupo ir para a igreja. Ela viu o volume da gravidez sob o véu virginal da noiva quando ela entrou na carruagem alugada. Viu a mão do pai fechada com força em volta do braço do noivo. O noivo tinha sombras escuras sob os olhos e parecia muito triste.

Joanna não tinha pai, nenhum parente homem. Não tinha ninguém para segurar com força o braço de seu namorado no caminho para o altar. *Esse foi o crime de Joanna*, decidiu Francie — *não que ela tivesse sido ruim, mas que não tivesse sido esperta o bastante para levar o rapaz para a igreja.*

Francie não tinha como saber a história inteira. Na verdade, o rapaz amava Joanna e estava disposto a casar com ela depois de, como dizem, tê-la desonrado. O rapaz tinha uma família, mãe e três irmãs. Ele lhes disse que queria casar com Joanna e elas o convenceram a mudar de ideia.

"Não seja bobo", elas lhe disseram. "Ela não presta. Toda a família dela não presta. Além disso, como você sabe se é seu mesmo? Se ela fez com você, fez com outros. Ah, mulheres são cheias de truques. Nós sabemos. Nós somos mulheres. Você é bom e generoso. Acredita na palavra dela de que você é o pai. Mas ela mente. Não se deixe enganar, meu filho, não se deixe enganar, irmão. Você tem que se casar com uma moça direita, que não vá dormir com você antes que o padre diga as palavras que fazem isso ser certo. Se você se casar com essa moça, não será mais meu filho; não será mais nosso irmão. Você nunca vai ter certeza de que o filho é seu. Vai ficar preocupado enquanto estiver no trabalho. Vai ficar imaginando quem deita em sua cama ao lado dela depois que você sai de manhã. Ah, sim, meu filho, nosso irmão, é assim que as mulheres fazem. *Nós* sabemos. *Nós* somos mulheres. *Nós* sabemos como elas fazem."

O rapaz se deixou convencer. Sua mãe e irmãs lhe deram dinheiro para ele arranjar um quarto e um emprego novo em Jersey. Elas não disseram a Joanna onde ele estava. Ele nunca mais a viu. Joanna não se casou. Joanna teve o bebê.

As ondas tinham quase parado de passar sobre Francie quando ela descobriu, para seu pavor, que havia algo errado com ela. Pressionou a mão sobre o coração, tentando sentir se havia alguma ponta sob a carne. Tinha ouvido seu pai cantar tantas canções sobre o coração; coração que se partia — doía — dançava — pesava — dava pulos de alegria — se apertava de tristeza — galopava — parava. Ela realmente acreditava que o coração pudesse fazer todas essas coisas. Estava aterrorizada de pensar que seu coração tivesse se partido dentro do peito por causa do bebê de Joanna e que o sangue estivesse agora saindo do coração e escorrendo de seu corpo.

Subiu as escadas para o apartamento e se olhou no espelho. Tinha olheiras escuras e sua cabeça doía. Deitou no velho sofá de couro na cozinha e esperou sua mãe chegar em casa. Contou a ela o que lhe havia acontecido no porão. Não disse nada sobre Joanna. Katie suspirou.

— Mas já? — disse ela. — Você só tem treze anos. Achei que ainda ia demorar mais um ano. Para mim foi aos quinze.

— Então... então... é normal o que está acontecendo?

— É uma coisa natural que acontece para todas as mulheres.

— Eu não sou uma mulher.

— Isso quer dizer que você está mudando de menina para mulher.

— Você acha que vai passar?

— Em alguns dias. Mas vai voltar de novo em um mês.

— Por quanto tempo?

— Por bastante tempo. Até você ter quarenta anos, ou mesmo cinquenta. — Ela ficou pensativa. — Minha mãe tinha cinquenta anos quando eu nasci.

— Ah, isso tem a ver com ter bebês.

— Tem. Lembre-se de ser sempre uma boa menina, porque agora você já pode ter um bebê. — Joanna e seu bebê passaram pela cabeça de Francie.

— Você não pode deixar os meninos te beijarem — disse sua mãe.

— É assim que vem um bebê?

— Não. Mas o que faz vir um bebê muitas vezes começa com um beijo. — E acrescentou: — Lembre-se da Joanna.

Katie não sabia da cena na rua. Joanna só veio à sua mente. Mas Francie achou que a mãe tivesse maravilhosos poderes de percepção. Olhou para ela com um novo respeito.

Lembre-se da Joanna. Lembre-se da Joanna. Francie nunca poderia se esquecer dela. Daquele dia em diante, ao se lembrar das mulheres apedrejadoras, passou a odiar mulheres. Tinha medo delas por seus modos tortuosos, não confiava em seus instintos. Começara a odiá-las por sua deslealdade e sua crueldade umas com as outras. De todas as apedrejadoras, nenhuma ousara falar uma palavra em defesa da moça, por medo de ficar manchada pelo contato com Joanna. O homem que por ali passava tinha sido o único que falara com gentileza na voz.

A maioria das mulheres tinha isto em comum: elas sofriam muito quando davam à luz seus filhos. Isso deveria criar um vínculo entre elas que as mantivesse unidas; deveria fazê-las se amarem e se protegerem contra o mundo masculino. Mas não era assim. Parecia que as grandes dores do parto encolhiam sua alma e seu coração. Elas só se uniam por uma coisa: pisar nas outras mulheres... quer fosse jogando pedras ou fazendo fofocas maldosas. Era o único tipo de lealdade que pareciam ter.

Os homens eram diferentes. Podiam odiar uns aos outros, mas se uniam contra o mundo e contra qualquer mulher que tentasse enredar algum deles.

Francie abriu o caderno que usava como diário. Pulou uma linha sob o parágrafo que havia escrito sobre intolerância e escreveu:

"Enquanto eu viver, nunca terei uma mulher como amiga. Nunca mais confiarei em nenhuma mulher, com exceção, talvez, da mamãe, e às vezes da tia Evy e da tia Sissy."

31

Duas coisas muito importantes aconteceram naquele ano em que Francie tinha treze anos. A guerra começou na Europa e um cavalo se apaixonou por tia Evy.

O marido de Evy e o cavalo dele, Drummer, eram inimigos implacáveis havia oito anos. Ele era mau com o cavalo; chutava-o, batia nele, amaldiçoava-o e puxava o freio com muita força. E o cavalo também era mau com o tio Willie Flittman. Acostumado com o trajeto, o cavalo parava automaticamente a cada entrega e se punha novamente em movimento assim que Flittman entrava de volta na carroça. Mas, ultimamente, ele dera para começar a andar no instante em que Flittman descia para entregar o leite. Saía no trote, e, muitas vezes, Flittman tinha que correr por mais de meio quarteirão para alcançá-lo.

Flittman acabava as entregas ao meio-dia. Ia para casa almoçar, depois trazia o cavalo e a carroça de volta para o estábulo para lavá-los. O cavalo tinha um truque maldoso. Muitas vezes, quando Flittman lavava embaixo de sua barriga, o cavalo fazia xixi nele. Os outros homens ficavam por perto esperando acontecer para rir. Flittman não suportava isso, então começou a lavar o cavalo na frente de sua casa. Corria tudo bem no verão, mas era um pouco difícil para o cavalo no inverno. Com frequência, em dias muito gelados, Evy descia para dizer a Willie que era maldade lavar Drummer no frio, com aquela água gelada. O cavalo parecia saber que Evy o defendia. Enquanto ela discutia com o marido, ele relinchava de dar pena e apoiava a cabeça no ombro dela.

Em um dia frio, Drummer resolveu tomar o assunto nas próprias mãos — ou, como tia Evy dizia, nos próprios pés. Francie ouvia encantada enquanto tia Evy contava a história para os Nolan. Ninguém contava uma história como tia Evy. Ela encenava todos os personagens, até o cavalo, e, de um jeito engraçado, introduzia o que achava que cada um secretamente pensava na hora. Aconteceu assim, de acordo com tia Evy:

Willie estava na rua lavando o cavalo com uma barra de sabão amarela muito dura. Drummer tremia com aquela água gelada. Evy estava na janela, olhando. Ele se inclinou para lavar a barriga do animal e o cavalo se retesou. Flittman achou que Drummer ia fazer xixi nele outra vez e isso era mais do que o homenzinho hostilizado e esgotado poderia suportar. Ele saiu de baixo e deu um soco na barriga do cavalo. O cavalo levantou uma perna e lhe deu um coice certeiro na cabeça. Flittman rolou sob o cavalo e caiu, inconsciente.

Evy desceu correndo. O cavalo relinchou alegremente quando a viu, mas ela não lhe deu atenção. Quando ele olhou e viu que Evy tentava arrastar Flittman debaixo dele, começou a andar. Talvez quisesse ajudá-la afastando a carroça do homem desmaiado ou sua intenção era simplesmente terminar o serviço, rolando a carroça por cima dele. Evy gritou, "Ôa, garoto", e Drummer parou bem na hora.

Um menino chamou um policial, que foi buscar uma ambulância. O médico da ambulância não conseguiu identificar se Flittman tinha uma fratura ou uma concussão, e o encaminhou para o Hospital Greenpoint.

Bem, havia o cavalo e a carroça cheia de frascos de leite vazios para serem levados de volta ao estábulo. Evy nunca conduzira um cavalo, mas não havia razão para que não pudesse fazê-lo agora. Vestiu um casaco velho do marido, enrolou um xale na cabeça, subiu no assento da carroça, pegou as rédeas e gritou, "Para casa, Drummer". O cavalo virou a cabeça para trás e lhe lançou um olhar amoroso, depois partiu em um trote alegre.

Felizmente ele sabia o caminho. Evy não tinha a menor ideia de onde ficava o estábulo. Ele era um cavalo esperto. Parava em todos os cruzamentos e esperava enquanto Evy olhava para os lados para conferir o tráfego. Se tudo estivesse desimpedido, ela dizia, "Em frente, garoto". Se outro veículo estivesse vindo, ela dizia, "Um minuto, garoto". Dessa forma, eles chegaram ao estábulo sem nenhum incidente e o cavalo trotou orgulhosamente para o seu lugar habitual. Outros condutores, que lavavam suas carroças, ficaram surpresos de ver uma mulher à frente do serviço. Fizeram tanto alvoroço que o dono do estábulo veio correndo e Evy lhe contou o que havia acontecido.

— Já não era sem tempo — disse o chefe. — O Flittman nunca gostou desse cavalo e o cavalo nunca gostou dele. Bem, vamos ter que arranjar outro homem.

Com receio de que seu marido perdesse o emprego, Evy perguntou se ela poderia fazer o trabalho enquanto ele estava no hospital. Argumentou que o leite era entregue ainda de madrugada e ninguém nem saberia. O chefe riu dela. Ela lhe confessou o quanto eles precisavam daqueles vinte e dois e cinquenta por semana. Suplicou tanto, e parecia tão frágil, bonita e determinada, que ele acabou cedendo. Deu-lhe a lista dos clientes e lhe disse que os rapazes carregariam a carroça para ela. O cavalo conhecia o trajeto, disse ele, e não seria muito difícil. Um dos condutores sugeriu que ela levasse o cachorro do estábulo junto para lhe fazer companhia e protegê-la dos ladrões de leite. O chefe concordou. Disse-lhe para estar no estábulo às duas da manhã. Evy foi a primeira leiteira na rota.

Ela se saiu bem. Os colegas no estábulo gostavam dela e diziam que ela trabalhava melhor que Flittman. Além de ter um espírito prático, ela era doce e feminina, e os homens adoravam seu jeito baixo e um pouco ofegante de falar. E o cavalo estava muito feliz e colaborava tanto quanto podia. Ele parava automaticamente diante de cada casa onde o leite devia ser entregue e nunca saía antes que ela estivesse sentada em segurança.

Como Flittman, ela o trazia para casa enquanto almoçava. Como o tempo estava muito frio, pegava uma velha colcha e a jogava sobre ele para que não se resfriasse enquanto a esperava. Levava a aveia para cima e a aquecia no fogão por alguns minutos antes de alimentá-lo. Achava que aveia gelada não era apetitosa. O cavalo gostava da aveia aquecida. Depois que ele terminava de mastigar, ela lhe dava meia maçã ou um cubo de açúcar.

Como achava que estava frio demais para lavá-lo na rua, ela o levava de volta ao estábulo para fazer isso. Achava o sabão amarelo muito áspero, então levava uma barra de sabonete mais macio e uma grande toalha de banho velha para enxugá-lo. Os homens no estábulo se ofereceram para lavar o cavalo e a carroça para ela, mas ela insistiu que queria lavar o cavalo ela mesma. Dois homens brigaram sobre quem lavaria a carroça. Evy resolveu a situação dizendo que um poderia lavar em um dia e o outro no dia seguinte.

Aquecia a água para lavar Drummer em uma chapa a gás no escritório do patrão. Jamais pensaria em lavá-lo com água fria. Ela o banhava com a água aquecida e o sabonete cheiroso e o secava com a toalha por inteiro cuidadosamente. Ele nunca cometeu uma indignidade enquanto ela o lavava. Bufava e relinchava feliz durante o banho. Sua pele ondulava de voluptuosidade enquanto Evy o esfregava para secá-lo. Quando ela trabalhava em seu peito, ele apoiava a enorme cabeça no pequeno ombro dela. Não havia dúvida quanto a isso. O cavalo estava loucamente apaixonado por Evy.

Quando Flittman se recuperou e voltou para o trabalho, o cavalo se recusou a deixar o estábulo com ele no assento da carroça. Tiveram que dar a Flittman outra rota e outro cavalo. Mas Drummer também não saía com nenhum outro condutor. O patrão estava quase decidido a vendê-lo, quando teve uma ideia. Entre os condutores, havia um rapaz efeminado que ceceava ao falar. Eles o puseram na carroça de Flittman. Drummer pareceu satisfeito e consentiu em sair com o condutor afável no assento.

Assim, Drummer retomou suas tarefas normais. Mas cotidianamente, ao meio-dia, ele virava na rua em que Evy morava e parava na frente da casa dela. Não voltava para o estábulo até que Evy descesse, lhe desse um pedaço de maçã ou um pouco de açúcar, afagasse seu focinho e o chamasse de bom garoto.

— Ele era um cavalo engraçado — disse Francie, depois que ouviu a história.

— Podia ser engraçado — disse tia Evy —, mas certamente sabia o que queria.

32

F RANCIE TINHA COMEÇADO UM DIÁRIO EM SEU ANIVERSÁRIO DE treze anos com a entrada:
"15 de dezembro. Hoje eu entro na adolescência. O que será que o ano me trará?"

O ano trouxe pouco, a julgar pelas entradas, que se tornaram mais esparsas conforme o ano avançava. Ela havia decidido começar um diário porque as heroínas de ficção sempre tinham um e o enchiam de pensamentos exuberantes e carregados de suspiros. Francie achava que seu diário seria assim, mas, exceto por algumas observações românticas sobre Harold Clarence, o ator, as entradas eram prosaicas. Perto do fim do ano, ela folheou as páginas, lendo um item aqui e ali.

8 de janeiro. A vovó Mary Rommely tem uma linda caixa entalhada que seu bisavô fez na Áustria mais de cem anos atrás. Dentro dela tem um vestido preto, um corpete branco, sapatos e meias. São suas roupas de funeral, porque ela não quer ser enterrada com uma

mortalha. O tio Willie Flittman disse que quer ser cremado e que suas cinzas sejam espalhadas do alto da Estátua da Liberdade. Ele acha que vai ser um pássaro na próxima vida e quer começar bem. A tia Evy disse que ele já é um pássaro, um joão-bobo. A mamãe me repreendeu por rir. Cremar é melhor que enterrar? Eu não sei.

10 de janeiro. O papai está doente hoje.

21 de março. O Neeley roubou flores de salgueiro do McCarren's Park para dar para a Gretchen Hahn. A mamãe disse que ele é muito novo para ficar pensando em meninas. "Você vai ter muito tempo para isso", ela falou.

2 de abril. O papai não trabalha há três semanas. Tem algo errado com as mãos dele. Elas tremem tanto que ele não consegue segurar nada.

20 de abril. A tia Sissy falou que vai ter um bebê. Eu não acredito, porque a barriga dela está reta. Ouvi ela dizer para a mamãe que está carregando o bebê atrás. Não sei, não.

8 de maio. O papai está doente hoje.

9 de maio. O papai foi trabalhar esta noite, mas teve que voltar para casa. Ele disse que as pessoas não precisavam dele.

10 de maio. O papai está doente. Teve pesadelos de dia e gritou. Eu tive que ir chamar a tia Sissy.

12 de maio. O papai não trabalha há mais de um mês. O Neeley quer fazer seus documentos para trabalhar e sair da escola. A mamãe disse "não".

15 de maio. O papai trabalhou esta noite. Disse que vai se encarregar de tudo a partir de agora. Ficou bravo com o Neeley por causa da ideia de trabalhar.

17 de maio. O papai voltou para casa doente. Umas crianças estavam seguindo ele na rua e fazendo piadinhas. Eu odeio crianças.

20 de maio. O Neeley está vendendo jornais agora. Ele não me deixa ajudar.

28 de maio. O Carney não beliscou o meu rosto hoje. Ele beliscou o de outra menina. Acho que estou ficando muito grande para vender no ferro-velho.

30 de maio. A srta. Garnder disse que vão publicar a minha redação do inverno em uma revista.

2 de junho. O papai veio para casa doente hoje. O Neeley e eu tivemos que ajudar a mamãe a subir as escadas com ele. O papai chorou.

4 de junho. Recebi nota "A" na minha redação hoje. Tivemos que escrever sobre "Minha Ambição". Eu fiz só um erro. Escrevi *dramatruga* e a srta. Garnder corrigiu para *dramaturga*.

7 de junho. Dois homens trouxeram o papai para casa hoje. Ele estava doente. A mamãe não estava em casa. Eu pus o papai na cama e dei café para ele. Quando a mamãe chegou, ela disse que eu fiz certo.

12 de junho. A srta. Tynmore me deu a "Serenata" de Schubert hoje. A mamãe está na minha frente. Ela recebeu a "Estrela vespertina" de Tannhäuser. O Neeley diz que está na frente de nós duas. Ele consegue tocar "Alexander's Ragtime Band" sem partitura.

20 de junho. Fui ver uma peça hoje. Vi *The Girl of the Golden West*. Foi a melhor peça que já vi, o jeito que o sangue pingava do teto.

21 de junho. O papai ficou fora por duas noites. Nós não sabíamos onde ele estava. Ele voltou para casa doente.

22 de junho. A mamãe virou meu colchão hoje, encontrou meu diário e leu. Em todo lugar em que eu tinha escrito a palavra "bêbado", ela me fez riscar e escrever "doente". Foi uma sorte que eu não tinha escrito nada contra a mamãe. Se um dia eu tiver filhos, não vou ler o diário deles, porque acredito que até uma criança tem direito a alguma privacidade. Se a mamãe encontrar isto de novo e ler, espero que ela entenda a dica.

23 de junho. O Neeley falou que tem uma namorada. A mamãe disse que ele é novo demais. Sei lá.

25 de junho. O tio Willie, a tia Evy, a Sissy e o John dela vieram em casa esta noite. O tio Willie bebeu muita cerveja e chorou. Ele disse que o cavalo novo que lhe deram, Bessie, fazia pior do que urinar nele. A mamãe me repreendeu por rir.

27 de junho. Terminamos a Bíblia hoje. Agora temos que começar tudo de novo. Já lemos Shakespeare inteiro quatro vezes.
1º de julho. Intolerância...

Francie pôs a mão sobre a entrada para esconder as palavras. Por um momento, achou que as ondas rolariam sobre ela outra vez. Mas a sensação passou. Ela virou a página e leu outra entrada.

4 de julho. O sargento McShane trouxe o papai para casa hoje. O papai não foi preso como tínhamos pensado. Ele estava doente. O sr. McShane deu uma moeda de vinte e cinco centavos para mim e outra para o Neeley. A mamãe nos fez devolver.
5 de julho. O papai continua doente. Será que um dia ele vai trabalhar de novo? Eu não sei.
6 de julho. Começamos a fazer o jogo do polo norte hoje.
7 de julho. Polo norte.
8 de julho. Polo norte.
9 de julho. Polo norte. O resgate esperado não veio.
10 de julho. Abrimos o banco de lata hoje. Havia oito dólares e vinte centavos nele. Minhas moedas douradas tinham ficado pretas.
20 de julho. Todo o dinheiro do banco de lata foi embora. A mamãe pegou algumas roupas para lavar da sra. McGarrity. Eu ajudei a passar, mas queimei um buraco na roupa de baixo da sra. McGarrity. A mamãe não me deixa mais passar.
23 de julho. Arranjei um emprego só para o verão no restaurante do Hendler. Eu lavo pratos durante o horário de movimento no almoço e no jantar. Uso punhados de sabão líquido que tiro de um barril. Na segunda-feira, um homem vem e recolhe três barris de restos de gordura e traz de volta um barril de sabão na quarta-feira. Nada se perde neste mundo. Recebo dois dólares por semana e as refeições. Não é um trabalho duro, mas eu não gosto daquele sabão.
24 de julho. A mamãe me disse que daqui a pouco eu já vou ser uma mulher. Eu não sei.

28 de julho. Floss Gaddis e Frank vão se casar assim que ele tiver um aumento. O Frank falou que, do jeito que o presidente Wilson está fazendo, vamos estar em guerra a qualquer momento. Ele disse que vai se casar porque quer uma esposa e filhos para não ter que lutar quando a guerra vier. A Flossie falou que isso não é verdade, que é um caso de amor verdadeiro. Não sei, não. Lembro como a Flossie andava atrás dele anos atrás enquanto ele lavava o cavalo.

29 de julho. O papai não estava doente hoje. Ele vai arranjar um emprego. Ele disse que a mamãe tem que parar de lavar para a sra. McGarrity e eu tenho que largar meu emprego. Ele falou que vamos ser ricos e que vamos morar todos juntos no campo. Não sei, não.

10 de agosto. A Sissy disse que vai ter um bebê logo. Não sei, não. Ela está reta como uma tábua.

17 de agosto. O papai está trabalhando há três semanas. Temos jantares maravilhosos.

18 de agosto. O papai está doente.

19 de agosto. O papai está doente porque perdeu o emprego. O sr. Hendler não quer me aceitar de volta no restaurante. Ele falou que eu não sou confiável.

1º de setembro. A tia Evy e o tio Willie vieram em casa hoje. O Willie cantou "Frankie and Johnny" e pôs palavras sujas na letra. A tia Evy subiu em uma cadeira e deu um soco no nariz dele. A mamãe me repreendeu por rir.

10 de setembro. Comecei meu último ano de escola. A srta. Garnder disse que, se eu continuasse tirando "A" nas redações, ela talvez me deixasse escrever uma peça para a formatura. Eu tenho uma ideia muito bonita. Vai ter uma menina de vestido branco e cabelos compridos descendo pelas costas e ela vai ser o Destino. Outras meninas vão vir para o palco e vão dizer o que *querem* da Vida, e o Destino vai lhes dizer o que elas *vão ter*. No fim, uma menina em um vestido azul vai abrir os braços e dizer: "Afinal, será que a vida merece ser vivida?" E um coro vai responder: "Sim". Só que vai ser

tudo com rima. Eu contei sobre isso para o papai, mas ele estava muito doente para entender. Pobre papai.

    18 de setembro. Eu perguntei para a mamãe se eu podia cortar o cabelo na altura do queixo e ela disse que "não, que o cabelo era a maior beleza de uma mulher". Isso significa que ela espera que eu vire mulher logo? Eu espero que sim, porque quero ser dona da minha própria vida e cortar o cabelo do jeito que eu tiver vontade.

    24 de setembro. Esta noite, enquanto eu tomava banho, descobri que estava virando uma mulher. Até que enfim!

    25 de outubro. Vou ficar contente quando este caderno acabar, porque já estou cansando de fazer um diário. Nunca acontece nada importante.

Francie chegou à última entrada. Só havia mais uma página em branco. Bem, quanto antes ela a preenchesse, mais depressa o diário acabaria e ela não teria mais que se preocupar com isso. Ela molhou o lápis.

    2 de novembro. Sexo é algo que não tem como não entrar na vida de todo mundo. As pessoas escrevem artigos contra ele. Os padres pregam contra ele. Até fazem leis contra ele. Mas ele continua acontecendo mesmo assim. Todas as meninas na escola só têm um assunto: sexo e meninos. Elas estão muito curiosas sobre isso. Eu estou curiosa sobre sexo?

Ela estudou a última frase. A prega na borda interna de sua sobrancelha direita se aprofundou. Ela riscou a interrogação e mudou a frase para: "Eu estou curiosa sobre sexo".

33

SIM, HAVIA UMA GRANDE CURIOSIDADE SOBRE SEXO ENTRE OS ADOLESCENTES de Williamsburg. Falavam muito nisso. Entre as crianças mais novas, havia algum exibicionismo (você me mostra e eu te mostro). Alguns mais dissimulados criavam jogos dúbios, como "brincar de casinha" ou "de médico". Uns poucos desinibidos faziam o que chamavam de "brincar de coisa suja".

Havia um grande mistério em torno do sexo naquela vizinhança. Quando as crianças faziam perguntas, os pais não sabiam como responder, porque não sabiam as palavras corretas para usar. Cada casal tinha suas próprias palavras secretas que eram sussurradas na cama, na calada da noite. Mas havia poucas mães suficientemente corajosas para trazer essas palavras à luz do dia e apresentá-las aos filhos. Quando as crianças se tornavam adultas, elas, por sua vez, também inventavam palavras que não podiam dizer aos *seus* filhos.

Katie Nolan não era uma covarde física nem mental. Ela enfrentava cada problema com maestria. Não se voluntariava para dar informações sobre sexo, mas, quando Francie fazia perguntas, ela respondia da melhor forma que podia. Uma vez, quando Francie e Neeley eram pequenos, eles combinaram de fazer algumas perguntas para sua mãe. Então, postaram-se diante dela e Francie foi a porta-voz.

— Mamãe, de onde nós viemos?

— Deus deu vocês para mim.

As crianças católicas estavam dispostas a aceitar isso, mas a pergunta seguinte era um enigma.

— Como Deus trouxe a gente para você?

— Não posso explicar isso, porque teria que usar um monte de palavras grandes que vocês não iam entender.

— Fale as palavras grandes e veja se a gente entende.

— Se vocês entendessem, eu não teria que lhes dizer.

— Então diga com outro tipo de palavras. Conte para nós como os bebês chegam aqui.

— Não, vocês ainda são muito pequenos. Se eu lhes dissesse, vocês iam sair contando para as outras crianças que conhecem, as mães delas viriam aqui e diriam que eu sou uma mulher suja e haveria brigas.

— Bom, então diga por que as meninas são diferentes dos meninos.

A mamãe pensou um pouco.

— A principal diferença é que uma menininha senta quando vai ao banheiro e um menino fica de pé.

— Mas, mamãe — disse Francie —, eu fico de pé quando estou com medo naquele banheiro escuro.

— E eu — confessou o pequeno Neeley — sento quando...

A mamãe interrompeu.

— Bem, há um pouco de homem em cada mulher e um pouco de mulher em cada homem.

Isso encerrou a conversa, porque era tão confuso que as crianças decidiram parar por ali.

Como escreveu em seu diário, quando Francie começou a se transformar em uma mulher, ela procurou a mãe para falar sobre sua curiosidade sobre sexo. E Katie lhe disse, de forma clara e simples, tudo que ela própria sabia. Houve momentos na conversa em que Katie precisou usar palavras que eram consideradas sujas, mas ela as usou com coragem e sem hesitar, porque não conhecia outros termos. Ninguém jamais havia lhe contado sobre as coisas que ela contou para sua filha. E, naquele tempo, não havia livros disponíveis para pessoas como Katie onde pudessem aprender sobre sexo do jeito certo. Apesar das palavras diretas e da formulação simples, não havia nada de ofensivo nas explicações de Katie.

Francie teve mais sorte que a maioria das crianças da vizinhança. Ela descobriu tudo que precisava saber na hora em que precisava saber. Nunca teve que se esgueirar por corredores escuros com outras meninas e trocar confidências cheias de culpa. Nunca teve que aprender as coisas de maneira distorcida.

Se o sexo normal era um grande mistério na vizinhança, o sexo criminoso era um livro aberto. Em todas as áreas pobres e superpopulosas da cidade, o furtivo maníaco sexual é um pesadelo que assombra os pais. Parece haver um em cada região. Havia um em Williamsburg naquele ano em que Francie fez catorze anos. Por um longo tempo, ele vinha molestando meninas e, embora a polícia estivesse continuamente à sua procura, ele nunca foi pego. Uma das razões era que, quando uma menina era atacada, os pais mantinham o fato em segredo para que ninguém soubesse e discriminasse a criança, olhasse-a como uma coisa à parte e tornasse impossível para ela retomar uma infância normal com suas amiguinhas.

Um dia, uma menina do quarteirão de Francie foi morta e o caso se tornou público. Era uma criança quieta de sete anos, bem-comportada e obediente. Quando ela não voltou da escola, sua mãe não se preocupou; achou que ela tivesse parado em algum lugar para brincar. Depois do jantar, saíram à procura dela; interrogaram suas amigas. Ninguém tinha visto a menina desde a saída da escola.

Uma onda de medo varreu a vizinhança. As crianças foram chamadas para dentro de casa e mantidas atrás de portas trancadas. McShane veio com meia dúzia de policiais e eles começaram a vasculhar telhados e porões.

A criança foi encontrada, por fim, por seu irmão apalermado de dezessete anos. Seu pequeno corpo estava deitado sobre um carrinho de boneca arrebentado no porão de uma casa próxima, o vestido e as roupas de baixo rasgados, os sapatos e as pequenas meias vermelhas jogados sobre uma pilha de cinzas. O irmão foi interrogado. Ele estava nervoso e gaguejava quando respondia. Prenderam-no como suspeito. McShane não era burro. A prisão era uma armadilha para enganar o assassino. McShane sabia que o assassino se sentiria seguro para atacar de novo; e, dessa vez, a polícia estaria à sua espera.

Os pais entraram em ação. Avisaram as crianças (e para o inferno com as palavras certas) sobre o maníaco e as coisas horríveis que ele fazia. As meninas foram alertadas a não aceitar doces de estranhos e não conversar com desconhecidos. As mães começaram a esperar seus filhos na porta da escola, no horário da saída. As ruas ficavam desertas. Era como se o flautista de Hamelin tivesse atraído todas as crianças para alguma fortaleza nas montanhas. Toda a vizinhança estava aterrorizada. Johnny ficou tão preocupado com Francie que arranjou uma arma.

Johnny tinha um amigo chamado Burt que era vigia noturno no banco da esquina. Burt tinha quarenta anos e era casado com uma moça com metade da idade dele, de quem tinha um ciúme insano. Desconfiava que ela recebia um amante à noite, quando ele estava no banco. Pensava tanto nisso que chegou à conclusão de que seria um alívio se soubesse com certeza que isso realmente acontecia. Estava disposto a trocar a suspeita agoniante pela dolorosa realidade. Então aparecia em casa em horários inesperados à noite enquanto seu amigo Johnny Nolan vigiava o banco por ele. Tinham um sistema de sinais. Quando, à noite, o pobre Burt ficava tão atormentado que tinha que ir para casa, ele pedia para o guarda na ronda tocar a campainha dos Nolan três vezes. Se Johnny estivesse em casa quando o sinal chegasse, ele pulava da cama como um bombeiro, vestia-se rapidamente e corria para o banco como se sua vida dependesse disso.

Depois que o vigia saía, Johnny se deitava na caminha estreita de Burt e sentia o revólver duro através do travesseiro baixo. Torcia para alguém tentar roubar o banco para que ele pudesse salvar o dinheiro e ser um herói. Mas todas as horas de sua vigília noturna eram sem incidentes. Não houve sequer a emoção do vigia pegando sua esposa em adultério. A moça sempre estava dormindo profundamente e sozinha quando seu marido se esgueirava para dentro do apartamento.

Quando Johnny soube do estupro e assassinato, foi até o banco ver seu amigo Burt. Perguntou ao vigia se ele tinha outra arma.

— Tenho. Por quê?

— Eu queria pedir ela emprestada, Burt.

— Por quê, Johnny?

— Tem esse sujeito que matou a menininha no nosso quarteirão.

— Tomara que peguem ele, Johnny. Tomara mesmo que peguem o filho da mãe.

— Eu tenho uma filha.

— É, eu sei, Johnny.

— Então eu queria que você me emprestasse uma arma.

— Isso é contra a lei.

— Também é contra a lei você largar o banco e me deixar aqui. Como você pode saber? E se eu for um ladrão?

— Ah, não, Johnny.

— Eu acho que, se nós descumprimos uma lei, podemos muito bem descumprir outra também.

— Tudo bem bom, tudo bem. Eu empresto. — Ele abriu uma gaveta e tirou um revólver. — Eu vou te mostrar. Quando você quiser matar alguém, tem que apontar para ele desse jeito — ele apontou para Johnny — e puxar isto aqui.

— Entendi. Deixa eu experimentar. — Johnny, por sua vez, apontou para Burt.

— Claro que eu mesmo — disse Burt — nunca atirei com essa coisa do diabo.

— Esta é a primeira vez que eu seguro uma arma na mão — explicou Johnny.

— Então cuidado — disse o vigia, ressabiado. — Ela está carregada!

Johnny estremeceu e baixou a arma cuidadosamente.

— Caramba, Burt, eu não sabia. A gente podia ter se matado.

— Nossa, é verdade. — O vigia se arrepiou.

— Uma contração de um dedo e um homem está morto — refletiu Johnny.

— Johnny, você não está pensando em se matar, não é?

— Não, vou deixar a bebida fazer isso. — Johnny começou a rir, mas parou abruptamente. Quando ele estava saindo com a arma, Burt disse:

— Me avise se você pegar o canalha.

— Aviso — prometeu Johnny.

— Está bem. Até mais.

— Até mais, Burt.

Johnny reuniu a família à sua volta e explicou sobre a arma. Advertiu Francie e Neeley para não tocarem nela.

— Este pequeno cilindro carrega a morte para cinco pessoas — ele explicou, dramaticamente.

Francie achou que o revólver parecia um grotesco dedo chamando, um dedo que chamava a morte e a fazia vir correndo. Ficou contente quando seu pai a guardou fora de vista, embaixo do travesseiro dele.

A arma ficou embaixo do travesseiro de Johnny por um mês e nunca foi tocada. Não houve mais atos de violência na vizinhança. Parecia que o maníaco tinha ido embora. As mães começaram a relaxar. Algumas, no entanto, como Katie, continuaram a ficar de olho na porta ou corredor quando sabiam que as crianças estavam para chegar da escola. Era hábito do assassino espreitar em corredores escuros à espera de suas vítimas. Katie achava que não custava nada ter cuidado.

Quando a maioria das pessoas se iludiu com a sensação de segurança, o pervertido atacou outra vez.

Uma tarde, Katie estava limpando os corredores da segunda casa depois da sua. Ouviu as crianças na rua e soube que as aulas tinham terminado. Refletiu se seria necessário voltar e esperar no corredor por Francie como fazia desde que ocorrera o assassinato. Francie tinha quase catorze anos, idade suficiente para cuidar de si. Além disso, o assassino geralmente atacava meninas de seis ou sete anos. Talvez ele tivesse sido preso em algum outro bairro e estivesse seguro na cadeia. Ainda assim... Ela hesitou, depois decidiu ir para casa. Precisaria mesmo de uma nova barra de sabão em menos de uma hora e poderia matar dois coelhos com uma cajadada só se já o pegasse agora.

Olhou para um lado e para outro da rua e ficou inquieta quando não viu Francie entre as crianças. Então lembrou que Francie vinha de uma escola mais longe e chegava em casa um pouco mais tarde. No apartamento, Katie resolveu esquentar o café e tomar uma xícara. Quando terminasse, Francie já deveria estar em casa e sua mente ficaria em paz. Foi para o quarto ver se a arma continuava embaixo do travesseiro. Claro que estava e ela se sentiu boba por ter ido olhar. Tomou o café, pegou a barra de sabão amarelo e saiu para voltar ao trabalho.

Francie chegou em casa na hora de costume. Abriu a porta de entrada, olhou de um lado a outro o longo e estreito corredor, não viu nada e fechou a sólida porta de madeira. Agora, o corredor estava escurecido. Caminhou a curta distância até a escada. Quando pôs o pé no primeiro degrau, ela o viu.

Ele saiu de um pequeno nicho embaixo da escada que tinha uma entrada para o porão. Seus passos eram leves, mas longos. Ele era magro e baixo e usava um terno escuro maltrapilho com uma camisa sem colarinho e sem gravata. O cabelo espesso e volumoso descia sobre a testa quase até as sobrancelhas. Tinha um nariz pontudo e a boca era uma linha fina e torta. Mesmo na semiescuridão, Francie percebeu os olhos de aparência molhada. Ela subiu mais um degrau e, quando conseguiu vê-lo melhor, suas pernas se transformaram em um bloco de cimento. Não conseguia levantá-las para dar o próximo passo! Suas mãos alcançaram duas barras do corrimão e ela as agarrou. O que a hipnotizou e a tornou incapaz de se mover foi o fato de que o homem estava vindo em sua direção com a calça aberta. Francie olhou para a parte exposta do corpo dele com um terror paralisante. Era branco como uma minhoca em contraste com o tom escuro e doentio de seu rosto e mãos. Sentiu o mesmo tipo de náusea que havia sentido certa vez quando viu um punhado de vermes brancos e gordos rastejando sobre a carcaça pútrida de um rato. Tentou gritar "Mamãe", mas sua garganta se fechou. Era como um sonho horrível em que se tenta gritar e não sai nenhum som. Ela não conseguia se mover! Não conseguia se mover! Suas mãos doíam de agarrar as barras do corrimão. Irrelevantemente, se perguntou como elas não quebravam com a força de seus dedos. E, agora, ele estava vindo em sua direção e ela não conseguia correr! Não conseguia correr! *Por favor, Deus*, ela rezou, *faça algum vizinho aparecer.*

Nesse momento, Katie descia a escada em silêncio com a barra de sabão amarelo na mão. Quando chegou ao alto do último lance, olhou para baixo e viu o homem avançando em direção a Francie, que estava paralisada, agarrada ao corrimão. Katie não fez nenhum ruído. Nenhum dos dois a viu. Ela se virou silenciosamente e subiu depressa os dois lances de escada até seu apartamento. Sua mão estava firme quando pegou a chave embaixo do capacho e abriu a porta. Perdeu um tempo precioso, sem consciência do que estava fazendo, para colocar a barra de sabão amarelo sobre a tampa da tina de lavar. Pegou a arma embaixo do travesseiro, fez mira e, mantendo-a apontada, colocou-a sob o avental. Agora sua mão tremia. Pôs a outra mão embaixo do avental e estabilizou o revólver com as duas mãos. Segurando a arma assim, correu escada abaixo.

O assassino havia chegado ao pé da escada, contornado, subido os dois degraus e, rápido como um gato, passou um braço em volta do pescoço de Francie e pressionou a palma da mão sobre sua boca para impedi-la de gritar. Segurou-a pela cintura com o outro braço e começou a puxá-la. Ele escorregou e a parte exposta de seu corpo tocou a perna nua de Francie, que convulsionou como se uma chama tivesse encostado nela. As pernas saíram do estado de paralisia e ela começou a chutar e se debater. Então o pervertido pressionou seu corpo contra o dela, prendendo-a de encontro ao corrimão, e pôs-se a soltar os dedos dela agarrados à barra, um por um. Soltou uma das mãos, forçou-a para trás das costas dela e apoiou-se nela com força, enquanto começava a trabalhar com a outra mão.

Nesse momento, ouviu-se um barulho. Francie olhou para cima e viu sua mãe descendo o último lance da escada. Katie corria, desajeitada, sem se equilibrar direito por estar com as duas mãos segurando a arma embaixo do avental. O homem a viu. Não percebeu que ela estava armada. Relutante, soltou Francie e desceu os dois degraus, mantendo os olhos molhados em Katie. Francie ficou parada, uma das mãos ainda agarrada ao corrimão, sem conseguir se soltar. O homem se afastou da escada, pressionou as costas contra a parede e começou a deslizar por ela em direção à porta do porão. Katie parou, ajoelhou em um degrau, enfiou o volume que tinha sob o avental entre duas barras do corrimão, arregalou os olhos para a parte exposta do corpo dele e puxou o gatilho.

Ouviu-se uma forte explosão e o cheiro de pano queimado enquanto o furo no avental de Katie fumegava. O lábio do pervertido se curvou para trás, mostrando dentes sujos e quebrados. Ele pôs as duas mãos na barriga e caiu. As mãos se afastaram quando ele atingiu o chão e o sangue se espalhou por toda aquela parte dele que era branca como uma minhoca. O estreito corredor ficou cheio de fumaça.

Mulheres gritaram. Portas se abriram de repente. Sons de pés apressados ecoaram pelos corredores. Pessoas começaram a entrar da rua para o saguão. Em um segundo, o vestíbulo do prédio estava congestionado e ninguém conseguia entrar ou sair.

Katie agarrou a mão de Francie e tentou puxá-la pela escada, mas os dedos da menina estavam congelados no corrimão. Ela não conseguia abri-los. Desesperada, Katie bateu no pulso de Francie com a coronha do revólver e os dedos entorpecidos finalmente relaxaram. Katie a puxou escada acima e pelos corredores. Por todo o caminho, encontraram mulheres saindo de seus apartamentos.

— O que aconteceu? O que aconteceu? — elas gritavam.
— Está tudo bem agora. Está tudo bem — Katie lhes dizia.

Francie tropeçava e caía de joelhos. Katie teve de arrastá-la de joelhos ao longo do último corredor. Ela a enfiou dentro de casa e no sofá na cozinha, depois passou a corrente na porta. Enquanto punha o revólver com cuidado ao lado da barra de sabão amarelo, sua mão tocou acidentalmente o cano. Ela se assustou quando sentiu que ele estava quente. Katie não sabia nada sobre armas; nunca havia atirado antes. Achou que o calor poderia fazer a arma disparar sozinha. Abriu a tampa da tina de lavar e jogou o revólver na água onde algumas roupas sujas descansavam, de molho. Como a barra de sabão amarelo estava ali no meio, ela a jogou junto com a arma. Em seguida foi até Francie.

— Ele machucou você, Francie?

— Não, mamãe — ela gemeu. — Só que ele... o seu... aquilo... tocou na minha perna.

— Onde?

Francie apontou para um ponto acima da meia azul. A pele estava clara e intacta. Francie a olhou com surpresa. Tinha a impressão de que a pele estaria corroída ali.

— Não aconteceu nada — disse sua mãe.

— Mas eu ainda estou sentindo onde aquilo encostou. — Ela gemeu e gritou, insanamente: — Eu quero cortar a minha perna!

As pessoas batiam na porta, perguntando o que havia acontecido. Katie as ignorou e manteve a porta trancada. Fez Francie engolir uma xícara de café preto muito quente. Depois ficou andando de um lado para o outro. Estava trêmula agora. Não sabia o que fazer.

Neeley estava na rua no momento em que o tiro soou. Quando viu as pessoas se aglomerando na entrada da casa, também se enfiou no meio delas para entrar. Subiu alguns degraus e olhou sobre o corrimão. O pervertido estava encolhido onde havia caído. A multidão de mulheres havia arrancado a calça dele e todas as que conseguiam chegar perto cravavam os saltos do sapato em sua carne. Outras o chutavam e cuspiam nele. Todas lhe gritavam obscenidades. Neeley ouviu o nome de sua irmã.

— Francie Nolan?

— É. Francie Nolan.

— Tem certeza? Francie Nolan?

— Eu vi.

— A mãe dela veio e...

— Francie Nolan!

Ele ouviu a sirene da ambulância. Achou que Francie havia sido assassinada. Correu escada acima, aos soluços. Bateu na porta, gritando.

— Me deixe entrar, mamãe! Me deixe entrar!

Katie abriu a porta. Quando ele viu Francie deitada no sofá, chorou ainda mais alto. Francie começou a chorar também.

— Parem! Parem! — Katie gritou e sacudiu Neeley até abafar todos os soluços dele. — Vá correndo chamar seu pai. Procure em toda parte até encontrá-lo.

Neeley encontrou seu pai no bar do McGarrity. Johnny estava prestes a se acomodar para uma longa tarde bebendo sem pressa. Quando ouviu a história do filho, largou o copo e os dois saíram correndo. Não conseguiram entrar em casa. A ambulância estava na porta e quatro policiais abriam espaço entre a multidão, tentando fazer o médico da ambulância entrar.

Johnny e Neeley passaram pelo porão vizinho até o pátio, ajudaram um ao outro a pular a cerca de madeira para o seu próprio pátio e subiram pela escada de incêndio. Quando Katie viu o chapéu-coco de Johnny aparecer do lado de fora da janela, gritou e correu freneticamente à procura do revólver. Felizmente para Johnny, ela tinha esquecido onde o havia jogado.

Johnny correu para Francie e, apesar de ela já estar crescida, ergueu-a nos braços como se ela fosse um bebê. Ele a embalou e lhe pediu que dormisse. Francie não parava de insistir que queria que cortassem sua perna.

— Ele pegou a Francie? — perguntou Johnny.

— Não, mas eu, sim, o peguei — respondeu Katie, duramente.

— Você atirou nele com o revólver?

— Com o que mais eu faria isso? — Ela lhe mostrou o furo no avental.

— Pegou ele para valer?

— O melhor que eu pude. Mas ela não para de falar da perna. O seu... — seu olhar deslizou para Neeley — ... bom, você sabe, encostou na perna dela. — Ela apontou para o lugar. Johnny olhou, mas não viu nada. — É péssimo que isso tenha acontecido com ela — disse Katie. — Ela é dessas pessoas que lembram. Pode ser que nunca se case, só de lembrar.

— Nós vamos dar um jeito nessa perna — prometeu o papai.

Ele pôs Francie de volta no sofá, pegou o desinfetante e passou o líquido puro no local. Francie recebeu com prazer a dor ardente do ácido. Sentiu que o mal do toque do homem estava sendo arrancado.

Alguém bateu na porta. Ficaram em silêncio e não atenderam. Não queriam nenhum intruso em casa naquele momento. Uma forte voz irlandesa chamou.

— Abram a porta. É a polícia.

Katie abriu. Um policial entrou, seguido por um médico-residente da ambulância que carregava uma maleta. O policial apontou para Francie.

— Essa é a criança que ele tentou pegar?

— É.

— O médico aqui tem que fazer um exame.

— Eu não vou permitir — protestou Katie.

— É a lei — ele respondeu, sobriamente.

Então Katie e o médico-residente levaram Francie para o quarto, e a criança, aterrorizada, teve de se submeter à indignidade de um exame. O hábil médico fez uma avaliação rápida e cuidadosa. Depois se ergueu e começou a guardar os instrumentos de volta na maleta.

— Ela está bem. Ele não chegou perto dela. — Segurou o pulso inchado de Francie. — Como isto aconteceu?

— Eu tive que bater nela com o revólver para ela largar o corrimão — explicou Katie. Ele notou o joelho esfolado.

— E isto?

— Isso foi porque eu tive que arrastá-la pelo corredor.

E então ele chegou à queimadura vermelha pouco acima do tornozelo.

— E o que, em nome de Deus, é isto?

— Isso é onde o pai dela lavou a perna com desinfetante, no lugar onde o homem encostou.

— Meu Deus! — explodiu o médico-residente. — Vocês estão tentando produzir uma queimadura de terceiro grau na menina? — Ele abriu a maleta outra vez, passou pomada calmante sobre a queimadura e fez um curativo caprichado. — Meu Deus! — disse de novo. — Vocês dois causaram mais danos que o criminoso. — Ele ajeitou o vestido de Francie, deu uma batidinha em seu rosto e disse: — Você vai ficar bem, garotinha. Vou lhe dar algo para dormir. Quando acordar, lembre-se apenas de que teve um pesadelo. É só isso, um pesadelo, está ouvindo?

— Sim, senhor — disse Francie, agradecida. Uma vez mais, ela viu a agulha posicionada. Lembrou-se de algo de muito tempo atrás. Ficou nervosa. *Será que seu braço estava limpo? Será que ele ia dizer...*

— Muito bem, menina corajosa — disse ele, quando a agulha entrou.

Ora, ele está do meu lado, pensou Francie, sonolenta. E dormiu imediatamente.

Katie e o médico foram para a cozinha. Johnny e o policial estavam sentados à mesa. O policial estava com um toco de lápis apertado na mão enorme, fazendo penosamente algumas anotações em um pequeno caderno.

— A menina está bem? — perguntou o policial.

— Sim — o médico-residente respondeu —, é só um problema de choque e parentalite. — Piscou para o policial. — Quando ela acordar — ele disse para Katie —, lembre-se de lhe dizer que ela teve um pesadelo. E não falem mais sobre isso sem ser como um pesadelo.

— Quanto eu lhe devo, doutor? — perguntou Johnny.

— Nada, parceiro. Isto é com a prefeitura.

— Obrigado — murmurou Johnny.

O médico notou as mãos trêmulas de Johnny. Pegou um pequeno frasco no bolso e o entregou a ele.

— Tome um gole! — ofereceu o policial, e Johnny olhou para ele. — Vá em frente, parceiro — insistiu o médico. Agradecido, Johnny tomou um longo gole. O médico passou o frasco para Katie. — A senhora também. Parece que está precisando. — Katie bebeu um grande gole. O policial entrou na conversa.

— E você acha que eu sou o quê? Um órfão?

Quando o médico-residente recebeu o frasco de volta do policial, restavam apenas dois dedos de líquido. Ele suspirou e esvaziou o frasco. O policial suspirou também e se virou para Johnny.

— Onde você guarda a arma?

— Embaixo do travesseiro.

— Vá pegar. Tenho que levar para a delegacia.

Esquecendo-se do que havia feito com a arma, Katie foi para o quarto olhar embaixo do travesseiro. Logo voltou, com ar preocupado.

— Não está lá!

O policial riu.

— Naturalmente. A senhora a pegou para atirar no verme.

Katie levou um longo tempo para lembrar que a havia jogado na tina de lavar. Então foi até lá e a pescou. O policial a enxugou e tirou as balas, depois perguntou a Johnny:

— Você tem licença para usar isto, amigo?

— Não.

— Isso complica as coisas.

— A arma não é minha.

— Quem a deu para você?

— Ni... ninguém. — Johnny não queria criar problemas para o vigia.

— Como você a conseguiu, então?

— Eu achei. É, eu achei na rua.

— Lubrificada e carregada?

— Isso mesmo.

— E essa é a sua versão?

— Sim, essa é a minha versão.

— Tudo bem para mim, amigo. Cuidado para não mudar a história.

O motorista da ambulância gritou do saguão que já tinha levado o homem para o hospital e se o médico estava pronto para ir embora.

— Hospital? — perguntou Katie. — Então eu não o matei.

— Não — disse o médico. — Nós vamos pôr o desgraçado de pé para poder andar com as próprias pernas até a cadeira elétrica.

— Eu sinto muito — disse Katie. — Eu queria matá-lo.

— Eu consegui uma declaração de culpa antes que ele desmaiasse — disse o policial. — Aquela menininha no fim do quarteirão: ele a matou. Ele foi responsável por mais dois desses serviços também. Tenho a declaração dele, assinada e com testemunhas. — Bateu no bolso. — Eu não me surpreenderia se conseguisse uma promoção por isso quando o comissário ficar sabendo.

— Espero que sim — disse Katie, desanimada. — Espero que alguém tire alguma coisa boa disso.

*

Quando Francie acordou na manhã seguinte, seu pai estava lá para lhe dizer que tinha sido tudo um sonho. E, conforme o tempo foi passando, de fato parecia um sonho para Francie. Não deixou nada horrível em suas lembranças. Seu terror havia embotado suas percepções emocionais. O momento de pavor pelo qual passara na escada fora breve, meros três minutos, e servira como uma espécie de anestesia. Os acontecimentos que se seguiram estavam nebulosos em sua mente pelo efeito da inusitada injeção. Até a audiência no tribunal, onde ela teve de contar sua versão dos fatos, pareceu parte de uma peça de teatro imaginária em que suas falas eram poucas.

Houve uma audiência, mas Katie foi avisada previamente de que era apenas uma exigência técnica. Francie guardou poucas lembranças dela, exceto que contou sua versão e Katie contou a dela. Foram necessárias poucas explicações.

— Eu estava voltando para casa da escola — testemunhou Francie — e, quando cheguei no corredor, aquele homem veio e me agarrou antes que eu pudesse gritar. Enquanto ele tentava me arrastar da escada, minha mãe desceu.

Katie disse:

— Eu desci e vi o homem ali, puxando a minha filha. Corri para o apartamento, peguei o revólver, desci depressa e atirei nele enquanto ele tentava fugir para o porão.

Francie se perguntou se sua mãe seria presa por atirar em um homem. Mas não, tudo acabou com o juiz apertando a mão da sua mãe e a dela também.

Felizmente, algo inesperado aconteceu nos jornais. Um repórter bêbado, em sua rotina de todas as noites de ligar para as delegacias e saber as notícias sobre ocorrências policiais, ouviu a história, mas confundiu o nome Nolan com o nome do policial do caso. Uma meia coluna apareceu em um jornal do Brooklyn dizendo que a sra. O'Leary, de Williamsburg, havia atirado em um vagabundo no saguão de sua casa. No dia seguinte, dois dos jornais de Nova York noticiaram em uma coluna que a sra. O'Leary, de Williamsburg, havia sido baleada no saguão de sua casa por um vagabundo.

Aos poucos, o caso foi caindo no esquecimento. Katie se tornou a heroína do bairro por algum tempo, mas a vizinhança acabou se esquecendo do maníaco assassino. Lembravam-se apenas de que Katie Nolan havia atirado em um homem. E, ao falarem dela, diziam que era bom ninguém arranjar briga com ela, pois ela não pensava duas vezes antes de puxar o gatilho.

A cicatriz produzida pelo desinfetante nunca sumiu da perna de Francie, mas encolheu para o tamanho de uma moeda. Com o tempo, Francie se acostumou com ela e, ao ficar mais velha, praticamente nem a notava mais.

Quanto a Johnny, multaram-no em cinco dólares por violar a lei de posse de armas — possuir uma arma sem licença. E, ah, sim! A jovem esposa do vigia um dia fugiu com um italiano de idade um pouco mais próxima à sua.

Alguns dias mais tarde, o sargento McShane veio procurar Katie. Ele a viu arrastando uma lata de cinzas para a calçada e seu coração se partiu de pena. Ele a ajudou com a lata. Katie agradeceu e olhou para ele. Ela o tinha visto uma única vez desde o piquenique de Mattie Mahony, quando ele perguntou a Francie se ela era sua mãe. Foi quando ele trouxe Johnny para casa, em uma ocasião em que Johnny não conseguia chegar em casa sozinho. Katie ficou sabendo que a sra. McShane estava agora internada em um sanatório para pacientes de tuberculose incuráveis. Não se esperava que vivesse muito. *Será que ele vai casar de novo... depois?*, Katie se perguntou. *Claro que sim*, ela respondeu à própria pergunta. *Ele é um homem direito, tem uma boa aparência, um bom emprego, e alguma mulher vai agarrá-lo.* Ele tirou o chapéu enquanto falava com ela.

— Sra. Nolan, os rapazes da delegacia e eu agradecemos sua ajuda para pegar o assassino.

— De nada — disse Katie, convencionalmente.

— E, para mostrar seu agradecimento, o que os rapazes fizeram? Passaram o chapéu para a senhora! — Ele estendeu um envelope.

— Dinheiro? — ela perguntou.

— Sim.

— Pode levar de volta!

— Com certeza a senhora vai precisar, com seu marido sem trabalho estável e as crianças precisando disso e daquilo.

— Isso não é da sua conta, sargento McShane. Como está vendo, eu trabalho duro e nós não precisamos de nada de ninguém.

— A senhora que sabe.

Ele guardou o envelope de volta no bolso, sem tirar os olhos dela nem um minuto. *Aqui está uma mulher*, ele pensou, *magrinha, de pele clara, rosto bonito e cabelos pretos ondulados. E ela tem coragem e orgulho para seis como ela. Eu sou um homem já de meia-idade, com quarenta e cinco anos,* os pensamentos dele continuaram, *e ela é uma jovenzinha.* (Katie tinha trinta e um anos, mas parecia muito mais nova.) *Nós dois tivemos azar no casamento. Ah, tivemos, sim.* McShane sabia tudo sobre Johnny e tinha para si que ele não duraria muito do jeito que ia. Sentia pena de Johnny; sentia pena de Molly, sua esposa. Nunca faria mal a nenhum dos dois. Jamais havia sequer considerado ser infiel à esposa doente. *Mas será que ter esperança no amor é fazer mal a algum deles?*, perguntou a si mesmo. *Claro, terá a espera. Quantos anos? Dois? Cinco? Ah, eu já esperei muito tempo sem esperança de felicidade. Claro que posso esperar um pouco mais agora.*

Ele agradeceu a ela outra vez e se despediu formalmente. Enquanto apertava sua mão, ele pensou, *Um dia ela será minha esposa. Se ela e Deus quiserem.*

Katie não podia saber o que ele pensava. (Ou podia?) Talvez. Porque algo a levou a dizer enquanto ele se afastava:

— Espero que um dia seja feliz como merece, sargento McShane.

34

Q UANDO FRANCIE OUVIU A TIA SISSY CONTAR PARA SUA MÃE QUE ia arranjar um bebê, ela se perguntou por que Sissy não tinha dito que ia *ter* um bebê, como as outras mulheres diziam. Descobriu que havia uma razão para Sissy dizer *arranjar* em vez de *ter*.

Sissy tivera três maridos. Havia dez lápides minúsculas em um pequeno terreno no Cemitério St. John's, em Cypress Hills, que pertencia a Sissy. Em cada pedra, a data de falecimento era igual à data de nascimento. Sissy tinha trinta e cinco anos e estava desesperada por não ter filhos. Katie e Johnny muitas vezes conversavam sobre isso e Katie tinha medo de que Sissy algum dia raptasse uma criança.

Sissy queria adotar um filho, mas John não aceitava de jeito nenhum.

— Eu não vou sustentar o bastardo de outro homem, entendeu? — Esse era seu jeito de expressar sua recusa.

— Você não gosta de crianças, amor? — ela perguntou, tentando amolecê-lo.

— É claro que eu gosto de crianças. Mas elas têm que ser minhas, e não de nenhum outro vagabundo — ele respondeu, insultando a si mesmo sem querer.

Na maioria das coisas, o seu John era como manteiga nas mãos de Sissy. Mas, nesse único ponto, ele se recusou a ser moldado do jeito dela. Se era para ter um filho, ele insistia, teria que ser seu e de nenhum outro homem. Sissy sabia que ele falava sério. Tinha até algum respeito por sua atitude. Mas ela *precisava* ter um bebê.

Por acaso, Sissy descobriu que uma bela menina de dezesseis anos em Maspeth tinha se envolvido com um homem casado e engravidado dele. Os pais dela, sicilianos que tinham vindo do outro lado do mapa havia pouco tempo, trancaram a menina em um quarto escuro para os vizinhos não verem sua vergonha crescer. Seu pai a mantinha em uma dieta de pão e água. Ele tinha uma teoria de que isso a enfraqueceria tanto que ela e a criança morreriam no parto. Para que a mãe de bom coração não alimentasse Lucia durante sua ausência, o pai não deixava nenhum dinheiro na casa quando ia para o trabalho de manhã. Trazia uma sacola de mantimentos toda noite quando voltava para casa e vigiava para que nenhuma comida fosse desviada e separada para a menina. Depois que a família comia, ele dava à menina sua porção diária de meio filão de pão e um jarro d'água.

Sissy ficou horrorizada quando ouviu essa história de fome e crueldade. Então pensou em um plano. Pelo jeito como eles estavam agindo, imaginou que a família ficaria feliz em dar o bebê quando ele nascesse. Decidiu dar uma olhada naquelas pessoas. Se eles parecessem normais e saudáveis, ela se ofereceria para ficar com o bebê.

A mãe não quis deixá-la entrar quando ela apareceu lá. Sissy voltou no dia seguinte com um crachá preso ao casaco. Bateu na porta. Quando uma fresta se abriu, ela apontou para o crachá e exigiu ser recebida. A mãe, assustada, achando que Sissy fosse do Departamento de Imigração, a deixou entrar. Ela não sabia ler ou teria visto que o distintivo dizia "Inspetor de frangos".

Então Sissy assumiu o controle. A futura mamãe era medrosa e desafiadora, e também muito magra em razão da dieta de fome. Sissy ameaçou a mãe da menina de prisão se ela não tratasse melhor a filha. Com muitas lágrimas e em um inglês ruim, a mãe contou sobre a desgraça e sobre o plano do marido de matar a menina e o bebê de inanição. Sissy passou o dia conversando com a mãe e com a filha. Foi quase tudo teatro. Por fim, Sissy fez-se entender que estava disposta a pegar a criança das mãos deles assim que nascesse. Quando a mãe finalmente compreendeu, cobriu a mão de Sissy de beijos agradecidos. A partir desse dia, Sissy se tornou a adorada e confiável amiga da família.

Depois que o seu John saía para o trabalho de manhã, Sissy limpava o apartamento, cozinhava uma panela de comida para Lucia e a levava ao lar italiano. Alimentava bem a menina, com uma dieta irlandesa e alemã. Tinha uma teoria de que, se a criança absorvesse essa comida antes de nascer, não seria tão italiana.

Sissy cuidava muito bem de Lucia. Em dias bonitos, ela a levava ao parque e a fazia se sentar ao sol. Durante o tempo de seu inusitado relacionamento, Sissy foi uma amiga devotada e uma companhia alegre para a menina. Lucia adorava Sissy, que era a única pessoa neste mundo que a havia tratado com gentileza. Toda a família (exceto o pai, que não sabia de sua existência) amava Sissy. A mãe e os outros filhos entraram de bom grado em uma conspiração para manter o pai na ignorância. Trancavam Lucia no quarto escuro quando ouviam os passos do pai na escada.

A família não falava muito inglês e Sissy não falava nada de italiano, mas, conforme os meses foram se passando, eles aprenderam um pouco de inglês com ela e ela aprendeu um pouco de italiano com eles, e eles conseguiam conversar. Sissy nunca lhes disse seu nome, então eles a chamavam de sua "Estátua della Libertà", em homenagem à mulher que empunhava a tocha, que fora a primeira coisa que haviam visto quando de sua chegada aos Estados Unidos.

Sissy assumiu Lucia, seu bebê por nascer e a família. Quando tudo ficou acertado e combinado, Sissy anunciou para os amigos e familiares que estava grávida novamente. Ninguém deu atenção. Sissy estava sempre grávida.

Ela arranjou uma parteira desconhecida e lhe pagou adiantado pelo parto. Deu-lhe um papel onde havia pedido a Katie para escrever seu nome, o nome do seu John e seu nome de solteira. Disse à parteira que o papel deveria ser entregue ao Serviço de Saúde imediatamente após o parto. A mulher ignorante, que não sabia italiano (Sissy fez questão de garantir isso antes de contratá-la), acreditou que fossem os nomes do pai e da mãe da criança. Sissy queria que a certidão de nascimento ficasse em ordem.

Ela foi tão convincente em sua gravidez indireta que simulou enjoo matinal nas primeiras semanas. Quando Lucia anunciou que sentia vida dentro de si, Sissy disse ao marido que *ela* sentia vida.

Na tarde em que as dores do parto de Lucia começaram, Sissy foi para casa e ficou na cama. Quando o seu John chegou do trabalho, ela lhe disse que o bebê estava a caminho. Ele olhou para ela. Sissy estava magra como uma bailarina. Tentou argumentar, mas ela foi tão insistente que ele saiu para buscar a mãe dela. Mary Rommely olhou para Sissy e disse que não era possível que ela estivesse tendo um bebê. Como resposta, Sissy soltou um grito apavorante e disse que as dores a estavam matando. Mary a olhou, pensativa. Não sabia o que Sissy estava tramando, mas sabia que era inútil discutir com ela. Se Sissy dizia que ia ter um bebê, ela ia ter um bebê e ponto-final. O seu John contestou.

— Mas olha como ela está magrinha. Não tem nenhum bebê nessa barriga, certo?

— Talvez venha da cabeça dela. E essa é bem grande — disse Mary Rommely.

— Ah, não me venha com essas coisas — disse John.

— Como você pode saber? — perguntou Sissy. — A Virgem Maria não teve um bebê sem precisar de um homem? Se ela pôde, tenho certeza que eu posso mais fácil ainda, sendo casada e tendo um homem.

— Pois é... — concordou Mary. Então se virou para o marido inconformado e falou com gentileza. — Tem muitas coisas que os homens não entendem. — E insistiu para ele esquecer tudo aquilo, comer um bom jantar que ela lhe prepararia, depois ir para a cama e ter uma boa noite de sono.

Intrigado, John passou a noite deitado ao lado da esposa. Não conseguiu ter uma boa noite de sono. De tempos em tempos, ele se erguia sobre o cotovelo e olhava para ela. De tempos em tempos, passava a mão sobre sua barriga plana. Sissy dormiu profundamente a noite toda.

Quando ele saiu para o trabalho na manhã seguinte, Sissy anunciou que ele seria pai antes de voltar para casa à noite.

— Eu desisto — gritou o homem, atormentado, e saiu para o trabalho na editora de revistas.

Sissy correu para a casa de Lucia. O bebê tinha nascido uma hora depois que o pai saíra. Era uma menina linda e saudável. Sissy estava tão feliz. Disse que Lucia teria que amamentar a bebê por dez dias para lhe dar um bom começo, depois ela o levaria para casa. Saiu e comprou um frango e uma torta de padaria. A mãe cozinhou o frango à moda italiana. Sissy comprou fiado uma garrafa de chianti na mercearia italiana do quarteirão e todos tiveram um belo almoço. Foi como uma festa na casa. Todos estavam felizes. A barriga de Lucia estava quase reta de novo. Não havia mais nenhum monumento à sua desgraça. Agora tudo era novamente como antes... ou pelo menos seria, depois que Sissy levasse a bebê embora.

Sissy dava banho na bebê de hora em hora. Trocava sua roupa e sua faixa de cabelo três vezes ao dia. As fraldas eram trocadas a cada cinco minutos, quer fosse preciso ou não. Ela lavou Lucia e a deixou limpa e perfumada. Escovou seu cabelo até ele brilhar como cetim. Nada era o bastante para ela fazer por Lucia e pela bebê. Teve que se arrancar de lá quando chegou a hora de o pai de Lucia voltar.

Ele entrou em casa e foi ao quarto escuro dar à filha sua porção diária de comida. Acendeu a lâmpada a gás e encontrou uma Lucia radiante e uma bebê gorda e saudável, dormindo satisfeita ao seu lado. Encheu-se de espanto. Tudo aquilo a pão e água! Então o medo cresceu dentro dele. Era um milagre! Com certeza a Virgem Maria havia intercedido pela jovem mãe. Houve casos de milagres assim na Itália. Talvez ele fosse punido por tratar sua própria filha de forma tão desumana. Contrito, ele lhe trouxe um prato cheio de espaguete. Lucia recusou, dizendo que já havia se acostumado a pão e água. A mãe ficou do lado de Lucia e explicou que o pão e a água haviam formado aquela bebê linda e perfeita. O pai cada vez mais acreditava que havia acontecido um milagre. Freneticamente, tentava ser bom com Lucia, mas a família o castigava, não permitindo que ele fizesse nenhuma gentileza para a filha.

*

Sissy estava deitada tranquilamente na cama quando o seu John chegou em casa naquela noite. Com ar gozador, ele perguntou:

— Você teve aquele bebê hoje?
— Tive — disse ela, com uma voz fraca.
— Ah, não começa!
— Ele nasceu uma hora depois que você saiu esta manhã.
— Não é verdade!
— Eu juro!
Ele olhou em volta.
— Onde ele está, então?
— Na incubadora em Coney Island.
— No *quê?*
— Era um bebê de sete meses. Pesou só um quilo e quatrocentos gramas. Era por isso que não aparecia nada.
— Você está mentindo.
— Assim que eu ficar mais forte, vou levar você para Coney Island até a incubadora onde ele está.
— O que você está tentando fazer? Me deixar maluco?
— Vou trazer o bebê para casa em dez dias. Assim que as unhinhas dele crescerem. — Ela inventou aquilo em um impulso.
— O que deu em você, Sissy? Você sabe muito bem que não teve nenhum bebê esta manhã.
— Eu tive um bebê. Ele pesou um quilo e quatrocentos. Eles o puseram na incubadora para ele não morrer e eu vou trazê-lo de volta em dez dias.
— Eu desisto! Eu desisto! — ele gritou e saiu para se embebedar.

Sissy trouxe o bebê para casa dez dias depois. Era um bebê grande e pesava quase cinco quilos. O seu John tentou pela última vez.

— Parece bem grandinho para um bebê de dez dias.

— Você também é grande, amor — ela sussurrou e notou o rosto dele mudar para uma expressão satisfeita. Em seguida o abraçou. — Eu estou bem agora — disse no ouvido dele —, se quiser dormir comigo.

— Sabe — ele comentou, depois —, o bebê parece um pouco comigo.

— Especialmente as orelhas — murmurou Sissy, sonolenta.

A família italiana voltou para a Itália alguns meses depois. Ficaram felizes de partir, porque o novo mundo não lhes trouxera nada além de sofrimento, pobreza e vergonha. Sissy nunca mais teve notícias deles.

Todos sabiam que a bebê não era de Sissy — que *não podia* ser dela. Mas ela manteve a história e, como não havia outra explicação, as pessoas tiveram que aceitá-la. Afinal, coisas estranhas aconteciam no mundo. Ela batizou a criança com o nome de Sarah, mas todos logo começaram a chamá-la de Pequena Sissy.

Katie foi a única pessoa para quem Sissy contou a verdade sobre a origem da bebê. Confidenciou a ela quando lhe pediu para escrever os nomes para a certidão de nascimento. Ah, mas Francie também sabia. Com frequência, à noite, ela acordava com o som de vozes, e certa vez ouviu sua mãe e tia Sissy conversando na cozinha sobre a bebê. Francie jurou que guardaria o segredo de Sissy para sempre.

Johnny era a única outra pessoa (exceto pela família italiana) que também sabia. Katie lhe contou. Francie os ouviu conversando sobre isso quando achavam que ela dormia profundamente. Papai tomou o partido do marido de Sissy.

— Isso é jogar sujo. Nenhum homem merece ser enganado desse jeito. Alguém devia contar para ele. Eu vou contar.

— Não! — a mamãe o repreendeu, rispidamente. — Ele é um homem feliz. Deixe-o assim.

— Feliz? Criando o bebê de outro cara? Não vejo como ser feliz.

— Ele é louco pela Sissy; sempre teve medo que ela o deixasse. Ele morreria se ela o deixasse. E você conhece a Sissy. Ela passou de um homem para outro, de um marido para outro, sempre tentando ter um filho. Estava quase deixando esse também quando a bebê apareceu. A Sissy vai ser uma mulher diferente de agora em diante. Escute o que estou dizendo: ela finalmente vai assentar e ser uma esposa muito melhor do que ele merece. Quem *é* esse John, afinal? — ela se interrompeu. — Ela vai ser uma boa mãe. A criança vai ser o mundo para ela e ela não vai mais precisar correr atrás de homens. Então trate de não atrapalhar, Johnny.

— Vocês, mulheres Rommely, são muito complicadas para nós, homens — decidiu Johnny. Um pensamento lhe ocorreu de repente. — Ei! Você não fez isso comigo, fez?

Em resposta, Katie tirou as crianças da cama. Fez os dois ficarem parados diante dele, em suas longas camisolas brancas.

— Olhe só para eles — ela ordenou.

Johnny olhou para seu filho. Era como se olhasse para um espelho mágico em que visse a si mesmo perfeitamente, só que em escala menor. Olhou para Francie, a réplica do rosto de Katie (só que mais solene), exceto pelos olhos. Os olhos eram de Johnny. Em um impulso, Francie pegou um prato e o segurou junto ao peito, do jeito que Johnny segurava seu chapéu quando cantava, e cantou uma das canções dele:

They called her frivolous Sal.
A peculiar sort of a gal... *

Francie tinha as expressões de Johnny e os gestos de Johnny.

— Eu sei, eu sei — o papai murmurou. Ele beijou os filhos, deu um tapinha nas costas de cada um e lhes pediu para voltar para a cama. Assim que eles saíram, Katie puxou a cabeça de Johnny e lhe sussurrou algo.

— Não! — exclamou ele, com uma voz surpresa.

— Sim, Johnny — ela disse calmamente e ele pôs o chapéu na cabeça.

— Aonde você vai, Johnny?

— Sair.

---

* "Diziam que ela era a avoada Sal./ Era uma garota excepcional..." (N. da T.)

— Johnny, por favor, não venha para casa... — Ela deu uma olhada para a porta do quarto.

— Eu não vou, Katie — ele prometeu. Em seguida a beijou suavemente e saiu.

Francie acordou no meio da noite imaginando o que teria interrompido seu sono. Ah! Seu pai ainda não tinha voltado para casa. Era isso. Ela nunca dormia em paz até saber que ele estava em casa. Acordada, começou a pensar. Pensou na bebê de Sissy. Pensou em nascimento. Seus pensamentos foram para a consequência natural do nascimento: morte. Não queria pensar em morte; em como todos nasciam apenas para morrer. Enquanto se esforçava para afastar os pensamentos de morte, ouviu o papai subir a escada, cantando suavemente. Ela estremeceu quando o ouviu cantar o último verso de "Molly Malone". Ele nunca cantava esse verso. *Nunca!* Por que...?

She died of a fever,
And no one could save her,
And that's how I lo-ost
Sweet Molly Malone... *

Francie não se moveu. Era uma regra que, quando o papai chegava em casa tarde, a mamãe abria a porta. Ela não queria que as crianças perdessem o sono. A canção estava chegando ao fim. A mamãe não ouviu... ela não estava levantando. Francie pulou da cama. A canção terminou antes que ela chegasse à porta. Quando a abriu, o papai estava parado ali, quieto, de chapéu na mão. Olhava direto à frente, sobre a cabeça dela.

— Você ganhou, papai — disse ela.

— Ganhei? — ele perguntou e caminhou para dentro sem olhar para ela.

---

* "Uma febre a fez morrer,/ Ninguém a pôde socorrer,/ E foi assim que perdi-i/ A doce Molly Malone..." (N. da T.)

— Você terminou a canção.

— É, parece que eu terminei. — Ele se sentou na cadeira junto à janela.

— Papai...

— Apague a luz e volte para a cama. — (A luz era mantida queimando baixo até ele voltar.) Ela a apagou.

— Papai, você está.... está doente?

— Não. Eu não estou bêbado — ele disse claramente de onde estava, no escuro. E Francie soube que ele falava a verdade.

Ela foi para a cama e enfiou o rosto no travesseiro. Não sabia por que, mas chorou.

35

UMA VEZ MAIS, ERA A SEMANA ANTES DO NATAL. FRANCIE TINHA acabado de fazer catorze anos. Neeley, como ele dizia, estava esperando virar para os treze a qualquer momento. Parecia que não ia ser um Natal muito bom. Havia algo errado com Johnny. Johnny não estava bebendo. Houve outras vezes, claro, em que Johnny tinha parado de beber, mas era quando ele estava trabalhando. Agora, ele não estava bebendo nada e não estava trabalhando, mas o que estava errado com Johnny era que ele não bebia, mas agia como se estivesse bebendo.

Ele não falava com a família havia mais de duas semanas. Francie lembrava que a última vez que seu pai tinha dito alguma coisa para ela tinha sido na noite em que chegara em casa sóbrio, cantando o último verso de "Molly Malone". Pensando nisso, ele também não cantava desde aquela noite. Chegava e saía calado. Ficava fora até tarde, vinha para casa sóbrio e ninguém sabia onde ele passava esse tempo. Suas mãos tremiam muito. Ele mal conseguia segurar o garfo enquanto comia. E, de repente, parecia muito velho.

No dia anterior, ele havia chegado enquanto todos jantavam. Olhou para eles como se fosse dizer alguma coisa. Em vez de falar, porém, fechou os olhos por um segundo e foi para o quarto. Ele não tinha horário certo para nada. Entrava e saía nos momentos mais inesperados do dia e da noite. Quando estava em casa, passava o tempo todo deitado na cama, totalmente vestido, com os olhos fechados.

Katie andava muito quieta. Havia um ar de presságio nela, como se carregasse uma tragédia dentro de si. Seu rosto estava fino e as faces fundas, mas o corpo parecia mais cheio.

Ela havia arranjado um trabalho extra naquela semana antes do Natal. Levantava-se mais cedo, trabalhava mais rápido em sua limpeza de apartamentos e terminava no começo da tarde. Corria para o Gorling's, a loja de departamentos no lado polonês da Grand Street, onde trabalhava das quatro às sete servindo café e sanduíches para as vendedoras, que não tinham permissão para sair e jantar por causa do movimento de Natal. Sua família precisava desesperadamente daqueles setenta e cinco centavos que ela ganhava todos os dias.

Eram quase sete horas da noite. Neeley tinha vindo para casa após cumprir sua rota de venda de jornais e Francie havia voltado da biblioteca. Não havia fogo no apartamento. Tinham que esperar a mamãe chegar em casa com algum dinheiro para comprar um pouco de lenha. As crianças usavam seus casacos e gorros, porque era muito frio no apartamento. Francie viu que havia roupa lavada no varal e a recolheu. As roupas haviam congelado em formas grotescas e não passavam pela janela.

— Deixe eu tentar — disse Neeley, referindo-se a uma roupa de baixo congelada. As pernas da calça haviam congelado em uma posição muito estendida e os esforços de Neeley não resultaram em nada.

— Vou quebrar essas malditas pernas — praguejou Francie. Ela bateu forte e a roupa rachou e dobrou. Irritada, deu um puxão para fazê-la entrar. Parecia Katie naquele momento.

— Francie?

— Hein?

— Você... você *praguejou*.

— Eu sei.
— Deus te ouviu.
— Besteira.
— Ouviu, sim. Ele vê e ouve tudo.
— Neeley, você acredita que ele vai olhar para dentro deste quartinho velho?
— Pode apostar que ele olha.
— Não acredite nisso, Neeley. Ele está muito ocupado vendo todos os pardaizinhos nascerem e se preocupando se todos os botões vão florir para ter tempo de olhar para nós.
— Não fale assim, Francie.
— Eu falo. Se ele andasse por aí olhando pela janela das pessoas como você diz, ele veria como as coisas são aqui; ele veria que está frio e que não tem comida em casa; ele veria que a mamãe não é tão forte para trabalhar tanto. E veria como o papai está e faria alguma coisa para ajudá-lo. Ele faria isso!
— Francie... — O menino olhou em volta, nervoso. Francie percebeu que ele estava nervoso.
Eu estou ficando grande demais para provocá-lo, ela pensou.
— Está bem, Neeley — ela disse. Então os dois conversaram sobre outras coisas até Katie chegar.
Katie chegou apressada. Trazia um punhado de lenha que havia comprado por dois centavos, uma lata de leite condensado e três bananas em uma sacola. Colocou papel e lenha no forno e acendeu o fogo rapidamente.
— Bom, crianças, acho que vamos ter que jantar aveia hoje.
— De novo? — gemeu Francie.
— Não vai ser tão ruim — disse a mamãe. — Temos leite condensado e eu comprei bananas para fatiar em cima.
— Mamãe — ordenou Neeley —, não misture o meu leite condensado com a aveia. Deixe ele ficar por cima.
— Fatie as bananas e cozinhe elas com a aveia — sugeriu Francie.
— Eu quero comer a minha banana inteira — protestou Neeley.
A mamãe decidiu a questão.

— Vou dar uma banana para cada um e vocês comem do jeito que quiserem.

Quando a aveia ficou cozida, Katie encheu dois pratos de sopa com ela, colocou-os na mesa, abriu dois furos no alto da lata de leite condensado e colocou uma banana ao lado de cada prato.

— Você não vai comer, mamãe? — perguntou Neeley.

— Eu como depois. Não estou com fome agora. — Katie suspirou.

— Mamãe, se você não está com vontade de comer, que tal tocar piano para ficar como um restaurante enquanto a gente come? — pediu Francie.

— Está frio na sala da frente.

— Acenda o fogareiro a óleo — as crianças disseram em coro.

— Está bem. — Katie pegou um fogareiro a óleo portátil no armário. — Só que vocês sabem que eu não toco muito bem.

— Você toca bem demais, mamãe — Francie disse com sinceridade.

Katie ficou contente. Ela ajoelhou para acender o fogareiro a óleo.

— O que vocês querem que eu toque?

— "Venham, folhinhas" — pediu Francie.

— "Feliz primavera" — gritou Neeley.

— Vou tocar as "Folhinhas" primeiro — decidiu ela —, porque não dei um presente de aniversário para a Francie. — Ela foi para a fria sala da frente.

— Acho que vou fatiar minha banana em cima da aveia. Vou fatiar bem fino, para render bastante — disse Francie.

— Eu vou comer a minha inteira — declarou Neeley — e bem devagar, para ela durar bastante.

A mamãe tocou a canção de Francie. Era uma que o sr. Morton havia ensinado para as crianças. Ela cantou junto com a música:

Venham, folhinhas, disse o vento a rodopiar
Venham comigo pelos campos brincar
Ponham seus vestidos vermelhos e dourados...

— Ah, isso é música de criancinha — interrompeu Neeley. Francie parou de cantar. Quando Katie terminou a música de Francie, começou a tocar a "Melodia em f" de Rubinstein. O sr. Morton lhes ensinara essa música também, dando-lhe o nome de "Feliz primavera". Neeley cantou:

Feliz primavera na nossa canção.

A voz dele mudou de repente, de tenor para baixo, na nota alta em "canção". Francie riu e logo Neeley estava rindo tanto que não conseguia mais cantar.

— Sabe o que a mamãe ia dizer se estivesse sentada aqui agora? — perguntou Francie.

— O quê?

— Ela ia dizer: "Daqui a pouco já é primavera outra vez". — Eles riram.

— O Natal está chegando — comentou Neeley.

— Lembra quando nós éramos crianças — disse Francie, que tinha acabado de sair dos treze anos —, como a gente sentia o cheiro quando o Natal estava chegando?

— Vamos ver se a gente ainda consegue sentir — disse Neeley, impulsivamente. Ele abriu uma fresta da janela e pôs o nariz para fora. — Sim.

— É cheiro de quê?

— Cheiro de neve. Lembra quando nós éramos crianças, que a gente olhava para o céu e gritava: "Menino emplumado, menino emplumado, sacode umas penas do céu".

— E, quando nevava, a gente achava que era um menino emplumado lá em cima. Deixa eu cheirar — ela pediu de repente e pôs o nariz na fresta da janela. — É, eu sinto o cheiro. Parecem cascas de laranja e árvores de Natal juntas.

Eles fecharam a janela.

— Eu nunca te dedurei daquela vez que você ganhou a boneca porque disse que seu nome era Mary.

— É — disse Francie, agradecida. — E eu também nunca contei daquela vez que você fez um cigarro com pó de café e, quando fumou, o papel pegou fogo, caiu na sua blusa e fez um enorme buraco. Eu te ajudei a esconder aquela blusa.

— Sabe — Neeley falou, pensativo —, a mamãe encontrou aquela blusa e remendou o buraco. Nunca me perguntou nada sobre ela.

— A mamãe é engraçada — disse Francie, e eles ficaram refletindo sobre os modos inescrutáveis de sua mãe. O fogo começava a se apagar agora, mas a cozinha continuava quente. Neeley estava sentado na extremidade oposta ao fogão, onde não estava tão quente. A mamãe tinha avisado que ele ficaria com hemorroidas se sentasse no fogão quente. Mas Neeley não se importava. Ele gostava que seu traseiro ficasse aquecido.

As crianças estavam quase felizes. A cozinha estava quente, eles estavam alimentados e a mamãe tocando os fazia se sentirem seguros e confortáveis. Ficaram se lembrando de Natais passados, ou, como Francie dizia, falaram sobre os "velhos tempos".

Enquanto conversavam, alguém bateu forte na porta.

— É o papai — disse Francie.

— Não. O papai sempre canta quando está subindo a escada para a gente saber que é ele.

— Neeley, o papai não canta quando está chegando em casa desde aquela noite...

— Me deixe entrar! — gritou a voz de Johnny, e ele bateu na porta como se fosse derrubá-la. A mamãe veio correndo da sala da frente. Seus olhos pareciam muito escuros no rosto pálido. Ela abriu a porta. Johnny se lançou para dentro. Ficaram todos olhando para ele. Nunca tinham visto seu pai daquele jeito. Ele sempre era tão elegante, e agora seu smoking estava sujo como se ele tivesse deitado na sarjeta, e seu chapéu-coco estava amassado. Não tinha casaco ou luvas. Suas mãos vermelhas de frio estavam tremendo. Ele se lançou para a mesa.

— Não, eu não estou bêbado — disse ele.

— Ninguém disse... — começou Katie.

— Finalmente eu parei com isso. Eu odeio, odeio, odeio! — Ele bateu na mesa. Sabiam que ele estava falando a verdade. — Não bebi uma gota sequer desde aquela noite... — Subitamente, se interrompeu. — Mas ninguém acredita mais em mim. Ninguém...

— Calma, Johnny — disse a mamãe, docemente.

— O que aconteceu, papai? — perguntou Francie.

— Shhh! Não amolem seu pai — disse a mamãe, voltando-se para o marido. — Sobrou café de hoje cedo, Johnny. Está gostoso e quente e temos leite esta noite. Eu estava esperando você chegar em casa para comermos juntos. — Ela serviu o café.

— Nós já comemos — disse Neeley.

— Shhh! — a mamãe lhe disse. Então pôs leite no café e se sentou na frente de Johnny. — Beba, Johnny, enquanto está quente.

Johnny ficou olhando para a xícara. De repente, ele a empurrou e Katie soltou um grito abafado quando ela foi para o chão. Johnny apoiou a cabeça nos braços e começou a soluçar, o corpo em convulsão. Katie foi até ele.

— O que foi, Johnny, o que foi? — ela perguntou, tentando acalmá-lo. Por fim, ele falou, aos soluços:

— Eles me expulsaram do Sindicato de Garçons hoje. Disseram que eu era um bêbado vagabundo. Disseram que nunca mais vão me dar trabalho. — Ele controlou os soluços por um momento e sua voz soou assustada quando disse: — Nunca mais! — Chorou amargamente. — Eles queriam que eu devolvesse meu botão do sindicato. — Pôs a mão sobre o pequeno botão verde e branco que usava na lapela. A garganta de Francie se apertou quando ela lembrou como ele sempre dizia que usava aquilo como um ornamento, uma rosa. Tinha tanto orgulho de ser um homem sindicalizado. — Mas eu não devolvi — ele soluçou.

— Não foi nada, Johnny. Você só precisa de um bom descanso e voltar à forma, e eles vão ficar felizes de te receber de volta. Você é um bom garçom e o melhor cantor que eles têm.

— Eu não sou mais um bom cantor. Não consigo mais cantar, Katie, eles riem de mim agora quando eu canto. Nos últimos trabalhos que eu tive, eles me contrataram para fazer as pessoas rirem. Foi nisso que eu cheguei agora. Estou acabado. — Ele soluçava loucamente, como se nunca mais fosse parar.

Francie queria correr para o quarto e esconder a cabeça embaixo do travesseiro. Ela foi se afastando em direção à porta. Sua mãe a viu.

— Fique aqui! — disse ela, ríspida. Depois falou com o papai outra vez. — Venha, Johnny. Descanse um pouco e você vai se sentir melhor. O fogareiro a óleo está aceso e eu vou colocá-lo no quarto, para ficar bem quentinho. Vou sentar do seu lado até você dormir. — Ela o abraçou. Gentilmente, ele afastou os braços dela e foi sozinho para o quarto, soluçando baixinho. Katie falou com as crianças. — Eu vou ficar um pouco com o pai de vocês. Continuem aqui conversando ou fazendo o que estavam fazendo antes. — As crianças ficaram olhando para ela, atordoadas. — Por que estão me olhando assim? — A voz dela falhou. — Está tudo bem. — Eles afastaram o olhar. Ela foi pegar o fogareiro na sala da frente.

Francie e Neeley não se olharam por um longo tempo. Por fim, ele perguntou:

— Você quer conversar sobre os velhos tempos?

— Não — disse Francie.

36

JOHNNY MORREU TRÊS DIAS DEPOIS.

    Ele tinha ido deitar naquela noite e Katie ficou sentada ao seu lado até ele dormir. Mais tarde, ela dormiu com Francie para não perturbá-lo. Em algum momento durante a noite, ele levantou, se vestiu em silêncio e saiu. Não voltou na noite seguinte. No segundo dia, eles começaram a procurá-lo. Vasculharam todos os lugares aonde Johnny costumava ir, mas ele não havia estado em nenhum deles havia uma semana.

    Na segunda noite, McShane apareceu para levar Katie a um hospital católico próximo. No caminho ele lhe contou, o mais gentilmente que pôde, sobre Johnny. Johnny havia sido encontrado naquela manhã, encolhido junto a uma porta. Estava inconsciente quando um policial o encontrou. Seu smoking estava abotoado sobre a camiseta de baixo. O policial viu a medalha de santo Antônio em seu pescoço e chamou a ambulância do hospital. Não havia nenhuma identificação nele. Mais tarde, o policial registrou o boletim de ocorrência na delegacia e fez uma descrição do homem. Na verificação de rotina dos boletins, McShane encontrou a descrição. Seu sexto sentido lhe disse quem era o tal homem. Ele foi ao hospital e viu que era Johnny Nolan.

Johnny ainda estava vivo quando Katie chegou. Tinha pneumonia, o médico lhe disse, e não havia mais nenhuma chance. Era só uma questão de horas. Ele já estava no coma que precedia a morte. Levaram Katie até ele. Estava deitado em uma maca, em uma enfermaria longa como um corredor. Havia outras cinquenta macas na enfermaria. Katie agradeceu a McShane e se despediu. Ele foi embora, sabendo que ela queria ficar sozinha com Johnny.

Havia uma cortina, que indicava os pacientes moribundos, em volta da maca de Johnny. Trouxeram uma cadeira para Katie e ela ficou ali o dia inteiro, olhando para ele. Ele respirava com dificuldade e havia lágrimas ressecadas em seu rosto. Katie ficou ao seu lado até ele morrer. Ele não abriu os olhos nem uma vez. Não falou nem uma palavra com sua esposa.

Era noite quando ela voltou para casa. Decidiu só contar a verdade para as crianças de manhã. *Que eles tenham uma boa noite de sono*, pensou, *a última noite de sono sem luto*. Disse-lhes apenas que seu pai estava no hospital, muito doente. Não disse mais nada. Havia algo no jeito dela que não estimulou as crianças a fazerem perguntas.

Assim que amanheceu, Francie acordou. Ela olhou para o outro lado do quarto estreito e viu sua mãe sentada ao lado da cama de Neeley, observando o rosto dele. Seus olhos tinham olheiras profundas e ela parecia ter estado ali sentada a noite inteira. Quando viu que Francie tinha acordado, ela lhe pediu para levantar e se vestir rapidamente. Então sacudiu Neeley gentilmente para acordá-lo e lhe pediu a mesma coisa, depois saiu para a cozinha.

O quarto estava cinzento e frio, e Francie tremeu enquanto se vestia. Esperou por Neeley, porque não queria ir encontrar a mamãe sozinha. Katie estava sentada junto à janela. Eles foram até ela e esperaram.

— Seu pai morreu — ela lhes disse.

Francie ficou entorpecida, sem esboçar nenhum sentimento de surpresa ou dor. Nenhum sentimento de nada. O que sua mãe havia acabado de dizer simplesmente não fazia sentido.

— Não chorem por ele — ordenou a mamãe. Suas próximas palavras também não faziam sentido. — Ele não está mais aqui e talvez tenha tido mais sorte do que nós.

*

Um atendente do hospital que recebia comissão de um agente funerário o notificou assim que a morte ocorreu. Esse previdente agente funerário ganhava uma vantagem sobre seus concorrentes e ia atrás do negócio enquanto os outros esperavam o negócio ir atrás deles. Esse homem empreendedor procurou Katie logo cedo, pela manhã.

— Sra. Nolan — disse ele, consultando disfarçadamente o pedaço de papel em que o atendente havia escrito o nome e o endereço dela. — Meus pêsames neste momento de grande dor. Pense nisto: o que aconteceu à senhora um dia vai acontecer a todos nós.

— O que você quer? — perguntou Katie, bruscamente.

— Ser seu amigo. — Ele continuou depressa antes que pudesse ser mal compreendido. — Há detalhes relacionados aos... ahn... aos restos, quer dizer... — Novamente deu uma olhada rápida no papel. — Quer dizer, ao sr. Nolan. Por favor, veja-me como um amigo que traz conforto em um momento tão... tão... bem, simplesmente peço que deixe tudo em minhas mãos.

Katie entendeu.

— Quanto você cobra por um funeral simples?

— Ah, não se preocupe com os custos — ele se esquivou. — Vou dar ao seu marido um belo funeral. Não há homem que eu respeitasse mais do que o sr. Nolan. — (Ele jamais o conhecera.) — Faço questão que ele tenha tudo do melhor. Não se preocupe com o dinheiro.

— Não vou me preocupar, porque não há nenhum dinheiro.

Ele umedeceu os lábios.

— Tirando o dinheiro do seguro, claro. — Era uma pergunta, não uma afirmação.

— Há um seguro. Pequeno.

— Ah! — Ele esfregou as mãos, satisfeito. — É aí que eu posso ser útil. Há burocracia para receber o seguro. Demora muito tempo até sair o dinheiro. Agora, supondo que a senhora (e entenda que não estou lhe cobrando por isso) me deixe cuidar do assunto... É só assinar aqui — ele tirou um papel do bolso — e passar sua apólice para mim. Eu lhe adianto o dinheiro e depois recebo do seguro.

Todos os agentes funerários prestavam esse tipo de "serviço". Era um truque para saber qual o valor do seguro. Depois que eles ficavam sabendo a quantia, o custo do funeral era oitenta por cento dela. Eles *tinham* que deixar um pouco de dinheiro para as roupas do luto, a fim de manter as pessoas satisfeitas.

Katie pegou a apólice. Quando a colocou sobre a mesa, os olhos treinados do homem identificaram a quantia: duzentos dólares. Ele pareceu nem ter olhado para a apólice. Depois de Katie assinar o papel, ele falou de outras coisas por um tempo. Por fim, como se tivesse chegado a uma decisão, disse:

— Vou lhe dizer o que farei, sra. Nolan. Vou dar ao falecido um funeral de primeira classe, com quatro carruagens e um caixão com alças de níquel, por cento e setenta e cinco dólares. Esse é o meu serviço normal de duzentos e cinquenta dólares, e não vou ganhar um centavo sequer.

— Por que está fazendo isso, então? — perguntou Katie.

Ele não se apertou.

— Estou fazendo isso porque eu gostava do sr. Nolan. Um homem esplêndido e tão trabalhador. — Ele notou o olhar surpreso de Katie.

— Não sei — ela hesitou. — Cento e setenta e cinco...

— Inclui a missa também — ele acrescentou depressa.

— Tudo bem — disse Katie, desanimada. Estava cansada de falar nisso.

O agente funerário pegou a apólice e fingiu ver a quantia pela primeira vez.

— Ora! É de duzentos — disse ele, com uma surpresa ensaiada. — Isso quer dizer que a senhora receberá vinte e cinco dólares depois que o funeral estiver pago. — Ele enfiou a mão no bolso, esticando a perna à frente para isso. — Eu sempre digo que um pouco de dinheiro em mãos vem a calhar em um momento como esse... em qualquer momento, na verdade.

— Ele riu, compreensivo. — Vou lhe dar o saldo do meu próprio bolso.

— Pôs vinte e cinco dólares em notas novas sobre a mesa.

Katie agradeceu. Ele não a estava enganando, mas ela não disse nada. Sabia que era assim que as coisas funcionavam. Ele só estava fazendo o seu negócio. Pediu que ela pegasse a certidão de óbito com o médico responsável.

— E informe a eles que eu vou passar para pegar os res... quero dizer, o fale... bem, vou passar para pegar o sr... Nolan.

Quando Katie foi ao hospital novamente, levaram-na à sala do médico. O padre da paróquia estava lá. Ele tentava dar as informações para fazer a certidão de óbito. Quando viu Katie, fez o sinal da cruz em uma bênção e apertou-lhe a mão.

— A sra. Nolan pode lhe informar melhor do que eu — disse o padre.

O médico fez as perguntas necessárias: nome completo, local e data de nascimento etc. Por fim, Katie fez a *ele* uma pergunta.

— O que o senhor vai escrever aí? Do que ele morreu, quero dizer.

— Alcoolismo agudo e pneumonia.

— Me disseram que ele morreu de pneumonia.

— Essa foi a causa direta da morte. Mas o alcoolismo agudo sem dúvida contribuiu; provavelmente foi a causa principal da morte, se quer saber a verdade.

— Eu não quero que o senhor escreva — disse Katie, lenta e determinadamente — que ele morreu por beber demais. Escreva que ele morreu só de pneumonia.

— Senhora, eu preciso declarar toda a verdade.

— Ele está morto. Que diferença faz para o senhor do que ele morreu?

— A lei exige...

— Escute — disse Katie. — Eu tenho dois ótimos filhos. Eles vão crescer e ser alguém na vida. Eles não têm culpa que o pai deles... que o pai deles morreu do que o senhor disse. Significaria muito para mim se eu pudesse lhes dizer que o pai deles morreu só de pneumonia.

O padre interveio.

— Você pode fazer isso, doutor — disse ele —, sem se prejudicar e para o bem de outras pessoas. Não há razão para sair chutando um pobre rapaz que já está mesmo morto. Escreva "pneumonia", que não é uma mentira, e esta senhora lembrará do senhor em suas orações por um longo tempo. Além disso — ele acrescentou, com espírito prático —, não lhe custa nada.

De repente, o médico se lembrou de duas coisas: que o padre fazia parte da diretoria do hospital e que ele gostava de ser o médico-chefe daquele hospital.

— Está bem — ele concordou. — Vou fazer isso. Mas não espalhe. É um favor pessoal ao senhor, padre. — Ele escreveu "pneumonia" no espaço em branco depois de "causa da morte".

E não ficou registrado em lugar nenhum que John Nolan tinha morrido de bebedeira.

Katie usou os vinte e cinco dólares para comprar roupas de luto. Comprou para Neeley um terno preto novo de calças compridas. Era seu primeiro terno de calças compridas, e um misto de orgulho, prazer e dor lutavam em seu coração. Para si, Katie comprou um chapéu preto novo e um véu de viúva de um metro, como era o costume no Brooklyn. Francie ganhou sapatos novos, de que ela precisava havia um bom tempo. Foi decidido não comprar um casaco preto para Francie, porque ela estava crescendo depressa e ele já não lhe serviria no inverno seguinte. A mamãe disse que ela poderia usar o casaco verde velho com uma faixa preta no braço. Francie ficou contente, porque detestava preto e teve receio de que sua mãe a colocasse em luto fechado. O pouco dinheiro que sobrou após as compras foi posto no banco de lata.

O agente funerário retornou para avisar que Johnny estava em sua funerária, sendo bem arrumado, e seria trazido para casa naquela noite. Katie lhe disse, bastante bruscamente, que não queria saber dos detalhes.

E, então, veio o golpe.

— Sra. Nolan, preciso da escritura de seu lote.

— Que lote?

— Do cemitério. Preciso da escritura para mandar abrir o túmulo.

— Eu achei que isso estaria incluído nos cento e setenta e cinco dólares.

— Ah, não, não, não! Eu já estou lhe fazendo um ótimo negócio. Só o caixão me custou...

— Eu não gosto de você — Katie lhe disse, na lata. — Não gosto do negócio em que você trabalha. Mas — acrescentou, com surpreendente distanciamento — imagino que alguém tem que enterrar os mortos. Quanto é um lote?

— Vinte dólares.

— E onde eu vou arranjar... — Ela parou. — Francie, pegue a chave de fenda.

Elas abriram o banco de lata. Havia dezoito dólares e sessenta e dois centavos nele.

— Não é suficiente — disse o agente funerário —, mas eu acrescento o resto. — Ele estendeu a mão para receber o dinheiro.

— Eu vou ter todo o dinheiro — Katie lhe disse —, mas não vou entregar até ter a escritura na minha mão.

Ele protestou, discutiu e acabou indo embora dizendo que traria a escritura. A mamãe mandou Francie à casa de Sissy para pegar dois dólares emprestados. Quando o agente funerário voltou com a escritura, Katie, lembrando-se de algo que sua mãe havia dito catorze anos antes, leu tudo devagar e com atenção. Fez Francie e Neeley lerem também. O agente funerário ficou parado apoiado em um pé, depois no outro. Quando os três Nolan ficaram satisfeitos de que a escritura estava em ordem, Katie lhe entregou o dinheiro.

— Por que eu ia querer enganá-la, sra. Nolan? — perguntou ele, ressentido, enquanto guardava o dinheiro cuidadosamente.

— Por que alguém ia querer enganar outra pessoa? — ela perguntou de volta. — Mas o fato é que enganam.

O banco de lata estava no meio da mesa. Tinha catorze anos e suas tiras estavam gastas.

— Quer que eu o pregue de volta, mamãe? — perguntou Francie.

— Não — a mamãe disse devagar. — Não vamos mais precisar dele. Olha aí, já temos nosso pedaço de terra agora. — E colocou a escritura dobrada em cima da lata desconjuntada.

*

Francie e Neeley ficaram na cozinha o tempo todo em que o caixão esteve na sala da frente. Até dormiram lá. Não queriam ver seu pai no caixão. Katie pareceu compreender e não insistiu que eles entrassem para ver o pai.

A casa estava cheia de flores. O Sindicato dos Garçons, que havia posto Johnny para fora menos de uma semana antes, mandou um enorme arranjo de cravos brancos com uma fita roxa na diagonal com as palavras em letras douradas: "Nosso Irmão". Os policiais da delegacia, em memória pela captura do assassino, mandaram uma cruz de rosas vermelhas. O sargento McShane enviou um buquê de lírios. A mãe de Johnny, as Rommely e alguns vizinhos mandaram flores. Havia flores de dezenas de amigos de Johnny de que Katie nunca tinha ouvido falar. McGarrity, o dono do bar, enviou uma coroa de folhas de louro artificiais.

— Eu jogaria isso na lata de cinzas — disse Evy, indignada, quando leu o cartão.

— Não — respondeu Katie, suavemente. — Não posso culpar o McGarrity. O Johnny não *precisava* ir lá.

(Johnny devia a McGarrity mais de trinta e oito dólares na ocasião de sua morte. Por alguma razão, o dono do bar não disse nada a Katie sobre isso. Ele cancelou a dívida silenciosamente.)

O apartamento estava com um cheiro enjoativo por causa dos perfumes combinados de rosas, lírios e cravos. Francie passou a detestar essas flores para sempre, mas Katie estava contente por saber que tantas pessoas haviam pensado em Johnny.

Alguns momentos antes de fecharem a tampa do caixão, Katie foi à cozinha falar com as crianças. Pôs as mãos nos ombros de Francie e falou baixinho:

— Ouvi uns vizinhos cochicharem, dizendo que vocês não queriam olhar seu pai porque ele não foi um bom pai para vocês.

— Ele *foi* um bom pai — disse Francie, incisiva.

— Sim, ele foi — concordou Katie. Ela esperou, deixando as crianças tomarem sua própria decisão.

— Vamos, Neeley — disse Francie. De mãos dadas, as crianças foram ver seu pai. Neeley olhou depressa e, com medo de que fosse começar a chorar, correu para fora da sala. Francie ficou ali, olhando para o chão, com medo. Por fim, levantou os olhos. Não podia acreditar que seu pai estava morto! Ele usava o smoking, que tinha sido lavado e passado. Tinha uma frente de camisa e um colarinho novos, e uma gravata-borboleta com um cuidadoso nó. Havia um cravo na lapela do paletó e, acima dele, seu botão do sindicato. O cabelo era brilhante, dourado e cacheado como sempre. Um dos cachos havia saído do lugar e estava um pouco caído na lateral da testa. Os olhos estavam fechados como em um sono leve. Ele parecia jovem, bonito e bem cuidado. Pela primeira vez Francie notou como as sobrancelhas dele eram belamente arqueadas. Seu pequeno bigode estava aparado e charmoso como sempre. Toda a dor, sofrimento e preocupação haviam deixado seu rosto, que estava tranquilo e com uma aparência juvenil. Johnny tinha trinta e quatro anos quando morreu. Mas parecia muito mais jovem agora, como um rapaz mal saído dos vinte. Francie olhou para as mãos dele, cruzadas tão despretensiosamente sobre um crucifixo prateado. Havia um círculo de pele mais clara em seu terceiro dedo, onde ele usava o anel de sinete que Katie lhe dera quando se casaram. (Katie o tirara para dar a Neeley quando ele crescesse.) Era estranho ver as mãos de seu pai tão quietas, quando ela se lembrava delas sempre trêmulas. Francie notou como elas eram estreitas e de aparência sensível, com os dedos longos e finos. Ficou olhando fixamente para as mãos e achou que as tinha visto se moverem. Sentiu um pânico dentro de si e teve vontade de fugir. Mas a sala estava cheia de pessoas que a observavam. Elas diriam que ela estava fugindo porque... Ele *tinha* sido um bom pai. Ele tinha! Ele tinha! Levou a mão ao cabelo dele e arrumou o cacho no lugar. Tia Sissy se aproximou, pôs o braço sobre seus ombros e murmurou: "Está na hora". Francie recuou para ficar com sua mãe enquanto eles fechavam a tampa.

Na missa, Francie ajoelhou de um lado de sua mãe e Neeley do outro. Francie manteve os olhos no chão, para não ter que olhar para o caixão coberto de flores sobre cavaletes na frente do altar. Deu uma olhadinha para sua mãe. Katie estava de joelhos, os olhos à frente, o rosto pálido e quieto sob o véu de viúva.

Quando o padre desceu do altar e caminhou em volta do caixão aspergindo água-benta nos quatro cantos dele, uma mulher sentada do outro lado do corredor começou a soluçar violentamente. Katie, ciumenta e extremamente possessiva mesmo na morte, virou-se com irritação para ver a mulher que ousava chorar por Johnny. Olhou bem para ela, depois virou para a frente de novo. Seus pensamentos eram como pedaços de papel ao vento.

Hildy O'Dair está velha para sua idade, pensou. *É como se tivessem espalhado pó em seus cabelos loiros. Mas ela não é muito mais velha que eu... deve ter trinta e dois ou três. Tinha dezoito anos quando eu tinha dezessete. Siga seu caminho e eu seguirei o meu. Você quer dizer que vai seguir o caminho dela. Hildy, Hildy... ele é meu namorado, Katie Rommely... Hildy, Hildy... mas ela é a minha melhor amiga... eu não sou muito bom, Hildy... não devia ter te dado ilusões... siga o seu... Hildy, Hildy. Deixe-a chorar, deixe-a chorar,* pensou Katie. *Alguém que amava o Johnny deve chorar por ele e eu não consigo chorar. Deixe ela...*

Katie, a mãe de Johnny, Francie e Neeley seguiram para o cemitério na primeira carruagem, atrás do carro fúnebre. As crianças se sentaram de costas para o condutor. Francie ficou aliviada, porque não podia ver o carro fúnebre que conduzia a procissão. Via a carruagem que vinha atrás. Tia Evy e tia Sissy estavam nela sozinhas. Seus maridos não tinham podido vir porque estavam trabalhando, e a vovó Mary Rommely tinha ficado em casa para cuidar da bebê de Sissy. Francie queria estar na segunda carruagem. Ruthie Nolan chorou e se lamentou durante todo o trajeto. Katie se manteve em total silêncio. A carruagem era fechada e cheirava a feno úmido e estrume seco de cavalo. O cheiro, o espaço fechado, o trajeto feito de costas e a tensão deram a Francie uma esquisita sensação de enjoo.

No cemitério, havia uma caixa de madeira simples ao lado de um buraco fundo. Eles puseram o caixão coberto com um pano, com suas alças reluzentes, dentro dessa caixa. Francie desviou o olhar quando a baixaram para dentro do túmulo. Era um dia cinzento e soprava um vento frio. Pequenos redemoinhos de pó congelado rodopiavam em volta dos pés de Francie. A uma curta distância, sobre um túmulo utilizado havia uma semana, alguns homens retiravam as flores murchas das armações de arame. Trabalhavam metodicamente, mantendo as flores murchas em um monte organizado e empilhando as armações de arame com cuidado. Era uma ocupação legítima. Eles compravam essa concessão dos funcionários do cemitério e vendiam as armações de arame para os floristas, que as usavam repetidamente. Ninguém reclamava, porque os homens eram muito escrupulosos e nunca arrancavam as flores antes de elas estarem bem murchas.

Alguém colocou um punhado de terra úmida na mão de Francie. Ela viu que sua mãe e Neeley estavam de pé na borda do túmulo, derramando terra dentro dele. Francie caminhou devagar até a margem, fechou os olhos e abriu a mão lentamente. Ouviu um som surdo depois de um segundo e a sensação de enjoo voltou.

Após o enterro, as carruagens partiram em direções diferentes. Cada enlutado devia ser levado à sua própria casa. Ruthie Nolan seguiu com algumas pessoas que moravam perto dela. Nem sequer se despediu. Durante todas as cerimônias, ela se recusara a falar com Katie e as crianças. Tia Sissy e Evy entraram na carruagem com Katie, Francie e Neeley. Como não havia lugar para cinco pessoas, Francie teve que se sentar no colo de Evy. Seguiram todos muito quietos no caminho de volta para casa. Tia Evy tentou alegrá-los contando algumas histórias novas sobre tio Willie e seu cavalo. Mas ninguém sorriu, porque ninguém ouviu.

A mamãe fez a carruagem parar em uma barbearia perto de casa.

— Entre aí — ela disse a Francie — e pegue a caneca do seu pai.

Francie não entendeu.

— Que caneca? — ela perguntou.

— É só você pedir a caneca dele.

Francie entrou. Havia dois barbeiros, mas nenhum cliente. Um deles estava sentado em uma das cadeiras enfileiradas junto à parede. Seu tornozelo esquerdo repousava sobre o joelho direito e ele segurava um bandolim. Estava tocando "O Sole Mio". Francie conhecia a música. O sr. Morton a ensinara para eles, dizendo que o título era "Dia de sol". O outro barbeiro estava sentado em uma das cadeiras de trabalho, olhando-se em um espelho comprido. Ele levantou da cadeira quando a menina entrou.

— Pois não? — perguntou.

— Eu quero a caneca do meu pai.
— Qual é o nome?
— John Nolan.
— Ah, sim. Eu sinto muito. — Ele suspirou enquanto pegava uma caneca de uma fileira delas em uma prateleira. Era uma caneca branca grossa com o nome "John Nolan" escrito em letras de forma douradas e bonitas. Havia um pedaço usado de sabão branco no fundo e um pincel de aparência muito usada. Ele tirou o sabão e o pincel e os colocou em uma grande caneca sem nada escrito. Depois lavou a caneca de Johnny.

Enquanto Francie esperava, ela olhou em volta. Nunca havia estado dentro de uma barbearia. Cheirava a sabão, toalhas limpas e loção pós-barba. Havia um aquecedor a gás que chiava amigavelmente. O barbeiro havia terminado a canção e começado de novo. O tinido fino do bandolim fazia um som triste na sala aquecida. Francie cantou a letra do sr. Morton para a canção em sua cabeça.

Que belo dia,
Tão ensolarado.
A chuva já se foi
O céu é tão azul.

Todos têm uma vida secreta, ela refletiu. O papai nunca falou sobre a barbearia, no entanto vinha aqui três vezes por semana para fazer a barba. O meticuloso Johnny havia comprado sua própria caneca, como faziam homens em melhor situação. Ele não aceitava ser barbeado com espuma da caneca comum. Não Johnny. Vinha ali três vezes por semana, quando tinha dinheiro, sentava-se em uma daquelas cadeiras, olhava para aquele espelho e conversava com o barbeiro sobre, talvez, se os Brooklyns tinham um bom time naquele ano, ou se os democratas iam ganhar, como sempre. Talvez ele cantasse enquanto o outro barbeiro tocava o bandolim. Sim, ela tinha certeza de que ele cantava. Cantar vinha mais fácil do que respirar para ele. *Será que, quando precisava esperar, ele lia* The Police Gazette, *que estava ali sobre aquele balcão?*, ela pensou.

O barbeiro lhe deu a caneca lavada e seca.

— Johnny Nolan era um bom sujeito — disse ele. — Diga à mamãe que eu, o barbeiro dele, disse isso.

— Obrigada — murmurou Francie, agradecida. Então saiu, fechando a porta para o som triste do bandolim.

De volta à carruagem, estendeu a caneca para Katie.

— É para você — disse ela. — O Neeley vai ficar com o anel de sinete do papai.

Francie olhou para o nome de seu pai em dourado e murmurou "Obrigada", agradecida pela segunda vez em cinco minutos.

Johnny estivera neste mundo por trinta e quatro anos. Fazia menos de uma semana, estava andando por aquelas ruas. E, agora, a caneca, o anel e dois aventais de garçom não passados em casa eram os únicos objetos concretos que restavam para atestar que um homem tinha vivido. Não havia nenhum outro lembrete físico de Johnny, já que ele tinha sido enterrado com todas as roupas que possuía, com os botões de pérola e o botão de colarinho de ouro catorze quilates.

Quando chegaram em casa, descobriram que os vizinhos haviam permanecido ali e arrumado o apartamento. A mobília estava de volta no lugar na sala da frente e as folhas murchas e pétalas de flores caídas tinham sido varridas. As janelas estavam abertas, os quartos, arejados. Haviam trazido carvão e acendido um grande fogo no forno da cozinha e colocado uma toalha branca e limpa na mesa. As irmãs Tynmore tinham trazido um bolo que elas próprias haviam assado e o deixaram em um prato grande, já fatiado. Floss Gaddis e sua mãe trouxeram uma grande porção de linguiça fatiada. Foram necessários dois pratos para acomodá-la. Havia um cesto com pão de centeio também fatiado e as xícaras de café estavam postas na mesa. Um bule de café fresco esquentava no fogão e alguém havia colocado um jarro com creme de verdade no meio da mesa. Tinham feito tudo isso enquanto os Nolan estavam fora. Foram embora, trancaram a porta e puseram a chave debaixo do capacho.

Tia Sissy, Evy, mamãe, Francie e Neeley sentaram-se à mesa. Tia Evy serviu o café. Katie ficou imóvel por um longo tempo olhando para sua xícara, lembrando-se da última vez em que Johnny se sentara àquela mesa. Então fez o que Johnny tinha feito; empurrou a xícara com o braço, baixou a cabeça e chorou com grandes soluços dilacerantes. Sissy a abraçou e falou com ela em sua voz terna e gentil.

— Katie, Katie, não chore assim. Não chore assim ou o bebê que você vai trazer para este mundo vai ser uma criança triste.

37

KATIE NÃO SAIU DA CAMA NO DIA SEGUINTE AO FUNERAL E FRANCIE e Neeley ficaram vagando pelo apartamento, atordoados e confusos. Quase à noite, Katie se levantou e lhes preparou o jantar. Depois de comerem, ela insistiu que as crianças saíssem e dessem uma volta, dizendo que precisavam de ar fresco.

Francie e Neeley caminharam pela Graham Avenue em direção à Broadway. Era uma noite silenciosa e de um frio cortante, mas não havia neve. As ruas estavam vazias. O Natal tinha sido três dias antes, e as crianças estavam em casa brincando com seus brinquedos novos. As luzes da rua eram brilhantes e desoladas. Uma leve brisa gelada vinda do mar soprava junto ao chão e levantava pedacinhos de papel sujo em redemoinhos nas sarjetas.

A infância os havia deixado nos últimos dias. O Natal passara despercebido, já que seu pai morrera no dia de Natal. O aniversário de treze anos de Neeley ficara perdido em algum lugar daqueles últimos dias.

Chegaram à fachada festivamente iluminada de um grande teatro de variedades. Como eram crianças que gostavam de ler e liam tudo que lhes aparecia pela frente, pararam e leram automaticamente a lista de atrações daquela semana. A sexta atração revelava um anúncio em letras garrafais: "Aqui na próxima semana! Chauncy Osborne, Doce Cantor de Doces Canções. Não percam!"

Doce cantor... Doce cantor...

Francie não havia derramado uma lágrima sequer desde a morte do pai. Nem Neeley. Agora, Francie sentiu que todas as suas lágrimas estavam congeladas, presas na garganta em uma massa sólida que crescia e crescia. Sentiu que, se aquele bolo não se dissolvesse logo e se transformasse novamente em lágrimas, morreria sufocada. Olhou para Neeley. Lágrimas escorriam dos olhos dele. Então suas lágrimas vieram à tona também.

Eles entraram em uma ruazinha escura e sentaram à beira da calçada, com os pés na sarjeta. Embora estivesse chorando, Neeley se lembrou de estender um lenço na calçada para não sujar a calça comprida nova. Os dois se sentaram juntinhos um do outro, porque estavam com frio e solitários. Choraram por um longo tempo em silêncio, sentados ali, na rua fria. Por fim, quando não conseguiram chorar mais, eles conversaram.

— Neeley, por que você acha que o papai teve que morrer?

— Acho que Deus quis que ele morresse.

— Por quê?

— Talvez para castigar ele.

— Castigar ele por quê?

— Não sei — respondeu Neeley, desamparado.

— Você acredita que Deus pôs o papai neste mundo?

— Acredito.

— Então ele queria que o papai vivesse, não é?

— Acho que sim.

— Então por que ele fez o papai morrer tão cedo?

— Talvez para castigar ele — repetiu Neeley, sem saber o que mais responder.

— Se isso for verdade, de que adianta? O papai está morto e não sabe que foi castigado. Deus fez o papai do jeito que ele era e depois disse consigo mesmo "eu o desafio a dar um jeito nisso". Aposto que ele disse isso.

— Acho que a gente não devia falar de Deus assim — disse Neeley, apreensivo.

— Dizem que Deus é tão poderoso — continuou Francie, com desdém — e que sabe tudo e pode fazer tudo. Se ele é tão poderoso, por que não ajudou o papai em vez de o castigar, como você disse?

— Eu disse *talvez*.

— Se Deus governa o mundo todo — disse Francie — e o sol, e a lua, e as estrelas, e todos os passarinhos e árvores e flores, e todos os animais e pessoas, imagino que ele seja muito ocupado e muito importante, não é, para passar tanto tempo castigando um homem, um homem como o papai.

— Eu acho que você não devia falar de Deus assim — censurou Neeley, aflito. — Ele pode te fulminar.

— Que seja — gritou Francie, furiosa. — Que ele me fulmine agora mesmo, sentada aqui nesta sarjeta!

Esperaram, temerosos. Nada aconteceu. Quando Francie falou de novo, estava mais calma.

— Eu acredito em Nosso Senhor Jesus Cristo e na Virgem Maria. Jesus foi um bebê. Ele viveu. Ele andava descalço como a gente no verão. Vi uma figura de quando ele era criança, descalço. E, quando ele virou homem, foi pescar, como o papai fez uma vez. E as pessoas podiam machucá-lo, como não podiam machucar Deus. Jesus não andava por aí castigando as pessoas. Ele *sabia* sobre as pessoas. Então eu sempre vou acreditar em Jesus.

Eles fizeram o sinal da cruz, como católicos fazem quando mencionam o nome de Jesus. Então ela pôs a mão no joelho de Neeley e falou em um sussurro:

— Neeley, eu não vou dizer isso para mais ninguém sem ser você, mas eu não acredito mais em Deus.

— Eu quero ir para casa — disse Neeley, tremendo.

Quando Katie os deixou entrar, observou que o rosto deles estava cansado, mas em paz. *Bem, eles choraram o quanto precisaram*, pensou.

Francie olhou para o rosto de sua mãe e desviou o olhar depressa. *Enquanto estávamos fora*, pensou, *ela chorou e chorou até não conseguir mais*. O choro não foi mencionado em voz alta por nenhum deles.

— Achei que fossem voltar para casa com frio — disse a mamãe —, então preparei uma surpresa quente para vocês.

— O quê? — perguntou Neeley.

— Vocês vão ver.

A surpresa era "chocolate quente", que era cacau e leite condensado batidos juntos e misturados com água fervente. Katie despejou o líquido espesso nas xícaras.

— E não é só isso — acrescentou. Então pegou três marshmallows em um saquinho de papel no bolso do avental e colocou um em cada xícara.

— Mamãe! — exclamaram as crianças ao mesmo tempo, em êxtase. "Chocolate quente" era algo superespecial, geralmente reservado para aniversários.

A mamãe é mesmo uma mulher e tanto, pensou Francie, enquanto segurava o marshmallow dentro da xícara com a colher e observava as espirais brancas derretendo e riscando o chocolate escuro. *Ela sabe que estivemos chorando, mas não pergunta sobre isso. A mamãe nunca...* De repente, a palavra certa sobre sua mãe veio à mente de Francie. *A mamãe nunca se atrapalha.*

Não, Katie nunca se atrapalhava. Quando usava as mãos de belas formas e desgastada aparência, ela as usava com segurança, fosse para colocar uma flor partida em um vaso de água com um único gesto firme, ou para torcer um pano de chão com um único movimento decidido — a mão direita virando para dentro e a esquerda para fora, simultaneamente. Quando ela falava, falava com sinceridade, utilizando as palavras certas. E seus pensamentos caminhavam em uma linha clara e firme.

A mamãe disse:

— O Neeley está ficando grande demais para dormir no mesmo quarto da irmã. Então eu arrumei o quarto que seu... — ela hesitou só um instante antes de pronunciar a palavra seguinte — ... pai e eu usávamos. Esse é o quarto do Neeley agora.

Os olhos de Neeley pularam para os de sua mãe. Um quarto só para ele! Um sonho que se tornava realidade; dois sonhos que se tornavam realidade, calças compridas e um quarto... Então seus olhos se entristeceram ao pensar como aquelas coisas boas tinham lhe acontecido.

— E eu vou ficar no *seu* quarto, Francie. — Uma diplomacia instintiva fez Katie dizer desse jeito em vez de: "Você vai ficar no *meu* quarto".

Eu também queria ter o meu próprio quarto, pensou Francie, com súbito ciúme. *Mas acho que está certo o Neeley ficar com ele. Só temos dois quartos, e ele não poderia dormir com a mamãe.*

Sabendo o que Francie tinha pensado, Katie disse:

— E, quando esquentar de novo, a Francie pode ficar com a sala da frente. Vamos pôr a cama dela ali e uma colcha bonita em cima durante o dia, e será como uma salinha particular. Está bem assim, Francie?

— Sim, mamãe.

Depois de um tempo, a mamãe disse:

— Esquecemos de ler nas últimas noites, mas agora vamos começar de novo.

Então as coisas vão continuar iguais, pensou Francie, um pouco surpresa, enquanto pegava a Bíblia na prateleira sobre a lareira.

— Como perdemos o Natal este ano — disse a mamãe —, vamos pular a parte que deveríamos ler e seguir para o nascimento do Menino Jesus. Vamos nos revezar na leitura. Você começa, Francie.

Francie leu: "... e então, quando estavam lá, chegou a hora em que ela devia dar à luz. E ela teve seu filho primogênito, e o envolveu em faixas e o colocou na manjedoura; porque não havia lugar para eles na hospedaria".

Katie suspirou profundamente. Francie parou de ler e olhou para ela, intrigada.

— Não é nada — disse a mamãe. — Continue lendo.

Não, é alguma coisa, Katie pensou. *É a hora em que eu devia sentir vida.* Uma vez mais, a criança ainda não nascida estremeceu levemente dentro dela. *Seria porque soube desta criança que estava por vir*, ela se perguntou em silêncio, *que ele parou de beber no fim?* Ela havia sussurrado para ele que iam ter outro filho. Teria ele tentado ser diferente quando soube? E, sabendo, morreu na tentativa de ser um homem melhor? *Johnny... Johnny...* Ela suspirou outra vez.

E eles leram, cada um na sua vez, sobre o nascimento de Jesus, e pensaram nos últimos instantes de Johnny. Mas cada um guardou para si os próprios pensamentos.

Quando as crianças estavam prontas para ir para a cama, Katie fez algo muito incomum. Incomum porque ela não era uma mulher de demonstrar sentimentos. Ela abraçou as crianças com força e lhes deu um beijo de boa-noite.

— De agora em diante — disse ela —, eu sou sua mãe e seu pai.

38

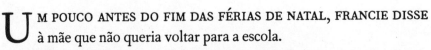

Um pouco antes do fim das férias de Natal, Francie disse à mãe que não queria voltar para a escola.
— Você não gosta da escola? — sua mãe perguntou.
— Eu gosto, mas já tenho catorze anos e vai ser fácil arranjar documentos para trabalhar.
— Por que você quer trabalhar?
— Para ajudar.
— Não, Francie. Quero que você volte para a escola e se forme. São só mais alguns meses. Daqui a pouco já é junho. Você pode arranjar os documentos para trabalhar no verão. Talvez o Neeley também. Mas vocês dois vão para o ensino médio no outono. Então esqueça essa história de trabalho e volte para a escola.
— Mas, mamãe, como nós vamos nos virar até o verão?
— Nós vamos dar um jeito.

Katie não estava tão autoconfiante quanto parecia. Sentia falta de Johnny em muitos sentidos. Johnny nunca tivera um emprego estável, mas havia o trabalho ocasional nas noites de sábado ou domingo com os três dólares que trazia. E, quando as coisas ficavam muito terríveis, Johnny sempre conseguia se organizar por algum tempo para tirá-los do apuro maior. Mas agora não havia mais Johnny.

    Katie fez um balanço da situação. O aluguel estava pago desde que ela conseguisse continuar com a faxina que fazia nas três casas de cômodos. Havia um dólar por semana da venda de jornais de Neeley. Isso manteria o carvão se usassem o fogo só à noite. Mas, espere! O prêmio semanal de vinte centavos do seguro também tinha que sair daí. (O seguro de Katie era de dez centavos por semana, mais cinco centavos para cada criança.) Bem, um pouco menos de carvão e irem um pouco mais cedo para a cama resolveriam isso. Roupas? Nem pensar. Ainda bem que Francie tinha aqueles sapatos novos e Neeley tinha o terno. A grande questão, portanto, era a comida. Talvez a sra. McGarrity a deixasse lavar suas roupas novamente. Isso daria um dólar por semana. E ela pegaria alguns trabalhos de limpeza extras. Sim, eles dariam um jeito de alguma maneira.

Chegaram até o fim de março. A essa altura, a gravidez de Katie já ia bem avançada. (O bebê era para maio.) As senhoras para quem ela trabalhava faziam uma careta e desviavam os olhos quando a viam, com a barriga volumosa, de pé junto à tábua de passar na cozinha, ou de quatro, para esfregar o chão. Tinham de ajudá-la, por pena. Logo perceberam que estavam pagando uma faxineira e fazendo elas mesmas a maior parte do trabalho. Então, uma a uma, elas lhe disseram que não precisavam mais dela.

    Até o dia em que Katie não tinha os vinte centavos para pagar o agente de seguros. Ele era um velho amigo dos Rommely e conhecia as circunstâncias de Katie.

    — Eu detestaria vê-la perder suas apólices, sra. Nolan. Especialmente depois de mantê-las por todos esses anos.

    — Você não deixaria que eu perdesse as apólices só porque atrasei um pouco o pagamento, não é?

    — *Eu* não deixaria, mas a empresa, sim. Escute, por que a senhora não resgata as apólices das crianças?

— Eu não sabia que isso era possível.

— Poucas pessoas sabem. Elas param de pagar e a empresa faz vista grossa. O tempo passa e a empresa simplesmente embolsa o dinheiro já pago. Eu perderia meu emprego se eles soubessem que lhe contei isso. Mas eu vejo assim: eu fiz o seguro de seu pai e de sua mãe, e de todas as meninas Rommely e de seus maridos e filhos e, não sei, mas já informei tantas coisas entre vocês sobre nascimento, doença e morte que me sinto como se fosse parte da família.

— Nós lhe devemos muito — disse Katie.

— Faça o seguinte, sra. Nolan. Resgate as apólices de seus filhos, mas mantenha a sua. Se algo acontecesse a uma das crianças, Deus nos livre, a senhora daria um jeito para fazer o enterro. Mas se algo acontecesse à senhora, Deus nos livre, eles não teriam como enterrá-la sem o dinheiro do seguro, teriam?

— Não, não teriam. Preciso manter a minha apólice. Eu não quero ser enterrada como indigente. Isso seria um trauma que eles nunca superariam; nem eles, nem seus filhos, nem os filhos de seus filhos. Então vou manter a minha apólice e seguir seu conselho sobre as apólices das crianças. Explique o que devo fazer.

Os vinte e cinco dólares que Katie recebeu pelas duas apólices os mantiveram até o fim de abril. Em mais cinco semanas, a criança teria nascido. Em mais oito semanas, Francie e Neeley teriam se formado no ensino fundamental. Havia essas oito semanas para atravessar de alguma maneira.

As três irmãs Rommely se reuniram em volta da mesa da cozinha de Katie.

— Eu ajudaria, se pudesse — disse Evy. — Mas você sabe que o Will não ficou muito certo da cabeça desde que levou um coice daquele cavalo. Ele não respeita mais o chefe, não se dá bem com os colegas e chegou a tal ponto que nenhum cavalo o aceita. Agora ele trabalha nos estábulos, limpando estrume e jogando fora garrafas quebradas. Reduziram o pagamento dele para dezoito dólares por semana, e isso não dura muito com três crianças. Eu mesma estou procurando trabalho como faxineira.

— Se eu conseguisse pensar em alguma maneira... — começou Sissy.

— Não — disse Katie, com firmeza. — Você já está fazendo o suficiente levando a mamãe para morar com você.

— É verdade — disse Evy. — A Kate e eu sempre nos preocupamos por ela morar sozinha em um quarto e fazer limpeza para ganhar uns trocados.

— A mamãe não dá despesa nem trabalho — disse Sissy. — E o meu John não se importa por ela morar lá. Claro, ele só ganha vinte por semana. E agora temos a bebê. Eu queria voltar para o meu emprego, mas a mamãe está muito velha para cuidar da bebê e da casa. Ela já tem oitenta e três anos. Eu poderia trabalhar, mas teria que contratar alguém para cuidar de tudo. Se eu tivesse um emprego, poderia te ajudar, Katie.

— Você não pode fazer isso, Sissy. Não tem jeito — disse Katie.

— Só tem uma coisa a fazer — disse Evy. — Tirar a Francie da escola para ela trabalhar.

— Mas eu quero que ela se forme. Meus filhos serão os primeiros na família Nolan a ter um diploma.

— Mas um diploma não enche barriga — disse Evy.

— Você não tem nenhum amigo homem que possa ajudar? — perguntou Sissy. — Você é uma mulher muito bonita.

— Ou vai ser, quando ficar em forma de novo — acrescentou Evy.

Katie pensou rapidamente no sargento McShane.

— Não — disse ela. — Eu não tenho amigos homens. Sempre foi só o Johnny e mais ninguém.

— Então eu acho que a Evy tem razão — decidiu Sissy. — Detesto dizer isso, mas você vai ter que pôr a Francie para trabalhar.

— Se ela deixar a escola fundamental sem se formar, nunca vai poder entrar no ensino médio — protestou Katie.

— Bem — suspirou Evy —, sempre há os serviços de caridade católicos.

— Quando chegar a hora em que tivermos que depender das cestas de caridade — disse Katie, baixinho —, vou vedar portas e janelas, esperar até as crianças dormirem e acender todas as saídas de gás da casa.

— Não fale assim — disse Evy, firmemente. — Você quer viver, não quer?

— Quero. Mas quero viver para *alguma coisa*. Não quero viver para receber comida de caridade só para ter forças para voltar lá e pegar mais.

— Então voltamos à estaca zero — disse Evy. — A Francie tem que sair da escola e trabalhar. Tem que ser a Francie, porque o Neeley tem só treze anos e não vão lhe dar os documentos de trabalho.

Sissy pôs a mão no braço de Katie.

— Não vai ser tão terrível assim. A Francie é inteligente e lê muito. De algum modo ela vai conseguir se educar.

Evy se levantou.

— Agora temos que ir. — Pôs uma moeda de cinquenta centavos na mesa. Prevendo uma recusa de Katie, falou em tom beligerante. — E não pense que isto é um presente. Espero que você me devolva algum dia.

Katie sorriu.

— Não precisa gritar assim. Eu não me importo de aceitar dinheiro da minha irmã.

Sissy usou um atalho. Enquanto se inclinava para beijar o rosto de Katie em despedida, deslizou uma nota de um dólar para o bolso do avental dela.

— Se precisar de mim, mande me chamar que eu venho, nem que seja de madrugada. Mas mande o Neeley. Não é seguro uma menina andar por essas ruas escuras passando pelos pátios de carvão.

Katie ficou sentada junto à mesa da cozinha até tarde da noite. *Eu preciso de dois meses, só dois meses*, ela pensou. *Meu Deus, me dê dois meses. É tão pouco tempo. Até lá, meu bebê vai ter nascido e eu vou estar bem outra vez. Até lá, as crianças vão ter se formado na escola pública. Quando eu for dona da minha própria cabeça e do meu próprio corpo, não preciso lhe pedir nada. Mas agora meu corpo é dono de mim e eu tenho que pedir sua ajuda. Só dois meses, dois meses...* — Esperou pela sensação de calor interior que significaria que havia estabelecido comunicação com seu Deus. Não houve nenhum calor. Tentou de novo.

Virgem Maria, mãe de Jesus, você *sabe como é. Você teve um filho. Virgem Maria...* Esperou. Não houve nada.

Colocou o dólar de Sissy e a moeda de cinquenta centavos de Evy sobre a mesa. *Isto nos manterá por mais três dias,* pensou. *Depois disso...* Sem saber o que fazer, murmurou:

— Johnny, onde quer que você esteja, faça aquele esforço só mais uma vez. Só mais uma vez...

Esperou de novo e, dessa vez, o calor veio.

E assim aconteceu que Johnny os ajudou.

McGarrity, o dono do bar, não conseguia tirar Johnny da cabeça. Não que sua consciência o incomodasse; não, nada desse tipo. Ele não forçava os homens a frequentarem o seu bar. Além de manter as dobradiças da porta bem lubrificadas para que o mais leve toque as fizesse abrir com facilidade, ele não oferecia mais benefícios do que os outros donos de bar. Seu lanche grátis não era melhor que o deles e não havia nenhum entretenimento sedutor além daquele que era espontaneamente pago por seus clientes. Não, não era sua consciência.

Ele sentia falta de Johnny. Era isso. E não tinha nada a ver com dinheiro também, porque Johnny sempre estava lhe devendo. Gostava de ter Johnny ali porque ele dava classe ao local. Era algo que fazia diferença ver aquele rapaz esguio charmosamente de pé junto ao balcão entre os motoristas de caminhão e cavadores de valas. *É verdade,* admitia McGarrity, *que Johnny Nolan bebia mais do que era bom para ele. Mas, se não bebesse ali, iria beber em algum outro lugar. Ele não era arruaceiro, no entanto. Nunca começava a xingar ou falar alto depois de alguns drinques. Sim,* decidiu McGarrity, *Johnny era um bom sujeito.*

Do que mais McGarrity sentia saudade era de escutar Johnny falar. *Como aquele cara sabia falar,* pensou. *Às vezes ele me contava sobre os campos de algodão no sul, as praias da Arábia ou a ensolarada França como se tivesse acabado de voltar de lá, em vez de se informar das músicas que conhecia. Eu gostava muito de ouvi-lo falar desses lugares distantes,* refletiu. *Mas o melhor de tudo era ouvi-lo falar sobre sua família.*

McGarrity sempre sonhou com uma família. Sua família dos sonhos morava longe do bar; tão longe que ele tinha que pegar um bonde para chegar em casa de manhã cedinho, depois do trabalho. A doce esposa de seus sonhos sempre o esperava com café fresco e algo gostoso para comer. Depois de comer, eles conversavam... conversavam sobre outras coisas, não sobre o bar. Tinham filhos de sonhos, filhos asseados, bonitos e inteligentes que cresciam um pouco envergonhados por seu pai ser dono de bar. Ele se orgulhava da vergonha deles, porque isso significava que era capaz de gerar crianças refinadas.

Bom, esse era seu sonho de casamento. Então ele se casou com Mae. Ela era uma jovem curvilínea e sensual, de cabelos ruivos e lábios carnudos. Mas, depois de um tempo de casamento, tornou-se uma mulher corpulenta e desleixada, conhecida no Brooklyn como "a mulher do bar". A vida de casado tinha sido boa por um ou dois anos, até que McGarrity acordou uma manhã e descobriu que não era nada disso. Mae não era sua esposa dos sonhos. Ela gostava do bar. Insistiu que eles alugassem quartos no andar de cima. Não queria uma casa em Flushing; não queria se dedicar a trabalhos domésticos. Gostava de ficar no salão dos fundos do bar dia e noite, de rir e beber com os clientes. E os filhos que Mae lhe deu andavam pelas ruas como delinquentes e se gabavam de seu pai ser dono de bar. Para sua dolorosa decepção, eles se orgulhavam disso.

Ele sabia que Mae era infiel. Não se importava, desde que não chegasse a ponto de os homens rirem dele pelas costas. O ciúme o abandonara havia anos, quando o desejo físico por Mae desaparecera. Aos poucos, tanto lhe fazia dormir com ela ou com qualquer outra mulher. De alguma maneira, boa conversa se atrelara a bom sexo em sua mente. Ele queria uma mulher para conversar, para trocar ideias, uma mulher que dialogasse com ele com carinho, bom senso e intimidade.

Se eu conseguir encontrar uma mulher assim, ele pensava, *meu desejo vai voltar.* A seu modo confuso e simplório, ele queria união de mente e alma ao lado de união de corpos. Conforme os anos se passavam, a necessidade de conversar intimamente com uma mulher que fosse próxima a ele se tornou uma obsessão.

Em seu trabalho, ele observava a natureza humana e chegava a certas conclusões sobre isso. As conclusões não tinham sabedoria e originalidade; na verdade, eram entediantes. Mas eram importantes para McGarrity, porque ele chegara a elas sozinho. Nos primeiros anos de casamento, tentara contar a Mae sobre essas conclusões, mas tudo que ela dizia era: "Posso imaginar". Às vezes variava, dizendo: "Posso *até* imaginar". Aos poucos, portanto, como não podia compartilhar sua vida interior com ela, ele perdeu a força de marido e ela passou a ser infiel.

McGarrity era um homem com um grande pecado na alma. Ele odiava os filhos. Sua filha, Irene, tinha a idade de Francie. Irene era uma menina de olhos rosados, e seu cabelo era de um ruivo tão pálido que até poderia ser chamado de rosa também. Era mesquinha e lenta de raciocínio. Já havia repetido tantas vezes na escola que, aos catorze anos, ainda estava na sexta série. Seu filho, Jim, de dez anos, não tinha nenhuma característica notável, exceto que seu traseiro era sempre gordo demais para as calças.

McGarrity tinha outro sonho: que Mae um dia lhe confessasse que os filhos não eram dele. Esse sonho o alegrava. Sentia que poderia amar aquelas crianças se soubesse que eram de outro homem. Nesse caso, poderia ver a mediocridade e a estupidez deles de forma objetiva; então poderia ter pena e ajudá-los. Enquanto soubesse que eram dele, ele os odiava porque via neles seus piores traços e os de Mae.

Nos oito anos em que Johnny frequentou o bar de McGarrity, ele elogiava diariamente Katie e as crianças. McGarrity fez um jogo secreto durante esses oito anos. Fingia que *ele* era Johnny e que ele, McGarrity, falava daquele jeito de Mae e de seus filhos.

— Quero lhe mostrar uma coisa — Johnny disse certa vez, com orgulho, tirando um papel do bolso. — Minha menina escreveu esta redação na escola e tirou um "A". E ela só tem dez anos. Ouça. Vou ler para você.

Enquanto Johnny lia, McGarrity fingiu que tinha sido a sua menina quem escrevera a história. Outro dia, Johnny trouxe um par de suportes de livros de madeira com acabamento tosco e os colocou sobre o balcão com um gesto teatral.

— Quero lhe mostrar uma coisa — disse, orgulhoso. — Meu menino, Neeley, fez isto na escola.

Meu menino, Jimmy, fez isto na escola, disse McGarrity, com orgulho, para si mesmo, enquanto examinava os suportes de livro.

Outra vez, para induzi-lo a falar, McGarrity perguntou:

— Acha que vamos entrar na guerra, Johnny?

— Que engraçado — Johnny respondeu —, eu e a Katie ficamos até quase de manhã conversando sobre isso. No fim, eu a convenci de que o Wilson vai nos manter fora da guerra.

Como seria, McGarrity pensou, *se ele e Mae ficassem a noite inteira conversando sobre isso, e como seria se ela dissesse: "É, você tem razão, Jim"*. Mas ele não podia saber como seria, porque isso nunca iria acontecer.

Então, quando Johnny morreu, McGarrity parou de sonhar. Tentou jogar sozinho, mas não deu certo. Ele precisava de alguém como Johnny para dar o impulso.

Praticamente no mesmo instante em que as três irmãs conversavam na cozinha de Katie, McGarrity teve uma ideia. Ele tinha mais dinheiro do que poderia gastar, e mais nada além disso. Talvez, por meio dos filhos de Johnny, pudesse comprar seus sonhos de volta. Desconfiava que Katie estivesse em dificuldades financeiras. Talvez ele pudesse arranjar algum trabalho fácil para os filhos de Johnny fazerem depois da escola. Ele os ajudaria... Com certeza tinha condições para isso e talvez obtivesse algo em troca. Talvez as crianças conversassem com ele como conversavam com o pai.

Ele disse a Mae que ia procurar Katie para oferecer algum trabalho para as crianças. Mae lhe respondeu, com algum prazer, que ele ia ser posto para fora de lá. McGarrity não achava que seria posto para fora. Enquanto se barbeava para a visita, ele se lembrou do dia em que Katie viera lhe agradecer pela coroa de flores.

Depois do funeral de Johnny, Katie saiu agradecendo todos que haviam mandado flores. Entrou direto pela porta da frente do bar de McGarrity, desdenhando a tabuleta da porta lateral, onde se lia: "Entrada para mulheres". Ignorando os olhares espantados dos homens no balcão, foi até onde McGarrity estava. Ao vê-la, ele enfiou a ponta do avental no cinto, indicando que estava fora de serviço no momento, e veio de trás do balcão para recebê-la.

— Vim lhe agradecer pela coroa de flores — disse ela.

— Ah, é isso — respondeu ele, aliviado, achando que ela viera reclamar de algo.

— Foi muito gentil da sua parte.

— Eu gostava do Johnny.

— Eu sei. — Ela estendeu a mão. Ele ficou olhando idiotamente por um instante até entender que ela queria lhe cumprimentar. Enquanto segurava a mão dela, ele perguntou:

— Sem ressentimentos?

— Por que haveria? — ela respondeu. — O Johnny era livre e maior de idade.

Então se virou e saiu do bar.

Não, decidiu McGarrity, *uma mulher como essa não o botaria para fora se ele aproximasse com boas intenções.*

Pouco à vontade, ele se sentou em uma das cadeiras da cozinha para conversar com Katie. As crianças certamente estavam fazendo a lição de casa. Mas Francie, com a cabeça disfarçadamente baixada sobre o livro, escutava o que o sr. McGarrity falava.

— Já conversei sobre isso com a minha esposa — sonhou McGarrity — e ela concordou comigo que poderíamos empregar sua filha. Nenhum trabalho pesado, entenda, só arrumar as camas e lavar alguns pratos. E seu menino seria útil na cozinha, descascando ovos e cortando queijo, para o lanche gratuito da noite. Ele nem chegaria perto do bar. Trabalharia só na cozinha dos fundos. Seria por mais ou menos uma hora depois da escola, e meio período no sábado. Eu pagaria dois dólares por semana a cada um.

O coração de Katie deu um pulo. *Quatro dólares por semana*, calculou consigo mesma, *e mais o dólar e meio da venda dos jornais. E os dois poderiam continuar na escola. Haveria o suficiente para comer. Isso resolveria nossa situação.*

— O que acha, sra. Nolan? — perguntou ele.

— Isso é com as crianças — ela respondeu.

— E então? — Ele voltou a voz na direção deles. — O que dizem?
Francie fingiu tirar a atenção do livro.
— O que foi?
— Você gostaria de ajudar a sra. McGarrity com o trabalho da casa?
— Sim, senhor — disse Francie.
— E você? — Ele olhou para Neeley.
— Sim, senhor — ecoou o menino.
— Então está acertado. — Ele se virou para Katie. — Claro que é um trabalho temporário, até contratarmos uma mulher para assumir o trabalho da casa e da cozinha.
— Eu prefiro mesmo que seja temporário — disse Katie.
— A senhora talvez esteja com alguma dificuldade. — Ele levou a mão ao bolso. — Então vou pagar o salário da primeira semana adiantado.
— Não, sr. McGarrity. Se são eles que vão ganhar o dinheiro, terão o privilégio de recebê-lo e trazê-lo para casa eles mesmos no fim da semana.
— Como quiser.
No entanto, em vez de tirar a mão do bolso, ele fechou os dedos sobre o grosso rolo de notas e pensou: *Eu tenho dinheiro de sobra. E eles não têm nada*. Teve uma ideia.
— Sra. Nolan, a senhora deve saber como Johnny e eu fazíamos negócios. Eu lhe dava crédito e ele me dava as gorjetas. Bem, quando ele morreu, estava um pouco à frente nas contas. — Sacou o rolo de notas. Os olhos de Francie se arregalaram ao ver todo aquele dinheiro. A ideia de McGarrity era dizer que Johnny tinha pagado doze dólares a mais e dar a Katie essa quantia. Olhou para Katie enquanto tirava o elástico do dinheiro. Os olhos dela se apertaram e ele mudou de ideia sobre os doze dólares. Sabia que ela nunca acreditaria nisso. — Claro que não é muito — disse, com naturalidade. — São só dois dólares, mas acho que pertencem à senhora. — Separou duas notas e as estendeu para ela.
Katie sacudiu a cabeça.
— Eu sei que o senhor não nos deve nada. Se o senhor estivesse falando a verdade, diria que era o Johnny que lhe devia. — Envergonhado pela mentira, McGarrity pôs o grosso rolo de notas de volta no bolso, onde lhe pareceu incômodo junto à coxa. — Mas, sr. McGarrity, eu lhe agradeço por suas boas intenções — disse Katie.

Essas palavras finais soltaram a língua de McGarrity. Ele começou a falar; falou de sua infância na Irlanda, de sua mãe, de seu pai e dos muitos irmãos e irmãs. Falou de seu casamento dos sonhos. Contou a ela tudo que estivera em seus pensamentos ao longo dos anos. Não falou mal de sua esposa e filhos. Deixou-os totalmente fora da história. Contou sobre Johnny; como Johnny falava todos os dias dela e dos filhos.

— Veja estas cortinas — disse McGarrity, indicando com a mão gorducha as meias cortinas feitas de chita amarela com estampa de rosas vermelhas. — O Johnny me contou que a senhora cortou um velho vestido seu e o usou para fazer estas cortinas para a cozinha. Disse que elas deixavam a cozinha bonita, como o interior de uma carroça cigana.

Francie, que havia desistido de fingir que estudava, pegou as duas últimas palavras de McGarrity. *Carroça cigana*, pensou, olhando para as cortinas com novos olhos. *Então o papai disse isso. Eu achei que na época ele nem tinha notado as cortinas novas. Ele não falou nada, mas notou. Chegou até a elogiá-las para esse homem.* Ouvir falar de Johnny assim quase fazia Francie acreditar que ele não tinha morrido. *Então o papai dizia esse tipo de coisas para esse homem.* Ela olhou para McGarrity com renovado interesse. Era um homem baixo e atarracado, com mãos grossas, um pescoço curto e vermelho e cabelos escassos. *Quem poderia imaginar*, pensou Francie, *que por dentro ele fosse tão diferente do que aparenta ser por fora?*

McGarrity falou por duas horas sem parar. Katie ouvia com atenção. Ela não ouvia McGarrity *falar*. Ela ouvia McGarrity *falar de Johnny*. Quando ele fazia uma breve pausa, ela lhe dava respostas curtas que o induziam a continuar, como "E então?" ou "E aí...?" Quando ele hesitava à procura de alguma palavra, ela lhe oferecia uma opção, que ele aceitava, agradecido.

Enquanto ele falava, uma coisa notável aconteceu. Ele sentiu sua masculinidade perdida renascer dentro de si. Não era o fato de estar perto de Katie. O corpo dela estava inchado e disforme, e ele não podia olhar para ela sem fazer uma careta por dentro. Não era a mulher. Era conversar com ela que lhe proporcionava isso.

Aos poucos, foi escurecendo dentro da cozinha. McGarrity parou de falar. Estava rouco e cansado. Mas era um tipo novo e agradável de cansaço. Relutante, pensou que precisava ir embora. O bar devia estar movimentado, com homens saindo do trabalho, parando ali para um trago antes do jantar. Não gostava de deixar Mae atrás do balcão quando havia uma multidão de homens em volta. Levantou-se lentamente.

— Sra. Nolan — ele disse, mexendo desajeitado no chapéu-coco marrom —, será que eu poderia vir aqui de vez em quando para conversar? — Ela sacudiu a cabeça lentamente. — Só para conversar? — ele repetiu, suplicante.

— Não, sr. McGarrity — respondeu ela, o mais gentilmente possível. Ele suspirou e foi embora.

Francie ficou contente por estar tão ocupada. Isso a impedia de sentir muita saudade de seu pai. Ela e Neeley acordavam às seis da manhã e ajudavam a mãe com os serviços de faxina por duas horas antes de se aprontarem para ir para a escola. A mamãe não podia fazer muito esforço agora. Francie polia os painéis de campainhas de metal nos três vestíbulos e limpava os corrimãos com um pano umedecido com produto especial para madeira. Neeley varia os porões e os tapetes das escadas. Os dois levavam as latas cheias de cinzas para a calçada todos os dias. Isso era um problema, porque os dois juntos mal conseguiam mover as pesadas latas de metal. Francie teve a ideia de virá-las, despejar as cinzas no chão do porão, carregar as latas vazias para a calçada, depois enchê-las novamente usando baldes de carvão. Funcionou bem, embora envolvesse muitas viagens entre o porão e a rua. Com isso, ficavam faltando só os corredores forrados com linóleo para a mamãe esfregar. Três moradores se ofereceram para esfregar seus próprios corredores até Katie ter o bebê, e isso facilitava bastante.

Depois da escola, as crianças tinham que ir à igreja para fazer o curso de crisma, que aconteceria naquela primavera. Após o curso, trabalhavam para McGarrity. Como ele havia prometido, o trabalho era fácil. Francie arrumava quatro camas reviradas, lavava alguma louça do café da manhã e varria os quartos. Fazia tudo em menos de uma hora.

Neeley tinha o mesmo cronograma de Francie, e mais a rota de venda de jornais. Às vezes ele só chegava em casa para jantar, às oito da noite. Trabalhava na cozinha dos fundos do bar de McGarrity. Seu trabalho era descascar quatro dúzias de ovos cozidos, cortar queijo em cubos de dois centímetros e enfiar um palito em cada um e fatiar picles no sentido do comprimento.

McGarrity esperou alguns dias até que as crianças se acostumassem a trabalhar para ele. Então decidiu que era hora de fazê-los conversar, como Johnny fazia. Foi à cozinha, sentou-se e observou Neeley trabalhando. *Ele é a imagem cuspida e escarrada do pai*, pensou. Esperou um longo tempo para o menino se habituar com a presença dele ali, em seguida pigarreou.

— Fez algum suporte de livros recentemente? — perguntou.

— Não... não, senhor — gaguejou Neeley, surpreso com a pergunta despropositada.

McGarrity aguardou. Por que o menino não começou a falar? Neeley passou a descascar os ovos mais depressa. McGarrity tentou de novo.

— Acha que Wilson vai nos manter fora da guerra?

— Eu não sei — respondeu Neeley.

McGarrity esperou mais. Neeley achou que ele supervisionava seu jeito de trabalhar. Ansioso para agradar, o menino trabalhou tão depressa que terminou antes da hora. Colocou o último ovo descascado na vasilha de vidro e levantou os olhos. *Ah! Agora ele vai falar comigo*, pensou McGarrity.

— Isso é tudo que eu precisava fazer? — perguntou Neeley.

— Sim. — McGarrity respondeu e continuou esperando.

— Bom, então acho que já vou indo — arriscou Neeley.

— Está bem, filho — suspirou McGarrity, observando-o sair pela porta dos fundos. *Se ao menos ele se virasse e dissesse algo... algo... pessoal*, pensou McGarrity. Mas Neeley não se virou.

McGarrity tentou Francie no dia seguinte. Ele subiu ao apartamento, sentou-se e não disse nada. Francie ficou um pouco assustada e começou a varrer em direção à porta. *Se ele avançar em mim*, ela pensou, *posso correr lá para fora*. McGarrity continuou sentado em silêncio por um longo tempo, achando que sua presença era agradável, nem imaginando que a estava assustando.

— Você escreveu alguma redação nota "A" ultimamente? — perguntou ele.

— Não, senhor.

Ele esperou um pouco.

— Você acha que nós vamos entrar nessa guerra?

— Eu... eu não sei. — Ela se aproximou mais da porta.

Eu a estou assustando. Ela acha que eu sou como o sujeito do corredor, ele pensou.

— Não fique com medo, eu vou sair — disse ele. — Você pode trancar a porta, se quiser.

— Sim, senhor — respondeu ela. Depois que ele saiu, Francie decidiu: *Acho que ele só queria conversar. Mas eu não tenho nada para dizer para ele.*

Mae McGarrity veio logo em seguida. Francie estava de joelhos, tentando tirar uma sujeira atrás dos canos de água embaixo da pia. Mae lhe disse para levantar e esquecer aquilo.

— Por Deus, criança — disse ela. — Não se mate de trabalhar. Este apartamento vai continuar aqui até muito depois de eu e você termos ido embora deste mundo.

Ela pegou um prato de gelatina cor-de-rosa na geladeira, cortou-a na metade e passou uma das partes para outro prato. Guarneceu-a generosamente com chantili, colocou duas colheres na mesa, sentou-se e fez um sinal para Francie fazer o mesmo.

— Eu não estou com fome — mentiu Francie.

— Coma assim mesmo, para me fazer companhia — disse Mae.

Foi a primeira vez que Francie comeu gelatina e chantili. Era tão bom que se forçou a lembrar das boas maneiras para não engolir tudo de uma vez. Enquanto comia, pensou: *A sra. McGarrity é uma boa pessoa. O sr. McGarrity também. Só que acho que eles não são bons um para o outro.*

Mae e Jim McGarrity estavam sentados sozinhos na pequena mesa redonda no fundo do bar, jantando apressada e silenciosamente, como de costume. Subitamente, ela pôs a mão no braço dele. Ele estremeceu com o toque inesperado. Seus pequenos olhos claros olharam para os grandes olhos cor de mogno dela e viram pena neles.

— Não vai funcionar, Jim — disse ela, gentilmente.

Ele sentiu uma súbita empolgação. *Ela sabe!*, pensou. *Ora, ora, ela entende.*

— Tem um velho ditado — continuou Mae. — Dinheiro não compra felicidade.

— Eu sei — disse ele. — Vou deixar eles irem embora, então.

— Espere até umas semanas depois que o bebê nascer. Finja que está tudo certo. — Ela se levantou e foi para o balcão.

McGarrity continuou sentado ali, dividido em sentimentos. *Nós tivemos uma conversa*, pensou, com espanto. *Nenhum nome foi mencionado e nada foi dito abertamente, mas ela sabia o que eu estava pensando e eu sabia o que ela estava pensando.* Ele se apressou atrás da esposa, desejando agarrar-se àquele entendimento. Viu Mae de pé, na extremidade do balcão.

Um motorista de caminhão musculoso estava com o braço em volta da cintura dela, sussurrando algo em seu ouvido. Ela pôs a mão sobre a boca para conter a risada. Quando McGarrity entrou, o motorista tirou o braço acanhadamente e se afastou para junto de um grupo de homens. Ao chegar atrás do balcão, McGarrity olhou nos olhos da esposa. Estavam vazios e não viu nenhum entendimento neles. O rosto de McGarrity assumiu novamente as velhas linhas de decepção tristonha enquanto ele começava o turno da noite.

Mary Rommely estava ficando velha. Não conseguia mais andar pelo Brooklyn sozinha. Tinha um grande desejo de ver Katie antes de seu período de resguardo, então transmitiu uma mensagem pelo agente de seguros.

— Quando uma mulher dá à luz — ela lhe disse —, a morte segura sua mão por um breve período. Às vezes ela não solta. Diga à minha filha mais nova que eu queria vê-la mais uma vez antes de chegar a sua hora.

O agente de seguros deu o recado. No domingo seguinte, Katie foi visitar a mãe, acompanhada de Francie. Neeley se safou, dizendo que tinha prometido ser arremessador para os Ten Eycks, que organizavam um jogo no terreno.

A cozinha de Sissy era grande, quentinha, ensolarada e imaculadamente limpa. A vovó Mary Rommely estava sentada perto do fogão, em uma cadeira de balanço baixa. Era a única mobília que ela havia trazido da Áustria e estivera junto à lareira na casa de sua família por mais de cem anos.

O marido de Sissy estava sentado perto da janela, dando mamadeira à bebê. Depois de cumprimentarem Mary e Sissy, Francie e Katie o cumprimentaram também.

— Oi, John — disse Katie.
— Oi, Kate — ele respondeu.
— Oi, tio John.
— Oi, Francie.

Ele não disse mais nenhuma palavra durante toda a visita. Francie o observava, pensativa. A família o via como um marido temporário, do mesmo jeito como tinha visto os demais maridos e namorados de Sissy. Francie se perguntava se ele próprio se sentia temporário. Seu nome verdadeiro era Steve, mas Sissy sempre se referia a ele como "o meu John" e, quando as pessoas da família falavam dele, elas o chamavam de "o John" ou "o John da Sissy". Francie se perguntava se os homens na editora em que ele trabalhava também o chamavam de John. Será que ele nunca reclamou a respeito? Será que alguma vez já dissera: "Escute, Sissy. Meu nome é Steve e não John. E diga para suas irmãs me chamarem de Steve também".

— Sissy, você está ficando mais gordinha — a mamãe disse.
— É natural uma mulher ganhar um pouco de peso depois de dar à luz — disse Sissy, sem se alterar, e sorriu para Francie. — Quer carregar a bebê, Francie?
— Ah, eu quero!

Sem dizer uma palavra, o marido alto de Sissy se levantou, entregou a bebê e a mamadeira para Francie e saiu da cozinha. Ninguém comentou sua saída.

Francie sentou na cadeira vaga. Nunca havia segurado um bebê. Tocou sua face macia e rechonchuda, como tinha visto Joanna fazer. Um estremecimento começou nos dedos, subiu pelo braço e lhe tomou o corpo inteiro. *Quando eu crescer*, decidiu, *sempre vou ter um bebê em casa.*

Enquanto embalava a menina, ouvia sua mãe e avó conversarem e observava Sissy fazer um estoque de macarrão para um mês. Sissy pegou uma bola de massa amarela, abriu-a com o rolo, em seguida a enrolou como um rocambole. Com uma faca afiada, cortou o rolo em tiras fininhas, desenrolou-as e pendurou-as em um suporte feito de pequenas varetas de madeira, próprio para secar macarrões, na frente do fogão.

Francie sentia que havia algo diferente em Sissy. Ela não era a antiga tia Sissy. Não era o fato de estar um pouco menos magra do que de costume; era algo que não tinha a ver com sua aparência. Francie ficou intrigada.

Mary Rommely queria saber de todas as novidades, e Katie lhe contou tudo, partindo do fim até o começo. Primeiro contou que as crianças estavam trabalhando para McGarrity e que o dinheiro que elas traziam os estava mantendo. Então voltou ao dia em que McGarrity se sentou em sua cozinha e falou sobre Johnny. Terminou dizendo:

— Vou lhe dizer uma coisa, mãe, se o McGarrity não tivesse aparecido naquela hora, não sei o que teria acontecido. Eu estava tão desesperada que cheguei até a rezar para o Johnny me ajudar. Sei que foi bobagem, é claro.

— Não foi bobagem — disse Mary. — Ele te ouviu e te ajudou.

— Até parece que um fantasma é capaz de ajudar alguém, mãe — disse Sissy.

— Às vezes os fantasmas fazem mais do que passar através das paredes — observou Mary Rommely. — A Katie contou como o marido dela costumava conversar com esse dono do bar. Em todos aqueles anos de conversa, o Yohnny compartilhou pedaços dele com aquele homem. Quando a Katie pediu ajuda ao Yohnny, os pedaços dele se juntaram nesse homem e foi o Yohnny dentro da alma do dono do bar que ouviu e veio em sua ajuda.

Francie revirou aquilo na cabeça. *Se é assim*, ela pensou, *então o sr. McGarrity nos devolveu todos aqueles pedaços do papai quando falou por tanto tempo sobre ele. Não há mais nada do papai nele agora. Talvez seja por isso que não conseguimos conversar com ele do jeito que ele quer.*

Na hora de ir embora, Sissy deu a Katie uma caixa de sapatos cheia de macarrões para levar para casa. Quando Francie deu um beijo de despedida em sua avó, Mary Rommely a segurou perto de si e sussurrou em sua própria língua:

— No próximo mês, dê para sua mãe mais do que obediência e respeito. Ela vai precisar muito de amor e compreensão.

Francie não entendeu nem uma palavra do que sua avó havia dito, mas respondeu:

— Sim, vovó.

Na volta para casa de bonde, Francie segurou a caixa de sapatos em *seu* colo, porque sua mãe não tinha colo agora. Francie ficou imersa em pensamentos durante o trajeto. *Se o que a vovó Mary Rommely disse é verdade, então ninguém morre de fato. O papai se foi, mas ainda está aqui de muitas formas. Ele está aqui em Neeley, que é tão igualzinho a ele, e na mamãe, que o conheceu por tanto tempo. Ele está aqui na mãe dele, que o pariu e ainda está viva. Talvez algum dia eu conheça um menino que se pareça com o papai e que tenha tudo de bom dele, sem a parte da bebida. E esse menino terá um filho. E esse filho terá um filho. Pode ser que não exista morte de verdade.* Seus pensamentos foram para McGarrity. *Ninguém acreditaria que havia alguma parte do papai* nele. Francie pensou na sra. McGarrity e em como ela havia dado um jeito de facilitar que ela aceitasse se sentar e comer a gelatina com ela. Algo se acendeu na cabeça de Francie! Repentinamente soube o que estava diferente em Sissy. Então falou com sua mãe.

— A tia Sissy não usa mais aquele perfume doce e forte, não é, mamãe?

— Não. Ela não precisa mais.

— Por quê?

— Ela tem sua bebê agora, e um homem para cuidar dela e da bebê.

Francie queria fazer mais perguntas, mas sua mãe estava com os olhos fechados e a cabeça para trás, recostada no banco. Ela parecia pálida e cansada e Francie decidiu não incomodá-la mais. Teria que descobrir por si mesma.

Deve ser, pensou ela, *porque usar perfume forte está ligado a uma mulher desejar um bebê e querer encontrar um homem que possa lhe dar esse bebê e cui-*

dar dele e dela também. Guardou o pedacinho de conhecimento com todos os outros que juntava continuamente.

Francie começou a ficar com dor de cabeça. Não sabia se era pela euforia de ter carregado a bebê, pelo balanço do bonde, pela ideia sobre seu pai ou pela descoberta sobre Sissy deixar de usar aquele perfume enjoativo. Talvez fosse porque estivesse acordando tão cedo pela manhã agora e ficasse tão ocupada o dia inteiro. Talvez fosse porque era aquele período do mês em que ela podia prever uma dor de cabeça por alguma razão.

— Bom — decidiu Francie —, acho que o que está me dando essa dor de cabeça é a vida, só isso.

— Não seja boba — disse a mamãe baixinho, ainda com a cabeça recostada e os olhos fechados. — A cozinha da tia Sissy estava muito quente. Eu também estou com dor de cabeça.

Francie levou um susto. Já haviam chegado a tal ponto que a mamãe podia ler seus pensamentos mesmo com os olhos fechados? Então ela lembrou que tinha esquecido o que estava pensando e dissera aquela última reflexão sobre a vida em voz alta. Riu pela primeira vez desde a morte de seu pai, e sua mãe abriu os olhos e sorriu.

39

FRANCIE E NEELEY FORAM CRISMADOS EM MAIO. FRANCIE TINHA quase catorze anos e meio e Neeley era só um ano mais novo. Sissy, que era uma excelente costureira, fez para Francie um vestido branco simples de musselina. Katie conseguiu comprar para a filha sapatos de pelica brancos e uma meia-calça branca fina. Era a primeira meia-calça fina de Francie. Neeley usou o terno preto que havia ganhado para ir ao funeral do pai.

Havia uma lenda no bairro de que, se a gente fizesse três pedidos nesse dia, eles se tornariam realidade. Um tinha que ser um pedido impossível, outro um pedido que a própria pessoa pudesse realizar e o terceiro tinha que ser um pedido para quando se fosse adulto. O pedido impossível de Francie era que seu cabelo castanho e liso se transformasse em um cabelo loiro e cacheado como o de Neeley. Seu segundo pedido era ter uma voz bonita, como a da mamãe, Evy e Sissy, e seu terceiro pedido, para quando crescesse, era viajar por todo o mundo. Neeley desejou: um, ficar muito rico; dois, tirar notas melhores em seu boletim; e três, não beber como o papai quando fosse adulto.

Havia uma regra rígida no Brooklyn de que as crianças fossem fotografadas por um fotógrafo profissional quando eram crismadas. Katie não podia pagar pelas fotos. Teve que se contentar em deixar Flossie Gaddis, que tinha uma câmera de caixa, tirar um retrato. Floss os fez posar na beira da calçada e tirou a foto, sem perceber que um bonde havia passado no instante da exposição. Ela ampliou e emoldurou a imagem e a deu para Francie como presente pelo Dia da Crisma.

Sissy estava lá quando a foto chegou. Katie a levantou e todos a examinaram sobre o ombro dela. Francie nunca tinha sido fotografada antes. Pela primeira vez ela se viu como os outros a viam. Estava de pé, rija e ereta, na borda da calçada, as costas para a sarjeta e o vestido soprado de lado pelo vento. Neeley estava do lado dela, uma cabeça mais alto, e parecia muito rico e bonito em seu terno preto recém-passado. O sol incidia obliquamente sobre os telhados de tal modo que Neeley tinha ficado no sol e seu rosto estava claro e luminoso, enquanto Francie parecia escura e brava na sombra. Atrás de ambos, via-se a imagem borrada do bonde em movimento.

— Aposto que esta é a única foto de crisma no mundo com um bonde passando atrás — disse Sissy.

— É uma boa foto — declarou Katie. — Eles parecem mais naturais de pé na rua do que na frente da janela de igreja de papelão do fotógrafo.

Ela a pendurou sobre a lareira.

— Que nome você acrescentou, Neeley? — indagou Sissy.

— O do papai. Agora sou Cornelius John Nolan.

— É um bom nome para um cirurgião — comentou Katie.

— Eu escolhi o nome da mamãe — disse Francie, com altivez. — Agora meu nome inteiro é Mary Frances Katherine Nolan. — Francie esperou. Sua mãe *não* disse que era um bom nome para uma escritora.

— Katie, você tem alguma foto do Johnny? — perguntou Sissy.

— Não. Só a de nós dois que foi tirada no dia do casamento. Por quê?

— Nada. Só que o tempo passa, não é?

— Sim — suspirou Katie. — Essa é uma das poucas coisas de que podemos ter certeza.

A crisma terminou e Francie não tinha mais que ir ao curso na igreja. Tinha agora uma hora a mais por dia que ela dedicava ao romance que estava escrevendo, para provar para a srta. Garnder, a nova professora de inglês, que ela *sabia* sobre beleza.

Desde a morte do pai, Francie tinha parado de escrever sobre passarinhos, árvores e "Minhas impressões". Porque sentia tanto sua falta, começou a escrever pequenas histórias sobre ele. Tentou mostrar que, apesar de suas imperfeições, ele tinha sido um bom pai e um bom homem. Havia escrito três dessas histórias, que foram avaliadas com um "C" em vez do "A" habitual. A quarta veio com uma linha lhe dizendo para esperar na classe depois que a aula terminasse.

Todas as crianças tinham ido embora para casa. A srta. Garnder e Francie ficaram sozinhas na sala com o grande dicionário. As quatro últimas redações de Francie estavam sobre a mesa da professora.

— O que aconteceu com a sua escrita, Frances? — perguntou a srta. Garnder.

— Eu não sei.

— Você era uma das minhas melhores alunas. Escrevia tão lindamente. Eu gostava tanto das suas redações. Mas essas últimas... — Deu uma folheadinha nelas com ar de desgosto.

— Eu conferi a ortografia, caprichei na caligrafia e...

— Eu estou falando do tema.

— A senhora disse que poderíamos escolher nosso próprio tema.

— Mas pobreza, fome e bebedeira são temas feios para escolher. Todos admitimos que essas coisas existem. Mas não se escreve sobre elas.

— Sobre o que se escreve? — Sem perceber, Francie repetiu o modo de falar da professora.

— Nós mergulhamos na imaginação e encontramos beleza lá. O escritor, como o artista, deve sempre procurar a beleza.

— O que é beleza? — indagou a criança.

— Não posso imaginar nenhuma definição melhor que a de Keats: "Beleza é verdade, verdade é beleza".

Francie se armou de coragem e disse:

— Essas histórias são a verdade.

— Bobagem! — explodiu a srta. Garnder. Depois, suavizando o tom, continuou: — Por verdade nós nos referimos a coisas como as estrelas que sempre estão ali, o sol que nasce todos os dias, a verdadeira nobreza do homem, o amor de mãe e o amor pelo país — concluiu, em um anticlímax.

— Entendi — disse Francie.

Enquanto a srta. Garnder continuava falando, Francie respondia a seus comentários com pensamentos ácidos.

— A bebedeira não tem verdade nem beleza. É um vício. Os bêbados devem estar na cadeia, não em histórias. E a pobreza. Não há desculpa para isso. Há trabalho suficiente para todos que queiram se ocupar de algo. As pessoas são pobres porque são preguiçosas demais para trabalhar. Não há nada de belo na preguiça.

(Imagine a mamãe preguiçosa!)

— A fome não é bonita. Também não é necessária. Temos serviços de caridade bem organizados. Ninguém precisa passar fome.

Francie apertou os dentes. Sua mãe odiava a palavra "caridade" acima de qualquer outra existente na língua, e tinha criado os filhos para odiá-la também.

— Eu não sou uma pessoa esnobe — declarou a srta. Garnder. — Não venho de uma família rica. Meu pai era pastor e recebia um salário muito pequeno.

(Mas era um salário, srta. Garnder.)

— E a única ajuda que minha mãe teve foi uma sucessão de empregadas destreinadas, a maioria meninas vindas da zona rural.

(Estou vendo. A senhora era pobre, srta. Garnder, pobre e mesmo assim tinha uma empregada.)

— Ficamos muitas vezes sem empregada e minha mãe tinha que fazer todo o serviço de casa sozinha.

(E a minha mãe, srta. Garnder, tem que fazer todo o seu próprio serviço de casa e ainda faxinar dez vezes mais do que isso.)

— Eu queria ir para a universidade estadual, mas não tínhamos dinheiro, e meu pai me mandou para uma pequena faculdade protestante.

(Mas admita que a senhora não teve dificuldade para ir para uma faculdade.)
— E, acredite em mim, você é pobre quando vai para uma faculdade dessas. E sei o que é passar fome também. Muitas vezes o salário do meu pai atrasava e não havia dinheiro para comprar comida. Uma vez, tivemos que passar de chá e torradas por três dias.

(E então a senhora sabe o que é passar fome também.)
— Mas eu seria uma pessoa entediante se só escrevesse sobre ser pobre e passar fome, não é? — Francie não respondeu. — *Não é?* — repetiu a srta. Garnder, enfaticamente.

— Sim, senhora.

— Agora, sua peça para a formatura. — Ela pegou um pequeno manuscrito na gaveta da mesa. — Algumas partes estão realmente muito boas; em outras, você se perdeu. Por exemplo — ela virou uma página —, aqui, o Destino diz: "E, Jovem, qual é a tua ambição?" E o menino responde: "Eu seria um curador. Eu pegaria os corpos quebrados dos homens e os consertaria". *Isso* é uma ideia bonita, Frances. Mas você estraga aqui. Destino: "Isso é o que gostarias de ser. Mas, vê! Isto é o que serás". A luz ilumina um homem idoso que solda a base de uma lata de cinzas. Velho: "Ah, no passado eu queria consertar homens. Agora, eu conserto..." — A srta. Garnder levantou os olhos de repente. — Por acaso você não pretendeu que isso fosse engraçado, não é, Frances?

— Não. Não, senhora.

— Depois desta nossa pequena conversa, creio que você entende por que não podemos usar a sua peça para a formatura.

— Sim, eu entendo. — O coração de Francie estava despedaçado.

— Mas a Beatrice Williams tem uma ideia bem bonita. Uma fada agita uma varinha e meninas e meninos fantasiados aparecem no palco, e há um para cada festa do ano e cada um diz um pequeno poema sobre a festa que está representando. É uma excelente ideia, mas, infelizmente, a Beatrice não sabe fazer rimas. Você não gostaria de pegar essa ideia e escrever os poemas? A Beatrice não se importaria. Podemos pôr uma nota no programa dizendo que a ideia foi dela. É justo, não é?

— Sim, senhora. Mas eu não quero usar as ideias dela. Eu quero usar as minhas.

— Isso é louvável, claro. Bom, eu não vou insistir. — Ela se levantou. — Dediquei este tempo a você porque acredito sinceramente que você é promissora. Agora que já conversamos e nos entendemos, tenho certeza de que você vai parar de escrever essas historinhas sórdidas.

Sórdidas. Francie pensou na palavra. Não constava de seu vocabulário.

— O que isso significa… sórdido?

— O—que—eu—lhes— disse—para—fazer— quando—não—sabem—uma—palavra? — cantarolou a srta. Garnder, fazendo graça.

— Ah! Eu esqueci. — Francie foi até o grande dicionário e procurou a palavra. Sórdido: *Sujo. Sujo?* Ela pensou em seu pai usando uma frente falsa e colarinho novos todos os dias de sua vida e lustrando os sapatos gastos até duas vezes por dia. *Imundo*. Seu pai tinha até sua própria caneca na barbearia. *Torpe*. Francie pulou essa, porque não sabia bem o que significava. *Repulsivo*. Nunca! As pessoas gostavam de estar perto de seu pai. Todos gostavam dele. *Também avarento e grosseiro*. Ela se lembrou de uma centena de pequenas gentilezas e atos de consideração de seu pai. Lembrou como todos o amavam tanto. Seu rosto ficou quente. Não conseguiu ver as palavras seguintes porque a página ficou vermelha sob seus olhos. Ela se virou para a srta. Garnder, com o rosto contorcido de raiva.

— *Jamais* se atreva a usar essa palavra sobre nós!

— Nós? — perguntou a srta. Garnder, sem entender. — Nós estamos falando das suas redações. Ora, Frances! — Sua voz soou chocada. — Eu estou surpresa! Uma menina bem-comportada como você. O que sua mãe diria se soubesse que você foi impertinente com sua professora?

Francie ficou assustada. Ser impertinente com um professor era quase motivo para ser mandada para um reformatório no Brooklyn.

— Por favor, me desculpe. Por favor, me desculpe — ela repetiu, aflita. — Eu não tive a intenção.

— Tudo bem — disse a srta. Garnder, com gentileza. Em seguida pôs o braço nos ombros de Francie e a conduziu até a porta. — Eu percebi que a nossa conversa teve um efeito sobre você. Sórdido *é* uma palavra feia e eu fico satisfeita por você ter se ressentido por eu tê-la usado. Isso mostra que você entendeu. Provavelmente você não gosta mais de mim, mas, por favor, acredite que eu falei para o seu próprio bem. Algum dia você vai se lembrar do que eu disse e vai me agradecer por isso.

Francie gostaria que os adultos parassem de lhe dizer isso. A carga de agradecimentos no futuro já estava pesando sobre ela. Imaginou que teria que passar os melhores anos de sua vida adulta caçando pessoas para lhes dizer que elas estavam certas e lhes agradecer.

A srta. Garnder lhe entregou as redações "sórdidas" e a peça, depois disse:

— Quando chegar em casa, queime isto no fogão. Acenda o fósforo você mesma. E, enquanto as chamas arderem, repita: "Estou queimando a feiura. Estou queimando a feiura".

No caminho de volta para casa, Francie tentou organizar tudo aquilo na cabeça. Sabia que a srta. Garnder não era má. Ela havia falado pelo bem de Francie. Só que não parecia bom para Francie. Começou a entender que sua vida talvez parecesse repugnante para algumas pessoas instruídas. Ela se perguntou se, quando também fosse instruída, teria vergonha de seu passado. Teria vergonha de sua gente; vergonha de seu pai bonito que havia sido tão alegre, bondoso e compreensivo; vergonha de sua mãe corajosa e confiável, que tinha tanto orgulho da própria mãe dela, embora a vovó não soubesse ler ou escrever; vergonha de Neeley, que era um menino tão bom e honesto. Não! Não! Se ser instruída a fizesse ter vergonha de quem ela era, então não queria nada disso. *Mas eu vou mostrar para essa srta. Garnder*, ela jurou. *Vou mostrar a ela que tenho imaginação. Ah, se vou.*

Então naquele mesmo dia ela começou seu romance. Sua heroína era Sherry Nola, uma menina concebida, nascida e criada em berço de ouro. A história se chamava "ESTA SOU EU" e era a falsa história da vida de Francie.

Francie já tinha vinte páginas escritas. Até ali, eram descrições detalhadas da mobília luxuosa da casa de Sherry, rapsódias sobre suas roupas maravilhosas e relatos prato por prato das fabulosas refeições consumidas pela heroína.

Quando terminasse, Francie pretendia pedir que o John da Sissy o levasse à sua editora para ser publicado. Francie tinha um belo sonho de como seria quando ela apresentasse seu livro à srta. Garnder. A cena estava toda planejada em sua mente. Ela repassou o diálogo.

FRANCIE
(Ao dar o livro para a srta. Garnder.)
Acredito que a senhora não encontrará nada sórdido neste. Considere-o, por favor, meu trabalho de fim de curso. Espero que não se importe por ter sido publicado.
(A srta. Garnder fica boquiaberta. Francie finge que não percebe.)
É um pouco mais fácil ler impresso, não acha?
(Enquanto a srta. Garnder lê, Francie olha pela janela, despreocupadamente.)
SRTA. GARNDER
(Depois de ler.)
Ora, Frances! Isto é maravilhoso!
FRANCIE
O quê?
(Lembrando-se subitamente.)
Ah, o romance. Eu fui rabiscando quando tinha tempo. Não é demorado escrever coisas de que não se sabe nada. Quando se escreve sobre coisas reais, leva mais tempo, porque é preciso vivê-las primeiro.

Francie riscou essa parte. Não queria que a srta. Garnder desconfiasse que ela havia ficado magoada. Reescreveu.

FRANCIE
O quê?
(Lembrando-se.)
Ah! O romance. Que bom que a senhora gostou.

SRTA. GARNDER
(Timidamente.)
Frances, será que você poderia... me dar um autógrafo?
FRANCIE
Mas é claro.
(A srta. Garnder abre a tampa de sua caneta-tinteiro e a oferece para Francie. Francie escreve: "Com os cumprimentos de M. Frances K. Nolan.")
SRTA. GARNDER
(Examinando o autógrafo.)
Que assinatura elegante!
FRANCIE
É só o meu nome oficial.
SRTA. GARNDER
(Timidamente.)
Frances?
FRANCIE
Por favor, sinta-se à vontade para falar comigo como nos velhos tempos.
SRTA. GARNDER
Eu poderia lhe pedir para escrever, "Para minha amiga Muriel Garnder", acima da sua assinatura?
FRANCIE
(Após uma pausa quase imperceptível.)
Por que não?
(Com um sorriso de lado.)
Eu sempre escrevi o que a senhora me pediu para escrever.
(Escreve a dedicatória.)
SRTA. GARNDER
(Murmúrio.)
Obrigada.
FRANCIE
Srta. Garnder... não que isso importe agora... mas poderia avaliar este trabalho... só pelos velhos tempos?
(A srta. Garnder pega o lápis vermelho e escreve um grande "A+" no livro.)

Era um sonho tão promissor que Francie começou o capítulo seguinte em uma febre de euforia. Escreveria e escreveria para terminá-lo depressa e fazer o sonho se tornar realidade. Ela escreveu:

— *Parker* — *Sherry Nola perguntou à sua camareira pessoal.* — *O que a cozinheira está preparando para o nosso jantar hoje?*
— *Acho que é peito de faisão sob uma redoma de vidro, com aspargos da estufa, cogumelos importados e musse de abacaxi, srta. Sherry.*
— *Parece terrivelmente sem graça* — *observou Sherry.*
— *Sim, srta. Sherry* — *concordou a camareira, respeitosamente.*
— *Sabe, Parker, eu gostaria de satisfazer um capricho.*
— *Seus caprichos são ordens, srta. Sherry.*
— *Eu gostaria de ver várias sobremesas simples e escolher meu jantar entre elas. Por favor, traga-me uma dúzia de bolos charlotte, algumas tortas de morango e um pote de sorvete... de chocolate, uma dúzia de biscoitos champanhe e uma caixa de chocolates franceses.*
— *Pois não, srta. Sherry.*

Um pingo d'água caiu na página. Francie levantou os olhos. Não, não havia uma goteira no teto, era apenas sua boca salivando. Estava com muita, muita fome. Foi até o fogão e olhou na panela. Havia um osso pálido nela, cercado de água. Na cesta, havia um pão. Estava um pouco duro, mas era melhor do que nada. Ela cortou uma fatia, se serviu uma xícara de café e mergulhou o pão no café para amolecê-lo. Enquanto comia, leu o que tinha acabado de escrever. E então fez uma descoberta surpreendente.

Escute aqui, Francie Nolan, disse a si mesma, *nessa história você está escrevendo exatamente a mesma coisa que escreveu naquelas histórias de que a srta. Garnder não gostou. Aqui, você está escrevendo que está com muita fome. Só que está escrevendo de um jeito tortuoso, dissimulado e bobo.*

Furiosa com o romance, rasgou o caderno e o enfiou no forno. Quando as chamas começaram a consumi-lo, sua fúria aumentou e ela correu e pegou sua caixa de manuscritos embaixo da cama. Com cuidado, separando os quatro sobre o seu pai, amontoou o resto, alimentando o fogo. Queimou todas suas lindas redações nota "A". Frases se destacavam por um instante antes que a folha escurecesse e se desintegrasse. "Um choupo gigante, alto e ereto, sereno e plácido contra o céu". Outra: "Acima, o céu azul se estendia em um arco suave. É um dia perfeito de outubro". O final de outra frase: "... malvas como poros do sol condensados e delfínios como concentrados de céu".

Eu nunca vi um choupo e eu li em algum lugar sobre o céu que se estende em forma de arco. Também nunca vi essas flores, exceto em um catálogo de sementes. E tirei "A" em todas essas redações porque sou uma boa mentirosa. Empurrou os papéis para queimarem mais depressa. Enquanto eles se transformavam em cinzas, ela cantarolava *Estou queimando a feiura. Estou queimando a feiura.* Quando as últimas chamas morreram, ela anunciou dramaticamente para a caldeira: "Adeus, minha carreira de escritora".

De repente, sentiu-se assustada e sozinha. Queria seu pai, queria seu pai. Ele *não podia* estar morto, não podia. Dali a pouco, viria subindo rapidamente os degraus, cantando "Molly Malone". Ela abriria a porta e ele diria: "Olá, Prima Donna". E ela responderia: "Papai, eu tive um sonho horrível. Sonhei que você tinha morrido". E então ela contaria o que a srta. Garnder havia dito e ele encontraria as palavras certas para convencê-la de que estava tudo bem. Ela esperou, em expectativa. Talvez *fosse* um sonho. Mas não, nenhum sonho durava tanto. Era real. Seu pai tinha ido embora para sempre.

Apoiou a cabeça na mesa e soluçou.

— A mamãe não me ama do jeito que ela ama o Neeley — chorou. — Eu tentei tanto fazer ela me amar. Eu sento perto dela e vou para todo lugar que ela vai e faço tudo que ela me pede para fazer. Mas não consigo fazer ela me amar do jeito que o papai me amava.

Então ela viu o rosto de sua mãe no bonde, quando estava sentada com a cabeça apoiada no banco e os olhos fechados. Lembrou-se de como ela parecia pálida e cansada. *Claro* que a mamãe a amava. É claro que sim. Ela só não sabia demonstrar do jeito que o papai fazia. E a mamãe *era* boa. Estava esperando um bebê para qualquer momento e continuava trabalhando. E se a mamãe morresse quando tivesse o bebê? O sangue de Francie gelou. O que eu e o Neeley vamos fazer sem a mamãe? Para onde iríamos? Evy e Sissy eram muito pobres para cuidar deles. Eles não teriam lugar para morar. Não tinham ninguém no mundo além da mamãe.

— Querido Deus — Francie rezou —, não deixe a mamãe morrer. Sei que eu disse para o Neeley que eu não acreditava no senhor. Mas eu acredito! Eu acredito! Só *falei* aquilo. Não castigue a mamãe. Ela não fez nada de mau. Não a leve embora só porque eu disse que não acreditava no senhor. Se a deixar viver, eu lhe darei minha escrita. Nunca mais escreverei outra história se o senhor a deixar viver. Virgem Maria, peça ao seu filho, Jesus, para pedir a Deus para não deixar a minha mãe morrer.

Mas sentiu que sua oração não servia para nada. Deus se lembrava de que ela havia dito que não acreditava nele e a castigaria tirando sua mãe, como havia tirado seu pai. Ficou histérica de terror e achou que sua mãe já estivesse morta. Correu para fora do apartamento para procurá-la. Katie não estava faxinando o prédio deles. Foi para a segunda casa e subiu os três lances de escada, chamando "Mamãe!" Ela não estava ali também. Francie foi para a terceira e última casa. A mamãe não estava no primeiro andar. A mamãe não estava no segundo andar. Só restava um andar. Se a mamãe não estivesse lá, então havia morrido. Ela gritou: "Mamãe! Mamãe!"

— Estou aqui em cima — veio a voz calma de Katie, do terceiro andar.
— Não grite assim.

Francie ficou tão aliviada que quase desabou. Não queria que sua mãe soubesse que ela havia chorado. Procurou seu lenço. Como não o achou, enxugou os olhos na blusa e subiu o último lance da escada devagar.

— Oi, mamãe.

— Aconteceu alguma coisa com o Neeley?

— Não, mamãe. *(Ela sempre pensa no Neeley primeiro.)*

— Bom, então oi — disse Katie, sorrindo, supondo que algo tivesse ido mal na escola e deixado Francie irritada. Bem, se ela quisesse lhe contar...

— Você gosta de mim, mamãe?

— Eu seria uma pessoa estranha, não seria, se não gostasse dos meus filhos?

— Você acha que eu sou tão bonita quanto o Neeley? — Ela esperou ansiosamente pela resposta, porque sabia que a mamãe nunca mentia.

A resposta da mamãe demorou um longo tempo para vir.

— Você tem mãos muito bonitas e esse belo cabelo espesso e comprido.

— Mas você acha que eu sou tão bonita quanto o Neeley? — insistiu Francie, *querendo* que sua mãe mentisse.

— Escute, Francie, eu sei que você está querendo chegar a algum lugar, mas estou cansada demais para tentar adivinhar. Tenha um pouco de paciência até o bebê chegar. Eu gosto de você e do Neeley e acho que vocês dois são crianças bonitas. Agora, por favor, tente não me dar mais preocupação.

Francie ficou instantaneamente arrependida. Seu coração se contorceu de pena ao ver a mãe, prestes a ter um filho, desajeitadamente abaixada sobre as mãos e os joelhos. Ajoelhou-se ao lado dela.

— Levante, mamãe, deixe que eu termino este corredor. Eu tenho tempo. — Enfiou a mão no balde d'água.

— Não! — exclamou Katie, bruscamente, tirando a mão de Francie da água e a enxugando no avental. — Não ponha a mão nessa água. Tem soda e água sanitária nisso. Olha o que fez com as minhas mãos. — Estendeu as mãos bonitas, mas marcadas pelo trabalho. — Não quero que suas mãos fiquem assim. Quero que você tenha sempre mãos bonitas. E já estou quase terminando.

— Se eu não posso ajudar, posso sentar na escada e ficar olhando?

— Se não tiver nada melhor para fazer...

Francie se sentou para observar sua mãe. Era tão bom estar ali e saber que a mamãe estava viva e perto. Mesmo o som de esfregar lhe transmitia segurança e satisfação. *Squik-squik-squik*, fazia a escova. *Slamp-slamp-slamp*, ia o pano limpando. *Plunk-flump*, faziam a escova e o pano quando a mamãe os derrubava dentro do balde. *Clang-clang*, ia o balde quando a mamãe o empurrava para o trecho seguinte.

— Você não tem amigas para conversar, Francie?

— Não. Eu odeio mulheres.

— Isso não é natural. Seria bom você conversar sobre as coisas com meninas da sua idade.

— Você tem amigas, mamãe?

— Não, eu odeio mulheres — disse Katie.

— Está vendo? Você é como eu.

— Mas eu tive uma amiga uma vez e conheci seu pai por meio dela. Então, como vê, uma amiga às vezes pode ser útil. — Ela falou com jeito de brincadeira, mas sua escova parecia ranger, você-segue-o-seu-caminho, eu-sigo-o-meu-caminho. Ela conteve as lágrimas. — É — continuou —, você precisa de amigas. Nunca conversa com ninguém, a não ser comigo e com o Neeley, e lê seus livros e escreve suas histórias.

— Eu parei de escrever.

Então Katie soube que o que perturbava Francie tinha a ver com suas redações.

— Você teve uma nota ruim em uma redação hoje?

— Não — mentiu Francie, maravilhada como sempre com o poder de adivinhação de sua mãe. Ela se levantou. — Acho que está na hora de eu ir para o McGarrity agora.

— Espere! — Katie pôs a escova e o pano no balde. — Já terminei por hoje. — Estendeu as mãos. — Me ajude a levantar.

Francie segurou as mãos de sua mãe. Katie se apoiou pesadamente nelas enquanto se erguia, desajeitada.

— Venha até em casa comigo, Francie.

Francie carregou o balde. Katie pôs uma das mãos no corrimão e o outro braço em volta dos ombros de Francie. Desceu lentamente os degraus, apoiada na menina, Francie acompanhando os passos incertos de sua mãe.

— Francie, o bebê vai nascer a qualquer momento agora e eu me sentiria melhor se você não ficasse muito longe de mim. E, quando eu estiver trabalhando, venha dar uma olhada em mim de vez em quando para saber se estou bem. Nem sei lhe dizer o quanto estou contando com você. Não posso contar com o Neeley porque meninos são inúteis numa hora como essa. Preciso muito de você agora e me sinto mais segura quando sei que você está perto. Então fique perto de mim por um tempo.

Uma grande ternura por sua mãe encheu o coração de Francie.
— Eu nunca vou te deixar, mamãe — disse ela.
— Essa é a minha boa menina. — Katie pressionou o ombro dela.

Talvez, pensou Francie, *ela não me ame tanto quanto ama o Neeley. Mas ela precisa mais de mim do que dele, e acho que ser necessária é quase tão bom quanto ser amada. Talvez seja até melhor.*

40

Dois dias, Francie voltou para almoçar em casa e não retornou à escola à tarde. Sua mãe estava na cama. Depois que ela mandou Neeley voltar para a escola, Francie quis ir chamar Sissy ou Evy, mas a mamãe disse que ainda não estava na hora.

Francie se sentiu importante sendo a única encarregada de tudo. Limpou o apartamento, verificou a comida que tinham em casa e planejou o jantar. A cada dez minutos, ajeitava o travesseiro de sua mãe e perguntava se ela tinha sede.

Logo depois das três, Neeley entrou sem fôlego, jogou os livros em um canto e perguntou se já era hora de correr para buscar alguém. Katie sorriu da aflição dele e disse que não adiantava tirar Evy ou Sissy de seus afazeres até que fosse necessário. Neeley saiu para trabalhar com instruções de perguntar ao sr. McGarrity se poderia fazer o trabalho de Francie além do seu, porque Francie teria que ficar em casa com a mãe. McGarrity não só concordou como ajudou o menino com o lanche grátis, de modo que Neeley terminou tudo às quatro e meia. Jantaram cedo. Quanto mais cedo

Neeley começasse com seus jornais, mais rápido terminaria. A mamãe disse que não queria nada além de uma xícara de chá.

Ela não quis o chá depois que Francie o preparou. Francie ficou preocupada porque ela não queria comer nada. Quando Neeley saiu para entregar os jornais, Francie trouxe uma tigela de cozido e tentou fazer sua mãe comer um pouco. Katie ficou brava e a mandou deixá-la em paz; disse que, quando quisesse algo para comer, ela mesma pediria. Francie despejou o cozido de volta na panela, tentando segurar as lágrimas magoadas. Sua intenção fora só ajudar. A mamãe a chamou de novo e não parecia mais brava.

— Que horas são? — perguntou Katie.
— Cinco para as seis.
— Tem certeza que o relógio não está atrasado?
— Não está, mamãe.
— Talvez esteja adiantado, então. — Ela parecia tão preocupada que Francie olhou pela janela da frente para o grande relógio de rua da joalheria Woronov.
— Nosso relógio está certo — informou.
— Já está escuro lá fora? — Katie não tinha como saber, porque, mesmo em um meio-dia ensolarado, só uma luz cinzenta entrava pela janela do respiradouro.
— Não, ainda está claro lá fora.
— Está escuro aqui dentro — disse Katie, irritada.
— Vou acender a vela da noite.

Presa à parede, havia uma pequena prateleira com uma imagem de gesso da Virgem Maria de manto azul e as mãos levantadas em súplica. Ao pé da imagem havia um copo vermelho grosso cheio de cera amarela com um pavio. Ao lado dele, um vaso com rosas vermelhas de papel. Francie acendeu o pavio com um fósforo. A luz da vela brilhou opaca e vermelha através do vidro grosso.

— Que horas são? — perguntou Katie pouco tempo depois.
— Seis e dez.
— Tem certeza que o relógio não está atrasado nem adiantado?

— Ele está certinho.

Katie pareceu satisfeita. Contudo, cinco minutos mais tarde, perguntou outra vez a hora. Era como se ela tivesse um encontro importante e estivesse com medo de se atrasar.

Às seis e meia, Francie lhe disse a hora outra vez e acrescentou que Neeley estaria em casa em uma hora.

— Assim que ele entrar, mande-o buscar a tia Evy. Diga-lhe para não perder tempo andando. Encontre cinco centavos para ele pagar o bonde e diga a ele que é a Evy, porque ela mora mais perto que a Sissy.

— Mamãe, e se o bebê nascer de repente e eu não souber o que fazer?

— Eu não teria essa sorte... de ter um bebê de repente. Que horas são?

— Vinte e cinco para as sete.

— Certeza?

— Certeza. Mamãe, mesmo o Neeley sendo menino, seria melhor ele ficar com você em vez de mim.

— Por quê?

— Porque ele é sempre um enorme conforto para você. — Ela disse isso sem maldade ou ciúme. Era só uma constatação. — Enquanto eu... eu... não sei as coisas certas para dizer e fazer você se sentir melhor.

— Que horas são?

— Um minuto depois de vinte e cinco para as sete.

Katie ficou em silêncio por um longo tempo. Quando falou, disse as palavras baixo, como se falasse consigo mesma.

— Não, homens não devem estar por perto nessa hora. Mas as mulheres os fazem ficar do lado delas. Querem que eles ouçam cada grito e gemido e que vejam cada gota de sangue e escutem cada rasgão da carne. O que é esse prazer perverso que elas têm em fazer os homens sofrerem junto com elas? Parecem estar se vingando porque Deus as fez mulheres. Que horas são? — Sem esperar a resposta, continuou: — Antes de se casarem, elas seriam capazes de *morrer* se um homem as visse com bobes no cabelo ou sem seu corpete. Mas, quando têm um bebê, querem que eles as vejam do jeito mais feio que uma mulher pode ser vista. Eu não sei por quê. Não sei por quê. Os homens pensam na dor e na agonia que elas estão sofrendo por terem ficado juntos e então isso deixa de ser bom para eles. É por isso que muitos homens começam a ser infiéis depois que o bebê nasce... — Katie nem sabia o que estava dizendo. Sentia uma falta terrível de Johnny e pensava assim para racionalizar o fato de ele não estar ali. — E ainda tem mais: se você ama alguém, vai preferir sofrer a dor sozinha para poupar seu homem. Então, mantenha-o fora de casa quando sua hora chegar.

— Sim, mamãe. São sete e cinco.

— Veja se o Neeley está vindo.

Francie olhou e foi obrigada a informar que não havia nem sombra de Neeley. A mente de Katie voltou para o que Francie tinha dito sobre Neeley ser um conforto.

— Não, Francie, é você que é o conforto para mim agora. — Ela suspirou. — Se for um menino, vou dar a ele o nome de Johnny.

— Vai ser bom, mamãe, quando formos quatro outra vez.

— Sim, vai ser. — Depois disso, Katie não disse nada por um tempo. Quando perguntou a hora de novo, Francie lhe disse que eram sete e quinze e que Neeley logo estaria em casa. Katie a instruiu a embrulhar a roupa de dormir de Neeley, sua escova de dente, uma toalha limpa e um pedaço de sabão em um jornal, porque Neeley devia ficar na casa de Evy para passar a noite.

Francie fez mais duas viagens até a rua com o pacote embaixo do braço antes de ver Neeley chegando. Ele vinha correndo. Ela foi depressa ao encontro dele; deu-lhe o pacote, o dinheiro para o bonde e as instruções e disse para ele se apressar.

— Como a mamãe está? — ele perguntou.

— Bem.

— Tem certeza?

— Tenho. Estou ouvindo o bonde. É melhor você correr. — Neeley correu.

Quando Francie voltou, viu que o rosto de sua mãe estava molhado de suor e que havia sangue em seu lábio inferior, como se o tivesse mordido.

— Ah, mamãe, mamãe! — Ela apertou a mão de sua mãe e a segurou junto ao seu rosto.

— Molhe um pano com água fria, torça e limpe o meu rosto — a mamãe sussurrou. Depois que Francie fez isso, Katie voltou para o que estava incompleto em sua cabeça. — Claro que você é um conforto para mim. — A mente dela se desviou para algo que parecia irrelevante, mas não era. — Eu sempre quis ler suas redações nota "A", mas nunca tinha tempo. Tenho um pouco de tempo agora. Você gostaria de ler uma para mim?

— Não posso. Eu queimei todas.

— Você pensou nessas histórias, escreveu, entregou para a professora, que deu uma nota para cada uma delas, daí você pensou mais um pouco sobre o que escreveu e depois as queimou. E, durante tudo isso, eu nunca li nenhuma...

— Tudo bem, mamãe. Elas não eram muito boas.

— Está na minha consciência.

— Elas não eram muito boas, mamãe, e eu sei que você nunca teve tempo.

Katie pensou: *Mas eu sempre tive tempo para qualquer coisa que o menino fazia. Eu* arranjava *tempo para ele.*

E continuou o pensamento em voz alta.

— Mas o Neeley precisa de mais incentivo. Você é mais parecida comigo: pode seguir em frente com o que tem dentro de você, mas o Neeley precisa de estímulos de fora.

— Tudo bem, mamãe — repetiu Francie.

— Eu não poderia fazer diferente do que fiz — disse Katie. — Mesmo assim, isso vai ficar guardado para sempre na minha consciência. Que horas são?

— Quase sete e meia.

— A toalha outra vez, Francie. — A mente de Katie parecia tentar se agarrar a alguma coisa. — E não sobrou nenhuma para você ler para mim?

Francie pensou nas quatro sobre seu pai, no que a srta. Garnder havia dito sobre elas, e respondeu:

— Não.

— Então leia algo do livro de Shakespeare. — Francie pegou o livro.
— Leia sobre "era uma noite como esta". Eu queria ter algo bonito na cabeça antes de o bebê nascer.

As letras eram tão pequenas que Francie teve que acender a lâmpada a gás para ler. Quando a luz acendeu, ela pôde ver melhor o rosto de sua mãe. Estava cinzento e contorcido. A mamãe não parecia a mamãe. Ela parecia a vovó Mary Rommely com dor. Katie fez uma careta para a luz e Francie a apagou depressa.

— Mamãe, nós lemos essas peças tantas vezes que eu sei quase de cor. Não preciso de claridade ou do livro, mamãe. Escute! — Ela declamou:

A lua brilha forte! Numa noite como esta,
Quando a brisa suave beijava de leve as árvores
E elas não faziam barulho, numa noite como esta,
Troilo...,

— Que horas são?
— Sete e quarenta.

... parece-me, escalou as muralhas de Troia,
E sua alma suspirou na direção das tendas gregas,
Onde Créssida passava a noite

— E você descobriu quem era Troilo, Francie? E Créssida?
— Sim, mamãe.
— Algum dia você tem que me contar. Quando eu tiver tempo para ouvir.
— Eu vou contar para você, mamãe.

Katie gemeu. Francie limpou o suor outra vez. Katie estendeu as duas mãos como tinha feito naquele dia no corredor. Francie segurou as mãos e firmou os pés no chão. Katie puxou e Francie achou que seus braços fossem soltar das articulações. Então a mamãe relaxou e a soltou.

E assim a próxima hora passou. Francie recitou passagens que sabia de cor: o discurso de Pórcia, a oração fúnebre de Marco Antônio, "Amanhã e amanhã"... as coisas óbvias que são lembradas de Shakespeare. Às vezes Katie fazia uma pergunta, às vezes punha as mãos no rosto e gemia. Sem saber que fazia isso, e sem prestar atenção na resposta, ela continuava perguntando a hora. Francie enxugava seu rosto a intervalos, e três ou quatro vezes naquela hora Katie estendeu as duas mãos para Francie.

Quando Evy chegou, às oito e meia, Francie quase morreu de puro alívio.

— A tia Sissy vai estar aqui em meia hora — anunciou Evy, enquanto corria para o quarto. Depois de uma olhada em Katie, Evy puxou o lençol da cama de Francie, amarrou uma ponta na coluna da cama onde Katie estava deitada e entregou a outra ponta na mão de Katie. — Experimente puxar isto agora — ela sugeriu.

— Que horas são? — murmurou Katie, depois de dar um enorme puxão no lençol que fez o suor cobrir seu rosto mais uma vez.

— Que diferença faz? — respondeu Evy, jovialmente. — Você não vai a lugar nenhum. — Katie começou a sorrir, mas um espasmo de dor arrancou o sorriso de seu rosto. — Seria bom ter mais luz — decidiu Evy.

— Mas a lâmpada a gás dói nos olhos dela — avisou Francie.

Evy pegou o globo de vidro da lâmpada da sala, passou sabão na parte externa e o fixou na lâmpada do quarto. Quando acendeu o gás, a luz ficou difusa e suave, sem o clarão. Embora fosse uma noite quente de maio, Evy acendeu o fogo no fogão. Foi dando uma série de ordens para Francie, que corria de um lado para o outro. Ela encheu a chaleira de água e a colocou no fogo. Esfregou a bacia de lavar esmaltada, despejou um frasco de azeite de oliva nela e a pôs na parte de trás do fogão. As roupas sujas foram despejadas do cesto de roupas para lavar e ele foi revestido com um cobertor velho, mas limpo, e colocado sobre duas cadeiras perto do fogão. Evy pôs todos os pratos no forno para esquentar e instruiu Francie a pôr pratos quentes no cesto, removê-los quando esfriassem e substituí-los por outros, igualmente quentes.

— Sua mãe tem alguma roupa de bebê? — ela perguntou.

— Que tipo de gente você acha que nós somos? — disse Francie, com desdém, enquanto mostrava um modesto enxoval de quatro quimonos de flanela, quatro faixas, uma dúzia de fraldas com bainha feita a mão e quatro blusinhas gastas que ela e Neeley haviam usado quando bebês. — E eu mesma fiz tudo, exceto as blusinhas — admitiu Francie, com orgulho.

— Hum. Vejo que sua mãe espera que seja um menino — comentou Evy, examinando os pontos de bordado azuis nos quimonos. — Bem, vamos ver.

Quando Sissy chegou, as duas irmãs foram para o quarto e mandaram Francie esperar do lado de fora. Francie escutou o que elas falavam.

— Está na hora de chamar a parteira — disse Sissy. — A Francie sabe onde ela mora?

— Eu não preparei nada para isso — disse Katie. — Não tenho cinco dólares em casa para uma parteira.

— Talvez a Sissy e eu consigamos arranjar o dinheiro — começou Evy —, se...

— Escute — interrompeu Sissy. — Eu tive dez, não, onze filhos. Você teve três e a Katie teve dois. Entre nós, tivemos dezesseis filhos. Acho que sabemos o suficiente para fazer um parto.

— Muito bem. *Nós* vamos fazer o parto — decidiu Evy.

Então elas fecharam a porta do quarto. Agora, Francie podia ouvir o som das vozes, mas não o que elas diziam. Ela se ressentiu por suas tias a excluírem daquele jeito, especialmente porque ela estivera encarregada de tudo até elas chegarem. Pegou os pratos frios do cobertor, colocou-os no forno e os substituiu por dois pratos quentes. Sentia-se sozinha no mundo. Queria que Neeley estivesse em casa para eles poderem conversar sobre os velhos tempos.

Francie abriu os olhos, com um sobressalto. *Não podia ter cochilado*, pensou. *Não podia.* Checou a temperatura dos pratos no cesto. Estavam frios. Então os substituiu rapidamente pelos pratos quentes. O cesto tinha de permanecer aquecido para o bebê. Ouviu os sons vindos do quarto. Eram diferentes daqueles que ouvira antes de cochilar. Não havia mais movimentos calmos; não havia mais conversas tranquilizadoras. Suas tias pareciam correr de um lado para o outro com passos rápidos, e suas vozes vinham em frases curtas. Olhou para o relógio. Nove e meia. Evy saiu do quarto e fechou a porta.

— Pegue estes cinquenta centavos, Francie. Saia e compre cem gramas de manteiga, um pacote de biscoitos água e sal e duas laranjas-baía. Diga para o homem que quer laranja-baía. Diga que são para uma mulher doente.

— Mas todas as lojas estão fechadas.

— Vá até o bairro judeu. Elas estão sempre abertas.

— Eu vou de manhã.

— Faça o que eu estou mandando — ordenou Evy.

Francie foi, a contragosto. Ao descer o último lance de escada, ouviu um grito rouco e gutural. Parou, indecisa se voltava correndo ou continuava. Lembrou-se da ordem de Evy e continuou descendo os degraus. Quando chegou à porta, ouviu outro grito, ainda mais agoniado. Ficou feliz quando saiu para a rua.

Em um dos apartamentos, enquanto mandava sua relutante esposa se preparar para ir para a cama, o grosseiro motorista de caminhão ouviu o primeiro grito de Katie e exclamou: "Que inferno!" Quando o segundo grito veio, ele disse: "Espero que ela não me faça ficar acordado a noite inteira". Sua esposa com jeito de menina chorava enquanto desabotoava o vestido.

Flossie Gaddis e sua mãe estavam sentadas na cozinha. Floss costurava mais um traje, este de cetim branco, que deveria ser para seu casamento adiado com Frank. A sra. Gaddis tricotava uma meia cinza para Henny. Henny havia morrido, claro, mas durante toda a vida sua mãe tricotara meias para ele e não conseguia largar o hábito. A sra. Gaddis perdeu um ponto quando veio o primeiro grito. Floss disse:

— Para os homens toda a diversão e para as mulheres a dor. — A mãe não disse nada. Só tremeu quando Katie gritou de novo. — Parece estranho — disse Floss — fazer um vestido com *duas* mangas.

— É.

Trabalharam um pouco em silêncio antes de Floss voltar a falar.

— Será que eles valem a pena? Os filhos, quero dizer.

A sra. Gaddis pensou no filho que havia morrido e no braço deformado da filha. Não disse nada. Apenas inclinou a cabeça sobre o tricô. Havia chegado ao lugar onde perdera um ponto. E se concentrou para consertá-lo.

As modestas solteironas Tynmore estavam deitadas em seu leito virginal. Procuraram a mão uma da outra.

— Ouviu, irmã? — perguntou a srta. Maggie.

— Chegou a hora dela — respondeu a srta. Lizzie.

— Foi por isso que eu não casei com o Harvey, muito tempo atrás, quando ele me pediu. Tive medo *disso*. Muito medo.

— Não sei — disse a srta. Lizzie. — Às vezes acho que é melhor sofrer uma dura infelicidade, brigar, gritar ou até padecer com essa dor terrível do que simplesmente se sentir... segura. — Esperou até o grito seguinte se dissipar. — Pelo menos *ela* sabe que está *viva*.

A srta. Maggie não soube o que responder.

O apartamento na frente dos Nolan estava vago. Havia mais um apartamento na casa que era ocupado por um estivador polonês, sua esposa e seus quatro filhos. Ele estava enchendo um copo com uma lata de cerveja quando ouviu Katie.

— Mulheres! — resmungou, com desprezo.

— Cale essa boca — devolveu a esposa.

E todas as mulheres na casa ficavam tensas cada vez que Katie gritava, e sofriam com ela. Era a única coisa que as mulheres tinham em comum: a certeza da dor ao dar à luz.

Francie precisou andar muito pela Manhattan Avenue até encontrar uma loja de laticínios judaica aberta. Teve de ir a outra loja para comprar os biscoitos e, depois, procurar uma barraca de frutas que tivesse laranjas-baía. Na volta, deu uma olhada para o grande relógio na farmácia do Knipe e viu que eram quase dez e meia. Não lhe importava que horas eram, mas isso parecia muito importante para sua mãe.

Quando entrou na cozinha, sentiu algo diferente. Havia uma sensação nova de tranquilidade e um cheiro indefinível, novo e ligeiramente perfumado. Sissy estava de pé, de costas para o cesto.

— Que tal? — disse ela. — Você tem uma irmãzinha.

— E a mamãe?

— Sua mãe está bem.

— Então foi *por causa disso* que me mandaram sair.

— Nós achamos que você já sabia demais para uma menina de catorze anos — disse Evy, saindo do quarto.

— Eu só quero saber uma coisa — declarou Francie. — Foi a mamãe que me mandou sair?

— Foi, Francie — respondeu Sissy, gentilmente. — Ela disse algo sobre poupar quem a gente ama.

— Então tudo bem — disse Francie, tranquilizada.

— Quer ver a bebê?

Sissy deu um passo para o lado. Francie levantou o cobertor. A bebê era uma coisinha linda, com a pele branca e cabelos cacheados sedosos que formavam uma ponta na testa, como na mamãe. Seus olhos se abriram brevemente. Francie notou que eram azuis esbranquiçados. Sissy explicou que todos os bebês recém-nascidos tinham olhos azulados e que provavelmente ficariam escuros como grãos de café quando ela crescesse.

— Parece a mamãe — decidiu Francie.

— Foi o que nós achamos — disse Sissy.

— Ela está bem?

— Perfeita — Evy lhe informou.

— Não está torta nem nada assim?

— Claro que não. De onde você tira essas ideias?

Francie não contou a Evy que teve medo que o bebê nascesse torto porque sua mãe trabalhou de quatro no chão até o último minuto.

— Posso ir lá dentro ver a mamãe? — ela perguntou, humildemente, sentindo-se uma estranha na própria casa.

— Pode levar o prato para ela. — Francie pegou o prato com dois biscoitos com manteiga e levou para sua mãe.

— Oi, mamãe.

— Oi, Francie.

A mamãe parecia a mamãe outra vez, só muito cansada. Não conseguia levantar a cabeça, então Francie segurou os biscoitos enquanto ela comia. Quando acabou, Francie ficou ali, segurando o prato vazio. A mamãe não disse nada. Pareceu a Francie que ela e sua mãe eram estranhas outra vez. A proximidade dos últimos dias tinha ido embora.

— E você tinha escolhido um nome de menino, mamãe.

— É. Mas também acho ótimo que seja uma menina.

— Ela é bonita.

— Ela vai ter cabelos pretos cacheados. E o Neeley tem cabelos loiros cacheados. A pobre Francie ficou com o cabelo castanho liso.

— Eu *gosto* de cabelo castanho liso — disse Francie, desafiadora. Estava louca para saber o nome da bebê, mas a mamãe parecia tanto uma estranha agora que não teve coragem de perguntar diretamente. — Posso escrever as informações para mandar para o serviço de saúde?

— Não. O padre vai mandar quando ela for batizada.

— Ah!

Katie reconheceu a decepção na voz de Francie.

— Mas traga tinta e o livro e eu deixo você anotar o nome dela.

Francie pegou a Bíblia dos Gideões, que Sissy tinha roubado havia quase quinze anos, na prateleira sobre a lareira. Olhou as quatro linhas na folha de guarda. As três primeiras estavam na caligrafia bonita e cuidadosa de Johnny.

1º de janeiro de 1901. Casados. Katherine Rommely e John Nolan.
15 de dezembro de 1901. Nascida. Frances Nolan.
23 de dezembro de 1902. Nascido. Cornelius Nolan.

A quarta linha estava na letra firme e inclinada de Katie.

25 de dezembro de 1915. Morto. John Nolan. Idade, 34.

Sissy e Evy seguiram Francie até o quarto. Elas também estavam curiosas para saber que nome Katie daria à bebê. Sarah? Eva? Ruth? Elizabeth?

— Escreva assim. — Katie ditou. — 28 de maio de 1916. Nascida. — Francie molhou a pena no frasco de tinta. — Annie Laurie Nolan.

— Annie?! Que nome comum — resmungou Sissy.

— Por quê, Katie? Por quê? — perguntou Evy, pacientemente.

— É uma música que o Johnny cantou uma vez — explicou Katie.

Enquanto Francie escrevia o nome, ouviu os acordes e seu pai cantar, "E foi lá que Annie Laurie"... *Papai... Papai...*

— ... uma música que ele disse que pertencia a um mundo melhor — continuou Katie. — Ele teria gostado que o nome da criança viesse de uma das suas músicas.

— Laurie é um nome bonito — disse Francie.

E a bebê recebeu o nome de Laurie.

41

L AURIE ERA UMA BEBÊ BOAZINHA. DORMIA SATISFEITA A MAIOR parte do tempo. Quando estava acordada, ficava deitada quietinha, tentando focar os olhos castanhos em seu minúsculo punho.

Katie a amamentava, não só porque era o que o instinto mandava, mas porque não havia dinheiro para comprar leite fresco. Como a bebê não podia ser deixado sozinha, Katie começava a trabalhar às cinco da manhã, fazendo as duas outras casas primeiro. Trabalhava até quase nove horas, quando Francie e Neeley saíam para ir à escola. Então limpava a própria casa, deixando a porta do apartamento aberta, para o caso de Laurie chorar. Katie ia para a cama imediatamente depois do jantar quase todas as noites, e Francie via tão pouco sua mãe que era como se ela tivesse ido embora.

McGarrity não os demitiu depois do nascimento da bebê, como havia planejado. Realmente precisava deles agora, porque o movimento teve um súbito aumento naquela primavera de 1916. Seu bar estava lotado o tempo todo. Havia grandes mudanças acontecendo no país, e seus clientes, como os americanos em todo lugar, precisavam se reunir para trocar ideias. O bar da esquina era o único lugar disponível para isso e funcionava como um clube para homens pobres.

Enquanto trabalhava no andar acima do bar, Francie ouvia suas vozes empolgadas através das tábuas finas do chão. Muitas vezes parava o trabalho e escutava. Sim, o mundo estava mudando depressa e dessa vez ela sabia que era o *mundo* e não ela. Ouvia o mundo mudando enquanto escutava as vozes.

É um fato. Eles vão parar de fabricar bebidas e em alguns anos o país vai entrar na lei seca.

Um homem que trabalha duro tem direito à sua cerveja.

Diga isso para o presidente. Até parece que vai adiantar alguma coisa.

Este país pertence ao povo. Se a gente não quiser que ele entre na lei seca, ele não vai entrar.

Claro que este país pertence ao povo, mas eles vão te enfiar a proibição garganta abaixo.

De jeito nenhum, então eu vou fazer o meu próprio vinho. Meu pai fazia no velho continente. É só pegar um cesto de uvas...

Que nada! Eles nunca vão deixar as mulheres votarem.

Não aposte nisso.

Se isso acontecer, minha esposa vai votar no meu candidato, senão eu torço o pescoço dela.

Minha velha não vai para a eleição se misturar com um monte de vagabundos e bêbados.

... uma mulher presidente. Até podia ser.

Eles nunca vão deixar uma mulher comandar o governo.

Tem uma comandando agora.

Conversa fiada!

O Wilson não vai no banheiro sem antes perguntar para a mulher se pode.

O próprio Wilson parece uma velha.

Ele está conseguindo manter a gente fora da guerra.
Esse professor universitário!
O que a gente precisa na Casa Branca é de um político firme, não de um professor de escola.

... automóveis. As carroças logo vão ser coisa do passado. Aquele sujeito em Detroit está fazendo carros tão baratos que não vai demorar para cada trabalhador poder ter um.
Um trabalhador dirigindo seu próprio carro! Quero estar vivo para ver!

Aviões! É só uma loucura passageira. Isso não vai durar muito.

O cinema veio para ficar. Os teatros estão fechando um por um no Brooklyn. Eu mesmo prefiro mil vezes ver esse Charlie Chaplin a esse tal de Corset Payton de que a minha mulher gosta.
... telégrafo sem fio. A maior coisa que já inventaram. As palavras vêm pelo ar, veja só, sem nenhum fio. Você só precisa de uma máquina para pegar as palavras e de fones de ouvido para escutar...
Chamam de sono crepuscular, e a mulher não sente nada quando a criança nasce. Quando essa amiga contou para a minha mulher, ela disse que já não era sem tempo de inventarem algo assim.
Do que você está falando? Lâmpada a gás é coisa do passado. Estão pondo eletricidade até nas casas de cômodos mais baratas.

Não sei o que passa na cabeça desses jovens de hoje. Só querem saber de dançar. É dançar, dançar, dançar...

Então eu mudei o meu nome de Schultz para Scott. O juiz perguntou por que eu queria fazer isso. Schultz é um bom nome. Ele mesmo era alemão, sabia? "Escute, colega, eu disse"... foi desse jeito mesmo que eu falei com ele; juiz ou não juiz. "Não quero mais saber do meu velho país", eu disse. "Depois do que eles fizeram com as crianças belgas, eu não quero mais nada com a Alemanha. Sou americano agora", eu falei, "e quero um nome americano".

E estamos indo direto para a guerra. Rapaz, eu vejo a hora chegando.

Tudo que a gente precisa fazer é eleger o Wilson de novo. Ele vai nos manter fora da guerra.

Não acredite nessas promessas de campanha. Quando você tem um presidente democrata, tem um presidente de guerra.

Lincoln era republicano.

Mas o sul tinha um presidente democrata e foram eles que começaram a Guerra Civil.

Eu só te pergunto uma coisa: quanto tempo nós vamos aguentar isso? Os canalhas afundaram mais um de nossos navios. Quantos mais eles têm que afundar antes de a gente criar coragem para ir lá e acabar com eles?

A gente tem que ficar de fora. Este país está indo bem. Eles que lutem as guerras deles e não levem a gente junto.

Nós não queremos guerra.

Quando declararem guerra, eu vou me alistar no dia seguinte.

Você pode falar. Já tem mais de cinquenta anos. Eles não vão te aceitar.

Prefiro ir para a cadeia a ir para a guerra.

Um homem tem que lutar pelo que acha certo. Eu iria com prazer.

Eu não preciso me preocupar. Tenho uma hérnia dupla.

Deixe a guerra vir. Aí eles vão precisar de nós, os trabalhadores, para construir seus navios e suas armas. Vão precisar do agricultor para plantar sua comida. Aí quero ver eles vindo atrás de nós. Nós, os trabalhadores, vamos agarrar os malditos capitalistas pelo pescoço. Não são eles que vão mandar. Nós vamos dar as ordens. E eu juro que vamos fazer eles suarem. Quero mais que essa guerra venha logo.

É como estou te dizendo. Tudo é máquina. Ouvi uma piada outro dia. Um sujeito e a esposa saem para comprar comida, roupas, tudo das máquinas. Aí eles chegam nessa máquina de bebês e o homem põe dinheiro nela e sai um bebê. Então o homem vira e fala: "Que saudade dos bons e velhos tempos".

Os bons e velhos tempos?! É, acho que eles se foram para sempre. Encha aqui de novo, Jim.

E Francie, parando de varrer para escutar, tentava juntar aquilo tudo para entender um mundo que estava de cabeça para baixo, de tão confuso. Tinha a impressão de que o mundo todo havia mudado entre o instante em que Laurie nascera e o dia em que ela própria se formara.

42

Francie mal tinha tido tempo de se acostumar com Laurie quando a noite da formatura chegou. Katie não podia ir a ambas as formaturas, então foi decidido que ela iria à de Neeley. E estava certo. Neeley não deveria ser prejudicado porque Francie resolveu mudar de escola. Francie compreendia, mas se sentia um pouco magoada mesmo assim. O papai teria ido vê-la se formar se estivesse vivo. Combinaram que Sissy iria com Francie. Evy ficaria com Laurie.

Na última noite de junho de 1916, Francie entrou pela última vez na escola que tanto amava. Sissy, quieta e mudada desde que tivera a bebê, caminhava recatadamente ao seu lado. Dois bombeiros passaram e Sissy mal os notou. E houve uma época em que ela não podia resistir a um uniforme. Francie queria que Sissy não tivesse mudado. Isso a fazia se sentir solitária. Ela deu a mão para Sissy e Sissy a apertou. Francie ficou mais aliviada. Sissy ainda era Sissy por dentro.

Os formandos se sentaram na parte da frente do auditório, e os convidados, atrás. O diretor fez um discurso sério para os garotos sobre como eles estavam saindo para um mundo conturbado e como caberia a eles construir um mundo novo depois da guerra, que com certeza chegaria até a América. Insistiu que prosseguissem nos estudos, para que pudessem estar mais bem preparados para a construção desse mundo. Francie ficou impressionada e prometeu em seu coração que ajudaria a carregar a tocha, como ele havia dito.

Então veio a peça da formatura. Os olhos de Francie queimavam com lágrimas não derramadas. Conforme os diálogos diluídos se arrastavam, ela pensava: *A minha peça teria sido melhor. Eu teria levado a lata de cinzas para a rua. Teria feito qualquer coisa que a professora mandasse se tivesse me deixado escrever.*

Após a encenação, eles subiram ao palco, pegaram seus diplomas e, finalmente, estavam formados. O juramento à bandeira e o hino nacional encerraram a cerimônia.

E então chegou a hora do calvário de Francie.

Era o costume entregar buquês para as formandas. Como flores não eram permitidas no auditório, elas eram entregues nas salas de aula, onde os professores as colocavam na carteira da aluna que deveria recebê-las.

Francie teve que voltar à sua classe para pegar o boletim, e também seu estojo e o livro de assinaturas em sua carteira. Ficou parada do lado de fora, criando coragem para o martírio, sabendo que sua carteira seria a única sem flores. Tinha certeza disso, porque não havia falado para sua mãe sobre o costume, já sabendo que não havia dinheiro em casa para essas coisas.

Decidida a acabar de uma vez com aquilo, entrou e caminhou direto para a mesa da professora, sem ousar olhar para sua carteira. O ar estava muito perfumado. Ouviu as meninas falando e dando gritinhos de prazer pelos seus buquês. Ouviu as trocas de comentários de admiração triunfante.

Pegou seu boletim: quatro "As" e um "C menos". Este último era sua nota de inglês. Ela costumava ser a melhor escritora da escola e acabou por passar raspando em inglês. De repente, viu-se odiando a escola e todos os professores, especialmente a srta. Garnder. E não se importava por não receber flores. Não ligava. Era um costume bobo mesmo. *Vou para a minha carteira pegar minhas coisas*, decidiu. *E, se alguém falar comigo, eu mando calar a boca. Aí vou sair desta escola para sempre, sem me despedir de ninguém.*

Levantou os olhos. *A carteira sem flores é a minha.* Mas não havia nenhuma carteira vazia! Havia flores em todas elas!

Francie foi para sua carteira, imaginando que alguma menina devia ter posto seu ramalhete lá por um momento. Pensou que o pegaria e o entregaria à dona, dizendo calmamente, "Você pode segurar? Tenho umas coisas para pegar na minha carteira".

Ela levantou o buquê, duas dúzias de rosas muito vermelhas em um arranjo de samambaias. Aninhou-as nos braços, como as outras meninas faziam, e fingiu por um instante que eram suas. Procurou o nome da dona no cartão. Mas era o seu nome no cartão! O seu nome! O cartão dizia: "Para Francie no dia de sua formatura. Com amor, Papai".

Papai!

A letra era a caligrafia elegante e cuidadosa dele, na tinta preta do frasco do armário de casa. Então *era* tudo um sonho, um longo sonho confuso. Laurie era um sonho, e o trabalho para o McGarrity, e a peça de formatura, e a nota ruim em inglês. Agora ela despertaria e tudo ficaria certo. O papai a estaria esperando no corredor.

Mas havia apenas Sissy no corredor.

— Então o papai *morreu mesmo* — disse ela.

— Sim — respondeu Sissy. — E já faz seis meses.

— Mas não pode ser, tia Sissy. Ele me mandou flores.

— Francie, mais ou menos um ano atrás, ele me deu esse cartão todo escrito e dois dólares. Ele disse: "Quando a Francie se formar, envie as flores para ela por mim, caso eu esqueça".

Francie começou a chorar. Não era só porque tinha certeza, agora, de que nada era um sonho; era porque estava tensa de trabalhar demais e se preocupar com a mamãe; porque não pôde escrever a peça da formatura; porque teve uma nota ruim em inglês; porque estava preparada para não receber flores.

Sissy a levou para o banheiro feminino e a fez entrar em dos cubículos.

— Chore tudo o que tiver para chorar — ordenou. — E vá logo. Sua mãe vai ficar preocupada se a gente demorar demais.

Francie ficou de pé no minúsculo espaço, segurando o buquê e soluçando. Cada vez que a porta se abria, anunciando a entrada de alguma menina, ela dava descarga para o barulho da água abafar seus soluços. Logo passou. Quando saiu, Sissy tinha um lenço umedecido com água fria para lhe entregar. Enquanto Francie limpava os olhos, Sissy perguntou se ela se sentia melhor. Francie fez que sim com a cabeça e lhe pediu para esperar um pouco para ela se despedir.

Foi à sala do diretor e trocou um aperto de mãos com ele.

— Não se esqueça da velha escola, Frances. Volte para nos visitar qualquer dia — disse ele.

— Sim, eu venho — prometeu Francie. Então voltou à sala de aula para se despedir de sua professora.

— Vamos sentir sua falta, Frances — disse a professora.

Francie pegou o estojo e o livro de assinaturas em sua carteira. Começou a se despedir das meninas. Elas se aglomeraram à sua volta. Uma pôs o braço em sua cintura e duas lhe beijaram o rosto. Todas lhe diziam mensagens de despedida.

— Vá na minha casa me visitar, Frances.

— Me escreva, Frances, para contar o que anda fazendo.

— Frances, nós temos telefone agora. Me ligue quando quiser. Ligue amanhã.

— Você pode escrever alguma coisa no meu livro de autógrafos, Frances? Assim eu posso vender quando você ficar famosa.

— Eu vou para o acampamento de verão. Vou anotar o endereço. Me escreva, está bem, Frances?

— Eu vou para o colégio Girls High em setembro. Vá para lá também, Frances.

— Não, vá para o Eastern District High comigo.

— Girls High!

— Eastern District!

— O Erasmus Hall High é o melhor. Vá para lá comigo, Frances, e seremos amigas durante todo o ensino médio. Se você for, eu nunca vou ter nenhuma outra amiga sem ser você.

— Frances, você não me deixou escrever no seu livro de autógrafos.
— Nem eu.
— Dê aqui, dê aqui.

Elas escreveram no livro em branco de Francie. *Elas são legais, Francie pensou. Eu poderia ter sido amiga delas desde o começo. Achei que elas não quisessem ser minhas amigas. Acho que eu que estava errada.*

Elas escreveram no livro. Algumas fizeram letras pequenas e espremidas; outras, letras grandes e esparramadas. Mas todas as mensagens eram escritas em caligrafias infantis. Francie leu enquanto elas escreviam:

O amor vale prata
Amizade vale ouro
Amiga como você
Vale mais que um tesouro.

Florence Fitzgerald

Escrevi teu belo nome
Na palma da minha mão.
Passou um pássaro e disse:
Escreve em teu coração.

Jeannie Leigh

Ao se fechar a cortina
E esta fase terminar
Lembre-se desta amizade
Por mais longe que possa estar.

Noreen O'Leary

Beatrice Williams virou para a última página do livro e escreveu:

Aqui no fundo, onde ninguém vai ver
Eu assino meu nome para só você ler.

Ela assinou, "Sua colega escritora, Beatrice Williams". *Ela tinha que escrever colega escritora*, pensou Francie, ainda magoada por causa da peça.

Francie saiu, por fim. No corredor, disse a Sissy:

— Só mais uma despedida.

— Essa sua formatura está demorada — respondeu Sissy, com bom humor.

A srta. Garnder estava sentada à sua mesa, em sua sala feericamente iluminada. Estava sozinha. Não era popular e, até o momento, ninguém tinha vindo se despedir. Ela levantou os olhos avidamente quando Francie entrou.

— Então você veio dizer adeus para sua velha professora de inglês — disse ela, contente.

— Sim, senhora.

A srta. Garnder não podia deixar passar. *Tinha* que ser uma professora.

— Sobre a sua nota. Você não entregou trabalhos neste período. Eu deveria tê-la reprovado. Mas, no último instante, decidi passá-la para que você pudesse se formar junto com a turma. — Esperou. Francie não disse nada. — E então? Você não vai me agradecer?

— Obrigada, srta. Garnder.

— Você se lembra da nossa conversinha?

— Sim, senhora.

— Por que você foi teimosa e parou de entregar as redações, então?

Francie não tinha nada para dizer. Era algo que não podia explicar para a srta. Garnder. Ela estendeu a mão.

— Adeus, srta. Garnder.

A srta. Garnder foi pega de surpresa.

— Bem... adeus, então — disse ela. Apertaram-se as mãos. — Com o tempo, você vai ver que eu estava certa, Frances. — Francie não disse nada. — Não vai? — insistiu a srta. Garnder, incisiva.

— Sim, senhora.

Francie saiu da sala. Não odiava mais a srta. Garnder. Não gostava dela, mas sentia pena. A srta. Garnder não tinha nada no mundo exceto a certeza de estar com a razão.

O sr. Jenson estava nos degraus na frente da escola. Segurava a mão de cada criança nas suas e dizia: "Adeus e Deus te abençoe". Acrescentou uma mensagem pessoal para Francie.

— Seja boa, trabalhe bastante e dê orgulho à nossa escola.
Francie prometeu que o faria.

No caminho para casa, Sissy disse:
— Escute, não vamos contar à sua mãe quem mandou as flores. Ela vai começar a lembrar e ainda está se recuperando do parto. — Elas concordaram em dizer que Sissy havia comprado as flores. Francie tirou o cartão e guardou em seu estojo.

Quando contaram à mamãe a mentira sobre o buquê, ela disse:
— Sissy, você não devia ter gastado seu dinheiro. — Mas Francie viu que ela ficou feliz.

Os dois diplomas foram admirados e todos concordaram que o de Francie era mais bonito por causa da bela caligrafia do sr. Jenson.

— Os primeiros diplomas na família Nolan — falou Katie.

— Mas não os últimos, espero — disse Sissy.

— Vou garantir que cada um dos meus filhos tenha três — disse Evy —, ensino fundamental, médio e faculdade.

— Em vinte e cinco anos — disse Sissy —, nossa família vai ter uma pilha de diplomas desta altura. — Ela ficou na ponta dos pés e mediu dois metros desde o chão.

A mamãe examinou os boletins finais. Neeley teve "B" em comportamento, a mesma nota em educação física e "C" em todas as outras matérias.

— Muito bem, filho — disse ela.

Passou os olhos pelos "As" de Francie e se concentrou no "C menos".

— Francie! Estou surpresa. Por que esta nota?

— Mamãe, eu não quero falar sobre isso.

— E em inglês. Sua melhor matéria.

A voz de Francie se ergueu um pouco quando ela repetiu:

— Mamãe, eu não quero falar sobre isso.

— Ela sempre escreveu as melhores redações da escola — explicou Katie para as irmãs.

— Mamãe! — Foi quase um grito.

— Katie! Pare! — ordenou Sissy.

— Tudo bem — Katie se rendeu, envergonhada, subitamente consciente de que estava sendo implicante.

Evy interveio para mudar de assunto.

— Vamos ter aquela festa ou não? — ela perguntou.

— Já estou pondo o chapéu — respondeu Katie.

Sissy ficou com Laurie enquanto Evy, a mamãe, Francie e Neeley foram à sorveteria do Scheefly para comemorar. O lugar estava lotado de formandos, que exibiam seus diplomas e buquês. Pais e mães, às vezes ambos, ocupavam as mesas. Os Nolan encontraram uma mesa vaga no fundo do salão.

O local era uma mistura de jovens gritando, pais sorridentes e garçons apressados. Alguns tinham treze anos, uns poucos tinham quinze, mas a maioria era da idade de Francie, catorze. Grande parte dos meninos era da classe de Neeley, e ele se divertiu muito gritando cumprimentos pelo salão. Francie mal conhecia as meninas, mas acenou e as cumprimentou com gritos alegres como se fossem amigas íntimas de muitos anos.

Francie tinha orgulho de sua mãe. As outras mães tinham cabelos grisalhos e quase todas eram tão gordas que seu traseiro sobrava nas laterais da cadeira. A mamãe era esguia e não parecia de jeito nenhum ter quase trinta e três anos. Sua pele era lisa e clara, e o cabelo era escuro e cacheado, desde a época da juventude. *Se ela puser um vestido branco*, pensou Francie, *e segurar um buquê de rosas, vai parecer uma formanda de catorze anos, a não ser pela linha entre os olhos, que ficou mais profunda desde que o papai morreu.*

Eles fizeram os pedidos. Francie tinha uma lista na cabeça de todos os sabores de refrigerantes. Estava percorrendo a lista para poder dizer que havia provado todos os tipos que havia no mundo. Abacaxi era o próximo, e ela pediu esse. Neeley quis o mesmo de sempre, o de chocolate, e Katie e Evy escolheram sorvete de baunilha simples.

Evy contava piadinhas sobre as pessoas que ali estavam. Francie e Neeley riam e achavam graça. Francie observava sua mãe. Ela não sorria. Tomava o sorvete devagar, a linha entre os olhos se aprofundando, então Francie soube que ela refletia, absorta em pensamentos.

Meus filhos, pensou Katie, *têm mais instrução aos treze e catorze anos do que eu, aos trinta e dois. E só isso ainda não é o suficiente. Quando penso como eu era ignorante na idade deles... Sim, e mesmo quando me casei e tive um bebê. Imagine. Eu acreditava em bruxaria, naquilo que a parteira me disse sobre a mulher no mercado de peixe. Eles já começaram muito à minha frente. Nunca foram tão ignorantes assim.*

Consegui que eles se formassem no ensino fundamental. Não posso fazer mais por eles. Todos os meus planos... Neeley médico, Francie na faculdade... não tenho mais como levar isso adiante agora, com a bebê... Será que eles conseguiriam chegar a algum lugar sozinhos? Eu não sei. Shakespeare... a Bíblia... Eles sabem tocar piano, mas pararam de treinar agora. Eu os ensinei a ser decentes e honestos e a não aceitar caridade. Mas será que isso basta?

Eles logo terão um patrão para agradar e novas pessoas para se relacionar. Vão seguir por outros caminhos. Bons? Ruins? Não me farão mais companhia à noite, se trabalharem o dia todo. Neeley vai sair com os amigos. E Francie? Vai ficar lendo... Frequentar a biblioteca... o teatro... assistir a uma palestra gratuita ou a um show musical. Claro, eu terei a bebê. A bebê. Ela terá um começo melhor. Quando ela se formar, os outros dois talvez possam ajudá-la a fazer o ensino médio. Eu tenho que fazer mais pela Laurie do que fiz por eles. Eles nunca tiveram o suficiente para comer, nunca tiveram as roupas certas. O melhor que eu pude fazer não foi o bastante. E agora eles têm que trabalhar e ainda são tão pequenos. Ah, se eu pudesse pôr os dois no colégio neste outono! Por favor, Deus! Eu dou vinte anos da minha vida. Sou capaz de trabalhar vinte e quatro horas por dia. Mas não posso, é claro. Não tem ninguém para ficar com a bebê.

Seus pensamentos foram interrompidos por um canto que ressoou por todo o salão. Alguém começou a cantar uma conhecida canção antiguerra e os demais o acompanharam.

I didn't raise my boy to be a soldier.
I brought him up to be my pride and joy...*

---

* "I Didn't Raise My Boy to Be a Soldier". Letra de Alfred Bryan, música de Al Piantadosi. Copyright © 1916 Leo Feist, Inc. Renovação do copyright © 1943 Leo Feist, Inc. Usado com autorização. (Eu não criei meu menino para ser soldado / Eu o criei para ser meu orgulho e alegria.) (N. da T.)

Katie retomou seus pensamentos. *Não tem ninguém para nos ajudar. Ninguém.* Ela pensou rapidamente no sargento McShane. Ele havia enviado uma grande cesta de frutas quando Laurie nasceu. Ela sabia que ele se aposentaria da força policial em setembro. Concorreria para o Congresso por Queens, seu bairro natal, na próxima eleição. Todos diziam que era certo que ele entraria. Ouvira dizer que a esposa dele estava muito doente e talvez não vivesse para ver o marido eleito.

Ele vai se casar de novo, pensou Katie. *Claro. Com alguma mulher que tenha traquejo social para ajudá-lo, como a esposa de um político deve fazer.* Olhou por um longo tempo para as mãos gastas pelo trabalho, depois as colocou sob a mesa como se estivesse com vergonha delas.

Francie percebeu. *Ela estava pensando no sargento McShane*, adivinhou, lembrando-se de como sua mãe havia vestido as luvas de algodão naquele dia de excursão que já ia distante, quando McShane olhara para ela. *Ele gosta dela*, pensou Francie. *Será que ela sabe? Deve saber. Parece que ela sabe de tudo. Aposto que ela poderia se casar com ele, se quisesse. Mas ele que não pense que vou chamá-lo de pai. Meu pai morreu e quem quer se case com a mamãe vai ser apenas o sr. Fulano-de-Tal para mim.*

As pessoas terminavam de entoar a canção.

> *There'd be no wars today,*
> *If mothers all would say,*
> *I didn't raise my boy to be a soldier.* *

... *Neeley*, pensou Katie. *Treze anos. Se a guerra chegar aqui, já vai ter acabado antes de ele ter idade suficiente para lutar, graças a Deus.*

Agora tia Evy cantava baixinho, criando uma paródia para a música.

Quem ousará pôr um mosquito no seu ombro.

---

* "Não haveria guerras hoje/ se todas as mães dissessem,/ Eu não criei meu menino para ser soldado." (N. da T.)

— Tia Evy, você é *terrível* — disse Francie, às gargalhadas com Neeley. Katie levantou os olhos e sorriu. Então o garçom trouxe a conta e todos ficaram em silêncio, observando Katie.

Espero que ela não seja boba de dar gorjeta, pensou Evy.

Será que a mamãe sabe que a gente tem que deixar cinco centavos de gorjeta?, pensou Neeley. *Espero que sim.*

A mamãe sabe o que deve fazer. Ela sempre tem razão, pensou Francie.

Não era costume deixar gorjeta na sorveteria a não ser em ocasiões especiais, quando se devia deixar cinco centavos. Katie viu que a conta era de trinta centavos. Tinha só uma moeda em sua velha carteira, de cinquenta centavos, que pôs sobre a conta. O garçom a levou e trouxe de volta quatro moedas de cinco centavos, enfileiradas. Ficou por perto, esperando que Katie pegasse três delas. Ela olhou para as quatro moedas. *Quatro filões de pão*, pensou. Quatro pares de olhos observavam sua mão. Katie não hesitou quando levou a mão às moedas. Com um gesto seguro, empurrou as quatro moedas para o garçom.

— Fique com o troco — disse, majestosa.

Francie teve que se controlar para não subir na cadeira e dar vivas.

A mamãe é uma pessoa e tanto, disse a si mesma. O garçom pegou as moedas com alegria e se afastou.

— Dois refrigerantes perdidos — resmungou Neeley.

— Katie, Katie, que tolice — protestou Evy. — Aposto que esse é o seu último dinheiro.

— É, mas também pode ser a nossa última formatura.

— O McGarrity vai nos pagar quatro dólares amanhã — disse Francie, defendendo a mãe.

— E vai nos demitir amanhã também — acrescentou Neeley.

— Não vai mais haver dinheiro depois desses quatro dólares até eles arranjarem um emprego — concluiu Evy.

— Não faz mal — disse Katie. — Pelo menos uma vez na vida eu queria que a gente se sentisse milionário. E, se vinte centavos podem fazer isso, é um preço barato a pagar.

Evy se lembrou de como Katie deixava Francie despejar seu café na pia e não disse mais nada. Havia muitas coisas que não entendia em sua irmã.

Os grupos começavam a se dispersar. Albie Seedmore, o filho pernalta do próspero dono de uma mercearia, veio até a mesa deles.

— Quer-ir-no-cinema-comigo-amanhã-Francie? — ele perguntou de um só fôlego. — Eu pago — acrescentou depressa.

(Um cinema estava deixando os formandos entrarem na matinê de sábado ao preço de dois por cinco centavos, desde que levassem o diploma para comprovar.)

Francie olhou para a mãe, que consentiu com a cabeça.

— Claro, Albie — aceitou Francie.

— Até lá. Duas horas. Amanhã. — E saiu apressado.

— Seu primeiro encontro — disse Evy. — Faça um pedido. — Estendeu o dedo mindinho e o dobrou. Francie a imitou, prendeu seu mindinho ao da tia.

Eu queria sempre poder usar um vestido branco, ganhar flores e dispensar dinheiro como fizemos esta noite, pediu Francie.

LIVRO QUATRO

LIVRO QUATRO

43

— Você já pegou a ideia — disse a supervisora para Francie. — Com o tempo, vai ser uma boa taleira. — Ela foi embora e Francie ficou por sua própria conta; a primeira hora do primeiro dia de seu primeiro emprego.

Seguindo as instruções da supervisora, a mão esquerda pegou um pedaço reluzente de arame de trinta centímetros. Ao mesmo tempo, a direita pegou uma tira estreita de papel de seda verde-escuro. Tocou a ponta da tira de papel em uma esponja molhada e então, usando o polegar e os dois primeiros dedos de cada mão como uma máquina de enrolar, revestiu o arame com o papel. Colocou de lado o arame coberto. Ele era, agora, um talo.

De tempos em tempos, Mark, o ajudante de rosto cheio de espinhas, distribuía os talos para as "petaleiras", que prendiam pétalas de rosa de papel neles. Outra moça amarrava um cálice embaixo da rosa e a entregava à "folheira", que arrancava uma unidade, três folhas escuras e brilhantes em um talo curto, de um bloco de folhas, prendia com arame a unidade ao talo e passava a rosa para a "acabadora", que enrolava uma tira de papel verde mais grosso em volta do cálice e do talo. Talo, cálice e folhas eram agora uma peça única e pareciam ter crescido assim.

As costas de Francie ardiam e ela sentiu uma dor aguda no ombro. *Devo ter revestido uns mil talos*, pensou. Com certeza já era hora do almoço. Ela se virou para olhar o relógio e descobriu que estava trabalhando fazia apenas uma hora!

— Olhadeira de relógio — comentou uma menina, ironizando. Francie a encarou, espantada, mas não disse nada.

Pegou um ritmo de trabalho e ele pareceu fluir mais fácil. *Um*. Punha de lado o arame revestido. *E meio*. Pegava um novo arame e uma tira de papel. *Dois*. Umedecia o papel. *Três-quatro-cinco-seis-sete-oito-nove-dez*. O arame estava todo coberto. Logo o ritmo ficou instintivo, ela não precisava contar e não era necessário se concentrar. As costas relaxaram e o ombro parou de doer. Com a mente livre, ela começou a refletir.

Toda uma vida poderia se resumir a isso, pensou. *Trabalhar oito horas por dia cobrindo arames para poder comprar comida e pagar um lugar para dormir, só para sobreviver e voltar para cobrir mais arames. Algumas pessoas nascem e sobrevivem apenas para chegar a isso. Claro que algumas dessas meninas vão casar; vão casar com homens que têm o mesmo tipo de vida. O que elas vão ganhar? Vão ganhar alguém para conversar nas poucas horas que tiverem à noite, entre o trabalho e a hora de dormir.* Mas ela sabia que o ganho não duraria. Tinha visto muitos casais de trabalhadores que, depois que os filhos vinham e as contas se acumulavam, raramente se comunicavam, limitando-se a rosnar de forma ríspida um para o outro. *Essas pessoas estão condenadas à prisão*, pensou. *E por quê? Porque* (ela se lembrou das reiteradas frases ditas com convicção pela sua avó) *elas não têm instrução suficiente*. Francie ficou com medo. Talvez fosse ser assim se ela nunca chegasse ao colégio; talvez nunca fosse ter mais instrução do que já tinha no momento. Talvez durante toda a sua vida ela estivesse fadada a cobrir arames ... cobrir arames... *Um... e meio... dois... três-quatro-cinco-seis-sete-oito-nove-dez*. Nesse momento, foi invadida pelo mesmo terror irracional que havia sentido quando, aos onze anos, vira o velho com o pé grosseiro na padaria do Losher. Tomada de pânico, acelerou o ritmo, para *ter* que se concentrar no trabalho e não sobrar espaço para devaneios.

— Novata — observou uma acabadora, sarcasticamente.

— Tentando fazer sucesso com o patrão — foi a opinião de uma petaleira.

Mas logo até o ritmo acelerado se tornou automático e, mais uma vez, a mente de Francie ficou livre. Disfarçadamente, ela examinou as moças na longa mesa. Havia uma dúzia delas, polonesas e italianas. A mais nova parecia ter dezesseis e a mais velha uns trinta, e todas tinham a pele morena. Por alguma razão inexplicável, todas usavam vestido preto, evidentemente não se dando conta de como o preto não caía bem com sua pele escura. Francie era a única que usava um vestido xadrez de algodão e se sentia uma criancinha idiota. Notando que eram observadas, as operárias de olhar afiado revidaram com seu tipo peculiar de brincadeira. A moça na cabeceira da mesa começou.

— Alguém nesta mesa está com a cara suja — ela anunciou. "Eu não", responderam as outras, uma por uma. Quando chegou a vez de Francie, todas pararam de trabalhar e esperaram. Sem saber o que responder, Francie se manteve em silêncio. — A menina nova não disse nada — resumiu a líder. — Então é ela que está com a cara suja. — Francie se sentiu ruborizar e trabalhou mais rápido, esperando que parassem com aquilo.

— Alguém está com o pescoço sujo. — E tudo recomeçou. "Eu não", responderam as meninas, em ordem. Quando chegou a vez de Francie, ela também disse, "Eu não". Mas, em vez de aplacá-las, isso lhes deu mais munição para atacar.

— A novata falou que o pescoço dela não está sujo.

— *Ela* falou!

— Como ela sabe? Ela consegue ver o próprio pescoço?

— Ela admitiria se estivesse sujo?

Elas querem que eu faça alguma coisa, pensou Francie, confusa. *Mas o quê? Querem que eu fique brava e xingue? Querem que eu desista do emprego? Ou querem me ver chorar, como aquela menininha fez um tempão atrás, quando eu a olhava limpar os apagadores da lousa? Seja o que for que elas queiram, eu não vou fazer!* Ela baixou a cabeça sobre os arames e fez os dedos voarem.

A brincadeira irritante continuou a manhã inteira. Os únicos intervalos aconteciam quando Mark, o ajudante, entrava. Então elas davam um descanso a Francie para falar dele.

— Menina nova, cuidado com o Mark — elas a alertaram. — Ele foi preso duas vezes por estupro e uma vez por vender escravas brancas.

As acusações eram grosseiramente irônicas, considerando que Mark era evidentemente afeminado. Francie via como o infeliz ficava vermelho a cada provocação e sentia pena dele.

A manhã foi passando. Quando parecia que nunca ia acabar, uma campainha tocou anunciando a hora do almoço. As moças largaram o trabalho, pegaram seus sacos de papel com o almoço, os rasgaram e abriram para formar uma toalha de mesa. Espalharam seus sanduíches guarnecidos com cebolas e começaram a comer. As mãos de Francie estavam quentes e pegajosas. Ela queria lavá-las antes de almoçar, então perguntou à sua vizinha onde era o banheiro.

— Num fala inguilês — respondeu a menina, em um sotaque exagerado de estrangeira.

— Nix verstandt — disse outra, que a provocara a manhã inteira em um inglês fluente.

— O que é um banheiro? — perguntou uma moça gorda.

— Onde fazem banha — respondeu uma espertinha.

Mark estava recolhendo caixas. Ele parou à porta, com os braços carregados. Engolindo em seco duas vezes, Francie o ouviu falar pela primeira vez.

— Jesus morreu na cruz por pessoas como vocês — ele anunciou, veemente — e agora vocês não querem mostrar para uma novata onde é o banheiro.

Francie olhou para ele, atônita. Ele tinha soado tão engraçado que ela não teve como evitar e começou a rir. Mark respirou fundo, virou e desapareceu pelo corredor. A partir desse momento, tudo mudou. Um murmúrio percorreu a mesa.

— Ela riu!

— Ei! A novata riu!

— Riu!

Uma jovem italiana deu o braço para Francie e disse:

— Venha, novata. Eu vou te mostrar onde fica o banheiro.

No banheiro, ela abriu a torneira para Francie, pressionou o botão do recipiente de vidro de sabonete líquido e ficou em volta, prestativa, enquanto ela lavava as mãos. Quando Francie ia enxugá-las na toalha muito alva e imaculada, sua guia a puxou.

— Não use essa toalha, novata.

— Por quê? Ela parece limpa.

— É perigosa. Algumas meninas que trabalham aqui têm gonorreia e você vai pegar se usar a toalha.

— Então o que eu faço? — Francie sacudiu as mãos molhadas.

— Enxugue na sua anágua. Nós costumamos fazer assim.

Francie enxugou as mãos na anágua, olhando para a toalha mortífera com horror.

De volta à sala de trabalho, descobriu que haviam estendido seu saco de papel também e colocado sobre ele os dois sanduíches de mortadela que sua mãe havia lhe preparado. Viu que alguém havia posto um belo tomate vermelho sobre seu papel. As moças a receberam de volta com sorrisos. A que liderara as provocações a manhã inteira tomou um longo gole de uma garrafa de uísque e a passou para Francie.

— Tome um gole, novata — ordenou. — Esses sanduíches são secos para comer sem nada. — Francie recusou depressa. — Tome! É só chá frio! — Francie pensou na toalha no banheiro e sacudiu a cabeça em um não enfático. — Ah! — exclamou a moça. — Eu sei por que você não quer beber da minha garrafa. No banheiro, a Anastasia te assustou. Não acredite nela, novata. Foi o patrão que começou essa história de gonorreia para a gente não usar as toalhas. Assim ele economiza alguns dólares por semana de lavanderia.

— É? — disse Anastasia. — Eu nunca vi nenhuma de vocês usar a toalha.

— Caramba, nós só temos meia hora para almoçar. Quem quer perder tempo lavando as mãos? Beba, novata.

Francie tomou um longo gole da garrafa. O chá frio era forte e refrescante. Ela agradeceu à moça e, em seguida, tentou agradecer à doadora do tomate. Imediatamente, todas as meninas negaram, uma por uma, a autoria do gesto.

— Do que você está falando?

— Que tomate?

— Não estou vendo nenhum tomate.

— A novata traz um tomate para o almoço e nem lembra.

E assim elas a provocaram. Mas agora havia um companheirismo aconchegante na provocação. Francie teve um bom momento de almoço e estava feliz por ter descoberto o que queriam dela. Só queriam que ela risse. Algo tão simples e tão difícil de descobrir.

O resto do dia passou agradavelmente. As moças lhe disseram para não se matar de trabalhar. Aquele era um trabalho temporário e todas seriam dispensadas depois que os pedidos do outono estivessem prontos. Quanto mais rápido eles ficassem prontos, mais depressa elas seriam demitidas. Satisfeita por ter ganhado a confiança daquelas operárias mais velhas e experientes, Francie seguiu o conselho e diminuiu o ritmo. Elas contaram piadas a tarde inteira e Francie riu de todas, quer fossem engraçadas ou apenas sujas. E sua consciência a perturbou só um pouco quando se juntou a elas para atormentar o martirizado Mark, que não sabia que, se risse apenas uma vez, seus problemas na fábrica estariam terminados.

Passava um pouco do meio-dia de um sábado. Francie estava na frente da estação Flushing Avenue da linha elevada do metrô da Broadway, esperando por Neeley. Segurava um envelope contendo cinco dólares, seu pagamento da primeira semana. Neeley trazia cinco dólares para casa também. Combinaram de chegar em casa juntos e fazer uma pequena cerimônia para entregar o dinheiro para a mamãe.

Neeley trabalhava como mensageiro em uma corretora de valores no centro de Nova York. O John da Sissy havia lhe arranjado o emprego por intermédio de um amigo que já trabalhava lá. Francie invejava Neeley. Todos os dias, ele atravessava a grande Ponte de Williamsburg e ia para a grande cidade misteriosa, enquanto Francie caminhava para seu trabalho na área norte do Brooklyn. E Neeley comia em um restaurante. Como Francie, ele havia levado seu almoço no primeiro dia, mas os rapazes riram dele, chamando-o de "caipira do Brooklyn". Depois disso, sua mãe lhe dava quinze centavos por dia para almoçar. Ele contou a Francie que comia em um lugar chamado Automat, em que se punha uma moeda de cinco centavos em uma fenda, e café e creme saíam juntos, nem de mais, nem de menos, mas a quantidade exata para uma xícara. Francie gostaria de poder atravessar a ponte para o trabalho e de comer no Automat em vez de levar sanduíches de casa.

Neeley desceu correndo os degraus da estação. Ele trazia um pacote estreito debaixo do braço. Francie notou como ele apoiava corretamente o pé, de modo que o pé inteiro ficasse no degrau e não só o calcanhar. Isso lhe dava uma pisada mais segura. O papai sempre descia escadas desse jeito. Neeley não quis contar para Francie o que havia no pacote, dizendo que isso estragaria a surpresa. Pararam em um banco do bairro que estava quase fechando e pediram para o caixa lhes dar notas de um dólar novas em lugar de suas notas velhas.

— Por que vocês querem notas novas? — perguntou o caixa.

— É nosso primeiro pagamento e a gente queria levar para casa em notas novas — explicou Francie.

— Primeiro pagamento, hein? — disse o caixa. — Isso me traz lembranças. Com certeza me traz lembranças. Lembro quando levei meu primeiro pagamento para casa. Eu era menino na época... Trabalhava em uma fazenda em Manhasset, Long Island. Ah, sim... — E começou a fazer um resumo biográfico enquanto as pessoas na fila mudavam de posição, impacientes. Ele terminou: — ... e, quando eu entreguei meu primeiro pagamento para a minha mãe, foi lágrima para mais de metro.

— Ele rasgou a embalagem de um maço de notas novas e trocou o dinheiro deles.

— E tomem um presente para vocês — disse, e em seguida deu a cada um deles uma moeda dourada de um centavo novinha que tirou da gaveta do caixa. — Moedas novas de 1916 — explicou. — As primeiras aqui no bairro. Não gastem agora. Guardem. — Ele pegou duas moedas velhas de cobre no bolso e as colocou na gaveta para cobrir o valor retirado. Francie agradeceu. Enquanto se afastavam, ela ouviu o homem seguinte na fila dizer, apoiando o cotovelo no balcão:

— Eu lembro quando levei meu primeiro pagamento para minha mãe.

Quando saíram, Francie imaginou se todos na fila contariam sobre o primeiro pagamento.

— Todo mundo que trabalha — disse Francie — tem isso em comum: eles lembram de quando levaram para casa o primeiro salário.

— É — concordou Neeley.

Quando viraram a esquina, Francie comentou, intrigada:

— "Foi lágrima para mais de metro". — Ela nunca tinha ouvido essa expressão e achou estranha.

— Como isso é possível? — Neeley refletiu. — Não dá para medir lágrimas.

— Não é isso. Deve ser um jeito de falar para dizer que é muito.

— Acho que sim — concordou Neeley. — Vamos pela Manhattan Avenue em vez de pela Graham.

— Neeley, eu tenho uma ideia. Vamos fazer um banco de lata escondido da mamãe e pregar no seu guarda-roupa. A gente começa com estas moedas novas e, se a mamãe nos der algum dinheiro para gastar, nós colocamos dez centavos cada semana. No Natal a gente abre e compra presentes para a mamãe e para a Laurie.

— E para nós também — estabeleceu Neeley.

— Isso. Eu compro um para você e você compra um para mim. Eu te falo o que eu quero quando chegar perto.

Fizeram o trato.

Então caminharam, apressados, deixando para trás as crianças que saíam dos ferros-velhos e se demoravam na rua, a caminho de casa. Olharam na direção do Carney quando passaram pela Scholes Street e notaram a multidão do lado de fora do Charlie Barateiro.

— Crianças — disse Neeley com desdém, mexendo em algumas moedas que tinha nos bolsos.

— Lembra, Neeley, quando a gente vinha aqui, vender entulho?

— Faz muito tempo.

— É — concordou Francie. Na verdade, fazia duas semanas que haviam arrastado sua última carga para o Carney.

Neeley estendeu seu pacote para a mamãe.

— Para você e para a Francie — disse ele. A mamãe o desembrulhou. Era uma caixa de pé de moleque. — E eu não comprei com o meu salário — explicou Neeley, misteriosamente. Fizeram sua mãe ir para o quarto um minuto. Arrumaram as dez notas novas sobre a mesa e a chamaram de volta.

— Para você, mamãe — disse Francie, com um grande gesto.

— Ora essa! — exclamou a mamãe. — Eu mal posso acreditar.

— E ainda não acabou — disse Neeley. Ele tirou oitenta centavos em moedas do bolso e as colocou sobre a mesa. — Gorjetas por fazer as tarefas rápido — explicou. — Eu economizei a semana inteira. Tinha mais, mas eu comprei o doce.

A mamãe deslizou as moedas sobre a mesa para Neeley.

— Todas as gorjetas que você ganhar ficam para os seus gastos — disse ela.

(*Como o papai*, pensou Francie.)

— Oba! Então vou dar vinte e cinco centavos para a Francie.

— Não. — A mamãe pegou uma moeda de cinquenta centavos na xícara rachada e deu para Francie. — Este é o dinheiro para a Francie. Cinquenta centavos por semana. — Francie ficou contente. Ela não esperava tanto. As crianças encheram a mãe de agradecimentos.

Katie olhou para os doces, as notas novas e, então, para seus filhos. Ela mordeu o lábio, virou-se de repente, foi para o quarto e fechou a porta.

— Ela está brava com alguma coisa? — sussurrou Neeley.

— Não — disse Francie. — Ela não está brava. Só não queria que a gente visse ela chorar.

— Como você sabe que ela vai chorar?

— Eu sei. Quando ela olhou para o dinheiro, vi que ia ter lágrima para mais de metro.

44

FRANCIE ESTAVA TRABALHANDO HAVIA DUAS SEMANAS QUANDO VEIO a dispensa. As moças trocaram olhares enquanto o patrão explicava que era apenas por uns dias.

— Uns dias com seis meses de duração — disse Anastasia, para Francie entender.

As moças agora iam para uma fábrica em Greenpoint que precisava de operárias para os pedidos de inverno: poinsétias e grinaldas artificiais de azevinho. Quando a dispensa viesse *lá,* elas iriam para outra fábrica. E assim por diante. Eram trabalhadoras do Brooklyn que seguiam os empregos sazonais de uma parte a outra do bairro.

Insistiram que Francie fosse junto, mas ela queria experimentar outro tipo de trabalho. Concluiu que, já que precisava trabalhar, mudaria de emprego sempre que surgisse oportunidade. Então, como os refrigerantes, poderia dizer que havia experimentado todos os trabalhos que existiam.

Katie encontrou um anúncio no *The World* pedindo uma auxiliar de arquivos; podia ser iniciante, dezesseis anos, religião oficial. Francie comprou uma folha de papel de carta e um envelope por um centavo, escreveu com capricho candidatando-se à vaga e endereçou a carta para a caixa postal do anúncio. Embora tivesse apenas catorze anos, ela e sua mãe concordaram que poderia facilmente passar por dezesseis. Então, ela disse na carta que tinha dezesseis.

Dois dias mais tarde, Francie recebeu uma resposta em um papel timbrado empolgante: uma grande tesoura sobre um jornal dobrado, com um pote de cola do lado. Era da Agência de Imprensa Model Press em Canal Street, Nova York, e pedia que a srta. Nolan comparecesse para uma entrevista.

Sissy saiu com Francie e a ajudou a comprar um vestido adulto e seu primeiro par de sapatos de salto. Quando ela experimentou seu novo traje, sua mãe e Sissy juraram que ela parecia ter dezesseis anos, exceto pelo cabelo. As tranças a faziam parecer muito infantil.

— Mamãe, por favor, me deixe cortar — implorou Francie.

— Levou catorze anos para esse cabelo crescer até onde está — disse sua mãe —, e eu não vou deixar que você corte.

— Puxa, mamãe, você está muito antiquada.

— Por que você quer ter cabelo curto como um menino?

— Seria mais fácil de cuidar.

— Cuidar do cabelo deveria ser um prazer para uma mulher.

— Mas Katie — protestou Sissy —, todas as meninas estão cortando o cabelo atualmente.

— Elas são bobas, então. O cabelo de uma mulher é seu mistério. De dia, está preso. Mas, à noite, sozinha com seu homem, os grampos vão embora e ele se espalha solto como uma capa reluzente. Isso faz dela uma mulher misteriosa e especial.

— À noite, *todos* os gatos são pardos — disse Sissy, maliciosamente.

— Dispenso seus comentários — cortou Katie.

— Eu ficaria parecendo a Irene Castle se tivesse cabelo curto — insistiu Francie.

— As mulheres judias são obrigadas a cortar o cabelo quando se casam, para nenhum outro homem olhar para elas. Freiras têm que cortar o cabelo para provar que não querem mais nada com homens. Por que uma menina jovem faria isso quando não precisa? — Katie interrompeu quando Francie estava prestes a responder. — Sem mais discussões.

— Tudo bem — disse Francie. — Mas, quando eu tiver dezoito anos, vou ser dona do meu nariz. Aí você vai ver.

— Quando você tiver dezoito anos, pode raspar a cabeça que eu nem me importo. Mas, até lá... — Ela enrolou as duas tranças grossas de Francie em volta da cabeça e as prendeu com presilhas de osso que tirou do próprio cabelo. — Pronto! — Recuou e examinou a filha. — É como uma coroa brilhante — declarou, teatralmente.

— Ela fica mesmo parecendo ter no mínimo dezoito anos — admitiu Sissy.

Francie se olhou no espelho. Ficou satisfeita por parecer tão mais velha com o jeito que sua mãe tinha prendido seu cabelo. Mas não cederia e decidiu insistir.

— Vou passar a vida com dor de cabeça por carregar esse peso de cabelo por aí — reclamou.

— Sorte sua se isso for tudo que vai lhe dar dor de cabeça — retrucou sua mãe.

Na manhã seguinte, Neeley acompanhou a irmã até Nova York. Quando o metrô chegou à Ponte de Williamsburg depois de deixar a estação Marcy Avenue, Francie notou que muitas pessoas sentadas no vagão se levantavam como em comum acordo e se sentavam novamente.

— Por que eles fazem isso, Neeley?

— Assim que a gente chega na ponte, tem um banco com um enorme relógio. As pessoas levantam para olhar a hora e saber se estão adiantadas ou atrasadas para o trabalho. Aposto que um milhão de pessoas olham para esse relógio todos os dias — calculou Neeley.

Francie havia previsto uma forte emoção quando passasse por sobre a ponte pela primeira vez. Mas a travessia não foi nem de perto tão emocionante quanto usar roupas de adulta pela primeira vez.

*

A entrevista foi curta e ela foi contratada para um período de experiência. Horário, das nove às cinco e meia, meia hora para o almoço, salário de sete dólares por semana para começar. Primeiro, seu chefe a levou para conhecer o escritório.

As dez leitoras se sentavam em longas mesas inclinadas. Os jornais de todos os estados eram divididos entre elas. Os jornais chegavam ao escritório todos os dias, de hora em hora, de todas as cidades, de todos os estados do país. As moças marcavam e contornavam os itens procurados e anotavam o total e seu próprio número de identificação no alto da primeira página.

Os jornais marcados eram recolhidos e levados para a impressora, equipada com uma prensa manual contendo um dispositivo de data ajustável e prateleiras de matrizes de chumbo à sua frente. Ela ajustava a data do jornal em sua prensa, inseria a matriz contendo o nome, a cidade e o estado do jornal e imprimia tantas tiras de papel quanto fosse o número de itens marcados.

Então, tiras de papel e jornais iam para a cortadora, que ficava de pé diante de uma grande mesa inclinada e recortava os itens marcados com uma faca curva afiada. (Apesar do timbre no papel, não havia uma grande tesoura no local.) Conforme a cortadora recortava os itens, jogando o jornal descartado no chão, um mar de jornais se erguia até a altura de sua cintura a cada quinze minutos. Um homem recolhia esse papel inutilizado e o levava embora para ser compactado.

Os itens cortados e as tiras de papel eram passados à coladora, que juntava as tiras aos recortes. Eles eram, então, arquivados, reunidos, colocados em envelopes e enviados pelo correio.

Francie dominou o sistema de arquivos com muita facilidade. Em duas semanas, havia memorizado os quase dois mil nomes ou rótulos. Foi posta em treinamento, então, como leitora. Por mais duas semanas, tudo o que fez foi estudar as fichas dos clientes, que eram mais detalhadas que os rótulos na caixa de arquivos. Quando um exame informal comprovou que ela havia memorizado as exigências, foram-lhe dados os jornais de Oklahoma para ler. O chefe conferia os jornais dela antes que eles passassem para a cortadora e indicava seus erros. Quando ela ficou perita o bastante para não precisar mais de conferência, ele acrescentou os jornais da Pensilvânia. Logo depois ela recebeu os jornais do estado de Nova York e, agora, tinha três estados para ler. No final de agosto, estava lendo mais jornais e marcando mais itens do que qualquer outra leitora na agência. Era nova no trabalho, ansiosa para agradar, tinha olhos fortes e aguçados (era a única leitora que não usava óculos) e desenvolveu uma visão fotográfica muito rapidamente. Conseguia dar uma olhada rápida em um item e identificar imediatamente se havia algo para marcar. Lia de cento e oitenta a duzentos jornais por dia. A segunda melhor leitora lia, em média, de cem a cento e dez jornais.

Sim, Francie era a leitora mais rápida da agência e a que recebia o menor salário. Embora houvesse tido um aumento para dez dólares por semana quando passou à leitura, a segunda melhor leitora ganhava vinte e cinco dólares por semana e as outras recebiam vinte. Como Francie nunca ficou suficientemente amiga das outras moças para ter a confiança delas, não tinha como saber que estava ganhando muito menos.

Francie gostava de ler jornais e sentia orgulho de ganhar dez dólares por semana, mas não estava feliz. Tinha ficado tão empolgada de trabalhar em Nova York. Se uma coisa tão pequenina como uma flor em um vaso marrom na biblioteca a entusiasmara tanto, esperava que a grande cidade de Nova York a entusiasmaria cem vezes mais. Mas não foi assim.

A ponte tinha sido a primeira decepção. Olhando-a do telhado de sua casa, imaginara que atravessá-la a faria se sentir como uma fada de asas leves voando pelo ar. Mas a travessia real sobre a ponte não foi diferente do trajeto pelas ruas do Brooklyn. A ponte era pavimentada com calçadas e pistas como as ruas da Broadway e os trilhos eram os mesmos. Não havia nenhuma sensação diferente no metrô quando ele passava sobre a ponte. Nova York foi decepcionante. Os prédios eram mais altos e as multidões mais compactas; fora isso, pouca coisa era diferente do Brooklyn. *Será que, de agora em diante, todas as novidades seriam decepcionantes?*, ela pensou.

Havia estudado muitas vezes o mapa dos Estados Unidos e atravessado na imaginação suas planícies, montanhas, desertos e rios. E lhe parecera algo maravilhoso. Agora, ela se perguntava se ficaria decepcionada com isso também. Pensou na hipótese de atravessar a pé o imenso país. Ela começaria às sete da manhã, digamos, e caminharia para o oeste. Poria um pé na frente do outro para cobrir a distância e, enquanto caminhasse para o oeste, estaria tão ocupada com os pés e com a constatação de que seus passos eram parte de uma corrente que havia começado no Brooklyn que talvez nem pensasse nas montanhas, rios, planícies e desertos que cruzasse. Tudo que notaria era que algumas coisas eram estranhas porque a faziam se lembrar do Brooklyn e que outras coisas eram diferentes por serem tão diferentes do Brooklyn. *Acho que então não há novidade no mundo*, decidiu Francie, infeliz. *Se houver alguma coisa nova ou diferente, alguma parte dela deve estar no Brooklyn, e eu já devo estar acostumada que não conseguiria nem notar se a encontrasse.* Como Alexandre, o Grande, lamentou Francie, convencido de que não havia novos mundos para conquistar.

Ela se adaptou ao ritmo veloz do nova-iorquino para ir e voltar do trabalho. A chegada ao escritório era uma tensa provação. Se chegasse um minuto antes das nove, era uma pessoa livre. Se chegasse um minuto depois, ficava preocupada porque isso faria dela o bode expiatório preferencial do chefe se, por acaso, ele estivesse de mau humor naquele dia. Aprendeu maneiras de ganhar frações de segundo. Muito antes que o trem parasse em sua estação, abria caminho até a porta para ser uma das primeiras a sair quando ela se abrisse. Depois corria como uma corça, contornando a multidão, para ser a primeira na escada que levava para a rua. Ao caminhar para o escritório, mantinha-se rente à parede para poder fazer curvas fechadas nas esquinas. Atravessava ruas na diagonal para não ter que subir e descer um par de calçadas a mais. No prédio, se enfiava dentro do elevador mesmo quando o ascensorista gritava "Lotado!" E todas essas manobras para chegar um minuto antes e não depois das nove!

Uma vez, saiu de casa dez minutos mais cedo para ter mais tempo. Apesar de não haver necessidade de se apressar, ela continuou abrindo caminho para sair do trem, subindo a escada a toda, avançando pela rua de forma calculada para ganhar tempo e espaço e se enfiando no elevador lotado.

Chegou quinze minutos antes da hora. A grande sala ecoava vazia e ela se sentiu desolada e perdida. Quando as outras funcionárias entraram correndo apenas alguns segundos antes das nove, Francie se sentiu uma traidora. Na manhã seguinte, dormiu dez minutos a mais para voltar a seu horário original.

Ela era a única moça do Brooklyn na agência. As demais vinham de Manhattan, Hoboken, Bronx e uma de Bayonne, New Jersey. Duas das leitoras mais velhas ali eram irmãs e vinham de Ohio. No primeiro dia de trabalho de Francie na agência, uma das irmãs lhe disse:

— Você tem sotaque do Brooklyn.

A afirmação soara como uma acusação escandalosa e deixara Francie preocupada com sua fala. Ela começou a pronunciar as palavras com muito cuidado para evitar alguns modos de falar incorretos de seu bairro.

Havia apenas duas pessoas na agência com quem ela podia falar sem constrangimento. Uma era o chefe e gerente. Ele era formado em Harvard e, apesar de um "a" aberto que usava indiscriminadamente, sua fala era simples e seu vocabulário menos afetado que o das leitoras, a maioria das quais havia se formado no colégio e adquirido um extenso vocabulário pelos muitos anos de leitura. A outra pessoa era a srta. Armstrong, que era a outra única formada em uma faculdade.

A srta. Armstrong era a leitora especial das grandes cidades. Sua mesa ficava isolada no canto preferencial da sala, onde havia uma janela norte e uma janela leste, com a melhor iluminação para ler. Ela lia apenas os jornais de Chicago, Boston, Filadélfia e da cidade de Nova York. Um mensageiro especial lhe trazia cada edição dos jornais de Nova York assim que saíam do prelo. Depois que acabava de ler seus jornais, ela não precisava ajudar as que estavam mais atrasadas, como as outras leitoras faziam. Fazia crochê ou pintava as unhas enquanto esperava a edição seguinte. Era a funcionária que tinha o salário mais alto: trinta dólares por semana. A srta. Armstrong era uma pessoa gentil e demonstrou um interesse prestativo por Francie, tentando puxar conversa para que ela não se sentisse solitária.

Uma vez, no banheiro, Francie escutou um comentário sobre a srta. Armstrong ser amante do chefe. Francie já tinha ouvido falar desses seres fabulosos, mas nunca vira um. Pôs-se de imediato a examinar a srta. Armstrong atentamente em sua condição de amante. Viu que ela não era bonita; seu rosto era quase simiesco com a boca larga e as narinas grandes e achatadas, e seu conjunto era meramente passável. Francie olhou para as pernas dela. Eram longas, esguias e bonitas. Ela usava a mais fina e perfeita das meias, e sapatos de salto alto caros calçavam seus pés belamente arqueados. *Pernas bonitas, então, é o segredo de ser uma amante*, concluiu Francie. Olhou para as próprias pernas, finas e compridas. *Acho que eu nunca vou conseguir.* Suspirando, ela se resignou a uma vida sem pecado.

Havia um sistema de classes na agência criado pela cortadora, a impressora, a coladora, o compactador de papel e o menino de entregas. Esses trabalhadores iletrados, mas espertos, que, por alguma razão, chamavam a si próprios de "O Clube", achavam que as leitoras, mais instruídas, os desprezavam. Em retaliação, incitavam tantos problemas quanto podiam entre estas.

A lealdade de Francie estava dividida. Por origem e instrução, ela pertencia à classe do Clube, mas, por capacidade e inteligência, pertencia à classe das leitoras. O Clube era arguto o suficiente para sentir essa divisão em Francie e tentava usá-la como leva e traz. Eles a informavam de boatos maldoso que corriam pelo escritório, na expectativa de que ela os contasse às leitoras e criasse discórdia. Mas Francie não era amiga o bastante das leitoras para trocar fofocas com elas e os boatos morriam ali.

Então, um dia, quando a cortadora lhe contou que a srta. Armstrong ia sair em setembro e que ela, Francie, seria promovida ao cargo de leitora de jornais das grandes cidades, Francie pressupôs que esse fosse mais um boato inventado para criar ressentimentos entre seus pares, que alimentavam a esperança pelo cargo de leitora de jornais de grandes cidades quando a srta. Armstrong pedisse demissão. Achava absurdo que ela, uma menina de catorze anos, com nada além de uma instrução de ensino fundamental, fosse considerada apta para assumir o trabalho de uma mulher de trinta anos com diploma universitário como a srta. Armstrong.

*

Era quase fim de agosto e Francie estava preocupada porque sua mãe não havia mencionado nada sobre ela ir para o colégio. Queria desesperadamente voltar à escola. Todos os anos de conversas sobre educação em um nível avançado que ouvira de sua mãe, avó e tias não só a deixavam ansiosa para obter mais instrução como lhe geravam um complexo de inferioridade por sua falta de instrução atual.

Lembrou-se com carinho das meninas que haviam escrito em seu livro de autógrafos. Queria ser uma delas de novo. Elas vinham da mesma vida que ela; não estavam nem um pouco à frente. Seu lugar natural era ir para a escola com elas, e não trabalhar de forma competitiva com mulheres mais velhas.

Não gostava de trabalhar em Nova York. As multidões continuamente aglomeradas à sua volta a faziam tremer. Sentia-se empurrada para um modo de vida que não estava pronta para assumir. E as coisas que ela mais temia de trabalhar em Nova York eram os metrôs elevados superlotados.

Houve aquela vez no trem em que, pendurada em uma alça e tão espremida na multidão que nem conseguia baixar o braço, ela sentiu que um homem a beliscava. Por mais que se contorcesse, não conseguia se afastar do contato daquela mão. Quando oscilava com a multidão no movimento dos vagões, sentia-se pressionada. Sem conseguir virar a cabeça para ver quem a tocava, ficou ali de pé em desesperado desamparo, suportando o ato indigno sem poder fazer nada. Poderia ter gritado e protestado, mas teve vergonha de chamar a atenção para sua situação. Pareceu levar uma eternidade até que a lotação diminuísse o suficiente para ela se mover para uma parte diferente do vagão. Depois disso, entrar em um trem lotado se tornou um detestável martírio.

Um domingo, quando ela e sua mãe levaram Laurie para visitar a avó, Francie contou a Sissy sobre o homem no trem, esperando que ela a consolasse. Mas sua tia tratou aquilo como uma grande piada.

— Quer dizer que um homem te beliscou no metrô — disse ela. — Eu não ficaria incomodada com isso. Só quer dizer que você está ganhando forma e alguns homens não conseguem resistir às curvas de uma mulher. Ora! Eu devo estar ficando velha! Faz anos que ninguém me apalpa no metrô. Houve um tempo em que eu não podia andar em uma multidão sem chegar em casa cheia de manchas roxas — disse ela, com orgulho.

— E isso é algo para se gabar? — perguntou Katie.

Sissy ignorou o comentário.

— Vai chegar o dia, Francie — disse ela —, em que você terá quarenta e cinco anos e a forma de um saco de aveia de cavalos amarrado ao meio. Aí você vai olhar para trás e sonhar com os velhos tempos em que os homens *queriam* te beliscar.

— Se ela olhar para trás e pensar assim — disse Katie —, é porque você pôs na cabeça dela e não porque isso seja algo maravilhoso para lembrar.

— Ela se virou para Francie. — Quanto a você, aprenda a ficar de pé no trem sem segurar na alça. Mantenha os braços abaixados e tenha um alfinete comprido e bem pontudo no bolso. Se sentir a mão de um homem em você, enfie o alfinete sem dó.

Francie fez como a mamãe orientou. Aprendeu a manter os pés firmes sem segurar na alça. Mantinha a mão fechada em volta de um alfinete comprido e feroz no bolso do casaco. Esperava que alguém viesse beliscá-la outra vez. Até desejava isso, para poder espetá-lo com o alfinete. *A Sissy pode achar que está tudo bem falar de formas e homens, mas eu não gosto de ser beliscada no traseiro. E, quando eu tiver quarenta e cinco anos, com certeza espero ter algo melhor para lembrar e sentir saudade do que ser beliscada por um estranho. A Sissy devia ter vergonha...*

Mas por que estou fazendo isso? Estou aqui criticando a Sissy... A Sissy, que foi tão boa comigo. Estou insatisfeita no emprego, quando deveria me sentir uma pessoa de sorte por ter um trabalho tão interessante. Imagine ser paga para ler, justo eu que gosto tanto de ler. E todo mundo acha que Nova York é a cidade mais maravilhosa do mundo, e eu não consigo nem gostar de Nova York. Parece que eu sou a pessoa mais insatisfeita do mundo. Ah, eu queria ser criança de novo, quando tudo parecia tão maravilhoso!

Pouco antes do Dia do Trabalho, o chefe chamou Francie à sua sala e lhe informou que a srta. Armstrong ia sair para se casar. Ele pigarreou e acrescentou que a srta. Armstrong, na verdade, ia se casar com ele.

A noção de amante de Francie caiu por terra. Ela imaginara que os homens nunca se casavam com suas amantes, que eles as descartavam como luvas usadas. Mas então quer dizer que a srta. Armstrong se tornaria uma esposa em vez de uma luva usada. Ora essa!

— Portanto vamos precisar de uma nova leitora para os jornais das grandes cidades — o chefe disse. — A própria srta. Armstrong sugeriu que nós... ahn... experimentássemos *você*, srta. Nolan.

O coração de Francie deu um pulo. Ela, uma leitora de jornais das grandes cidades! O emprego mais cobiçado na agência! Então havia verdade nos boatos do Clube. Mais um preconceito derrubado. Ela sempre achara que todos os boatos eram falsos.

O chefe planejava lhe oferecer quinze dólares por semana, calculando que teria uma leitora tão boa quanto sua futura esposa pela metade do salário. E a garota provavelmente ficaria encantada, uma menina daquele tamanho... quinze por semana. Ela dizia que já tinha passado dos dezesseis anos. Parecia ter treze. Claro que a idade dela não era da sua conta, desde que ela fosse competente. A lei não o puniria por contratar alguém abaixo da idade permitida. Tudo que precisaria dizer é que ela havia mentido a idade.

— Há um pequeno aumento junto com o emprego — disse ele, afável. Francie sorriu, feliz, e ele se preocupou. *Será que eu me precipitei?*, pensou. *Talvez ela não esperasse um aumento*. Então corrigiu seu erro rapidamente.

— ... um pequeno aumento depois de vermos como você se sai.

— Eu não sei... — começou Francie, hesitante.

Ela tem mais de dezesseis, decidiu o chefe, *e vai me pedir um aumento maior*. Para se adiantar a ela, ele disse:

— Vamos lhe pagar quinze por semana, a partir... — Hesitou. Não precisava ser bonzinho demais. — ... a partir de primeiro de outubro. — Então se recostou na cadeira, sentindo-se tão magnânimo quanto o próprio Deus.

— É que eu não sei se vou ficar aqui muito tempo.

Ela está tentando conseguir mais dinheiro, ele pensou.

— Por quê? — perguntou.

— Acho que vou voltar a estudar depois do Dia do Trabalho. Eu ia avisar o senhor assim que tudo estivesse acertado.

— Faculdade?

— Colégio.

Vou ter que pôr a Pinski para cobrir os jornais das grandes cidades, ele pensou. *Ela ganha vinte e cinco agora, vai esperar um aumento para trinta, e eu vou estar de novo onde comecei. E esta Nolan é melhor que a Pinski. Que droga, Irma! De onde ela tirou a ideia de que uma mulher não deve trabalhar depois de casar? Ela poderia continuar aqui... manter o dinheiro na família... comprar uma casa com ele.* Ele falou com Francie.

— Ah! Sinto muito por ouvir isso. Não que eu não aprove você melhorar seu nível de instrução, mas considero a leitura de jornais uma excelente educação. Uma educação atualizada, em tempo real, que nunca fica estagnada. Enquanto na escola... são só livros. Livros mortos — disse ele, com desdém.

— Eu... eu tenho que conversar com a minha mãe.

— Faça isso. Conte a ela o que seu chefe disse sobre educação. E diga também que eu falei — ele fechou os olhos e deu o mergulho — que vou lhe pagar *vinte* dólares por semana. A partir de primeiro de novembro. — Ele cortou um mês.

— Isso é bastante dinheiro — disse ela, com toda a sinceridade.

— Achamos que devemos pagar bem nossos funcionários para eles continuarem conosco. E... ah... srta. Nolan, por favor, não mencione seu futuro salário. É mais do que as outras estão ganhando — mentiu — e, se elas descobrirem... — Abriu os braços em um gesto de impotência. — Você entendeu? Sem fofoquinhas no banheiro.

Francie se sentiu importante ao tranquilizá-lo, garantindo que nunca o trairia em fofocas no banheiro. O chefe começou a assinar cartas, indicando que a conversa havia terminado.

— Isso é tudo, srta. Nolan. Precisamos de sua decisão no dia seguinte ao Dia do Trabalho.

— Sim, senhor.

Vinte dólares por semana! Francie estava atordoada. Dois meses antes, ela estava feliz por ganhar cinco dólares por semana. Tio Willie só ganhava dezoito por semana e tinha quarenta anos. O John da Sissy era inteligente e só ganhava vinte e dois e cinquenta por semana. Poucos homens em sua vizinhança ganhavam vinte dólares por semana, e eles tinham famílias também.

Com esse dinheiro, nossos problemas terminariam, pensou Francie. *Nós poderíamos pagar o aluguel de um apartamento com três quartos em algum lugar, a mamãe não precisaria sair para trabalhar e a Laurie não ficaria tanto tempo sozinha. Acho que eu seria bem importante se conseguisse algo assim. Mas eu quero voltar para a escola!*

Nesse momento, lembrou o insistente conselho acerca da instrução em sua família.

Vovó: Isso vai fazer você subir na vida.

Evy: Cada um dos meus filhos vai ter três diplomas.

Sissy: E, quando a minha mãe morrer, e eu peço a Deus que ainda demore muito, e a bebê tiver idade suficiente para começar o jardim da infância, eu vou trabalhar de novo. E vou guardar o meu salário e, quando a Pequena Sissy crescer, vou colocá-la na melhor faculdade que houver.

Mamãe: Eu não quero que os meus filhos tenham a mesma vida difícil que eu tenho. A educação vai cuidar disso, para eles terem uma vida mais fácil.

Mas é um bom emprego, pensou Francie. *Quer dizer, é bom agora. Mas os meus olhos vão ficar gastos por causa do trabalho. Todas as leitoras mais velhas têm que usar óculos. A srta. Armstrong disse que uma leitora só é boa enquanto seus olhos aguentarem. Essas outras leitoras eram rápidas também quando começaram. Assim como eu. Mas agora os olhos delas... eu preciso poupar os meus olhos... não ler fora do trabalho.*

Se a mamãe soubesse que eu poderia ganhar vinte dólares por semana, talvez ela não me mandasse de volta para a escola, e eu não a culparia. Somos pobres há tanto tempo. A mamãe é muito justa em tudo, mas esse dinheiro talvez a faça ver as coisas de um jeito diferente e não seria culpa dela. Eu não vou contar para ela sobre o aumento até ela decidir sobre a escola.

*

Francie falou com sua mãe sobre a escola e ela lhe disse que, sim, eles teriam que conversar sobre isso. Conversariam logo depois do jantar naquela noite.

Depois de terminarem o café após o jantar, Katie anunciou desnecessariamente (já que todo mundo sabia) que as aulas iam começar na semana seguinte.

— Eu quero que vocês dois vão para o colégio, mas só vai dar para um de vocês começar agora. Estou guardando cada centavo que posso do salário de vocês para que, no próximo ano, os dois voltem para a escola. — Ela esperou. Esperou um longo tempo. Nenhum dos dois respondeu. — E então? Vocês não querem ir para o colégio?

Os lábios de Francie estavam tensos quando ela falou. Tanta coisa dependia de sua mãe, e Francie queria que suas palavras causassem uma boa impressão.

— Sim, mamãe. Eu quero voltar para a escola mais do que qualquer outra coisa na vida.

— Eu não quero voltar, mamãe — disse Neeley. — Eu gosto de trabalhar e vou ter um aumento de dois dólares no começo do ano.

— Você não quer ser médico?

— Não. Eu quero ser corretor de valores e ganhar muito dinheiro como os meus patrões. Vou entrar no mercado de ações e ter um milhão de dólares um dia.

— Meu filho vai ser um grande médico.

— Como você sabe? Eu posso ficar como o dr. Hueller da Maujer Street, com um consultório em um porão, e sempre usar uma camisa suja como ele. De qualquer modo, eu já sei o suficiente. E não preciso voltar para a escola.

— O Neeley não quer voltar para a escola — Katie disse para Francie, quase implorando. — Você sabe o que isso significa, Francie. — Francie mordeu o lábio. Não adiantaria chorar. Ela precisava se manter calma. Precisava pensar com clareza. — Significa — disse a mamãe — *que o Neeley tem que voltar para a escola.*

— Eu não quero! — gritou Neeley. — Eu não vou voltar, não importa o que você diga! Estou trabalhando e ganhando dinheiro e quero continuar assim. Eu sou alguém agora, com as pessoas de lá. Se eu voltar para a escola, vou ser só uma criança outra vez. E você precisa do meu dinheiro, mamãe. Não queremos ser pobres de novo.

— Você vai voltar para a escola — anunciou Katie, sem levantar a voz. — O dinheiro da Francie será suficiente.

— Por que você obriga o Neeley a ir quando ele não quer — gritou Francie — e me deixa fora da escola quando eu quero tanto?

— É! — concordou Neeley.

— Porque, se eu não o obrigar ir, ele nunca mais vai voltar — explicou sua mãe —, enquanto você, Francie, vai lutar e conseguir voltar de alguma maneira.

— Por que você tem sempre tanta certeza? — protestou Francie. — Daqui a um ano eu vou ser velha demais para voltar. O Neeley só tem treze anos. Ele ainda vai ser novo no ano que vem.

— Bobagem. Você vai ter só quinze anos no próximo outono.

— Dezessete — corrigiu Francie —, quase dezoito; velha demais para começar.

— Que besteira é essa?

— Não é besteira. No trabalho, eu tenho dezesseis anos. Tenho que parecer e agir como uma garota de dezesseis anos em vez de catorze. No ano que vem, vou ter quinze em idade, mas dois anos a mais no jeito como estou vivendo; velha demais para voltar a ser aluna.

— O Neeley vai voltar para a escola na próxima semana — Katie insistiu —, e a Francie volta no ano que vem.

— Eu odeio vocês duas — gritou Neeley. — E, se você me fizer voltar, eu vou fugir de casa. Juro que vou! — Ele saiu e bateu a porta.

O rosto de Katie se contraiu, tristonho, e Francie teve pena dela.

— Não se preocupe, mamãe. Ele não vai fugir. Ele falou isso da boca para fora. — O imediato alívio no rosto de sua mãe irritou Francie. — Mas eu vou embora e não vou dar nenhuma explicação. Quando chegar a hora em que você não precisar mais do que eu ganho, eu vou embora.

— O que deu nos meus filhos, que antes eram tão bons? — perguntou Katie, tristemente.

— É a questão da idade. — Como Katie parecia confusa, Francie explicou. — Nós nunca tiramos nossos documentos de trabalho.

— Mas eles eram difíceis de tirar. O padre queria um dólar por cada certidão de batismo e eu teria que ir à prefeitura com vocês. Eu estava amamentando a Laurie a cada duas horas e não podia ir. Nós todos achamos que era mais fácil vocês dizerem que tinham dezesseis anos e não ter todo esse problema.

— Essa parte tudo bem. Mas, para dizer que nós tínhamos dezesseis anos, nós precisamos *ser* pessoas de dezesseis anos, e você nos trata como crianças de treze.

— Eu queria que seu pai estivesse aqui. Ele entendia coisas sobre você que eu não consigo entender.

Francie sentiu uma pontada de dor. Depois que passou, ela contou para sua mãe que seu salário dobraria no dia primeiro de novembro.

— Vinte dólares! — Katie ficou boquiaberta de surpresa. — Ora essa! — Era sua expressão habitual quando algo a espantava. — Quando você soube?

— Sábado.

— E só me contou agora.

— É.

— Você achou que, se eu soubesse, decidiria manter você no emprego.

— Sim.

— Mas eu não sabia quando disse que era certo o Neeley voltar para a escola. Você entende que eu fiz o que achava certo e que o dinheiro não entrou nisso, não entende? — ela perguntou, com ar de súplica.

— Não, eu não entendo. Só entendo que você sempre favorece mais o Neeley. Você arruma tudo para ele e diz que eu posso me virar sozinha. Um dia eu vou te surpreender, mamãe. Vou fazer o que acho certo para mim e talvez não seja do seu jeito.

— Eu não me preocupo, porque sei que posso confiar na minha filha — Katie falou de um modo tão genuinamente digno que deixou Francie com vergonha. — E eu confio no meu filho. Agora ele está bravo por fazer o que não quer. Mas ele vai superar e vai se sair bem na escola. O Neeley é um bom menino.

— Sim, ele é um bom menino — concordou Francie —, mas, mesmo que ele fosse um mau menino, você nem notaria. Agora, quanto a mim... — Sua voz falhou em um soluço.

Katie suspirou profundamente, mas não disse nada. Ela se levantou e começou a limpar a mesa. Foi pegar uma xícara, e, pela primeira vez na vida, Francie viu a mão de sua mãe se atrapalhar e tremer. Francie pôs a xícara na mão de sua mãe. Notou uma grande rachadura no objeto.

Nossa família era como esta xícara, pensou Francie. *Inteira e sólida. Quando o papai morreu, surgiu a primeira rachadura. E esta briga de hoje fez surgir mais uma. Logo haverá tantas rachaduras que a xícara vai se quebrar e nós vamos nos despedaçar em vez de sermos uma coisa inteira. Eu não desejo que isso aconteça, mas, sem querer, estou provocando uma rachadura ainda maior.* Seu suspiro foi profundo, igual ao de Katie.

A mãe foi até o cesto de roupas, onde a bebê dormia tranquilamente apesar de toda a conversa irritada. Francie viu as mãos ainda atrapalhadas de sua mãe tirarem a criança adormecida do cesto. Katie sentou na cadeira de balanço junto à janela, abraçou forte a bebê e a ninou.

Francie transbordou de pena.

Eu não devia ser tão malvada com ela, pensou. *O que ela já teve na vida além de trabalho duro e problemas? Neste momento ela tem que se apegar à bebê para se consolar. Talvez esteja pensando que a Laurie, que ela ama tanto e que é tão dependente dela agora, vá crescer e se virar contra ela como eu estou fazendo.*

Desajeitada, tocou o rosto da mãe.

— Está tudo bem, mamãe. Eu não queria dizer essas coisas. Você está certa e eu vou fazer como você falou. O Neeley tem que ir para a escola e nós duas vamos fazer tudo para ele conseguir.

Katie pôs a mão sobre a de Francie.

— Essa é a minha boa menina — disse ela.

— Não fique brava comigo, mamãe, porque eu briguei com você. Você mesma me ensinou a brigar pelo que eu achava certo e... eu achei que estava certa.

— Eu sei. E fico contente de ver você brigar pelo que tem direito. E você sempre acabará se saindo bem, de um jeito ou de outro. Você é como eu nisso.

É aí que está o problema, pensou Francie. *Nós somos muito parecidas para entender uma à outra, porque não conseguimos entender nem a nós mesmas. O papai e eu éramos pessoas muito diferentes e nós nos entendíamos. A mamãe entende o Neeley porque ele é diferente dela. Eu gostaria de ser diferente como o Neeley.*

— Então está tudo bem entre nós agora? — perguntou Katie, com um sorriso.

— Claro. — Francie sorriu de volta e beijou o rosto da mãe.

Mas, no fundo, cada uma delas sabia que não estava tudo bem e que nunca estaria tudo bem entre elas outra vez.

45

NATAL DE NOVO. MAS NESSE ANO HAVIA DINHEIRO PARA PRESENTES, muita comida na geladeira, e o apartamento estava sempre aquecido agora. Quando Francie entrou em casa após caminhar pela rua gelada, sentiu que o calor era como os braços de um amante em volta dela, puxando-a para o interior da sala. Perguntou-se, casualmente, como seria de fato a sensação de ser envolvida pelos braços de um amante.

Francie se consolava por não ter voltado para a escola ao ver que o dinheiro que ela ganhava tornava a vida mais fácil para eles. Sua mãe fora muito justa. Quando o salário de Francie aumentou para vinte dólares por semana, ela lhe deu cinco dólares por semana para pagar seu transporte, suas refeições e suas roupas. Katie também depositava cinco dólares toda semana em nome de Francie no Banco de Williamsburg. "Para a faculdade", ela explicou. Katie administrava bem os dez dólares restantes e o único dólar com que Neeley contribuía. Não era uma fortuna, mas as coisas eram baratas em 1916 e os Nolan viviam bem.

Neeley acabou ficando contente com a escola quando descobriu que muitos de seus antigos amigos estavam indo para a Eastern District High. Voltou ao velho emprego no bar do McGarrity depois da escola e a mamãe lhe dava um dos dois dólares que ele ganhava para suas despesas pessoais. Ele era alguém na escola. Tinha mais dinheiro para gastar do que a maioria dos meninos e sabia *Júlio César* de cor e salteado.

Quando abriram o banco de lata, havia quase quatro dólares nele. Neeley acrescentou mais um dólar, e Francie, cinco, e tinham dez dólares para os presentes de Natal. Os três foram fazer compras na tarde do dia 24 e levaram Laurie junto.

Primeiro, foram comprar um chapéu novo para a mamãe. Na loja, ficaram de pé atrás da cadeira de Katie enquanto ela segurava a bebê no colo e experimentava os chapéus. Francie queria que ela comprasse um de veludo verde-jade, mas não encontraram um chapéu dessa cor em Williamsburg. A mamãe achou que deveria escolher um chapéu preto.

— Somos nós que estamos comprando esse chapéu, não você — disse Francie —, e não queremos mais saber de chapéus de luto.

— Experimente este vermelho, mamãe — sugeriu Neeley.

— Não. Vou experimentar aquele verde bem escuro que está na vitrine.

— É uma tonalidade nova — disse a dona da loja, pegando-o na vitrine. — Nós o chamamos de verde-musgo. — Ela o colocou reto na cabeça de Katie.

Com um movimento impaciente da mão, Katie inclinou o chapéu sobre um olho.

— É esse! — declarou Neeley.

— Mamãe, você está linda — foi o veredito de Francie.

— Eu gostei dele — decidiu a mamãe. — Quanto é? — ela perguntou à mulher, que soltou o ar longamente, e os Nolan se prepararam para barganhar.

— Este chapéu... — começou a mulher.

— Quanto? — repetiu Katie, inflexível.

— Em Nova York, seriam dez dólares por essa mesma mercadoria. Mas...

— Se eu quisesse pagar dez dólares, teria ido comprar o chapéu em Nova York.

— Isso é jeito de falar? A cópia exata, mesmíssimo chapéu, na Wanamaker's é sete e cinquenta. — Pausa significativa. — Vou lhe dar um chapéu idêntico por cinco dólares.

— Eu tenho exatamente dois dólares para gastar em um chapéu.

— Saiam da minha loja! — gritou a mulher, dramaticamente.

— Está bem. — Katie ajeitou a bebê e se levantou.

— Precisa dessa pressa toda? — A mulher a empurrou de volta para a cadeira e colocou o chapéu em uma sacola de papel. — Vou deixar você ficar com ele por quatro e cinquenta. Acredite em mim, nem para a minha própria sogra eu faria esse preço!

Eu acredito em você, pensou Katie, *especialmente se ela for como a minha sogra*. Em voz alta, ela disse:

— O chapéu é bonito, mas eu só posso pagar dois dólares. Há muitas outras lojas de chapéus, e vou conseguir um por esse preço. Não tão bom quanto este, mas bom o bastante para proteger minha cabeça do vento.

— Ah, se você entendesse — a mulher disse, com uma voz profunda e sincera. — Dizem que, para os judeus, dinheiro é tudo. Comigo é diferente. Quando eu tenho um chapéu bonito e ele combina com uma cliente bonita, alguma coisa acontece em mim aqui. — Ela pôs a mão no coração. — Eu fico tão... o lucro não é nada. Eu dou de graça. — Ela empurrou a sacola para a mão de Katie. — Leve o chapéu por quatro dólares. Isso é o que ele me custou no atacado. — Ela suspirou. — Acredite em mim. Eu não devia ser comerciante. Seria melhor se eu fosse pintora de quadros.

E a negociação continuou. Katie soube, quando o preço finalmente chegou em dois e cinquenta, que a mulher não baixaria mais. Ela a testou, fingindo que ia embora. Dessa vez, a mulher não tentou segurá-la. Francie fez um sinal para Neeley, que deu à mulher dois dólares e cinquenta centavos.

— Não contem para ninguém que pagaram tão barato — avisou a mulher.

— Não vamos contar — prometeu Francie. — Ponha o chapéu em uma caixa.

— Dez centavos extras pela caixa. É o que me custa no atacado.

— Na sacola de papel está bom — protestou Katie.

— É o seu presente de Natal — disse Francie —, e tem que vir em uma caixa.

Neeley pegou mais dez centavos. O chapéu foi embrulhado em papel de seda e posto na caixa.

— Eu lhe vendi tão barato que é para você voltar aqui na próxima vez que precisar de um chapéu. Mas não espere essas barganhas da próxima vez. — Katie riu. Enquanto saíam, a mulher disse: — Que ele lhe traga felicidade.

— Obrigada.

Quando a porta se fechou, irritada, a mulher sussurrou "Goyim!" e cuspiu atrás deles.

Na rua, Neeley disse:

— Agora eu entendi por que a mamãe espera cinco anos para comprar um chapéu novo, com toda essa dificuldade.

— Dificuldade? — disse Francie. — É divertido!

Em seguida, foram ao Seigler comprar uma roupa de frio para o Natal de Laurie. Quando Seigler viu Francie, soltou uma torrente de desaforos.

— Ora, ora! Quer dizer que finalmente você veio na minha loja? Por acaso é alguma coisa que as outras lojas não têm e você teve que vir aqui? Vai ver que em outra loja é mais barato, mas é tudo uma porcaria, não é?

— Ele se virou para Katie e explicou. — Tantos anos essa menina veio aqui comprar frentes falsas e colarinhos de papel para o pai. Já faz um ano que ela não pôs mais os pés aqui...

— O pai dela morreu há um ano — explicou Katie.

O sr. Seigler deu um tapa na testa com a palma da mão aberta.

— Ah! Eu e essa boca grande sempre falando sem pensar — ele se desculpou.

— Tudo bem — disse Katie, tranquilizando-o.

— É assim comigo. Ninguém me conta nada e eu não sabia até agora.

— É sempre assim que as coisas são — disse Katie.

— E agora — ele perguntou depressa, voltando aos negócios —, como posso ajudá-los?

— Um conjunto de lã para uma bebê de sete meses.

— Eu tenho aqui o tamanho *exacto* – respondeu, em seu estranho sotaque alemão. Então pegou um conjunto de lã azul em uma caixa. Mas, quando o segurou na frente de Laurie, o casaco chegava apenas ao umbigo e a calça ia só até um pouco abaixo dos joelhos. Mediram outros tamanhos e descobriram que o de dois anos servia perfeitamente. O sr. Seigler estava extasiado. — Eu estou neste negócio há vinte anos, quinze na Grand *Strrit* e cinco na Graham Avenue, e nunca *ins leben* vi uma criança de sete meses tão grande. — E os Nolan se encheram de orgulho.

Não havia como barganhar porque o Seigler era uma loja de preço único. Neeley contou três dólares. Puseram a roupa na bebê ali mesmo. Ela ficou bonita com o gorro puxado sobre as orelhas. A cor azul alegre destacava o rosado de sua pele. Dava até para imaginar que ela entendia, pelo jeito que pareceu tão satisfeita, lançando o sorriso de dois dentes sem nenhum acanhamento.

— *Ach du Liebchen* — encantou-se Seigler, as mãos apertadas como em oração —, que lhe traga felicidade. — Dessa vez, o desejo não foi anulado por nenhuma cuspida.

A mamãe foi para casa com a bebê e seu chapéu novo enquanto Neeley e Francie continuavam suas compras de Natal. Eles compraram lembrancinhas para seus primos Flittman e algo para a bebê de Sissy. E então era hora de seus próprios presentes.

— Vou lhe dizer o que eu quero e você pode comprar para mim — disse Neeley.

— Tudo bem. O quê?

— Polainas.

— Polainas? — A voz de Francie se elevou.

— Cinza-pérola — ele declarou com firmeza.
— Se é isso que você quer... — ela começou, com ar incerto.
— Tamanho médio.
— Como você sabe o tamanho?
— Ontem eu entrei na loja e experimentei.

Ele deu a Francie um dólar e meio e ela comprou as polainas. Fez o homem embrulhá-las em uma caixa de presente. Na rua, presenteou o pacote a Neeley, ambos com ar solene.

— De mim para você. Feliz Natal — disse Francie.
— Obrigado — ele respondeu, formalmente. — E agora, o que você quer?
— Um corpete de renda preta que está na vitrine daquela loja perto da Union Avenue.
— Isso é coisa de mulher? — perguntou Neeley, apreensivo.
— É. Cintura 24 e busto 32. Dois dólares.
— Você compra. Eu não gosto de pedir essas coisas.

Ela comprou o cobiçado corpete: calcinha e sutiã confeccionados com renda preta, unidos por estreitas fitas de cetim preto. Neeley não aprovou e murmurou um "De nada" contrariado para os agradecimentos da irmã.

Passaram pelo mercado de árvores de Natal na esquina.

— Lembra daquela vez — disse Neeley — que deixamos o homem jogar a maior árvore em cima da gente?
— Lembro! Toda vez que tenho dor de cabeça, é no lugar que a árvore bateu em mim.
— E o papai cantou enquanto nos ajudava a subir o pinheiro pela escada — recordou Neeley.

Várias vezes naquele dia mencionaram o pai ou pensaram nele. E, sempre que isso acontecia, Francie sentia uma onda de ternura em vez da velha pontada de dor. *Será que estou me esquecendo dele?*, pensou. *Com o tempo, será que vai ficar difícil lembrar qualquer coisa dele? Acho que é como a vovó Mary Rommely sempre diz: "Com o tempo, tudo passa". O primeiro ano foi difícil, porque a gente podia se lembrar da última eleição em que ele tinha votado, do último jantar de Ação de Graças de que ele tinha participado com a gente. Mas, no próximo ano, serão dois anos que ele... e, conforme os anos forem se passando, vai ser cada vez mais difícil lembrar e não perder a noção do tempo.*

— Olha! — Neeley pegou o braço da irmã e apontou para um abeto de uns sessenta centímetros plantado em uma tina de madeira.

— Ele está crescendo! — exclamou ela.

— O que você achava? Todos têm que crescer no começo.

— Eu sei. Mesmo assim, a gente sempre os vê cortados e fica com a ideia de que eles crescem cortados. Vamos comprar, Neeley.

— É muito pequeno.

— Mas tem raízes.

Quando levaram a pequena árvore para casa, Katie a examinou e a linha entre seus olhos se aprofundou enquanto ela calculava alguma coisa.

— Sim — disse ela —, depois do Natal vamos colocá-la na escada de incêndio, para ela receber sol e água e, uma vez por mês, esterco de cavalo.

— Não, mamãe — protestou Francie. — Você não vai fazer a gente pegar aquele esterco de cavalo.

Quando eles eram pequenos, recolher esterco de cavalo era uma de suas tarefas mais odiosas. A vovó Mary Rommely tinha uma floreira com gerânios vermelhos no peitoril da janela e eles eram fortes, bonitos e viçosos porque, uma vez por mês, Francie ou Neeley tinham que sair pelas ruas com uma caixa de charutos e enchê-la com duas fileiras bem-arrumadas de bolas de esterco. Na entrega, a vovó lhes pagava dois centavos. Francie ficava com vergonha de recolher estrume de cavalo. Uma vez ela protestara com sua avó, que lhe respondera:

— Ah, o sangue fica fraco na terceira geração. Na Áustria, meus irmãos carregavam grandes carroças com esterco e eram homens fortes e honrados.

Tinham que ser, Francie pensara, *para trabalhar com uma coisa dessas.*

Katie dizia:

— Agora que temos uma árvore, precisamos cuidar dela e fazê-la crescer. Vocês podem pegar esterco à noite, no escuro, se tiverem vergonha.

— Tem tão poucos cavalos agora. Quase só automóveis. É difícil achar — argumentou Neeley.

— Vão até uma rua de pedras onde os carros não passam e, se não houver nenhum esterco, esperem um cavalo e o sigam até conseguir.

— Caramba — protestou Neeley. — A gente não devia ter comprado essa árvore.

— Qual é o problema com a gente? — disse Francie. — Os velhos tempos não existem mais. Nós temos dinheiro agora. É só dar cinco centavos para uma criança do bairro e ela pega para nós.

— Isso — concordou Neeley, aliviado.

— Eu achei que vocês fossem querer cuidar dessa árvore com as próprias mãos — disse Katie.

— A diferença entre o rico e o pobre — falou Francie — é que o pobre faz tudo com as próprias mãos e o rico contrata mãos para fazer as coisas. Nós não somos mais pobres. Podemos pagar para fazerem algumas coisas por nós.

— Então eu quero continuar pobre — disse Katie —, porque eu gosto de usar as minhas mãos.

Como sempre, Neeley ficava entediado quando sua mãe e sua irmã começavam uma de suas conversas filosóficas. Para mudar de assunto, ele disse:

— Eu aposto que a Laurie está do tamanho desta árvore. — Eles tiraram a criancinha do cesto e a mediram junto ao abeto.

— *Exactamente* a mesma altura — disse Francie, imitando o sotaque alemão do sr. Seigler.

— Quem será que vai crescer mais depressa? — falou Neeley.

— Neeley, nós nunca tivemos um cachorrinho ou um gatinho. Então vamos fazer dessa árvore o nosso mascotinho.

— Uma árvore não pode ser um mascotinho.

— Por que não? Ela vive e respira, não é? Vamos dar um nome para ela. Annie! A árvore é Annie e a bebê é Laurie, e juntas elas são a música.

— Quer saber de uma coisa? — perguntou Neeley.

— O quê?

— Você é maluca.

— Eu sei, e não é maravilhoso? Hoje eu não me sinto como a srta. Nolan, de dezessete anos, principal leitora da Agência de Imprensa Model Press. É como nos velhos tempos em que eu tinha que deixar você carregar o dinheiro do ferro-velho. Eu me sinto uma criança.

— E você é — disse Katie. — Uma criança que acabou de fazer quinze anos.

— Ah é? Você não vai achar isso quando vir o que o Neeley me comprou de presente de Natal.

— O que você me *fez* comprar — corrigiu Neeley.

— Mostre para a mamãe o que você me fez comprar para *você* de Natal, espertinho. Vá, mostre para ela — insistiu Francie.

Quando ele mostrou, a voz de Katie subiu como a de Francie quando ela disse:

— Polainas?

— Só para esquentar minhas canelas — explicou Neeley.

Francie mostrou seu corpete e sua mãe soltou o seu "Ora essa!" de espanto.

— Você acha que é isso que as mulheres liberadas usam? — perguntou Francie, esperançosa.

— Se usarem, tenho certeza que todas pegam pneumonia. Bom, vamos ver: o que teremos para o jantar?

— Você não vai *reclamar*? — Francie estava decepcionada porque sua mãe não ficara brava.

— Não. Todas as mulheres passam por uma fase de roupa de baixo de renda preta. A sua veio um pouco mais cedo que a maioria, e você vai superar mais depressa. Acho que vou esquentar a sopa e podemos comer com ensopado de carne e batatas...

A mamãe acha que sabe tudo, pensou Francie, ressentida.

*

Foram juntos à missa na manhã de Natal. Katie pediu que fosse rezada uma oração pelo descanso da alma de Johnny.

Ela estava muito bonita com seu chapéu novo. A bebê também estava bonita com a roupa nova. Usando as polainas novas, Neeley se ofereceu gentilmente para carregar a bebê. Quando passaram pela Stagg Street, alguns meninos que estavam na frente de uma loja de doces vaiaram Neeley. O rosto dele ficou vermelho. Francie sabia que eles caçoavam do irmão por causa das polainas e, para não o magoar, fingiu que o motivo da troça era porque ele carregava um bebê no colo e quis pegar Laurie. Mas ele recusou a oferta. Sabia tão bem quanto ela que eles zombavam de suas polainas e se encheu de amargura pela mente estreita dos moradores de Williamsburg. Decidiu guardar as polainas na caixa quando chegasse em casa e não tornar a usá-las até que se mudassem para um bairro mais decente.

Francie usava seu corpete de renda, embora estivesse congelando. Sempre que um vento frio soprava seu casaco e entrava pelo vestido fino, era como se ela não estivesse usando nada por baixo. *Ah, como eu queria estar com minha roupa de baixo de flanela*, lamentou-se. *A mamãe estava certa. Uma pessoa pode pegar pneumonia com isto. Mas eu não vou dar o prazer de dizer isso para ela. Acho que vou guardar esta coisa de renda até chegar o verão.*

Dentro da igreja, eles se apropriaram de todo o banco da frente, pondo Laurie deitada no assento. Várias pessoas que chegavam com algum atraso, achando que havia lugares vazios, faziam uma genuflexão na lateral do banco e se viravam para entrar nele. Quando viam a bebê estendida, ocupando dois lugares, franziam a testa ferozmente para Katie, que se mantinha sentada ereta e franzia a testa de volta com ferocidade dobrada.

Francie achava que aquela era a igreja mais bonita do Brooklyn. Era feita de velhas pedras cinzentas e tinha dois pináculos que se erguiam em linha reta para o céu, muito acima das casas de cômodos mais altas. Dentro, os pés-direitos altos em forma de cunha, as janelas estreitas compostas de vitrais e os altares elaboradamente esculpidos faziam dela uma catedral em miniatura. Francie tinha orgulho do altar central porque o lado esquerdo havia sido esculpido pelo vovô Rommely mais de meio século antes, quando, ainda jovem e recém-chegado da Áustria, ele deu, relutante, o dízimo de seu trabalho para a igreja.

Econômico, o homem juntou as aparas de madeira cortadas e as levou para casa. Obstinadamente, encaixou e colou os pedaços e esculpiu três pequenos crucifixos com a madeira abençoada. Mary deu um para cada uma das filhas no dia do casamento delas, com instruções de que fossem passados para a primeira filha em cada geração subsequente.

O crucifixo de Katie estava pendurado alto, na parede que abrigava a lareira de sua casa. Seria de Francie quando ela se casasse, e ela se orgulhava por ele ter sido feito da madeira proveniente daquele belo altar.

Nesse dia o altar estava lindo, ornado com fileiras de poinsétias vermelhas e ramos de abetos, e pontas douradas de velas brancas e finas acesas, brilhando entre as folhas. O presépio coberto de palha estava no altar, protegido por uma grade. Francie sabia que as pequenas figuras esculpidas a mão de Maria, José, os reis e pastores estavam agrupadas em volta da criança na manjedoura do mesmo jeito que haviam estado cem anos antes, quando chegaram do velho continente.

O padre entrou, seguido pelos coroinhas. Sobre as vestes, usava uma casula de cetim branco com uma cruz dourada na frente e nas costas. Francie sabia que a casula simbolizava a túnica sem costuras, supostamente feita por Maria, que removeram de Cristo antes de pregá-lo na cruz. Contava-se que, no calvário, os soldados, como não queriam rasgar o traje, tiraram a sorte para decidir quem ficaria com ele enquanto Jesus morria.

Absorta em seus pensamentos, Francie perdeu o começo da missa. Retomou-a agora, acompanhando a tradução já tão conhecida do latim.

"A ti, ó Deus, meu Deus, com a harpa eu louvarei. Por que estás triste, minh'alma, e por que te perturbas dentro de mim", entoou o padre em sua voz forte e profunda.

"Espera em Deus, pois eu o louvarei", respondeu o coroinha.

"Glória ao Pai e ao Filho e ao Espírito Santo."

"Assim como era no princípio, agora e sempre, por todos os séculos dos séculos,

Amém", veio a resposta.

"Eu irei ao altar de Deus", entoou o padre.

"A Deus, que é minha grande alegria", veio a resposta.

"Nosso socorro está no nome do Senhor."

"Que fez o céu e a Terra."

O sacerdote se curvou e rezou o *Confiteor*.

Francie acreditava de todo o coração que o altar era o calvário e que Jesus era oferecido novamente em sacrifício. Enquanto ouvia as consagrações, uma para o corpo e outra para o sangue de Jesus, acreditava que as palavras do padre eram uma espada que separava misticamente o sangue do corpo. E sabia, sem saber explicar por que, que Jesus estava inteiramente presente, corpo, sangue, espírito e divindade, no vinho que repousava no cálice dourado e no pão que jazia na pátena dourada.

É uma religião bonita, refletiu, e eu gostaria de entendê-la mais profundamente. Não. Eu não quero entender tudo. Ela é bonita porque é sempre um mistério, assim como o próprio Deus. Às vezes eu digo que não acredito em Deus. Mas eu só digo isso quando estou brava com ele... Porque eu acredito! Eu acredito! Acredito em Deus, em Jesus e em Maria. Sou uma católica ruim porque falto à missa de vez em quando e resmungo quando, na confissão, recebo uma penitência pesada por algo que não tinha como evitar fazer. Mas, boa ou ruim, eu sou católica e nunca serei nenhuma outra coisa.

Claro, eu não pedi para nascer católica, assim como não pedi para nascer americana. Mas estou feliz pelo destino me proporcionar ser essas duas coisas.

O padre subiu os degraus em espiral até o púlpito.

— Esta missa é dedicada ao descanso da alma de John Nolan — entoou sua voz magnífica.

"Nolan, Nolan...", suspiraram os ecos do teto abobadado.

Com um sussurro angustiado, quase mil pessoas se ajoelharam para rezar brevemente pela alma de um homem que só uma dúzia delas conhecera. Francie começou a rezar pelas almas no purgatório.

Meu bom Jesus, cujo amoroso coração se inquietou pelas tristezas dos homens, olha com piedade para a alma de nosso ente querido no purgatório. Ó tu, que amaste os teus, ouça-me clamar por misericórdia...

46

—D AQUI A DEZ MINUTOS SERÁ 1917 — ANUNCIOU FRANCIE.
Francie e o irmão estavam sentados lado a lado, os pés calçados com meias enfiados dentro do forno do fogão da cozinha. Sua mãe, que dera ordens estritas para ser chamada cinco minutos antes da meia-noite, descansava um pouco na cama.

— Tenho uma sensação — continuou Francie — de que 1917 vai ser mais importante do que qualquer ano que já tivemos.

— Você diz isso todos os anos — declarou Neeley. — Primeiro, 1915 ia ser o mais importante. Depois 1916 e, agora, 1917.

— Mas *vai ser* importante. Para começar, em 1917 eu vou ter dezesseis anos de verdade, e não só no escritório. E outras coisas importantes já começaram. O proprietário está instalando a fiação. Em poucas semanas, vamos ter eletricidade em vez de gás.

— Vou gostar disso.

— Depois ele vai arrancar esses aquecedores e pôr aquecimento a vapor.

— Puxa, eu vou sentir falta do aquecedor antigo. Lembra como, nos velhos tempos — (dois anos antes!) —, eu sentava nele?

— Eu ficava com medo de você pegar fogo.

— Estou com vontade de sentar nele de novo agora mesmo.

— Vá lá. — Ele se sentou na superfície mais distante do fogo. Estava agradavelmente morno, mas não quente. — Lembra — continuou Francie — como a gente fazia a lição de casa nestas pedras da lareira, e da vez que o papai comprou para nós um apagador de lousa de verdade e a pedra ficou como a lousa na escola, só que deitada?

— Lembro. Isso faz muito tempo. Mas olha só. Você não pode afirmar que 1917 vai ser importante porque nós vamos ter eletricidade e aquecimento a vapor. Outros apartamentos já têm isso há anos. Não é nada importante.

— O importante este ano é que nós vamos entrar na guerra.

— Quando?

— Logo. Na semana que vem... mês que vem.

— Como você sabe?

— Eu leio os jornais todos os dias, irmão. Duas centenas deles.

— Caramba! Espero que dure até eu ter idade para entrar na Marinha.

— Quem vai entrar na Marinha? — Eles se viraram, assustados. Sua mãe estava parada na porta do quarto.

— A gente só estava conversando, mamãe — explicou Francie.

— Vocês esqueceram de me chamar — Katie os repreendeu —, e tive a impressão de que ouvi um apito. Já deve ter passado da meia-noite.

Francie abriu a janela. Era uma noite fria, sem vento. Tudo estava quieto. Do outro lado dos pátios, os fundos das casas eram escuros e melancólicos. Enquanto continuavam na janela, ouviram o repicar alegre de um sino de igreja. Depois outros sons de sinos juntaram-se ao primeiro. Apitos soaram. Uma sirene tocou. Janelas até então escuras se abriram. Cornetas de lata se somaram ao barulho geral. Alguém disparou um cartucho vazio. Houve gritos e assobios.

1917!

Os sons se dissiparam e o ar ficou repleto de expectativa. Alguém começou a cantar "Auld Lang Syne":

Será esquecida a velha amizade,
Para nunca mais lembrar...

Os Nolan se uniram ao canto. Um a um, os vizinhos foram juntando suas vozes. E todos cantaram. Mas, enquanto cantavam, algo desagradável aconteceu. Um grupo de alemães cantava outra melodia e as palavras em alemão se misturaram ao canto deles.

Ja, das ist ein Gartenhaus,
Gartenhaus,
Gartenhaus.
Ach, du schoenes,
Ach, du schoenes,
Ach, du schoenes Gartenhaus.

Alguém gritou:
— Calem a boca, seus fritz imundos!
Em resposta, os alemães cantaram mais alto e abafaram "Auld Lang Syne".
Em retaliação, os irlandeses gritaram uma paródia da música alemã que percorreu os escuros quintais.

Sim, eu vou é gargalhar,
Gargalhar,
Gargalhar.
Ah, que sujo,
Ah, que sujo,
Ah, que sujo alemão.

As janelas se fecharam quando judeus e italianos se retiraram, deixando a briga para os alemães e os irlandeses. Os alemães cantaram com mais entusiasmo e mais vozes se juntaram, até eles matarem a paródia do mesmo jeito que haviam matado "Auld Lang Syne". Os alemães venceram. E acabaram sua interminável cantoria com gritos de triunfo.

Francie estremeceu.

— Eu não gosto dos alemães — disse ela. — Eles são tão... tão insistentes quando querem alguma coisa, e têm sempre que estar na frente.

Uma vez mais, a noite ficou quieta. Francie abraçou sua mãe e seu irmão.

— Todos juntos agora — ordenou, e os três se inclinaram para fora da janela e gritaram:

— Feliz Ano-Novo para todos!

Um instante de silêncio e então, do escuro, soou um pesado sotaque irlandês:

— Feliz Ano-Novo, seus Nolan!

— Quem será que é? — intrigou-se Katie.

— Feliz Ano-Novo, seu irlandês imundo! — Neeley gritou de volta.

A mamãe tampou a boca do filho e o puxou para trás enquanto Francie fechava a janela depressa. Os três riram histericamente.

— Olha o que você fez! — exclamou Francie, rindo tanto que saíram lágrimas de seus olhos.

— Ele sabe quem nós somos e vai vir aqui para querer bri... brigar — gaguejou Katie, tão fraca de rir que teve de se segurar à mesa. — Quem... quem era?

— O velho O'Brien. Na semana passada ele me pôs para fora do quintal dele com um monte de palavrões, aquele irlandês imundo...

— Shh! — disse a mamãe. — Você sabe que o que fizer quando o ano começa, vai fazer o ano inteiro.

— E você não quer andar por aí dizendo "irlandês imundo" como um disco quebrado, não é? — perguntou Francie. — Além disso, você também é irlandês.

— Você também — revidou Neeley.

— Todos nós somos, exceto a mamãe.

— Eu sou irlandesa por casamento — disse ela.

— E nós, irlandeses, fazemos um brinde na passagem de ano, não é? — perguntou Francie.

— Claro que sim — respondeu sua mãe. — Vou preparar um drinque para nós.

McGarrity havia lhes dado uma garrafa de bom conhaque envelhecido de presente de Natal. Katie despejou uma pequena dose em três copos altos. Encheu o resto de cada copo com ovo e leite batidos, misturados com um pouco de açúcar. Raspou noz-moscada e salpicou por cima. Suas mãos eram firmes enquanto trabalhava, como se considerasse esse drinque naquela noite algo crucial. Uma preocupação que sempre a atormentava era a de que as crianças pudessem ter herdado o amor dos Nolan pela bebida. Havia refletido sobre a atitude que deveria adotar na família em relação ao álcool. Sentia que, se ficasse pregando contra ele, seus filhos, individualistas imprevisíveis como eram, poderiam ver a bebida como algo proibido e fascinante. Por outro lado, se não desse nenhuma importância ao ato de consumir bebidas alcoólicas, eles poderiam considerar que isso era natural. Decidiu não seguir nenhum dos extremos e agir como se beber fosse nada mais nada menos do que algo a ser moderadamente desfrutado em ocasiões especiais. O Réveillon era uma dessas ocasiões. Ela entregou um copo a cada um. Muita coisa dependia da reação deles.

— Ao que nós vamos beber? — perguntou Francie.

— À esperança — disse Katie. — À esperança de que nossa família estará sempre unida como nós estamos esta noite.

— Espere! — exclamou Francie. — Vamos pegar a Laurie, para ela se juntar a nós também.

Katie tirou a bebê adormecida do berço e a carregou para a cozinha aquecida. Laurie abriu os olhos, levantou a cabeça e mostrou dois dentes em um sorriso sonolento. Depois, apoiou a cabeça no ombro de Katie e dormiu outra vez.

— Agora! — disse Francie, levantando seu copo. — Para estarmos sempre juntos.

Eles tilintaram os copos e beberam.

Neeley provou seu drinque, franziu o nariz e disse que preferia leite puro. Então despejou a bebida na pia e encheu outro copo com leite frio. Katie observou, preocupada, enquanto Francie esvaziava o seu copo.

— É bom — disse Francie —, muito bom. Mas refrigerante com sorvete de baunilha é muito melhor.

Por que estou preocupada com isso?, Katie se alegrou, intimamente. *Afinal, eles são tão Rommely quanto Nolan, e nós, Rommely, não somos pessoas dadas a beber.*

— Neeley, vamos para o telhado — disse Francie, em um impulso — para ver como é o mundo no começo do ano.

— Está bem — ele concordou.

— Ponham os sapatos primeiro — ordenou sua mãe. — E o casaco.

Eles subiram a instável escada de madeira. Neeley empurrou a portinhola e estavam no telhado.

A noite estava gelada e inebriante. Não havia vento, e o ar era frio e calmo. As estrelas brilhavam e pareciam baixas no céu. Havia tantas estrelas que sua luz dava ao firmamento um escuro tom azul-cobalto. Não havia lua, mas a luz das estrelas servia melhor que o luar.

Francie ficou na ponta dos pés e esticou ao máximo os braços.

— Ah, eu quero abraçar tudo isso! — gritou. — Quero abraçar esta noite fria e quieta. E estas estrelas, tão perto e tão brilhantes. Quero abraçar tudo isso com tanta força até elas gritarem: "Me solta! Me solta!"

— Não fique tão perto da borda — disse Neeley, preocupado. — Você pode cair do telhado.

Eu preciso de alguém, pensou Francie, desesperadamente. *Preciso de alguém. Preciso abraçar alguém. E preciso de mais do que esse abraço. Preciso de alguém que compreenda como eu me sinto em um momento como agora. E essa compreensão tem que ser parte do abraço.*

Eu amo a mamãe, o Neeley e a Laurie. Mas preciso de alguém para amar de um jeito diferente do jeito que eu amo eles.

Se eu falasse sobre isso com a mamãe, ela ia dizer: "Ah, é? Bom, quando você tiver esse sentimento, não fique se enfiando em ruas escuras com os meninos". Ela também ia se preocupar pensando que eu ia ser do jeito que a Sissy era. Mas não é como a tia Sissy, porque tem essa parte da compreensão que eu quero quase mais do que quero o abraço. Se eu contar para a Sissy ou para a Evy, elas vão falar a mesma coisa que a mamãe, embora a Sissy tenha casado com catorze anos e a Evy com dezesseis. A mamãe era só uma menina quando se casou. Mas elas se esqueceram disso e diriam que eu sou nova demais para ter essas ideias. Eu sou nova, talvez, por ter só quinze anos, mas sou mais velha que esses anos em algumas coisas. Mas eu não tenho ninguém para abraçar e ninguém para compreender. Talvez um dia, um dia...

— Neeley, se você *tivesse* que morrer, não seria maravilhoso morrer agora, acreditando que tudo é perfeito, que esta noite é perfeita?

— Quer saber? — perguntou Neeley.

— O quê?

— Você está bêbada daquele drinque. É isso.

Ela apertou os punhos e avançou na direção dele.

— Não diga isso! Nunca diga isso!

Ele recuou, assustado com sua fúria.

— Está... tudo bem — ele gaguejou. — Eu mesmo fiquei bêbado uma vez.

A raiva de Francie deu lugar à curiosidade.

— É mesmo, Neeley? Sério?

— É. Um dos meninos tinha umas garrafas de cerveja e nós descemos para o porão e bebemos. Eu bebi duas garrafas e fiquei bêbado.

— E como foi?

— Bom, primeiro o mundo todo ficou de cabeça para baixo. Depois foi tudo como... sabe aqueles cones de papelão que a gente compra por um centavo, que a gente olha pelo lado menor e vira o lado maior e pedacinhos de papel colorido ficam caindo lá dentro, e eles sempre caem de um jeito diferente? Mas o que eu achei mais diferente foi que eu fiquei muito tonto. Depois eu vomitei.

— Então eu também já fiquei bêbada — admitiu Francie.

— Com cerveja?

— Não. Na primavera passada, no McCarren's Park, eu vi uma tulipa pela primeira vez na vida.

— Como você sabe que era uma tulipa se nunca tinha visto uma?

— Eu tinha visto desenhos. Bom, quando eu olhei para ela, do jeito que ela estava crescendo, e como as folhas eram, e como as pétalas eram tão vermelhas, com o interior amarelo, o mundo virou de cabeça para baixo e tudo em volta girou como as cores em um caleidoscópio. Como você disse. Eu fiquei tão tonta que tive que sentar em um banco do parque.

— Você vomitou também?

— Não — respondeu ela. — E eu tive essa mesma sensação agora, aqui neste telhado, e sei que não foi por causa da bebida.

— Caramba!

Ela se lembrou de algo.

— A mamãe nos testou quando nos deu aquela bebida. Eu sei disso.

— Coitada da mamãe — disse Neeley. — Mas ela não precisa se preocupar comigo. Eu nunca mais vou ficar bêbado, porque não gosto de vomitar.

— E ela não precisa se preocupar comigo também. Eu não preciso beber para ficar bêbada. Posso ficar bêbada com coisas como a tulipa. E esta noite.

— Acho que é uma noite bonita — concordou Neeley.

— É tão quieta e luminosa... quase... feliz.

Ela esperou. Se o papai estivesse ali com ela naquele momento... Neeley cantou.

Noite feliz, noite feliz.
Ó Senhor, Deus de amor.

Ele é como o papai, pensou Francie com alegria.

Ela percorreu o Brooklyn com o olhar. A luz das estrelas confundia a visão, ora revelando, ora obscurecendo. Olhou sobre os telhados planos, desiguais em altura, interrompidos aqui e ali por um telhado inclinado de uma casa sobrevivente de tempos mais antigos. As chaminés nos telhados... e, em alguns, as elevações escuras de pombais... às vezes, vagamente, o arrulhar sonolento de pombas... os dois pináculos da igreja, remotamente pensativos sobre as casas de cômodos escuras... E, no fim da sua rua, a grande ponte que se lançava como um suspiro por cima do East River e se perdia... perdia... do outro lado. O escuro East River sob a ponte e, ao longe, o contorno nebuloso de Nova York, parecendo uma cidade cortada em cartolina.

— Não há lugar como este — disse Francie.
— Este qual?
— O Brooklyn. É uma cidade mágica e não é real.
— É como qualquer outro lugar.
— Não é! Eu vou para Nova York todos os dias e não é igual. Fui para Bayonne uma vez visitar uma colega do escritório que estava em casa, doente. E Bayonne não é igual. É misterioso aqui no Brooklyn. É como... sim... como um sonho. As casas e ruas não parecem reais. Nem as pessoas.
— Elas são bem reais. O jeito como brigam e gritam umas com as outras, e como são pobres e sujas também.
— Mas é com um sonho de ser pobre e brigar. Elas não sentem de verdade essas coisas. É como se tudo acontecesse em um sonho.
— O Brooklyn não é diferente de nenhum outro lugar — insistiu Neeley, com firmeza. — É só a sua imaginação que faz ser diferente. Mas tudo bem — acrescentou ele, magnânimo —, já que te deixa tão feliz.

Neeley! Ele é tão parecido com a mamãe quanto com o papai; o melhor de cada um deles em Neeley. Ela amava o seu irmão. Queria abraçá-lo e lhe dar um beijo. Mas ele era como a mamãe. Detestava que as pessoas fossem efusivas. Se ela tentasse beijá-lo, ele ficaria bravo e a empurraria. Então, ela só estendeu a mão.

— Feliz Ano-Novo, Neeley.
— Para você também.
E apertaram as mãos, em um gesto solene.

47

Pelo breve período das festas de fim de ano, fora quase como nos velhos tempos para a família Nolan. Mas, depois do Ano-Novo, as coisas voltaram para a nova rotina que havia se estabelecido para eles desde a morte de Johnny.

Não havia mais aulas de piano, para começar. Francie não praticava fazia meses. Neeley tocava piano à noite nas sorveterias do bairro. Ele já era um especialista em ragtime e estava se tornando cada vez melhor em jazz. Conseguia fazer um piano falar — como as pessoas diziam — e era muito popular. Tocava por refrigerantes grátis. Às vezes Scheefly lhe dava um dólar no sábado à noite para tocar a noite inteira. Francie não gostava disso e foi conversar com sua mãe a respeito.

— Eu não permitiria, mamãe — disse ela.

— Mas o que há de mal nisso?

— Você não vai querer que ele pegue o hábito de tocar por bebidas grátis como... — Ela hesitou e Katie concluiu a frase.

— Como o seu pai? Não, ele nunca seria assim. Seu pai nunca cantava as músicas que ele amava, como "Annie Laurie" ou "The Last Rose of Summer". Ele cantava o que as pessoas queriam ouvir, "Sweet Adeline" e "Down by the Old Mill Stream". O Neeley é diferente. Ele sempre vai tocar o que *ele* gosta e não vai dar a mínima para o gosto dos outros.

— Você está dizendo, então, que o papai era só um animador de público e que o Neeley é um artista?

— Bem... sim — admitiu Katie, desafiadora.

— Acho que isso é levar o amor de mãe um pouco longe demais.

Katie franziu a testa e Francie não disse mais nada.

Eles haviam parado de ler a Bíblia e Shakespeare desde que Neeley começara com as aulas no colégio. Ele contou que estavam estudando *Júlio César* e que o diretor lia trechos da Bíblia em todos os encontros semanais na escola e isso já era suficiente. Francie pediu para não ter mais que ler à noite porque seus olhos ficavam cansados de ler o dia inteiro. Katie não insistiu, sentindo que agora eles já tinham idade suficiente para ler ou não, como achassem melhor.

As noites de Francie eram solitárias. Os Nolan ficavam juntos só na hora do jantar, quando até mesmo Laurie se sentava à mesa em seu cadeirão. Depois da refeição, Neeley saía para ficar com sua turma ou para tocar em alguma sorveteria. A mamãe lia o jornal, em seguida ela e Laurie iam dormir às oito horas. (Katie ainda se levantava às cinco para terminar a maior parte da limpeza enquanto Francie e Neeley estavam em casa com a bebê.)

Francie raramente ia ao cinema, porque as imagens oscilavam muito e faziam seus olhos doerem. Não havia mais peças para ver. A maioria das companhias teatrais desaparecera. Além disso, ela vira Barrymore em *Justice*, de Galsworthy, na Broadway, e as companhias de teatro perderam a graça para ela depois disso. No outono anterior, tinha assistido a um filme de que gostara: *War Brides*, com Nazimova. Queria vê-lo de novo, mas leu nos jornais que, em virtude da iminência da guerra, o filme tinha sido proibido. Tinha uma lembrança maravilhosa de ter ido a uma parte desconhecida do Brooklyn para ver a grande Sarah Bernhardt em uma peça de um ato em um teatro de variedades. A grande atriz tinha mais de setenta anos, mas parecia ter metade dessa idade no palco. Francie não sabia francês, mas entendeu que a peça girava em torno da perna amputada da atriz. Bernhardt representava o papel de um soldado francês que havia perdido a perna na guerra. Francie ouvia a palavra *boche* de tempos em tempos. Nunca mais se esqueceria dos cabelos cor de fogo e da voz preciosa de Bernhardt. Guardou o programa com carinho em seu caderno de recortes.

Mas essas haviam sido só três noites em meses e meses de outras tantas noites.

A primavera chegara cedo naquele ano, e as noites doces e agradáveis a deixaram irrequieta. Ela andava para cima e para baixo pelas ruas e pelo parque. E, onde quer que fosse, sempre via um rapaz e uma moça juntos; caminhando de braços dados, sentados abraçados em um banco do parque, de pé muito perto um do outro e em silêncio em um vestíbulo. Todos no mundo, exceto Francie, tinham um namorado ou um amigo. Ela parecia ser a única pessoa sozinha no Brooklyn.

Março de 1917. Tudo que a vizinhança conseguia pensar ou falar era sobre a inevitabilidade da guerra. Uma viúva que morava nos apartamentos tinha um filho único. Estava com medo de que ele tivesse que ir combater e fosse morto. Comprou uma corneta para ele e o fez ter aulas para aprender a tocar, imaginando que ele pudesse ser posto na banda do exército apenas para tocar em paradas e revistas e ficar longe do front. As pessoas na casa tinham que aguentar a tortura contínua dos exercícios vacilantes e incessantes com a corneta. Um homem atormentado, que o desespero tornou astucioso, disse à mãe que havia obtido informações confiáveis de que as bandas militares levavam os soldados para a ação e eles eram, invariavelmente, os primeiros a ser mortos. A mãe aterrorizada empenhou a corneta imediatamente e destruiu o comprovante do penhor. E assim acabou o martírio dos exercícios.

Todas as noites no jantar, Katie perguntava a Francie:

— A guerra já começou?

— Ainda não. Mas vai ser a qualquer dia.

— Eu gostaria que começasse de uma vez.
— Você quer guerra?
— Não, não quero. Mas, se tem que ser, quanto antes, melhor. Quanto antes começar, mais rápido vai terminar.

Então Sissy criou tal sensação que a guerra acabou ficando temporariamente em segundo plano.

Sissy, que tinha deixado para trás seu passado indomável e que devia estar na fase de se assentar na calma que precede a meia-idade, jogou a família em um turbilhão ao se apaixonar loucamente pelo John com quem estava casada havia mais de cinco anos. Não só isso, mas ela conseguiu ficar viúva, divorciada, casada e grávida, tudo isso em dez dias.

The Standard Union, o jornal favorito de Williamsburg, foi entregue uma tarde, como sempre, na mesa de Francie, na hora do fechamento da agência. Como sempre, ela o levou para casa para que Katie pudesse lê-lo depois do jantar. Francie o levaria de volta para o escritório na manhã seguinte para ler e marcar as notícias. Como Francie nunca lia jornais fora das horas de trabalho, não tinha como saber o que estava naquela edição específica.

Após o jantar, Katie sentou junto à janela para ler o jornal. Um instante depois de virar para a terceira página, ela explodiu seu "Ora essa!" de total espanto. Francie e Neeley correram para olhar sobre seu ombro. Katie apontou para um título:

*BOMBEIRO HERÓI PERDE A VIDA
EM INCÊNDIO NO MERCADO WALLABOUT.*

Embaixo, em letras pequenas, havia um subtítulo: "Ele planejava se aposentar no próximo mês".

Ao ler a notícia, Francie descobriu que o bombeiro heroico tinha sido o primeiro marido de Sissy. Havia uma foto dela tirada vinte anos antes, com um penteado muito alto e mangas bufantes enormes. Ela tinha dezesseis anos. Sob sua foto, uma legenda: "Viúva do heroico bombeiro".

— Ora essa — repetiu Katie. — Então ele nunca se casou de novo. Deve ter guardado a foto da Sissy todo esse tempo e, quando morreu, devem ter olhado as coisas dele e encontrado... a Sissy! Preciso ir até lá agora mesmo. — Katie tirou o avental e foi pegar o casaco. — O John da Sissy lê os jornais. Ela lhe disse que era divorciada. Se ele souber da verdade agora, vai matá-la. Ou pelo menos expulsá-la de casa — corrigiu. — Ela não terá para onde ir com a bebê e a minha mãe.

— Ele parece um bom homem — disse Francie. — Eu não acho que ele vai fazer isso.

— Nós não sabemos nada sobre ele. É um estranho na família. Sempre foi. Queira Deus que eu não chegue lá tarde demais.

Francie insistiu em ir junto e Neeley concordou em ficar em casa com a bebê sob a condição de que depois lhe contassem absolutamente tudo que tivesse acontecido.

Quando elas chegaram à casa de Sissy, encontraram-na corada de agitação. A vovó Mary Rommely tinha pegado a bebê e se retirado para a sala da frente, onde se sentou no escuro, rezando para que tudo acabasse bem. O John da Sissy lhes ofereceu sua versão da história.

— Eu estava fora trabalhando na editora, certo? Então aqueles homens vieram na minha casa e disseram para a Sissy, "Seu marido morreu, certo?". A Sissy achou que fosse eu. — Ele se virou para Sissy de repente e perguntou: — Você chorou?

— Dava para me ouvir do outro quarteirão — ela lhe garantiu, e ele pareceu satisfeito.

— Eles perguntaram para a Sissy o que iam fazer com o corpo. A Sissy perguntou se tinha um seguro, certo? E acontece que tem, de quinhentos dólares, feito dez anos atrás e ainda no nome da Sissy. E então o que ela fez? Ela falou para eles levarem o corpo para a funerária do Specht, certo? E pediu um funeral de quinhentos dólares.

— Eu tinha que cuidar das coisas — desculpou-se Sissy. — Eu sou a única pessoa que ele tem.

— E não acabou — continuou ele. — Agora eles vão vir e dar uma pensão para a Sissy. Eu não vou aguentar isso! — rugiu de repente. — Quando eu casei com ela — prosseguiu mais calmamente —, ela me disse que era divorciada. Agora eu descubro que não é.

— Mas não existe divórcio na Igreja Católica — insistiu Sissy.
— Você não era casada na Igreja Católica.
— Eu sei. Mas eu nunca considerei que era casada e não achei que precisava de um divórcio.
Ele levantou as mãos e gemeu.
— Eu desisto! — Era o mesmo grito de desespero impotente que havia dado quando Sissy insistiu que tinha dado à luz a bebê. — Eu casei com ela de boa-fé, certo? E o que ela faz? — ele perguntou, retoricamente. — Ela vem e faz a gente viver em adultério.
— Não diga isso! — disse Sissy, firme. — Nós *não* estamos vivendo em adultério. Nós estamos vivendo em bigamia.
— E isso vai acabar agora mesmo, certo? Você é viúva do primeiro e vai fazer um divórcio com o segundo e aí vai casar comigo outra vez, certo?
— Sim, John — disse ela, obediente.
— E o meu nome não é John! — ele rugiu. — É Steve! Steve! Steve! — A cada repetição de seu nome, ele batia na mesa com tanta força que o açucareiro de vidro azul com as colheres penduradas em volta da borda vibrava e retinia. Ele estendeu um dedo na cara de Francie.
— E você! De agora em diante eu sou tio *Steve*, certo?
Atordoada, Francie ficou olhando para o homem, visivelmente alterado.
— E aí? O que você diz? — ele gritou.
— O... oi, tio Steve.
— Está melhor assim. — Ele se acalmou um pouco. Pegou o chapéu de um prego atrás da porta e o enfiou na cabeça.
— Aonde você vai, John... ahn, Steve? — perguntou Katie, preocupada.
— Ouçam bem! Quando eu era criança, meu velho sempre saía e comprava sorvete quando vinha visita em casa. Esta é a *minha* casa, certo? E *eu* tenho visita. Então vou sair e comprar um pouco de sorvete de morango, certo? — E saiu.
— Ele não é maravilhoso? — suspirou Sissy. — Uma mulher pode se apaixonar por um homem desses.
— Parece que finalmente as Rommely têm um homem na família — comentou Katie, irônica.

Francie foi para a escura sala da frente. Pela luz da lâmpada da rua, viu a avó sentada junto à janela, com a bebê adormecida de Sissy no colo e um terço de contas âmbar pendurado nos dedos trêmulos.

— Pode parar de rezar agora, vovó — disse ela. — Está tudo bem. Ele saiu para comprar sorvete, certo?

— Glória ao Pai, ao Filho e ao Espírito Santo — louvou Mary Rommely.

Em nome de Sissy, Steve escreveu para o segundo marido dela em seu último endereço conhecido e anotou "Favor encaminhar" no envelope. Sissy pediu que ele consentisse em lhe dar o divórcio para ela poder se casar de novo. Uma semana depois, chegou uma gorda carta de Wisconsin. O segundo marido de Sissy lhe informou que estava bem, tinha obtido um divórcio em Wisconsin sete anos antes, se casara de novo e se instalara em Wisconsin, onde tinha um bom emprego e era pai de três filhos. Estava muito feliz, escreveu, e, em palavras ferozmente sublinhadas, avisou que pretendia continuar assim. Incluiu um antigo recorte de jornal para provar que ela havia sido legalmente informada da ação de divórcio por publicação. Enviou também uma cópia fotostática do decreto (fundamentos: deserção) e uma foto de três crianças cheias de energia.

Sissy ficou tão contente por estar divorciada tão rapidamente que lhe enviou um prato para aperitivos banhado a prata como presente de casamento atrasado. Sentiu que deveria mandar uma carta de felicitações também. Steve se recusou a escrevê-la, então ela pediu para Francie.

— Escreva que eu desejo que ele seja muito feliz — ditou Sissy.

— Mas, tia Sissy, ele já está casado há sete anos e agora já ficou definido se ele é feliz ou não.

— Quando você fica sabendo que alguém se casou, é educado desejar felicidades. Escreva isso.

— Está bem. — Ela escreveu. — O que mais?

— Escreva alguma coisa sobre os filhos dele... como eles são bonitos... algo como... — As palavras entalaram em sua garganta. Ela sabia que ele havia mandado a fotografia para provar que os filhos nascidos mortos de Sissy não tinham sido culpa dele. Isso a magoou. — Escreva que eu sou mãe de uma linda e saudável menininha e sublinhe a palavra "saudável".

— Mas a carta do Steve disse que vocês estavam só planejando se casar. Esse homem pode achar estranho você já ter a bebê.

— Escreva como eu falei — ordenou Sissy —, e escreva que estou esperando outro bebê que vai nascer na próxima semana.

— Sissy! Não é verdade, é?

— Claro que não. Mas escreva mesmo assim.

Francie escreveu.

— Mais alguma coisa?

— Diga que eu agradeço pelos papéis do divórcio. Depois diga que eu já tinha conseguido o meu próprio divórcio um ano antes do dele. Só que esqueci — concluiu ela, sem nenhuma lógica.

— Mas isso é mentira.

— Eu *tive* o divórcio antes dele. Tive na minha cabeça.

— Tudo bem, tudo bem — rendeu-se Francie.

— Escreva que eu estou muito feliz e pretendo continuar assim e sublinhe essas palavras, como ele fez.

— Puxa, Sissy. Você *precisa* ter a última palavra?

— Preciso. Do mesmo jeito que a sua mãe, e a Evy, e você também.

Francie não fez mais objeções.

Steve obteve uma licença e se casou com Sissy de novo. Dessa vez, um pastor metodista fez a cerimônia. Foi o primeiro casamento de Sissy na igreja e finalmente ela acreditou que estava de fato casada até a morte. Steve estava muito feliz. Ele amava Sissy e sempre tivera medo de perdê-la. Ela havia deixado os outros maridos, friamente e sem arrependimentos. Tinha medo de que ela o deixasse também e levasse junto a bebê, que ele agora amava de todo o coração. Sabia que Sissy acreditava na Igreja... qualquer Igreja, católica ou protestante; ela nunca havia tido um casamento na igreja. Pela primeira vez no relacionamento, ele se sentia realizado, seguro e dono do seu nariz. E Sissy descobriu que estava loucamente apaixonada por ele.

*

Sissy chegou uma noite depois que Katie tinha ido se deitar. Pediu para ela não se levantar; ela se sentaria no quarto para conversarem. Francie estava sentada junto à mesa da cozinha, colando poemas em cadernos velhos. Tinha uma navalha no escritório e recortava poemas e histórias de que gostava para colar em seus cadernos de recortes. Tinha vários deles. Um se chamava "O livro Nolan de poemas clássicos". Outro, "O livro Nolan de poesia contemporânea". Um terceiro era "O livro de Annie Laurie", em que Francie colecionava poemas infantis e histórias com animais para ler para Laurie quando ela tivesse idade para entender.

As vozes que vinham do quarto escuro tinham um ritmo calmante. Francie ouvia enquanto colava. Sissy dizia:

— ... o Steve, tão bom e decente. E, quando eu percebi isso, tive ódio de mim mesma por causa dos outros. Sem ser os meus maridos, claro.

— Você não contou para ele sobre os outros, não é? — perguntou Katie, apreensiva.

— Eu tenho cara de burra? Mas eu queria, de todo o coração, que ele tivesse sido o primeiro e o único.

— Quando uma mulher fala assim — disse Katie —, é porque está entrando na mudança de vida.

— Como você sabe?

— Se ela nunca teve nenhum amante, fica furiosa consigo mesma quando a mudança chega, pensando em toda a diversão que poderia ter tido, não teve e agora não pode mais ter. Se ela teve muitos amantes, se convence a acreditar que agiu errado e então lamenta. Ela age assim porque sabe que logo toda a sua natureza de mulher estará perdida... perdida. E, se ela puser na cabeça que estar com um homem nunca nem foi tão bom assim, pode se sentir melhor em sua mudança.

— Eu não estou entrando em nenhuma mudança de vida — disse Sissy, indignada. — Em primeiro lugar, eu sou muito jovem e, em segundo lugar, eu não vou aceitar isso.

— Tem que vir para todas nós um dia — suspirou Katie.

Havia terror na voz de Sissy.

— Não poder mais ter filhos... ser mulher pela metade... ficar gorda... ter pelos no queixo. Eu me mato antes disso! — ela exclamou, exaltada. — De qualquer modo — acrescentou, complacente —, não estou nem perto da mudança, porque estou daquele jeito outra vez.

Houve uma agitação no quarto escuro. Francie pôde ver sua mãe se erguer sobre o cotovelo.

— Não, Sissy! Não! Você não pode passar por isso de novo. Já aconteceu dez vezes, dez crianças que nasceram mortas. E vai ser mais difícil desta vez, porque você já vai fazer trinta e sete anos.

— Isso não é velha demais para ter um bebê.

— Não, mas é velha demais para superar mais uma decepção.

— Não precisa se preocupar, Katie. Esta criança vai viver.

— Você disse isso todas as vezes.

— Desta vez eu tenho certeza, porque sinto que Deus está do meu lado — disse ela, com tranquila segurança. Depois de uma pausa, falou: — Eu contei para o Steve como arranjei a Pequena Sissy.

— O que ele disse?

— Ele sempre soube que eu não tinha tido um bebê, mas o jeito que eu insisti o fez ficar confuso. Ele disse que não se importava, desde que eu não tivesse tido um filho de outro homem e, como nós estamos com ela desde que nasceu, ele quase se sente como se a bebê fosse dele. É engraçado como ela se parece com ele. Ela tem os olhos escuros dele, o mesmo queixo redondo e as mesmas orelhas pequenas e coladinhas.

— Esses olhos escuros ela puxou da Lucia, e um milhão de pessoas no mundo têm queixo redondo e orelhas pequenas. Mas, se o Steve fica feliz de pensar que a bebê se parece com ele, está tudo certo. — Houve um longo silêncio antes de Katie falar outra vez. — Sissy, você teve alguma indicação daquela família italiana sobre quem poderia ser o pai?

— Não. — Sissy também fez uma longa pausa antes de continuar. — Sabe quem me contou sobre a menina que estava com problemas e onde ela morava e tudo?

— Quem?

— O Steve.

— Ora essa!

Ambas ficaram em silêncio por um longo tempo.

— Claro que foi um acidente — disse Katie, por fim.

— Claro — concordou Sissy. — Ele disse que um dos colegas na loja contou para ele; um colega que morava no quarteirão da Lucia.

— Claro — repetiu Katie. — Você sabe, coisas engraçadas acontecem aqui no Brooklyn, mas isso não quer dizer que elas têm algum significado. Como às vezes acontece de eu estar andando na rua, pensar em alguém que não via há uns cinco anos, virar uma esquina e lá está a tal pessoa andando na minha direção.

— Eu sei — respondeu Sissy. — Às vezes eu estou fazendo alguma coisa que nunca fiz antes na vida e, de repente, tenho a sensação de que já fiz aquilo antes... talvez em outra vida... — Sua voz foi sumindo. Depois de um momento, falou: — O Steve sempre disse que nunca aceitaria um filho de outro homem.

— *Todos* os homens dizem isso. A vida é engraçada — Katie prosseguiu. — Duas ou três coisas acidentais se juntam e a gente pode acabar vendo coisas demais nelas. Foi só por acidente que você ficou sabendo daquela menina. O mesmo colega deve ter contado para uma dúzia de homens no trabalho. O Steve só mencionou para você por acidente. Foi só por acidente que você foi conhecer essa família e só por acidente que a bebê tem o queixo redondo em vez de quadrado. É menos ainda que acidente. É... — Katie parou para procurar uma palavra.

Francie, na cozinha, tinha ficado tão interessada que esqueceu que não deveria estar ouvindo. Quando percebeu que sua mãe procurava uma palavra, ela a ofereceu sem pensar.

— *Uma coincidência*, mamãe?

Um silêncio surpreso veio do quarto. Depois a conversa continuou, mas dessa vez em sussurros.

48

Havia um jornal sobre a mesa de Francie. Era uma edição "extra" e tinha vindo direto do prelo. A tinta ainda estava úmida na manchete. Já fazia cinco minutos que o jornal estava ali e ela ainda não havia pegado o lápis para marcá-lo. Ficou olhando fixamente para a data.
6 de abril de 1917.

A manchete de uma só palavra tinha quinze centímetros de altura. As seis letras estavam borradas nas bordas e a palavra, GUERRA, parecia oscilar.

Francie teve uma visão. Dali a cinquenta anos, estaria contando a seus netos como chegara ao escritório, sentara-se à sua mesa de leitora e, na rotina do trabalho, lera que a guerra tinha sido declarada. Sabia, de ouvir sua avó, que a velhice era composta dessas lembranças da juventude.

Mas ela não queria lembrar coisas. Queria viver coisas — ou, como um meio-termo, reviver em vez de recordar.

Decidiu fixar aquele momento em sua vida exatamente do jeito que era naquele instante. Talvez, assim, pudesse se agarrar a ele como uma coisa viva em vez de deixá-lo se tornar algo a ser chamado de uma memória.

Aproximou os olhos da superfície da mesa e examinou os padrões do grão da madeira. Passou os dedos pelo sulco em que seus lápis ficavam, fixando a sensação do sulco na mente. Usando uma navalha, fez um pequeno corte na marca seguinte de um de seus lápis e desenrolou o papel para expor a ponta. Segurou o papel desenrolado na palma da mão, tocou-o com o dedo e observou sua espiral. Largou-o no cesto de lixo de metal, contando os segundos que levava para cair. Escutou com atenção para não perder o ruído quase imperceptível quando ele atingiu o fundo. Pressionou a ponta dos dedos sobre as letras úmidas na manchete do jornal, examinou seus dedos sujos de tinta, depois os imprimiu em uma folha de papel branco.

Sem se importar com clientes que talvez fossem mencionados nas páginas um e dois, cortou a primeira página do jornal e a dobrou em um retângulo cuidadoso, alisando as rugas sob o polegar. Depois o colocou dentro de um dos envelopes resistentes de papel-manilha que a agência usava para enviar os recortes de jornal pelo correio.

Como se fosse a primeira vez, Francie ouviu o som que a gaveta da mesa fez quando ela a abriu para pegar sua bolsa. Reparou no mecanismo do fecho da bolsa, no som de seu clique. Sentiu o couro, memorizou seu cheiro e estudou as ondulações do forro de chamalote de seda preta. Leu as datas nas moedas em seu porta-níqueis. Havia uma moeda nova de um centavo de 1917 que ela pôs no envelope. Abriu seu batom e fez uma linha com ele sob suas impressões digitais no papel. Apreciou sua cor vermelho-clara, a textura e o perfume. Examinou, um por vez, o pó compacto, as serras da lixa de unhas, o modo como o pente era inflexível e os fios do lenço. Havia um recorte amassado na bolsa, um poema que ela cortara de um jornal de Oklahoma. Fora escrito por um poeta que havia morado no Brooklyn, frequentado escolas públicas no Brooklyn e, quando jovem, editado o *The Brooklyn Eagle*, Walt Whitman. Ela o releu pela vigésima vez, tocando cada palavra em sua mente.

> *Sou velho e jovem, tão tolo quanto sábio;*
> *Desatento aos outros, sempre atento aos outros.*
> *Materno e paterno, uma criança tanto quanto um homem,*

*Cheio das coisas que são rudes e cheio
das coisas que são belas.*

O poema amarfanhado foi para o envelope. No espelho do estojo de pó compacto, olhou para o modo como seu cabelo estava trançado, como as tranças se enrolavam em volta da cabeça. Notou como os cílios pretos e retos eram desiguais em comprimento. Depois, inspecionou os sapatos. Desceu a mão por uma das meias e, pela primeira vez, percebeu que a seda parecia áspera e não lisa. O tecido do vestido era feito de minúsculos cordões. Ela virou a bainha e reparou que a estreita borda de renda de sua anágua tinha o padrão de losangos.

Se eu conseguir fixar todos os detalhes em minha mente, vou poder manter este momento para sempre, pensou.

Com a navalha, cortou um pedacinho do cabelo, embrulhou-o no quadrado de papel onde estavam suas impressões digitais e a marca de batom, dobrou-o, colocou-o no envelope e o fechou. Do lado de fora, escreveu: "Frances Nolan, 15 anos e 4 meses. 6 de abril de 1917".

Então pensou: *Se eu abrir este envelope daqui a cinquenta anos, serei de novo como sou agora e não haverá velhice para mim. É tanto, tanto tempo ainda até cinquenta anos... milhões de horas. Mas uma hora já se passou desde que eu me sentei aqui... uma hora a menos para viver... uma hora que se foi de todas as horas da minha vida.*

"Querido Deus", rezou, *"permita que eu seja algo em cada minuto de cada hora da minha vida. Que eu seja alegre; que eu seja triste. Que eu sinta frio; que eu sinta calor. Que eu tenha fome... que tenha muito para comer. Que seja maltrapilha ou bem-vestida. Que eu seja sincera... que seja traiçoeira. Que eu seja confiável; que eu seja mentirosa. Que eu seja honrada e que eu peque. Só me permita ser alguma coisa em cada minuto abençoado. E, quando eu dormir, que possa sonhar todo o tempo, para que nenhum pedacinho de vida jamais seja perdido.*

O menino de entregas veio com outro jornal da cidade e o largou em sua mesa. Este trazia uma manchete de duas palavras:

"GUERRA DECLARADA!"

O chão pareceu balançar, cores cintilaram diante de seus olhos e ela baixou a cabeça sobre o jornal úmido de tinta e chorou baixinho. Uma das leitoras mais velhas, que voltava do banheiro, parou junto à mesa de Francie. Notou a manchete no jornal e a menina chorando, e achou que havia entendido.

— Ah, a guerra! — suspirou. — Você tem um namorado ou um irmão, presumo? — perguntou, em seu jeito afetado de pessoa com muita leitura.

— Sim, eu tenho um irmão — respondeu Francie, sem mentir.

— Minha solidariedade, srta. Nolan. — A leitora voltou à sua mesa.

Estou bêbada de novo, pensou Francie, *e desta vez com uma manchete de jornal. E esta é ruim. Tenho uma bebedeira de choro.*

A guerra tocou a Agência de Imprensa Model Press com seu dedo blindado e a fez murchar. Primeiro, o cliente que era o esteio da empresa, o homem que pagava milhares de dólares por ano por notícias sobre o Canal do Panamá e outras assim, apareceu no dia da declaração de guerra e disse que, como seu endereço seria incerto por um tempo, ele viria pessoalmente todos os dias buscar seus recortes.

Alguns dias mais tarde, dois homens de movimentos lentos e pés pesados entraram para falar com o chefe. Um deles estendeu a mão aberta sob o nariz do chefe e o que ele viu naquela mão o fez empalidecer. Ele pegou uma pilha grossa de recortes na caixa de arquivo do cliente mais importante. Os homens de pés pesados os examinaram e os devolveram ao chefe, que os colocou em um envelope e o pôs sobre sua mesa. Os dois homens foram para o banheiro do chefe, deixando a porta entreaberta. Esperaram lá dentro o dia inteiro. Ao meio-dia, mandaram um mensageiro ir buscar um saco de sanduíches e um copo de café e comeram seu almoço no banheiro.

O cliente do Canal do Panamá entrou às quatro e meia. Em câmera lenta, o chefe lhe entregou o gordo envelope. Quando o cliente o enfiou no bolso interno do casaco, os homens pesados saíram do banheiro. Um deles tocou o ombro do cliente. Ele suspirou, tirou o envelope do bolso e o entregou. O segundo homem pesado tocou seu ombro. O cliente bateu os calcanhares, fez uma reverência rígida e saiu caminhando entre os dois homens. O chefe foi para casa com um ataque agudo de dispepsia.

Naquela noite, Francie contou à sua mãe e a Neeley como um espião alemão tinha sido pego bem em seu escritório.

No dia seguinte, um homem de gestos enérgicos apareceu com uma pasta. O chefe teve que responder a uma série de perguntas e o homem enérgico anotou as respostas em espaços em um formulário impresso. E então veio a parte triste. O chefe teve que fazer um cheque de quase quatrocentos dólares, o saldo devido pela conta involuntariamente cancelada. Depois que o homem enérgico foi embora, o chefe correu para pedir um empréstimo e cobrir o cheque.

Depois disso, tudo desmoronou. O chefe teve medo de aceitar novas contas, por mais inocentes que parecessem. A temporada teatral estava terminando e as contas de atores se encerraram. O dilúvio de livros publicados na primavera, que trazia centenas de clientes autores sazonais de cinco dólares e dezenas de clientes editoriais de centenas de dólares, não havia sido um dilúvio, mas um mero fio d'água. As editoras estavam guardando as publicações importantes para quando as coisas se estabilizassem um pouco. Muitos pesquisadores cancelaram suas contas na expectativa de serem convocados. Mesmo que os negócios fossem normais, a agência não teria conseguido lidar com eles, porque os funcionários começaram a debandar.

Prevendo uma escassez de homens, o governo abriu provas no Serviço Civil para mulheres na grande agência de correios da 34th Street. Muitas das leitoras se candidataram, passaram na prova e foram chamadas para trabalhar imediatamente. Os trabalhadores manuais — o pessoal que pertencia ao chamado clube — saíram quase em peso para trabalhar em fábricas de projetos de guerra. Não só triplicaram seus ganhos como também receberam muitos elogios por seu patriotismo altruísta. A esposa do chefe voltou para ler e ele demitiu todas as outras leitoras, exceto Francie.

A sala enorme ecoava no vazio enquanto os três tentavam dar conta do trabalho sozinhos. Francie e a esposa liam, arquivavam e cuidavam do trabalho de escritório. O chefe cortava desajeitadamente os jornais, imprimia tiras de papel borradas e colava os itens todos tortos.

No meio de junho, ele desistiu. Tratou a venda de seu equipamento de escritório, cancelou o contrato das salas e acertou a questão dos reembolsos para os clientes dizendo muito simplesmente: "Que me processem".

Francie telefonou para a única outra agência de imprensa que conhecia em Nova York e perguntou se precisavam de uma leitora. Eles lhe disseram que nunca contratavam novas leitoras.

— Nós tratamos bem nossas leitoras — disse uma voz hostil — e nunca precisamos substituí-las. — Francie achou que isso era muito bom, falou o que achava e desligou.

Ela passou sua última manhã na agência marcando anúncios de emprego. Pulou os empregos de escritório, sabendo que teria que recomeçar como arquivista. Não havia boas oportunidades em um escritório a menos que se fosse estenógrafa e datilógrafa. E, de qualquer modo, ela preferia trabalhar em uma fábrica. Gostava mais das pessoas das fábricas e gostava de ficar com a mente livre enquanto trabalhava com as mãos. Mas, claro, sua mãe não a deixaria trabalhar em uma fábrica outra vez.

Encontrou um anúncio que parecia uma feliz combinação de fábrica e escritório: operar uma máquina em um ambiente de escritório. A Communications Corporation se oferecia para ensinar meninas a operar um teletipo e pagava doze dólares e cinquenta centavos por semana enquanto elas estivessem aprendendo. O horário era das cinco da tarde à uma da manhã. Pelo menos isso lhe daria algo para fazer com suas noites — se ela conseguisse o emprego.

Quando foi se despedir do chefe, ele lhe disse que teria que ficar lhe devendo o salário da última semana. Tinha o endereço dela, disse ele, e o enviaria para lá. Francie disse adeus ao chefe, à esposa e ao seu último pagamento.

O escritório da Communications Corporation era em um arranha-céu com vista para o East River no centro de Nova York. Com mais uma dúzia de meninas, Francie preencheu um formulário, depois de apresentar uma fervorosa carta de recomendação de seu ex-chefe. Fez um teste de aptidão em que respondeu a perguntas que pareciam bobas: o que pesa mais, um quilo de chumbo ou um quilo de penas, por exemplo. Evidentemente, passou no teste, porque recebeu um número, uma chave de armário pela qual teve que pagar um depósito de vinte e cinco centavos, e lhe disseram para estar lá no dia seguinte às cinco da tarde.

Ainda não eram quatro horas quando Francie chegou em casa. Katie faxinava o prédio delas e pareceu aflita quando viu Francie subindo a escada.

— Não precisa me olhar com essa cara tão preocupada, mamãe. Não estou doente nem nada assim.

— Ah — disse Katie, aliviada. — Por um momento eu pensei que você tivesse perdido o emprego.

— E perdi.

— Ora essa!

— E também não vou receber o pagamento da última semana. Mas já arranjei outro emprego... começo amanhã... doze dólares e cinquenta centavos por semana. Vou ter um aumento com o tempo, espero. — Katie começou a fazer perguntas. — Mamãe, estou cansada. Mamãe, eu não quero conversar. Falamos sobre isso amanhã. E eu não quero jantar. Só quero ir para a cama. — Ela subiu para o apartamento.

Katie sentou em um degrau e começou a se preocupar. Desde o começo da guerra, os preços dos alimentos e de tudo o mais haviam disparado. No mês anterior, Katie não havia conseguido fazer o depósito na poupança de Francie. Os dez dólares por semana não tinham sido suficientes. Laurie precisava de um quarto de litro de leite fresco por dia e o achocolatado em pó era caro. E ainda tinha que ter o suco de laranja. Agora, com doze dólares e cinquenta por semana... depois que as despesas de Francie fossem descontadas, haveria menos dinheiro. Logo chegariam as férias. Neeley poderia trabalhar durante o verão. Mas e no outono? Neeley voltaria para o colégio. Francie tinha que ir para o colégio naquele outono. Como? Como? Preocupada, ficou ali sentada, pensativa.

*

Após uma olhada rápida na bebê adormecida, Francie trocou de roupa e foi para a cama. Cruzou as mãos sob a cabeça e ficou olhando para a mancha cinzenta que era a janela do respiradouro.

Aqui estou eu, ela pensou, *quinze anos de idade e pulando de um emprego a outro. Trabalho há menos de um ano e já tive três empregos. Eu achava que seria divertido ficar mudando de emprego. Mas, agora, estou com medo. Fui demitida de dois empregos sem que a culpa tivesse sido minha. Nos dois, eu dei meu melhor. Dei tudo que podia. E aqui estou eu, começando tudo de novo em outro lugar. Só que, agora, estou apavorada. Desta vez, quando o novo chefe disser "dê um pulo", eu vou dar dois, porque vou estar com medo de perder o emprego. Estou apavorada porque eles dependem do meu dinheiro em casa. Como nós sobrevivíamos quando eu não trabalhava? Bom, não tinha a Laurie. O Neeley e eu éramos menores e nos virávamos com menos e, claro, o papai ajudava um pouco.*

Bem... adeus colégio. Adeus tudo, aliás.

Ela desviou o rosto da luz cinzenta e fechou os olhos.

Francie se sentou diante de uma máquina de escrever em uma grande sala. Havia uma cobertura de metal presa na máquina de Francie para que ela não pudesse ver o teclado. Um enorme diagrama representando um teclado estava pregado na frente da sala. Francie o consultava e procurava as letras sob a cobertura. Esse foi o primeiro dia. No segundo dia, ela recebeu uma pilha de telegramas velhos para copiar. Seus olhos iam do papel para o diagrama, enquanto os dedos tateavam as teclas. No fim do segundo dia, ela havia memorizado a posição das letras na máquina e não tinha mais que consultar o diagrama. Uma semana depois, tiraram a cobertura do teclado. Não fazia diferença agora. Francie datilografava sem olhar para ele.

Um instrutor explicou o funcionamento do teletipo. Por um dia, Francie praticou enviar e receber mensagens fictícias. Depois, foi colocada na linha Nova York-Cleveland.

Ela achava um milagre maravilhoso poder se sentar naquela máquina e datilografar e as palavras saírem a centenas de quilômetros de distância em um pedaço de papel no cilindro de uma máquina em *Cleveland, Ohio!*

Não menos milagroso era uma moça datilografar em Cleveland fazer as teclas da máquina *de Francie* baterem as letras.

Era um trabalho fácil. Francie enviava mensagens por uma hora, depois as recebia por uma hora. Havia dois períodos de descanso de quinze minutos no turno de trabalho e meia hora para o "almoço", às nove. Seu pagamento aumentara para quinze dólares por semana quando ela começou a operar uma linha. De modo geral, não era um emprego ruim.

A casa se ajustou ao novo horário de Francie. Ela saía de casa logo depois das quatro da tarde e voltava um pouco antes das duas da manhã. Pressionava o botão da campainha três vezes antes de entrar no saguão, para sua mãe ficar alerta e garantir que Francie não fosse atacada por alguém escondido nos corredores.

Francie dormia de manhã até as onze horas. Sua mãe não precisava acordar tão cedo, porque Francie estava no apartamento com Laurie. Ela começava a trabalhar em sua própria casa de cômodos primeiro. Quando chegava a hora de passar para as duas outras casas, Francie já estava acordada e cuidando de Laurie. Francie tinha que trabalhar nas noites de domingo, mas tinha folga às quartas-feiras.

Ela gostava do novo arranjo. Ele resolvia o problema de suas noites solitárias, ajudava sua mãe e lhe dava algumas horas por dia para se sentar no parque com Laurie. O sol quente fazia muito bem a ambas.

Um plano tomou forma na cabeça de Katie e ela conversou com Francie sobre ele.

— Eles vão manter você no turno da noite? — perguntou ela.

— Ah, se vão! Eles estão adorando. Nenhuma menina quer trabalhar à noite. É por isso que eles empurram para as novatas.

— Eu estava pensando que talvez, no outono, você pudesse continuar trabalhando à noite e ir para o colégio de dia. Eu sei que vai ser cansativo, mas pode dar certo.

— Mamãe, não importa o que você diga, eu não vou para o colégio.

— Mas você brigou para ir no ano passado.

— Isso foi no ano passado. Era a hora certa de ir. Agora é tarde demais.

— Não é tarde demais e não seja teimosa.

— Mas o que eu poderia aprender no colégio agora? Ah, não sou convencida nem nada, mas, afinal, eu li oito horas por dia durante quase um ano e aprendi coisas. Tenho minhas próprias ideias sobre história, governo e geografia, e sobre escrita e poesia. Li demais sobre pessoas, o que elas fazem e como vivem. Li sobre crimes e sobre atos heroicos. Mamãe, eu li sobre *tudo*. Não me vejo mais sentada quietinha em uma sala de aula com um punhado de crianças ouvindo uma solteirona tagarelar sobre isto e aquilo. Eu não aguentaria e a corrigiria o tempo todo. Ou então eu seria boazinha e engoliria tudo e, depois, me odiaria por... sei lá... me contentar com pouco. Então eu não vou para o colégio. Mas um dia eu *vou* para a faculdade.

— Mas você tem que se formar no colégio para ser aceita na faculdade.

— Quatro anos de colégio... não, cinco. Porque alguma coisa certamente ia acontecer para me atrasar. Depois mais quatro anos de faculdade. Eu seria uma velha de vinte e cinco anos antes de terminar.

— Quer você goste disso ou não, uma hora você vai ter vinte e cinco anos, não importa o que faça. Então você poderia muito bem ir estudando nesse meio-tempo.

— De uma vez por todas, mamãe, eu não vou para o colégio.

— Vamos ver — disse Katie, com a boca apertada em uma linha reta.

Francie não disse mais nada. Mas sua boca estava apertada como a de sua mãe.

No entanto, a conversa deu uma ideia a Francie. Se sua mãe achava que ela podia trabalhar à noite e ir para o colégio de dia, por que não poderia ir para a faculdade nesse esquema? Examinou um anúncio no jornal. A faculdade mais antiga e bem-conceituada do Brooklyn estava anunciando cursos de verão para alunos universitários que quisessem avançar nos estudos, fazer exames substitutivos ou compensar deficiências, e para alunos do ensino médio que quisessem adiantar créditos universitários. Francie achou que talvez pudesse se encaixar na última categoria. Não era exatamente uma aluna do ensino médio, mas se qualificava para ser. Ela encomendou o catálogo.

Nele, escolheu três cursos com aulas à tarde. Poderia dormir até as onze como de costume, assistir às aulas e ir direto da faculdade para o trabalho. Escolheu francês para iniciantes, química elementar e algo chamado teatro da Restauração. Calculou o valor; um pouco mais que sessenta dólares, incluindo as taxas de laboratório. Tinha cento e cinco dólares na poupança. Então foi conversar com Katie.

— Mamãe, eu posso pegar sessenta e cinco dólares do dinheiro que você está economizando para a minha faculdade?

— Para quê?

— Para a faculdade, é claro — disse em tom deliberadamente indiferente, para acrescentar dramaticidade. Foi recompensada pelo modo como a voz de sua mãe se elevou, repetindo a palavra.

— *Faculdade?*

— Cursos de verão na faculdade.

— Mas... mas... mas... — gaguejou Katie.

— Eu sei. Eu não tenho o colégio. Mas talvez eu consiga entrar se disser a eles que não quero diploma ou notas, que só quero frequentar as aulas.

— Katie pegou seu chapéu verde na prateleira do armário. — Aonde você vai, mamãe?

— Pegar o dinheiro no banco.

Francie riu da ansiedade de sua mãe.

— O banco já está fechado a esta hora. Mas não tem pressa. A inscrição é só daqui a uma semana.

A faculdade ficava em Brooklyn Heights, mais uma área desconhecida do grande Brooklyn para Francie explorar. Enquanto preenchia o formulário de inscrição, parou na pergunta sobre instrução anterior. Havia três opções com espaços em branco na frente: escolas de ensino fundamental, escolas de ensino médio e instituições de ensino superior. Depois de pensar um pouco, ela riscou as palavras e escreveu no espaço acima: "educação domiciliar".

E, no fundo, não é mentira, assegurou a si.

Para seu enorme alívio e surpresa, não lhe questionaram nada. O caixa pegou seu dinheiro e lhe deu um recibo de pagamento. Ela recebeu um número de matrícula, um passe para a biblioteca, um calendário para as suas aulas e uma lista dos livros de que precisava.

Seguiu uma multidão até a livraria da faculdade, mais adiante no prédio. Consultou sua lista e pediu um "francês para iniciantes" e um "química elementar".

— Novos ou usados? — perguntou a funcionária.

— Ah, eu não sei. O que eu devo comprar?

— Novos — disse a funcionária.

Alguém tocou seu ombro. Ela se virou e viu um rapaz bonito e bem-vestido.

— Compre usados — disse ele. — Servem do mesmo jeito e custam a metade do preço.

— Obrigada. — Ela se virou para a funcionária. — Usados — disse com firmeza. Começou, então, a pedir os dois livros para o curso de teatro. Uma vez mais, o toque no ombro.

— Não — disse o rapaz, sacudindo a cabeça. — Esses você pode ler na biblioteca antes e depois das aulas ou quando tiver horários vagos.

— Obrigada outra vez — disse ela.

— Às ordens — ele respondeu e se afastou.

Ela o acompanhou com o olhar até a porta da loja. *Puxa, ele é alto e bonito*, pensou. *A faculdade é mesmo maravilhosa.*

Sentou-se no trem da linha elevada do metrô em direção ao escritório, segurando os dois livros. O ritmo da composição sobre os trilhos parecia dizer "faculdade-faculdade-faculdade". Francie começou a enjoar. Sentia o estômago tão ruim que teve que descer na estação seguinte, mesmo sabendo que se atrasaria para o trabalho. Recostou-se em uma balança, daquelas na qual se depositava uma moeda para poder se pesar, pensando qual seria o problema com ela. Não podia ter sido nada que comera, porque havia se esquecido de almoçar. Então um pensamento estrondoso lhe veio à cabeça.

Meus avós nunca aprenderam a ler e escrever. Os que vieram antes deles também não. A irmã da minha mãe até hoje não sabe ler e escrever. Meus pais nunca se formaram nem na escola. Eu não fui para o colégio. Mas eu, M. Frances K. Nolan, agora estou na faculdade. Está ouvindo isso, Francie? Você está na faculdade!

Nossa, meu estômago está muito enjoado.

49

FRANCIE SAIU DA PRIMEIRA AULA DE QUÍMICA EM ESTADO DE GLÓRIA. Em uma hora, havia descoberto que tudo era feito de átomos que estavam em movimento contínuo. Compreendeu a ideia de que nada jamais era perdido ou destruído. Mesmo que algo fosse queimado ou apodrecesse, não desaparecia da face da Terra, mas se transformava em outra coisa: gases, líquidos e pós. Tudo, decidiu Francie, depois dessa primeira aula, era vibrante de vida e não havia morte na química. Não sabia por que as pessoas não adotavam a química como religião.

O teatro da Restauração, a não ser pela enorme quantidade de leitura exigida, era fácil de administrar depois de seu estudo domiciliar de Shakespeare. Não tinha preocupações com esse curso nem com o curso de química. Mas, quando chegou ao francês para iniciantes, ficou perdida. Não era de fato francês *básico*. O professor, trabalhando com a suposição de que seus alunos já haviam feito a matéria antes e sido reprovados, ou que já a haviam tido no colégio, passou por cima dos conhecimentos preliminares e entrou direto na tradução. Francie, que ainda vacilava com a gramática, a ortografia e a pontuação do inglês, não tinha a menor chance com o francês. Nunca passaria no curso. Tudo que podia fazer era memorizar o vocabulário a cada dia e tentar se segurar.

Estudava no percurso de ida e volta no metrô. Estudava em seus períodos de descanso e fazia as refeições com um livro aberto na mesa à sua frente. Datilografava suas tarefas de casa em uma das máquinas de escrever da sala de treinamento na Communications Corporation. Nunca se atrasava ou faltava e não pedia nada a não ser passar em pelo menos dois de seus cursos.

O rapaz que a ajudara na livraria se tornou seu anjo da guarda. Seu nome era Ben Blake e ele era incrível. Estava no último ano do colégio em Maspeth. Era editor da revista da escola, representante de classe, jogava como half-back no time de futebol americano e tirava sempre as melhores notas. Nos três últimos verões, vinha fazendo cursos universitários. Terminaria o colégio com mais de um ano de créditos já cumpridos para a faculdade.

Além de suas atividades escolares, à tarde ele trabalhava em um escritório de advocacia. Elaborava peças processuais, entregava intimações, examinava contratos e pesquisava precedentes. Estava familiarizado com os estatutos do Estado e era completamente capaz de julgar um caso no tribunal. Além de se sair tão bem na escola, ele ganhava vinte e cinco dólares por semana. Seu escritório queria que ele permanecesse lá em tempo integral depois de concluir o colégio, estudasse direito com eles e, por fim, fizesse o exame da Ordem dos Advogados. Mas Ben não via com bons olhos os advogados sem diploma. Já havia escolhido uma grande facuıdade no Meio-Oeste. Planejava concluir um bacharelado e, então, cursar a faculdade de direito.

Aos dezenove anos, sua vida estava planejada em uma linha reta e definida. Depois de passar no exame da Ordem, estava decidido a advogar no interior. Acreditava que um jovem advogado tinha mais oportunidades políticas se trabalhasse em uma cidade pequena. Já sabia até onde ia trabalhar. Seria o sucessor de um parente distante, um advogado idoso no interior, que tinha um escritório bem estabelecido. Ele estava em contato constante com seu predecessor e recebia dele longas cartas semanais de orientação.

Ben planejava iniciar sua prática no escritório e esperar sua vez de ser promotor do condado. (Por um acordo, os advogados nesse pequeno condado se revezavam no cargo.) Esse seria seu início na política. Ele trabalharia muito, se tornaria conhecido, ganharia a confiança das pessoas e, por fim, seria eleito para o Legislativo de seu estado. Serviria lealmente e seria reeleito. Depois voltaria e trabalharia para chegar ao governo do estado. Esse era seu plano.

O incrível em toda a ideia era que os que conheciam Ben Blake tinham certeza de que tudo sairia como ele havia planejado.

Enquanto isso, naquele verão de 1917, o objeto de suas ambições, um grande estado no Meio-Oeste, sonhava sob o sol quente das campinas, em meio a seus vastos campos de trigo e seus infindáveis pomares de maçãs Winesap, Baldwin e Northern Spy, sem saber que o homem que planejava ocupar sua sede de governo como seu mais jovem governador era, então, um garoto do Brooklyn.

Esse era Ben Blake; bem-vestido, alegre, bonito, inteligente, seguro de si, apreciado pelos rapazes, com todas as meninas loucas por ele... e Francie Nolan timidamente apaixonada.

Ela o via todos os dias. Ele corrigia suas tarefas de francês, conferia suas lições de química e esclarecia suas dúvidas nas peças da Restauração. Ajudava-a a planejar seus cursos para o verão seguinte e, de forma atenciosa, tentava planejar o resto da vida dela também.

Quando o fim do verão se aproximou, duas coisas entristeciam Francie. Em breve ela não veria mais Ben todos os dias, e certamente não passaria no curso de francês. Confidenciou ao rapaz essa sua última tristeza.

— Não seja boba — ele lhe disse, com firmeza. — Você pagou o curso, frequentou as aulas o verão inteiro, não é burra. Com certeza você vai passar.

— Não vou, não — ela riu. — Eu vou reprovar, sem chance.

— Vamos ter que fazer uma operação de guerra com você. Precisamos de um dia inteiro. Aonde podemos ir?

— Minha casa? — sugeriu Francie, timidamente.

— Não. Vai ter gente em volta. — Ele pensou por um momento. — Eu sei um bom lugar. Me encontre domingo de manhã às nove horas, na esquina da Gates com a Broadway.

Ele a esperava quando ela desceu do bonde. Ela estava curiosa para ver aonde ele pretendia levá-la *naquela* área. Ele a levou até a entrada dos artistas de um teatro dedicado a shows da Broadway no primeiro trecho da rua. Passou pela porta mágica dizendo simplesmente, "Bom dia, Pop", para um homem de cabelos brancos que estava sentado ao sol em uma cadeira inclinada ao lado da porta. Francie descobriu, então, que o rapaz surpreendente trabalhava aos sábados à noite como recepcionista naquele teatro.

Ela nunca havia estado nos bastidores de um teatro e se sentiu tão empolgada que ficou quase febril. O palco era enorme e o teto parecia se perder lá no alto, de tão longe que estava. Enquanto atravessava o palco, mudou seu andar para passos lentos de pernas rígidas, como se lembrava de ver Harold Clarence caminhar. Quando Ben falou, ela se virou devagar, com intensidade dramática, e disse, com uma voz rouca:

— Você — (pausa, e então, cheia de significado) — falou comigo?

— Quer ver uma coisa?

Ele puxou um cordão e ela viu a tela de amianto se enrolar para cima como uma cortina gigante. Ele acendeu as luzes no chão do palco e ela caminhou até a borda e olhou para os mil assentos escuros, vazios, escalonados, expectantes. Inclinou a cabeça e lançou a voz para a última fila da galeria.

— Ei, aí! — exclamou, e sua voz pareceu se amplificar cem vezes no vazio expectante e escuro.

— E então — perguntou ele, bem-humorado —, você está mais interessada no teatro ou em seu francês?

— Ora, no teatro, claro.

Era verdade. Naquele instante, ela renunciou a todas as outras ambições e voltou para o seu primeiro amor: o palco.

Ben riu enquanto apagava as luzes do palco. Ele baixou a cortina e posicionou duas cadeiras de frente uma para a outra. De alguma maneira, ele havia conseguido uma cópia dos exames dos cinco anos anteriores. Com base neles, elaborou um modelo de prova usando as perguntas feitas com mais frequência e as que raramente eram perguntadas. Durante a maior parte do dia, treinou Francie nesses questionários. Depois, fez com que ela memorizasse uma página de *Le Tartuffe* de Molière e sua tradução para o inglês. Ele explicou:

— Vai ter uma questão no exame amanhã que vai parecer grego para você. Nem tente responder. Faça o seguinte: seja sincera e diga que não sabe responder àquela pergunta, mas que vai oferecer, no lugar dela, um trecho de Molière com a tradução. Então escreva o que você decorou que vai dar certo.

— Mas e se eles pedirem exatamente esse trecho em uma das perguntas normais?

— Isso não vai acontecer. Eu peguei um trecho bem difícil.

E realmente deu certo, porque ela passou no exame de francês. É verdade que passou raspando, mas se consolou com a ideia de que passar era o que importava. Também se saiu muito bem nos exames de química e teatro.

Seguindo as instruções de Ben, ela voltou para pegar o certificado com as notas uma semana depois e se encontrou com ele. Ele a levou ao Huyler para tomar um refrigerante de chocolate.

— Quantos anos você tem, Francie? — ele perguntou, entre um gole e outro.

Ela calculou rapidamente. Tinha quinze anos em casa e dezessete no trabalho. Ben tinha dezenove. Ele nunca mais falaria com ela se dissesse que tinha apenas quinze anos. Ele percebeu sua hesitação.

— Qualquer coisa que disser poderá ser usada contra você.

Ela se armou de coragem e declarou:

— Tenho... quinze. — E baixou a cabeça, envergonhada.

— Hum. Eu gosto de você, Francie.

E eu te amo, ela pensou.

— Gosto de você mais do que de qualquer outra menina que já conheci. Mas, claro, eu não tenho tempo para garotas.

— Nem mesmo por uma hora, digamos, no domingo? — ela arriscou.

— Minhas poucas horas livres pertencem à minha mãe. Eu sou tudo que ela tem.

Francie nunca tinha ouvido falar da sra. Blake até aquele momento. Mas já a odiava, porque ela reservava para si aquelas horas livres e só um pouco delas já teria feito Francie feliz.

— Mas vou pensar em você — continuou ele. — Vou escrever se tiver um momento. — (Ele morava a meia hora de distância dela.) — Se precisar de mim, não por qualquer motivo bobo, claro, me escreva e eu dou um jeito de me encontrar com você. — Ele lhe entregou um cartão do escritório com seu nome completo, Benjamin Franklin Blake, escrito no canto.

Eles se despediram do lado de fora do Huyler, com um aperto de mãos afetuoso.

— Te vejo no próximo verão — disse ele, virando-se para trás enquanto se afastava.

Francie ficou parada, olhando, até ele virar a esquina. No próximo verão?! Estavam em setembro e o próximo verão parecia estar a um milhão de anos de distância.

Ela havia gostado tanto dos cursos de verão que queria se matricular na mesma faculdade naquele outono, mas não tinha como conseguir os mais de trezentos dólares necessários. Em uma manhã que passou analisando catálogos na Biblioteca Pública de Nova York, na 42nd Street, descobriu uma faculdade para mulheres que era gratuita para moradoras de Nova York.

Armada com seu certificado de notas dos cursos de verão, ela foi à faculdade. Eles lhe disseram que ela não poderia se matricular sem ter feito o ensino médio. Ela explicou que haviam permitido que ela fizesse os cursos de verão. Ah! Isso era diferente. Esses cursos eram oferecidos apenas para créditos. Não havia diplomas envolvidos em cursos de verão. Ela perguntou se não poderia fazer os cursos agora sem esperar um diploma. Não. Se ela tivesse mais de vinte e cinco anos, talvez pudesse ser aceita como aluna especial e cursar disciplinas sem ser candidata a um diploma. Pesarosa, Francie reconheceu que ainda não tinha mais de vinte e cinco anos. No entanto, havia uma alternativa. Se ela conseguisse passar no exame de ingresso ou no exame de final do ensino médio, teria permissão para se matricular, independentemente de seus créditos no ensino médio.

Francie prestou os exames e foi reprovada em todos, exceto química.

— Eu devia ter imaginado — ela disse à sua mãe. — Se as pessoas pudessem entrar na faculdade tão facilmente assim, ninguém se importaria em fazer o colégio. Mas não se preocupe, mamãe. Agora eu sei como são os exames. Vou conseguir os livros, estudar e fazê-los de novo no ano que vem. E vou passar da próxima vez. Eu vou passar, mamãe, você vai ver.

Mesmo que ela tivesse conseguido entrar na faculdade, não teria dado certo, porque acabou sendo transferida para o turno diurno. Era agora uma operadora rápida e experiente e eles precisavam dela de dia, quando o tráfego de comunicações era mais pesado. Garantiram que ela poderia voltar ao trabalho noturno no verão, se quisesse. Recebeu mais um aumento. Estava ganhando agora dezessete dólares e cinquenta centavos por semana.

De novo as noites solitárias. Francie vagueava pelas ruas do Brooklyn nas lindas noites de outono e pensava em Ben.

(*Se precisar de mim, me escreva e eu dou um jeito de me encontrar com você.*)

Sim, ela precisava dele, mas tinha certeza de que ele não viria se ela escrevesse: "Estou me sentindo só. Por favor, venha caminhar e conversar comigo". Na sólida programação de vida dele, não havia um item chamado "solidão".

A vizinhança parecia a mesma, mas era diferente. Estrelas douradas haviam aparecido em algumas das janelas das casas de cômodos. Os rapazes ainda se reuniam na esquina ou na frente da loja de doces à noite. Mas agora, quase sempre, um deles estava de uniforme.

Eles cantavam "A Shanty in Old Shantytown" e "When You Wore a Tulip", "Dear Old Girl", "I'm Sorry I Made You Cry" e outras músicas.

Às vezes o rapaz soldado os conduzia em canções de guerra: "Over There", "K-K-K-Katy" e "The Rose of No Man's Land".

Mas, o que quer que cantassem, sempre terminavam com uma das velhas cantigas populares do Brooklyn: "Mother Machree", "When Irish Eyes Are Smiling", "Let Me Call You Sweetheart" ou "The Band Played On".

E Francie passava por eles à noite e se perguntava por que todas as canções pareciam tão tristes.

50

SISSY ESPERAVA SEU BEBÊ PARA O FIM DE NOVEMBRO. KATIE E EVY faziam de tudo para evitar esse assunto com Sissy. Tinham certeza de que seria mais um natimorto e raciocinavam que, quanto menos falassem sobre isso, menos Sissy teria para lembrar depois. Mas Sissy fez algo tão revolucionário que elas tiveram que falar a respeito. Ela anunciou que seria acompanhada por um médico quando o bebê viesse e que ele nasceria em um hospital.

Sua mãe e irmãs ficaram perplexas. Nenhuma mulher Rommely havia tido um médico acompanhando o parto, nunca. Não parecia certo. O procedimento era chamar uma parteira, uma vizinha mulher, ou sua mãe, e resolver a situação discretamente, a portas fechadas, sem a presença de homens. Bebês eram assunto de mulheres. Quanto a hospitais, todos sabiam que só se ia lá para morrer.

Sissy lhes disse que elas estavam atrasadas no tempo; que parteiras eram coisa do passado. Além disso, informou-lhes, com orgulho, que a decisão não era dela. O seu Steve insistira sobre o médico e o hospital. E não era só isso.

Sissy teria um médico judeu!

— Por quê, Sissy? Por quê? — perguntaram suas irmãs, chocadas.

— Porque os médicos judeus são mais solidários que os cristãos em um momento como esse.

— Eu não tenho nada contra judeus — começou Katie —, mas...

— Escutem! O fato de o povo do dr. Aaronstein olhar para uma estrela quando reza e não para uma cruz, como nós, não tem nada a ver com ele ser um bom médico ou não.

— Mas eu achei que você ia querer um médico da sua própria fé por perto em um momento de... — (Katie ia dizer "morte", mas se controlou a tempo) — ... nascimento.

— Ah, besteira! — disse Sissy, com desdém.

— Os iguais ficam com os iguais. Não se veem judeus recorrendo a médicos cristãos — disse Evy, achando que havia encontrado um bom argumento.

— E por que chamariam — contrapôs Sissy —, se eles e o resto do mundo sabem que os médicos judeus são mais inteligentes?

O nascimento foi como os outros. Sissy teve o parto fácil como de costume, facilitado ainda mais pela habilidade do médico. Quando o bebê nasceu, ela fechou os olhos com força. Estava com medo de olhar para ele. Tivera tanta certeza de que esse viveria. Mas, agora que chegara a hora, sentia em seu coração que não seria assim. Ela abriu os olhos, por fim. Viu o bebê deitado em uma mesa próxima. Estava imóvel e azulado. Ela virou a cabeça.

De novo, pensou. *De novo e de novo e de novo. Onze vezes. Ah, Deus, por que não me deixou ter um? Só um dos onze? Daqui a alguns anos, terá se esgotado meu tempo para ter filhos. Uma mulher morrer... sabendo que nunca foi capaz de gerar uma vida. Ah, Deus, por que me amaldiçoou assim?*

Então ela ouviu uma palavra. Ouviu uma palavra que não conhecia. Ouviu a palavra "oxigênio".

— Rápido! Oxigênio! — ouviu o médico dizer.

Ela o observou trabalhando em seu bebê. Viu o milagre que transcendia os milagres dos santos que sua mãe lhe contava. Viu o azulado mortífero se transformar em uma alvura viva. Viu uma criança aparentemente sem vida respirar. Pela primeira vez, ouviu o choro de uma criança que ela havia gerado.

— Ele está... está... vivo? — perguntou, com medo de acreditar.

— E por que não estaria? — O médico encolheu os ombros, eloquente. — Você teve um menino dos melhores que já vi.

— Tem *certeza* que ele vai viver?

— Por que não? — Novamente o encolher de ombros. — A não ser que você o deixe cair de uma janela do terceiro andar.

Sissy pegou as mãos do médico e as cobriu de beijos. E o dr. Aaron Aaronstein não ficou constrangido com sua emoção como um médico não judeu ficaria.

Ela deu ao bebê o nome de Stephen Aaron.

— Eu nunca vi falhar — disse Katie. — É só uma mulher sem filhos adotar um bebê e pronto! Um ou dois anos mais tarde, com certeza ela vai ter o seu. É como se Deus finalmente reconhecesse suas boas intenções. É bom que a Sissy tenha dois para criar, porque não é bom criar um filho sozinho.

— A Pequena Sissy e Stevie têm só dois anos de diferença — disse Francie. — Quase como o Neeley e eu.

— É. Eles vão fazer companhia um para o outro.

O filho saudável de Sissy foi o grande encanto da família até que o tio Willie Flittman lhes deu algo mais para falar. Willie tentou se alistar no exército e foi recusado; depois disso, ele largou o emprego na empresa de leite, voltou para casa, anunciou que era um fracasso e foi para a cama. Não quis levantar na manhã seguinte nem na outra. Disse que ficaria na cama e nunca mais sairia dela enquanto vivesse. A vida toda ele tinha vivido como um fracasso e agora morreria como um fracasso, e, quanto antes, melhor, declarou.

Evy mandou chamar as irmãs.

Evy, Sissy, Katie e Francie ficaram em volta da grande cama de metal em que o fracasso havia se estabelecido. Willie deu uma olhada para o círculo das determinadas mulheres Rommely e choramingou.

— Eu sou um fracasso. — Puxou o cobertor sobre a cabeça.

Evy passou seu marido para Sissy, e Francie observou Sissy trabalhar com ele. Ela o envolveu nos braços e aconchegou o pequeno e desamparado homem junto ao peito. Convenceu-o de que nem todos os homens corajosos estavam nas trincheiras, que muitos heróis arriscavam a vida diariamente por seu país em uma fábrica de munições. Falou e falou até que Willie ficou tão empolgado para ajudar a ganhar a guerra que pulou da cama e fez a tia Evy se apressar com sua calça e sapatos.

Agora, Steve era subchefe em uma fábrica de munições na Morgan Avenue e conseguiu para Willie um emprego bem remunerado, que oferecia cinquenta por cento a mais pela hora extra.

Era uma tradição na família Rommely que os homens guardassem para si qualquer dinheiro de gorjetas ou horas extras que ganhassem. Com seu primeiro cheque por horas extras, Willie comprou um bumbo e um par de pratos. Passava todas as suas noites (quando não tinha que fazer horas extras) praticando com o bumbo e os pratos na sala da frente. Francie lhe deu uma gaita de um dólar de presente de Natal. Ele a prendeu em uma vareta e amarrou a vareta no cinto, para poder tocar a gaita enquanto andava de bicicleta sem segurá-la com as mãos. Tentava usar o violão, a gaita, o bumbo e os pratos todos ao mesmo tempo. Estava treinando para ser um homem-banda.

E, assim, ele se sentava na sala da frente à noite. Soprava a gaita, dedilhava o violão, batia no grande bumbo e retinia os pratos de metal. E se lamentava por ser um fracasso.

51

QUANDO FICOU FRIO DEMAIS PARA CAMINHAR PELAS RUAS, FRANCIE se matriculou em duas aulas noturnas na Casa de Acolhimento: costura e dança.

Aprendeu a usar moldes de papel e a máquina de costura. Com o tempo, esperava conseguir fazer suas próprias roupas.

Aprendeu danças de salão, embora nem ela nem seus parceiros tivessem esperança de um dia pisar em um salão. Às vezes seu parceiro era um dos rapazes de cabelos empastados de brilhantina da vizinhança, que eram bons dançarinos e a conduziam. Às vezes era um menino de catorze anos de calças curtas e era ela quem o conduzia. Ela adorava dançar e o fazia instintivamente.

E esse ano começou a chegar ao fim.

— O que é esse livro que você está estudando, Francie?
— É o livro de geometria do Neeley.
— O que é geometria?

— Algo em que é preciso passar para entrar na faculdade, mamãe.
— Bom, não fique acordada até muito tarde.

— Que notícias você me traz da minha mãe e irmãs? — perguntou Katie para o agente de seguros.
— Bem, eu acabei de fazer o seguro dos bebês da sua irmã, Sarah e Stephen.
— Mas ela fez seguro para eles desde que nasceram, uma apólice de cinco centavos por semana.
— Esta apólice é diferente. É um seguro de vida resgatável.
— O que é isso?
— Eles não precisam morrer para resgatar. Recebem mil dólares cada um quando tiverem dezoito anos. É um seguro para eles fazerem a faculdade.
— Ora essa! Primeiro um médico e um hospital para dar à luz, agora seguro para a faculdade. O que mais ela vai inventar?

— Alguma correspondência, mamãe? — perguntou Francie, como de costume, quando chegou do trabalho.
— Não. Só um cartão da Evy.
— O que ela diz?
— Nada de mais. Só que tiveram que se mudar de novo por causa do bumbo do Willie.
— Para onde se mudaram agora?
— A Evy encontrou uma casa para uma só família em Cypress Hills. Isso fica no Brooklyn?
— É para o leste, na direção de Nova York, onde o Brooklyn muda para Queens. Perto da Crescent Street, a última estação da linha elevada de metrô da Broadway. Quer dizer, era a última estação antes de eles estenderem a linha até Jamaica.

Mary Rommely estava deitada em sua cama branca estreita. Um crucifixo se destacava na parede nua sobre sua cabeça. Suas três filhas e Francie, a neta mais velha, estavam reunidas ao lado da cama.

— Ai. Tenho oitenta e cinco anos agora e sinto que esta é minha última doença. Espero a morte com a coragem que ganhei da vida. Não vou falar com falsidade e dizer a vocês: "Não sofram por mim quando eu me for". Eu amei minhas filhas e tentei ser uma boa mãe, e é justo que minhas filhas sofram por mim. Mas tenham um sofrimento suave e breve. E deixem a resignação ir entrando. Saibam que eu vou ser feliz. Vou ver com os meus próprios olhos os grandes santos que amei durante toda a minha vida.

Francie mostrou as fotografias para um grupo de moças na sala de descanso.
— Esta é a Annie Laurie, minha irmãzinha. Ela só tem um ano e meio, mas corre por toda parte. E vocês tinham que ouvir ela falar!
— Ela é bonita.
— Este é o meu irmão, Cornelius. Ele vai ser médico.
— Ele é bonito.
— Esta é a minha mãe.
— Ela é bonita. E parece tão jovem.
— E esta sou eu no telhado.
— O telhado é bonito.
— *Eu* sou bonita — disse Francie, fingindo-se indignada.
— Nós todas somos bonitas. — As moças riram. — Nossa supervisora é bonita, aquela megera. Espero que ela se engasgue.
Elas riram e riram.
— Do que nós estamos rindo? — perguntou Francie.
— De nada. — E elas riram mais ainda.

— Mande a Francie. Na última vez que eu pedi sauerkraut ele me pôs para fora da loja — protestou Neeley.
— Você tem que falar repolho da liberdade agora, seu trouxa — disse Francie.
— Não se xinguem — repreendeu Katie, automaticamente.
— Vocês sabiam que mudaram o nome da Hamburg Avenue para Wilson Avenue? — perguntou Francie.
— A guerra leva as pessoas a fazer coisas estranhas — suspirou Katie.

*

— Você vai contar para a mamãe? — perguntou Neeley, apreensivo.

— Não. Mas você é muito novo para sair com aquele tipo de garota. Dizem que ela é sem-vergonha — disse Francie.

— E quem quer uma garota envergonhada?

— Eu não me importo, só que você não sabe absolutamente nada sobre... sexo.

— Pelo menos eu sei mais que você. — Ele pôs a mão no quadril e falou com uma voz aguda e forçada: — Ó, mamãe! Eu vou ter um bebê se um homem só me beijar? Vou, mamãe? Vou?

— Neeley! Você estava escutando a conversa aquele dia?!

— Claro! Eu estava logo ali no corredor e ouvi cada palavra.

— Isso é muito baixo...

— Você também escuta. Eu já te peguei um monte de vezes escutando a conversa da mamãe com a Sissy ou com a tia Evy quando você devia estar na cama dormindo.

— Isso é diferente. Eu tenho que aprender as coisas.

— Sei...

— Francie! Francie! São sete horas. Levante!

— Para quê?

— Você tem que estar no trabalho às oito e meia.

— Grande novidade, mamãe.

— Você faz dezesseis anos hoje.

— Grande novidade. Eu já tenho dezesseis há dois anos.

— Vai ter que ter dezesseis por mais um ano, então.

— Provavelmente eu vou ter dezesseis a vida inteira.

— Eu não me surpreenderia.

— Eu *não estava* fuçando — disse Katie, indignada. — Eu precisava de mais cinco centavos para o homem do gás e achei que você não se importaria. Você vive procurando trocados na *minha* bolsa.

— É diferente — disse Francie.

Katie mostrou uma caixinha roxa na palma da mão. Havia cigarros perfumados com pontas douradas dentro. Estava faltando um na caixa cheia.

— Tudo bem, agora você já sabe o pior — disse Francie. — Sim, eu fumei um cigarro *Milo*.

— Pelo menos eles têm cheiro bom — disse Katie.

— Vá em frente, mamãe. Me dê uma bronca e acabe logo com isso.

— Com tantos soldados morrendo na França, o mundo não vai acabar se *você* fumar um cigarro de vez em quando.

— Puxa, mamãe, você tira toda a graça das coisas. É como quando você não ficou brava com a minha calcinha de renda preta no ano passado. Pode jogar fora os cigarros.

— Eu não vou fazer isso! Vou espalhá-los na minha gaveta para perfumar as camisolas.

— Eu estava pensando — disse Katie —, que, em vez de comprarmos presentes de Natal uns para os outros este ano, podemos juntar o dinheiro e comprar um frango para assar, um bolo grande na padaria, meio quilo de um café de qualidade e...

— Nós temos dinheiro suficiente para comida — protestou Francie. — Não precisamos usar nosso dinheiro do Natal.

— Eu queria dar um pouco para as irmãs Tynmore no Natal. Ninguém mais tem aulas com elas agora, porque dizem que elas ficaram paradas no tempo. Elas não têm o suficiente para comer, e a srta. Lizzie foi tão boa conosco.

— Ah, está bem — concordou Francie, sem muito entusiasmo.

— Droga! — Neeley chutou com força a perna da mesa.

— Não se preocupe, Neeley — riu Francie. — Você vai ganhar um presente. Eu vou te comprar polainas bege este ano.

— Cala a boca!

— Não digam "cala a boca" um para o outro — repreendeu Katie, automaticamente.

— Eu quero pedir um conselho para você, mamãe. Tem um rapaz que eu conheci no curso de verão. Ele disse que talvez escrevesse, mas nunca escreveu. Será que eu ia parecer muito oferecida se mandasse um cartão de Natal para ele?

— Oferecida? Bobagem! Mande o cartão se tiver vontade. Eu detesto esses joguinhos de flerte que as mulheres inventam. A vida é curta demais. Se encontrar um homem que você ame, não perca tempo baixando os olhos e dando sorrisinhos bobos. Vá direto a ele e diga: "Eu te amo. Vamos nos casar?" Obviamente — acrescentou depressa, com um olhar apreensivo para a filha —, só faça isso depois que tiver idade suficiente para ter certeza do que quer.

— Sendo assim, eu vou mandar o cartão — decidiu Francie.

— Mamãe, eu e o Neeley resolvemos que queremos café em vez daquele drinque com leite.

— Está bem. — Katie guardou o conhaque de volta no armário.

— E faça o café bem forte e quente e encha as canecas metade com café e metade com leite quente e vamos brindar 1918 com *café au lait*.

— *S'il vous plaît* — acrescentou Neeley.

— Uí-uí-uí — disse a mamãe. — *Eu* também sei algumas palavras em francês.

Katie segurou o bule de café com uma das mãos e a panela de leite quente com a outra e despejou ambos nas canecas simultaneamente.

— Eu lembro — disse ela — quando não havia leite em casa. Seu pai punha um punhado de manteiga no café... se tivéssemos manteiga. Ele dizia que a manteiga vinha do leite e era igualmente boa no café.

Papai...!

52

Em um dia ensolarado na primavera em que Francie tinha dezesseis anos, ela saiu do escritório às cinco horas e viu Anita, a moça que operava uma máquina na mesma fileira que ela, na entrada do prédio com dois soldados. Um deles, baixo, atarracado e sorridente, segurava o braço de Anita possessivamente. O outro, alto e desengonçado, parecia pouco à vontade. Anita se afastou dos soldados e puxou Francie de lado.

— Francie, você *tem* que me ajudar. O Joey está em sua última licença antes de sua unidade partir para a Europa e nós estamos noivos.

— Se você está noiva, já deu tudo certo e você não precisa da ajuda de ninguém — disse Francie, brincando.

— Eu preciso de ajuda com aquele outro cara. O Joey *tinha* que trazer ele junto, caramba. Parece que eles são grudados e aonde um vai o outro vai também. Esse outro é de uma cidadezinha jeca na Pensilvânia, não conhece ninguém em Nova York, e eu *sei* que ele não vai sair de perto para eu poder ficar sozinha com o Joey. Você *tem* que me ajudar, Francie. Já pedi para três meninas e as três recusaram.

Francie deu uma olhada para o rapaz da Pensilvânia a três metros de distância. Ele não parecia grande coisa. Não era de surpreender que três garotas tivessem se recusado a ajudar Anita. Então os olhos dele encontraram os dela e ele lhe deu um sorriso lento e tímido e, de algum modo, embora não fosse bonito, ele era melhor do que bonito. O sorriso tímido convenceu Francie.

— Escute — disse ela para Anita —, se eu conseguir encontrar o meu irmão no trabalho dele, eu peço para ele avisar a minha mãe. Se ele já tiver saído, vou ter que ir para casa, porque a minha mãe vai ficar preocupada se eu não aparecer para o jantar.

— Então faça isso rápido. Telefone para ele — insistiu Anita. — Tome! — Ela procurou na bolsa. — Pegue esta moeda para ligar.

Francie telefonou da loja de charutos na esquina. Neeley ainda estava no bar do McGarrity. Ela lhe deu o recado. Quando voltou, viu que Anita e seu Joey tinham ido embora. O soldado com o sorriso tímido estava sozinho.

— Onde está a Anita? — perguntou ela.

— Acho que ela te deixou para trás. Ela saiu com o Joe.

Francie ficou consternada. Esperava que fosse um encontro duplo. O que ela ia fazer com aquele rapaz estranho e alto agora?

— Eu não os culpo por quererem ficar sozinhos — ele disse. — Eu também estou noivo. Sei como é. A última licença... a única garota.

Noivo, hein?, pensou Francie. *Pelo menos ele não tentaria dar em cima dela.*

— Mas não tem necessidade de *você* me fazer companhia — ele prosseguiu. — Se me mostrar onde eu pego o metrô para a 34th Street, porque eu não conheço nada por aqui, eu volto para o hotel. Sempre se pode escrever cartas, não é? Quando não se tem mais nada para fazer. — Ele sorriu seu sorriso tímido e solitário.

— Eu já avisei que não vou voltar para casa agora. Então, se você quiser...

— Se eu *quiser*? Puxa! Este é o meu dia de sorte. Bom, nossa, obrigado, srta...

— Nolan. Frances Nolan.

— Meu nome é Lee Rhynor. Na verdade é Leo, mas todo mundo diz "Lee". É um prazer conhecê-la, srta. Nolan. — Ele estendeu a mão.

— É um prazer conhecê-lo também, cabo Rhynor. — Eles se cumprimentaram.

— Ah, você notou a divisa. — Ele sorriu, satisfeito. — Imagino que deva estar com fome depois de trabalhar o dia inteiro. Tem algum lugar especial onde você gostaria de ir para comer alguma coisa... ou jantar?

— Uma refeição leve está bem. Não, nenhum lugar especial. E você?

— Eu queria experimentar esse tal de chop suey de que ouvi falarem.

— Tem um lugar bom perto da 42nd Street. Com música.

— Vamos lá!

No caminho para o metrô, ele disse:

— Srta. Nolan, você se incomodaria se eu te chamasse de Frances?

— Não. Mas todos me chamam de Francie.

— Francie! — Ele repetiu o nome. — Francie, mais uma coisa. Você se incomodaria se eu, ahn, fingisse que você é a minha namorada... só esta noite?

Hum, pensou Francie, *jogo rápido*.

Ele adivinhou seus pensamentos.

— Você deve estar pensando que eu não perco tempo, mas veja por este lado: faz quase um ano que não saio com uma garota, e daqui a alguns dias estarei em um navio a caminho da França, e depois disso não sei o que vai acontecer. Então, por estas poucas horas, se você não se importar, eu consideraria um grande favor.

— Eu não me importo.

— Obrigado. — Ele lhe deu o braço. — Segure aqui, namorada. — Quando estavam prestes a entrar no metrô, ele parou. — Diga "Lee" — ele falou.

— Lee — disse ela.

— Diga, "Oi, Lee. É tão bom ver você outra vez, querido".

— Oi, Lee. É tão bom ver você outra vez... — disse ela, timidamente, e ele apertou mais o braço.

*

O garçom no Ruby's pôs duas tigelas de chop suey e um grande bule de chá entre eles.

— Você serve o meu chá, para ficar mais caseiro — disse Lee.

— Quanto açúcar?

— Eu não tomo com açúcar.

— Nem eu.

— É mesmo? Nós temos exatamente os mesmos gostos, não é? — comentou ele.

Os dois estavam com muita fome e pararam de falar para se concentrar na comida escorregadia e úmida. Toda vez que Francie olhava para ele, ele sorria. Toda vez que ele olhava para ela, ela sorria alegremente. Depois que o chop suey, o arroz e o chá acabaram, ele se recostou na cadeira e pegou um maço de cigarros.

— Você fuma?

Ela sacudiu a cabeça.

— Experimentei uma vez, mas não gostei.

— Que bom. Eu não gosto de garotas que fumam.

Começaram a conversar. Ele lhe contou tudo de que pôde se lembrar sobre si. Contou de sua infância em uma cidade da Pensilvânia. (Ela se lembrou da cidade por ter lido seu jornal semanal na agência de imprensa.) Contou sobre seus pais, irmãos e irmãs. Falou de seu tempo de escola, das festas a que tinha ido, dos empregos em que havia trabalhado, contou que tinha vinte e dois anos, falou que havia se alistado aos vinte e um. Contou sobre sua vida no acampamento militar e de como chegara a cabo. Contou absolutamente tudo sobre si. Exceto sobre a moça de quem estava noivo, em sua cidade natal.

E Francie lhe falou de sua vida. Contou apenas as coisas felizes: como seu pai tinha sido bonito, como sua mãe era sábia, como Neeley era um bom irmão, como sua irmãzinha era linda. Contou-lhe sobre o vaso marrom na mesa da biblioteca, sobre a noite de Ano-Novo em que ela e Neeley ficaram conversando no telhado. Não mencionou Ben Blake, porque ele não entrou em seus pensamentos nem uma vez. Depois que ela terminou, ele disse:

— A minha vida toda eu fui tão solitário. Fui solitário em festas cheias de gente. Fui solitário enquanto beijava uma garota e fui solitário no acampamento, com centenas de pessoas em volta. Mas, agora, não me sinto mais solitário. — E sorriu seu sorriso tímido e vagaroso.

— Sempre foi assim comigo também — confessou Francie —, exceto que eu nunca beijei ninguém. E agora, pela primeira vez, eu também não me sinto solitária.

O garçom se aproximou para completar novamente seus copos de água, que já estavam quase cheios. Francie sabia que o gesto era um sinal de que eles já estavam ali tempo demais. Havia pessoas que aguardavam uma mesa vazia para jantar. Ela perguntou a hora para Lee. Quase dez horas! Eles estavam conversando havia quase quatro horas!

— Tenho que ir para casa — disse ela, a contragosto.

— Eu te levo. Você mora perto da Ponte do Brooklyn?

— Não. Da Ponte de Williamsburg.

— Eu esperava que fosse a Ponte do Brooklyn. Costumava pensar que, se um dia viesse para Nova York, ia querer caminhar pela Ponte do Brooklyn.

— Por que não? — sugeriu Francie. — Eu posso pegar um bonde para a Graham Avenue no fim da ponte e ele me deixa na esquina de casa.

Pegaram o metrô até a Ponte do Brooklyn, saíram e começaram a atravessar a pé. No meio do caminho, pararam para olhar o East River. Estavam muito perto um do outro e ele segurou a mão dela e olhou para o contorno dos prédios na margem de Manhattan.

— Nova York! Eu sempre quis ver e agora vi. É verdade o que dizem. É a cidade mais maravilhosa do mundo.

— O Brooklyn é melhor.

— Não tem arranha-céus como Nova York, tem?

— Não. Mas tem uma *sensação*... Ah, não dá para explicar. É preciso morar no Brooklyn para saber.

— Nós vamos morar no Brooklyn um dia — ele disse, calmamente, e o coração dela deu um pulo.

Ela viu que um dos policiais que patrulhavam a ponte vinha na direção deles.

— É melhor a gente andar — disse ela, inquieta. — O prédio da Marinha do Brooklyn é logo ali, e aquele barco camuflado ancorado lá está sempre de prontidão. Os policiais estão sempre atentos a espiões.

Quando o policial chegou perto deles, Lee falou:

— Nós não vamos explodir nada. Só estamos olhando o East River.

— Claro, claro — disse o policial. — Acham que eu não sei como é numa bela noite de maio? Pensam que um dia eu também não fui jovem? E nem faz tanto tempo assim quanto vocês imaginam.

Ele sorriu. Lee sorriu de volta e Francie sorriu para os dois. O policial olhou para a manga do uniforme de Lee.

— Até logo, general — disse. — Acabe com eles quando chegar lá.

— Vou fazer isso — prometeu Lee.

O policial seguiu seu caminho.

— Bom homem — comentou Lee.

— Todos são bons — disse Francie, alegremente.

Quando chegaram ao Brooklyn, ela disse que ele não precisava levá-la pelo resto do caminho até sua casa. Ela estava acostumada a ir sozinha para casa à noite dos tempos em que trabalhava no horário noturno, explicou. Ele se perderia se tentasse encontrar o caminho de volta para Nova York. O Brooklyn era meio confuso. Era preciso viver lá para se localizar, disse ela.

Na verdade, ela não queria que ele visse onde ela morava. Adorava seu bairro e não tinha vergonha dele. Mas sentia que, para um estranho que não o conhecia do mesmo jeito que ela, poderia parecer um lugar pobre e feio.

Primeiro ela lhe mostrou onde pegar a linha elevada do metrô que o levaria de volta a Nova York. Depois eles caminharam até onde ela pegaria o bonde. Passaram por um pequeno ateliê de tatuagens. Lá dentro havia um jovem marinheiro sentado, com a manga da camisa arregaçada. O tatuador estava sentado diante dele em um banquinho, com as tintas ao lado. Ele tatuava um coração atravessado por uma flecha no braço do rapaz marinheiro. Francie e Lee pararam para olhar na janela. O marinheiro acenou para eles com o braço livre. Eles acenaram de volta. O tatuador levantou os olhos e fez sinal para que entrassem. Francie franziu a testa e sacudiu negativamente a cabeça.

— Aquele rapaz estava realmente sendo tatuado! — disse Lee, com uma voz admirada, enquanto se afastavam da loja. — Caramba!

— Que eu *nunca* te pegue fazendo uma tatuagem — disse ela, com afetada severidade.

— Está bem, mãe — respondeu ele, submisso, e ambos riram.

Pararam na esquina para esperar o bonde. Um silêncio incômodo desceu sobre eles. Ficaram separados um do outro e ele acendia cigarros e os jogava fora antes de chegarem à metade. Por fim, um bonde surgiu à vista.

— É o meu — disse Francie, e estendeu a mão direita. — Boa noite, Lee.

Ele descartou o cigarro que acabara de acender.

— Francie? — Ele abriu os braços.

Ela foi até ele e ele a beijou.

Na manhã seguinte, Francie vestiu seu conjunto azul-marinho novo, com a blusa de crepe georgette branca e seus sapatos de couro de domingo. Ela e Lee não tinham um encontro. Não haviam combinado se ver de novo. Mas ela sabia que ele a estaria esperando às cinco horas. Neeley levantou da cama quando ela estava de saída. Francie lhe pediu para avisar sua mãe de que ela não viria jantar em casa.

— A Francie finalmente arranjou um namorado! A Francie finalmente arranjou um namorado! — Neeley cantarolou.

Ele foi até Laurie, que estava sentada perto da janela em seu cadeirão. Havia uma tigela de mingau de aveia na bandeja. A bebê se ocupava diligentemente em pegar o alimento com a colher e jogá-lo no chão. Neeley a agradou com um afago embaixo do queixo.

— Ei! Tontinha! A Francie finalmente arranjou um namorado.

Uma linha tênue surgiu no canto interno de sua sobrancelha direita (a linha Rommely, como Katie a chamava) enquanto a criança de dois anos tentava entender.

— Fran-ni? — disse ela, confusa.

— Escute, Neeley, eu a tirei da cama e preparei o mingau. Agora é seu trabalho dar a comida para ela. E não a chame de tontinha.

Quando saiu do saguão para a rua, ouviu chamarem seu nome. Olhou para cima. Neeley estava arcado na janela, de pijama, cantando a plena voz:

Lá vai ela
Toda bela
Vestido enfeitado
Para o namorado...

— Neeley, você é terrível! Terrível! — ela gritou para a janela e ele fingiu não entender.

— Você disse que ele é terrível? Disse que ele tem um bigodão e é careca?

— Vá dar a comida para a bebê — ela gritou de volta.

— Você disse que vai ter um bebê, Francie? Você disse que vai ter um bebê?

Um homem que passava pela rua piscou para Francie. Duas meninas que vinham de braços dados tiveram um acesso de riso.

— Garoto maldito! — berrou Francie, em uma fúria impotente.

— Você falou uma palavra feia! Vou contar para a mamãe, vou contar para a mamãe, vou contar para a mamãe — cantarolou Neeley.

Ela ouviu o bonde chegando e correu para pegá-lo.

Ele estava à sua espera quando ela saiu do trabalho. Encontrou-a com aquele sorriso.

— Oi, minha namorada. — Ele lhe ofereceu o braço.

— Oi, Lee. É tão bom ver você outra vez.

— ... querido — ele a lembrou.

— Querido — ela acrescentou.

Comeram no Automat, mais um lugar que ele queria conhecer. Como fumar não era permitido ali e Lee não conseguia ficar muito tempo sentado sem fumar, não se demoraram conversando depois da sobremesa e do café. Decidiram ir dançar. Encontraram um lugar logo saindo da Broadway em que membros das forças armadas pagavam metade do valor. Ele comprou vinte tíquetes de dança por um dólar e eles começaram a dançar.

Mal haviam chegado ao meio da pista quando Francie descobriu que o jeito desengonçado e desajeitado dele era extremamente enganoso. Ele dançava com leveza e habilidade. Os dois dançaram, abraçados. Não havia necessidade de conversar.

A orquestra tocava uma das canções favoritas de Francie, "Em uma manhã de domingo".

Em uma manhã de domingo,
Em um belo dia de sol.

Ela cantarolou o refrão junto com o vocalista.

Vestida toda de branco,
Que noiva eu serei então.

Sentiu o braço de Lee se apertar em volta dela.

E sei que minhas amigas
Todas me invejarão.

Francie estava tão feliz. Outra volta pela pista e o vocalista repetiu o refrão, desta vez variando-o ligeiramente em homenagem aos soldados presentes.

Vestido de verde-oliva,
Que noivo eu serei então.

Ela apertou o braço em volta do ombro dele e pousou o rosto em seu uniforme. Teve o mesmo pensamento que Katie tivera dezessete anos antes, enquanto dançava com Johnny: que aceitaria de bom grado qualquer sacrifício ou dificuldade se pudesse ter aquele homem perto dela para sempre. E, como Katie, Francie nem pensou nos filhos que poderiam ter que ajudá-la a enfrentar a dificuldade e o sacrifício.

＊

Um grupo de soldados estava saindo do local. Como era o costume, a orquestra interrompeu a música que estava tocando e começou "Até nos vermos de novo". Todos pararam de dançar e cantaram uma despedida para os soldados.

Francie e Lee deram as mãos e cantaram, embora nenhum dos dois soubesse direito a letra.

> ... *Quando as nuvens passarem*
> *Eu voltarei para você,*
> *E o céu ficará mais azul...*

Houve gritos de "Adeus, soldado!", "Boa sorte, soldado!", "Até nos vermos de novo, soldado". Os soldados de partida se juntaram em um grupo e cantaram a música. Lee puxou Francie para a porta.

— Vamos sair agora — disse ele. — Assim este momento ficará como uma lembrança perfeita.

Desceram a escada devagar, a música os seguindo. Quando chegaram à rua, esperaram até que a melodia terminasse ao longe.

> ... *Reze toda noite por mim*
> *Até nos vermos de novo.*

— Essa vai ser a nossa música — ele murmurou. — Pense em mim sempre que a ouvir.

Enquanto caminhavam, começou a chover e eles tiveram que correr e encontrar abrigo na entrada de uma loja vazia. Ficaram sob a entrada protegida e escura, de mãos dadas, olhando a chuva cair.

As pessoas sempre acham que a felicidade é algo distante, pensou Francie, *algo complicado e difícil de alcançar. No entanto, ela pode ser feita de pequenas coisas: um lugar para se abrigar da chuva; uma xícara de café quente e forte quando se está triste; para um homem, um cigarro que lhe dê prazer; um li-*

vro para ler quando se está só... ou apenas estar com uma pessoa que se ama. Essas coisas fazem a felicidade.

— Eu vou partir bem cedo de manhã.

— Para a França? — De repente, ela se viu arrancada de sua felicidade.

— Não, para casa. Minha mãe quer ficar um ou dois dias comigo antes...

— Ah.

— Eu te amo, Francie.

— Mas você é noivo. Foi a primeira coisa que me contou.

— Noivo — disse ele, com amargura. — Todos são noivos. Todos em uma cidade pequena são noivos, casados ou enrolados. Não há mais nada para fazer em uma cidade pequena. Você vai para a escola. Começa a voltar para casa com uma menina, talvez só porque ela mora no mesmo caminho. Você cresce. Ela te convida para festas na casa dela. Você vai a outras festas, as pessoas pedem para você levá-la também; passa a ser esperado que você a leve para casa. Logo ninguém mais a convida para sair. Todos acham que ela é a sua garota e aí... bom, se você não sair com ela, acaba se sentindo um canalha. E então, como não há mais nada a fazer, você se casa. E dá certo se ela for uma menina decente (e, na maior parte das vezes, ela é) e você for um camarada pelo menos meio decente. Nenhuma grande paixão, mas uma espécie de satisfação afetuosa. E aí vêm os filhos e você lhes dá o grande amor que falta de um pelo outro. E os filhos saem ganhando no longo prazo. É verdade, eu estou noivo. Mas entre mim e ela não é a mesma coisa que entre mim e você.

— Mas você vai casar com ela?

Ele fez uma longa pausa antes de responder.

— Não.

Ela estava feliz outra vez.

— Diga para mim, Francie — ele sussurrou. — Diga.

Ela disse.

— Eu te amo, Lee.

— Francie... — Havia urgência na voz dele. — Talvez eu não volte de lá e tenho medo... tenho medo. Eu posso morrer... posso morrer sem nunca ter tido nada... nunca... Francie, nós não *podemos* ficar um pouco juntos?

— Nós estamos juntos — disse Francie, inocentemente.

— Eu quero dizer... em um quarto... sozinhos... Só até de manhã, quando eu for embora?

— Eu... não posso.

— Você *quer*?

— Quero — ela respondeu com sinceridade.

— Então por que...

— Eu só tenho dezesseis anos — ela confessou, bravamente. — Nunca fiquei com... ninguém. Eu nem saberia como.

— Isso não faz diferença.

— E eu nunca passei a noite fora de casa. Minha mãe ia ficar preocupada.

— Você poderia dizer a ela que passou a noite com uma amiga.

— Ela sabe que eu não tenho nenhuma amiga.

— Você poderia pensar em alguma desculpa... amanhã.

— Eu não teria que pensar em uma desculpa. Eu contaria a verdade para ela.

— Você *contaria*? — perguntou ele, perplexo.

— Eu te amo. Não teria vergonha... depois, se eu ficasse com você. Eu estaria orgulhosa e feliz e não ia querer mentir sobre isso.

— Eu não tinha como saber, não tinha como saber — ele murmurou, como se falasse consigo mesmo.

— Você não ia querer que fosse algo feito... às escondidas, ia?

— Francie, me perdoe. Eu não devia ter pedido. Eu não tinha como saber.

— Saber o quê? — perguntou Francie, confusa.

Ele a abraçou com força e ela viu que ele estava chorando.

— Francie, eu tenho medo... tanto medo. Tenho medo de que, se eu for embora, vou te perder e nunca mais vou poder te ver. Diga para eu não ir para casa e eu ficarei aqui. Nós teremos amanhã e o dia seguinte. Podemos comer juntos e caminhar ou sentar em um parque ou entrar em um ônibus e só conversar e estar um com o outro. Diga para eu não ir.

— Eu acho que você tem que ir. Acho que é certo você ver sua mãe mais uma vez antes de... Não sei. Mas acho que é certo.

— Francie, você casa comigo quando a guerra terminar... *se* eu voltar?
— *Quando* você voltar, eu me caso com você.
— Casa mesmo, Francie? Por favor, casa mesmo?
— Caso.
— Diga de novo.
— Eu me caso com você quando você voltar, Lee.
— E, Francie, nós vamos morar no Brooklyn.
— Vamos morar onde você quiser.
— Vamos morar no Brooklyn, então.
— Só se *você* quiser, Lee.
— E você vai me escrever todos os dias? *Todos* os dias?
— Todos os dias — ela prometeu.
— E vai me escrever esta noite quando chegar em casa e me dizer o quanto você me ama, para a carta estar à minha espera quando eu chegar à minha casa? — Ela prometeu. — Você promete nunca deixar mais ninguém te beijar? Promete nunca mais sair com ninguém? E esperar por mim, por mais que demore? E, se eu não voltar, nunca *querer* se casar com mais ninguém?

Ela prometeu.

E ele pediu a vida inteira dela tão simplesmente quanto se lhe pedisse para sair. E ela prometeu a sua vida inteira tão simplesmente quanto ofereceria a mão em um cumprimento ou uma despedida.

Passado um tempo, parou de chover e surgiram as estrelas.

53

ELA ESCREVEU NAQUELA NOITE, COMO HAVIA PROMETIDO. UMA carta longa em que despejou todo o seu amor e repetiu as promessas que tinha feito.

Saiu um pouco mais cedo para o trabalho para ter tempo de postar a carta no correio da 34th Street. O funcionário no guichê lhe garantiu que ela chegaria ao destino naquela tarde. Era quarta-feira.

Ela estava ansiosa, mas tentou não ficar na expectativa de uma carta na quinta à noite. Não havia dado tempo, a menos que ele também tivesse escrito imediatamente depois de terem se separado. Mas, claro, ele talvez precisasse arrumar as malas... e levantar cedo para pegar o trem. (Nunca lhe ocorreu que *ela* havia dado um jeito de encontrar tempo.) Não houve carta na quinta à noite.

Na sexta-feira, ela teve que trabalhar direto, em um turno de dezesseis horas, porque a empresa estava com falta de funcionários em virtude de uma epidemia de gripe. Quando chegou em casa um pouco antes das duas da manhã, havia uma carta apoiada no açucareiro, na mesa da cozinha. Ela rasgou o envelope, impaciente.

"Cara Srta. Nolan."

Sua felicidade morreu. Não poderia ser de Lee, porque ele teria escrito "Querida Francie". Ela virou a página e olhou para a assinatura. "Sra. Elizabeth Rhynor". Oh! Devia ser sua mãe. Ou uma cunhada. Talvez ele estivesse doente e não pudesse escrever. Talvez houvesse uma regra no exército segundo a qual homens prestes a viajar para o exterior não podiam escrever cartas. Ele tinha pedido para alguém escrever para ele. Claro. Era isso. Ela começou a ler a carta.

"Lee me contou sobre você. Quero lhe agradecer por ter sido tão boa e gentil com ele em Nova York. Ele chegou em casa na quarta-feira à tarde, mas teve que partir para o acampamento na noite seguinte. Ficou em casa apenas um dia e meio. Fizemos um casamento muito discreto, apenas as famílias e poucos amigos..."

Francie baixou a carta. *Eu trabalhei dezesseis horas seguidas*, pensou, *e estou cansada. Li milhares de mensagens hoje e as palavras não fazem mais sentido a esta altura. Além disso, adquiri um mau hábito de leitura na agência, de ler uma coluna com um passar de olhos para identificar apenas uma palavra nela. Primeiro vou lavar o rosto para espantar o sono, tomar um café, então vou ler a carta de novo. Dessa vez eu vou ler direito.*

Enquanto o café esquentava, ela jogou água fria no rosto, pensando que, quando chegasse à parte da carta que mencionava "casamento", continuaria a leitura e as palavras seguintes seriam: "Lee foi o padrinho. O casamento foi do irmão dele".

Acordada na cama, Katie ouviu Francie andando pela cozinha. Ficou tensa, em expectativa.

Francie leu a carta outra vez.

"... casamento muito discreto, apenas as famílias e poucos amigos. Lee me pediu para escrever e explicar por que ele não respondeu a sua carta. Uma vez mais, obrigada por ter-lhe feito companhia tão gentilmente enquanto ele esteve em sua cidade. Atenciosamente, Sra. Elizabeth Rhynor"

Havia um adendo.

"Eu li a carta que você enviou para Lee. Foi cruel da parte dele fingir que estava apaixonado por você e eu lhe disse isso. Ele pediu que eu lhe transmitisse que ele lamenta profundamente. E.R."

Francie tremia violentamente. Seus dentes rangiam uns contra os outros.
— Mamãe — ela gemeu. — *Mamãe!*

Katie ouviu a história e pensou: *Chegou o momento em que você não pode mais evitar que seus filhos sofram. Quando não havia comida suficiente na casa, você fingia que não estava com fome, para eles terem mais. No frio de uma noite de inverno, você se levantava e punha seu cobertor na cama deles para que não sentissem frio. Você mataria qualquer um que tentasse fazer mal a eles, e eu realmente tentei matar aquele homem no saguão. Aí, um belo dia, eles saem com toda a inocência e caminham direto para a dor que você teria dado a vida para que eles não sentissem.*

Francie lhe entregou a carta. Ela leu devagar e, enquanto lia, pensou que sabia o que estava acontecendo. Ali estava um homem de vinte e dois anos que, evidentemente (para usar uma das expressões de Sissy), era rodado. Aqui estava uma menina de dezesseis anos, seis anos mais nova do que ele. Uma menina que, apesar do batom vermelho intenso, das roupas de adulta e de muito conhecimento obtido aqui e ali, ainda era terrivelmente inocente; uma menina que se vira face a face com alguns males do mundo e com a maioria de suas dificuldades e, no entanto, permanecia curiosamente intocada pelo mundo. Sim, entendia por que ele se sentira atraído por ela.

Bem, o que poderia dizer? Que ele não prestava ou, na melhor das hipóteses, que era apenas um homem fraco suscetível a quem quer que estivesse com ele? Não, não podia ser tão cruel assim. Além disso, sua filha não acreditaria nela.

— Diga alguma coisa — pediu Francie. — Por que você não diz alguma coisa?

— O que eu posso dizer?

— Diga que eu sou jovem, que eu vou superar. Vá em frente, diga isso. Vá em frente, pode mentir.

— Eu sei que é isso que as pessoas falam, que você vai superar. Eu diria isso também. Mas eu sei que não é verdade. Ah, você vai ser feliz de novo, não tenha medo quanto a isso. Mas não vai esquecer. Cada vez que se apaixonar, será porque alguma coisa no homem a faz se lembrar *dele*.

— Mãe...

Mãe! Katie se lembrava. Ela chamara sua própria mãe de "mamãe" até o dia em que lhe dissera que ia se casar com Johnny. Ela havia dito, "Mãe, eu vou me casar...". Nunca mais disse "mamãe" depois disso. Terminara de crescer quando parara de chamar sua mãe de "mamãe". Agora Francie...

— Mãe, ele me pediu para passar a noite com ele. Eu devia ter ido?

A mente de Katie deu voltas à procura de palavras.

— Não invente uma mentira, mãe. Diga a verdade.

Katie não conseguia encontrar as palavras certas.

— Eu prometo a você que nunca vou ficar com um homem sem me casar primeiro... se um dia eu me casar. E se eu sentir que devo me entregar a ele, sem ser casada, vou falar com você primeiro. Isso é uma promessa. Então você pode me dizer a verdade sem se preocupar se eu vou agir errado.

— Há duas verdades — disse Katie, por fim. — Como mãe, eu diria que seria terrível uma menina dormir com um estranho, um homem que ela conheceu há menos de quarenta e oito horas. Coisas horríveis poderiam ter acontecido a você. Sua vida inteira poderia ter se arruinado. Como sua mãe, eu lhe digo a verdade. Mas, como mulher... — Hesitou. — Eu vou lhe dizer a verdade como mulher. Teria sido uma coisa muito bonita. Porque é só uma vez que se ama dessa maneira.

Francie pensou: *Eu devia ter ido com ele, então. Nunca mais vou amar alguém tanto assim. Eu queria ir e não fui, e agora eu não o quero mais daquele jeito, porque ele é dela. Mas eu queria, e não fiz, e agora é tarde demais.* Apoiou a cabeça na mesa e chorou.

Depois de um tempo, Katie disse:

— Eu também recebi uma carta.

Já fazia vários dias que sua carta havia chegado, mas ela estivera esperando o momento certo para mencioná-la. Decidiu que aquela era uma boa hora.

— Eu recebi uma carta — ela repetiu.

— Quem... quem escreveu? — soluçou Francie.

— O sr. McShane.

Francie soluçou mais alto.

— Você não está interessada em saber?

Francie tentou parar de chorar.

— Está bem. O que ele falou? — perguntou, sem entusiasmo.

— Nada de mais. Só que vem nos visitar na semana que vem. — Ela esperou. Francie não demonstrou mais nenhum sinal de interesse. — O que você acharia de ter o sr. McShane como pai?

Francie levantou rapidamente a cabeça.

— Mãe! Um homem escreve que vem nos visitar e você já começa a imaginar coisas? O que a faz pensar que sabe tudo o tempo todo?

— Eu não *sei*. Eu não sei nada, sério. Eu só *sinto*. E, quando a *sensação* é muito forte, eu só *digo* que sei. Mas eu não sei. Bom, e o que você acharia dele como pai?

— Depois do desastre que eu fiz com a minha própria vida — disse Francie, amargamente (e Katie não sorriu) —, sou a última pessoa para dar algum conselho.

— Não estou pedindo seu conselho. Eu só saberia melhor o que fazer se soubesse o que meus filhos acham dele.

Francie desconfiou que a conversa de sua mãe sobre McShane era um truque para distrair seus pensamentos e ficou brava, porque o truque quase havia funcionado.

— Eu não sei, mãe. Eu não sei de nada. E não quero mais conversar sobre nada. Por favor, vá embora agora. Por favor, saia e me deixe sozinha.

Katie voltou para a cama.

Bem, há um limite para quanto uma pessoa pode chorar. Depois ela tem que fazer alguma outra coisa com o seu tempo. Eram cinco horas. Francie decidiu que não adiantava mais ir dormir; ela teria que se levantar às sete. Descobriu que estava com muita fome. Não tinha comido nada desde o almoço da véspera, exceto um sanduíche entre o turno diurno e o noturno. Fez um bule de café fresco, torradas e dois ovos mexidos. Ficou espantada de como aquilo pareceu tão gostoso. Mas, enquanto comia, seus olhos se voltaram para a carta e as lágrimas vieram outra vez. Pôs a carta dentro da pia e acendeu um fósforo nela. Depois abriu a torneira e ficou vendo as cinzas negras descerem pelo ralo. Retomou seu café da manhã.

Em seguida, pegou sua caixa de papéis de carta no armário e sentou-se para escrever. Começou:

"Caro Ben:

Você disse para eu escrever se precisasse de você. Então estou escrevendo..."

Rasgou o papel ao meio.

— Não! Eu não quero precisar de ninguém. Eu quero que alguém precise de *mim*... *Eu quero que alguém precise de mim.*

Chorou de novo, mas não tão forte dessa vez.

54

E RA A PRIMEIRA VEZ QUE FRANCIE VIA MCSHANE SEM UNIFORME. Decidiu que ele causava uma boa impressão em seu terno cinza de bom corte e abotoamento duplo. Claro que ele não era bonito como seu pai havia sido; era mais alto e mais corpulento. Mas era bonito ao seu próprio modo, decidiu Francie, apesar de ter cabelos grisalhos. Mas, caramba, era velho demais para sua mãe. Sim, sua mãe também não era mais tão jovem. Ia fazer trinta e cinco anos. Ainda assim, isso era bem mais jovem do que cinquenta. De qualquer modo, ninguém precisaria se envergonhar de ter McShane como marido. Embora ele parecesse exatamente o que era, um político astuto, sua voz era gentil quando ele falava.

Estavam tomando café com bolo. Com uma pontada de desgosto, Francie notou que McShane estava sentado no lugar de seu pai à mesa. Katie tinha acabado de lhe contar tudo que havia acontecido desde a morte de Johnny. McShane pareceu impressionado com o progresso que eles haviam feito. Olhou para Francie.

— Quer dizer que esta garotinha estudou na faculdade no verão passado?!

— E ela vai de novo este ano — anunciou Katie, com orgulho.

— Isso é maravilhoso para você!

— E ela também trabalha e ganha vinte dólares por semana agora.

— Tudo isso e boa saúde também? — indagou ele, com sincera admiração.

— O menino está na metade do ensino médio.

— Não diga!

— E ele trabalha algumas tardes e noites. Às vezes ganha até cinco dólares por semana fora da escola.

— Um belo rapaz. Um dos mais belos rapazes. E olhe só a saúde dele. Que maravilha.

Francie se perguntava por que ele fazia tantos comentários sobre saúde quando eles mesmos nunca pensavam muito nisso. Então se lembrou dos filhos dele; como a maioria havia nascido, adoecido e morrido antes de crescer. Não era de admirar que ele considerasse a saúde algo tão notável.

— E a bebê? — ele indagou.

— Vá buscá-la, Francie — pediu Katie.

A criança estava no berço, na sala da frente. Aquele deveria ser o quarto de Francie, mas todos haviam concordado que a bebê precisava dormir onde houvesse ar. Francie pegou a criança adormecida. Ela abriu os olhos e, instantaneamente, estava pronta para tudo.

— Passear, Fran-ni? Parque? Parque? — perguntou ela.

— Não, querida. Só vou te apresentar para um homem.

— Homem? — disse Laurie, incerta.

— Isso. Um homem grandão.

— Homem grandão! — repetiu a criança, feliz.

Francie a levou para a cozinha. A bebê era realmente linda de se ver. Tinha uma aparência de frescor em sua camisola de flanela cor-de-rosa. Os cabelos eram volumosos cachos pretos e macios. Seus olhos escuros bem separados eram luminosos e havia uma suave cor rosada nas faces.

— Ah, a bebê, a bebê — encantou-se McShane. — É uma rosa. Uma rosa silvestre.

Se o papai estivesse aqui, pensou Francie, *ele ia começar a cantar* "Minha rosa silvestre". Ela ouviu sua mãe suspirar e imaginou se ela também estaria pensando...

McShane pegou a bebê. A criança sentou em seus joelhos, enrijeceu as costas afastando-se dele e o ficou observando, ressabiada. Katie torceu para ela não chorar.

— Laurie! — disse ela. — Sr. McShane. Diga "Sr. McShane".

A criança baixou a cabeça, olhou para cima entre os cílios, deu um sorriso maroto e sacudiu a cabeça, "não".

— Não — declarou ela. — Homem! — exclamou, triunfante. — Homem grandão! — Ela sorriu para McShane e disse, cheia de dengo. — Leva Laurie passear? Parque? Parque? — E, então, apoiou o rosto no paletó dele e fechou os olhos.

— *Quietinha, quietinha* — McShane murmurou.

A criança dormiu em seus braços.

— Sra. Nolan, deve estar pensando por que eu vim aqui esta noite. Então vou explicar. Vim lhe fazer uma pergunta pessoal. — Francie e Neeley se levantaram para sair. — Não, não saiam, crianças. A pergunta é para vocês também, não só para sua mãe. — Eles se sentaram outra vez. McShane pigarreou. — Sra. Nolan, já passou um tempo desde que seu marido... que Deus o tenha...

— Sim. Dois anos e meio. Que Deus o tenha.

— Que Deus o tenha — ecoaram Francie e Neeley.

— E a minha esposa... faz um ano que ela se foi, que Deus a tenha.

— Que Deus a tenha — ecoaram os Nolan.

— Eu esperei muitos anos e agora chegou o momento em que não é mais desrespeito aos mortos falar nisso. Katherine Nolan, eu gostaria de passar mais tempo em sua companhia. Com o objetivo de nos casarmos no outono.

Katie olhou depressa para Francie e franziu a testa. Qual era o problema com sua mãe? Francie não estava nem *pensando* em rir.

— Estou em posição de cuidar da senhora e das três crianças. Com minha pensão, meu salário e a renda dos imóveis em Woodhaven e Richmond Hill, ganho mais de dez mil dólares por ano. Tenho seguro também. Eu me ofereço para pagar a faculdade para o menino e para a menina e prometo ser um marido fiel no futuro, como fui no passado.

— Já pensou bem sobre isso, sr. McShane?

— Eu não preciso pensar. Afinal eu já não estava decidido cinco anos atrás, quando a vi pela primeira vez no piquenique do Mahoney? Foi quando eu perguntei à menina se a senhora era a mãe dela.

— Eu sou uma faxineira sem instrução. — Katie afirmou isso como um fato, não como um pedido de desculpas.

— Instrução?! Quem *me* ensinou a ler e escrever? Ninguém, só eu mesmo.

— Mas um homem como o senhor, na vida pública, precisa de uma esposa que tenha traquejo social, que possa receber seus amigos influentes do trabalho. Eu não sou esse tipo de mulher.

— É no meu escritório que eu trato de trabalho. Minha casa é onde eu vivo. Não quero dizer com isso que a senhora não seria uma ótima companheira para mim. A senhora seria uma ótima companheira para um homem até melhor do que eu. Mas não preciso de uma esposa para me ajudar no trabalho. Eu agradeço, mas posso cuidar disso sozinho. Preciso dizer que eu te amo... — Hesitou antes de chamá-la pelo primeiro nome. — ... Katherine? Quer um tempo para pensar?

— Não. Eu não preciso de tempo para pensar. Eu aceito me casar com o senhor, sr. McShane. Não pela sua renda. Embora eu não menospreze isso. Dez mil dólares por ano é bastante dinheiro. Mas mil já seria para pessoas como nós. Sempre tivemos muito pouco dinheiro e estamos acostumados a nos virar sem ele. E não é por mandar as crianças para a faculdade. Sua ajuda tornará mais fácil, mas, mesmo sem ajuda nenhuma, sei que conseguiríamos de alguma maneira. Não é por sua posição pública importante, ainda que eu goste da ideia de ter um marido para me orgulhar. Eu aceito me casar porque você é um homem bom e eu gostaria de tê-lo como marido.

Era verdade. Katie havia decidido se casar com ele — se ele a pedisse em casamento — simplesmente porque a vida estava incompleta sem um homem para amá-la. Não tinha nada a ver com seu amor por Johnny. Ela sempre o amaria. Seu sentimento por McShane era mais tranquilo. Ela o admirava e respeitava e sabia que seria uma boa esposa para ele.

— Obrigado, Katherine. Com certeza é muito pouco que estou dando em troca por ter uma esposa jovem e bonita e três filhos saudáveis — disse ele, com sincera humildade.

Então se virou para Francie.

— Como a filha mais velha, você aprova?

Francie olhou para sua mãe, que parecia esperar que ela respondesse. Olhou para seu irmão. Ele fez um sinal positivo com a cabeça.

— Acho que meu irmão e eu gostaríamos de ter o senhor como... — Lágrimas brotaram de seus olhos quando pensou em seu pai e ela não conseguiu dizer a palavra seguinte.

— Calma, calma — disse McShane, tranquilizando-a. — Não quero que vocês fiquem com esse problema. — Ele se virou para Katie. — Não estou pedindo para os dois mais velhos me chamarem de "pai". Eles tiveram um pai e ele foi um ótimo rapaz. Aquele jeito dele de estar sempre cantando.

Francie sentiu a garganta se apertar.

— E eu não vou pedir que eles tenham o meu sobrenome. Nolan é um sobrenome tão bonito. Mas esta pequenina que estou carregando... a que nunca viu o rosto de um pai... Você deixaria ela me chamar de "pai" e deixaria eu adotá-la legalmente e dar a ela o sobrenome que eu e você vamos passar a ter?

Katie olhou para Francie e Neeley. Como eles aceitariam sua irmã se chamar McShane em vez de Nolan? Francie deu sua aprovação com a cabeça. Neeley também.

— Nós aceitamos que o senhor registre a criança — disse Katie.

— Nós não podemos chamar o senhor de "papai" — disse Neeley de repente. — Mas podemos chamar de "pai", talvez.

— Eu agradeço muito — disse McShane, simplesmente. Em seguida relaxou e sorriu. — Agora, eu estava pensando... Será que eu poderia fumar meu cachimbo?

— Ora, você poderia ter fumado a qualquer hora sem perguntar — disse Katie, surpresa.

— Eu não queria tomar liberdades antes de ter direito a elas — ele explicou.

Francie pegou a bebê adormecida dos braços dele, para que ele pudesse fumar.

— Me ajude a pôr a Laurie na cama, Neeley.

— Por quê? — Neeley estava gostando da conversa e não queria sair.

— Para arrumar os cobertores no berço. Alguém tem que fazer isso enquanto eu a seguro. — Será que Neeley não entendia *nada?* Ele não entendia que talvez McShane e sua mãe quisessem ficar sozinhos pelo menos um minuto?

No escuro da sala da frente, Francie sussurrou para o irmão:

— O que você acha disso?

— Tenho certeza que ele vai ser bom para a mamãe. Claro que ele não é o papai...

— Não. Ninguém nunca vai ser... o papai. Mas, tirando isso, acho que ele é um bom homem.

— A Laurie vai ter uma vida bem fácil.

— Annie Laurie McShane! Ela nunca vai ter as dificuldades que nós tivemos, não é?

— Não. E ela não vai ter a diversão que nós tivemos também.

— Puxa! Nós nos divertimos muito, não é, Neeley?

— Muito!

— Pobre Laurie — disse Francie, pesarosa.

LIVRO CINCO

LIVRO CINCO

55

FRANCIE DEU UM PULO QUANDO ALGUÉM BATEU EM SEU OMBRO. Depois relaxou e sorriu. Claro! Era uma hora da manhã, seu turno havia terminado e sua substituta havia chegado para assumir a máquina.

— Deixa eu mandar só mais uma — pediu Francie.
— Como algumas pessoas gostam de trabalhar! — sorriu a colega.

Francie datilografou sua última mensagem devagar e afetuosamente. Estava feliz por ser um anúncio de nascimento e não uma notificação de morte. A mensagem era sua despedida. Não havia contado a ninguém que ia embora. Tinha medo de desabar e chorar se começasse a dizer adeus para as pessoas. Como sua mãe, ela tinha medo de ser abertamente sentimental.

Em vez de ir direto para seu armário, ela parou na grande sala de descanso onde algumas moças aproveitavam ao máximo o intervalo de quinze minutos. Elas estavam agrupadas em volta de uma jovem ao piano e cantavam "Hello, Central, Give Me No Man's Land".

Quando Francie entrou, a pianista mudou para outra música, inspirada pelo novo conjunto cinza de outono de Francie e seus sapatos de camurça da mesma cor. As moças cantaram: "There's a Quaker Down in Quaker

Town". Uma delas pôs o braço em volta de Francie e a puxou para o círculo. Francie cantou com elas.

Down in her heart I know, she's not so slow... *

— Francie, de onde você tirou a ideia de se vestir inteira de cinza?
— Ah, sei lá. Uma atriz que eu vi quando era criança. Não lembro o nome dela, mas a peça era *A namorada do pastor*.
— Ficou *bonito!*

She has that "meet me later" look...
My little Quaker down in Quaker town. **

Naaaa-Taaaal, cantaram juntas as garotas em um *grand finale*.
Em seguida, cantaram "You'll Find Old Dixieland in France". Francie foi até a grande janela de onde podia ver o East River vinte andares abaixo. Era a última vez que veria o rio daquela janela. A última vez de qualquer coisa tem um amargor de morte. *Isso que eu vejo agora*, pensou, *nunca mais verei deste jeito*. Ah, a última vez, com que clareza se vê tudo; como se uma luz amplificadora tivesse sido acesa. E sofremos por não termos prestado mais atenção naquilo quando o tínhamos todos os dias.
O que a vovó Mary Rommely dizia mesmo? "Sempre olhar para tudo como se fosse a primeira ou a última vez: é assim que o seu tempo neste mundo se enche de glória".
Vovó Mary Rommely!
Ela permanecera meses doente. Mas chegou o dia em que Steve apareceu pouco antes do amanhecer para lhes dar a notícia.
— Vou sentir falta dela — disse ele. — Foi uma grande dama.
— Uma grande mulher, você quer dizer — falou Katie.

*

---

* "Mas no fundo ela é atinada, de inocente não tem nada..." (N. da T.)
** "Tem um olhar de 'te vejo mais tarde'.../ Minha pequena quaker em sua aldeia natal." (N. da T.)

Por que, intrigava-se Francie, tio Willie escolhera bem aquele momento para deixar sua família? Ela ficou olhando um barco deslizar sob a ponte antes de retomar seus pensamentos. Será que o fato de ter uma mulher Rommely a menos a quem prestar contas o fizera se sentir mais livre? Será que a morte da vovó lhe dera a ideia de que existia essa coisa chamada "escape"? Ou será (como afirmava Evy) que ele, em sua mesquinhez, se aproveitara da confusão criada pelo funeral da vovó para fugir da família? O que quer que tivesse sido, Willie se fora.

Willie Flittman!

Ele treinara desesperadamente até chegar ao ponto de conseguir tocar todos os instrumentos ao mesmo tempo. Então, como homem-banda, competiu com outros em uma noite para amadores em uma sala de cinema. Ganhou o primeiro prêmio de dez dólares.

Não voltou mais para casa com o dinheiro do prêmio e os instrumentos e ninguém na família tornou a vê-lo desde então.

Ouviam notícias dele de vez em quando. Parecia que estava percorrendo as ruas do Brooklyn como homem-banda e vivendo dos centavos que recebia. Evy dizia que ele ia voltar para casa quando a neve começasse a cair, mas Francie duvidava.

Evy arranjou um emprego na fábrica em que ele havia trabalhado. Ganhava trinta dólares por semana e se saía bem, exceto à noite, quando, como todas as mulheres Rommely, achava difícil ficar sem um homem.

De pé junto à janela sobre o rio, Francie se lembrava de como sempre houvera algo no tio Willie que era como se ele fosse um sonho. Mas tantas coisas pareciam sonhos para ela. O homem no saguão aquele dia. Claro que tinha sido um sonho! O jeito como McShane esperara pela sua mãe todos aqueles anos — um sonho. Papai morto. Por um longo tempo, isso tinha sido um sonho, mas, agora, o papai era como alguém que nunca havia existido. O jeito como Laurie parecia ter saído de um sonho: nascida a filha viva de um pai morto havia cinco meses. O Brooklyn era um sonho. Todas as coisas que haviam acontecido e que simplesmente *não podiam* acontecer. Era tudo matéria de sonhos. Ou seria tudo real e verdadeiro, e seria ela, Francie, que era a sonhadora?

Bem, ela descobriria quando chegasse a Michigan. Se houvesse aquela sensação de sonho em Michigan, Francie saberia que era ela que estava sonhando.

Ann Arbor!

A Universidade de Michigan ficava lá. E, em mais dois dias, ela estaria em um trem indo para Ann Arbor. Os cursos de verão haviam terminado. Ela passara nas quatro disciplinas em que havia se matriculado. Auxiliada por Ben, igualmente passara nos exames de ingresso da universidade. Isso significava que ela, com dezesseis anos e meio, podia agora entrar na faculdade com metade dos créditos de primeiranista já cumpridos.

Ela queria ir para a Columbia em Nova York ou a Adelphi no Brooklyn, mas Ben disse que parte da educação era se adaptar a um novo ambiente. Sua mãe e McShane concordaram. Até Neeley disse que seria bom para ela ir estudar longe, assim poderia se livrar do sotaque do Brooklyn. Mas Francie não queria se livrar dele da mesma forma que não queria se livrar do seu nome. Seu modo de falar significava que ela *pertencia* a algum lugar. Ela era uma jovem do Brooklyn com um nome do Brooklyn e um sotaque do Brooklyn. Não queria mudar e se tornar um pouco disso e um pouco daquilo.

Ben havia escolhido Michigan para ela. Ele disse que era uma universidade estadual liberal, tinha um bom departamento de inglês e as mensalidades eram baratas. Francie lhe perguntou por que, então, se ela era tão boa, ele não havia se matriculado lá em vez de escolher a universidade de outro estado do Meio-Oeste. Ele lhe explicou que pretendia advogar naquele estado, entrar na política lá, e que seria bom ter como colegas seus cidadãos proeminentes do futuro.

Ben tinha vinte anos agora. Ele estava no Programa Universitário de Treinamento de Oficiais de sua faculdade e ficava muito bonito de uniforme.

Ben!

Ela olhou para o anel no terceiro dedo de sua mão esquerda. O anel de colégio de Ben. "M.H.S. 1918." Do lado de dentro estava gravado: "De

B.B. para F.N." Ele lhe disse que, embora *ele* já soubesse o que queria da vida, *ela* ainda era muito nova para saber. Ele lhe deu o anel para selar o que chamou de "acordo" entre eles. Claro, ainda levaria uns cinco anos até ele estar em posição de se casar, disse ele. Até lá, ela já teria idade suficiente para saber o que queria. Então, se ela quisesse manter o acordo, ele lhe pediria para aceitar outro tipo de anel. Como Francie tinha cinco anos para tomar uma decisão, a responsabilidade de decidir casar ou não com Ben não pesava demais sobre ela.

Incrível Ben!

Ele havia se formado no ensino médio em janeiro de 1918, entrara direto na faculdade, fizera um número surpreendente de disciplinas e voltara para os cursos de verão no Brooklyn para acumular mais créditos e, como ele confessou no fim da estação, para estar com Francie outra vez. Agora, em setembro de 1918, voltaria à faculdade para começar o terceiro ano!

Ah, o bom e velho Ben!

Decente, honrado e brilhante. *Ele* sabia o que queria. *Ele* nunca pediria uma garota em casamento e partiria no dia seguinte para se casar com outra. *Ele* nunca pediria para ela lhe escrever falando de seu amor e depois deixaria outra pessoa ler a carta. Não o Ben... não o Ben. Sim, o Ben era maravilhoso. Estava orgulhosa de tê-lo como amigo. Mas pensava em Lee.

Lee!

Onde estaria Lee agora?

Ele havia partido para a França em um navio como o que ela via agora deslizando para além do porto, um navio longo com as laterais pintadas no padrão de camuflagem e as faces pálidas e silenciosas de seus mil passageiros soldados, que pareciam, de onde ela estava, uma coleção de alfinetes de cabeça branca espetados em uma longa e desajeitada almofada.

(*Francie, eu tenho medo... tanto medo. Tenho medo de que, se eu for embora, vou te perder e nunca mais vou poder te ver. Diga para eu não ir...*)

(*Acho que é certo você ver sua mãe mais uma vez antes de... Não sei....*)

Ele estava na Divisão Arco-Íris, a divisão que agora avançava para a floresta de Argonne. Será que, naquele momento, já estaria morto na França, sob uma cruz branca comum? Quem contaria a ela se ele morresse? Não a mulher na Pensilvânia.

(*Sra. Elizabeth Rhynor*)

Anita partira meses atrás para trabalhar em outro lugar e não deixara endereço. Ninguém para perguntar, ninguém para lhe dizer.

Desejou ardentemente que ele estivesse morto para que a mulher na Pensilvânia nunca pudesse tê-lo. No instante seguinte, rezou: "Deus, não deixe que ele morra e eu não vou reclamar, quem quer que fique com ele. Por favor... Por favor!"

Ah, tempo, tempo, passe logo para eu esquecer de uma vez!

(*Você vai ser feliz de novo, não tenha medo quanto a isso. Mas não vai esquecer.*)

Sua mãe estava errada. Ela *tinha* que estar errada. Francie queria esquecer. Fazia quatro meses desde que o conhecera e não conseguia esquecer. (*Feliz de novo... mas nunca vai esquecer.*) Como poderia ser feliz de novo se não conseguisse esquecer?

Ah, tempo, que cura todas as feridas, passe por mim e me faça esquecer.

(*Cada vez que se apaixonar, será porque alguma coisa no homem a faz se lembrar dele.*)

Ben tinha o mesmo sorriso lento. Mas ela tinha achado que estava apaixonada por Ben no ano anterior, bem antes de ter visto Lee. Então isso não funcionava.

Lee, Lee!

O período de descanso terminou e um novo grupo de moças entrou na sala. Era o período de descanso delas agora. Elas se reuniram em volta do piano e começaram a entoar uma sequência de canções com a palavra "smile", sorrir. Francie sabia o que viria em seguida.

Vá embora, vá, sua tola, antes que a dor comece.

Mas não conseguiu se mover.

Elas cantaram a música de Ted Lewis: "For When My Baby Smiles at Me". Dessa, foi inevitável que passassem para "There Are Smiles That Make You Happy".

E, então, ela veio.

Sorria enquanto
Me beija no triste adeus...

("...pense em mim sempre que a ouvir. Pense em mim...") Ela correu para fora da sala. Pegou depressa o chapéu cinza e a bolsa e as luvas novas da mesma cor no armário. Correu para o elevador.

Olhou para um lado e para o outro na rua que parecia um cânion. Estava escura e deserta. Um homem alto de uniforme estava parado na entrada sombria do prédio vizinho. Ele veio andando em direção a ela com um sorriso tímido e solitário.

Ela fechou os olhos. A vovó havia dito que as mulheres Rommely tinham o poder de ver os fantasmas de seus mortos amados. Francie nunca acreditara nisso, porque nunca tinha visto seu pai. Mas agora, agora...

— Oi, Francie.

Ela abriu os olhos. Não, não era um fantasma.

— Eu tinha uma sensação de que você estaria triste... sua última noite no emprego... então eu vim para te levar para casa. Surpresa?

— Não. Eu achei que você viria — disse ela.

— Com fome?

— Morrendo!

— Aonde você quer ir? Quer tomar um café no Automat ou jantar um chop suey?

— Não! *Não!*

— Child's?

— Sim. Vamos ao Child's comer um bolo com café.

Ele lhe ofereceu o braço.

— Francie, você parece tão estranha esta noite. Não está brava comigo, está?

— Não.

— Feliz por eu ter vindo?

— Sim — disse ela, calmamente. — É bom te ver, Ben.

56

SÁBADO! O ÚLTIMO SÁBADO EM SUA VELHA CASA. NO DIA SEGUINTE seria o casamento de Katie e eles iriam direto da igreja para a nova casa. O pessoal da mudança viria na segunda-feira de manhã para levar as coisas. Eles iam deixar a maior parte da mobília para a nova faxineira. Levariam apenas seus pertences pessoais e a mobília da sala da frente. Francie queria o tapete verde com estampa de rosas, as cortinas bege rendadas e o belo e pequeno piano. Esses itens seriam instalados no quarto destinado a ela em seu novo lar.

Katie insistiu em fazer seu trabalho habitual no sábado de manhã. Eles riram quando sua mãe saiu com a vassoura e o balde. McShane havia lhe dado uma conta bancária com mil dólares como presente de casamento. Pelos padrões da família Nolan, Katie era uma mulher rica agora e não precisava mais nem pensar em trabalhar. Mas ela insistiu em trabalhar naquele último dia. Francie desconfiava de que ela guardava um sentimento de carinho pelas casas e queria dar uma boa última limpada nelas antes de partir.

Despudoradamente, Francie procurou o talão de cheques na bolsa de sua mãe e examinou o único canhoto usado.

No: *1*
Data: *20-09-18*
Para: *Eva Flittman*
Descrição: *Porque ela é minha irmã*
Saldo: *1.000,00*
Este cheque: *200,00*
Saldo final: *800,00*

Francie se perguntou por que aquela quantia. Por que não cinquenta dólares ou quinhentos? Por que duzentos? Então ela entendeu. Duzentos dólares era o valor do seguro do tio Willie; o que Evy receberia se ele morresse. Sem dúvida Katie considerava o cunhado como morto.

Nenhum cheque fora emitido para o vestido de casamento de Katie. Ela explicou que não queria usar nem um centavo daquele dinheiro para si até depois de ter se casado com a pessoa de quem o recebera. Para comprar o vestido, ela pegara emprestado o dinheiro que havia poupado para Francie, prometendo lhe dar um cheque de volta assim que a cerimônia terminasse.

Naquela última manhã de sábado, Francie prendeu Laurie em seu carrinho e a levou para a rua. Parou na esquina por um longo tempo, observando as crianças carregadas com seus entulhos subirem a Manhattan Avenue em direção ao ferro-velho do Carney. Depois seguiu nessa direção e entrou no Charlie Barateiro durante um momento de calmaria nos negócios. Pôs uma moeda de cinquenta centavos sobre o balcão e anunciou que queria todos os números.

— Opa, Francie! *Que é isso*, Francie — disse ele.

— Eu não tenho que ficar escolhendo. É só me dar todas as coisas do painel.

— Ei, *escute!*

— Não tem nenhum número premiado na caixa, não é, Charlie?

— Por Deus. Francie, um homem tem que ganhar a vida e ela vem devagar neste negócio. Um centavo por vez.

— Eu sempre achei que esses prêmios fossem falsos. Você devia ter vergonha de enganar criancinhas desse jeito.

— Não diga isso. Eu dou um centavo de balas para cada centavo que eles gastam aqui. Os números são só para ficar mais interessante.

— E para fazer os pobrezinhos voltarem... na esperança.

— Se eles não vierem aqui, vão atravessar e ir no Gimpy, certo? E é melhor eles virem aqui, porque eu sou um homem casado — disse ele, cheio de virtude — e não levo meninas para a minha sala dos fundos, certo?

— Hum, certo. Acho que tem algum sentido nisso que você falou. Ei, você tem uma boneca de cinquenta centavos?

Ele puxou uma boneca feia debaixo do balcão.

— Só tenho uma boneca de sessenta e nove centavos, mas deixo você levar por cinquenta.

— Eu pago por ela e você a pendura como um prêmio e deixa alguma criança ganhar.

— Mas, veja bem, Francie. Se uma criança ganhar, *todas* as crianças vão esperar ganhar, certo? É um mau exemplo.

— Mas pelo amor de Deus — disse ela, não de maneira profana, mas como uma oração —, deixe alguém ganhar alguma coisa só *uma vez!*

— Tudo bem! Tudo bem! Não precisa ficar exaltada.

— Eu só quero que uma criança ganhe alguma coisa de graça.

— Eu vou pôr a boneca nos prêmios e não vou tirar o número da caixa, depois que você sair. Satisfeita?

— Obrigada, Charlie.

— E vou dizer para o ganhador que o nome da boneca é Francie, certo?

— Ah, não, não faça isso! Não com essa cara que essa boneca tem.

— Quer saber uma coisa, Francie?

— O quê?

— Você está virando uma mocinha e tanto. Quantos anos você tem?

— Vou fazer dezessete daqui a dois meses.

— Eu lembro que você era uma criança magricela de pernas finas. Pois acho que vai ficar uma mulher bem decente um dia. Não bonita, mas alguma coisa.

— Obrigada por nada. — Ela riu.

— Sua irmãzinha? — Ele moveu a cabeça, indicando Laurie.

— É.

— Não vai demorar para ela carregar entulho e depois vir aqui com as suas moedinhas. Um dia eles são bebês e, no outro, estão aqui escolhendo números. As crianças crescem depressa por estas redondezas.

— *Ela* nunca vai carregar entulho. E nunca vai vir aqui também.

— Ah, é verdade. Eu soube que vocês estão de mudança.

— É, estamos de mudança.

— Boa sorte para você, Francie.

Ela levou Laurie ao parque, tirou-a do carrinho e a deixou correr pela grama. Um menino veio vendendo pretzels e Francie comprou um por um centavo. Ela o esfarelou em pedacinhos e os espalhou na grama. Um bando de pardais fuliginosos apareceu do nada e começou a brigar pelas migalhas. Laurie correu aos tropeços tentando pegá-los. Os pássaros entediados a deixavam chegar a centímetros deles antes de abrir as asas e decolar. A criança gritava com risos de prazer cada vez que um passarinho voava.

Francie colocou Laurie no carrinho outra vez e foi dar uma última olhada em sua antiga escola. Ficava a poucos quarteirões do parque que ela visitava todos os dias, mas, por alguma razão, Francie nunca voltara para vê-la desde a noite de sua formatura.

Ficou surpresa por ela parecer tão pequena agora. Supunha que a escola tivesse o mesmo tamanho de sempre, mas seus olhos haviam se acostumado a olhar para coisas maiores.

— Esta é a escola onde a Francie estudava — contou a Laurie.

— Fran-ni estudava — concordou Laurie.

— Seu papai veio comigo um dia e cantou uma música.
— Papai? — perguntou Laurie, confusa.
— Ah, esqueci. Você nunca viu seu papai.
— Laurie viu o papai. Homem. Homem *grandão*. — Ela pensou que Francie estivesse falando de McShane.
— *Isso* — concordou Francie.

Nos dois anos desde que olhara pela última vez para a escola, Francie havia mudado de uma criança para uma mulher.

Voltou passando pela casa cujo endereço usara como seu. Parecia pequena e modesta para ela agora, mas ainda a amava.

Passou pelo bar de McGarrity. Só que não era mais de McGarrity. Ele havia se mudado no começo do verão. Confidenciara a Neeley que ele, McGarrity, era um homem atento e, portanto, estava em posição de saber que a proibição estava para chegar. E vinha se preparando para ela. Comprou um lugar grande na Hempstead Turnpike em Long Island e estocava bebida sistematicamente enquanto o tal dia não chegava. Assim que a proibição viesse, ele abriria o que chamou de um clube. Já tinha o nome escolhido: "Clube Mae-Marie". Sua esposa usaria um vestido de noite e seria a recepcionista, o que fazia bem o seu gosto, explicou McGarrity. Francie tinha certeza de que a sra. McGarrity ficaria muito feliz como recepcionista. Esperava que o sr. McGarrity fosse feliz um dia também.

Depois do almoço, ela foi à biblioteca para devolver seus livros pela última vez. A bibliotecária carimbou seu cartão e o devolveu a ela sem levantar os olhos, como de costume.

— Poderia recomendar um bom livro para uma menina? — pediu Francie.
— Que idade?
— Ela tem onze.

A bibliotecária pegou um livro embaixo da mesa. Francie viu o título: *If I Were King*.

— Na verdade, eu não quero retirar — disse Francie — e não tenho onze anos.

A bibliotecária olhou para Francie pela primeira vez.

— Eu venho aqui desde que era pequena — disse Francie — e a senhora só agora olhou para mim.

— Há tantas crianças — disse a bibliotecária, irritada. — Eu não posso olhar para cada uma delas. Mais alguma coisa?

— Eu só queria falar daquele vaso marrom... do que ele significou para mim... as flores sempre nele.

A bibliotecária olhou para o vaso marrom, guarnecido com um ramo de lírios cor-de-rosa. Francie teve a impressão de que a bibliotecária também o via pela primeira vez.

— Ah, isso! O zelador põe as flores. Ou alguma outra pessoa. Mais alguma coisa? — perguntou ela, impaciente.

— Quero devolver meu cartão. — Francie empurrou o cartão muito gasto, coberto de carimbos de datas, por cima da mesa.

A bibliotecária o pegou e já ia rasgar ao meio quando Francie o puxou de volta.

— Não, acho que vou ficar com ele — disse.

Ela se afastou e lançou um último e longo olhar para a pequena e pobre biblioteca. Sabia que nunca mais a veria. Os olhos mudavam depois que olhavam para coisas novas. Se, nos anos por vir, ela por acaso voltasse, seus novos olhos talvez vissem tudo diferente do que ela via agora. O jeito que era agora era o jeito como ela queria se lembrar.

Não, nunca mais voltaria para o seu velho bairro.

Na verdade, nos anos futuros não haveria o velho bairro para o qual voltar. Depois da guerra, a cidade viria a derrubar as casas de cômodos e a feia escola em que a diretora costumava chicotear meninos e construir no lugar um projeto-modelo de moradias, onde a luz do sol e o ar seriam presos, medidos e pesados, depois repartidos proporcionalmente a cada morador.

*

Katie largou a vassoura e o balde no canto com uma batida final que significava que havia terminado. Depois pegou a vassoura e o balde novamente e tornou a colocá-los no chão com mais gentileza.

Enquanto se vestia para sair — ia fazer a última prova do vestido de veludo verde-jade que escolhera para o casamento —, inquietou-se porque o clima estava tão ameno para final de setembro. Achou que estaria quente demais para usar um vestido de veludo. Irritou-se porque o outono estava tão atrasado naquele ano. Discutiu com Francie quando esta insistiu que o outono *tinha* chegado.

Francie sabia que o outono chegara. *Tudo bem* que o vento soprava morno; *tudo bem* que os dias estivessem mormacentos; mesmo assim, o outono havia chegado ao Brooklyn. Francie sabia disso porque, agora, assim que a noite vinha e as luzes da rua se acendiam, o vendedor de castanhas quentes montava seu pequeno ponto na esquina. Na grelha sobre o fogo de carvão, as castanhas assavam dentro de uma panela tampada. O homem segurava castanhas cruas na mão e fazia pequenas cruzes nelas com uma faca rombuda antes de colocá-las na panela.

Sim, o outono com certeza havia chegado quando o vendedor de castanhas quentes aparecia, por mais que o clima dissesse o contrário.

Depois de pôr Laurie no berço para o sono da tarde, Francie embalou algumas últimas coisas em uma caixa de madeira para acondicionar sabão. Da prateleira sobre a lareira, pegou o crucifixo e a fotografia dela e de Neeley no dia em que foram crismados. Ela os embrulhou em seu véu de primeira comunhão e os colocou na caixa. Dobrou os dois aventais de garçom de seu pai e os guardou também. Embrulhou a caneca da barbearia com o nome "John Nolan" em letras de forma douradas em uma blusa branca de crepe georgette que Katie havia separado na cesta de coisas para doação, porque o babado de renda havia rasgado muito ao lavar. Era a blusa que Francie havia usado naquela noite chuvosa em que ficara abrigada em uma entrada de loja com Lee. A boneca chamada Mary e a bela caixinha em que haviam estado as dez moedas douradas de um centavo foram guardadas em seguida. Sua pequena biblioteca entrou na caixa: a Bíblia dos Gideões, as *Obras completas de William Shakespeare,* um exemplar gasto de *Folhas de relva,* os três cadernos de recortes: o "Livro Nolan de poesia contemporânea, o "Livro Nolan de poemas clássicos" e o "Livro de Annie Laurie".

Ela foi para o quarto, virou o colchão e tirou de debaixo dele um caderno em que mantivera um diário inconstante quando tinha treze anos e um envelope de papel-manilha quadrado. Ajoelhando-se diante da caixa, abriu o diário e leu uma entrada aleatória, datada de 24 de setembro, três anos antes.

Esta noite, enquanto eu tomava banho, descobri que estava virando mulher. Até que enfim!

Sorriu enquanto guardava o diário na caixa. Olhou para a inscrição no envelope.

Conteúdo:
1 envelope selado para ser aberto em 1967.
1 diploma.
4 contos.

Quatro contos, que a srta. Garnder havia dito para ela queimar. Ah, pois é. Francie se lembrava de como havia prometido a Deus que pararia de escrever se ele não deixasse sua mãe morrer. Ela mantivera a promessa. Mas conhecia Deus um pouco melhor agora. Tinha certeza de que ele não se importaria se ela começasse a escrever outra vez. É, talvez ela tentasse de novo algum dia. Acrescentou seu cartão da biblioteca ao conteúdo do envelope, anotou-o na lista e colocou-o na caixa. Suas coisas estavam prontas. Todas as suas posses, tirando as roupas, estavam naquela caixa.

*

Neeley subiu as escadas correndo, assobiando "At the Darktown Strutters' Ball". Irrompeu na cozinha, arrancando o casaco.

— Estou com pressa, Francie. Eu tenho uma camisa limpa?

— Tem uma limpa, mas não está passada. Eu passo para você.

Ela pôs o ferro para esquentar enquanto borrifava água na camisa e montava a tábua de passar sobre duas cadeiras. Neeley pegou no armário a caixa com o material para lustrar sapatos e começou a dar lustro neles, que já estavam perfeitamente engraxados.

— Vai a algum lugar? — perguntou ela.

— Vou. Tenho o tempo exato para pegar o show. Vai ter Van e Schenck e, puxa, como o Schenck canta! Ele senta no piano assim. — Neeley se sentou junto à mesa da cozinha e demonstrou. — Senta de lado e cruza as pernas, olhando para o público. Depois apoia o cotovelo esquerdo no suporte da partitura e toca a melodia com a mão direita, enquanto canta. — Neeley começou uma boa imitação de seu ídolo cantando "When You're a Long, Long Way from Home".

— É, ele é bom. Canta do jeito que o papai cantava... um pouco. *Papai!*

Francie olhou para a etiqueta do sindicato na camisa de Neeley e a passou primeiro.

(Essa etiqueta é como um ornamento... como uma rosa que se veste.)

Os Nolan procuravam a etiqueta do sindicato em tudo que compravam. Era seu memorial para Johnny.

Neeley se olhou no espelho pendurado sobre a pia.

— Acha que eu preciso fazer a barba? — perguntou.

— Daqui a uns cinco anos.

— Ah, cala a boca!

— Não-digam-cala-a-boca-um-para-o-outro — disse Francie, imitando sua mãe.

Neeley sorriu e pôs-se a lavar o rosto, o pescoço, os braços e as mãos, cantando enquanto o fazia.

*There's Egypt in your dreamy eyes,
A bit of Cairo in your style...* *

Francie continuava a passar a camisa, satisfeita.

Neeley estava vestido, por fim. Parou diante dela em seu paletó azul-escuro de abotoamento duplo, uma camisa branca limpa com o colarinho dobrado para baixo e uma gravata-borboleta de bolinhas. Tinha um perfume fresco e limpo e seus cabelos loiros encaracolados brilhavam.

— O que acha, Prima Donna?

Ele abotoou o paletó com desenvoltura e Francie viu que ele estava usando o anel de sinete de seu pai.

Era verdade, então, o que a vovó havia dito: que as mulheres Rommely tinham o dom de ver os fantasmas de seus mortos amados. Francie via seu pai.

— Neeley, você ainda lembra a letra de "Molly Malone"?

Ele pôs uma das mãos no bolso, se afastou e cantou.

*In Dublin's fair city,
The girls are so pretty...* **

Papai... Papai!

Neeley tinha a mesma voz cristalina e afinada. E como era incrivelmente bonito! Tão bonito que, embora tivesse apenas dezesseis anos, as mulheres se viravam para olhá-lo com um suspiro quando ele passava pela rua. Era tão bonito que Francie se sentia apagada e sem graça ao lado dele.

— Neeley, você acha que eu sou bonita?

— Escute, por que você não faz uma novena para santa Teresa? Acho que um milagre poderia dar um jeito.

— Não, eu estou falando sério.

— Por que você não corta o cabelo e o enrola, como as outras garotas fazem, em vez de usar essas tranças presas em volta da cabeça?

---

* "Há Egito em seus olhos sonhadores,/ Um pouco de Cairo nesse seu jeito..." (N. da T.)
** "Em Dublin, cidade formosa,/ De meninas tão graciosas." (N. da T.)

— Eu tenho que esperar até os dezoito anos por causa da mamãe. Mas você acha que eu sou bonita?

— Me pergunte de novo depois que encorpar mais um pouquinho.

— Por favor, me diga.

Ele a examinou atentamente.

— Você é passável — disse, e ela teve que se contentar com isso.

Ele havia dito que estava com pressa, mas agora parecia relutante em sair.

— Francie, o McShane... quer dizer, o pai, vai vir aqui jantar esta noite. Eu vou trabalhar depois. Amanhã terá o casamento e uma festa na casa nova à noite. Segunda-feira eu tenho que ir para a escola. E, enquanto eu estiver lá, você vai estar entrando naquele trem Wolverine para Michigan. Não vou ter oportunidade de me despedir de você sozinho, então vou me despedir agora.

— Eu vou voltar para o Natal, Neeley.

— Mas não vai ser a mesma coisa.

— Eu sei.

Ele esperou. Francie estendeu a mão direita. Ele empurrou a mão dela, a abraçou e lhe deu um beijo no rosto. Francie se agarrou a ele e começou a chorar. Ele a empurrou.

— Caramba, meninas me dão enjoo — disse ele. — Sempre tão emotivas. — Mas a voz dele estava falhando como se ele, também, fosse chorar.

Ele se virou e saiu depressa do apartamento. Francie foi até o corredor e o viu descer rapidamente os degraus. Ele parou no escuro ao pé da escada e se virou para olhar para ela. Embora estivesse escuro, havia um brilho no lugar onde ele estava.

Tão parecido com o papai, tão parecido com o papai, ela pensou. Mas ele tinha mais força no rosto que o papai. Ele acenou e se foi.

Quatro horas.

Francie decidiu se vestir primeiro, depois preparar o jantar, para estar pronta quando Ben chegasse para buscá-la. Ele tinha ingressos e veriam Henry Hull na peça *The Man Who Came Back*. Era o último encontro deles até o Natal, porque Ben partiria para a faculdade no dia seguinte. Ela gostava de Ben. Gostava muito dele mesmo. Queria amá-lo. Se ao menos ele não fosse tão autoconfiante o tempo todo... Se ao menos ele falhasse, uma única vez... Se ao menos ele precisasse dela... Ah, tudo bem. Ela tinha cinco anos para pensar nisso.

Parou diante do espelho vestida em sua combinação branca. Enquanto curvava o braço sobre a cabeça para se lavar, lembrou-se de como ficava sentada na escada de incêndio quando pequena e observava as moças maiores nos apartamentos do outro lado do pátio se arrumando para seus encontros. Haveria alguém a observando, como ela fazia no passado?

Olhou pela janela. Sim, dois pátios adiante, viu uma menininha sentada em uma escada de incêndio com um livro no colo e um saquinho de balas ao lado. A menina espiava Francie entre as grades. Francie a conhecia. Era uma criança magricela de dez anos e seu nome era Florry Wendy.

Francie escovou o longo cabelo, trançou-o e amarrou as tranças em volta da cabeça. Calçou meias limpas e sapatos brancos de salto. Antes de enfiar o vestido de linho cor-de-rosa sobre a cabeça, borrifou sachê de violetas em pó em um quadradinho de algodão e o colocou dentro do sutiã.

Achou que tinha ouvido a carroça de Fraber entrar. Inclinou-se na janela e olhou. Sim, a carroça tinha entrado. Só que não era mais uma carroça. Era um pequeno caminhão motorizado cor de ferrugem com o nome em letras douradas nas laterais, e o homem que se preparava para lavá-lo não era Frank, o rapaz bonito de faces rosadas. Era um homem miúdo de pernas tortas, dispensado do serviço militar.

Ela olhou para o outro lado dos pátios e viu que Florry continuava a observá-la entre as grades da escada de incêndio. Francie acenou e cumprimentou:

— Oi, Francie.

— Meu nome *não é* Francie — a menininha gritou de volta. — É *Florry* e você sabe disso.

— Eu sei — disse Francie.

Olhou para o pátio. A árvore cujos guarda-chuvas de folhas se enrolavam em volta, abraçando sua escada de incêndio, havia sido cortada porque as donas de casa reclamavam que as roupas lavadas nos varais se enroscavam em seus galhos. O proprietário enviou dois homens e eles a serraram.

Mas a árvore não morreu... ela não morreu.

Uma nova árvore havia crescido do toco e seu tronco se estendera próximo ao chão até alcançar um lugar onde não havia varais de roupas. E, então, começara a crescer em direção ao céu outra vez.

Annie, o abeto, de que os Nolan haviam cuidado com água e adubo, adoecera e morrera havia muito. Mas essa árvore no pátio... essa árvore que os homens cortaram... essa árvore em volta da qual haviam acendido uma fogueira para tentar queimar o toco... essa árvore viveu!

Ela viveu! E nada poderia destruí-la.

Uma vez mais, ela olhou para Florry Wendy, que lia na escada de incêndio.

— Adeus, Francie — murmurou.

E então fechou a janela.